全本全注全译丛书

中华经典名著

余兴安等◎译注

经史百家杂钞 四

诏令 奏议

中华书局

目录

第四册

卷十·诏令之属

尚书 ……………………………………… 2211

　甘誓 ……………………………………… 2211

　汤誓 ……………………………………… 2213

　牧誓 ……………………………………… 2214

　吕刑 ……………………………………… 2217

　文侯之命 ………………………………… 2225

　费誓 ……………………………………… 2228

　秦誓 ……………………………………… 2230

左传 ……………………………………… 2234

　王子朝告诸侯之辞 ……………………… 2234

秦始皇 …………………………………… 2240

　初并天下议帝号令 ……………………… 2240

汉高帝 …………………………………… 2243

　求贤诏 十一年 …………………………… 2243

汉文帝 …………………………………… 2246

　赐南粤王赵佗书 元年 …………………… 2246

　除诽谤法诏 二年 ………………………… 2250

除肉刑诏 十三年 …………………… 2251

增祀无祈诏 十四年 …………………… 2253

民食不足求言诏 后元年 …………… 2254

遗匈奴书 前六年 …………………… 2256

遗匈奴书 后二年 …………………… 2257

策问贤良文学 十五年 ……………… 2260

汉景帝 ………………………………… 2263

令二千石修职诏 后二年 …………… 2263

汉武帝 ………………………………… 2266

议不举孝廉者罪诏 元朔元年 ……… 2266

报李广诏 元狩二年 ………………… 2268

封齐王策 元狩六年 ………………… 2270

封燕王策 …………………………… 2271

封广陵王策 元狩六年 ……………… 2272

策问贤良文学 元光五年 …………… 2273

汉昭帝 ………………………………… 2276

赐燕刺王旦玺书 …………………… 2276

汉宣帝 ………………………………… 2279

令二千石察官属诏 元康二年 ……… 2279

汉元帝 ………………………………… 2281

议封甘延寿等诏 建昭四年 ………… 2281

司马相如 ……………………………… 2283

谕巴蜀檄 …………………………… 2283

难蜀父老 …………………………… 2289

王尊 …………………………………… 2299

敕掾功曹教 ………………………… 2299

汉光武帝 ……………………………… 2301

赐窦融玺书 ······················ 2301

报臧宫马武诏 二十七年 ··············· 2303

班彪 ···························· 2306

拟答北匈奴诏 ···················· 2306

汉明帝 ·························· 2310

即位诏 ························· 2310

祀光武皇帝于明堂诏 永平二年 ········· 2313

辟雍行养老礼诏 永平二年 ············ 2315

申明科禁诏 永平十二年 ·············· 2317

塞汴渠诏 永平十三年 ··············· 2319

汉章帝 ·························· 2322

举贤良方正直言极谏诏 建初元年 ········ 2322

禘祭诏 建初七年 ·················· 2324

诏三公 元和二年 ·················· 2325

汉和帝 ·························· 2328

恤民诏 永元十二年 ················· 2328

马援 ···························· 2330

诫兄子书 ······················· 2330

郑玄 ···························· 2333

戒子书 ························· 2333

蜀汉后主 ························ 2337

策丞相诸葛亮诏 ··················· 2337

诸葛亮 ·························· 2343

与群下教 ······················· 2343

陈琳 ···························· 2345

为袁绍檄豫州 ···················· 2345

檄吴将校部曲文 ··················· 2360

魏明帝 ·························· 2380

　　赐彭城王据玺书 ·············· 2380

曹植 ·························· 2383

　　下国中令　黄初六年 ·········· 2383

钟会 ·························· 2385

　　檄蜀文 ···················· 2385

孙楚 ·························· 2390

　　为石苞与孙皓书 ·············· 2390

傅亮 ·························· 2398

　　为宋公修张良庙教 ············ 2398

宋文帝 ······················ 2402

　　诫江夏王荆州刺史义恭书 ······ 2402

陆贽 ·························· 2406

　　拟奉天改元大赦制 ············ 2406

　　拟议减盐价诏 ················ 2419

韩愈 ·························· 2422

　　进士策问十三首 ·············· 2422

　　祭鳄鱼文 ··················· 2438

欧阳修 ······················ 2443

　　拟制九篇 ··················· 2443

曾巩 ·························· 2451

　　拟制四篇 ··················· 2451

卷十一·奏议之属一

书 ·························· 2456

　　无逸 ····················· 2456

左传 ·························· 2463

季文子谏纳莒仆之辞 …………… 2463

魏绛谏伐戎之辞 ………………… 2471

蔑启疆谏耻晋之辞 ……………… 2477

李斯 ……………………………… 2483

谏逐客书 ………………………… 2483

贾谊 ……………………………… 2490

陈政事疏 ………………………… 2490

论积贮疏 ………………………… 2527

请封建子弟疏 …………………… 2530

谏封淮南四子疏 ………………… 2534

谏放民私铸疏 …………………… 2536

贾山 ……………………………… 2542

至言 ……………………………… 2542

晁错 ……………………………… 2558

言兵事书 ………………………… 2558

论贵粟疏 ………………………… 2566

论守边备塞书 …………………… 2574

论募民徙塞下书 ………………… 2580

邹阳 ……………………………… 2584

谏吴王书 ………………………… 2584

狱中上梁王书 …………………… 2591

司马相如 ………………………… 2606

谏猎书 …………………………… 2606

严安 ……………………………… 2610

言世务书 ………………………… 2610

主父偃 …………………………… 2618

论伐匈奴书 ……………………… 2618

淮南王安 ···················· 2626

  谏伐闽越书 ················ 2626

董仲舒 ······················ 2640

  对贤良策一 ················ 2640

  对贤良策二 ················ 2656

  对贤良策三 ················ 2667

卷十二·奏议之属二

路温舒 ······················ 2682

  上德缓刑书 ················ 2682

贾捐之 ······················ 2689

  罢珠厓对 ·················· 2689

赵充国 ······················ 2698

  陈兵利害书 ················ 2698

  屯田奏三首 ················ 2702

刘向 ························ 2712

  条灾异封事 ················ 2712

  论甘延寿等疏 ·············· 2728

  论起昌陵疏 ················ 2734

  谏外家封事 ················ 2745

匡衡 ························ 2756

  上政治得失疏 ·············· 2756

  论治性正家疏 ·············· 2763

  戒妃匹劝经学威仪之则疏 ······ 2768

贾让 ························ 2773

  治河议 ·················· 2773

扬雄 ························ 2781

　　谏不许单于朝书 ·············· 2781

刘歆 ····························· 2790

　　毁庙议 ······················ 2790

樊准 ····························· 2798

　　兴修儒学疏 ·················· 2798

刘陶 ····························· 2803

　　上桓帝书 ···················· 2803

　　改铸大钱议 ·················· 2808

诸葛亮 ··························· 2814

　　出师表 ······················ 2814

高堂隆 ··························· 2820

　　谏明帝疏 ···················· 2820

刘琨 ····························· 2829

　　劝进表 ······················ 2829

江式 ····························· 2840

　　文字源流表 ·················· 2840

陆贽 ····························· 2849

　　论两河及淮西利害状 ·········· 2849

　　奉天请数对群臣兼许令论事状 ·········· 2865

卷十三·奏议之属三

陆贽 ····························· 2891

　　奉天请罢琼林大盈二库状 ········ 2891

韩愈 ····························· 2903

　　禘祫议 ······················ 2903

　　论佛骨表 ···················· 2911

欧阳修 ··························· 2920

论台谏言事未蒙听允书 ……………… 2920

苏轼 …………………………………… 2928

上皇帝书 ……………………………… 2928

代张方平谏用兵书 …………………… 2977

徐州上皇帝书 ………………………… 2991

王安石 ………………………………… 3006

上仁宗皇帝言事书 …………………… 3006

尚书

《尚书》简介参见卷一。

甘誓

【题解】

《甘誓》,是夏启在有扈氏都城南郊甘(今陕西西安鄠邑区)讨伐有扈氏前的动员令,系后人根据传闻写成。誓,一种有约束性和决断意义的话语。

夏启为大禹之子,是夏朝的开国君王。有扈氏是夏的同姓诸侯。双方冲突的本质在于,夏启代表新的政治制度,有扈氏则仍然维护原始社会末期的部落联盟制。《甘誓》正是有关这一历史转折点的重要文献。

《墨子·明鬼下》引自《夏书·禹誓》的一段文字,与《甘誓》文字有所不同,然大旨不殊。据古史记载,亦有禹伐有扈氏之说,则本篇谁属,亦有疑问。

大战于甘,乃召六卿。

王曰:"嗟!六事之人,予誓告汝:有扈氏威侮五行①,怠弃三正^②，天用剿绝其命，今予惟恭行天之罚^③。左不攻于左，汝不恭命；右不攻于右，汝不恭命；御非其马之正，汝不恭命^④。用命，赏于祖；不用命，戮于社^⑤。予则孥戮汝^⑥。"

【注释】

①威侮：轻慢。一说"威"当作"威（miè）"，为"蔑"的假借字，"蔑侮"指蔑视与嘲弄。

②三正：指周历建子，以十一月为岁首；殷历建丑，以十二月为岁首；夏历建寅，以正月为岁首。一说"三正"指天、地、人之正道。一说，正，官长，三正，即三公，又称三卿。

③恭行：奉行。

④"左不攻于左"几句：左、右、御，古时车战，车上乘三人，左右各一人，另一人居中，左边的负责用箭射杀敌人，右边的负责用戈格斗，当中的人负责驾车。攻，善。

⑤"用命"几句：遇有赏赐，一定要在祖庙的神主之前举行；遇有惩罚，一定要在社稷的神主之前举行；表示敬重和不敢专行。祖、社，本指祖庙、社稷，此指古代出征时，随军带着祖庙的神主和社稷的神主。

⑥孥（nú）戮（lù）：诛及子孙。

【译文】

在甘进行大战，夏启召集六军之将。

夏王说："啊！六军将士们，我在此立誓并且告知你们：有扈氏对五行持轻慢的态度，懈怠地不奉夏的正朔，上天因此要灭绝他的天命，现在我恭奉上天之命代行惩罚。兵车上左边的甲士，如果不精于射箭，就是不遵行我的命令；兵车上右边的甲士，如果不善于格斗，就是不遵行我的命令；驾驭战车的甲士，如果不能驾车沿着正确的方向前进，就是不遵行我的命令。遵行王命的,要在祖庙神主之前予以赏赐;不遵行王命的,要在社主之前予以刑辱。我将诛杀你们和你们的子孙。"

汤誓

【题解】

汤,名履,又名天乙,商代开国君王。《汤誓》是商汤率领诸侯征伐夏桀的誓词。

在《汤誓》的前半段,历数夏桀的罪行,申明出师征伐的理由。后半段严肃赏罚。誓词中引用民众咒骂夏桀的话"时日曷丧? 予及汝皆亡",反映出当时社会矛盾的尖锐。

本篇文字相对浅显,有学者疑其写定于战国时代。

王曰:"格尔众庶①,悉听朕言。非台小子敢行称乱②,有夏多罪,天命殛之③。今尔有众,汝曰:'我后不恤我众,舍我穑事而割正夏④。'予惟闻汝众言,夏氏有罪,予畏上帝,不敢不正。今汝其曰:'夏罪,其如台⑤?'夏王率遏众力⑥,率割夏邑,有众率怠弗协,曰:'时日曷丧⑦? 予及汝皆亡!'夏德若兹,今朕必往。尔尚辅予一人,致天之罚,予其大赉汝⑧! 尔无不信,朕不食言。尔不从誓言,予则孥戮汝,罔有攸赦。"

【注释】

①格:来。

②台(yí):我。小子:自称(谦语)。

③殛(jí):诛杀。

④穑(sè)事:农事。

⑤如台（yí）：如何。台，疑问代词。

⑥率：相率。遏：绝。

⑦时：通"是"。指示代词。曷（hé）：何时。

⑧赉（lài）：赏赐。

【译文】

商王说："走过来一些，各位！仔细地听我讲话。不是我胆敢兴兵作乱，而是夏王犯有多重罪行，上天命我诛灭他。现在大家都在这里，你们说：'我们的国君太不体贴我们大家了，对我们的农事不管不顾，而去夺取夏的政权。'我听到了你们大家的话，但夏王有很多罪行，我畏惧上帝，不敢不正其罪而诛之。现在你们要问了：'夏王的罪行究竟如何呢？'夏王一直不停地征发劳役，竭尽民力，沉重地剥削搜刮，大家不满，都急于奉上，对国君态度很不友好，说：'这个日头什么时候落下来呢？我宁愿和你一起消亡！'夏国的德行已经到了这种地步，现在我一定要去讨伐他。你们只要辅助我，施行上天的惩罚，我就重赏你们！你们别不信，我不会说话不算数。你们要是不照我的话去做，我就把你们降为奴隶，惩罚你们，决不宽恕。"

牧誓

【题解】

牧，牧野，商都朝（zhāo）歌南郊，在今河南淇县一带。《牧誓》是周武王在牧野与商纣王的军队决战前的誓词。

值得注意的是，在这篇誓词中，周武王为商纣王开列的罪状是：听信妇人的话；放弃对祖先的祭祀；不信任自己的同宗兄弟却任用一些逃亡的罪人。并没有像其他古籍，包括一些较晚的记载那样渲染纣王的残暴和淫乱。

时甲子昧爽①，王朝至于商郊牧野，乃誓。

王左杖黄钺②，右秉白旄以麾③，曰："逖矣④，西土之人！"

王曰："嗟！我友邦冢君御事⑤，司徒、司马、司空、亚旅、师氏、千夫长、百夫长⑥，及庸、蜀、羌、髳、微、卢、彭、濮人⑦。称尔戈⑧，比尔干⑨，立尔矛，予其誓。"

王曰："古人有言曰：'牝鸡无晨⑩。牝鸡之晨，惟家之索⑪。'今商王受惟妇言是用，昏弃厥肆祀弗答⑫，昏弃厥遗王父母弟不迪⑬，乃惟四方之多罪逋逃⑭，是崇是长，是信是使，是以为大夫卿士，俾暴虐于百姓⑮，以奸宄于商邑⑯。今予发惟恭行天之罚。今日之事，不愆于六步、七步⑰，乃止，齐焉。夫子勖哉⑱！不愆于四伐、五伐、六伐、七伐⑲，乃止，齐焉。勖哉夫子！尚桓桓如虎如貔⑳，如熊如罴㉑，于商郊！弗迓克奔㉒，以役西土。勖哉夫子！尔所弗勖，其于尔躬有戮！"

【注释】

①甲子：干支纪日。昧爽：拂晓。昧，指昏乱；爽，为明亮。

②钺（yuè）：一种与斧相似的古代兵器。

③旄（máo）：用旄牛尾作装饰的旗帜。麾（huī）：同"挥"。

④逖（tì）：远。

⑤冢（zhǒng）君：对友邦国君的尊称，即下文提到的庸、蜀等西方部落的首领。冢，大。御事：政务官的泛称。

⑥"司徒、司马、司空"句：均官名。

⑦庸：约在今湖北竹山。蜀：约在陕西汉中。羌：约在今甘肃境内。髳（máo）：约在今山西南部。微：约在今陕西眉县一带。卢：约在

今湖北宜城。彭：约在今湖北房县、谷城之间。濮(pú)：古代西
南民族，殷周时在江汉以南。

⑧称：举。

⑨比：按次序排好。干(gān)：盾。

⑩牝(pìn)鸡：母鸡。

⑪索：尽。此有破败之意。

⑫昏(mǐn)弃：蔑绝，弃绝。昏，通"泯"。

⑬迪：进用。

⑭逋(bū)逃：指逃亡的罪人。

⑮俾(bǐ)：使。

⑯奸宄(guǐ)：犯法作乱。

⑰愆(qiān)：超过。

⑱勖(xù)：勉力。

⑲伐：一击一刺为一伐。

⑳桓桓：威武的样子。貔(pí)：豹类猛兽。

㉑罴(pí)：一种大熊。

㉒迓(yà)：迎敌。奔：指奔来投降的人。

【译文】

当二月甲子日黎明时分，武王一早来到商都郊外的牧野，就在这里
誓师。

武王左手拄着黄色的铜斧，右手持白旄旗指挥号令，说："辛苦了，
你们这些从西方远道而来的人！"

武王说："啊！友邦的国君们、各级官员们、各部联军的将士们：举
起你们的戈，排好你们的盾，竖好你们的矛，我就要立誓了。"

武王说："古人有过这样的话：'母鸡早晨不打鸣。母鸡打鸣，家败
业空。'现在这位商王只听信妇人的话，完全放弃对祖先的祭祀，不闻不
问；完全抛弃自己的同祖兄弟，不加进用；只对四方诸多的逃亡罪人们

才尊崇、任官,听信、使用,让这些人来做大夫、卿士,使他们残暴地对待百姓,在商都朝歌任意犯法作乱。现在我姬发只有尊行天命对商王实施惩罚了。今天这场战斗,方阵行进不超过六步、七步,便要停下来把阵形整顿一下。尊敬的将士们,努力吧!击刺时,不超过四次、五次、六次、七次,也要停下来,整顿队形。努力吧,将士们!威武一些,像虎、豹、熊、黑一样勇猛,就在商都的郊外大战一场!对前来投奔的敌军不必迎击,要让他们为我们服务。努力吧,将士们!你们作战不努力,你们自己就将被杀!"

吕刑

【题解】

据《史记》,周穆王初年,滥用刑罚,政乱民怨,吕侯为相,劝导穆王明德慎罚,制定刑律。本篇形式上为周穆王的诰词,但是体现的是吕侯的法律主张和刑罚规定,所以名为《吕刑》。吕侯后为甫侯,故古籍中又称《甫刑》。

全文由三部分组成。第一部分总结历史经验,主张采用中刑。第二部分较具体地说明刑律的条目以及审理案件的办法。第三部分讲正确地审理案件的态度,强调慎刑。

惟吕命①。王享国百年②,耄③,荒度作刑,以诘四方。王曰:"若古有训,蚩尤惟始作乱④,延及于平民。罔不寇贼,鸱义奸宄,夺攘矫虔。苗民弗用灵⑤,制以刑,惟作五虐之刑曰法。杀戮无辜,爰始淫为劓、刵、椓、黥⑥。越兹丽刑并制⑦,罔差有辞。民兴胥渐,泯泯棼棼⑧,罔中于信,以覆诅盟。虐威庶戮,方告无辜于上。上帝监民,罔有馨香德,刑发闻惟腥。以上苗民作五刑。

【注释】

①惟:语助词,无实义。吕:吕侯,周穆王的大臣。《史记》《诗经》《礼记》等均作"甫侯"。命:古时臣命君也可称命。

②百年:据《史记·周本纪》,周穆王五十岁即位,在位五十五年。

③耄(mào):年老,八九十岁的年纪。

④蚩(chī)尤:古时苗族酋长。

⑤灵:当作"令"。

⑥爰(yuán):语首助词。淫:过分。劓(yì):割鼻。刵(èr):割耳。椓(zhuó):宫刑,破坏男女生殖机能的酷刑。黥(qíng):用刀刺人面额后以墨涂染的刑法,也叫墨刑。

⑦丽:施加刑罚。

⑧泯泯棼棼(fén):纷乱的样子。

【译文】

吕侯建议周穆王制定刑罚。穆王在位,年已百岁,老迈之人,考虑时世所宜,建立刑罚,用以警戒四方诸侯。周王说:"古时本有遗训,从蚩尤开始犯上作乱,其影响及于平民。无不抄掠害人,轻义灭善,违法妄为,强取豪夺。三苗之人也不遵从法令,于是用刑罚来制御众人,制定五种残害形体的刑罚叫做法。遭到屠杀和刑辱的有许多是无罪的人,酷刑滥用,发明截去鼻子、割去耳朵、宫刑、墨刑等刑法。于此施刑之时,连带无罪之人,根本不听取申诉。小民互相欺诈,社会上乱七八糟,大家都不讲信用,推翻诅咒盟誓的诺言。三苗用刑罚虐待民众,大家就联合起来把自己无罪而受刑的情况告诉上帝。上帝看到民众的现状,知道了三苗毫无美德,滥用刑罚,政声丑恶。以上苗民制定五种残害形体的刑法。

"皇帝哀矜庶戮之不辜,报虐以威,遏绝苗民,无世在下。乃命重、黎①,绝地天通,罔有降格②。群后之逮在下,明明棐常③,鳏寡无盖④。皇帝清问下民,鳏寡有辞于苗。德威惟畏,德明惟明。乃命三后,恤功于民。伯夷降典,折民惟刑;禹平水土,主名山川;稷降播种,农殖嘉谷。三后成功,惟殷于民。士制百姓于刑之中,以教祗德⑤。穆穆在上,明明在下,灼于四方,罔不惟德之勤,故乃明于刑之中,率乂于民棐彝⑥。典狱,非讫于威,惟讫于富。敬忌,罔有择言在身,惟克天德,自作元命,配享在下。"以上尧、舜灭有苗制刑法。

【注释】

①重(zhòng)、黎:传说颛顼氏时司天地的官名;重司天,黎司地。

②罔:不。格:升。

③棐(fěi):辅。

④盖:蔽。

⑤祗(zhī):恭敬。

⑥乂(yì):治理。彝(yí):常。

【译文】

"上帝怜悯民众无辜受刑戮的不幸,用严酷的手段来报复蚩尤的残虐,将他们赶尽杀绝,不让他们留在中土。于是任命重、黎分别司职天和地,使天神与地上庶民上下分绝,避免升降杂糅。诸侯有恩于下,非常洞明,就连鳏夫寡妇也没有雍蔽的隐情。上帝讯问下民,连鳏夫寡妇都对三苗有怨言。德政之威,才使人畏惧,德政彰明,才使人尊敬。又任命三位大臣,他们为民事而思虑勤苦。伯夷颁下典礼,以法断事;禹治理水土,负责命名山川;稷教民播种耕作,种植谷子。三位事业成功,民众受益很大。士师按照刑法恰当地制御臣民,教导臣民敬重德行。

在上者有美德，在下者能明察，光辉照耀四方，人们无不勤勉地依据德教办事，以明德用刑，尽得中正，遵循治民之道，形成常规。主持法律案件的，不是靠刑罚之威来解决问题，而是要致福于人。外表恭敬，心存戒惧，自身不会受到指责。效天之德，断狱平均，以自己的善行求得长命之福，将来以功臣的身份祔祭于祖庙。"以上讲尧、舜灭苗，则作刑法。

王曰："嗟！四方司政典狱，非尔惟作天牧？今尔何监？非时伯夷播刑之迪①？其今尔何惩？惟时苗民匪察于狱之丽，罔择吉人，观于五刑之中，惟时庶威夺货，断制五刑，以乱无辜。上帝不蠲，降咎于苗。苗民无辞于罚，乃绝厥世。"以上告典狱者，以伯夷为法，以苗民为戒。

【注释】

①迪：道。

【译文】

周王说："唉！四方执政断狱的官员们，难道你们不是为上天治理臣民的吗？现在你们要效法的是什么呢？难道不是伯夷所传播的实施刑罚的制度吗？现在你们要以什么为教训呢？应该引为戒鉴的，正是苗人不能明察刑狱而滥施刑罚；不肯选择善人去考察五刑施用是否得当；那些仰仗权威的人，被委任来断制五刑，乱罚无罪。上帝认为他们的政治污浊不堪，降下大祸来诛杀他们。苗人没有遁词使自己摆脱上天的惩罚，世嗣中绝。"以上告诫执行刑法的人，要以伯夷为榜样，苗人为鉴戒。

王曰："呜呼！念之哉。伯父、伯兄、仲叔、季弟、幼子、童孙，皆听朕言，庶有格命。今尔罔不由慰曰勤，尔罔或戒不勤。天齐于民，俾我一日，非终惟终在人。尔尚敬逆天命,以奉我一人！虽畏勿畏,虽休勿休^①。惟敬五刑,以成三德。一人有庆^②,兆民赖之,其宁惟永。"以上言慎刑乃克有终。

【注释】

①休:美好。

②一人:指天子。

【译文】

周王说:"唉！记住这些吧。大伯大叔、兄弟们、子孙晚辈,你们都要听我的话,这样大致就能顺天长命。现在你们没有不以勤勉自慰的,你们没有一个不以不够勤劳告诫自己的。上天为了整顿臣民,让我来掌握权柄,我一日之行失其道,这不是上天所成;得其理则是上天所成,所谓事在人为。你们应当恭敬地对待天命,拥戴我一人！行事虽有人敬畏你们,你们不要自以为是值得敬畏的;虽有人赞美你们,你们也不要自以为就是有美德。恭谨地执行五刑,以成就刚柔正直这三德。天子有善政,亿万民众就有依靠,国家可以长久安宁了。"以上讲只有慎刑才能有好结局。

王曰:"吁！来,有邦有土,告尔祥刑。在今尔安百姓,何择非人？何敬非刑？何度非及？两造具备,师听五辞^①。五辞简孚^②,正于五刑。五刑不简,正于五罚;五罚不服,正于五过。五过之疵:惟官、惟反、惟内、惟货、惟来。其罪惟均,其审克之！五刑之疑有赦,五罚之疑有赦,其审克之！简孚有众,惟貌有稽^③。无简不听,具严天威。以上言五刑、五罚、五过之等差。

【注释】

①五辞:《周礼·小司寇》说:"以五声听狱讼,求民情。一曰辞听,二曰色听,三曰气听,四曰耳听,五曰目听。"

②简:检查核对。孚:验证。

③稽:查考。

【译文】

周王说:"唉！来,诸侯国君及诸位官员,让我告诉你们什么是善刑。现在你们安理民众,该选择什么人？难道不是善人吗？难道不该恭谨地对待五刑吗？难道不该考虑运用是否得当吗？原告和被告全都到齐,断狱官员要从五个方面去判断案情。这五方面判断的结果如与事实相符,就要与五刑的规定对照一下,看看该如何处罚。如果与五刑的规定不相应,就去对照一下五罚的规定;如果连五罚也有所未服,就对照一下五过的规定。所谓五过的弊端:或者是照顾被告曾做过官,或者用欺诈的手段翻案,或者因为被告的亲属有权有势,或者贪赃受贿,枉法徇私,或者因为旧日有往来的交情。凡是断狱之官由此而轻重其词,操纵案情审理,都将与犯罪者同罪,只有清廉公正的审讯才能够核实案情！其罪拟施五刑而有疑问,那就宽赦他而降等按五罚处理;如果拟入五罚而有疑问,那就宽宥他,免除刑罚,只有清廉公正的审讯才能够核实案情！为了显示诚信,增加凝聚力,可以征询官、吏、民的意见,细枝末节也要仔细核查清楚。未曾核实的便不能据以论罪,但也要整肃上天的威严。治罪与宽宥都要如此。以上讲五刑、五罚、五过的差别。

"墨辟疑赦①,其罚百锾②,阅实其罪。劓辟疑赦,其罚惟倍,阅实其罪。剕辟疑赦,其罚倍差,阅实其罪。宫辟疑赦,其罚六百锾,阅实其罪。大辟疑赦,其罚千锾,阅实其罪。墨罚之属千,劓罚之属千,剕罚之属五百,宫罚之属三百,大辟之罚,其属二百,五刑之属三千。

【注释】

①辟(pì):刑罚。

②锾(huán):古时重量单位,重六两。

【译文】

"拟处墨刑又有疑问的,宽宥减等,罚铜六百两,要核实他的罪过,使与处罚相当。拟处割鼻之刑又有疑问的,宽宥减等,罚铜数量为前者的一倍,一千二百两,要核实他的罪过,使与处罚相当。拟处砍脚之刑又有疑问的,宽宥减等,罚铜为前者的一倍半,三千两,要核实他的罪过,使与处罚相当。拟处宫刑又有疑问的,宽宥减等,罚铜三千六百两,要核实他的罪过,使与处罚相当。拟处死刑又有疑问的,宽宥减等,罚铜六千两,要核实他的罪过,使与处罚相当。墨刑这一级的处罚条目有一千条,割鼻这一级的处罚条目有一千条,砍脚这一级的处罚条目有五百条,宫刑这一级的处罚条目有三百条,死刑这一级的处罚条目有二百条,五刑的条目合计有三千条。

"上下比罪,无僭乱辞。勿用不行,惟察惟法,其审克之!上刑适轻,下服;下刑适重,上服。轻重诸罚有权①。刑罚世轻世重,惟齐非齐,有伦有要。罚惩非死,人极于病。非佞折狱,惟良折狱,罔非在中。察辞于差,非从惟从。哀敬折狱,明启刑书胥占,咸庶中正。其刑其罚,其审克之。狱成而孚②,输而孚。其刑上备。有并两刑。"以上专言罚之条理。

【注释】

①权:权变。这里指根据情况灵活掌握。

②孚:信服。

【译文】

"定案要上下比较其罪之轻重,不要受某些被告差错混乱的供词的影响,这种供词是一定不能用来断狱的。只有明察供词,依据法理,通过清正公平的审讯,才能核实案情! 一人犯罪,有时可以从轻使服下刑;一人犯两罪,则可以从重使服上刑。掌握刑罚从轻从重,断狱之官可以灵活处理,临时斟酌。执行刑罚要根据时情或轻或重,制定法典则要整齐轻重情形,有条理,有要求。刑罚的目的是惩罚罪过,不是置人于死地,而是要让犯人由此受到重病一样的打击。不是靠口才来处理案件,而是靠善良公正的为人,务使断狱得当。要从矛盾、抵牾之处来考察供词,既要依据供词,又不能仅看供词。要以悲天悯人之心来审理案件,应该打开刑书,依据法典的规定,仔细掂量,使案件的处理分寸得当。无论是依五刑处理,还是按五罚处理,只有清廉公正的审理才能核实案情。定案要让人信服,如有变更、平反,也要让人信服。结案后据实上报。如果有两种以上罪状而只按一种罪来惩罚的,最终由周王决定。"以上论判定刑罚的基本方式。

王曰:"呜呼! 敬之哉! 官伯族姓。朕言多惧,朕敬于刑,有德惟刑。今天相民,作配在下。明清于单辞①,民之乱②,罔不中听狱之两辞。无或私家于狱之两辞! 狱货非宝,惟府辜功,报以庶尤。永畏惟罚。非天不中,惟人在命。天罚不极,庶民罔有令政在于天下。"

【注释】

①单辞:无佐证之辞。

②乱：治。

【译文】

　　周王说："唉！要恭谨审慎地对待刑狱啊！官员们、父老们，同族和异姓的人们。我的话里多有畏惧之辞，这就是恭谨地对待刑狱，有德的统治者应当得当地运用刑罚。现在上天为了辅助民众，为他们相应地设置了君主，在下面治理臣民。对于没有佐证的片面之词，必须明察；要想治理好民众，没有不是兼听诉讼双方的供词的。听取供词时，不能从中营私取利！借审理刑狱而得来的财富可没什么值得宝贵的，而且这样做一定会招致广泛的怨恨，受到触犯众罪的报应。要永远以畏惧的心情对待刑罚。并不是上天降罚不够公正，事由人为，违天则自取其咎。如上天不能把惩罚降到这些人身上，那么众民也就不能享有良好的政德了。"

　　王曰："呜呼！嗣孙，今往何监？非德于民之中，尚明听之哉？哲人惟刑，无疆之辞，属于五极，咸中有庆。受王嘉师，监于兹祥刑。"

【译文】

　　周王说："唉！子孙们，从今以后你们要以什么为戒呢？难道不是在民众中树立德政，崇尚明察兼听吗？选择明哲之人，付以刑狱之事，对于无穷无尽的讼词，要处理得都合乎五刑的规定，就会带来幸福。为王治理臣民的人，一定要认真地慎用刑罚啊。"

文侯之命

【题解】

　　此篇作于何时，不详。东汉郑玄以为是平王时文。文侯则指晋文侯,名仇,字义和。

　　据《史记·周本纪》载,西周幽王荒淫无度,嬖爱褒姒,为立姒子伯服为太子,便废王后申后与太子宜臼。申后的父亲申侯联合缯(zēng)国和犬戎攻杀幽王,西周亡。诸侯拥立宜臼为王,是为周平王。他在晋文侯、郑武公等辅助之下,把国都从镐(hào)京东迁到洛邑,史称东周。在此政变中,晋文侯起了很大作用。周平王表彰晋文侯的功绩,赐给车马弓矢,于是作《文侯之命》。

　　王若曰①:"父义和②!丕显文、武,克慎明德,昭升于上,敷闻在下;惟时上帝③,集厥命于文王。亦惟先正克左右昭事厥辟④,越小大谋猷罔不率从,肆先祖怀在位⑤。以上晋之先世辅弼文、武。呜呼!闵予小子嗣,造天丕愆⑥。殄资泽于下民⑦,侵戎,我国家纯⑧。即我御事,罔或耆寿⑨,俊在厥服,予则罔克。曰惟祖惟父,其伊恤朕躬⑩!呜呼!有绩予一人永绥在位⑪。以上平王遭家难无人匡扶。父义和!汝克绍乃显祖,汝肇刑文、武⑫,用会绍乃辟,追孝于前文人。汝多,修扞我于艰⑬,若汝,予嘉。"以上嘉文侯之功。

【注释】

①王:周平王。

②父:周天子对同族诸侯的称谓。义和:晋文侯。

③惟时:因此,因是。

④先正:先臣。指公卿大夫。辟:君。

⑤肆:故。怀:安。

⑥造:遭。丕:大。愆(qiān):过。

⑦殄(tiǎn):灭绝。

⑧纯：通"屯（zhūn）"。艰难。

⑨耆（qí）：年老。

⑩恤：忧。

⑪绥：安。

⑫肇：始。刑：法，效法。

⑬扞（hàn）：抵御，保卫。

【译文】

周平王这样说："伯父义和啊！伟大光明的文王、武王，能够谨慎而努力地推行德教，美德上闻于天，名声广布大地；于是上天降下福命给文王。也因为先前的公卿大夫能够辅佐、服侍他们的君主，对君主大小谋划没有不遵从的，所以先祖得以安然在位。以上讲晋文侯的先祖曾辅佐周文王、武王。唉！不幸在我继承王位的时候，遭到上天的大责罚。断绝了小民的财物恩泽，兵侵我国，使我国家遭受大难。现在我的治事官员，没有老者在职，我真是难以胜任。所以说：祖辈、父辈的诸侯们，要为我分忧啊！唉，为我建功立业吧！要尽力帮我久安王位。以上讲周平王遭家难无人匡扶。伯父义和啊！您能够继承您的先祖唐叔的事业，您应效法文王和武王，会合诸侯，继承先君的王业，追法于前代的文德之人。您战功很多，在困境之中护卫我，像您这样的，我要大加赞美。"以上表彰晋文侯的功绩。

王曰："父义和！其归视尔师，宁尔邦。用赉尔秬鬯一卣①，彤弓一②，彤矢百，卢弓一③，卢矢百，马四匹。父往哉！柔远能迩，惠康小民，无荒宁。简恤尔都④，用成尔显德。"以上赐赉。

【注释】

①赉（lài）：赏赐。秬（jù）鬯（chàng）：祭祀用的黑黍、香酒。卣

（yǒu）：古时酒器。

②彤：朱色，红色。

③卢：黑色。

④简：专心致志。恤：矜恤，同情。

【译文】

周平王说："伯父义和啊！希望回去后整顿您的军队，安定您的邦国。我赠给您美酒一壶，红色的弓一张，红色的箭一百支，黑色的弓一张，黑色的箭一百支，马四匹。伯父您回去吧！安抚远方之人，那么近处的人也会乐于归附，要爱护安定民众，不要贪图安逸。要特别爱护国中的臣民，从而使您的德行显赫。"以上是赏赐。

费誓

【题解】

费（bì），地名。在今山东费县西北。《说文解字》引作"棐"，《史记》作"肸"，唐人改作"费"。《史记》和《书序》都说《费誓》篇是周公姬旦的儿子鲁公伯禽所作。伯禽在鲁即位之时，正当周人东征，与淮夷、徐戎等东方部落进行长期战争，而鲁国又是西周对淮夷、徐戎作战的前线诸侯国。

《费誓》与《尚书》中其他几篇战争誓词一样，没有对出师原因作出说明，也没有鼓舞煽动的言词，全文只是在具体地点部署战前的各项事宜。这对我们了解西周时代的军事制度和战备情况很有帮助。

公曰："嗟！人无哗，听命。徂兹①，淮夷、徐戎并兴。善敹乃甲胄②，敿乃干③，无敢不吊！备乃弓矢，锻乃戈矛，砺乃锋刃，无敢不善！以上除戎器。今惟淫舍牿牛马④，杜乃擭⑤，敛乃阱⑥，无敢伤牿。牿之伤，汝则有常刑！以上清道路。马牛其风⑦,臣妾逋逃⑧,勿敢越逐。祗复之⑨,我商赉汝。乃越逐,不复,汝则有常刑! 无敢寇攘,逾垣墙,窃马牛,诱臣妾,汝则有常刑! 以上严纪律。

【注释】

①徂:往。

②敹(liáo):缝缀。

③敿(jiǎo):系结。干(gān):盾。

④牿(gù):桎梏,加于牛马之脚,使不致走失。

⑤擭(huò):装有机关的捕兽木笼。

⑥敜(niè):塞平。

⑦风:兽类雌雄相诱。

⑧臣妾:指从军为厮役的男女家奴。逋(bū)逃:逃亡。

⑨祗(zhī):敬。

【译文】

鲁公说:"嗨! 大家不要喧哗了,听我发布命令。我们前往讨伐啦,现在淮夷、徐戎并起为寇。缝好你们的铠甲和头盔,系好盾牌,看有谁敢不至军所! 准备好你们的弓箭,锻造好你们的戈矛,打磨好兵器的尖刃,可不敢不准备好! 以上讲准备武器。现在要放牧那些加了桎梏的牛马,收起你们捕兽木笼的机关,平掉捕兽的陷阱,不要伤害了那些带着桎梏的牛马。如果牛马受伤,你们就要受到惩罚! 以上讲清理道路。马牛因牝牡相诱而走失,男女厮役有逃亡的,不得擅离队伍前去追赶。得到这些牛马厮役的人,恭敬地奉还原主,这样的人我就会赏赐你。如果有擅离队伍去追赶的,或是得到却不归还的,就会受到惩罚! 不许寇掠抢夺,穿壁翻墙,窃取他人牛马,拐骗奴隶,否则,都要受到应有的惩罚! 以上讲严明纪律。

"甲戌,我惟征徐戎。峙乃糗粮^①,无敢不逮,汝则有大刑^②! 鲁人三郊三遂^③,峙乃桢榦^④,甲戌,我惟筑,无敢不供,汝则有无余刑,非杀! 鲁人三郊三遂,峙乃刍茭^⑤,无敢不多,汝则有大刑!"以上刍粮壁垒。

【注释】

①峙:通"庤(zhì)"。储备。糗(qiǔ):干粮。

②大刑:大辟之刑,死刑。

③三郊三遂:国都城外近处曰郊,远处曰遂。古时征兵先征近郊之
　　邑,不足则再征远郊之邑,仍不足则举国征兵。此言大量征兵。

④桢榦(zhēn gàn):筑墙的工具,版筑时加固用的木板。

⑤刍茭(chú jiāo):可喂牛马的干草。

【译文】

"甲戌这一天,我要出征徐戎。准备好你们的干粮,不许不按时到达,违者必处以死刑! 征集鲁国国都及近郊远郊的人力物力,准备好你们筑城的工具,甲戌这天我就要修筑营垒,不许不保证供应,否则,不以死罪论处还会有什么其他的刑罚! 我们要在近郊、远郊大量征集人力物力,你们要准备好牛马的草料,不许不作充足的准备,否则你们将被处死!"以上讲准备粮草,修筑壁垒。

秦誓

【题解】

本篇为春秋时代秦穆公所作的誓词。据《左传》僖公三十二年(前628)、三十三年(前627)记载,秦穆公派遣孟明视、西乞术、白乙丙率领军队远道奔袭郑叔,并拒绝接受老臣蹇(jiǎn)叔的劝谏。结果秦军回师

途中在崤山受到晋国军队的伏击，全军覆灭。三将均被俘。本篇就是三将被放还回国后，秦穆公自责自悔，对群臣的誓词。文章采用对比的写作手法，语言诚挚，有自我警诫之意。

公曰："嗟！我士，听无哗！予誓告汝群言之首①。古人有言曰：'民讫自若是多盘②。'责人斯无难，惟受责俾如流，是惟艰哉！我心之忧，日月逾迈，若弗云来。以上自悔。

【注释】

①首：本，要。

②讫：止。若：顺。盘：快乐。

【译文】

秦穆公说："唉！我的臣民们，听着，不要喧哗！我要发誓，对你们说几句要紧的话。古人有言说：'民行从善乐开颜。'责备他人有何难，接受他人的责备能从善如流，才是最难的！我心中真是忧虑重重啊，时光流逝，不能再来啊。以上是自悔。

"惟古之谋人，则曰未就予忌；惟今之谋人，姑将以为亲。虽则云然，尚猷询兹黄发①，则罔所愆。番番良士②，旅力既愆③，我尚有之；仡仡勇夫④，射御不违，我尚不欲。惟截截善谝言⑤，俾君子易辞⑥，我皇多有之⑦！以上悔疏老成而亲佞人。

【注释】

①黄发：老人。老人头发变白，白久则黄，故称。

②番番(pó)：通"皤皤"。白色。

③旅：通"膂"。膂力，即体力。愆：亏损。

④仡仡(yì)：雄壮勇敢的样子。

⑤截截：明辩便巧。谝(pián)：巧辩。

⑥易：轻忽。

⑦有：亲近。

【译文】

"坚持古义为我谋划的人，因没有顺从我，遭到我的忌恨；就事论事为我谋划的人，我还以为这是亲附我。话虽这样说，有关军国大事还是应当征询年长者的意见，才不会犯错误。头发花白的老人，虽然体能有所下降，我却应当亲近他；雄壮勇武的壮士，虽然箭射得准，车驾得熟练，却还不是我现在需要的。那些巧辩动听的话，使君子轻易惰废，我过去却听得太多了！以上讲悔悟过去、疏远老成而亲近佞人。

"昧昧我思之①，如有一介臣，断断猗无他技②，其心休休焉③，其如有容。人之有技，若己有之；人之彦圣，其心好之，不啻如自其口出④。是能容之，以保我子孙黎民，亦职有利哉！人之有技，冒疾以恶之⑤；人之彦圣，而违之俾不达，是不能容，以不能保我子孙黎民，亦曰殆哉！邦之杌陧⑥，曰由一人；邦之荣怀，亦尚一人之庆。"以上言国以一人衰，以一人兴。

【注释】

①昧昧：暗。

②断断：诚恳的样子。猗(yī)：语气词。

③休休：宽容敦厚的样子。

④啻(chì)：但，只。

⑤冒：嫉妒。恶（wù）：讨厌。

⑥杌陧（wù niè）：倾危不安。

【译文】

　　"我暗地里思量，如果有一位耿介之臣，忠实诚恳，虽然没有应付实战的技巧，但心地宽广能容人。别人有作战技能，就像他自己有一样；别人有出色的才干、高尚的道德，他会发自内心地喜好，不仅是口中时常称道。这种能容纳才德之士的人，可以保有子孙和臣民，并为他们造福啊！他人有技能，就由嫉妒而产生厌恶之情；人家有才有德，就压制人家，使其成就不为君主所知，这样不能宽容待人的人，便不能保有我子孙、臣民的幸福，这种人是危险的！国家不安，责任在君主一人；国家安宁，也主要靠国君的美德。"以上讲国家因一人衰，因一人兴。

左传

《左传》简介参见卷六。

王子朝告诸侯之辞

【题解】

　　王子朝为周景王的长庶子（非正妻所生的儿子中最年长的），为景王所宠爱。景王嫡子太子寿早夭，景王便立王子猛为太子，后又想立王子朝，未定之际景王死，王子猛即位，于是王子朝发动了叛乱。鲁昭公二十二年（前520），周敬王（此时王子猛已死，其弟继位，是为敬王）在晋国军队帮助下将王子朝赶出盘踞地。所以，在这篇告诸侯辞里，王子朝回顾了周朝的历史及周初封藩的用意，希望诸侯能帮助他取得天子位。

　　昔武王克殷，成王靖四方，康王息民，并建母弟①，以蕃屏周②。亦曰："吾无专享文、武之功，且为后人之迷败倾覆，而溺入于难，则振救之。"至于夷王，王愆于厥身③，诸侯莫不并走其望④，以祈王身。至于厉王，王心戾虐，万民弗忍，居王于彘⑤。诸侯释位⑥，以间王政⑦。宣王有志，而后效官⑧。

至于幽王,天不吊周⑨,王昏不若⑩,用愆厥位⑪。携王奸命⑫,诸侯替之,而建王嗣⑬,用迁郏鄏⑭。则是兄弟之能用力于王室也。至于惠王,天不靖周,生颓祸心⑮,施于叔带⑯,惠、襄辟难,越去王都。则有晋、郑,咸黜不端⑰,以绥定王家。则是兄弟之能率先王之命也。以上惠、襄以前皆藉诸侯靖难。

【注释】

①建:分封。又称"封建"。周朝把爵位、土地分赐给天子的同母兄弟;在封定的区域内建立邦国,有保卫周王室的义务。

②蕃屏:形容像藩篱一样屏蔽、保卫周王室。

③愆:恶疾。

④并:遍。

⑤彘(zhì):地名。在今山西霍州。

⑥释位:离开职位。

⑦间:参与。

⑧效:授。将天子位授予宣王。

⑨吊:杨伯峻认为"本淑善的淑字,古人误认为吊字。"善良、吉祥之意,犹言保佑。

⑩不若:不善。

⑪愆:失。

⑫携王:幽王少子伯服。

⑬王嗣:宜臼。幽王王后申姜,生太子宜臼。幽王却宠幸褒姒,褒姒生子伯服,幽王准备杀掉宜臼而改立伯服。宜臼逃往申国,申伯及西戎伐周,幽王被杀死,诸侯废伯服而立宜臼,是为平王。

⑭郏鄏(jiá rǔ):地名。今河南洛阳西。

⑮颓：即王子颓，惠王庶叔，鲁庄公十九年（前675）叛乱，周惠王不
　得不去郑避难。

⑯叔带：周襄王弟，鲁僖公二十四年（前636），叔带发动叛乱，襄王
　外逃。

⑰黜：去掉。晋文公杀叔带，郑厉公杀王子颓，为王室除掉行为不
　端的人。

【译文】

从前周武王战胜了殷商，周成王平定四方，周康王使人们休养生
息。并分封同母兄弟，以保卫周王室。又说："我不能单独承受文王、武
王的功业，而且还要考虑后人的迷乱败坏会使国家倾覆、陷于危难之
中，所以分封诸侯要予以拯救。"到了夷王，他身患恶疾，诸侯都在自己
的封国内四处奔走，祈祷各方神灵保佑他身体健康。到了厉王，他内心
乖戾暴虐，百姓不能容忍他，将他流放到彘这个地方。诸侯离开自己的
职位，以参与王室政事。宣王明礼又有才识，长大后将天子位授给了
他。到了幽王，上天不保佑周朝，天子昏乱不善，所以失去了天子位。
携王触犯了天命，诸侯废弃了他，立宜臼为天子，迁都郏鄏。这是因为
兄弟们能为王室效力。到了惠王时，上天不使周朝安定，使王子颓滋生
祸心，延及到叔带，惠王、襄王避难，离开了国都流亡。这时候则有晋文
王、郑厉公为王室除掉了行为不端的人，以安定王室。这是由于兄弟们
能遵从先王的命令。以上周惠王、襄王之前借诸侯靖难。

在定王六年①，秦人降妖，曰："周其有頿王②，亦克能修
其职③。诸侯服享④，二世共职⑤。王室其有间王位⑥，诸侯
不图⑦，而受其乱灾。"至于灵王，生而有頿。王甚神圣，无恶
于诸侯。灵王、景王，克终其世。以上灵、景无恙，秦之妖言
将践。

【注释】

①定王六年：公元前 601 年。

②颊（zī）：口上须。

③克：能够。

④服享：顺服而享有。

⑤二世：周灵王、周景王。

⑥间：觊觎。

⑦图：计划、图谋。

【译文】

在定王六年，秦国降下妖人，说："周朝会出现一个上唇长胡子的天子，能够执行自己的职责。诸侯顺服，享有国家，两代胜任自己的职务。王室中会有人觊觎王位，如果诸侯不为王室出谋划策，则要身受其乱。"到了灵王，生下来上唇就有胡须，他十分聪明圣达，对诸侯没做什么恶事。灵王、景王都善始善终了。以上讲周灵王、景王无恙，秦之妖言应验了。

今王室乱，单旗、刘狄①，剥乱天下，壹行不若②。谓先王何常之有，唯余心所命，其谁敢讨之！帅群不吊之人，以行乱于王室。侵欲无厌，规求无度，贯渎鬼神，慢弃刑法，倍奸齐盟，傲很威仪③，矫诬先王④。晋为不道，是摄是赞⑤，思肆其罔极⑥。兹不穀震荡播越⑦，窜在荆蛮，未有攸厎⑧。若我一二兄弟甥舅，奖顺天法⑨，无助狡猾，以从先王之命，毋速天罚，赦图不穀⑩，则所愿也。敢尽布其腹心，及先王之经⑪，而诸侯实深图之。以上诉单、刘及晋之咎。

【注释】

①刘狄：伯蚠（fēn），刘献公庶子。

②壹：专。不若：不善。

③傲很：蔑视。

④矫诬：诈而不实，诬蔑。

⑤摄：扶持。赞：帮助。

⑥肆：放纵。罔极：没有限度。

⑦不榖：王子朝自称。播越：流离，不安居。

⑧攸底（dǐ）：归宿。攸，所。底，至。

⑨奖顺：帮助而顺从。

⑩赦图：除去其忧患，摆脱其危难。赦，免除。图，计划。

⑪先王之经：先王的命令。

【译文】

如今王室动乱，单旗、刘狄搅乱天下，专门倒行逆施。说先王即位有什么常规，只要我想立谁就立谁，谁敢讨伐我！领着一群上天都不怜悯的人在王室中制造动乱。他们贪得无厌，奢求无度，一贯亵渎鬼神，无视刑法，违背盟约，蔑视礼仪，诬蔑先王。晋不守道，在辅王室之中肆意妄为，毫无节制。现在我王子朝动荡流离，流亡在荆蛮不毛之地，没有归宿。如果我的一二位兄弟甥舅，帮助我顺从上天的法度，不去帮助狡猾之徒，以顺从先王的命令。不要迅速招来上天的惩罚，为我除去忧患，为我摆脱危难，那就是我的希望所在了。谨在此披露心迹，并公布先王的命令，希望诸侯认真考虑一下！以上控诉单旗、刘狄及晋的罪行。

昔先王之命曰："王后无適，则择立长。年钧以德，德钧以卜。"王不立爱，公卿无私，古之制也。穆后及太子寿早夭即世，单、刘赞私立少，以间先王，亦唯伯仲叔季图之①！

【注释】

①伯仲叔季：杜预注：总称诸侯。

【译文】

过去先王命令说:"王后没有嫡子,则立长子。年纪相同根据德行,德行相当根据占卜。"天子不立自己偏爱的儿子,公卿没有私心,这是自古以来的制度。穆后和太子寿短早年去世,单旗、刘狄为私利而立年幼的王子即位,更改了先王的制度,请诸侯们考虑!

秦始皇

秦始皇（前259—前210），姓嬴名政。自公元前230年至公元前221年先后灭韩、魏、赵、楚、燕、齐六国，建立了中国历史上第一个统一的中央集权制的专制帝国，成为中国历史上第一位皇帝。他推行郡县制，统一法律、度量衡、货币和文字，加强全国交通，北击匈奴、筑长城，南定百越，巩固了统一局面，推动了经济文化交流。同时他实行严酷的专制独裁统治和严刑峻法，穷兵黩武，以致自己去世不久即爆发农民起义，秦王朝两世即亡。

初并天下议帝号令

【题解】

本文是秦始皇帝初并六国后，命丞相和御史讨论自己尊号的诏令。秦始皇先简要回顾了自己相继诛灭六国的经历，宣示了自己空前绝后的功勋伟业，然后说明议更帝号的理由。文章虽短，但霸气磅礴，充分显示了秦始皇帝"挥方阵、扫六合"的开天辟地式的恢宏气势。

秦初并天下，令丞相、御史曰①："异日韩王纳地效玺②，请为藩臣③，已而倍约④，与赵、魏合从畔秦⑤，故兴兵诛之，虏其王。寡人以为善，庶几息兵革⑥。赵王使其相李牧来约盟⑦，故归其质子。已而倍盟，反我太原，故兴兵诛之，得其王。赵公子嘉乃自立为代王，故举兵击灭之。魏王始约服入秦，已而与韩、赵谋袭秦，秦兵吏诛，遂破之。荆王献青阳以西⑧，已而畔约，击我南郡⑨，故发兵诛，得其王，遂定其荆地。燕王昏乱，其太子丹乃阴令荆轲为贼⑩，兵吏诛，灭其国。齐王用后胜计，绝秦使，欲为乱，兵吏诛，虏其王，平齐地。以上灭六国。寡人以眇眇之身⑪，兴兵诛暴乱，赖宗庙之灵⑫，六王咸伏其辜⑬，天下大定。今名号不更，无以称成功，传后世。其议帝号⑭。"以上议帝号。

【注释】

①御史：即御史大夫。掌文书和记事、监察、执法，地位仅次于丞相。

②效玺：交出国玺以示称臣。

③藩臣：守卫边地之臣。

④倍：通"背"。

⑤畔：通"叛"。

⑥庶几：也许可以。表示希望。兵革：借指战争。

⑦李牧：赵国著名将领。长期防守赵国边境，深得军心，曾大败东胡、林胡、匈奴。赵王迁三年（前233），率军向秦反攻，大败秦军，赐封武安君。后赵王中秦反间计，李牧惨遭杀害，不久秦灭赵。

⑧青阳：县名。在今湖南长沙境内。

⑨南郡：郡名。治所在郢（今湖北江陵东北），后迁江陵。

⑩阴：暗地里。贼：行刺，暗害。

⑪眇眇（miǎo）：即渺渺，微小，渺小。

⑫宗庙：本指帝王、诸侯或卿大夫祭祀祖先之所，这里指祖宗。

⑬六王：指齐、楚、燕、韩、魏、赵六国诸侯。辜：罪。

⑭其：表示祈使，副词。

【译文】

秦王刚刚统一天下，命令丞相、御史大夫说："以前韩王献地交印，请求做边藩之臣，随后背叛盟约，与赵、魏联合起来反叛秦国，所以我兴兵讨伐韩，活捉了韩王。我本以为这很妥当，从此可以休兵卸甲，停止战争了。赵王派他的相国李牧来缔结盟约，所以我归还了他在秦做人质的儿子。不久赵国却背弃盟约，在太原反抗我，所以我兴兵讨伐赵，俘虏了赵王。赵公子嘉就自立为代王，所以我又兴兵讨伐灭掉了他。魏王原本打算入秦纳降，后来与韩、赵一同谋划袭击秦，被秦兵诛杀，于是魏国灭亡了。楚王献出青阳以西的土地，随后背弃盟约，进犯我国南郡，所以我兴兵讨伐，俘获了楚王，平定了楚国。燕王昏乱，他的太子丹竟然密令荆轲行刺我，我国官兵进行讨伐，灭亡了他的国家。齐王用他的相国后胜的计策，断绝了同秦国使臣的来往，想要作乱，我国兵吏进行讨伐，俘虏了齐王，平定了齐国。以上讲灭六国。我以渺小的身躯，兴兵讨伐暴乱，依赖祖宗的神灵，六国国君都俯首伏罪，天下得到了平定。现在不更换名号，就无法显示功业，传承后代。请大家讨论商定帝号。"以上讲议帝号。

汉高帝

汉高帝刘邦（前256—前194），字季，秦泗水郡沛县丰邑（今江苏丰县）人。秦二世元年（前209）秋七月，陈胜、吴广在陈、蕲起义，刘邦也在沛起事相应，号为沛公。九月，项羽起事。秦二世三年（前207）五月，受义帝熊心之命，刘邦与项羽分兵入关攻秦。次年八月，刘邦率先破关入秦都咸阳，灭秦。项羽入关，自据关中地，封刘邦为汉王。刘邦先平定三秦，后与项羽争战多年，最终败项羽于垓下，于氾水之阳即位为帝，国号"汉"，在位十二年（前206—前194）。

求贤诏 十一年

【题解】

本文发布于高祖十一年（前196）二月。诏令提出优厚的条件，命朝臣及地方官员广求贤人，以安定天下，利国利民。反映了作者礼贤下士的精神。文章简洁凝炼，中心明确，一气呵成。

盖闻王者莫高于周文①，伯者莫高于齐桓②，皆待贤人而成名。今天下贤者智能，岂特古之人乎？患在人主不交故也，士奚由进！今吾以天之灵、贤士大夫定有天下，以为一家,欲其长久,世世奉宗庙亡绝也③。贤人已与我共平之矣,而不与吾共安利之,可乎? 贤士大夫有肯从我游者,吾能尊显之。布告天下,使明知朕意。御史大夫昌下相国④,相国酂侯下诸侯王⑤,御史中执法下郡守⑥,其有意称明德者,必身劝,为之驾,遣诣相国府,署行、义、年⑦。有而弗言,觉,免。年老癃病⑧,勿遣。

【注释】

①周文:周文王姬昌,周武王之父。商纣王时被西方诸侯拥为诸侯之长,称西伯。子武王起兵伐纣,灭殷商,建立周王朝。

②伯:通"霸"。齐桓:齐桓公小白,春秋五霸之一。

③亡(wú):无。

④昌:即周昌,沛县(今江苏沛县)人。随刘邦入关破秦,后封为汾阴侯。

⑤酂(cuó)侯:即汉丞相萧何。酂,在今河南永城西。

⑥御史中执法:即御史中丞。

⑦署:题名,题字。行:即行状,记述事迹的一种文体。初指生平事迹。义:同"仪"。仪容相貌。

⑧癃(lóng):疲劳衰弱之病。

【译文】

听说称王的人没有谁高出周文王,称霸的人没有谁超过齐桓公,他们都是依靠贤明的人而成就了名望。当今天下贤者的智慧及能力,难道仅仅与古代贤人相当吗?怕只怕天子不去结交有才之士,有才之士怎么能够得到进用呢!如今我凭借上天的神灵及贤明的大臣,平定天下,把天下统一为一个整体,就是想使它长久不衰,世世代代供奉宗庙,没有尽头。贤明的人已经与我共同平定了天下,但不跟我共同安抚天下以利国利民，这样行吗？天下贤明有才能的人士中有愿意跟从的，我就让他们尊贵显达。现在发布诏令告知天下，使天下人明白地了解我的心意。这道诏令由御史大夫周昌传达给相国萧何，由相国酂侯萧何下达给各诸侯王，另外由御史中丞下达到各郡的郡守，那些愿意发扬好的品德的贤人，各郡的郡守应亲自前往加以鼓励，并驾车接送到相国府，在相国府备档，题写姓名、记载事迹、仪容相貌及年纪。如各郡中有贤人而不向朝廷推荐，一经发现便免去郡守的职务。但年纪老了或疲劳生病，就不要遣送。

汉文帝

汉文帝刘恒（前 202—前 157），汉高祖刘邦之子。高祖十一年（前 196），刘邦平定代地，立刘恒为代王。公元前 187 年，吕后卒，诸吕相谋作乱，丞相陈平、太尉周勃等平定诸吕之乱，迎刘恒入京，恒于次年即位。

文帝在位二十三年间，以文德治天下，执行"与民休息"政策，经济得到恢复发展，与其子景帝共同实现了"文景之治"。

赐南粤王赵佗书 元年

【题解】

吕后执政时，南粤王赵佗自立为帝，与汉朝相抗衡。文帝即位后，写信抚慰他，劝他息兵、去帝号，仍治南粤之地。信中措辞精当，语气谦和，表现了汉文帝审时度势、宽仁大度的智慧和胸怀。

皇帝谨问南粤王①：甚苦心劳意。朕，高皇帝侧室之子②，弃外奉北藩于代③。道里辽远，壅蔽朴愚，未尝致书。高皇帝弃群臣，孝惠皇帝即世④，高后自临事⑤，不幸有疾，日进不衰⑥，以故悖暴乎治⑦。诸吕为变故乱法⑧，不能独制，乃取它姓子为孝惠皇帝嗣⑨。赖宗庙之灵，功臣之力，诛之已毕。朕以王侯吏不释之故⑩，不得不立，今即位。以上叙述自己由代王入即帝位。

【注释】

①南粤王：即赵佗。吕后时，自尊为南越武帝。文帝立，使陆贾赐书（即本文）。赵佗去帝号称臣，上书自称"蛮夷大长老臣佗"。

②侧室之子：庶子。文帝非吕后所生，乃薄姬之子，故以此自称。

③弃外：指高帝十一年（前196）封文帝于代为代王之事。

④孝惠皇帝：汉惠帝刘盈，汉高祖之子，高帝十三年（前194）即位，在位七年，于公元前187年崩。

⑤高后：即高祖皇后吕雉。

⑥日进不衰：言吕后病情日益加重。

⑦悖（bèi）：性情反常。

⑧诸吕：指吕产、吕禄等人。

⑨它姓子：因汉惠帝在位无子，吕后便取后宫美女所生之子立为太子，惠帝死后立为少帝，吕后家族废之，又立后宫女所生子为帝，与少帝实际皆为吕氏子嗣。

⑩不释：文帝辞让帝位但不得大臣官吏之许。

【译文】

我大汉皇帝恭谨地问候南粤王：你很是费心劳神吧。我身为高祖皇帝的庶子，以前被封到外地，作为代王，镇守北边的边境地区。路途遥远，消息闭塞，使我鄙陋无知，因此从来没有机会派信使去你那里沟通。后来高祖皇帝丢下他众多的大臣离世而去，孝惠皇帝继承君位，不久高皇后亲临朝政，但不幸染了疾病，病情日益加重，因而在治理国事上乖庚残暴。吕氏家族如吕产、吕禄等人蓄意作乱，扰乱法律，高皇后不能加以制止。他们竟然选取非刘姓的异姓子嗣立为孝惠皇帝的太子。有幸仰仗祖先宗庙的神灵，依靠朝廷功臣的力量，最终平定了吕氏众人的叛乱。我因为辞让帝位不得众臣的容许，不得不做皇帝，如今刚刚即位。以上叙述自己由代王入即帝位。

　　乃者闻王遗将军隆虑侯书①，求亲昆弟，请罢长沙两将军。朕以王书罢将军博阳侯②，亲昆弟在真定者，已遣人存问，修治先人冢。前日闻王发兵于边，为寇灾不止。当其时，长沙苦之，南郡尤甚，虽王之国，庸独利乎？必多杀士卒，伤良将吏，寡人之妻，孤人之子，独人父母。得一亡十，朕不忍为也。以上存省兄弟坟墓，劝令息兵。

【注释】

　　①隆虑侯：即周灶，封于隆虑（今河南林州），受吕后派遣率军进攻
　　　赵佗的将军。
　　②博阳侯：周聚。

【译文】

　　听说你写信给将军隆虑侯周灶，要求寻访在故乡的同宗兄弟，并请求停止长沙的两位将军进攻南越的行动。我照你书信的要求，已命令将军博阳侯周聚的军队停止进攻，凡是你的同宗在真定故乡的兄弟，我也已经派人前去问候，并对你先人的坟墓进行修整。但前些日子了解到你在边境上发兵，作乱不止。在那个时候，不仅长沙饱受战乱之苦，南郡遭受的损害将更加严重，即便是南粤王你的国家，就能得到好处吗？结果一定是许多战士被杀害，良将遭伤亡，妻子成寡妇，孩子变为孤儿，父母无依无靠。得到一分好处而失去十分的利益，我不忍心这样

做。以上讲问候赵佗在老家的兄弟并修整其祖坟,劝令息兵。

　　朕欲定地犬牙相入者,以问吏,吏曰:"高皇帝所以介长沙土也。"朕不能擅变焉。吏曰:"得王之地,不足以为大;得王之财,不足以为富。"服领以南①,王自治之。虽然,王之号为帝,两帝并立,亡一乘之使以通其道,是争也;争而不让,仁者不为也。愿与王分弃前患②,终今以来,通使如故。以上不贪其土地,劝去帝号。

【注释】

①服领:山名。当时为长沙郡的南界。

②分弃:共同捐弃。

【译文】

　　我想划定南边犬牙交错地带的地界,就此事询问官吏,官吏说:"那里是当年高祖划隔长沙的界线。"所以我不能随便加以改变。官吏说:"得到南粤王的土地,不能使汉地扩大;得到南粤王的钱财,也不能使我们富裕。"服领山以南,自然还是由你治理。虽然这样,你自号为"帝",致使两个皇帝同时存立,又没有一位使者来进行沟通,这就是要和我争夺帝位;两帝相争互不退让,这不是仁德之人的做法。希望能与你共同捐弃以前的成见,从今以后直至永远互通使者像以前一样。以上讲不贪其土地,劝去帝号。

　　故使贾驰谕告王朕意①,王亦受之,毋为寇灾矣。上褚五十衣,中褚三十衣,下褚二十衣②,遗王。愿王听乐娱忧,存问邻国。

【注释】

①贾：陆贾，当时任太中大夫。

②褚：用棉花充装衣服叫"褚"。上褚、中褚、下褚，因用棉多少薄厚
　　不同而区别称之。

【译文】

　　因此特派太中大夫陆贾策马向你告知我的想法，希望你也能接受，
不要作乱了。同时送上上等棉衣五十件，中等棉衣三十件，下等棉衣二
十件。希望南粤王你快乐逍遥，并问候你的邻国。

除诽谤法诏 二年

【题解】

　　此诏令发布于汉文帝二年（前178）。史载，吕后时曾下诏废除妖言
之罪。文帝继位后，实行了一系列的开明政策，广开言路，重申废除诽
谤罪之令。诽谤，古义为公开指责统治者及其朝政失误。诏令虽然篇
幅短小，但引经据典，申明利害，言辞恳切，堪称诏令类中的上品。

　　古之治天下，朝有进善之旌、诽谤之木①，所以通治道而
来谏者也。今法有诽谤妖言之罪②，是使众臣不敢尽情，而
上无由闻过失也。将何以来远方之贤良？其除之。民或祝
诅上③，以相约而后相谩④，吏以为大逆，其有他言，吏又以为
诽谤。此细民之愚无知抵死，朕甚不取。自今以来，有犯此
者勿听治。

【注释】

　　①进善之旌：尧时在交通要道设立的旗帜，使百姓于旗下发表善

言。诽谤之木：尧时设立。桥梁两侧的木板两端木柱头上横插的部分，百姓可以在上面书写朝政过失，后演变为一种装饰品，即今所称的"华表"。秦时政治苛虐，废除。

②訞：同"妖"。

③祝（zhòu）诅：即"诅咒"，表示不满。祝，诅咒。

④谩：诋毁。

【译文】

古代圣人治理天下时，朝廷公开设立让百姓进善言的旗帜和提出批评的桥柱，用来打通安定天下的渠道并使进谏的人前来发表意见。如今的法律条文中有惩治诽谤和所谓妖言的规定，这使得众多的大臣不敢表露自己的内心想法，而皇帝无从了解自己的过失。如此，还能凭什么使远方的贤人良才靠近自己呢？要废止这些规定。百姓对天子有意见，开始时结伙请神弄鬼，之后又进行诋毁，官吏就认为他们是大逆不道，如果他们说了些别的什么话，则官吏又认为他们是犯了诽谤罪。这些都是因为百姓下愚无知，糊里糊涂地触犯了死罪，我很不以为然。从今以后，如有触犯了这一法律的人，不许立案治罪。

除肉刑诏 十三年

【题解】

文帝治天下，主张以仁德为本。据《史记》所载，前元十三年（前167）五月，齐太仓令淳于意犯法被判施肉刑，诏令押往长安治罪。其女上书，愿自己没身为官婢以赎父罪。文帝感悟，乃有此诏。

盖闻有虞氏之时①，画衣冠异章服以为戮②，而民弗犯，何治之至也！今法有肉刑三而奸不止③，其咎安在？非乃朕德之薄而教不明与？吾甚自愧。故夫训道不纯而愚民陷焉。《诗》曰："恺弟君子，民之父母④。"今人有过，教未施而刑已加焉，或欲改行为善而道亡繇至。朕甚怜之。夫刑至断支体，刻肌肤，终身不息，何其刑之痛而不德也，岂称为民父母之意哉！其除肉刑，有以易之。

【注释】

①有虞氏：即舜。

②画衣冠异章服：《晋书·刑法志》言："五帝画衣冠而民知禁。"即以异常的衣着象征肉刑，叫做"画衣冠"，又称"象刑"。"异章服"与此同。《晋书·刑法志》："犯黥者皂其巾，犯劓者丹其服，犯膑者墨其体，犯宫者杂其屦，大辟之罪，殊刑之极，布其衣裾而无领缘，投之于市，与众弃之。"戮：《史记》作"僇"，惩罚。

③肉刑三：即汉法规定的黥、劓、刖三种肉刑（黥：将人面部刺破并用墨涂之。劓：割鼻。刖：砍脚）。

④恺弟君子，民之父母：见《诗经·大雅·旱麓》。恺弟，和乐简易，祥和大度。

【译文】

听说虞舜治天下的时候，用异常的衣着服饰作为惩罚，百姓不触犯禁令，天下治理得有多么安定啊！现在的法律中规定有黥、劓、刖三种肉刑，但仍然不能制止奸恶，过错究竟在哪里呢？莫非是我的德性太薄，并且教化不明？我很是惭愧。所以国家法律不纯，愚朴的百姓就容易陷进法网之中。《诗经》说："宽厚和乐的执政者，是百姓的父母。"现在百姓犯了过错，教化没有施行，可肉体之刑却已经到了头上。即使有人想要改恶从善，也已经无道可走了。我很是同情他们。肉刑截断人的肢体、刺伤人的肌肤，一辈子也不能重新长出复原，是多么令人痛苦，多么不仁德啊！这怎么能与为民父母的心意相符呢！废除肉刑，改用别的处罚方式。

增祀无祈诏 十四年

【题解】

在这篇诏令中，汉文帝要求祠官增加祭祀上天、祖宗的场所及祭器，但不要为皇帝一人祈福，要以尊贤为上，宗亲次之，先民后己，反映了文帝的民本意识。

朕获执牺牲珪币以事上帝宗庙①，十四年于今，历日弥长。以不敏不明而久抚临天下，朕甚自愧，其广增诸祀坛场珪币②。以上增祀。昔先王远施不求其报，望祀不祈其福，右贤左戚③，先民后己，至明之极也。今吾闻祠官祝釐④，皆归福于朕躬，不为百姓，朕甚愧之。夫以朕之不德，而专乡独美其福⑤，百姓不与焉，是重吾不德也⑥。其令祠官致敬，无有所祈。以上无祈。

【注释】

①牺牲：古人祭祀时所用的牛羊之类祭品。珪币：祭祀神灵时所用的玉石、丝织品等祭品。

②坛场：祭祀时用土筑起的高台叫做坛，周围开辟的广场叫场。

③右贤左戚：古人位次以右为尊，左的位次低于右，"右贤左戚"，即以贤人为上，以亲族关系次于贤人之位。

④釐（xī）：福。

⑤乡（xiǎng）：通"飨"。享受。

⑥重（chóng）：增加。

【译文】

　　我得以主持用牛羊、玉器、彩帛等礼品祭祀天帝祖先的仪式，至今已有十四年，时间真够长的。凭我并不聪慧明达的天资，长时间君临天下，我感到十分惭愧，还是增加各种祭祀用的坛场和祭品吧。以上讲增祀。以往先王远施仁德但不希求报答，进行祭祀却从未给自己祈福，先尊贤人，次及亲族，先想到百姓，后考虑自己，可以说圣明到了顶点。现在我听说祭祀官员祝福，把所求的福分全部集中在我一人身上，而从不为了百姓，为这事我感到很惭愧。凭借我的不仁德而独自享受那求来的福气，百姓却不沾边，这是增加了我不仁德的程度。现在诏令主祭官员，要多向天帝和祖先神灵致以敬意，不要再有过分的祈求。以上讲不要过分祈求。

民食不足求言诏 后元年

【题解】

　　此诏颁于汉文帝后元元年（前163）。当时连年天灾，粮食歉收，百姓口粮严重不足。文帝忧心如焚，于是颁诏，令朝廷各级官员及诸侯进言，寻求解决粮食不足问题的方法。表现了文帝重民生的思想。

　　间者数年比不登，又有水旱疾疫之灾，朕甚忧之。愚而不明，未达其咎。意者朕之政有所失而行有过与①？乃天道有不顺，地利或不得，人事多失和，鬼神废不享与？何以致此？将百官之奉养或费，无用之事或多与？何其民食之寡乏也！夫度田非益寡，而计民未加益，以口量地，其于古犹有余，而食之甚不足者，其咎安在？无乃百姓之从事于末以害农者蕃，为酒醪以靡谷者多，六畜之食焉者众与？细大之义，吾未能得其中。其与丞相、列侯、吏二千石、博士议之^②，有可以佐百姓者，率意远思，无有所隐。

【注释】

①与（yú）：同"欤"。句末语气词，表示疑问或感叹。

②二千石：官秩等级。因所得俸禄以谷物为准，故以"石"名之。汉代朝廷内自九卿郎将，外至郡守、王国相的俸禄等级，都是二千石。博士：官名。西汉初充当皇帝顾问，参与议政、制礼，典守书籍。秩四百石，秩虽卑而职位尊显。

【译文】

近几年来粮食连年歉收，又加上水灾、旱灾及瘟疫灾害，我对此非常忧虑。我愚鲁不明，想不通造成这种局面的原因。我想莫非是我的政令有什么失误，行为有什么过错？还是天道有所不畅，地利没有尽得，人心不团结，鬼神不享祭祀？为什么会到这种地步呢？是因为各级官员的花费过大、无作用的事情太多了吗？为什么百姓的粮食这样缺乏呢！我估摸土地并不是越来越少，而统计出来的人口并没有增加多少；按土地与人口的比例，比起古代来还有富余，但口粮十分匮乏的根本原因在哪里呢？莫非百姓中干工商业的人太多而妨碍了农业生产？还是因为大量造酒浪费粮食太多了，或者是因为各种家畜吃掉的粮食数量过大了？无论从小的还是从大的道理考虑，我都没能抓住问题的关键。希望能与朝中丞相、各位诸侯、中央与地方二千石级官员及博士共同商讨，有能够帮助百姓解决难题的人，进行深远的思考并坦率地表达出来，不要有什么隐瞒。

遗匈奴书 前六年

【题解】

前元三年（前177），匈奴右贤王入侵河南，文帝下诏书责以前约，并派丞相灌婴进攻右贤王。右贤王撤退出关，汉罢兵。次年，匈奴单于主动上书文帝，请求"除前事，复故约"，文帝应许。前元六年（前174）即以此国书复单于，并随以厚礼进行鼓励。此后八年，汉与匈奴频频互遣使者，互通国事，汉北方边境得以安宁。

皇帝敬问匈奴大单于无恙[①]。使系虖浅遗朕书[②]，云"愿寝兵休士，除前事，复故约，以安边民，世世平乐"，朕甚嘉之，此古圣王之志也。汉与匈奴约为兄弟，所以遗单于甚厚。背约离兄弟之亲者，常在匈奴。然右贤王事已在赦前[③]，勿深诛。单于若称书意，明告诸吏，使无负约，有信，敬如单于书。使者言单于自将并国有功，甚苦兵事。服绣袷绮衣、长襦、锦袍各一[④]，比疏一[⑤]，黄金饬具带一[⑥]，黄金犀毗一[⑦]，绣十匹，锦二十匹，赤绨、绿缯各四十匹[⑧]，使中大夫意、谒者令肩遗单于[⑨]。

【注释】

①单（chán）于：匈奴君王的称号。

②系虖（hū）浅：匈奴使者的名字。

③右贤王事：指前元三年（前177）匈奴右贤王入侵河南事。

④绣袷（jiá）绮衣：以锦绣为衣服外面、用细缯为里的夹衣。袷，夹衣。襦（rú）：短衣。

⑤比疏：即比余，古代的一种发饰。

⑥具带：腰带。

⑦犀毗：少数民族的衣带钩，用犀牛角制成。

⑧赤绨（tì）：红颜色、质地厚而光滑的绫。绿缯（zēng）：绿色丝帛。

⑨意：中大夫的名。肩：谒者令的名。

【译文】

汉皇帝恭敬地问候匈奴大单于身体安康。你派使者系廖浅送给我信函，信中说"希望能停止军事行动，并使战士得以休息，消除以前的不愉快，恢复旧的约定，使边境的百姓安心生产生活，世世代代平安快乐"，我非常赞许你这种态度，这是古代的圣明天子的追求。汉与匈奴之间结成了兄弟关系，因此馈赠给单于的东西很多。背弃约定破坏兄弟之间亲密关系的责任，却常常在匈奴一方。但右贤王入侵河南的事件在讲和之前，就不过分追究了。单于如果只按这封信的意见办，就明白地告知下属各级官员，不要再做出违背约定的事，要有信用，希望能如单于书信中所说的那样。你的使者说单于前不久亲自领兵兼并月氏国，建立功业，很不希望再有战争之事。现送上锦绣夹衣、短袄、锦袍各一件，比余一套，黄金装饰的大腰带一条，黄金装饰犀牛角带钩一副，绣帛十四，锦缎二十四，红色厚绫和绿色丝帛各四十匹，派中大夫意、谒者令肩两位使者送到单于面前。

遗匈奴书 后二年

【题解】

前元十四年（前166），匈奴单于率十四万众进犯萧关，掳掠边地人民畜产。文帝亦安排重兵迎击，将单于逐出关外。但匈奴连年侵入边境，杀掠人民，云中、辽东一带受害最重。文帝非常忧心，于是于后元二年（前162）主动致此书信给单于。单于受书感动，也上书汉文帝道歉，再次讲和。此后数年内，汉与匈奴边境无事，人民得以休养。

皇帝敬问匈奴大单于无恙。使当户且渠雕渠难、郎中韩辽遗朕马二匹[①]，已至，敬受。先帝制，长城以北引弓之国受令单于，长城以内冠带之室朕亦制之[②]，使万民耕织，射猎衣食，父子毋离，臣主相安，俱无暴虐。今闻渫恶民贪降其趋[③]，背义绝约，忘万民之命，离两主之欢，然其事已在前矣。书云"二国已和亲，两主欢说[④]，寝兵休卒养马，世世昌乐，翕然更始"[⑤]，朕甚嘉之。圣者日新，改作更始，使老者得息，幼者得长，各保其首领而终其天年。朕与单于俱由此道，顺天恤民，世世相传，施之无穷，天下莫不咸嘉。使汉与匈奴邻敌之国，匈奴处北地，寒，杀气早降，故诏吏遗单于秫糵金帛绵絮他物岁有数[⑥]。今天下大安，万民熙熙[⑦]，独朕与单于为之父母。朕追念前事，薄物细故[⑧]，谋臣计失，皆不足以离昆弟之欢。朕闻天不颇覆[⑨]，地不偏载。朕与单于皆捐细故，俱蹈大道也，堕坏前恶，以图长久，使两国之民若一家子。元元万民[⑩]，下及鱼鳖，上及飞鸟，跂行喙息蠕动之类[⑪]，莫不就安利，避危殆。故来者不止，天之道也。俱去前事，朕释逃虏民[⑫]，单于毋言章尼等[⑬]。朕闻古之帝王，约分明而不食言。单于留志，天下大安，和亲之后，汉过不先[⑭]。单于其察之。

【注释】

①当户、且渠：匈奴官职名。雕渠难：匈奴使者名。一人任"当户""且渠"二官职。

②冠带之室：即冠带之国。冠带，本指帽子与衣带，此处指服饰礼制，引申为文明之称。古代少数民族"被发左衽"与汉族不同，则

"冠带之室"(国)指汉地。

③渫(xiè)恶民:邪恶不正之民。贪降其趋:《汉书》晋灼注:"谓下意于利也。"指不顾道义,贪求小利。

④说:通"悦"。

⑤翕然:合心的样子。

⑥秫(shú):黄黏米。糵(niè):酒曲。

⑦熙熙:合心欢乐的样子。

⑧细故:小事。

⑨颇:偏失。

⑩元元:善待爱护。

⑪跂行:用脚爪行路的兽类。喙(huì)息:用嘴进行呼吸的鸟类。

⑫逃虏民:逃往匈奴的汉人。

⑬章尼等:匈奴中归降汉的人。《汉书》颜师古注:"背单于降汉者。"

⑭汉过不先:言汉决不首先违反和亲的约定。

【译文】

汉皇帝我恭敬地问候匈奴大单于身体安康。你派当户、且渠雕渠难、郎中韩辽送给我的两匹马已经送达,我恭敬地接受了。先帝规定,长城以北的游牧地带受单于的领导,长城以内汉族生息的地方由我统治,让天下的百姓耕田织布、射箭打猎过日子,父亲和儿子不要相离,臣子和君主各安其职,全没有凶暴残害的事。现在听说有邪恶不行正道的一些百姓,贪求小利,背信弃义,违反约定,不顾天下百姓的生命,离间汉与匈奴两国君主的友好感情,但这件事已经过去了。你的书信中说"两国已经和解友好,两国的君主欢心喜悦,停止军事行动,休息士卒,保养马匹,世世代代繁荣快乐,和谐融洽从头开始",对此我十分赞赏。圣明的人治理天下,每天都有新的气象,改革弊端从头做起,使老年人能够休息,年幼的人能顺利成长,天下的百姓各自保全性命,平平安安过一辈子。我和单于共同依循这个原则,顺应天意,体恤天下的人民,并一代一代相传下去,永远施行这个准则,天下千万百姓没有谁不对此赞颂。汉与匈奴是土地相邻、地位相当的两个国家,匈奴地处北方大地,气候寒冷,霜雪早早降临,所以我下诏命令官吏送给单于黄米、酒曲、金钱、丝绸、棉花及别的东西,每年都有固定的数目。如今天下空前的安定,万民百姓欢欣快乐,只有我与单于是为民操劳的百姓的父母。我想前不久的不愉快事件,只能算是一点小小的变故,是负责谋划的臣子考虑失误,不能因此损害兄弟之间的欢情。我听说上天不偏向覆盖某一方土地,大地也不偏向承载哪一部分东西。我和单于都抛开以前一些小小的不快,共同踏上仁德的大道吧,让我们摧毁前进路上的障碍,一起为更长远的前途考虑,使两国的百姓像一家人一样。爱抚天下所有的百姓,甚尔下至鱼鳖,上及飞鸟,因为所有凭脚足行走的兽类、用嘴呼吸的飞禽、蠕动爬行的虫类,没有哪一种不是趋向安逸,避开危险的。所以来到你这里做你的百姓的人源源不断,这是天道运行的规律。一齐把以前事件形成的影响全都除去,我不再追究从汉地逃往匈奴的百姓的过错,单于也不要再惩罚匈奴中归降汉朝的人。我听说古代的帝王誓约清楚明白并从不违反。只要单于心中有和亲的愿望,天下就一定会实现空前的安定,和亲友好之后,汉天子保证决不首先负约。希望单于考察验证。

策问贤良文学 十五年

【题解】

　　"策问"是汉以来试士的一种方式。它将国家政事、经义等问题写在简策上,使试者逐条应对,答者称为"对策"。本文是汉文帝前元十五年(前165)下诏策问贤良文学的诏令。诏书先引用古事证明选拔德才具备的贤士的重要意义,进而鼓励天下贤人为国家政事直抒己见,无有隐瞒。

惟十有五年九月壬子,皇帝曰:昔者大禹勤求贤士,施及方外,四极之内①,舟车所至,人迹所及,靡不闻命,以辅其不逮;近者献其明,远者通厥聪,比善戮力,以翼天子②。是以大禹能亡失德③,夏以长楙④。高皇帝亲除大害,去乱从,并建豪英,以为官师,为谏争,辅天子之阙,而翼戴汉宗也。赖天之灵,宗庙之福,方内以安,泽及四夷。今朕获执天子之正,以承宗庙之祀,朕既不德,又不敏,明弗能烛,而智不能治,此大夫之所著闻也。故诏有司、诸侯王、三公、九卿及主郡吏,各帅其志,以选贤良明于国家之大体,通于人事之终始,及能直言极谏者,各有人数,将以匡朕之不逮。二三大夫之行当此三道,朕甚嘉之,故登大夫于朝,亲谕朕志。大夫其上三道之要,及永惟朕之不德,吏之不平,政之不宣,民之不宁,四者之阙,悉陈其志,毋有所隐。上以荐先帝之宗庙,下以兴愚民之休利⑤,著之于篇,朕亲览焉,观大夫所以佐朕,至与不至。书之,周之密之,重之闭之。兴自朕躬,大夫其正论,毋枉执事。乌呼⑥,戒之! 二三大夫其帅志毋怠!

【注释】

①四极:大地四角支撑天体的四根柱子。古人认为天圆地方,天由地承载。此处指天地所包括的范围。

②翼:本义指鸟的翅膀,此处引申为辅佐。

③亡(wú):无。

④楙(mào):又作“懋”。茂盛之意。

⑤休利:休,病害;利,便利,好处。此处为偏义复词,义偏于“利”,

　　"休"无义。

　　⑥乌呼:通"呜呼"。

【译文】

　　十五年九月壬子日,皇帝说:以往夏禹虚心地访求贤人志士,范围广泛到了方国异域,整个天下凡是车船所能到达、人的足迹能够踩到的地方,没有谁不听从大禹的命令,想尽办法辅佐他;无论是近处的还是远方的人,全都献上自己明达的见解和聪明智慧,齐心协力来辅助天子。因此大禹才能够无失德之处,夏代才得以长久地兴旺发达。高祖皇帝亲自带兵除去祸患,消灭叛逆,同时选拔博学杰出的人才,视之为官府的老师,为的是让他们直言诤谏,弥补天子的缺失,护佑大汉天下。依仗了天地的神灵和宗庙祖先赐予的福分,我大汉才天下安定,恩泽广施到四边的少数民族。如今我得到统理天下的大权,继承了祭祀宗庙祖先的大任,我本人既缺少好的品德,又反应迟钝,眼光不能洞察问题,智力也不足以治理好天下,这些都是各位大臣知道得很清楚的。所以现特诏令有关主管部门、各位诸侯王、三公、九卿以及各郡的主管官员,各自从公心出发,去广泛地为国家选拔贤良,凡是对国家大政方针有明达的见解,对管理百姓有自己的认识,并且能直言进谏的各种人才,选拔出来以弥补我的不足之处。如果各位大臣能找到这样的人才,我将非常赞赏,因此请诸位大臣到朝廷中来,以便让我能亲自向诸位表明我的志向。各位大臣,除了上述三个关键问题之外,还有能常常想想我的不仁德、选择使用官吏方面不公平、政令不顺畅下达、百姓人心不安定这四方面缺失的,请全部陈述出来,不要有什么隐讳。这样可以对上告慰已故天子宗庙神灵,对下能给百姓带来更大的好处,请把谏言写在文书上,我亲自阅览,从中了解各位大臣佐助我的做法正确与否。把这些意见写出来,考虑得全面些,周密些,并把它当做一件很重要的事,密封好这些意见书,以提高我的见识。由我发起,各级官员要认真对待,不要有失自己的职责!我再一次告诫你们,各位要全心全力,千万不要懈怠!

汉景帝

汉景帝刘启(前188—前141),汉文帝之子,前157—前141年在位。他继承汉文帝一系列治国之道,重农轻商,使国家实力进一步发展。外交政策方面,继续实行和亲政策,边关一直安然无事。又重用晁错,实行削藩,抑制诸侯势力。并讨平吴、楚等七国叛乱,中央集权得到空前的巩固。旧史家把他和文帝统治时期并举,称为"文景之治"。

令二千石修职诏 后二年

【题解】

本诏令发布于景帝后元二年(前142)。诏令首先强调农耕为治国之本。歉收之年,百姓口粮出现不足,其原因在于地方官吏不修其职,徇私牟利,因此诏令要整顿吏治,以保护民众利益,发展农业生产。

二千石,汉代内自九卿郎将,外至各郡守尉,俸禄等级都是二千石。又分中二千石、二千石、比二千石三等。

雕文刻镂,伤农事者也;锦绣纂组①,害女红者也②。农事伤则饥之本也,女红害则寒之原也。夫饥寒并至,而能亡为非者寡矣。朕亲耕,后亲桑,以奉宗庙粢盛祭服③,为天下先；不受献，减太官④，省繇赋，欲天下务农蚕，素有畜积，以备灾害。强毋攘弱⑤，众毋暴寡；老耆以寿终⑥，幼孤得遂长⑦。今岁或不登，民食颇寡，其咎安在？或诈伪为吏，吏以货赂为市，渔夺百姓，侵牟万民⑧。县丞，长吏也，奸法与盗盗⑨，甚无谓也。其令二千石各修其职；不事官职、耗乱者⑩，丞相以闻，请其罪。布告天下，使明知朕意。

【注释】

①纂组：指精美的编织物。

②女红：同"女工"。指纺织、刺绣、缝纫等工作。

③粢盛(zī chéng)：装在祭器中供祭祀用的谷物。

④太官：掌管天子饮食的官府机构。

⑤攘：夺取。

⑥耆：年纪六十岁以上的人称"耆"。

⑦遂长：成长，长大成人。

⑧牟：原指吞食庄稼苗根的虫子，此处喻官吏侵吞百姓财物。

⑨奸法：借法律干坏事。与盗盗：盗贼本当治罪，但官吏不但不治盗，反而与其勾结在一起。后一"盗"做动词，指做盗贼。《汉书》颜师古注："与盗盗者，共盗为盗耳。"

⑩耗(mào)：通"眊"。昏昧不明，糊涂。

【译文】

过多的人从事雕刻文饰的工作，势必会伤害农业生产；醉心于过于华丽的衣物，一定会伤害必需的纺织工作。农业生产受到影响，是造成饥荒的根源，妇女的纺织工作受到妨害，是人们穿不上衣服而受寒冷的原因。如果饥荒和寒冻一齐到来，百姓不去犯法的可能性是很小的。因此我亲自去耕田，皇后亲自去养蚕纺丝，以供奉宗庙祭祀时所用的谷物和礼服，给天下的人带个头；我们不接受百姓送来的贡品，减少朝中主管皇帝饮食的机构和官员，减轻百姓的徭役赋税，目的是想使天下的人专心从事耕织，平时有一定的积蓄，以防备自然灾害。身强力壮的不要强取体弱多病的人的财物，人多势大的不要侵害人少势薄的；老年人能寿终正寝，幼童孤儿能长大成人。现在一旦年成不好，老百姓的口粮便缺得厉害，其中根本原因在哪儿呢？是有的人凭借着欺上瞒下的手段做了官，又拿钱财进行非法买卖，鱼肉侵夺百姓，侵蚀伤害天下万民的利益。县丞，是一县百姓的长官，有些人凭借所掌刑法干坏事，或者同盗贼勾结在一起自己也去做盗贼，实在对他们没有什么道理可讲。现在特此诏令朝廷内外享受二千石俸禄的官吏各自认真修饬自己的职责，对那些不认真做好本职工作或者本身糊涂昏乱的人，请丞相奏报我知，治他们的罪。把这份诏令公开向天下宣布，使所有的人明确地知道我的想法。

汉武帝

汉武帝刘彻(前156—前87),汉景帝之子。十六岁即位,在位五十四年。在位期间,继承景帝之业,对内实行全面改革,对外频频用兵,开拓疆土。在治国思想上,独尊儒术,罢黜百家,倡导以仁义治天下,并为此建立太学,设置五经博士。汉武帝统治时期是西汉王朝的鼎盛时期。但汉武帝迷信神仙之术,大兴土木,加上穷兵黩武,使民力大量耗费,人口急剧减少,为西汉由盛转衰埋下了祸因。

议不举孝廉者罪诏 元朔元年

【题解】

本诏书颁布于元朔元年(前128)冬十一月。诏令再三强调选贤举能对天子治理国家的重要性和必要性;并指出选举人才是各级大臣的职责之一,申明对有意不举孝廉者要治罪。

公卿大夫,所使总方略、壹统类、广教化、美风俗也。夫本仁祖义,褒德禄贤,劝善刑暴,五帝、三王所繇昌也①。朕夙兴夜寐,嘉与宇内之士臻于斯路②。故旅耆老③,复孝敬④,选豪俊,讲文学⑤,稽参政事,祈进民心。深诏执事,兴廉举孝⑥,庶几成风,绍休圣绪。夫十室之邑,必有忠信;三人并行,厥有我师⑦。今或至阖郡而不荐一人,是化不下究,而积行之君子雍于上闻也。二千石官长纪纲人伦⑧,将何以佐朕烛幽隐,劝元元,厉蒸庶⑨,崇乡党之训哉?且进贤受上赏,蔽贤蒙显戮,古之道也。其与中二千石、礼官、博士议不举者罪。

【注释】

①繇(yóu):通"由"。

②臻(zhēn):到,至。

③旅耆老:对老年人敬之如宾客。旅,宾客。用为动词,尊敬之意。

④复孝敬:对孝敬老人者加以重视优待。复,优待照顾。

⑤讲:研究学习。

⑥廉:指品行廉洁正直的人。孝:指孝敬父母的人。

⑦厥:其。

⑧官长:此处指各郡的守尉和各县的令长。

⑨厉:同"励"。蒸庶:众庶,百姓。

【译文】

朝廷公卿大夫的职责就是考虑治理天下的方针政策,全面管理天下事务,广泛地对百姓进行教育和道德感化,使民风民俗淳朴和美。以仁义道德作为根本,褒扬有德行的贤人,鼓励善良,处置凶暴,是五帝、三王时代兴旺发达的原因。我辛辛苦苦早起晚睡,就是希望能够使天下所有的贤德人才和我一起走上这条道路。所以尊敬老年人,免除那些孝敬父母的人的徭役,选拔杰出人才,研究儒家经典,以作为推进政事的参考,并使民心更趋高尚。因此早就下诏令给主管部门的官员,令选举推荐品行廉洁和孝敬父母的人,希望能在天下形成一种风气,来继承和发扬圣明的先帝建立的伟业。孔子说过:十户人家的城邑村落中,就一定有忠贞诚实的人;三个人在一起,就一定有能做我老师的人在其中。但现在居然有一郡之中不能举荐出一个孝廉的现象存在,这种情况是道德教化进行得不彻底,致使有好品行的君子被阻隔,不能让天子了解。二千石级的官员是纪纲所系,人伦之表,如此这般,将用什么辅佐我洞察民情、激励百姓、使各地方的风俗高尚呢?况且推举贤能得力的人承受重赏,有意压制贤能的人接受重罚,这是古已有之的道理。因此下令,请二千石级官员、礼官和博士共同讨论,看看给不举孝廉的人治什么罪。

报李广诏 元狩二年

【题解】

李广为汉景帝、武帝时的名将,世称"飞将军"。武帝初,李广参与出击匈奴行动,兵败回朝,被贬为庶人,居住在蓝田南山中。一天打猎晚归,被霸陵亭尉酒醉诃责,止居亭下过夜。后不久,李广任右北平太守,上任时请求霸陵亭尉与他同去,到任便挟愤将其杀了,之后上书请罪。此诏便是武帝的回复。诏令中语气恳切,不但不予治罪,反给予殷切的鼓励,表现了汉武帝任贤爱将,不计小过的开阔胸襟。

将军者,国之爪牙也①。《司马法》曰②:"登车不式,遭丧不服。振旅抚师,以征不服。率三军之心,同战士之力。故怒形则千里竦③,威振则万物伏。是以名声暴于夷貊④,威稜憺乎邻国⑤。"夫报忿除害,捐残去杀,朕之所图于将军也;若乃免冠徒跣⑥,稽颡请罪⑦,岂朕之指哉!将军其率师东辕,弥节白檀⑧,以临右北平盛秋⑨。

【注释】

①爪牙:指国家得力的武臣。此处指李广有勇有谋,加以赞扬。

②《司马法》:兵书名。据传由秦司马穰苴所著。

③竦:惊惧,害怕。

④貉(mò):同"貊"。我国古代称北方少数民族。

⑤稜(léng):锋芒棱角。此处喻威望、威势。稜,棱角。憺(dàn):震动。

⑥徒跣(xiǎn):赤足行路。

⑦稽颡(sǎng):一种以额头触地的跪拜礼。

⑧弥节:稍稍停留休息。白檀:地名。在今河北滦平北。

⑨右北平:汉地名。在今河北省境内。盛秋:秋季草盛马肥,恐怕匈奴入侵,所以派李广前去严加防卫。

【译文】

你李广将军,是国家非常得力的一代名将。《司马法》中说:"大将军登车时不伏轼行礼,遇到丧事不服孝。一心一意带兵并安抚战士,去征伐不臣服的叛逆。集中三军将士的意志于一身,使全军上下同心协力。所以将军的愤怒一旦表现出来,那么方圆千里之内都胆战心惊;军威振奋的时候,万物不敢抬头仰视。威名声望显扬到四边的少数民族,军威所及,使相邻国家的大地都会震动。"我对于将军你的希望是报仇除害,消灭残暴势力,消除外族对我国百姓的杀掠,至于脱帽去鞋、以头碰地,趴在地上请罪,哪里是我对你的指望呢!将军你还是率领军队向东进发,到白檀稍作休息,然后亲临右北平,认真做好盛秋时节对匈奴的防御工作吧。

封齐王策 元狩六年

【题解】

本文是元狩六年(前117)册封汉武帝之子刘闳为齐王的诏令。文中告诫刘闳,既为一方之王,就应悉心尽力,持公正之心,以仁义为本,管理好一方土地和百姓。一旦不慎,犯了过失,不仅有害于国家,也有害于自身。文中突出了天命并非永恒不变,只是辅佑有德之人的思想。

惟元狩六年四月乙巳,皇帝使御史大夫汤庙立子闳为齐王。曰:"呜呼! 小子闳,受兹青社①。朕承天序,惟稽古,建尔国家,封于东土,世为汉藩辅。呜呼! 念哉,共朕之诏②。惟命不于常③,人之好德,克明显光。义之不图,俾君子怠。悉尔心④,允执其中,天禄永终⑤。厥有愆不臧,乃凶于乃国,而害于尔躬。呜呼! 保国乂民⑥,可不敬与! 王其戒之⑦!"

【注释】

①青社:古代天子以五色土建大社以祭之。四方诸侯各自用其所在方位的土立社。齐在东方,东方土为青色,现封刘闳为齐王,所以说"受兹青社"。社,土地神或祭土神之所。

②共:通"恭"。

③命:指天命。

④悉尔心:用尽你全部的心思。

⑤天禄永终:上天赐予的俸禄职位永久不败。

⑥乂(yì):治理。

⑦王:指齐王闳。

【译文】

元狩六年四月乙巳日，皇帝我派御史大夫张汤在宗庙里册立儿子刘闳为齐王。诏令说："啊！我的儿子闳，接受奉祀东方土地之神的重任吧。我承禀天命次序，依照古制给你建立国家，分封你在东方，世世代代作为汉朝天下的屏障。唉！认真想想吧，恭敬地接受我的诏令。天道运行没有不变的定式，天意总是辅佐护佑那些有德行的君子，能使好的品德显示于天下。一国之君如果不追求仁义道德，就会使品行高尚的君子寒心。所以你要竭尽全部的心力，坚守公正道义，以使所享受的俸禄长久不衰。你若有了过失或不善之举，那么在你统治的国家里就会产生凶灾，并且伤害到你自身。唉！你用心保全国家，安抚治理百姓，百姓能不拥戴你吗！齐王你要时时警诫自己！"

封燕王策

【题解】

本诏令为册封武帝的儿子刘旦为燕王而发。因燕地北邻匈奴，是边塞要地，所以汉武帝在诏令中强调了刘旦任燕王后所负的重大责任。告诫他要约束自己，加强武备，准备迎敌。

呜呼！小子旦，受兹玄社①。建尔国家，封于北土，世为汉藩辅。呜呼！薰鬻氏虐老兽心②，以奸巧边甿③。朕命将率，徂征厥罪④。万夫长、千夫长，三十有二帅，降旗奔师。薰鬻徙域⑤，北州以妥⑥。悉尔心，毋作怨，毋作棐德⑦，毋乃废备。非教士不得从征⑧。王其戒之！

【注释】

①玄社：五方土色中，北方为玄色，现封刘旦为燕王所以说刘旦"受兹玄社"。玄，黑赤色。

②薰鬻：又作"薰育"。匈奴古称。

③甿（méng）：百姓。

④徂（cú）：前往。

⑤徙域：指匈奴逃往大漠以北。

⑥妥：安。

⑦棐德：指不道德的事。棐，同"非"。

⑧教士：指训练有素的战士。

【译文】

啊！我的儿子刘旦，接受奉祀北方玄色土地之神的重任吧。建立你的国家，把你分封在北方，世世代代作为汉朝天下的屏障。唉！北方的匈奴凶残暴虐，早就存有禽兽之心，多次掠杀我北方边境上的人民。我曾屡次命令将帅，前去征讨他们。迫使匈奴的万夫长、千夫长等三十二个将帅率军队投降。匈奴全国迁徙到大沙漠以北的地方，汉朝北方的各州郡才得以安定。你任燕王后要尽心尽力，不要产生对朝廷的怨气，不要做不合仁德的事，也不要荒废边境上对匈奴的防备。不是平时训练有素的战士不得征发参战。燕王刘旦你要时时告诫自己！

封广陵王策　元狩六年

【题解】

这是汉武帝在元狩六年（前117）为册封其子刘胥为广陵（今江苏扬州一带）王而发的诏令。文中告诫刘胥任广陵王后不要轻佻，不要贪图安逸，不要接近小人，不要作威作福而招致耻辱。

　　呜呼！小子胥,受兹赤社①。建尔国家,封于南土,世世为汉藩辅。古人有言曰:"大江之南,五湖之间,其人轻心。扬州保强,三代要服②,不及以正。"呜呼！悉尔心,祗祗兢兢③,乃惠乃顺。毋桐好逸④,毋迩宵人⑤,惟法惟则!《书》云:"臣不作福,不作威,靡有后羞。"王其戒之!

【注释】

①赤社:赤色为南方土色。广陵在南方,所以言"受兹赤社"。

②要服:古代称距离王城一千五百里至二千里的地域。

③祗祗(zhī):恭敬的样子。兢兢:谨慎的样子。

④桐(tōng):轻佻。

⑤宵人:小人,坏人。

【译文】

　　啊！我的儿子刘胥,接受奉祀南方红色土地之神的重任吧。建立你的国家,分封你到南方,世世代代成为汉朝天下的屏障。古代有人说过:"大江之南,五湖一带地方,那里民心不稳重端庄。扬州保强,是三代时很重要的地方,只是没有顾得上凭朝廷的政令加以匡正。"唉！你要尽心尽力,恭敬谨慎,给百姓恩泽,使他们服从朝廷。你不要过于轻率,也不要贪图安逸,不要亲近小人,只有法律和前人做出的榜样是你的准则!《尚书》说:"大臣不作威作福,就不会招致以后的耻辱。"广陵王刘胥你要时时告诫自己!

策问贤良文学 元光五年

【题解】

　　本策问发布于元光五年(前130)。文章前半部分极为详细地描述了上古天下安定、风雨及时的治世盛景,下半部分向贤良文学及大臣提出五个问题,总括起来只有一个问题,即如何才能实现如上古时的盛世。文章前后衔接紧密,转折自然,描写形象生动。

盖闻上古至治,画衣冠,异章服①,而民不犯;阴阳和,五谷登,六畜蕃,甘露降,风雨时,嘉禾兴,朱草生,山不童②,泽不涸;麟凤在郊薮,龟龙游于沼,河洛出图书③;父不丧子,兄不哭弟;北发渠搜④,南抚交阯⑤,舟车所至,人迹所及,跂行喙息⑥,咸得其宜。朕甚嘉之,今何道而臻乎此?子大夫修先圣之术,明君臣之义,讲论洽闻,有声乎当世,敢问子大夫:天人之道,何所本始?吉凶之效,安所期焉?禹、汤水旱,厥咎何由⑦?仁、义、礼、知四者之宜,当安设施?属统垂业,物鬼变化,天命之符,废兴何如?天文、地理、人事之纪,子大夫习焉,其悉意正议,详具其对,著之于篇,朕将亲览焉,靡有所隐!

【注释】

①画衣冠,异章服:见前汉文帝《除肉刑诏》注。

②童:山上不长草木为"童"。

③河洛出图书:即河图洛书。河图,上古关于《易》一书来源的传说。《周易·系辞》:"河出图,洛出书,圣人则之。"《尚书·顾命》:"天球,河图。"孔安国传认为河图即八卦。洛书,汉儒认为洛书就是《尚书·洪范》的九畴。《洪范》:"天乃锡(赐)禹洪范九畴。"孔安国传:"天与禹洛出书。神龟负文而出,列于背,有数至于九。禹遂因而第之以成九类常道。"

④渠搜:古代西方少数民族国名。

⑤交阯:古地名。本来指五岭以南的地方,汉置交阯郡。

⑥跂(qí)行喙息:见前汉文帝后元二年《遗匈奴书》注。跂,通"蚑"。虫行貌。

⑦厥:其。

【译文】

我听说上古时代天下最安定,用异常的衣着代替肉刑,但老百姓也不触犯法律;天地阴阳协和,各类庄稼丰收,大小家畜繁殖旺盛;天上降下甜美的露水,风雨应季节而生,象征着祥瑞的嘉禾、红草茁壮成长,山上草木茂盛,湖泽水位充盈;麒麟、凤凰出现在郊外丛林,神龟、祥龙在湖中游泳,黄河、洛水贡献出图书;做父亲的不会为失去儿子而悲伤,做兄长的不会为失去弟弟而痛哭;在西北开化了渠搜,在南方安抚了交阯,凡是车辆船只能够通行的地方,人的足迹能到达之处,天下的各类生物,都得到适于生存的方便条件。对此我是非常赞赏和仰慕,如今通过什么途径能达到这种境界呢?各位大臣经常研究前代圣人的治国方法,明白君主与大臣之间的道义和各自的职责,研究讨论的问题广博,在当代有很高的声望,我现在向各位先生提出下列问题:天道和人事之间的关系,由什么作为开端?吉祥或凶险的局面怎样才能预知?当年大禹有连年的水灾,商汤也遭遇长期的干旱,其根本原因是什么?仁、义、礼、智这四方面的措施,应该怎样安排?继承大统,留下基业,万物、鬼神千变万化,天命呈现的征兆中所昭示的兴盛与衰亡究竟如何?天文、地理、人事,各位先生你们了解得很透彻,请你们都加以仔细思考和郑重讨论,详尽地做好答案,并写在书简上,我将亲自过目浏览,不要有什么隐瞒和忌讳!

汉昭帝

汉昭帝刘弗陵(前95—前74),汉武帝的小儿子。在位期间,多次下诏减轻徭役,移民屯田,并多次派兵击败匈奴、乌桓,加强了北方的防卫。昭帝即位时年仅八岁,霍光受武帝遗诏主持政事,所以有些诏书未必反映昭帝本人的意图。

赐燕刺王旦玺书

【题解】

燕王刘旦是昭帝的同父异母兄。武帝在位时,刘旦即因傲慢不羁,未能立为太子。元凤元年(前80年,当时昭帝仅十五岁),燕王旦与鄂邑长公主、上官桀、桑弘羊等人串通谋反,昭帝即为此事以这封玺书加以谴责。书中首先指出前代安邦定国的功臣也不过受封侯之赏,而现在如燕王以宗亲关系,无尺寸之功便得以封王,应该感恩戴德才是,但却以手足之情对立谋反,实属大逆不道。此信言辞恳切,以情动人,又威言峻利,切中要害,表现出撰者高超的驾驭语言的才能。

昔高皇帝王天下,建立子弟以藩屏社稷。先日诸吕阴谋大逆,刘氏不绝若发,赖绛侯等诛讨贼乱①,尊立孝文,以安宗庙。非以中外有人，表里相应故邪？樊、郦、曹、灌②，携剑推锋，从高皇帝垦菑除害③，耘钮海内④。当此之时，头如蓬葆⑤，勤苦至矣，然其赏不过封侯。今宗室子孙曾无暴衣露冠之劳，裂地而王之，分财而赐之，父死子继，兄终弟及。今王骨肉至亲，敌吾一体，乃与他姓异族谋害社稷，亲其所疏，疏其所亲，有逆悖之心，无忠爱之义。如使古人有知，当何面目复奉齐酎见高祖之庙乎⑥？

【注释】

①绛侯：周勃。

②樊、郦、曹、灌：指汉臣樊哙、郦商、曹参、灌婴。

③菑：同"灾"。

④钮（chú）：清除。

⑤蓬葆：言顾不上理发，乱糟糟的头发如蓬草一般。

⑥酎（zhòu）：献。

【译文】

以前高祖皇帝建立汉朝天下之后，分封兄弟儿子为诸侯王，为的是让他们如屏障一样保护国家安全。稍后，吕姓外戚阴谋篡权，当时汉朝刘氏的天下岌岌可危，幸亏绛侯周勃等大臣讨伐诛灭叛贼，拥戴文帝即位，这才使汉室宗庙安然保全。这难道不是因为朝廷内外有得力的人相互呼应的原因吗？樊哙、郦商、曹参、灌婴等前代的名将，手里拿着刀剑武器，跟随高祖平定祸乱，一同打下了汉朝的江山。当时，这些大臣们奔波不息，头发乱得像蓬草一样，可以说是辛苦劳累到极点了，但对他们也只不过给予了封侯的赏赐。如今刘姓宗族的子孙后代，从没有过一丝一毫的功业，但皇帝却因为亲族关系划出土地使他们称王，拿出大量的钱财对他们进行赏赐，而且当父亲的死了儿子可以名正言顺地继承这些特权,当哥哥的死了弟弟也自然接替。现在燕王你和我是骨肉之亲,顶得上我的一部分身体,竟然和一些外姓的人勾结在一起,图谋危害江山社稷,去亲近那些本该疏远的人,而疏远你本该亲近的人,心存背逆谋反之心,毫无忠君爱国之意。假如已经去世的先人地下有知,你拿什么脸面再去献上酒食祭品,叩拜高祖皇帝的宗庙灵位呢?

汉宣帝

汉宣帝刘询(前91—前49),字次卿,是汉武帝的曾孙,戾太子的孙子。宣帝幼遭变故,长在民间,了解民间百姓疾苦。即帝位后,励精图治,任用贤能,重视吏治,减轻百姓的赋税徭役,废除苛刑,天下安定,国力复苏。旧史家誉之为"中兴"之治。

令二千石察官属诏 元康二年

【题解】

此诏书颁于元康二年(前64)五月。系宣帝为申明法律、禁止官吏巧取豪夺、保护百姓利益而颁布的。

狱者,万民之命,所以禁暴止邪,养育群生也。能使生者不怨,死者不恨,则可谓文吏矣。今则不然,用法或持巧心,析律贰端①,深浅不平,增辞饰非②,以成其罪。奏不如实,上亦亡繇知。此朕之不明,吏之不称,四方黎民将何仰哉!二千石各察官属,勿用此人。吏务平法,或擅兴繇役,饰厨传③,称过使客,越职逾法,以取名誉,譬犹践薄冰以待

白日，岂不殆哉！今天下颇被疾疫之灾，朕甚愍之。其令郡
国被灾甚者，毋出今年租赋。

【注释】

①析律贰端：言断章取义，或在法律文词上做手脚，随便加以发挥，
　对犯法的人执法不公。

②增辞饰非：在判决书等文书上任意增加或减少文辞，扩大或减轻
　犯人的罪过。

③厨：指饮食。传：指传舍。

【译文】

如何判案，是天下百姓性命之所系，是用来禁止残暴，止息邪恶，保
护众多生命的。能严格执行法律，使活着的人不产生怨恨，死了的人没
有遗憾，这样的官员可以称得上好官了。如今则不是这样，执行法律判
案时，有的官员抱有投机取巧之心，断章取义，在法律文辞上做手脚，或
重或轻，有失公允，并任意增减案词，扩大或减轻犯人的罪行。判案结
果也不如实上报，上级乃至天子无从了解案情真相。这种情况说明我
不明达，官吏不称职，天下四方的百姓还能仰仗什么呢！二千石级的官
员要各自检察属下官吏，不能任用徇私枉法的人。执法官吏应公正严
明，如若擅自给百姓加派徭役，修饰厨房传舍，讨好使者过客，越职逾
法，博取名誉，这就好比踩在极薄的冰面上等待太阳升起，这不是很危
险吗！如今天下屡屡遭受疾病时疫之灾，我非常痛心。现诏令各郡遭
灾严重的地方，不上缴今年一年的钱租赋税了。

汉元帝

汉元帝刘奭（shì，前76—前33），汉宣帝之子。在位期间，赋役繁重，西汉开始由盛转衰。

议封甘延寿等诏 建昭四年

【题解】

建昭三年(前36)冬天，西域都护校尉甘延寿与副校尉陈汤矫制发兵，袭击康居，杀死郅支单于。此文是元帝议封甘延寿、陈汤的诏书。元帝感念甘、陈征发匈奴郅支单于有功，认为虽是矫制行事，但也当免罪封赏。

匈奴郅支单于背畔礼义①，留杀汉使者、吏士，甚逆道理，朕岂忘之哉！所以优游而不征者，重动师众，劳将率，故隐忍而未有云也。今延寿、汤睹便宜②，乘时利，结城郭诸国，擅兴师矫制而征之。赖天地宗庙之灵，诛讨郅支单于，斩获其首，及阏氏、贵人、名王以下千数③。虽逾义干法，内不烦一夫之役，不开府库之藏，因敌之粮以赡军用，立功万

里之外，威震百蛮，名显四海。为国除残，兵革之原息，边竟
得以安④。然犹不免死亡之患，罪当在于奉宪。朕甚闵之！
其赦延寿、汤罪，勿治。诏公卿议封焉。

【注释】

①郅（zhì）支单于：匈奴单于的名号。单于，匈奴最高首领的称号，
为广大义。

②便宜：机会，见机行事。

③阏氏（yān zhī）：汉时匈奴王后的称号。

④竟："境"的古字。

【译文】

匈奴郅支单于背叛礼法道义，拘留并杀害汉朝派去的使者、吏士，
很是违背道理，我怎么会忘记这些呢！之所以迟迟不发兵征讨，是因为
这样会又一次动用众多的军队，使将领战士备受辛苦，所以才一直强忍
着没有什么表示。如今甘延寿、陈汤二将抓住了时机，趁此良机，集结
各城郭的人力，和其他各国约定，自作主张发动军队，并假托圣旨去对
郅支单于进行征讨进攻。仰仗着天地神灵和祖先的护佑，能顺利进击
郅支单于，并斩了他的首级，连同匈奴王后、贵人和诸侯王以下上千人。
虽然甘延寿、陈汤二人的行为不合常理，违犯了法律，但在国内没有动
用一个役夫，没有动用国库的一钱一粮，而是借助敌人的粮草来满足军
队的费用，在距朝廷万里以外的边远地区建立了军功，威望震慑四边的
少数民族，功名声望显达于四海。替国家铲除了残暴，止息了兵革，边
境得以安定。但就这样二人还难免有死亡的担忧，其罪当接受法律惩
处。我十分同情甘延寿、陈汤二人，因此特下赦书不给二人治罪。并诏
令朝廷公卿讨论如何对他们进行封赏。

司马相如

司马相如简介参见卷三。

谕巴蜀檄

【题解】

建元六年（前135），中郎将唐蒙奉命通夜郎、僰中，征发甚多，激起当地人民反对。武帝派司马相如前往宣谕，以安抚民心。司马相如遂写了此文，表达强化中央集权、反对武力征服、和平解决民族问题的思想。

文章句皆成双，长短相间，句式错综变化，流畅而富有韵律感，其流动飘逸，及动词的选用精当，都令人耳目一新。字当其位、语当其理，无不掷地有声、令人回味。

告巴蜀太守：蛮夷自擅不讨之日久矣①。时侵犯边境，劳士大夫②。陛下即位，存抚天下③，安集中国④。然后兴师出兵，北征匈奴，单于怖骇，交臂受事⑤，屈膝请和。康居西域⑥，重译纳贡⑦，稽颡来享⑧。移师东指，闽越相诛⑨。右吊番禺⑩，太子入朝。南夷之君⑪，西僰之长⑫，常效贡职⑬，不敢堕怠。延颈举踵，喁喁然皆向风慕义⑭，欲为臣妾⑮。道里辽远⑯，山川阻深，不能自致⑰。夫不顺者已诛，而为善者未赏，故遣中郎将往宾之⑱。以上往宾西南夷之故。发巴蜀之士各五百人，以奉币帛⑲，卫使者不然⑳，靡有兵革之事㉑，战斗之患。今闻其乃发军兴制㉒，惊惧子弟㉓，忧患长老，郡又擅为转粟运输㉔，皆非陛下之意也。以上有司发军兴之失。当行者或亡逃自贼杀㉕，亦非人臣之节也。

【注释】

①蛮夷：古代对四方少数民族的泛称。自擅：自作主张。此指不服朝廷管辖。

②士大夫：古代指官僚阶层，此处指将帅的佐属。

③存抚：抚养、存恤。

④安集中国：和睦安定中国。中国，古代一般指华夏族居住的黄河下游地区，与"中原"同义。

⑤交臂受事：拱手臣服。

⑥康居：古西域国名。东临乌孙、大宛，南接大月氏、安息，西与奄蔡交界，王都在卑阗城。

⑦重（chóng）译：因语言不同而辗转翻译。

⑧稽颡（sǎng）：古时的一种跪拜礼。稽，叩头至地。颡，额。来享：进贡。

⑨闽越：又称东越，古代南方越人的一支。武帝建元六年（前135），闽越王郢擅自攻打南越，汉朝派兵进击，郢图谋抗拒，被其弟与族人杀死。文中"移师东指，闽越相诛"当指此事。

⑩吊：安抚。一说为"至"。番禺：古代南越王都，即今广东广州。

　　因东伐南越,后至番禺,故言右吊。

⑪南夷:泛指云南、贵州及广西西北部少数民族。

⑫僰(bó):古族名。春秋前后居住在以僰道为中心的今川南及滇东一带。

⑬贡职:贡献赋税。

⑭喁喁(yóng)然:众人仰慕的样子。向风慕义:因敬慕而归附大义。义,大义,即汉朝。

⑮臣妾:春秋时男奴叫臣,女奴称妾。

⑯道里:路程。

⑰自致:亲自致意。

⑱中郎将:宫中护卫,秦时设置,汉代沿用。宾之:使之服从、归顺。

⑲奉币帛:供给丝织品和玉、皮革、马匹等。

⑳不然:意料不到的事情,犹言不测。

㉑靡:没有。兵革:兵器、衣甲的总称,引申为战争。

㉒兴制:指采用战时的法令制度。

㉓惊惧子弟:使年轻人惊慌害怕。

㉔转粟运输:用车马转运和输送粮食等物资。

㉕当行者:指当应征的人。亡:逃亡。自贼杀:自相残杀。一说自杀。贼,虐杀,杀害。

【译文】

　　告知巴蜀太守:蛮夷不服朝廷管辖,很久未兴兵讨伐了。他们屡犯我边境,劳顿我军士将佐。当今陛下即位,先存体恤之心以抚养天下,和睦安定我中原大地。然后兴师出兵,向北讨伐匈奴,那单于闻之惊骇,拱手称臣,屈膝投降。康居等西域诸国亦派来使,辗转翻译请求恭敬地朝贺,谦卑地进贡。军队移师向东,闽越王被其弟和臣子诛杀。紧接着雄师又至番禺,安抚南粤王,南粤王即派太子来朝。南夷的君主,西僰的统帅,纷纷贡献赋税,人人效力我朝,不敢稍有懈怠。他们伸长脖子、抬高脚跟,殷勤地仰慕朝廷,期盼早日归义,想为我朝尽奴婢之劳。无奈山高路远,阻隔重重而不能前来致意。那叛逆不顺的已被诛灭,那柔顺为善的却未曾受到奖赏,因此遣中郎将前往,以使他们归附。以上讲前往西南夷地的原因。征集发往巴蜀二郡的士卒各五百人,以便供奉贡品,警卫使者以防不测,兵戈相见之事并未发生,战争的忧患亦不存在。而今听说中郎将竟然发兵制定军法,让年轻者感到恐惧,使年长者心存忧虑,郡中又擅自输送粮食、转运物资,这都不是陛下的本意。以上指出有关军事将领进行军事动员的失误。应征者有的逃亡离去,有的自相残杀,这并不是臣民所应有的节操。

　　夫边郡之士,闻烽举燧燔①,皆摄弓而驰②,荷兵而走③,流汗相属④,唯恐居后;触白刃⑤,冒流矢⑥,议不反顾,计不旋踵⑦,人怀怒心,如报私仇。彼岂乐死恶生⑧,非编列之民⑨,而与巴蜀异主哉? 计深虑远,急国家之难,而乐尽人臣之道也。故有剖符之封⑩,析珪而爵⑪,位为通侯⑫,处列东第⑬,终则遗显号于后世⑭,传土地于子孙,行事甚忠敬,居位甚安逸,名声施于无穷,功烈著而不灭⑮。是以贤人君子,肝脑涂中原,膏液润野草而不辞也⑯。以上边郡之士敌忾死难之贤。今奉币役至南夷,即自贼杀,或亡逃抵诛⑰,身死无名⑱,谥为至愚⑲,耻及父母,为天下笑。人之度量相越⑳,岂不远哉! 然此非独行者之罪也㉑,父兄之教不先,子弟之率不谨㉒;寡廉鲜耻,而俗不长厚也。其被刑戮㉓,不亦宜乎! 以上亡逃自杀者之愚。

【注释】

①烽举:烽火擎起。古时边疆在高台烧柴以示警。燧(suì)燔(fán):

焚烧的烟火。古代边防白昼报警的火炬为烽,夜里报警的火炬
为燧。

②摄:拿。

③荷兵:扛着武器。

④属(zhǔ):接连。

⑤白刃:利刀。

⑥流矢:飞箭。

⑦计不旋踵:在大计上不犹豫。旋踵,退缩。

⑧乐死恶(wù)生:喜欢死而厌恶生。

⑨编列之民:编入户籍的平民。

⑩剖符:古代帝王分封诸侯或功臣把符节一剖为二,双方各执其半
作为信守的约证,称为"剖符"。

⑪析珪:剖开珪玉。析,分,剖。珪,用作凭信的玉,有青、白二色,
白者藏于天子,青者藏于诸侯。

⑫通侯:爵位名。原名彻侯,因避武帝名讳而改称通侯。

⑬东第:甲第,即头等宅第。第,宅屋。

⑭终:死。指生命完结。显号:显赫的称号。

⑮功烈:功勋和事业。著:昭著。

⑯膏液:脂肪和油脂。此处指血肉。

⑰抵诛:当诛。此指至于诛戮。

⑱无名:无善名。

⑲谥(shì):死后评定的称号。

⑳越:远。

㉑非独:不仅仅。

㉒率:表率。谨:慎重。

㉓被:遭受,蒙受。

【译文】

那戍守边境郡县的将士,一旦听说烽火燃起,柴薪焚烧,都手持弓

箭驰马进击,肩扛武器飞奔沙场,汗流浃背仍紧随其后,深恐落后于人;为了道义,不惜身中利刃,胸挡飞箭而勇往直前,义无反顾没有丝毫退缩,个个怀一腔愤怒之心,如同为己利报私仇一般。难道他们喜死厌生,不是编入户籍的朝廷良民,而与巴蜀不属同一个君主吗? 这是深谋远虑,急主上之急,难国家之难,乐于履行臣民的义务。昔日有剖符拜官、分珪受爵的人,居住头等府邸,地位高达列侯,死后还为后世留下尊贵的称号,给子孙传下封土和田地,活着时行为恭谨,居官时上下安逸,他们死后的名声自然延续久远,功业昭著当然永不灭绝。所以贤人君子以肝脑洒沃野,用血肉润野草也都在所不惜。以上讲边郡将士同仇敌忾、为国死难的壮举。而今供奉礼品到南夷服役的,那自杀而死,那因逃亡而被戮的人们,身虽死却没留下好名声,该称他为愚蠢至极的人,这耻辱殃及父母,为天下人所不齿。为人的器量和胸襟如此悬殊,其间的距离不是很远吗! 当然这错误也并不完全在那些铤而走险的人,还在于父兄往日的督教不严,不能以身作则就没有榜样的力量;没有操守气节就没有廉耻之心,不知羞耻则风俗不再淳厚。有些人为此遭受诛戮,不是罪有应得吗? 以上指出逃亡自杀者的愚昧。

陛下患使者有司之若彼①,悼不肖愚民之如此,故遣信使晓谕百姓以发卒之事②。因数之以不忠死亡之罪,让三老孝悌以不教诲之过③。方今田时④,重烦百姓⑤。已亲见近县⑥,恐远所谿谷山泽之民不遍闻。檄到,亟下县道⑦,使咸喻陛下之意⑧,无忽⑨!

【注释】
①有司:古代设官分职,各有专司,因称官吏为“有司”。
②信使:使者。

③让：责备，责怪。三老：古时掌管教化的乡官。孝悌（tì）：汉时宣
　明教化的乡官，与三老职责相同。

④田：耕作，田作。

⑤重烦：深重的烦劳。

⑥亲见近县：亲自面谕郡旁近县之人。

⑦亟（jí）：赶快。道：行政区划名称。汉代设置于少数民族聚居区，
　与县同级。

⑧咸：普遍，都。

⑨忽：忽略，不重视。

【译文】

当今皇上如此担忧使者和官员，如此哀伤不肖不贤的愚民们，因此
派遣诚信的使者来明明白白告知百姓征发士卒的事情。以对朝廷不忠
的罪名斥责逃亡、自杀的蠢人，以不予教诲的过失责备三老孝悌教化不
严。时值耕种季节，要特别慎重对待百姓，不使其过分烦劳。本官已面
告郡旁近县的百姓，因担心地处边远溪谷山泽的人不能及时听到而发
此文。檄文到达之日，尽快下发各县、道，令百姓普遍知晓皇帝的心意，
务必不要忽视！

难蜀父老

【题解】

元光五年（前 130），武帝派司马相如出使巴蜀，他略定筰、邛、冉、
駹，疏导交通，开拓疆土，为此遭到当地搢绅的反对。所以司马相如作
此文，陈述开拓疆域、交好夷狄的必要，也告诫百姓不要目光短浅，畏苦
畏劳。其间暗讽武帝要"博恩广施"、"拯民于沉溺"。

从形式上看这篇散文更接近于赋体，语词典雅庄重，尤其是动词的
使用，行为动作的描述相当传神。长短句的交替运用体现出作者对语

言驾驭的功夫之深,在散句中见齐整,于对仗中有变化。

汉兴七十有八载,德茂存乎六世^①,威武纷纭,湛恩汪
濊^②,群生沾濡,洋溢乎方外^③。于是乃命使西征,随流而
攘^④,风之所被,罔不披靡。因朝冉从駹^⑤,定筰存邛^⑥,略斯
榆^⑦,举苞蒲^⑧。结轨还辕^⑨,东乡将报,至于蜀郡^⑩。

【注释】

①德茂:恩德茂盛。六世:六代。指自汉高祖至汉武帝。

②湛(chén):同"沉"。深沉。汪濊(huì):深广的样子。

③方外:指中原以外的地区。

④攘:同"让"。退却。

⑤冉(rǎn)、駹(máng):汉代西南地区的民族名。

⑥筰(zuó):古代西南地区部族名。在今四川汉源东北。邛
　(qióng):古代西南地区部族名。在今四川西昌东南。

⑦斯榆:汉时西南地区部落名。

⑧苞蒲:少数民族名。

⑨结轨:结辙,车迹交叠,形容车马络绎不绝。

⑩蜀郡:蜀郡治所。今四川成都。

【译文】

汉朝建立七十八年,威德传扬于世也已有六代,威武雄壮、恩博惠
广如甘露泽及万物,洋溢内外。于是朝廷派遣使者西征,夷狄见风而
退,顺流而让,王风覆盖之处,无不所向披靡。于是冉、駹二族平服,继
而安定筰都,抚恤邛都,夺取斯榆,占领苞蒲。如水的车马络绎返回,将
要东报朝廷,驱车飞驰成都。

　　耆老大夫搢绅先生之徒二十有七人①，俨然造焉②。辞毕，进曰："盖闻天子之牧夷狄也③，其义羁縻勿绝而已④。今罢三郡之士⑤，通夜郎之涂⑥，三年于兹，而功不竟，士卒劳倦，万民不赡。今又接之以西夷，百姓力屈⑦，恐不能卒业⑧。此亦使者之累也，窃为左右患之⑨。且夫邛、笮西夷之与中国并也，历年兹多，不可记已。仁者不以德来⑩，强者不以力并，意者其殆不可乎？今割齐民以附夷狄⑪，敝所恃以事无用，鄙人固陋，不识所谓。"以上蜀大夫疑招西夷之非。

【注释】

①搢绅：旧时高级官吏的装饰，后以搢绅代指高级官吏。

②造：到，往。

③夷狄：古代泛指边远地区的少数民族。

④羁縻：束缚。

⑤罢（pí）：疲劳倦乏。三郡：巴、蜀、广汉三郡。

⑥夜郎：汉时西南地区的古国名。在今贵州西北。

⑦屈（jué）：竭，穷，尽。

⑧卒：完毕。

⑨左右：旧时称对方，不直称其人，而仅称左右以示尊敬。此处指司马相如。

⑩来：招抚来至。

⑪齐民：平民，良民。

【译文】

当地德高望重的长者与官员二十七人，庄重地拜见了使者。寒暄已毕，于是进言："听说天子对夷狄之人，原则上仅是牵制而不与其完全断绝关系罢了。如今使我朝将士疲惫，开拓去夜郎的道路，至今已有三年而大功未成,三郡将士竟已疲倦辛劳,万民百姓亦无法赡养。现在又紧接着开通西夷,百姓已经穷尽气力,恐怕不能完成此业。这也是使者您的累赘,我们私下为您忧虑。况且邛都、筰都等西夷与中国并列,经历的年代已多,时日记不胜记。虽有恩德不能归其心,虽有强力不能并其国,想来恐怕是因为路途艰险路程漫漫而不能为吧? 如今分割平民财物而让夷狄之人富足,放弃自己的物品去奉事无用的夷狄,使帝王的百姓疲顿困乏,我们见识短浅,不知所言对还是不对。"以上是蜀大夫对招抚西南夷的疑惑。

　　使者曰:"乌谓此乎? 必若所云①,则是蜀不变服而巴不化俗也②。仆尝恶闻若说。然斯事体大,固非观者之所觏也③。余之行急,其详不可得闻已④,请为大夫粗陈其略⑤:盖世必有非常之人,然后有非常之事;有非常之事,然后有非常之功。非常者,固常人之所异也。故曰非常之原⑥,黎民惧焉;及臻厥成⑦,天下晏如也。

【注释】

①必若:假如像。

②变服:改变服饰。巴、蜀旧时着装发式均同夷狄,椎髻左衽,归附秦汉后才改变原先的服饰。

③觏(gòu):遇见。

④其详不可得闻已:意为没有机会向你们解释了。

⑤粗陈:粗略陈述。

⑥原:创始。

⑦臻:至。厥:其。

【译文】

　　使者回答:"何出此言呢? 假使真如你们所说的,那么巴人没有必要改类似夷狄的服装为汉装，蜀人也不会因之变换服饰习俗了。我是很不喜欢听这种话的。但是此事重大，因此也不是旁观者能够体察的。我的行程紧急，其间详情没有机会向你们解释了，请允许我粗陈其间的大致情形：大凡世间一定有异乎寻常的人才，然后才有异乎寻常的事业；一定有异乎寻常的事业，然后才有异乎寻常的功业。异乎寻常，原本是常人见之以为异才成为奇异的。因此，当异乎寻常的东西一旦出现，百姓就畏惧它；及至它获得成功，天下也就安定清平了。

　　"昔者，洪水沸出，泛滥衍溢①，民人升降移徙②，崎岖而不安。夏后氏戚之③，乃堙洪塞源④，决江疏河，洒沉澹灾⑤，东归之于海，而天下永宁。当斯之勤，岂惟民哉？心烦于虑，而身亲其劳，躬腠胝无胈⑥，肤不生毛。故休烈显乎无穷，声称浃乎于兹⑦。以上举禹以证非常之功。

【注释】

①衍溢：漫延、满溢。

②升降移徙：意为因避洪水而趋高弃低地迁移。

③夏后氏：指夏禹。为传说中的夏后氏部落领袖，因治水有功被舜选为继承人，舜死后担任部落联盟首领。戚（qī）：忧愁，悲伤。

④堙（yīn）：堵塞。

⑤洒沉澹灾：意为分散洪水以安定其灾。洒，分。沉，深。澹，安。

⑥躬腠（còu）胝（zhī）无胈（bá）：意为因劳作而磨光了身体肌肉的纹理与细毛，手脚也磨出了老茧。腠，肌肉纹理。胝，手脚上的老茧。胈，人身上的细毛。

⑦声称：名声和赞颂。

【译文】

"过去洪水泛滥肆虐，人们登高避低迁移，道路崎岖而不得安居。

夏禹为此深深忧虑,便改堵塞洪流为疏通江河,分散洪水解除水灾,大水就此流往东方,归于大海,天下就此永远安宁。在这费心费力之时,勤于救灾的难道只有人民吗? 夏禹被忧虑烦恼所困,他参与劳作事必躬亲,手脚生茧,身体消瘦,连腿上都磨平了肌肉纹理,皮肤竟磨光了汗毛。美好伟大的功业就此流芳于万世,声名和称颂才流传于今。以上举夏禹的例子论证成就伟大功业的价值。

　　"且夫贤君之践位也①,岂特委琐喔詫②,拘文牵俗③,循诵习传④,当世取说云尔哉? 必将崇论闳议⑤,创业垂统,为万世规。故驰骛乎兼容并包⑥,而勤思乎参天贰地⑦。且《诗》不云乎:'普天之下,莫非王土;率土之滨,莫非王臣。'是以六合之内⑧,八方之外⑨,浸淫衍溢,怀生之物有不浸润于泽者,贤君耻之。以上言贤君规模宏大。

【注释】

①践位:帝王即位。

②特:只,不过。委琐:拘于小节、细碎、局促。喔詫:同"龌龊"。拘束、局促的样子。

③文:指细微琐碎的事或行为。

④循诵习传:遵循前人传习的内容。

⑤崇论闳(hóng)议:指博大精深的言论。崇,高。闳,宏大,精深。

⑥驰骛(wù):奔走,趋赴。

⑦参天贰地:意为与天地并列。

⑧六合:指天地四方。此处为天下意。

⑨八方:东、西、南、北四方加四维(东南、东北、西南、西北)为八方。

【译文】

　　"而且贤明的君主即位,难道仅是局促委琐,拘泥于小节,受流俗牵制,拘泥于前人传习的东西,为讨好当世而人云亦云? 必将以崇高博大的理论去开创基业传给后代,去制定法度给子孙万世。所以能奔走趋赴而包容众物,勤于思考而与天地并列。况且《诗经》中不是说过:'普天之下,没有什么地方不是帝王的领土;四海之内,没有一人不是帝王的臣民。'因此天地之内,八方之外,润泽有余,凡有生命的东西,若是没有受到滋养浸润,则必是贤君以为耻辱的事。以上讲贤明的君主胸怀宽广、气魄宏大。

"今封疆之内,冠带之伦①,咸获嘉祉②,靡有阙遗矣。而夷狄殊俗之国,辽绝异党之域,舟车不通,人迹罕至,政教未加,流风犹微③。内之则时犯义侵礼于边境④,外之则邪行横作⑤,放杀其上。君臣易位,尊卑失序,父兄不辜⑥,幼孤为奴虏。系缧号泣⑦,内乡而怨⑧,曰:'盖闻中国有至仁焉,德洋恩普,物靡不得其所,今独曷为遗己!'举踵思慕,若枯旱之望雨,戾夫为之垂涕⑨,况乎上圣,又焉能已? 以上言异域慕汉向化。故北出师以讨强胡,南驰使以诮劲越⑩,四面风德,二方之君鳞集仰流⑪,愿得受号者以亿计⑫。故乃关沬、若⑬,徼牂牁⑭,镂灵山⑮,梁孙原⑯。创道德之涂,垂仁义之统,将博恩广施,远抚长驾⑰,使疏逖不闭⑱,阰爽暗昧得耀乎光明⑲。以偃甲兵于此,而息讨伐于彼,遐迩一体⑳,中外提福㉑,不亦康乎? 夫拯民于沉溺,奉至尊之休德,反衰世之陵夷㉒,继周氏之绝业㉓,天子之亟务也㉔。百姓虽劳,又恶可以已乎哉?

【注释】

①冠带:官吏或士大夫的代称。伦:类。

②嘉:吉庆。祉(zhǐ):福。

③流风:好风尚。

④内:同"纳"。接纳。

⑤外:排斥。

⑥不辜:无辜。指无罪而被杀。

⑦系缧(léi):捆缚,拘禁。

⑧内乡:指朝向汉朝。乡,通"向"。

⑨戾夫:凶猛暴烈的人。

⑩驰使:急驰的使者。诮(qiào):责问。

⑪二方之君:指西夷、南夷的君长。鳞集仰流:意为如游鱼四集、仰上承流。

⑫号:爵号。又云为天子的号令。

⑬沫、若:沫水、若水,即今大渡河、雅砻江。

⑭徼(jiào):边界。此处指设置边界。牂柯(zāng kē):牂柯江。

⑮镂(lòu):疏通。灵山:疑为今四川峨边南灵关古道。

⑯梁:桥。此处用作动词,架桥。孙原:孙水源头。

⑰远抚长驾:意为安抚、驾驭远方。

⑱疏逖(tì):远。

⑲昒(hū)爽:昧爽,未明之时。

⑳遐迩(ěr):远近。

㉑禔(zhī):安康。

㉒反:翻转。陵夷:衰颓。

㉓周氏:指周文王、周武王。绝业:断绝的事业。

㉔亟务:急事。

【译文】

"而今疆界之内,卿大夫一类都获得了福祉而没有缺遗。夷狄为习俗迥异的国家,遥远与中原隔绝,且又是不同族类的地域,车船不通,人迹罕至，当朝的政治教化还未施加，前代遗留的懿美风尚还未显露。接纳它，则在边境侵蚀触犯礼义；拒绝它，则邪行横作、胡作非为，逐杀其君。使君臣易位，使尊卑失序，使父老无辜被杀，使幼孤沦为奴隶。被捆绑拘禁的哭号涕泣，抱怨朝廷说：'听说中国有最好的仁政，德政多而恩惠广，没有什么事物得不到它应有的处所，为什么今天会独独遗弃了我？'立起脚跟想念思慕朝廷，像那枯萎干旱的草木急切盼望下雨，凶猛暴烈的人尚且会为此垂泪，何况贤明圣德的皇上，又怎能停止交好夷狄、开拓疆域呢？以上讲异域的人仰慕汉地文化，向往接受教化。所以向北派军队讨伐骁悍的匈奴，向南则遣使者急驰而去责备强劲的南粤，宣谕圣上的恩德，二夷的君长们才会像鱼汇集一起，仰首向上，承接清流。期望得到尊号者以亿计。因此才拿沫水、若水作为关隘，以牂牁江作为边界，疏导治理通往灵山的道路，架桥于孙水的源头。开创道德的通路，流传仁义的大统，将要广泛地施恩行惠，安抚和驾驭边远的地方，让那疏远者不至冷落拘束，让那昏暗处也蒙光明照耀。借以平息此间的战事，停止彼处的征讨。远近一体，中外安康，不是也很安定快乐吗？拯救芸芸众生于水深火热之中，尊奉圣明天子的美德，翻转穷途末世的衰颓，承继先周君主的事业，这都是天子的当务之急。百姓虽有劳乏困苦，又怎么可以因此而停止呢？

"且夫王者固未有不始于忧勤，而终于逸乐者也。以上言开西夷事不可已。然则受命之符合在于此。方将增太山之封，加梁父之事，鸣和鸾①，扬乐颂，上减五②，下登三③。观者未睹旨，听者未闻音，犹鹪鹏已翔乎寥廓之宇④，而罗者犹视乎薮泽⑤，悲夫！"

【注释】

①和鸾：古代车上的铃铛。在轼的为"和"，在衡的称"鸾"。

②减五：指同于五帝。减，皆，和。

③登三：指超越三王（夏禹、商汤、周文王）之上。

④鶬（jiāo）鹏：传说中的五方神鸟之一。寥廓：天上空阔之处。

⑤罗者：张网捕鸟者。薮（sǒu）泽：泽中无水叫"薮"。

【译文】

"况且王者的事业本没有哪一项不始于忧患而终于安乐的。以上讲开通西夷之地的事业不可中止。既如此，天命的征兆也就全在这了。陛下将要增泰山之封，加梁父之事，此等大事使车驾的和鸾叮当作响，让音乐和颂扬之声四处张扬，上齐与五帝，下超越三王之上。对此，观看的人连手指头都没能看到，谛听的人连一丝声音也没听到，如同鶬鹏已翱翔在辽阔的天空，而捕捉者都还在注视那湖泽一样可悲啊！"

于是诸大夫茫然丧其所怀来，失厥所以进，喟然并称曰①："允哉汉德②，此鄙人之所愿闻也。百姓虽劳，请以身先之。"敞罔靡徙③，迁延而辞避。

【注释】

①喟（kuì）：叹息声。称：赞许。

②允：公平，相称。

③敞罔：惆怅、失意的样子。

【译文】

于是各位大夫茫茫然丧失了来时所抱的期望，失去了来时进见的动机，感慨地一道称颂说："称得起啊，汉朝的威德，这正是我们希望听到的。百姓虽然劳苦，但我们可以请求身先士卒，走在他们前面。"客人精神怅惘而起身欲走，稍作停留后就告辞退出。

王尊

王尊，汉代涿郡（治所今河北涿州）人。少孤，师从郡文学官，后任安定（在今甘肃境内）太守，因捕诛豪强张辅等，威震一郡。后被劾免。

敕掾功曹教

【题解】

这篇教令是王尊就任安定太守时写给僚属并令其遵循的行事准则。文中要求属下要修德守法，尊重贤才。尤其强调对贪污不轨者要严惩不贷。全篇文字简洁，充满凛然正气。

掾功曹各自底厉①，助太守为治。其不中用，趣自避退②，毋久妨贤。夫羽翮不修③，则不可以致千里；阃内不理④，无以整外。府丞悉署吏行能⑤，分别白之。贤为上，毋以富。贾人百万，不足与计事。昔孔子治鲁，七日诛少正卯⑥，今太守视事已一月矣，五官掾张辅怀虎狼之心⑦，贪污不轨，一郡之钱尽入辅家，然适足以葬矣⑧。今将辅送狱，直符史诣阁下⑨，从太守受其事。丞戒之戒之！相随入狱矣！

【注释】

①掾:佐助之意,通称副官佐吏为掾。功曹:群吏。底厉:即"砥砺",勤勉。

②趣(cù):催促。

③羽翮(hé):指翅膀。

④阃(niè)内:指门内。阃,门橛。

⑤府丞:汉代太守的佐官。

⑥少正卯:鲁国大夫。孔子摄行相事,因其乱政,被诛。

⑦五官掾:官名。汉置。郡国有五官掾,郡守自署吏之一。

⑧适足以葬:意因贪财致死。

⑨直符史:当值的佐史。诣:去,往。阁下:即阁下。对人的尊称,谓不敢直呼,而使其阁下的侍从转告之。

【译文】

所属的官吏们,须要各自勤勉,协助太守治理政务。有不称职的人,应催促他们自己退任,不要长久地阻碍贤才。不练习翅膀,就不能飞达千里;不理清门内,就无法整治门外。辅佐太守的官员们要记录群吏的办事才能,并分别告示出来。要举用贤能之人,而不能因富有而举用。商人有百万家财,却不足以与他们谋划大事。过去孔子治理鲁国,七天内便诛杀了少正卯,现在太守上任已一个月了,五官掾张辅,怀着虎狼一样的心计贪赃枉法,一郡的钱财,全归到张辅家,但也正由于这样而葬送了他。现在将张辅送到狱中,直符史到衙署中来随从太守受理政事。大家要戒慎再戒慎!不然,将要随张辅进到监狱去了。

汉光武帝

汉光武帝刘秀（前6—57），字文叔，汉高祖九世孙。少时长在民间，勤于稼穑，熟悉民情。王莽地皇三年（22），与李通等人起兵反王莽，受命于更始帝刘玄。后被任命为破虏大将军，封武信侯。更始二年（24），封萧王。建武元年（25）即位称帝，在位三十三年。在位期间，平定了赤眉起义，并为安定天下，实行了一系列新的方针政策，加强中央集权，发展农业，兴修水利，减轻农民的赋税徭役，并释放官府和贵族私家的奴婢，使得生产力迅速提高，经济得到较大的发展。

赐窦融玺书

【题解】

本玺书写作于光武帝即位初。当时窦融被推为河西五郡大将军。河西距中原遥远，消息阻隔，占据陇上的隗嚣欲割据自立，而窦融决定归依汉朝。光武帝遂写了这封信，分析形势，以坚定窦融归顺的意志。

制诏行河西五郡大将军事、属国都尉：劳镇守边五郡，兵马精强，仓库有蓄，民庶殷富，外则折挫羌胡，内则百姓蒙福。威德流闻，虚心相望，道路隔塞，邑邑何已^①？长史所奉书献马悉至②，深知厚意。今益州有公孙子阳、天水有隗将军③，方蜀、汉相攻，权在将军，举足左右，便有轻重。以此言之，欲相厚岂有量哉！诸事具长史所见，将军所知。王者迭兴，千载一会。欲遂立桓、文④，辅微国，当勉卒功业；欲三分鼎足，连衡合从⑤，亦宜以时定。天下未并，吾与尔绝域，非相吞之国。今之议者，必有任嚣效尉佗制七郡之计⑥。王者有分土，无分民，自适己事而已。今以黄金二百斤赐将军，便宜辄言。

【注释】

①邑邑：通"悒悒"。郁闷不乐的样子。

②长史：汉官职名号。在此玺书之前，窦融曾派遣其长史刘钧向光武帝奉献窦融的书信及马匹。

③益州：汉代州名。在今四川境内。公孙子阳：公孙述，当时占据蜀地。隗（wěi）将军：隗嚣，字季孟，天水成纪（在今甘肃静宁西南）人。当时占据陇上之地。

④桓、文：指春秋五霸中的齐桓公、晋文公。

⑤连横合从（zhòng）：战国时，张仪游说六国共同事秦称连横，苏秦说六国合而抗秦称合纵。此处指窦融与隗嚣、公孙述等人联合共同抗汉。从，同"纵"。

⑥任嚣：秦时南海尉，病重时对龙川令赵佗说，南海几千里的土地，可以自立建国，并让赵佗执行南海尉之事。七郡：南海苍梧、郁林、合浦、交趾、九真、南海、日南七郡。

【译文】

制诏行河西五郡大将军事、属国都尉窦融大将军：你辛苦劳累地镇守河西边地武威、张掖、酒泉、敦煌、金城五郡之地，兵马精良强壮，仓库积蓄丰富,百姓殷实富裕,对外挫败了西羌等少数民族的气焰,对内给百姓带来了巨大的好处。声威恩德广为流传,我殷切地希望能见你一面,但由于山川阻隔路途遥远,这番心愿什么时候才能实现? 前不久你派来的长史刘钧献上的书信和马匹都已收到,我十分了解你的深情厚意。如今益州有公孙子阳、天水有隗嚣将军,正在蜀、汉相攻,此时的关键就在将军你身上,你是举足轻重的。从这一点来讲,我要寄托在你身上的厚望怎可以限量吗! 各种复杂的态势是你的长史目睹的,也是将军你十分了解的。称王的人一代又一代地出现,但机会却是千载难得的。你想像当年的齐桓公、晋文公一样,辅佐已经很微弱了的国家,就应当努力建立丰功伟业;想要独霸一方,和汉朝、隗嚣三分天下,合纵连横,也应该根据时机早作决定。天下现在还没有统一,我和你远隔千山万水,并不是两个对立的能互相吞并的国家。现在议论形势发展趋势的人,必定有像当年南海尉任嚣给赵佗出主意那样,教人割据自立的人。但天下称王的人只有划分土地,没有划分百姓的情况,只是各自根据自己的情况来定而已。现在将黄金二百斤赏赐给你,并顺便说了上述这几句话。

报臧宫马武诏 二十七年

【题解】

光武帝建武二十七年(51),匈奴连年灾疫,国力大大衰微,于是臧宫、马武二人上书光武帝,请求乘匈奴灾荒发兵进攻,光武帝刘秀以此诏令答复。

诏书首先申明了"柔能克刚"的道理;接着强调,作为仁德之君,不该逞一己之志,一时之快,当作长远打算;最后比较全面客观地分析了敌我双方的形势,认为讨伐匈奴的时机未到,不可轻举妄动,应该首先考虑休养百姓。此诏一下,诸臣兴兵之议得以平息。

《黄石公记》曰[1]："柔能制刚，弱能制强。"柔者德也，刚者贼也；弱者仁之助也，强者怨之归也。故曰有德之君，以所乐乐人；无德之君，以所乐乐身。乐人者其乐长，乐身者不久而亡。舍近谋远者，劳而无功；舍远谋近者，逸而有终。逸政多忠臣，劳政多乱人。故曰务广地者荒，务广德者强。有其有者安，贪人有者残。残灭之政，虽成必败。今国无善政，灾变不息，百姓惊惶，人不自保，而复欲远事边外乎？孔子曰："吾恐季孙之忧，不在颛臾[2]。"且北狄尚强，而屯田警备传闻之事，恒多失实。诚能举天下之半以灭大寇，岂非至愿？苟非其时，不如息人！

【注释】

①《黄石公记》：传说，张良在下邳圯上受黄石公书一编，故起名叫《黄石公记》。

②吾恐季孙之忧，不在颛臾：详见《论语·季氏》。季孙，即季孙氏，春秋时鲁国贵族之一，把持鲁国朝政。颛臾，春秋时鲁国的一个附庸国。

【译文】

《黄石公记》中说："柔能够制服刚，弱能够战胜强。"柔，是治国的好的品德之一，而刚则是一种祸害；弱是仁德的有力辅助，而强则是怨恨毕集的根本原因。所以说，有仁德的君主，用他认为快乐的东西使别人快乐；而无德之君，则只顾自身的快乐。使别人快乐的君主，其快乐一定长久，只使自己一人快乐的君主，必定导致自身与国家灭亡。抛开眼前的大事，好高骛远的人，结果必定搞得疲惫不堪却不会有什么成功；先放下太遥远的目标而切实做好当前事情的人，即使不费多少气力，也一定有好的结局。实行仁德政治，忠臣必多，实行疲劳政治，乱臣必多。

所以说，一心谋求扩张土地会导致政事荒废，专心培养加强仁德，国家必定强盛。享有自己应该享有的，一生平安无事，贪取别人的，必会招来灾殃。实行残暴政治，即使是成功了将来也一定失败。如今我们自己的国家内部没有和平通达的政治，自然灾害和意外变故接连不断，百姓惶惶不安，人人不能自保，还能再到遥远的地方去作战打仗吗？孔子说："我担心的是季孙氏的忧虑，而不是颛臾。"况且匈奴国力尚还强大，那些在边境上屯田守边的人道听途说的事情，本来就有许多与实际情况不符。发动天下一半的力量真的能消灭最大的敌国，难道不是我最高的理想吗？但如果不是最好的时机，还不如断了这个念头，休养自己的士兵和百姓！

班彪

班彪简介参见卷二。

拟答北匈奴诏

【题解】

　　该篇选自《后汉书·南匈奴传》。东汉建武二十四年（48），匈奴分裂为二部，南下附汉的称南匈奴，留居漠北的称北匈奴。北匈奴"惧于见伐"，于二十八年（52）遣使者来汉，进贡马及裘，乞求和亲。光武帝命三公之府议酬答之事宜。时为司徒掾（yuàn）的班彪替光武帝拟答北匈奴诏。诏文中，以西汉时呼韩邪、郅支单于对汉朝的"善恶之效"，含蓄地对北匈奴予以警告。当时东汉不具备北击北匈奴的条件，只能采取羁縻政策。作者以短短的数百字酬答了对方，刚柔相济，辞令适当，确为大家手笔。

　　单于不忘汉恩[①]，追念先祖旧约，欲修和亲，以辅身安国，计议甚高，为单于嘉之。往者，匈奴数有乖乱[②]，呼韩邪、郅支自相仇隙[③]，并蒙孝宣帝垂恩救护，故各遣侍子称藩保塞④。其后郅支忿戾⑤，自绝皇泽；而呼韩附亲，忠孝弥著。及汉灭郅支，遂保国传嗣⑥，子孙相继。今南单于携众向南⑦，款塞归命⑧。自以呼韩嫡长，次第当立，而侵夺失职，猜疑相背，数请兵将，归扫北庭⑨。策谋纷纭，无所不至。惟念斯言不可独听，又以北单于比年贡献⑩，欲修和亲，故拒而未许，将以成单于忠孝之义。汉秉威信，总率万国，日月所照，皆为臣妾。殊俗百蛮，义无亲疏，服顺者褒赏，畔逆者诛罚⑪。善恶之效，呼韩、郅支是也。今单于欲修和亲，款诚已达⑫，何嫌而欲率西域诸国俱来献见？西域国属匈奴，与属汉何异？单于数连兵乱，国内虚耗，贡物裁以通礼，何必献马裘？今赍杂缯五百匹⑬，弓鞬韇丸一⑭，矢四发，遗遣单于⑮。又赐献马左骨都侯、右谷蠡王杂缯各四百匹⑯，斩马剑各一。单于前言先帝时所赐呼韩邪竽、瑟、空侯皆败⑰，愿复裁赐。念单于国尚未安，方厉武节⑱，以战攻为务，竽瑟之用，不如良弓利剑，故未以赍。朕不爱小物于单于，便宜所欲⑲，遣驿以闻。

【注释】

①单（chán）于：古代匈奴君主的称号。

②乖：违背，不和谐。

③呼韩邪（yé）、郅（zhì）支自相仇隙：指汉宣帝（前73—前49年在位）时，匈奴五单于争立，呼韩邪单于及郅支单于各遣侍子入汉。后来呼韩邪入汉朝觐，汉朝派兵送其回归，但郅支因此怨恨汉朝，并辱杀汉使，汉朝于是发兵灭郅支。隙，裂缝，裂痕。

④侍子：古代诸侯王或边疆民族首领遣子入侍天子，所遣之子称

侍子。

⑤忿戾：愤怒而乖戾。

⑥传嗣：指世代相传。

⑦南单于：这里指呼韩邪的长孙。

⑧款塞：叩塞门而来降。

⑨北庭：匈奴居汉之北，故称北庭。

⑩比年：每年。贡献：进献贡物、礼品。

⑪畔：通"叛"。

⑫款诚：真诚。款，诚。

⑬赍（jī）：把东西送给人。缯（zēng）：古代对丝织品的统称。

⑭弓鞬（jiān）犊（dú）丸：盛弓箭的用具。藏弓的是鞬，藏箭的是犊丸。犊，应写作"鞼"，疑为刻印之误。

⑮遗（wèi）：赠送。

⑯骨都侯：匈奴官爵名。谷蠡（lí）王：匈奴同姓之封号。

⑰空侯：一般写作"箜篌（kōng hóu）"。古代弦乐器，弦数因乐器大小而不同，最少的五根弦，最多的二十五根弦。

⑱厉：同"砺"。砥砺。

⑲便宜：即便利。这里指满足匈奴的一些愿望。

【译文】

　　单于不忘汉皇的恩泽，追念先祖旧有的盟约，欲谋求和好联姻，以达到辅身安国，计议很高明，我很赞赏单于的做法。过去，匈奴屡有不和的战乱，呼韩邪、郅支相互仇视对立，都承蒙孝宣帝的垂恩救护，因此各自送来侍子，称藩属并保其各自的边塞。在这以后，郅支愤怒而乖戾，自己放弃了皇帝的恩泽；而呼韩邪归附并与汉相亲，忠孝为世人称道。等到汉灭郅支后，呼韩邪于是能保其疆域传给后代，世代相继。现在南单于携众向南而来，叩塞门归附汉朝。按呼韩邪的嫡长继承制，应有序地立为单于，但匈奴内部相互侵夺使单于失位，相互猜疑并对立，因此多次请求汉皇出动将士，统一平定北方。对策谋略，众说纷纭，没有想不到的。只念及这些话不可偏听，又因北单于连年进贡礼品，想与汉和亲修好，故拒绝而没答应出兵，以便成就单于的忠孝之义。汉朝秉承天威信义，统领万国，普天之下，都为汉的藩臣。各种不同习俗的周边各族，本无亲近疏远之分，服从归顺的受褒扬赏赐，背叛相逆的受征讨处罚。善恶的榜样，呼韩邪、郅支就是例证。今北单于欲与汉和亲修好，真诚已为我朝所理解，怎么会怀疑我们不满意而准备率领西域各国一起前来进贡觐见？西域各国与匈奴相连，和与汉相连又有什么不同？单于数年来连续兵乱，国内虚耗，贡物符合通常礼仪即可，何必要献上骏马狐裘这些贵重物品？今赏赐单于各种布帛五百匹、弓箭袋一套、箭四支，派人赠送给单于。又赐给献马的左骨都侯、右谷蠡王各种布帛各四百匹，斩马剑各一把。单于曾言及先帝时所赐予给呼韩邪单于的竽、瑟、箜篌等乐器都已毁坏，希望再得到赏赐。念及单于国尚未安定，正需砥砺武器，以攻战为急需，竽、瑟的实用性不如良弓利剑，因此没有给予赏赐。朕不是在这些小物品上对单于吝啬，因此满足你们一定的愿望，派出信使使你们知道。

汉明帝

汉明帝刘庄(6—75),光武帝刘秀第四子。光武帝中元二年(57)即皇帝位,在位十八年。其间,一心以国事为重,多次下诏鼓励农桑,尊养老者,减轻赋税,宽松刑罚,还专门下诏改革葬制,节省财力,因而政治较为稳定,经济获得较大发展。

即位诏

【题解】

这是汉明帝于公元57年即位时颁布的诏令。诏令强调为天子必以百姓为上,表达了对众僚百官的深切希望。同时又表示,对有功之臣要进行封赏,并要大赦天下。

予末小子,奉承圣业,夙夜震畏①,不敢荒宁②。先帝受命中兴,德侔帝王③,协和万邦,假于上下④,怀柔百神⑤,惠于鳏寡。朕承大运,继体守文,不知稼穑之艰难,惧有废失。圣恩遗戒,顾重天下,以元元为首。公卿百僚,将何以辅朕不逮? 其赐天下男子爵⑥,人二级;三老、孝悌、力田人三级⑦；爵过公乘⑧，得移与子若同产、同产子；及流人无名数欲自占者人一级。鳏、寡、孤、独、笃癃粟⑨，人十斛。其施刑及郡国徒，在中元元年四月己卯赦前所犯而后捕系者⑩，悉免其刑。又边人遭乱为内郡人妻，在己卯赦前，一切遣还边，恣其所乐。中二千石下至黄绶⑪，贬秩赎论者，悉皆复秩还赎。方今上无天子，下无方伯，若涉渊水而无舟楫。夫万乘至重而壮者虑轻，实赖有德左右小子！高密侯禹⑫，元功之首；东平王苍⑬，宽博有谋。并可以受六尺之托，临大节而不挠。其以禹为太傅，苍为骠骑将军。太尉憙告谥南郊⑭，司徒䜣奉安梓宫⑮，司空鲂将校复土⑯。其封憙为节乡侯⑰，䜣为安乡侯，鲂为杨邑侯。

【注释】

①震畏：内心庄重恭敬的样子。

②荒宁：荒疏懈怠，贪图安逸。

③侔（móu）：相比，等同。

④假（xià）：嘉，美。

⑤柔：和合。

⑥男子：指一家之长。

⑦三老、孝悌、力田：都是乡官名称。

⑧公乘：古代爵位。秦、汉时爵位有二十等，公乘为第八级。

⑨笃癃（lóng）：疲劳之病。

⑩中元：汉光武帝年号（56—57）。中元元年，即 56 年。四月己卯：四月十六日。

⑪黄绶：即丝绦，用来系印环。代指俸比六百石以下至比二百石以上的官。

⑫禹：邓禹，字仲华，南阳（今河南南阳）人。刘秀称帝后，封邓禹为
　　大司徒、酂侯，后改封高密（在今山东境内）侯。

⑬苍：刘苍，光武帝刘秀之子，建武十五年（39）封东平公。

⑭憙（xǐ）：赵憙，光武帝臣。

⑮䜣（xīn）：李䜣，光武帝臣。

⑯鲂（fǎng）：冯鲂，光武帝臣。

【译文】

　　我作为光武帝的儿子，能继承圣明天子的大业，早早晚晚恭敬庄重，不敢懈怠，贪图安逸。先帝光武皇帝禀承天命，中道振兴汉室天下，仁德能与古代的帝王相比，协调天下各国之间的关系，安抚朝廷内外万人之心，恭奉所有神灵，施惠于天下孤独无依的人。我既已继承了伟大的事业，就要坚守以仁德治天下的原则，但我不了解耕田种植的艰难，担心会产生失误。承蒙先帝的恩泽，临终遗训谆谆告诫我，要时时想到的是天下大事，把百姓的事情放在首位。既然这样，朝廷的公卿百官，将怎样辅佐我并弥补我考虑不周全的地方呢？现诏令天下，赐给天下所有男性家长爵位二级；赏赐给三老、孝悌、力田每人爵位三级；爵位已经超过公乘的人，赐予他们的爵位可以转授给他们的儿子或者同母兄弟、同母兄弟的儿子；至于那些流动不定、名字不见记录的人，每人赐一级爵位归他们自己所有。赐给天下的鳏夫、寡妇、孤儿、无后的老人和病弱的人，每人粮食十斛。凡该受肉刑及各郡、各国的犯人，如果是在光武帝中元元年四月己卯日大赦以前犯的罪而在此之后抓捕的，全部赦免。还有边境地区的人，因为变乱给内地人做了妻子的妇女，如果事情发生在中元元年四月己卯日之前，一律发遣返回边地，让她们能享受天伦之乐。凡是中二千石以下、二百石以上俸禄的官员，因各种原因降低了级别以赎罪的人，全部恢复原级别，退还上交的赎金。当今，上没有圣明的天子，下没有配合默契的大臣，国家就像一个人要过深水但没有舟船一样，是关键的时刻。皇帝的责任非常重大，但我又年轻，考虑

问题轻率浅薄，实在太需要有贤德的大臣全力辅佐我了！高密侯邓禹，功业显赫；东平王刘苍，宽厚多识。都是可以受遗命辅佐幼君，在重大问题上能有气节而不动摇的人。现在赐任邓禹为太傅，刘苍为骠骑将军。命令太尉赵憙到南郊告请上天，给已故天子请来谥号，司徒李䜣准备安放先帝灵柩，司空冯鲂带领将士修墓下葬。赐封赵憙为节乡侯，李䜣为安乡侯，冯鲂为杨邑侯。

祀光武皇帝于明堂诏 永平二年

【题解】

　　永平二年(59)正月，也就是汉明帝继位后的第二年，在平时举行重大典礼的明堂，明帝对已故的光武帝刘秀进行了隆重的祭典，本诏书便是为此而发。诏书首先叙述了祭典的盛况，转而歌颂了光武帝的丰功伟业，同时又重申自己能力欠缺以自谦，并命令文武百官各尽其职，敬天安民。

　　今令月吉日，宗祀光武皇帝于明堂①，以配五帝。礼备法物，乐和八音，咏祉福②，舞功德，班时令，敕群后。事毕，升灵台③，望元气④，吹时律⑤，观物变。群僚藩辅，宗室子孙，众郡奉计⑥，百蛮贡职，乌桓、涉貊咸来助祭⑦，单于侍子、骨都侯亦皆陪位。斯固圣祖功德之所致也！朕以暗陋，奉承大业，亲执圭璧，恭祀天地。仰惟先帝受命中兴⑧，拨乱反正，以宁天下。封泰山，建明堂，立辟雍，起灵台，恢宏大道，被之八极⑨。而胤子无成、康之质，群臣无吕、旦之谋⑩，盥洗进爵，踧踖惟惭⑪。素性顽鄙，临事益惧。故"君子坦荡荡，小人长戚戚"⑫。其令天下自殊死已下，谋反大逆，皆赦除之！百僚师尹，其勉修厥职，顺行时令，敬若昊天⑬，以绥兆人！

【注释】

①明堂：古代帝王宫殿中宣明政教的地方，凡是朝会、祭祀、庆赏、选士、养老、教学等大典，都在这里举行。

②祉（zhǐ）：福。

③灵台：观望天象的地方。

④元气：天气，大气。

⑤时律：和时令季节相和的音律。

⑥奉计：计算之吏。

⑦乌桓：古代少数民族的一个国名，汉时所居地在今内蒙古境内。涉貊（wèi mò）：我国古代北方少数民族名。

⑧先帝：指光武帝刘秀。

⑨八极：八方极远的地方。

⑩吕、旦：吕即吕尚，即姜尚姜子牙，旦指周公旦，二人都是辅天子安天下的功臣。

⑪踧踖（cù jí）：恭敬不安的样子。

⑫荡荡：坦然宽心的样子。戚戚：忧心害怕的样子。

⑬若：顺。

【译文】

今天是一个吉祥月份的吉祥日子，在这明堂上隆重地祭祀光武皇帝之灵，使他和古代五帝一起享受我们的祭祀。按照古制设齐了全部的祭品，并演奏庄严动听的音乐，用歌声和舞蹈来表彰先帝福祉和仁德功绩，明告天下四季节令，敕令天下按时祭祀各已故的天子。祭祀典礼结束后，我登上灵台，观望天象大气，吹奏和四时相应的音律，并观察自然万物变化的规律。众多的文武百官和各国的诸侯，宗族皇室的子孙后代,还有各郡的下属官员以及四边的少数民族都各司其职;乌桓、涉貊等国的使者都来陪祭,单于侍子、骨都侯也都参加祭祀大典。这些都是圣明先祖的仁德和丰功伟绩所致！我凭借着浅陋的见识和天资,恭敬地继承了先帝创立的天下大业,亲自拿着祭祀用的玉器,庄严地祭祀天地神灵。先帝禀受天命,使汉朝天下中道复兴,治理混乱,回归正道,天下得以安宁。到泰山加土封禅,设立宣扬德教的明堂,制定尊老养老的常制,修建观察天象的灵台,弘扬根本的仁义之道,使天下四面八方的百姓承受恩泽。而作为先帝儿子的我,没有周成王、周康王那样使天下四十年不用刑罚的仁德天资;我周围的大臣们也不具备像当年吕尚、周公旦那样的雄才大略,因而在沐浴盥洗之后向先帝祭酒时十分恭敬而自感惭愧。再加上平时生性愚顽朴鄙,面临大事时就更加害怕。所以说"有德行的君子明达坦荡,而无德行的人却总是处在忧心恐惧之中"。现在诏令天下所被判斩首以下刑罚的罪犯,以及犯谋反叛逆的罪犯,全部加以赦免！天下各级文武百官,要努力做好自己的工作,随顺季节时令的变化,敬重并依照上天之意,来安抚天下亿万百姓！

辟雍行养老礼诏 永平二年

【题解】

本诏书是在永平二年(59),汉明帝到辟雍施行养老礼时发布的诏令。汉代自开国以来以"孝"治天下,所以光武帝时特别强调这一点,明帝继承父业,把这一传统进一步发扬光大,便在即位的第二年专门举行典礼,发布诏令实行尊老养老制度。

　　光武皇帝建三朝之礼①,而未及临飨。眇眇小子,属当圣业。间暮春吉辰②,初行大射③。今月元日,复践辟雍④。

尊事三老，兄事五更⑤。安车软轮，供绥执授⑥。侯王设酱，公卿馈珍，朕亲袒割⑦，执爵而酳⑧。祝哽在前，祝噎在后。升歌《鹿鸣》，下管《新宫》⑨，八佾具修⑩，万舞于庭⑪。朕固薄德，何以克当？《易》陈负乘⑫，《诗》刺彼己⑬，永念惭疚，无忘厥心！三老李躬，年耆学明⑭；五更桓荣，授朕《尚书》。《诗》曰："无德不报，无言不酬。"其赐荣爵关内侯，食邑五千户；三老、五更皆以二千石禄养终厥身。其赐天下三老酒人一石，肉四十斤。有司其存耆耄⑮，恤幼孤，惠鳏寡，称朕意焉！

【注释】

①三朝之礼：指光武帝建武中元元年（56）起建明堂、辟雍、灵台之事。

②间：近日。

③大射：为了祭祀而举行的射礼，是祭祀前的一项仪式。

④辟雍：周时为贵族子弟设立的大学叫辟雍，到汉光武帝时为设置的尊养老者的地方。《汉书·礼乐志》："养三老、五更于辟雍。"

⑤三老、五更：古时所设的名位，以尊养老人。《礼记·文王世子》郑玄注："三老、五更各一人也，皆年老更事致仕者也。天子以父兄养之，示天下之孝悌也。"

⑥绥：挽以登车的绳索。古礼，天子亲自持绥交给三老，请他上车，所以说"绥授"。

⑦袒割：袒臂割肉请三老、五更吃。

⑧酳（yìn）：用酒漱口。

⑨《鹿鸣》《新宫》：均为《诗经·小雅》篇名。

⑩八佾（yì）：古代天子专用的舞乐。

⑪万：古代舞蹈名称。

⑫负乘：意思是小人不能乘君子之器。

⑬彼己：《诗经·桧风·候人》："彼其之子，不称其服。"连同上句，都是汉明帝自谦之词，言自己德薄才寡，虚居帝位。

⑭耆(qí)：年纪六十岁以上叫"耆"。

⑮耋(dié)：年纪七十岁以上叫"耋"。

【译文】

光武皇帝起建了明堂、辟雍、灵台，但没有来得及施行礼制便去世了。我是一个年轻德微的人，继承先帝开创的圣明大业。在晚春的吉日良辰，第一次进行了射礼。如今正值十月初一，我又一次来到辟雍。以对长辈的态度事奉三老，以对兄长的态度事奉五更。安排用蒲草包裹车轮的安稳的车子，我亲自手挽登车的绳索，请他们上车。列侯诸王安排调料，公卿做来美味佳肴，我亲自挽起袖子给他们切肉，手持酒杯给他们漱口。并在他们吃饭之前和吃饭以后祈祷他们不要卡住或噎着。同时在宴席上演唱《鹿鸣》之诗，演奏《新宫》之曲，表演八佾和万舞。我本来德薄，怎么能够承受得起这些特权呢？《易经》中早就指出小人不当占据有德行君子的位置，《诗经》里也讽刺那些穿上天子衣服的不肖子嗣，我总是感到惭愧无比，不敢忘了这种诚惶诚恐的心情！这次居三老之位的李躬，六十岁了，学问深远明达；五更桓荣，给我讲授《尚书》。《诗经》说："没有给了恩德不报答的，也没有给了你良言劝诫不加以酬谢的。"因此赏赐给桓荣关内侯的爵位及五千户百姓的采邑；三老、五更都以二千石俸禄的标准养老送终。赏赐给三老每人酒一石，肉四十斤。各级官府要慰问那些六七十岁的老人，体恤那些年幼的孤儿，给鳏寡之人施以恩惠，尽力满足我尊老爱幼的心愿！

申明科禁诏 永平十二年

【题解】

永平十二年(69)，明帝了解到民间在丧事上竞相奢华、浪费钱粮的不良习俗,以及在生活上贪图安逸、轻视农耕的现象,遂专门颁此诏令,重申国家有关的法律禁令,对攀比、奢侈之风予以纠正。

昔曾、闵奉亲①,竭欢致养;仲尼葬子,有棺无椁②。丧贵致哀,礼存宁俭。今百姓送终之制,竞为奢靡。生者无担石之储③,而财力尽于坟土;伏腊无糟糠④,而牲牢兼于一奠。糜破积世之业,以供终朝之费,子孙饥寒,绝命于此,岂祖考之意哉!又车服制度,恣极耳目。田荒不耕,游食者众。有司其申明科禁,宜于今者,宣下郡国!

【注释】

①曾、闵:指孔子的弟子曾参和闵损。二人都是古代著名的孝子。曾参,字子舆;闵损,字子骞。

②椁(guǒ):外棺。

③担石:本为粮食的重量单位,汉制,一百二十斤为一石,二石为担。这里比喻数量微小。

④伏腊:冬天的祭典。

【译文】

以前曾参和闵损奉养他们的双亲,是在父母活着的时候尽孝;孔子埋葬他的儿子孔鲤,也只有内棺而没有外椁。因此,有了丧事,关键在于寄托对死者的哀思,符合礼法,在仪式上宁可从简。如今百姓举行葬礼,竞相攀比,看谁家奢侈豪华。不给活着的人留下一点粮,却把仅有的财产全部用到坟墓之中;冬天时没有一点可供人吃的糟米谷糠,却把家中饲养的牛、羊、猪之类的家畜全部用在一次祭奠之上。大手大脚花费整代人积蓄下来的家产,用作一个丧礼的费度,子孙挨饿受冻,甚而丢了性命,这难道是祖先父母的本意吗!还有,对乘车服饰的规模,也是纵情享受。田地荒芜了没人去耕种,投机取巧游手好闲的人太多太多了。各级官吏要重申国家有关的法律禁令,凡是适合于当前问题的条目,要下达到各郡、各诸侯国!

塞汴渠诏 永平十三年

【题解】

汉明帝时,汴河决口,一直未加治理,导致下游兖州、豫州连年遭受水灾。明帝考虑堵塞决口,修建水闸,治理河道,但当时议论纷纷,莫衷一是。最后还是由明帝决定治理汴河,并颁布此诏令公告天下,表明本意。

自汴渠决败①,六十余岁,加顷年以来②,雨水不时,汴流东侵,日月益甚。水门故处,皆在河中,漭瀁广溢③,莫测圻岸④,荡荡极望,不知纲纪。今兖、豫之人⑤,多被水患,乃云县官不先人急,好兴它役。又或以为河流入汴,幽、冀蒙利,故曰左堤强则右堤伤,左右俱强则下方伤。宜任水势所之,使人随高而处,公家息壅塞之费,百姓无陷溺之患。议者不同,南北异论,朕不知所从,久而不决。今既筑堤理渠,绝水立门,河、汴分流,复其旧迹,陶丘之北⑥,渐就壤坟⑦,故荐嘉玉絜牲⑧,以礼河神。东过洛汭⑨,叹禹之绩。今五土之宜⑩,反其正色。滨渠下田,赋与贫人。无令豪右得固其利⑪,庶继世宗瓠子之作⑫。

【注释】

①汴渠:即汴河。汉时故道由今河南省的郑州、开封北境,流经江

苏徐州合泗水流入淮河。

②顷年：近年。

③漭瀁（mǎng yǎng）：水势浩大、无涯际的样子。

④圻：同"垠"。边际。

⑤兖、豫：兖州和豫州，都是古代九州之名。兖州，今山东兖州、济南、河北省的河间一带。豫州，在今河南省境内。

⑥陶丘：地名。在今山东菏泽定陶区西北。

⑦壤坟：河水淤积沙土高起的地方。

⑧嘉玉：用于祭祀的美玉。絜牲：祭祀用的肉食。絜，通"洁"。

⑨洛汭：洛水流入黄河的地方。

⑩五土：《周礼》："山林、川泽、丘陵、坟衍、原隰，谓之五土。"

⑪豪右：富豪大户。

⑫世宗：汉武帝的庙号。瓠（hú）子：地名。在今河南濮阳西南。汉武帝时（元封二年，即前109），征发士卒数万人修筑瓠子大堤，开掘黄河，并将白马、玉璧沉入河中祭祀。

【译文】

自汴河决口，到现在已经有六十多年了，加上近些年来，雨水不按时，导致汴河水泛滥向东侵害，越来越严重。原来水闸所在的地方，都已经淹没在黄河水中，水势浩大，水面广阔，水位很高，谁也估测不到它的边际河岸，无边无际，不见尽头，摸不清它的规律。现在兖州、豫州一带的百姓多遭受水灾，于是他们便说官府不先解决迫在眉睫的大事，却偏去做一些别的事。又有人认为黄河流入汴河，那么幽州、冀州一带就承受利益，所以说左边的河堤坚固了，那么必然使右堤受到损害；两边的堤岸一起牢固高大了，那么下游就会遭受灾害。应该听任水势流淌，使百姓到高处居住躲避水害，这样公家就可以省下治水的费用，百姓也没有被水淹的忧患。议论的人看问题的角度不同，因而也就各持己见，我不知道该听从哪一种意见，所以长时间难以最后决断。现在已经筑起了河堤,理顺了河道,堵住了黄河流入汴河的入口,修建了水闸,黄河和汴河分流,各自回到自己的故道,在陶丘的北面,渐渐形成淤泥高滩,所以我献上玉璧和洁净的牺牲,来祭祀黄河之神。向东路过洛水泄入黄河的地方,我敬叹当年大禹治水的丰功伟绩。现在天下四方各归其位,返回到原来的位置。临近汴河的低处的田地,租给那些贫苦的百姓。不要让富豪之家永远享受汴河水浇灌带来的好处,希望我能够步当年武帝修治黄河建立功业的后尘。

汉章帝

汉章帝刘炟(56—88),汉明帝第五子。永平十八年(75)即位,在位十四年。

举贤良方正直言极谏诏 建初元年

【题解】

本诏书发布于章帝即位的第一年。这时恰遇山阳、东平等地发生地震,章帝借机发此诏令,剖陈当时的诸多弊端,命令全国各级官员要不拘门第,据实推举贤良人才,以辅弼天子治理天下。

朕以无德,奉承大业,夙夜栗栗①,不敢荒宁②。而灾异仍见,与政相应。朕既不明,涉道日寡;又选举乖实,俗吏伤人,官职耗乱,刑罚不中,可不忧与!昔仲弓季氏之家臣,子游武城之小宰③,孔子犹诲以贤才,问以得人。明政无大小,以得人为本。夫乡举里选,必累功劳。今刺史、守相不明真伪,茂才、孝廉岁以百数④,既非能显,而当授之政事,甚无谓也。每寻前世举人贡士,或起畎亩⑤,不系阀阅⑥。敷奏以言⑦,则文章可采;明试以功,则政有异迹。文质彬彬⑧,朕甚嘉之。其令太傅、三公、中二千石、二千石、郡国守相,举贤良方正能直言极谏之士各一人。

【注释】

①栗栗:忧心恐惧的样子。

②荒宁:荒疏懈怠,自求安宁。

③仲弓季氏之家臣,子游武城之小宰:《论语·子路》载,孔子的弟子仲弓任季氏(鲁国贵族)的家臣,向孔子询问政治,孔子回答说:"赦小过,举贤才。"子游亦孔子的弟子,任武城县宰,孔子对他说:"汝得人焉耳乎?"二句均说明孔子对人才的重视。

④茂才:即秀才。因汉光武帝名刘秀,故汉人避讳之。孝廉:汉武帝时,所设立的一种察举考试、任用官员的科目。

⑤畎(quǎn)亩:田地,田野,引申为民间。畎,田中之沟。

⑥阀阅:泛指门第、世家。

⑦敷:陈述。奏:进言。

⑧彬彬:有礼节的样子。

【译文】

我因为没有深厚的仁德,自从继承天下大业以来,日夜忧心忡忡,胆战心惊,从不敢荒疏懈怠,自求安宁。就这样还是有灾害频频出现,与朝政相呼应。我本来就不明达,做天子的时间太短;再加上官吏的选拔有失当之处,平庸的官吏伤害人民,官府混乱不清,刑罚不公正,可真是令人担忧啊!以前仲弓给季氏做家臣,子游在武城做县宰,他们的老师孔子尚且拿选拔贤才为首要任务的道理教导他们,过问他们是否得到真正好的人才。所以说,明达的政治不分治理的范围大小,都以发现人才、重用人才为根本。以前选拔人才,总是要以平时积累的功劳作为依据。而现在的刺史、郡守、诸侯国的相国,不去辨明真假,推举选拔的秀才、孝廉,每年都有好几百人,却并不一定是真正有才能的人,把国家政事交给他们,很是没有道理。回顾前代的举人贡士,有的就是由农耕出身,并不拘泥于高门大户。他们陈述时政,进奏善言,其持论便有可采择之处;让他们处理政事,则会有不同寻常的政绩。外在表现与内在涵养相得益彰,我十分赞赏。特此诏令朝廷的太傅、三公、中二千石和二千石级别的官员、各郡的郡守和各诸侯国的相国,推举品行良善贤明、为人端庄公正并能直言不讳尽忠进谏的人士各一名。

禘祭诏　建初七年

【题解】

这是汉章帝建初七年(82)秋八月在宗庙祭祀光武帝刘秀和汉明帝刘庄时发布的诏令。文中主要表达了对先帝的追念之情,并对来助祭的大臣给予表彰。

祖考来假①,明哲之祀。予末小子,质又菲薄,仰惟先帝烝烝之情②,前修禘祭③,以尽孝敬。朕得识昭穆之序④,寄远祖之思。今年大礼复举,加以先帝之坐⑤,悲伤感怀。乐以迎来,哀以送往,虽祭亡如在⑥,而空虚不知所裁,庶或飨之。岂亡克慎肃雍之臣⑦,辟公之相⑧,皆助朕之依依⑨。今赐公钱四十万,卿半之,及百官执事各有差。

【注释】

①假(gé):至,到来。

②烝烝:笃厚的样子。

③禘(dì)祭：天子对祖先的大祭仪式。

④昭穆：天子祖先牌位的排列顺序。

⑤先帝：指汉明帝。

⑥亡(wú)：无。

⑦肃雍：敬肃和悦。

⑧辟(bì)公：诸侯。相：助，佐助。

⑨依依：思慕之心。

【译文】

《尚书》有言："让祖先的神灵来享受祭祀"，这是因为有贤明的圣人进行祭祀仪式。我是一个年轻皇帝，天资又不是很好，因而恭敬地思慕已故天子的深厚恩情，在灵位前举行隆重的祭祀仪式，来表达自己的孝心和恭敬。我因有这个机会识别祖先灵牌在宗庙中的次序，并寄托对远祖的思念。今年又举行了盛大的典礼，把先帝明帝的灵位加放在宗庙之中，心中不禁充满悲伤缅怀之情。人们总是十分高兴地迎接新即位的君主，同时十分悲哀地送走已经去世了的故人。如今虽然被祭祀的人在我的心中有如依然在世一样，但天界虚缈无依，不知如何寄托哀思，只有希望祖先的神灵能接受我的祭品。不仅仅是我一个人，在这次祭典上还有审慎敬肃的大臣，和各诸侯国的国相，他们都佐助我表现出对先帝的依依深情。现诏令赏赐给朝廷三公每人钱四十万，九卿每人钱二十万，并给各级官员和主管不同等次的赏赐。

诏三公 元和二年

【题解】

这封诏书是章帝在元和二年(85)正月下达给朝廷太尉、司徒、司空三公的。诏令再一次强调对俗吏滥用法律、谋求私利等行为的不满和痛恨，命令三公要严加整顿，纠正在执法领域内的不正之风。

方春生养，万物莩甲^①，宜助萌阳，以育时物。其令有司：罪非殊死且勿案验，及吏人条书相告^②，不得听受，冀息事宁人，敬奉天气，立秋如故。夫俗吏矫饰外貌，似是而非，挍之人事则悦耳，论之阴阳则伤化，朕甚厌之，甚苦之。安静之吏，悃愊无华^③，日计不足，月计有余^④。如襄城令刘方^⑤，吏人同声谓之不烦，虽未有他异，斯亦殆近之矣。间敕二千石各尚宽明，而今富奸行赂于下，贪吏枉法于上，使有罪不论而无过被刑，甚大逆也。夫以苛为察，以刻为明，以轻为德，以重为威，四者或兴，则下有怨心。吾诏书数下，冠盖接道，而吏不加理，人或失职，其咎安在？勉思旧令，称朕意焉。

【注释】

①莩（fú）甲：植物带种子外壳萌芽破土而出。

②条：事条。

③悃愊（kǔn bì）：至为诚信、诚实。

④日计不足，月计有余：《庄子·庚桑楚》："有庚桑楚者，偏得老聃之道，以北居畏垒之山。……畏垒之人相与言曰：'庚桑楚始来，吾洒然异之，今吾日计之而不足，岁计之而有余，庶几其圣人乎？'"意谓安然心静的法吏的好的品行和政绩数不胜数。

⑤襄城：地名。战国时魏国城邑，今河南襄城。

【译文】

当此万物复苏、萌芽破土的时节，国家政事要辅助世间阳气，养育万物。于是诏令各有关官员：除了被判死刑的罪犯外，其余暂且不要查办判决，还有那些法吏报告的案子，也一律不得受理，希望这样能使一些事件得到平息，人心得以安宁，恭敬地随顺天时地气，等到立秋时一切恢复正常。那些庸俗的法吏矫情修饰自己的行为，断案时好像很正确但实际上错误百出，说起人情世故娓娓动听，但若以天地间阴阳正理来判断，则严重有害于道德教化，对这些人我非常讨厌，也十分苦恼。而那些有修养的好法吏，对自己的职责诚心诚意，从不追求华丽的手段，每日事功可能不多，但日积月累，就会很多了。像襄城县令刘方，同僚和百姓仍异口同声地说他宽缓不苛，虽然没有特别突出的贡献，但也差不多接近安然心静、处事不乱的境界了。前不久命令二千石的官员，都要崇尚宽仁明达，但现在那些有钱的坏人在下面行贿，贪婪的法吏在上面歪曲法律，致使真正有罪的人不能如实判决，而没罪的人却遭受刑罚，这是很不正常的。执法过程中如果把残暴视为认真，把苛刻视为明达，把从轻处罚视为仁德，把加重处罚视为威严，这四个方面只要有一样在执法过程中发生，那么下层百姓就会对朝廷产生怨恨。我屡次颁布诏书，送诏书的车子一辆接一辆，但法吏不加理会，还是有人屡屡失职，问题出在哪里呢？望三公努力思考旧诏令的内容，以符合我的心意。

汉和帝

汉和帝刘肇（78—105），汉章帝第四子。十岁时即皇帝位，在位十七年。

恤民诏 永元十二年

【题解】

本诏令发布于永元十二年（100）二月。当时，国家正遭遇冬春以来的严重旱灾，百姓流离失所。诏令指出灾荒给人民带来疾苦，并指斥了吏治的败坏，命令公卿要助善除恶，救助灾民。

比年不登①，百姓虚匮②。京师去冬无宿雪③，今春无澍雨④，黎民流离⑤，困于道路。朕痛心疾首，靡知所济。"瞻仰昊天，何辜今人？"三公，朕之腹心，而未获承天安民之策。数诏有司，务择良吏。今犹不改，竞为苛暴，侵愁小民，以求虚名，委任下吏，假势行邪。是以令下而奸生，禁至而诈起。巧法析律⑥，饰文增辞，货行于言，罪成乎手，朕甚病焉！公卿不思助明好恶，将何以救其咎罚？咎罚既至，复令灾及小民。若上下同心，庶或有瘳⑦。

【注释】

①比（bì）年：近年。

②匮：缺乏，缺少。

③宿雪：过冬的积雪。

④澍（shù）雨：季雨，春雨。澍，及时的雨水。

⑤流离：流亡。

⑥析律：钻法律的空子，设法加重或减轻犯人的罪行。

⑦瘳（chōu）：病愈。此处指补救。

【译文】

近年来庄稼连年歉收，百姓粮食匮乏。京城里去年冬天没下一场大雪，今年春天又没及时下雨，长期的干旱使百姓流离失所，困苦不堪。我实在是痛心疾首，不知道如何才能帮助他们脱离困境。我仰起头来询问上天："当今的百姓到底有什么罪过，致使上天降下这样的灾难啊？"三公是我的心腹大臣，但没能从他们那里得到顺承上天安定百姓的策略。曾经多次下诏主管部门，一定要挑选好的官吏。但直到现在依然不加改正，竞相苛虐残暴，侵扰百姓，追求虚名，所任用的下级官吏，仗着上级的势力做着邪恶之事。因此命令下达了反而奸邪之人大量兴起，禁令传到哪里，虚诈欺骗的事便随之产生。下边的一些执法官吏把法律条文故意搞得支离破碎，修饰文字，增加词语，钱财便由几句巧言换来，而罪名在他们手下罗织而成，我对此非常担忧！作为朝廷的公卿不考虑帮助天子辨明好坏，那么将怎么使自己不受惩罚呢？等到犯了罪过受到惩罚，又会使灾难落到百姓头上。如果朝廷内外上下同心同力，这个弊病也许会得到纠正，天下就有救了。

马援

马援(前 14—49),字文渊,汉扶风茂陵(在今陕西兴平东北)人。少有大志,为郡督邮,因放走囚犯,自己逃到北方放牧。王莽时,任新城大尹(汉中太守)。莽败,依附割据陇西的隗嚣,后归顺刘秀。于刘秀前聚米为山谷,指画形势,因以破隗嚣。建武中,拜伏波将军,再封新息侯。到晚年之时,尚言丈夫立志,穷且益坚,老当益壮。又言男儿当死于边野,以马革裹尸还葬。后病死军中。《后汉书》有传。

诫兄子书

【题解】

公元 42 年,马援被汉光武帝派到交阯(今越南北部)镇压征侧、征贰起义时,给自己两个侄子写了这封信。信中针对两个侄子好议论人的长短,喜欢结交轻狂游侠的不良行为,结合自己平生经验,作了中肯指正。又以现实人事为例,正反对比,剖明道理。拳拳长者之心,昭然可见。

吾欲汝曹闻人过失,如闻父母之名,耳可得闻,口不可得言也。好论议人长短,妄是非正法,此吾所大恶也,宁死不愿闻子孙有此行也。汝曹知吾恶之甚矣，所以复言者，施衿结褵^①，申父母之戒，欲使汝曹不忘之耳。

【注释】

①施衿（jīn）结褵（lí）：古代父母送女儿出嫁时，要亲自给她系上带子，系上佩巾。《仪礼·士昏礼》记载："母施衿结褵，曰勉之敬之，夙夜无违宫事。"衿，带子。褵，佩巾。

【译文】

我希望你们听到别人的过错时，就像听到了父母亲的名字，耳朵里可以听，嘴里却不能讲。喜欢议论别人的长短，胡乱褒贬国家的法令，这是我最厌恶的事情，我宁死也不希望子孙们有这种行为。你们知道我特别厌恶这种行为，之所以再次讲给你们听，就像父母亲送女儿出嫁时，一定要讲明父母的训诫一样，为的是让你们不要忘记了。

龙伯高敦厚周慎^①，口无择言，谦约节俭，廉公有威，吾爱之重之，愿汝曹效之。杜季良豪侠好义^②，忧人之忧，乐人之乐，清浊无所失。父丧致客，数郡毕至。吾爱之重之，不愿汝曹效也。效伯高不得，犹为谨敕之士^③，所谓"刻鹄不成尚类鹜"者也^④；效季良不得，陷为天下轻薄子，所谓"画虎不成反类狗"者也。讫今季良尚未可知，郡将下车辄切齿^⑤，州郡以为言，吾常为寒心，是以不愿子孙效也。

【注释】

①龙伯高：名述，京兆（在今陕西西安西北）人。初为山都（在今河南邓州）长，刘秀看到这封信后，擢升为零陵郡（今湖南零陵）

太守。

②杜季良：名保，京兆（在今陕西西安西北）人。光武帝时官越骑司
　　马。后有人告他"为行浮薄，乱群惑众"，被光武帝免官。

③谨敕：谨慎严肃。

④鹄（hú）：天鹅。鹜（wù）：家鸭。

⑤郡将：即郡守。汉代郡守并兼武事，所以称郡将。

【译文】

　　龙伯高为人厚道又周密谨慎，口里从没有可以挑剔的话，谦虚平
易，生活节俭，清廉公正，态度严肃，我敬慕他尊重他，希望你们仿效。
杜季良豪侠仗义，为别人的忧虑而忧虑，为别人的快乐而快乐，无论贵
贱善恶，他都不失礼数。他办父亲丧事时请客人参加，几个郡的人都到
了。我敬慕他尊重他，却不愿意你们效仿。效仿伯高不成，还可以成为
一个谨慎严肃的士人，这是所谓的"刻鹄不成尚类鹜"；效仿季良不成，
就要堕落成天下轻浮的人，这是所谓"画虎不成反类狗"了。到现在为
止季良还不知道会怎么样，郡守初到任时都对他咬牙切齿，州郡长官对
他也有意见，我时常为他寒心，因此不愿意子孙效仿于他。

郑玄

郑玄(127—200)，字康成，高密（今山东高密）人。游学十余年后，回归乡里聚徒讲学，弟子众数百千人。其学说以古文经学为主，兼采今文经，遍注群经，成为汉代经学的集大成者。《后汉书·郑玄传》说："自秦焚六经，圣文埃灭。汉兴，诸儒颇修艺文。及东京，学者亦各名家。而守文之徒，滞固所禀，异端纷纭，互相诡激，遂令经有数家，家有数说，章句多者或乃百余万言，学徒劳而少功，后生疑而莫正。郑玄括囊大典，网罗众家，删裁繁诬，刊改漏失，自是学者略知所归。"其著述，今惟存《毛诗笺》《三礼注》等。清代郑珍撰《郑学录》四卷，对郑玄生平及学术辑述甚详。

戒子书

【题解】

郑玄七十岁后，得了一次重病，他怕自己会一病不起，便写了这封信给唯一的儿子益恩。信中先谈自己一生的游学经历和种种遭遇，再托告家事及自己为学志向，最后告诫儿子要以修养德行为要。文章按事理次第一一道来，层次清楚，明白易晓，于父子亲情，也十分感人。

吾家旧贫，不为父母昆弟所容①，去厮役之吏②，游学周、秦之都③，往来幽、并、兖、豫之域④，获觐乎在位通人，处逸大儒。得意者咸从捧手，有所授焉。遂博稽六艺，粗览传记，时睹秘书纬术之奥⑤。年过四十，乃归供养，假田播殖⑥，以娱朝夕。以上游历学业。遇阉尹擅势⑦，坐党禁锢，十有四年。而蒙赦令，举贤良方正有道⑧，辟大将军三司府⑨。公车再召⑩，比牒并名⑪，早为宰相。惟彼数公，懿德大雅，克堪王臣，故宜式序⑫。吾自忖度，无任于此，但念述先圣之元意，思整百家之不齐，亦庶几以竭吾才，故闻命罔从。而黄巾为害⑬，萍浮南北，复归邦乡。入此岁来，已七十矣。以上出处岁年。宿素衰落⑭，仍有失误，案之礼典，便合传家⑮。今我告尔以老，归尔以事，将闲居以安性，覃思以终业⑯。自非拜国君之命，问族亲之忧，展敬坟墓，观省野物，胡尝扶杖出门乎！家事大小，汝一承之。以上传家。咨尔茕茕一夫，曾无同生相依。其勖求君子之道⑰，研赞勿替⑱，敬慎威仪，以近有德。显誉成于僚友，德行立于己志。若致声称，亦有荣于所生，可不深念邪！可不深念邪！以上教诫。吾虽无绂冕之绪⑲，颇有让爵之高⑳。自乐以论赞之功，庶不遗后人之羞。末所愤愤者，徒以亡亲坟垄未成，所好群书率皆腐敝，不得于礼堂写定，传与其人。日西方暮，其可图乎？以上自述志事未竟。家今差多于昔，勤力务时，无恤饥寒。菲饮食，薄衣服，节夫二者，尚令吾寡憾。若忽忘不识，亦已焉哉！

【注释】

①昆弟：兄弟。

②厮役：干粗杂活的隶使之人。郑玄初为乡啬夫，掌听讼，收赋税。

③周、秦之都：指长安。

④幽、并、兖、豫：指幽州、并州、兖州、豫州。幽州，属今河北、辽宁二省地，古代十二州之一。并州，属今河北保定、正定，山西太原、大同等地，古代十二州之一。兖州，属今河南、山东二省地，古代九州之一。豫州，属今河南省地，古代九州之一。

⑤秘书纬术：谶纬图篆之类书籍和方法。

⑥假田：租田。

⑦阉尹：宦官。

⑧贤良方正：汉文帝二年(前178)诏举贤良方正，能直言极谏的人才，始后成为科举名目。唐宋皆有贤良方正科。

⑨大将军：指何进。三司：即司徒、司空、太尉。

⑩公车：汉时迎送应征者的车。后世代指朝廷。

⑪比牒并名：在授官簿录中与人并名。

⑫式序：按次第叙录功劳，任用。

⑬黄巾：指东汉末黄巾起义。

⑭宿素衰落：旧时的学业荒疏。宿素，一向，平素。

⑮传家：把家务托付给儿子管理。《礼记·曲礼》说"七十而传"。

⑯覃思：深思。

⑰勖求：勉力问求。

⑱研赞勿替：研求不要中断。替，中断。

⑲绂(fú)冕：古时礼服，喻高官显位。

⑳让爵：指数次被征召而不就。

【译文】

我家过去贫穷，自己又不被父母兄弟们喜欢和容纳，就离开了干粗杂活的吏使行列，到周、秦的都城长安去求学，来往于幽、并、兖、豫这些地方，得以拜识到居官任职而学识渊博的人和一些安逸闲处的大学者。通得心意的人都接纳和欢迎我，我从他们那里得到了不少知识。于是广博地考证六艺文献，粗略地浏览人物传记，不时也了解一些谶纬图录之术的奥妙。年过四十后，便回家奉养父母，租田耕种，以使早晚娱心快乐。以上讲自己的游历与学业。后来遇到宦官专权，遭受党锢之祸，有十四年之久。蒙赦免后，因举荐贤良方正有道，征召到大将军三司府任职。后遇朝廷再次召用，在授官的簿录中与我并名的，有的早已是宰相了。其他几位先生，道德美好，性情高雅，能胜任国家重臣的职位，本当叙录任用。我自作考虑掂量，无法胜任这样的官职，只是想阐释先代圣贤的道理，整理百家学说的不一致，也希望竭尽我的才能，因此接到诏命而没有服从。继而黄巾为乱，我又像浮萍一样南北漂泊，最终才再一次回到家乡。到今年，我已经七十岁了。以上是说外出任职的经历。我过去的学业已经荒疏，并且还存在不足和错误，根据礼仪典章，现在就应当托付家事。今天我告诉你我自己是老了，要将家庭诸事归推于你，以便我自己能闲处逸求，安心养性，再作一些深刻的思考，完成我的事业。若不是拜受国君诏命，存问亲族忧患，敬吊亲人坟墓，观赏野外物景，我大概是不需要策扶手杖再走出家门了吧！家中的大小事情，你要一一承担起来。以上传家。叹你孤独一人，没有兄弟可依靠。你要勉力追求君子之道，研求不要中断，言行举止谦恭谨慎，做一个有德之人。美好称誉来自同事和朋友，高尚德行的养成要靠自己的志向。假如得到赞美，生养你的父母也有光彩，怎能不常想着呢！怎能不常想着呢！以上是教诫。我虽然没有高官厚禄的功业，但也多有辞让爵位的高义。自感欣慰的是能修明经学，大约不会给后人留下什么羞耻。最后遗恨不平的事，是亡亲的坟墓未能修好，而所喜欢的书籍大都已经破旧不堪，自己不能在礼堂上书写抄定，以留传给后人。夕阳西下，我已衰老，这事还可以做到吗？以上是自述志事未竟。家庭情况比昔日差得太多了，你要勤奋劳动，不负时光，不要为饥饿寒冷忧虑。饮食要微薄，衣服要俭朴，在这两个方面节俭，还能使我少些遗憾。若很快便忘记，那就没什么可说的了！

蜀汉后主

蜀汉后主，即刘禅（207—271），字公嗣，小字阿斗，涿郡涿县（今河北涿州）人。蜀汉昭烈帝刘备之子。刘禅没什么才能，即位后，由丞相诸葛亮辅政。诸葛亮病逝后，他信任宦官黄皓，朝政日趋腐败。炎兴元年（263）魏军分兵攻蜀，迫成都，刘禅出降。后被封为安乐公。

策丞相诸葛亮诏

【题解】

这是蜀汉后主刘禅策命诸葛亮率师北伐的一篇诏文。文中追溯了汉末历史，指出了蜀汉政权要恢复汉室的历史使命，义正词严，沉痛激昂，千载之下读之，我们似乎仍能感觉到当年蜀汉君臣以恢复为任、上下一心的豪迈气概，仍能体会到诸葛丞相知其不可为而为之的人生信念。

朕闻天地之道，福仁而祸淫，善积者昌，恶积者丧，古今常数也。是以汤、武修德而王，桀、纣极暴而亡。曩者汉祚中微^①，网漏凶慝，董卓造难，震荡京畿；曹操阶祸^②，窃执天衡③,残剥海内,怀无君之心;子丕孤竖,敢寻乱阶,盗据神器④,更姓改物,世济其凶。当此之时,皇极幽昧⑤,天下无主,则我帝命陨越于下。以上数曹氏之恶。

【注释】

①曩(nǎng):以往,过去。

②阶:凭借。

③天衡:喻皇权。

④神器:喻皇权。

⑤皇极:帝王统治的准则。

【译文】

　　朕听说天地间的道理,行仁多福而作恶多灾,积善者昌盛,积恶者灭亡,这是古今不变的规律。因此汤、武积德而称王,桀、纣凶暴而身死。以前汉室江山中道衰微,奸人没有得到应有的制裁,以致董卓为祸,破坏京师;曹操跟着为害,窃国专政,残害天下,目无君上;他的儿子曹丕小丑跳梁,竟敢趁势作乱,盗窃皇权,改朝换代,举世帮其行凶。值此之际,皇纲沦丧,天下无主,皇上诏命也得不到贯彻。以上是历数曹氏的罪恶。

　　昭烈皇帝体明睿之德①,光演文武,应乾坤之运,出身平难,经营四方,人鬼同谋,百姓与能,兆民欣戴。奉顺符谶②,建位易号,丕承天序,补弊兴衰,存复祖业,膺诞皇纲③,不坠于地。万国未静,早世遐殂④。以上述先主功绪。

【注释】

①昭烈皇帝:指刘备。

②谶（chèn）：预言。

③膺（yīng）：承，受，当。

④遐（xiá）：远。此处是委婉地说先主死去。

【译文】

　　昭烈皇帝天生睿智，文武双全，应运而诞，挺身而出，欲平大难，转战南北，人神同助，百姓支持，万民拥戴。顺从人心天意，登基改号，继承帝位，挽救衰亡，恢复祖宗之业，以使汉室江山不致灭亡。天下尚未一统，他就过早离去。以上述先皇的功绩。

　　朕以幼冲①，继统鸿基，未习保傅之训，而婴祖宗之重②。六合壅否③，社稷不建，永惟所以④，念在匡救。光载前绪⑤，未有攸济，朕甚惧焉！是以夙兴夜寐，不敢自逸，每崇菲薄以益国用⑥，劝分务穑以阜民财⑦，授方任能以参其听，断私降意以养将士。欲奋剑长驱，指讨凶逆，朱旗未举⑧，而丕复陨丧，斯所谓不然我薪而自焚也。残类余丑，又支天祸，恣睢河、洛，阻兵未弭⑨。诸葛丞相宏毅忠壮，忘身忧国，先帝托以天下，以勖朕躬⑩。今授之以旄钺之重，付之以专命之权，统领步骑二十万众，董督元戎，龚行天伐⑪。除患宁乱，克复旧都⑫，在此行也。以上后主嗣位，诸葛专征。

【注释】

①幼冲：幼小。

②婴：缠绕，被……缠着。

③壅否（pǐ）：阻塞不通。

④惟：思考。

⑤绪：前人留下来的事业。

⑥菲薄：这里指节衣缩食。

⑦阜(fù)：增大，增加。

⑧朱旗：天子出征之旗。

⑨弭(mǐ)：消除，停止。

⑩勖(xù)：勉励。躬：自身。

⑪龚：通"恭"。

⑫旧都：指洛阳。

【译文】

朕以幼小之身，继承皇位，没有好好接受过老师的教诲，却要挑起祖先交给的重担。天下分崩，社稷不立，平日所想，只图挽救。中兴祖业，尚无良谋，朕很恐惧！所以日思夜想，不敢放纵自己，常常节衣缩食，以增加国家的费用，劝百姓守分专心种地，以增加人口财富；挑选方正有才能的人做官，听取他们的意见；克制私心以礼待人，换取将士的欢心。准备挥剑进军，讨伐逆贼，军旗未展，曹丕已经丧命，这真是不用我们的柴草而他自己先行自焚。剩下的余恶群丑，又继续为祸，在河、洛一带胡作非为，顽抗不服。诸葛丞相坚毅忠勇，忘身忧国，先帝将国家托付给他，以劝勉鞭策朕。现在授予他节旄、黄钺的重任，赋予他自主行事的大权，率领步兵骑兵二十五万，统管全军，奉行天讨。消除祸乱，收复旧都，就看这次出征了。以上叙述后主嗣位，诸葛亮主持军事讨伐。

昔项籍总一强众①，跨州兼土，所务者大，然卒败垓下②，死于东城③，宗族如焚，为笑千载，皆不以义，陵上虐下故也。今贼效尤，天人所怨，奉时宜速，庶凭炎精祖宗威灵相助之福④，所向必克。吴王孙权同恤灾患，潜军合谋，掎角其后。凉州诸国王各遣月支、康居、胡侯、支富、康植等二十余人⑤，诣受节度⑥。大军北出，便欲率将兵马，奋戈先驱。天命既集,人事又至,师贞势并,必无敌矣! 以上言以顺讨逆,兵势甚盛。

【注释】

①项籍:即项羽。总:统领,统率。

②垓下:在今安徽灵璧东南一带,项羽被刘邦围困于此。

③东城:在今安徽定远,项羽被迫于此地自刎而死。

④炎精:火德,据五行说,汉为火德。

⑤月支、康居:皆西域国名。

⑥节度:指挥调度。

【译文】

当年项籍统率一支强悍的部队,跨州并土,其雄心勃勃,但最终兵败垓下,身死东城,宗族无遗,成为千载笑谈,都是因为不讲信义,欺上压下的缘故。今日奸贼效法项氏,天人共愤。出师应趁热打铁,好能凭着高祖的神灵相助之福,攻无不克。吴主孙权同仇敌忾,暗中派出兵力配合,与此互为掎角攻敌后方;凉州各国派遣月支、康居、胡侯、支富、康植等国二十多人,都来听命。大军一旦北上,他们便要率领兵马,作为前锋奋勇冲击。天意如此,人事条件也已成熟,正义在我军一方而且各种力量联合起来,肯定无人能挡! 以上讲正义讨伐叛逆,兵势强盛。

夫王者之兵,有征无战,尊而且义,莫敢抗也。故鸣条之役①,军不血刃,牧野之师②,商人倒戈。今旆麾首路③,其所经至,亦不欲穷兵极武。有能弃邪从正,箪食壶浆以迎王师者④,国有常典,封宠大小,各有品限。及魏之宗族、支叶、中外,有能规利害、审逆顺之数,来诣降者,皆原除之。昔辅果绝亲于智氏⑤,而蒙全宗之福,微子去殷,项伯归汉,皆受茅土之庆⑥。此前世之明验也。若其迷沉不反，将助乱人，不式王命，戮及妻孥，罔有攸赦⑦。广宣恩威，贷其元帅，吊其残民。他如诏书律令，丞相其露布天下，使称朕意焉。以上赦降吊民。

【注释】

①鸣条之役：鸣条，地名。在今山西运城。成汤败夏桀于此。

②牧野：地名。今河南淇县，周武王败殷人于此。

③旍（jīng）：同"旌"。旌旗。

④箪（dān）食壶浆：用箪装着饭食，用壶盛着浆汤。箪，古代用来盛饭食的盛器。

⑤辅果：本姓智，知智氏将灭，改姓辅氏。

⑥茅土之庆：封王封侯的庆赏。茅土，指王、侯的封地。

⑦攸：所。

【译文】

本来帝王之师，有征无战，因为王师尊贵而且出师有名，没有人敢对抗。所以鸣条之战，兵不血刃，牧野之战，商人倒戈。现在部队出发，所到之处，也不愿穷兵黩武。如有能改邪归正、送饭送水欢迎王师的人，国家有规定好的办法，论功大小行赏，各有等级。曹魏宗族威属，如果有能以利害相劝、认识到去逆归顺的道理而来投降的人，一律不予追究。当年辅果与智氏断绝关系，而得到宗族保全的福分，微子离开殷朝，项伯归降汉室，都有裂土受封的优待。这都是前世明白发生过的事实。如果执迷不悟，助人为乱，不遵王命，诛及妻子儿女，一律不饶！大力宣传国恩军威，饶恕他们的将帅，善待百姓。其他按诏书法令处理，丞相要将其布告天下，以符合朕意。以上讲赦免降军，慰问百姓。

诸葛亮

诸葛亮(181—234),字孔明,琅邪阳都(在今山东沂南南)人。三国蜀汉政治家、军事家。东汉末隐居隆中,被称为"卧龙"。后成为刘备谋士,联合孙权,对抗曹操,占领荆、益,建立蜀汉政权。刘备称帝后,他任丞相,政事无论大小,皆由其决策。励精图治,发展生产,并五次出兵伐魏。病逝于五丈原军中。著作有《诸葛亮集》。详见本书所选《三国志·诸葛亮传》。

与群下教

【题解】

这是诸葛亮下发给属官的一份文告,主要目的是鼓励属下在讨论政务时要不厌其烦,别怕有矛盾,集思广益,反复讨论,以便减少决策中的失误。文字不长,但叮咛周至,反映了诸葛亮小心谨慎、办事不苟的一贯作风。

夫参署者①,集众思广忠益也。若远小嫌,难相违覆②,旷阙损矣。违覆而得中③,犹弃敝蹻而获珠玉④。然人心苦不能尽,惟徐元直处兹不惑⑤。又董幼宰参署七年⑥,事有不至,至于十反,来相启告。苟能慕元直之十一,幼宰之殷勤,有忠于国,则亮可少过矣。

【注释】

①参署:指衙门。

②违覆:反复讨论。

③中:不偏颇。指正确意见。

④蹻(jué):草鞋。

⑤徐元直:即徐庶。

⑥董幼宰:即董和。

【译文】

军府的各机构,是要集合众人的智慧,尽可能多地搜集对国家忠诚有益的意见。如果能远离日常的小纠纷,有疑难互相对质讨论,那么被耽搁疏忽的事情就可以减少了。质问讨论而取得折中意见,就好比是扔掉破草鞋而得到珠玉一样。但人情往往是怕麻烦不愿做到底,只有徐元直深明其中道理,处事能坚持不懈。另外董幼宰在军府任职七年,议事有认为不周到的,能跑十趟,来和我商量。如果大家能学到元直的十分之一,幼宰的不辞辛劳,尽忠国家,那我也就可以少出差错了。

陈琳

陈琳(？—217)，字孔璋，广陵射阳(今江苏宝应)人，汉末文学家，"建安七子"之一。初为何进主簿，何进欲诛宦官，引兵进京劫太后，陈琳进谏；不被接纳，便避难冀州，依附袁绍，为其典掌文告。曾为袁绍作檄文，历数曹操罪状。后袁绍败，陈琳归于曹操。操爱其才，命其掌记室，草拟军国书檄公文。陈琳擅长章表书记，与阮瑀齐名。其诗作仅存四首，以《饮马长城窟行》最为著名。《隋书·经籍志》著录有《陈琳集》三卷，久已散佚，明人辑有《陈记室集》。

为袁绍檄豫州

【题解】

檄为一种文体，多作征召、晓谕、申讨用。豫州，指刘备，当时为豫州牧。公元 200 年，袁绍从河北率领大军征讨曹操，陈琳为袁绍联合刘备、刘表三面夹击曹操的战略意图所鼓舞，应命撰写了这篇檄文以告谕刘备：曹操无德，不堪依附，应予征讨。文中详述袁绍起兵的原委，重点揭露了曹操的种种恶迹劣行。同时也指出了袁绍军队在兵力上的压倒优势，以及曹军兵士军心不齐的弱点，意在说明曹军必败。本文引古说今，笔锋犀利，申以大义，写得辅张扬厉；辞藻华丽，多用排比对偶，形式上给人以美感。刘勰在《文心雕龙·檄移》中称赞此文"壮有骨鲠"。本文确是檄文中不可多得的佳作。

　　左将军，领豫州刺史、郡国相守①：盖闻明主图危以制变②，忠臣虑难以立权③。是以有非常之人，然后有非常之事；有非常之事，然后立非常之功。夫非常者，故非常人所拟也④。曩者强秦弱主⑤，赵高执柄⑥，专制朝权，威福由己，时人迫胁，莫敢正言，终有望夷之败⑦，祖宗焚灭，污辱至今，永为世鉴。及臻吕后季年⑧，产、禄专政⑨，内兼二军⑩，外统梁、赵，擅断万机⑪，决事省禁⑫，下陵上替，海内寒心。于是绛侯、朱虚兴兵奋怒⑬，诛夷逆暴，尊立太宗⑭，故能王道兴隆，光明显融。此则大臣立权之明表也⑮。以上言大臣立权以殄逆乱。

【注释】

①刺史：一州之长，与州牧职同。刘备原由陶谦表为豫州刺史，后为曹操表为左将军。郡国相守：郡国为汉朝时的行政区划，郡直属中央，设守；国分封给诸侯王，置相，相、守俱为地方行政长官。

②图危：设法应付危难。制变：制应变之计。

③难：危难。权：权宜之计。

④拟：比拟，模仿。

⑤曩（nǎng）：从前。弱主：指秦二世胡亥。

⑥赵高：本赵国人，秦朝宦官，秦二世时为丞相，控制朝政，掌握大权，后杀胡亥，立子婴为王，后为子婴所杀。

⑦望夷：即望夷宫，赵高令其婿阎乐逼二世自杀于此。

⑧臻（zhēn）：到。吕后：名雉，刘邦的皇后，惠帝的母亲。惠帝死，少

帝立,吕雉临朝称制,主政八年。季年:晚年。

⑨产、禄:即吕后的侄子吕产和吕禄,吕后封吕产为梁王,吕禄为赵王,分领南、北军。

⑩二军:汉代驻守京师的有南、北二军。

⑪万机:重要的政事。

⑫省禁:宫廷禁地。

⑬绛侯:周勃。汉初佐高祖平定天下,封为绛侯。朱虚:朱虚侯刘章,高祖之孙。据《汉书》载,吕产、吕禄阴谋作乱,刘章、周勃、陈平等合谋诛诸吕,拥立汉文帝刘恒。

⑭太宗:指汉文帝刘恒,太宗是其庙号。

⑮明表:明白之表仪。

【译文】

左将军兼豫州刺史、郡国相守:听说圣明的君主危难时能进行谋划裁制应变之计,忠正的大臣患难时能考虑制定权宜之计。所以有了这些不同寻常的人,然后才有不同寻常的事;有了不同寻常的事,然后才能立不同寻常的功勋。所谓不同寻常,原本不是平常人所能比拟模仿的。从前强大的秦国由懦弱无能的秦二世执掌,使赵高篡夺朝政,独揽大权,尊威福禄均由己意,当时的人迫于他的威势,不敢仗义执言,终于有了秦二世在望夷宫的被逼自杀,祖先宗庙尽被焚毁,莫大的耻辱延至今日,永为世人所鉴戒。到高后吕雉末年,吕产、吕禄独揽朝政,于内控制了南、北二军,在外统领梁、赵二国,专擅决断朝廷事务,自决要事于内省宫禁,对下欺凌,对上僭越,令天下人寒心。于是绛侯周勃、朱虚侯刘章等愤怒起兵,诛戮平定了逆吕暴臣,拥立文帝太宗。所以能使汉家王道昌盛,更加光明显耀。这就是大臣创立权宜之功的明显榜样。以上讲大臣在特殊时刻挺身而出,以诛灭逆乱。

司空曹操①,祖父中常侍腾②,与左悺、徐璜并作妖孽③,

饕餮放横④，伤化虐民⑤。父嵩乞匄携养⑥，因赃假位⑦，舆金
辇璧，输货权门，窃盗鼎司⑧，倾覆重器⑨。操赘阉遗丑⑩，本
无懿德⑪，犵狡锋协⑫，好乱乐祸。幕府董统鹰扬⑬，扫除凶
逆⑭，续遇董卓侵官暴国⑮。于是提剑挥鼓，发命东夏⑯，收
罗英雄，弃瑕取用⑰，故遂与操同咨合谋⑱，授以裨师⑲，谓其
鹰犬之才爪牙可任。至乃愚佻短略⑳，轻进易退，伤夷折
衄㉑，数丧师徒。幕府辄复分兵命锐，修完补辑㉒，表行东
郡㉓，领兖州刺史㉔。被以虎文㉕，奖蹙威柄㉖，冀获秦师一克
之报㉗。而操遂承资跋扈，肆行凶忒㉘，割剥元元㉙，残贤害
善。故九江太守边让㉚，英才俊伟，天下知名，直言正色，论
不阿谄，身首被枭悬之诛，妻孥受灰灭之咎㉛。自是士林愤
痛，民怨弥重，一夫奋臂，举州同声。故躬破于徐方㉜，地夺
于吕布，彷徨东裔㉝，蹈据无所。幕府惟强干弱枝之义，且不
登叛人之党㉞，故复援旌擐甲㉟，席卷起征。金鼓响振，布众
奔沮㊱，拯其死亡之患，复其方伯之位㊲。则幕府无德于兖土
之民，而有大造于操也㊳。以上言绍初与操合谋。

【注释】

①司空：汉代三公之一，参议国事。曹操于建安元年（196）冬十月
　　拜为司空。

②中常侍：官名。东汉时由宦官担任，传达诏令和掌官文书。腾：
　　曹操父亲之养父的名字，顺帝时为中常侍大长秋，历事四朝，颇
　　得宠爱。

③左悺（guàn）、徐璜：皆桓帝时的宦官。

④饕餮（tāo tiè）：传说中一种贪吃的恶兽，用来比喻贪得无厌。

⑤伤化：伤害风化。

⑥嵩：曹嵩，曹腾的养子，曹操的父亲，字巨高。没有人知道他出生的本末。

⑦因赃假位：据《后汉书》载，曹嵩在汉灵帝时以财货得拜大司农、大鸿胪，后官至太尉。

⑧鼎：天下之重器。

⑨重器：指国家社稷。

⑩赘：连缀，系属。

⑪懿（yì）：美好。

⑫骠（piào）狡锋协：轻疾勇猛，锋锐任侠。

⑬幕府：将帅在外的营帐。此为袁绍的自称。董统：统帅。鹰扬：形容军队的壮大。

⑭扫除凶逆：何进被杀后，袁绍率兵入宫尽杀诸宦官。《三国志·袁绍传》有载。

⑮董卓：字仲颖。官至相国，后为王允、吕布所杀。暴国：危害国家。

⑯东夏：指渤海郡。袁绍起义兵讨伐董卓，东部诸州郡纷纷响应。

⑰瑕：玉上的斑点，比喻小过错。

⑱咨：询问，商议。

⑲裨（pí）师：偏师。据《三国志·武帝纪》载，公元190年，袁绍等讨伐董卓，曹操作奋武将军。

⑳佻：轻。

㉑伤夷：伤亡惨重。折衄（nù）：指遭挫折、失败。据《三国志》，曹操引兵西进，至荥阳遇董卓大将徐荣，与战不利，士卒死伤很多。衄，同"衄"。

㉒完：坚固。辑：聚集。

㉓东郡：郡名。属兖州，东汉时辖十五城。公元191年，黄巾军攻

打东郡,太守王肱不能抵御,后得曹操破之,袁绍表曹操为东郡
太守。

㉔兖州:汉武帝十三刺史部之一,治所在昌邑(在今山东金乡西
北)。公元192年,黄巾军攻入兖州,公元195年,曹操击败吕布,
攻拔定陶(今山东菏泽定陶区),进围雍丘(今河南杞县),天子拜
曹操为兖州牧。

㉕虎文:汉朝虎贲中将戴鹖冠,身着虎纹单衣。

㉖奖蹙(cù)威柄:奖以官职,以助成他的威势权柄。

㉗秦师一克之报:据《左传》记载,秦穆公任用孟明征伐晋国,两败
之后一举克胜,报了崤之战失败之仇。

㉘忒:凶恶。

㉙割剥:掠夺残害。元元:平民百姓。

㉚边让:字文礼。初平年间,王室大乱,边让去官还家,不屈于曹
操,遂以被杀。

㉛妻孥:妻子、儿女。

㉜徐方:指徐州。公元193年,曹操征伐徐州牧陶谦,因军粮匮乏
而还。公元194年,再征陶谦,吕布乘机进击兖州,自为兖州牧,
后来曹操苦战一年多,才收复兖州。

㉝裔:边。

㉞登:成。叛人:指吕布。

㉟摆(huàn)甲:穿着铠甲。摆,穿着。

㊱沮:溃败。

㊲方伯:本指一方诸侯之长,此处泛指地方长官。

㊳大造:大恩。

【译文】

　　司空曹操的祖父中常侍曹腾,和左悺、徐璜二人同是妖邪罪孽,贪
婪凶残放肆骄横,伤风败俗残虐百姓。他父亲曹嵩乞求曹腾收他做养

子,用贿赂买得官位,以舆载金,以辇载璧,送到权豪势要之家,窃夺盗取三公之位,妄图颠覆国家社稷。曹操本是依附阉人者的遗亲丑类,本来没有什么好的品德,轻疾勇猛,锋锐任侠,喜好扰动祸乱。袁绍将军统领威武的部队,扫除了宦阉凶逆,继而遇到奸臣董卓专擅朝政,侵凌百官危害国家。于是袁将军手提利剑挥振战鼓,在渤海发布命令,收罗天下英雄豪杰,不计较缺点取贤用能,所以也让曹操参与咨议谋划,任命他为副将,以为他还有雄鹰猛犬的才能,可以充当爪牙。然而曹操愚笨轻佻缺少谋略,轻率进兵又随意退兵,伤亡惨重,损兵折将,牺牲了不少军卒。袁公立即又分一部分精兵良将给他,让他修整补充,并表奏皇上任他为东郡太守,又封他为兖州刺史。披上威武的虎纹将服,助成他的威势和权柄,希望能得到秦军孟明那样一举克胜的回报。然而曹操却以此为资本骄横跋扈,肆意行凶作恶,割夺盘剥平民百姓,残害有才能德行的好人。过去的九江太守边让,才智过人,俊逸魁伟,闻名于天下,言谈耿直一脸正气,不阿谀奉承曹操,却因此被斩首示众,妻子儿女也被杀害。从此读书人愤怒痛恨,人民的怨声也日益加重。一旦有一位勇士振臂一呼,全州的人都会响应。所以曹操惨败于徐州陶谦,土地被吕布夺取,在东边游移不定,无处投靠。袁公深明强干弱枝的大义,并且不愿助成叛人之党,因此又亲掌帅旗披上盔甲,全部出动去征讨吕布。金钲战鼓响声如雷,吕布的军队一败涂地,将曹操从灭亡的祸患中拯救出来,恢复了曹操兖州刺史的地位。这样看来,即使袁公对兖州人民没有什么大德,但对曹操却有大恩啊。以上讲袁绍当初与曹操合谋。

　　后会銮驾反旆①,群虏寇攻。时冀州方有北鄙之警②,匪遑离局③,故使从事中郎徐勋就发遣操④,使缮修郊庙,翊卫幼主⑤。操便放志专行,胁迁当御省禁⑥。卑侮王室,败法乱纪,坐领三台⑦,专制朝政,爵赏由心,刑戮在口,所爱光五宗⑧,所恶灭三族⑨。群谈者受显诛,腹议者蒙隐戮。百僚钳口,道路以目⑩,尚书记朝会⑪,公卿充员品而已。故太尉杨彪⑫,典历三司,享国极位,操因缘眦睚⑬,被以非罪,榜楚参并⑭,五毒备至⑮,触情任忒,不顾宪纲。又议郎赵彦⑯,忠谏直言,义有可纳,是以圣朝含听,改容加饰。操欲迷夺时明,杜绝言路,擅收立杀,不俟报闻。以上言操专制朝政,诛戮忠良。

【注释】

①鸾驾反旆(pèi):公元 190 年,袁绍起兵讨伐董卓,董卓挟持汉献帝迁都长安,董卓被杀后汉献帝回到洛阳。鸾驾,皇帝所乘的车子,代指汉献帝。旆,旗帜的通称。

②冀州:汉朝十三刺史部之一,约有河北、山西两省地。北鄙之警:公元 191 年,幽州刺史公孙瓒进攻冀州刺史韩馥,韩馥以冀州让袁绍,双方交战频繁。

③匪遑:无暇。匪,同"非"。

④从事中郎:官名。为州刺史的佐吏。

⑤翊(yì)卫:辅佐保卫。

⑥胁迁:胁迫迁徙。指曹操挟持汉献帝迁都到许昌之事。

⑦三台:三种重要的官职。据李善注引应劭《汉官仪》:"尚书为中台,御史为宪台,谒者为外台。"

⑧五宗:五服以内的亲人。

⑨三族:指父族、母族、妻族。

⑩道路以目:不敢说话,路上相遇时以眼光表示愤怒。语出《国语·周语》。

⑪尚书:官名。始置于战国,掌章奏文书。朝会:诸侯或大臣朝见君主。

⑫太尉：官名。与丞相、御史大夫并称三公，掌军事。汉武帝时改
　　称大司马，与司徒、司空并称三公。杨彪：字文先，兴平元年
　　（194）任太尉。

⑬眦睚（zì yá）：怒目而视。

⑭榜（bēng）楚：鞭笞考问之刑。

⑮五毒：指鞭、棰、灼、徽、缳五种酷刑。据《后汉书》，建安三年
　　（198），曹操诬陷杨彪与袁术通婚，图谋废汉献帝，收系下狱，由
　　于孔融力阻才得幸免。

⑯议郎：官名。掌顾问应付。

【译文】

　　后来献帝从长安返归洛阳，各路贼虏围攻夹击。当时冀州北部边境正有军事，袁公无暇离职救驾，所以派从事中郎徐勋前往督促曹操立即进京，修缮宗庙社稷，辅佐保卫汉家幼主。曹操就任意独断专行，胁迫献帝迁都许昌，居守内省宫禁。轻视欺侮朝廷，败坏纲常法纪，无故领受三公的爵位，独揽大权，赐爵封赏皆由己意，刑罚杀戮随心所欲，其所亲近者光耀五宗，其所憎恶者灭绝三族。群聚议论者被公开杀害，口里不说心中非议的人被暗杀。所有官员都闭口不言，路上相遇，只能以眼神传达信息，尚书只记载朝会等琐事，公卿大臣也只是备员罢了。太尉杨彪典掌要职历任三司，享受国家最高的爵位，因为曹操和他有小怨恨，便加以不实之罪，严刑拷打，五种酷刑都用上了，凭个人好恶胡作非为，毫不顾及宪章法制。还有议郎赵彦，忠心进谏畅所欲言，其义多有可取之处，所以皇上能够容纳听取，给他奖励表示敬意。曹操为了迷惑扰乱圣主的明听，堵塞断绝向朝廷进言的途径，不等报奏圣上听闻，便擅自拘捕赵彦并立即杀害。以上讲曹操专制朝政，诛戮忠良。

　　又梁孝王先帝母昆①，坟陵尊显，桑梓松柏，犹宜肃恭。而操帅将吏士，亲临发掘，破棺裸尸，掠取金宝，至令圣朝流

涕，士民伤怀。操又特置发丘中郎将、摸金校尉，所过隳突②，无骸不露。身处三公之位而行桀虏之态③，污国虐民，毒施人鬼。加其细政苛惨④，科防互设⑤，罾缴充蹊⑥，坑阱塞路，举手挂网罗，动足触机陷，是以兖、豫有无聊之民，帝都有吁嗟之怨。历观载籍，无道之臣，贪残酷烈，于操为甚。

以上言操发掘坟墓及诸虐政。

【注释】

①梁孝王：名刘武，汉文帝之子，汉景帝的同母弟，封梁王，谥号孝。

②隳（huī）突：冲撞毁坏。

③桀：夏朝最后一位君主，有名的暴君。

④政：通"征"。税收。

⑤科防：条律禁令。

⑥罾（zēng）：网。缴（zhuó）：生丝绳。

【译文】

又有梁孝王刘武是汉景帝的同胞兄弟，坟墓陵寝高贵显赫，所栽的桑梓松柏更是应该恭敬保护。然而曹操却率领将官军士，亲自去发掘陵墓，打开棺椁裸露王尸，掠夺窃取金银珍宝，致使皇上也哀伤流泪，吏士百姓悲痛伤心。曹操又特设发丘中郎将、摸金校尉等职，所经过的陵墓均遭毁坏，遗骸尸骨都暴露出来。他身处三公的高位，却奉行夏桀强虏的丑行，玷污国家虐待万民，人和鬼都遭受他的毒害。再加上他征税苛刻琐碎狠毒，科条禁令交错设置，网罗陷阱充满道路，使人举手就被网罗挂住，抬脚就踏进机关陷阱，因此兖州、豫州有无以为生的黎民，京城有吁嗟忧愁的哀叹。通观历史典籍，所记载的无道逆臣的贪婪残酷，当以曹操为最厉害的一个。以上历数曹操发掘坟墓及诸多暴政。

幕府方诘外奸，未及整训，加绪含容，冀可弥缝。而操豺狼野心，潜包祸谋，乃欲摧桡栋梁①，孤弱汉室，除灭忠正，专为枭雄。往者伐鼓北征，公孙瓒强寇桀逆，拒围一年。操因其未破，阴交书命，外助王师②，内相掩袭，故引兵造河，方舟北济。会其行人发露，瓒亦枭夷，故使锋芒挫缩，厥图不果③。尔乃大军过荡西山屠各、左校皆束手奉质④，争为前登，犬羊残丑⑤，消沦山谷。于是操师震慑，晨夜逋遁⑥，屯据敖仓⑦，阻河为固，欲以螳螂之斧，御隆车之隧。幕府奉汉威灵，折冲宇宙⑧，长戟百万，胡骑千群，奋中黄、育、获之士⑨，骋良弓劲弩之势，并州越太行⑩，青州涉济、漯⑪。大军泛黄河而角其前，荆州下宛、叶而掎其后⑫。雷震虎步，并集虏庭，若举炎火以爇飞蓬⑬，覆沧海以沃熛炭⑭，有何不灭者哉？

以上言操与绍相拒。

【注释】

①桡（náo）：弯曲。

②王师：指袁绍的军队。

③"会其行人发露"几句：据《后汉书·袁绍传》："操引军造河，托言助绍，实图袭邺，以为瓒援。会瓒破灭，绍亦觉之，以军退，屯于敖仓。"行人，使者的通称。

④尔乃大军过荡西山屠各、左校皆束手奉质：据《后汉书·袁绍传》载，公元193年，袁绍引军入朝歌破杀黄巾余部及其众万余人，又进攻左校、郭大贤、李大目诸军，平定幽州。屠各，匈奴部落一。左校，农民军首领的名号。奉质，献上抵押品。

⑤犬羊残丑：对农民起义军的蔑称。

⑥逋(bū)逃：逃亡。

⑦敖仓：秦代在敖山上所设置的谷仓，在河南荥阳东北。

⑧折冲：使敌人战车后撤，即打败敌人，用以比喻袁绍的巨大威力。

⑨中黄、育、获：皆古代的勇士名，即中黄伯、夏育、乌获。事见《尸子》《战国策》。

⑩并(bīng)州：汉十三刺史部之一，约今山西大部和内蒙古、河北、陕西的一部分，当时袁绍的外甥高幹为并州刺史，率军越过太行山，为袁绍助战。

⑪青州：汉十三刺史部之一，辖境相当于今山东省北部。当时袁绍的儿子袁谭任青州刺史，也择兵相助袁绍。济、漯(tà)：两条河流的名字，济水源出河南，流经山东入海。漯水源出山东，流入徒骇河。

⑫荆州：指刘表当时为荆州刺史，与袁绍结盟。宛、叶：两个县名。宛即今河南南阳，叶即河南叶县。掎：拉住腿，牵制。

⑬爇(ruò)：烧。飞蓬：草名。即蓬蒿。

⑭沃：浇灌。熛(biāo)炭：燃烧炽烈的炭火。

【译文】

幕府袁公正在查究清理外奸，来不及整肃训理朝中之事，也多加含忍宽容，希望他能够弥补自己的过失。然而曹操怀有豺狼般的野心，暗藏构祸的阴谋，想要摧折国家的栋梁，孤立削弱汉朝皇室，去除消灭忠诚正直的人，自己成为枭恶奸雄。前不久袁公出兵北伐公孙瓒，强敌凶暴顽抗，抵御防守了一年之久。曹操因为公孙瓒未被攻下，暗地里和他书信来往，相互勾结，表面上称辅佐王者之师，内地里乘我不备阴谋偷袭，所以带领军队到了黄河边上，并联战船准备渡河。恰好他使人送信的行为暴露，公孙瓒也被枭首平定，由此挫败了曹军的锐气，他的阴谋未能得逞。继而袁公大军扫荡西山屠各、左校等各路叛军，叛军都自缚双手献上抵押品，并争着效力充当先锋，那些丧家犬羊般的败类，都被消灭在山谷。于是曹军恐惧害怕，连夜仓皇逃遁，屯兵据守敖仓，以黄河天险固守，妄图用螳螂之臂，阻挡高车的通过。袁公凭借朝廷的声威，要扫平天下，长戟勇士数以百万，羌胡战马数以千群，振奋的猛士如中黄伯、夏育、乌获一般，驰骋强弓劲弩一样的雄势，并州刺史高干带兵跨越太行山险，青州刺史袁谭领兵横渡济水、漯水。袁公大军浮渡黄河在前面牵制曹兵，荆州刘表攻击宛县、叶县夹击曹兵的后方。以此雷霆之威猛虎之步，共同集结在敌人周围，这就像举着烈火去烧干枯荡动的蓬草，倾倒沧海之水来浇灭炽烈的炭火，哪有什么消灭不了的呢？以上讲曹操与袁绍相抗拒。

又操军吏士其可战者，皆出自幽、冀，或故营部曲①，咸怨旷思归，流涕北顾。其余兖、豫之民，及吕布、张扬之遗众②，覆亡迫胁，权时苟从，各被创夷，人为仇敌。若回旆方徂，登高冈而击鼓吹，扬素挥以启降路③，必土崩瓦解，不俟血刃。以上言操军心易离。

【注释】

①部曲：古时军队的编制单位。《后汉书·百官志》云："将军领军，皆有部曲，大将军营五部，部校尉一人。部下有曲，曲有军侯一人。"

②张扬：字稚叔，并州云中（今山西大同与怀仁一带）人。董卓掌权时为建义将军。

③挥：通"徽"。旗，幡。

【译文】

况且曹操军队的吏卒将士，其中善于作战的，都是从幽州、冀州来的，有的还是袁公旧营的部属，他们都怨恨分离而企盼回归，常流泪北望思念故乡。其余的是兖州、豫州的平民百姓和吕布、张扬被消灭后遗留下来的军队,倾覆败亡而被迫受胁,权宜一时苟且服从,他们各自身受创伤,人人视曹操为仇敌。如果袁军回荡旌旗并军征伐,登上高冈奏起军乐,张扬白幡来招降曹军,那曹军一定会土崩瓦解,不用等我们血染兵刃。以上讲曹操的军队军心离散。

　　方今汉室陵迟^①,纲维弛绝,圣朝无一介之辅,股肱无折冲之势。方畿之内,简练之臣,皆垂头折翼^②,莫所凭恃。虽有忠义之佐,胁于暴虐之臣,焉能展其节?又操持部曲精兵七百,围守宫阙,外托宿卫,内实拘执,惧其篡逆之萌,因斯而作。此乃忠臣肝脑涂地之秋,烈士立功之会,可不勖哉?以上勖人以忠义。

【注释】

①陵迟:衰微。

②折翼:折断翅膀。

【译文】

　　现在汉家皇室衰落不堪,法纪纲常松弛,皇上没有一位有力的大臣来辅佐,大臣也没有抵御敌人的气势。京城之中选拔出来的臣子,都垂头丧气无所作为,没有可以依赖的。虽然还有忠贞正义的大臣,在残暴酷虐的逆臣胁迫之下,又哪里能施展他们的气节操守呢?况且曹操掌握私人的精锐兵将七百人,围困把守皇宫,对外托称值宿警卫,而实际上则是在拘禁控制皇上,恐怕他要篡位叛逆的野心,就由此产生。这正是忠臣为国捐躯的时候,烈士建功立业的好机会,怎能不勉身尽力呢?以上以忠义精神勉励他人。

　　操又矫命称制，遣使发兵，恐边远州郡过听而给与①，强寇弱主，违众旅叛②。举以丧名，为天下笑，则明哲不取也。即日幽、并、青、冀四州并进，书到荆州，便勒见兵与建忠将军协同声势③，州郡各整戎马，罗落境界，举师扬威，并匡社稷，则非常之功于是乎著。其得操首者封五千户侯，赏钱五千万，部曲偏裨将校诸吏降者，勿有所问。广宣恩信，班扬符赏，布告天下，咸使知圣朝有拘逼之难。如律令④。

【注释】

①过听：误听。

②旅：帮助。

③勒：统率。建忠将军：指张绣，东汉末军阀之一。当时屯兵于宛，与刘表合军。

④如律令：用于文书后，表示要像按照法律命令办事一样。

【译文】

　　曹操又假托王命行使皇权，派遣使臣动用军队，恐怕边远的州郡会错误地听从其命而给予援助，使敌寇强壮我主削弱，违背众望帮助叛逆。举动不慎丧失名誉，被天下人耻笑，明白事理的人是不会这样的。从今天起幽州、并州、青州、冀州四州军马共同进发，檄文一到，荆州刘表便统率现有兵卒，与建忠将军张绣遥相呼应共造声势，各自整顿军队，列阵在边境上，调动军队显示威风，共同匡扶汉家社稷，那不同寻常的功绩将在此举中著立。得到曹操人头的人，封五千户侯，赏钱五千万，曹操的部曲私兵偏将、裨将，各种官吏，只要投降了就不再追究他们。广泛地向他们宣扬袁公的恩德信义，颁布张扬朝廷命令和赏赐，使全国民众都知道圣朝君主有被拘禁胁逼的危难。以上如同法律条令。

檄吴将校部曲文

【题解】

建安二十一年(216)冬,曹操率兵讨伐孙权。陈琳以尚书令荀彧之口吻写成这篇檄文。檄文列举了自古以来吴越地方势力对抗中央朝廷皆以失败告终的事实,历数曹操消灭袁绍、袁术、吕布而统一北方,西征宋建、张鲁、韩遂、马超等,并迫使羌、胡、巴、夷等族归顺朝廷的功绩。同时指出东吴兵力薄弱,长江难以倚恃,孙权滥杀无辜,薄情寡义。檄文以古今之事,反复申说,向东吴官兵指出归顺朝廷之利,顽固附权之弊。全文晓之以理,动之以情,颇具说服力。

年月朔日①,子尚书令彧②,告江东诸将校部曲,及孙权宗亲中外③:盖闻祸福无门,惟人所召。夫见几而作④,不处凶危,上圣之明也⑤;临事制变,困而能通,智者之虑也;渐渍荒沉⑥,往而不反,下愚之蔽也⑦。是以大雅君子⑧,于安思危,以远咎悔⑨;小人临祸怀佚⑩,以待死亡。二者之量,不亦殊乎! 以上泛言见几远害。

【注释】

①朔日:初一。

②子:古代对男子的美称或尊称。

③宗亲:同宗亲属。中外:跟祖父、父亲的兄弟姐妹的子女的亲戚关系称为"中",跟祖母、母亲的兄弟姐妹的子女的亲戚关系称为"外"。又叫"中表"。

④见几而作:《周易·系辞》:"君子见几而作,不俟终日。"孔颖达疏:"言君子既见事之几微,则须动作以应之,不得待终其日。"意

指事前洞察事物细微的变化,就应采取相应的行动以对付。

⑤上圣:德才最高超的人。

⑥渐渍:浸润,沾染。荒:迷乱,放纵。

⑦蔽:蒙蔽。

⑧大雅:风雅。《汉书·景十三王传赞》:"夫唯大雅,卓尔不群,河间献王近之矣。"

⑨咎悔:灾祸。

⑩佚(yì):安乐,安逸。

【译文】

某年某月的初一,尚书令荀彧先生明告江东各将领、部下官兵及孙权的同宗亲属、中表亲戚:常听说这么一句话,祸福来去无定,都是人自己招致的。能事先洞察时事的变化并采取相应行动以使自己不处在危险、不幸的困境,这是德才最高超者的聪明所在;面对事变而能控制其发展态势,处于困境而终能通达平安,这是有智谋者深谋远虑的结果;沉溺放纵于既往之境而不思改悔,这是愚蠢者没有自知之明的表现。因此,德才兼备的君子,处在平安之境时就能想到可能会出现的危险,从而能避开灾祸;而目光短浅的浅薄之人,面临灾难却还留恋过去的安逸,无知地等待死亡。二者的器量不是相当悬殊吗! 以上泛论要洞察几微,远离祸患。

孙权小子,未辨菽麦,要领不足以膏齐斧①,名字不足以污简墨②。譬犹觳卵③,始生翰毛④,而便陆梁放肆⑤,顾行吠主⑥。谓为舟楫足以距皇威⑦,江湖可以逃灵诛⑧,不知天网设张⑨,以在纲目,爨镬之鱼⑩,期于消烂也⑪。若使水而可恃⑫,则洞庭无三苗之墟⑬,子阳无荆门之败⑭,朝鲜之垒不刊⑮,南越之旌不拔⑯。昔夫差承阖闾之远迹,用申胥之训兵,栖越会稽,可谓强矣⑰。及其抗衡上国⑱,与晋争长,都城屠于句践,武卒散于黄池⑲,终于覆灭,身馨越军⑳。及吴王濞㉑,骄恣屈强㉒,猖猾始乱,自以兵强国富,势陵京城。太尉帅师㉓,甫下荥阳㉔,则七国之军㉕,瓦解冰泮㉖,濞之骂言未绝于口,而丹徒之刃以陷其胸㉗。何则?天威不可当,而悖逆之罪重也。且江湖之众,不足恃也。以上言吴国屡取灭亡。

【注释】

①要(yāo):"腰"的本字。领:脖颈。《礼记·檀弓》:"是全要领以先大夫于九京也。"齐(zī)斧:用于征伐之斧,又名"黄钺斧"。

②污:涂染。

③鷇(kòu):初生的小鸟儿。

④翰毛:羽毛。

⑤陆梁:跳走之态,引申为嚣张、跋扈。

⑥顾:反而,却。

⑦距:通"拒"。抗拒。

⑧诛:讨伐。

⑨天网:此处指国家法律。

⑩爨(cuàn):烧火煮饭。镬(huò):锅。古时指无足之鼎。

⑪期:必。

⑫水:指长江。

⑬三苗:我国古代部族名。亦称"有苗",苗民。《史记·五帝本纪》中记载,其居处在江、淮、荆州(今河南南部至湖南洞庭、江西鄱阳一带),传说舜时被迁至三危(今甘肃敦煌一带)。墟:废墟,故址。

⑭子阳:公孙述的字。公孙述,扶风茂陵(今陕西兴平东北)人。王

莽时为导江卒正（蜀郡太守），后起兵据益州（今四川）。建武元年（25），称帝，号成家，建元龙兴，遣任满拒守荆门。汉光武刘秀遣征南大将军岑彭攻破之。建武十二年（36），为吴汉所破，被杀。

⑮朝鲜之垒不刊：据《史记·朝鲜列传》载，汉武帝元封二年（前109），汉使涉何出使朝鲜，欲劝其王右渠归附汉，未果。何刺杀送何者朝鲜裨王长，归报武帝曰"杀朝鲜将"，遂拜为辽东东部都尉。朝鲜怨何，发兵袭攻杀何。武帝遣楼船将军杨仆、左将军荀彘出击朝鲜，战不利，围其城，数月不能下。元封三年（前108）夏，朝鲜尼溪相参使人杀右渠来降，朝鲜乃定，为四郡。垒，军营的墙壁或工事。刊，削除。

⑯南越之旌不拔：据《史记·南越尉佗列传》载，元鼎五年（前112），南越丞相吕嘉反，杀南越王、太后及汉使者。秋，汉派卫尉路博德为伏波将军，出桂阳（今湖南郴州），主爵都尉杨仆为楼船将军，出豫章（今江西南昌），共攻南越，元鼎六年（前111）冬，破之。南越已平，遂设为九郡。旌，古代的一种旗子，旗杆顶上用五色羽毛做装饰。不拔，不可攻克。

⑰"昔夫差承阖闾之远迹"几句：据《史记·吴太伯世家》载，吴王阖闾西伐楚，攻陷楚都郢（今湖北江陵西北）。后吴伐越，阖闾战死，其子夫差继为吴王。夫差替父报仇，兴精兵伐越，破之，越王句践乃率余众五千人栖身会稽，夫差追而围之。申胥，伍子胥，战国楚人，奔吴，吴封之申地，故称申胥。

⑱上国：春秋时对吴、楚诸国而言，齐、晋等中原诸侯之国称为"上国"。此指晋国。

⑲黄池：地名。今河南封丘西南。

⑳罄（qìng）：器中空，引申为尽、完。

㉑吴王濞：即吴王刘濞，汉初诸侯王。发动吴、楚七国之乱，兵败

被诛。

㉒骄恣：骄傲放纵。屈强（jué jiàng）：即倔强，不顺从。

㉓太尉：官名。这里指周亚夫。

㉔甫：刚刚。荥（xíng）阳：县名。在今河南郑州西。

㉕七国：指西汉初七个诸侯王国，即吴王刘濞、胶西王卬、楚王戊、赵王遂、济南王辟光、菑川王贤、胶东王雄渠。七王以"清君侧"为名发动武装叛乱。

㉖瓦解冰泮：比喻完全失败或崩溃。泮，分，散。

㉗丹徒：县名。春秋时叫朱方，秦时有言其地有王气，始皇命刑徒三千人凿京岘山为长坑，刑徒服赭衣，因改名丹徒。汉属会稽郡，后汉属吴郡。在今江苏镇江东南。

【译文】

孙权这小人，五谷不分，其血不值得用来润滑利斧，其名则不值一书。他就像刚出壳的雏鸟，才长出羽毛，就张狂放肆，竟对着主人狂叫起来。自以为靠船只就能抗拒朝廷的威力，靠江河湖海就能逃避神灵的讨伐，却不料天罗地网早已设下，自己已在罗网之中，就好像锅里的鱼，终必消融无踪。如果江河可以倚恃，那么洞庭湖就不会有苗城的废址，公孙述就不会有荆门的失利，朝鲜的防御工事不可能被攻陷，南越的旗帜也不可能被拔掉。从前吴王夫差继承父亲阖闾的威势，用伍子胥训练出来的军队把越王句践逼困在会稽山上，可算得上强大了。后来他与中原诸侯国相对抗，与晋定公争高竞胜，不料都城被句践攻破，在黄池作战的士兵军心涣散，最终导致国家灭亡，自己也被逼自杀。到了汉景帝时，吴王刘濞骄傲放纵，固执强硬，肆意妄为，狡黠伪诈，竟至为首作乱。他自以为兵力强盛，国家富有，便仗势欺侮朝廷。太尉周亚夫率军才攻下荥阳，七国军队便已溃不成军，刘濞骂声未绝，丹徒人的刀已插进了他的胸膛。怎么会这样呢？因为上天的威严是不可以抵敌的，而违乱忤逆的罪孽深重。而且游荡江湖的乌合之众是不可以依靠的呀！以上讲吴国这个地方的政权屡屡遭受败亡。

自董卓作乱，以迄于今，将三十载。其间豪杰纵横，熊据虎跱①，强如二袁②，勇如吕布，跨州连郡，有威有名，十有余辈。其余锋捍特起③，鸱视狼顾④，争为枭雄者⑤，不可胜数。然皆伏铁婴钺⑥，首腰分离，云散原燎，罔有孑遗⑦。近者，关中诸将，复相合聚，续为叛乱⑧。阻二华⑨，据河、渭⑩，驱率羌胡⑪，齐锋东向。气高志远，似若无敌。丞相秉钺鹰扬⑫，顺风烈火。元戎启行⑬，未鼓而破。伏尸千万，流血漂橹⑭，此皆天下所共知也。是后大军所以临江而不济者，以韩约、马超，逋逸迸脱，走还凉州，复欲鸣吠⑮；逆贼宋建，僭号河首，同恶相救，并为唇齿；又镇南将军张鲁⑯，负固不恭⑰，皆我王诛所当先加。故且观兵旋旆⑱，复整六师⑲，长驱西征，致天下诛。偏师涉陇⑳，则建、约枭夷㉑，旌首万里；军入散关㉒，则群氐率服㉓，王侯豪帅，奔走前驱㉔；进临汉中，则阳平不守，十万之师，土崩鱼烂，张鲁逋窜，走入巴中，怀恩悔过，委质还降㉕；巴夷王朴胡、賨邑侯杜濩，各帅种落，共举巴郡，以奉王职㉖。钲鼓一动㉗，二方俱定，利尽西海㉘，兵不钝锋㉙。若此之事，皆上天威明，社稷神武㉚，非徒人力所能立也。以上言曹氏武功之盛及破韩、马、宋、张。

【注释】

①熊据虎跱：喻群雄盘踞一方的形势。

②二袁：指袁绍、袁术。

③锋捍：勇猛，强悍。捍，通"悍"。特起：崛起。

④鹯(zhān)：古书上指一种猛禽，貌似鹞鹰，逐食鸟雀。

⑤枭雄：指强横有野心、智勇杰出的人物，犹言魁首。

⑥铁(fū)：铡刀。婴：遭遇。《艺文类聚》："平生无志意，少小婴忧患。"钺(yuè)：古代兵器，用以斫杀。

⑦罔(wǎng)：无，没有。孑(jié)遗：遭受兵灾等大变故多数人死亡后遗留下的少数人。

⑧"近者"几句：《三国志·武帝纪》载："十六年，……张鲁据汉中，三月，遣钟繇讨之。公使夏侯渊等出河东与繇会。是时关中诸将疑繇欲自袭，马超与韩遂、杨秋、李堪、成宜等叛。遣曹仁讨之。超等屯潼关，公敕诸将：'关西兵精悍，坚壁勿与战。'"

⑨二华：即太华山与少华山。太华山即西岳华山，少华山在华山之西，与太华峰势相连而略低。

⑩河、渭：即黄河、渭河。

⑪羌：我国古代西部民族之一，主要分布在今青海、甘肃、四川一带。胡：我国古代将北方边地与西域诸族泛称为胡。

⑫丞相：这里指曹操。秉钺：意指掌握兵权。鹰扬：鹰之奋扬，喻威武或大展雄才。

⑬元戎：兵众。启行：启程，出发。

⑭橹(lǔ)：大盾牌。

⑮"是后"几句：《三国志·武帝纪》："十七年……冬十月，公(曹操)征孙权。十八年春正月，进军濡须口，攻破权江西营，获权都督公孙阳，乃引军还。"韩约，即韩遂，字文约。

⑯张鲁：字公祺。汉末割据汉中，后降曹操。

⑰负固：凭恃地势险固。

⑱观兵：检阅军队示人以兵威。《左传》襄公十一年载："诸侯会于北林，师于向，右还次于琐。围郑，观兵以南门。"《注》："观，示也。"旋旆(pèi)：回师。旆，旗帜之通称。

⑲六师:《周礼·夏官·司马》:"凡军制,万有二千五百人为军,王六军,大国三军,次国二军,小国一军。"后以六军或六师泛称朝廷的军队。

⑳陇:今甘肃省的简称,因古为陇西郡地而得名。

㉑建:宋建。枭夷:杀戮诛灭。

㉒散关:即大散关,在陕西宝鸡西南大散岭上,当秦岭咽喉,扼川陕间交通孔道,为古代军家必争之地。

㉓氐(dī):古族名。又称西戎。殷周至南北朝分布在今陕西、甘肃、四川等省。

㉔奔走:急走,为某事而奔忙。《尚书·酒诰》:"奔走事厥考厥长。"引申为帮忙,出力。前驱:先锋,前导。

㉕委质:古人相见,必执贽为礼,如卿以羔,大夫以雁等,称为委质。质,通"贽"。一说质为形体,委质,谓人臣拜见人君时,屈膝而委体于地。后用来示归顺之意。

㉖"巴夷王"几句:参见《三国志·武帝纪》。种落,部族聚居的地方。也指部族。

㉗钲(zhēng)鼓:古代行军时用的两种乐器。

㉘西海:西方。此处指巴郡。

㉙兵:兵器。

㉚神武:神明而威武。

【译文】

自从董卓作乱,至今已近三十年了。三十年间,四海之内英雄豪杰比比皆是,各据一方,有强大的如袁绍、袁术,有勇悍的如吕布,这些势力跨越州郡之界,有权势有名气的就有十多个。此外,勇猛强悍之辈也纷纷崛起,像猛鸷饿狼一样伺机争当魁首的人难以数清。然而他们都遭到杀戮,身首异处,就像云烟消散、草原遭火一样,没有幸存下来的。近来关中有几位将领又聚众闹事,背叛朝廷。他们倚仗太华山、少华山的天险,据有黄河、渭河的要塞,驱遣率领羌胡的军队向东进发。他们气焰嚣张,野心勃勃,似乎有不可抵挡之势。曹丞相挥师讨伐叛军,朝廷军队英勇威武,如顺风烈火,无法抵敌。军队开拔后,未经大战便击败了关中叛军。叛军死伤无数,尸横遍野,血流成河,这是全国上下人人皆知的。此后,朝廷大军之所以到达长江却不渡江追击,是因为韩遂、马超逃脱奔亡,跑回凉州想继续叛乱;而逆贼宋建,超越本分自称河首平汉王,他们狼狈为奸,相互依靠,共谋叛逆;还有镇南将军张鲁,凭仗所据地势险固,竟对朝廷有不敬的行为,这都是君王陛下应当先加以征讨的。所以暂且检阅军队以显示军威,并挥旌回师,接着马上就重整大军,向西挺进,为国家讨伐逆贼。夏侯渊率领偏师踏上甘肃,宋建、韩遂即被杀戮诛灭,其头颅被挂在旗杆上示众;大军进入大散关,氐族各部都来归顺,氐族的王、侯、将帅都愿助我而为先锋;军队到达汉中,张鲁据守的阳平关也守不住了,十万军队迅速瓦解,溃不成军,张鲁逃亡隐匿,跑到巴中,回想君王的恩泽,对自己所犯的过错后悔不已,于是投降并归顺了朝廷;巴七姓夷王朴胡、賨邑侯杜濩各自率领自己的部族,拱手让出巴郡,并接受朝廷赐予的官职。朝廷大军一出动,关中、陇汉都平定了,并且刀枪不动就顺利获取了巴郡全境。像这样的事,都是因为上天显示威灵,国家神明威武,仅凭人力是不能做得到的。以上讲曹军剿灭韩遂、马超、宋建、张鲁。

　　圣朝宽仁覆载①,允信允文②,大启爵命,以示四方。鲁及胡、濩,皆享万户之封。鲁之五子,各受千室之邑,胡、濩子弟部曲将校,为列侯,将军已下千有余人。百姓安堵,四民反业③。而建、约之属④,皆为鲸鲵⑤,超之妻孥,焚首金城⑥,父母婴孩,覆尸许市⑦。非国家钟祸于彼,降福于此也,逆顺之分,不得不然! 以上顺逆之分。

【注释】

①覆载：天覆地载，谓庇养包容。

②允信允文：诚信与文事兼备。

③四民：指士、农、工、商四行之人。反业：回到自己的行业。反，通"返"。

④建、约：指宋建、韩遂。

⑤鲸鲵：喻谓遭杀戮。

⑥金城：郡名。汉始元六年（前81）置，治所在允吾（今甘肃永靖西北）。

⑦许：即许昌。东汉建安元年（196），曹操迎献帝都此。三国魏黄初二年（220），改许为许昌。

【译文】

　　圣明的朝廷宽厚仁慈，包容涵括，诚信美善，广开获取爵禄之门，用事实昭示各方人士。张鲁、朴胡和杜濩都被封为万户侯。张鲁的五个儿子也都各自享受食邑千户的爵位，朴胡、杜濩的子弟及部下将领，成为列侯将军以下的有一千多人。百姓安居，士农工商也各归其业。而宋建、韩遂之流都被诛杀，马超的妻子儿女在金城被斩首，其父母及满门老小都在许昌被杀死。这并不是国家有意把灾难集中于他们身上，而把幸福降临给张鲁、朴胡及杜濩等人，而是叛逆与归顺朝廷的人必须加以区别对待，所以不得不这样做啊！以上是讲顺逆结局的不同。

　　夫鸷鸟之击先高①，攫鸷之势也②；牧野之威③，孟津之退也④。今者枳棘翦拂⑤，戎夏以清⑥，万里肃齐⑦，六师无事。故大举天师百万之众，与匈奴南单于呼完厨及六郡、乌桓、丁令、屠各、湟中羌、僰，霆奋席卷，自寿春而南⑧；又使征西将军夏侯渊等，率精甲五万，及武都氐、羌⑨，巴、汉锐卒，南临汶江⑩,扼据庸、蜀⑪;江夏、襄阳诸军⑫,横截湘、沅⑬,以临豫章⑭;楼船横海之师⑮,直指吴会⑯。万里克期⑰,五道并入,权之期命⑱,于是至矣。以上陈五道伐吴之盛。

【注释】

①鸷(zhì)鸟:凶猛的鸟,如鹰、雕之类。

②攫(jué):抓。

③牧野:古地名。在今河南淇县西南。周武王与反殷诸侯会师,大败殷军于此。

④孟津:古黄河津渡名。在今河南孟津东北,孟州西南。相传武王伐纣时,与八百诸侯会师于此,故名盟津(即孟津)。

⑤枳(zhǐ)棘:枳木与棘木。二木皆多刺,因用以比喻违命作梗的人。翦(jiǎn):灭除,消灭。扞(gǎn):使物舒展,碾压。"擀"的异体字。

⑥戎:我国古代西方各民族之泛称。夏:古代汉族自称为夏。

⑦肃齐:恭敬统一。

⑧"故大举天师百万之众"几句:《三国志·武帝纪》载,建安二十一年"冬十月,治兵,遂征孙权,十一月至谯"。"秋七月,匈奴南单于呼厨泉将其名王来朝,待以客礼,遂留魏"。六郡,指陇西、天水、安定、北地、上郡、西河。乌桓,少数民族,乃东胡别支,秦末东胡为匈奴击破后,部分迁至乌桓山,因以为名。建安十二年(207),曹操迁乌桓万余至中原,其余留居东北。丁令,也称"丁灵"。少数民族,汉时主要分布在今贝加尔湖以南地区,东汉时部分南迁。屠各,东汉至西晋时匈奴部落之一。杂居于西北沿边各郡。湟中,地区名。指今青海湟水两岸。汉代乃羌、汉、月氏等各少数民族杂居地。僰(bó),我国古代西南民族之一。寿春,古县名。秦时设,治所在今安徽寿县,秦汉乃九江郡治所。

⑨武都：西汉置县，治所在今甘肃西河西南，乃武都郡治所。东汉末氐族迁至此。

⑩汶江：汉元鼎六年（前111）置县，治所在今四川茂汶羌族自治县北。

⑪扼据：据守，占有。庸：古国名。商之侯国，曾随周武王伐纣，春秋时为楚所灭，建都上庸（今湖北竹山西南）。

⑫江夏：西汉高祖六年（前201）置郡，三国时分属魏、吴两国，各设江夏郡，魏郡治所在上昶城（今湖北西南），吴郡治所在武昌（今湖北鄂城）。襄阳：古郡名。建安十三年（208）分置南郡、南阳，治所在今襄阳。

⑬湘、沅：即湘江、沅江。

⑭豫章：古郡名。楚汉之际置，治所在今南昌，辖地相当今江西省。

⑮楼船：有叠层的大船，多作为战船。

⑯吴会（guì）：东汉时分会稽郡为吴、会稽二郡，合称吴会。

⑰克期：约定日期。

⑱期命：期限和命数。

【译文】

凶猛的鸷鸟在出击之前总是先飞得高高的，这是鸷鸟抓取猎物的态势；周武王在牧野大显军威击败殷军前，先退至孟津与诸侯会盟。如今违命作梗之辈都已被诛灭，西方各少数民族及中原的叛乱都已平定，万里统一，朝廷的军队已没有战事。所以朝廷出动百万大军，会合匈奴南单于呼完厨以及六郡、乌桓、丁令、屠各、湟中的羌族、僰族的军队，以雷霆席卷之势，从寿春向南挺进；又派遣征西将军夏侯渊等率领五万精兵以及武都县的氐族、羌族部队，巴中、汉中的精锐士卒，向南抵达汶江，占据上庸、蜀郡；江夏郡、襄阳郡的各路军队，横渡湘江、沅江，直到江西豫章；楼船将军杨仆、横海将军韩说则率军直抵吴郡及会稽。定期到达，五路人马一同挺进江东，孙权的死期马上就要到了！以上陈述五路人马伐吴的盛况。

丞相衔奉国威①，为人除害，元恶大憝②，必当枭夷。至于枝附叶从，皆非诏书所特禽疾③。故每破灭强敌，未尝不务在先降后诛，拔将取才，各尽其用。是以立功之士，莫不翘足引领，望风响应。昔袁术僭逆④，王诛将加，则庐江太守刘勋先举其郡，还归国家⑤；吕布作乱⑥，师临下邳⑦，张辽、侯成⑧，率众出降；还讨睢固，薛洪、樛尚，开城就化⑨；官渡之役，则张郃、高奂，举事立功；后讨袁尚，则都督将军马延、故豫州刺史阴夔、射声校尉郭昭临阵来降；围守邺城，则将军苏游，反为内应，审配兄子，开门入兵⑩；既诛袁谭，则幽州大将焦触，攻逐袁熙，举县来服⑪。凡此之辈数百人，皆忠壮果烈，有智有仁，悉与丞相参图画策，折冲讨难⑫，芟敌搴旗⑬，静安海内，岂轻举措也哉！以上历数拔用降将。诚乃天启其心，计深虑远，审邪正之津⑭，明可否之分，勇不虚死⑮，节不苟立，屈伸变化，唯道所存，故乃建丘山之功，享不訾之禄⑯。朝为仇虏，夕为上将，所谓临难知变，转祸为福者也。若夫说诱甘言⑰，怀宝小惠，泥滞苟且⑱，没而不觉，随波漂流，与嫖俱灭者⑲，亦甚众多。吉凶得失，岂不哀哉！以上泛论吉凶祸福。昔岁军在汉中，东西悬隔，合肥遗守，不满五千，权亲以数万之众，破败奔走⑳；今乃欲当御雷霆㉑，难以冀矣。

【注释】

①衔奉：领受，接受。

②憝（duì）：坏，恶。

③禽:同"擒"。捉,逮住。疾:憎恨。

④僭(jiàn):越分。指超越身份,冒用在上者的职权行事。逆:作乱。

⑤则庐江太守刘勋先举其郡,还归国家:《三国志·武帝纪》载,建安四年(199),"庐江太守刘勋率众降,封列侯"。

⑥吕布:东汉末年军阀,后为曹操所杀。

⑦下邳:秦置县。汉属东海郡,故地在今江苏宿迁境内。

⑧张辽:字文远。吕布属下任骑都尉,后降曹,拜中郎将,赐爵关内侯。侯成:吕布属下将,曹操伐布至其城下时,侯成等缚陈宫,将其众降。

⑨"还讨睢固"几句:《三国志·武帝纪》:"四年春二月,公还至昌邑。张杨将杨丑杀杨,睢固又杀丑,以其众属袁绍,屯射犬。夏四月,进军临河,使史涣、曹仁渡河击之。固使杨故长史薛洪、河内太守缪尚留守,自将兵北迎绍求救,与涣、仁相遇犬城。交战,大破之,斩固。公遂济河,围射犬。洪、尚率众降,封列侯。"

⑩"围守邺城"几句:参见《三国志·袁绍传》:九年"八月,审配兄子荣夜开所守城东门内兵"。

⑪"既诛袁谭"几句:参见《三国志·武帝纪》:十年春正月,攻谭,破之,斩谭,……袁熙大将焦触、张南等叛。攻熙、尚,熙、尚奔三郡乌丸。触等举其县降,封为列侯。

⑫折冲:使敌人的战车后撤,即击退敌军。冲,战车的一种。讨难:讨伐敌人。

⑬芟(shān):除去。搴(qiān):拔取。

⑭审:详知,明悉。津:渡口,引申为关键。

⑮虚:徒然,白白地。

⑯訾(zī):计算,估量。

⑰说(yuè):通"悦"。喜欢,愉快。

⑱泥滞：拘泥固执。

⑲熛(biāo)：迸飞的火焰。

⑳"合肥遗守"几句：参见《三国志·张辽传》：孙权率十万众围合
　肥，张辽夜募敢从之士，得八百人大战孙权。孙权围守合肥十余
　日，"城不可拔，乃引退"。

㉑当：抵挡，阻挡。

【译文】

　　曹丞相秉承朝廷的威力，为民除害，罪魁祸首一定要诛灭。至于其
亲属部下，都不是朝廷文告所特别指出要捉拿的。所以每当要攻打强
大的敌人，没有不是先招降他们，不投降方加以诛戮，然后选拔将领，任
用贤才，使他们都能尽量发挥自己的才华。因此那些想建功立业的有
志之士，没有不殷切地翘首以盼的，远见朝廷大军的威势就纷纷响应。
从前袁术冒用帝王名号进行叛乱，皇上宣布要加以征讨，袁术的部下庐
江太守刘勋就率先领其郡众投降归顺了朝廷；吕布作乱时，朝廷征讨之
师刚到下邳，张辽、侯成就带领部下出城投降；朝廷兵马回军讨伐眭固
时，守城的薛洪、缪尚打开城门称降；官渡战役中，张郃、高奂起义立功；
后来讨伐袁尚，都督将军马延、原来的豫州刺史阴夔、射声校尉郭昭，在
战场上归降朝廷；包围邺城时，守城的将军苏游反而成了朝廷的内应，
审配兄长的儿子审荣打开东门让朝廷军队入城；诛灭袁谭后不久，幽州
大将焦触反攻袁熙，率领全县民众归顺了朝廷。这些人共有好几百，都
是忠义、英勇、果敢、刚正、有智谋、有仁德的人，他们都与曹丞相共谋大
事，击溃敌军，征讨叛贼，消灭敌人，拔取敌旗，从而使全国得以安定，难
道说他们的举动是轻率的吗！以上历数任用投降过来的将领。其实，是上天
启发了他们的思想，他们深谋远虑，详察正义与邪恶的关键区别，能辨
别对与错的不同，虽然勇敢却不徒然送死，也不随便树立名节，其进退
变化只跟随正义道德之所在，所以才建立了高山一样的功劳，享受无尽
的福禄。早上还是敌人，晚上就成了将军，这就是所谓面对灾祸能随机

应变从而转祸为福的人啊。而那些喜欢听好话,怀恋过去曾得的小恩小惠,固执拘泥,临近死期仍不醒悟,言行没有主见,最终与迸飞的火花一起灭亡的人也多得很。识时务而归顺的人能逢凶化吉,获益无穷,而执拗不醒悟的人就大祸临头,损失惨重,如此看来,后者不是很值得悲哀的吗!　以上泛论吉凶祸福。去年朝廷大军因西征张鲁到达汉中,远离朝廷,东西相距迢遥,留守合肥的军队不足五千人,孙权亲自带领几万人的军队攻打合肥,结果都惨败逃跑;如今竟还想抵御势如雷霆的朝廷大军,这简直是没有希望的!

　　夫天道助顺①,人道助信②,事上之谓义,亲亲之谓仁。盛孝章③,君也④,而权诛之;孙辅⑤,兄也,而权杀之。贼义残仁,莫斯为甚!乃神灵之遘罪⑥,下民所同仇。辜仇之人,谓之凶贼。是故伊挚去夏⑦,不为伤德;飞廉死纣⑧,不可谓贤。何者?去就之道,各有宜也。丞相深惟江东旧德名臣,多在载籍。近魏叔英秀出高峙⑨,著名海内;虞文绣砥砺清节⑩,耽学好古;周泰明当世隽彦⑪,德行修明⑫。皆宜膺受多福⑬,保乂子孙⑭。而周、盛门户⑮,无辜被戮,遗类流离,湮没林莽,言之可为怆然!闻魏周荣、虞仲翔⑯,各绍堂构⑰,能负析薪⑱;及吴诸顾、陆旧族长者⑲,世有高位,当报汉德,显祖扬名;及诸将校,孙权婚亲,皆我国家良宝利器⑳,而并见驱迮㉑,雨绝于天㉒!有斧无柯㉓,何以自济?相随颠没,不亦哀乎!　以上历举江东旧德名臣。

【注释】

　　①天道:自然的规律。古人认为天道是支配人类命运的天神意志。

②人道：人类社会的道德规范。

③盛孝章：即盛宪，其字孝章。

④君：指贤德之人。

⑤孙辅：孙权之堂兄。

⑥逋（bū）罪：指逃亡的罪人。

⑦伊挚：即伊尹。

⑧飞廉：人名。殷纣之臣。

⑨魏叔英：疑为魏少英。《三国志·虞翻传》注引《会稽典录》有载："河内太守，上虞魏少英，遭世屯蹇，忘家忧国，列在八俊，为世英彦。"

⑩虞文绣：生平事迹不详。砥砺：砂石，磨石。细者为砥，粗者为砺，引申为磨炼、磨砺。清节：高洁的情操。

⑪周泰明：生平事迹不详。隽彦（jùn yàn）：俊逸而才德杰出之人。隽，通"俊"。

⑫修明：整饬清明。

⑬膺（yīng）：受，当。

⑭保乂（yì）：保养使安全。

⑮周、盛：指周泰明、盛孝章。

⑯魏周荣：生平事迹不详。虞仲翔：虞翻，字仲翔，会稽馀姚（今浙江馀姚）人。初为会稽太守功曹，历事孙策、孙权，屡犯颜谏诤，触犯孙权，被谪戍。

⑰绍：承继。堂构：立堂基，造屋宇。后以喻祖先的遗业。

⑱析薪：指父祖事业。

⑲顾、陆旧族：顾姓、陆姓的世家大族。

⑳良宝利器：比喻才德兼备之人。

㉑迮（zé）：逼迫。

㉒雨绝于天：喻恩泽断绝。

㉓有斧无柯：比喻有才能却无用武之地。柯，斧柄。

【译文】

上天只帮助顺从天意的人，世人则只辅佐有信义的人，侍奉位高年长的人叫做义，热爱父兄叫做仁。盛孝章是位贤德的君子，而孙权却杀害了他；孙辅是孙权的堂兄，孙权也杀害了他。毁坏仁义之道，没有谁比孙权更厉害的了！他是神灵所要捉拿的在逃罪人，是平民百姓所共同仇视的敌人。罪恶滔天、千夫所指的人，是凶狠的恶人。因此伊尹离开夏桀王，并不损害他的德行；飞廉为殷纣王而死，也不能说他贤良。为什么呢？因为离开或留下，各有各的道理。曹丞相深知江东过去德高望重的名臣，他们在史籍上多有记载。近来有魏叔英，才华高绝，出类拔萃，蜚立江东全国闻名；虞文绣刻苦自律，情操高尚，专心研习，喜爱古学；周泰明是当代才德杰出的人，道德品行整饬清明。他们都应享受福禄，并荫护子孙平安。然而周泰明、盛孝章两家，没有罪过却遭到杀害，幸存下来的子孙流离失所，埋没在丛林草莽之中，说起他们真是使人悲伤啊！听说魏周荣、虞仲翔各自继承父志，能担负起父祖的事业；还有江东顾姓、陆姓等世家大族，他们世代享有高官爵位，应当报答汉朝的恩德，光宗耀祖，播扬美名；还有东吴的各位将领校尉，孙权的岳家亲戚，都是我们国家有德有才的贤士，却一并遭到驱逐迫害，孙权对他们真是恩断义绝啊！有才华却无法施展，如何来挽救自己呢？跟随孙权倾覆灭亡，不是很可悲的事吗？以上历举江东德高望重的名臣。

　　盖凤鸣高冈，以远翳罗①，贤圣之德也；鹪鹩之鸟巢于苇苕②，苕折子破，下愚之惑也。今江东之地，无异苇苕，诸贤处之，信亦危矣！圣朝开弘旷荡③，重惜民命，诛在一人，与众无忌。故设非常之赏，以待非常之功，乃霸夫烈士奋命之良时也④，可不勉乎！若能翻然大举，建立元勋，以应显禄，福之上也；如其未能，算量大小，以存易亡，亦其次也。夫系蹄在足⑤，则猛虎绝其蹯⑥；蝮蛇在手⑦，则壮士断其节⑧。何则？以其所全者重，以其所弃者轻。若乃乐祸怀宁，迷而忘复，阇《大雅》之所保⑨，背先贤之去就，忽朝阳之安⑩，甘折苴之末，日忘一日，以至覆没，大兵一放，玉石俱碎，虽欲救之，亦无及已！故令往购募爵赏⑪，科条如左⑫。檄到，详思至言。如诏律令。

【注释】

①罻（wèi）罗：捕鸟网，比喻法纲。

②鸧鷯（níng jué）：鸟名。似黄雀而小，亦称鸧鷯。苇苕：苇花。

③旷荡：空阔无边。

④霸夫：勇力超人者。烈士：指有志建立功业的人。奋命：勇往直前，不顾己身之安危。

⑤系蹄：捕兽工具。野兽踏在上面，就被绳缠牢套住。

⑥蹯（fán）：兽足。

⑦蝮（fù）蛇：一种毒蛇。

⑧节：骨骼衔接处。

⑨阇（àn）：昏昧不明。《大雅》之所保：《诗经·大雅·烝民》："既明且哲，以保其身。"意谓深明事理的人能保全自己。

⑩朝阳：《诗经·大雅·洞酌》中有云："凤皇鸣矣，于彼高冈。梧桐生矣，于彼朝阳。"后以凤鸣朝阳喻贤才遇时而起或稀世之瑞。

⑪购：悬赏征求。爵赏：以爵禄为奖赏。

⑫科条：法令条规。

【译文】

凤凰在高高的山冈上鸣叫，避开捕鸟的罗网，这是德才兼备者的德行啊;鸡鸠之类的小鸟把窝搭在芦苇上,芦苇一断,蛋也随之打碎,这是蠢人才做的糊涂事。如今江东这个地方,与芦苇没什么区别,各位贤人智士呆在那里,确实太危险了! 当今君王开明豁达,宽大为怀,重视珍惜人民的生命,只诛杀孙权一人,大家不用担心。朝廷还特意设置了不同寻常的奖赏,用来赏赐有非凡功勋的人,这是有胆识有理想的人应该奋勇向前的好时机啊,难道不应该努力吗! 如能倒戈起义,立下大功,获得显要的爵禄,是最大的福气啊;如不能这样做,就权衡一下轻重,用保全自己去代替死亡,也可算是第二等了。如果脚爪被捕夹夹住,猛虎会咬断自己的脚爪逃走;如果手被毒蛇咬了,勇士就会把手臂砍掉。为什么这样做呢? 因为他所要保全的生命是最重要的,而他所舍弃的不过是身体的一小部分而已。如果只是幸灾乐祸,幻想苟且安宁,执迷不悟,不明白《诗经·大雅·烝民》中所说的明哲保身的道理,违背先贤去留的正道,忽视遇时而起,归顺朝廷所能得到的安乐,而甘愿遭受像鸡鸠一样苇折子破的命运,过一天算一天,直到灭亡的话,那么朝廷大军一开拔,好人坏人都将一并被毁灭,到时就是想自救也来不及了! 所以发布檄文,以爵禄悬赏招募仁人志士,法令条规如左所示。接到檄文时,请仔细考虑这些中肯的话。本文告有效如诏书法令。

魏明帝

魏明帝曹叡，字元仲，魏文帝曹丕之子。十五岁时封武德侯，黄初二年（221）封齐公，次年（222）为平原王。黄初七年（226）立为太子，当年即位称帝。景初三年（239）卒，在位十三年。曹叡为人刚毅果断，在位期间亲自参加判案，刑罚公允，不徇私情。但当时天下分裂，百姓疲惫不堪，而曹叡动用大量民力大兴土木，广建宫室，招致了很大民怨。

赐彭城王据玺书

【题解】

魏明帝即位后，当时的彭城王曹据私下派人到京师官府，进行了一系列违法活动，明帝据法对其进行了处罚。事后，明帝怕曹据心中不服，便赐此玺书。在信中对曹据晓之以理，动之以情，多方劝慰安抚，并积极鼓励他加强道德品行的修养，及时改过。后不久，便又恢复了曹据的原封邑规模。曹据封彭城王是在太和六年（232），则这封玺书的写作时间当在此之后。

制诏彭城王：有司奏，王遣司马董和，赍珠玉来到京师中尚方①，多作禁物，交通工官，出入近署，逾侈非度②，慢令违制。绳王以法，朕用怃然③，不宁于心。王以懿亲之重④，处藩辅之位，典籍日陈于前，勤诵不辍于侧。加雅素奉修⑤，恭肃敬慎，务在蹈道，孜孜不衰，岂忘率意正身⑥，考终厥行哉？若然小疵，或谬于细人，忽不觉悟，以斯为失耳。《书》云："惟圣罔念作狂，惟狂克念作圣。"古人垂诰，乃至于此，故君子思心无斯须远道焉。尝虑所以累德者而去之，则德明矣；开心所以为塞者而通之，则心夷矣；慎行所以为尤者而修之，则行全矣。三者，王之所能备也。今诏有司宥王，削县二千户，以彰八柄与夺之法⑦。昔羲、文作《易》，著"休复"之诰；仲尼论行，既过能改。王其改行，茂昭斯义，率意无怠。

【注释】

①中尚方：官署名。主管帝王所用器物的制造和供应。

②逾侈：过于奢侈。度：法度。

③怃（wǔ）然：忧心的样子。

④懿（yì）亲：至亲。

⑤雅素：平时。

⑥率意：竭尽心意，尽心尽力。

⑦八柄：此处特指权力。

【译文】

制诏彭城王：有关部门的官员上奏说彭城王你派司马董和携带珠玉到京城中尚方官署，大量制作宫禁中专用的器物，经常和监工官员来往，进出于各衙门，过分奢侈，违犯法度，轻视禁令，背离礼制。对你进行处罚，我也心有不忍，深感不安。彭城王你凭借至亲的地位，现在又处在诸侯王的位置上，典册书籍每天都陈列在你面前，在身边还有人勤勉不停地为你朗读。再加上平时的自我修养，应该恭敬庄严，小心审慎，专心致志在仁义之道上前进，难道你忘了只有尽心尽力地不断加强修养，才能自始至终保持好的名节的道理吗？像这样一些小的缺点，在一般百姓身上表现出来，若不很快醒悟过来，也会因此而招致失误。《尚书》说："即使是圣贤之人不时时思考也会变成小人，即使是草野小民若经常反省自己的所作所为也终究会成为圣人。"古代圣人流传下来的告诫，道理深刻，所以有德行的人考虑问题，一刻也不能远离仁义之道。我曾想，凡是对好的品行不利的行为都摒弃，那么好的品德就会明白地显示出来；要使自己心情开朗，就要把那些堵塞思路的杂念消除，那么心境自然也就平静了；要使自己的行为审慎，就要对那些造成失误的方面时时加以修正，那么你的行为就完美无缺了。这三个方面，是彭城王你能够具备的。现在诏令执法机构对你宽大处理，削减县邑二千户，用来显示我所掌握的权力和法律的威力。以前伏羲氏、周文王创造《周易》，写下了"休复"的诏语；孔子谈论人的品行，也强调犯了错误能够改正就是好的。彭城王你要改正以前的不好的行为，认真体察我的用心，尽心尽力去做，万万不可懈怠。

曹植

曹植简介参见卷七。

下国中令 黄初六年

【题解】

魏文帝黄初二年（221），曹植因"醉酒悖慢，劫胁使者"被有司请治罪，文帝贬植为安乡侯，其年改封鄄城侯，又三年，立为鄄城王，黄初四年（223）徙封雍丘王。曹植数度上书追悔所谓罪过并谢恩，此文便是其中之一。

身轻于鸿毛[①]，而谤重于泰山。赖蒙帝王天地之仁，违百司之典，议舍三千之首戾[②]，反我旧居[③]，袭我初服[④]。云雨之施[⑤]，焉有量哉！孤以何功而纳斯贶[⑥]？富而不吝，宠至不骄者，则周公其人也。孤小人耳，身更以荣为戚。何者？将恐简易之尤出于细微，脱尔之愆一朝复露也[⑦]。故欲修吾往业，守吾初志，欲使皇帝恩在摩天[⑧]，使孤心常存此地，将以全陛下厚德，究孤犬马之年。此难能也，然固欲行众之难。《诗》曰："德辖如毛⑨，鲜克举之⑩。"此之谓也。

【注释】

①鸿毛：喻微不足道。

②三千之首辟：最大的刑罚。

③反：通"返"。

④初服：即王服王爵。曹植于任城王时被贬，后复为王，先鄄城王，后雍丘王、浚仪王、东阿王、陈王，颠沛辗转。

⑤施：赐。

⑥贶(kuàng)：赠。

⑦脱尔：疏忽，纰漏。愆：罪责。

⑧摩天：喻其高。

⑨辖(yóu)：轻。

⑩鲜：少。克：能。

【译文】

我自己像鸿毛一样微不足道，可受到的批评却比泰山还重。幸而承蒙皇帝陛下天地一般无私的仁厚，拒绝了百官治罪于我的提议，赦免了我那么大的罪过，返还我旧时的居处，让我恢复最初时的王服。这犹如云雨一样天大的恩惠，哪能估量呢！我凭什么功劳能接受这样的赐予呢？富贵却不奢吝，受宠却不骄横的人，那就是周公了。我，是一个小人物，更要以荣光为可担忧之物。为什么呢？是担心简慢放肆的罪责由细微小事引起，疏漏的错谬，怕有一天会再次暴露出来。所以想修习我往日的事务，坚守我当初的志向，想让皇帝常以高不可比的恩惠，使我能长久地保有这块封地，为的是成全陛下的大德，效尽我如狗马一样的生命。这很难做到，但我就是想实践别人以为艰难的事情。《诗经》说："德行轻得像鸿毛，可很少有人能举起它来。"说的也就是这个道理。

钟会

钟会（225—264），字士孝，三国时魏颍川长社（今河南长葛东北）人。魏景元四年（263），与邓艾伐蜀有功，官至司徒，进封县侯，后与蜀国降将姜维等联合，图谋作乱，为部下及乱兵所杀。钟会出身世家，精研名理之学，曾一度加入玄学问题的讨论。据说嵇康因为不愿与其交往，而被他进谗言所害，这成了钟会不能被人原谅的一大污点。但钟会多才多艺，尤其是他的军事才能，还是应该承认的。

檄蜀文

【题解】

这篇檄文从汉末战乱讲起，为曹魏政权的合法性作简略辩护。随之笔锋一转，分析敌我形势。认为蜀小魏大，力量相差悬殊，然后引历史事实说明弃暗投明是合适的做法，劝蜀国臣民早作打算。能不战而降人，固然是兵家上策，但得惠最多的则是老百姓，檄文中虽然提到这一点，但分量并不重。

往者汉祚衰微，率土分崩，生民之命，几于泯灭。我太祖武皇帝神武圣哲①，拨乱反正，拯其将坠，造我区夏；高祖文皇帝应天顺民②,受命践祚;烈祖明皇帝奕世重光③,恢拓洪业。然江山之外,异政殊俗,率土齐民④,未蒙王化,此三祖所以顾怀遗志也。今主上圣德钦明⑤,绍隆前绪,宰辅忠肃明允⑥,劬劳王室⑦,布政垂惠而万邦协和,施德百蛮而肃慎致贡⑧。悼彼巴蜀,独为匪民,愍此百姓,劳役未已。是以命授六师,龚行天罚⑨,征西、雍州、镇西诸军⑩,五道并进。古之行军,以仁为本,以义治之;王者之师,有征无战;故虞舜舞干戚而服有苗⑪,周武有散财、发廪、表闾之义。今镇西奉辞衔命,摄统戎车,庶弘文告之训,以济元元之命⑫,非欲穷武极战,以快一朝之志。故略陈安危之要,其敬听话言。

【注释】

①太祖武皇帝:指魏武帝曹操。

②高祖文皇帝:指魏文帝曹丕。

③烈祖明皇帝:指魏明帝曹叡。

④齐民:平民。

⑤主上:指陈留王曹奂。

⑥宰辅:指司马懿。

⑦劬(qú)劳:辛苦。劬,劳累。

⑧肃慎:古代东北国名。约今吉林直到俄罗斯东海滨省之间区域。

⑨龚:通"恭"。

⑩征西:指征西将军邓艾。雍州:指雍州刺史诸葛绪。镇西:指镇西将军钟会。

⑪故虞舜舞干戚而服有苗:见于《淮南子·齐俗训》。干戚,是古代武器。干,指盾,戚是一种斧。

⑫元元:指老百姓。

【译文】

以前汉室衰落,四海分裂,百姓生命,几乎灭亡。我太祖武皇帝文武超凡,拨乱反正,挽救危亡,重造华夏;高祖文皇帝承天意顺民心,受命登基;烈祖明皇帝继承祖业,发扬光大。但是国家境外,政令风俗尚未归一,天下百姓,并非全部蒙受帝王教化,这也正是三祖为什么要抱恨而终的原故所在。现在的皇帝圣德清明,继续完成大业;宰相忠诚公正,勤恳为国,施政降恩,上下团结,德加蛮夷,远方进贡。可叹那巴蜀的百姓,独独还不是良民,同情这些人,他们的劳役没完没了。所以命令六师,奉行天罚,征西、雍州、镇西各部,分五路推进。古人出师,以仁为本,以义治军;帝王之师,有征无战;因此虞舜没有真正用兵,三苗便归服了,周武王有散发财物、开仓救济、表彰忠义的善举。如今镇西将军奉朝廷命令,统率大军,力图发扬先礼后兵的古训,以保全苍生性命,并非要耀武扬威,以图一时之快。所以简明扼要地讲明利害,希望大家听取!

益州先主以命世英才①,兴兵新野,困踬冀、徐之郊,制命绍、布之手②,太祖拯而济之,兴隆大好。中更背违,弃同即异,诸葛孔明仍规秦川,姜伯约屡出陇右,劳动我边境,侵扰我氐、羌。方国家多故,未遑修九伐之征也。今边境义清③,方内无事,畜力待时,并兵一向,而巴、蜀一州之众,分张守备,难以御天下之师。段谷、侯和沮伤之气④,难以敌堂堂之阵。比年已来,曾无宁岁,征夫勤瘁⑤,难以当子来之民⑥。此皆诸贤所共亲见。蜀侯见禽于秦⑦,公孙述授首于汉⑧,九州之险,是非一姓。此皆诸君所备闻也。明者见危于无形,智者规福于未萌。是以微子去商⑨,长为周宾,陈平背项⑩,立功于汉。岂宴安鸩毒,怀禄而不变哉?今国朝隆天覆之恩,宰辅弘宽恕之德,先惠后诛,好生恶杀。往者吴将孙壹举众内附[11]，位为上司，宠秩殊异。文钦、唐咨为国大害[12]，叛主仇贼，还为戎首。咨困逼禽获，钦二子还降，皆将军封侯，咨豫闻国事。壹等穷蹙归命，犹加上宠，况巴蜀贤智见几而作者哉！诚能深鉴成败，邈然高蹈，投迹微子之踪，措身陈平之轨，则福同古人，庆流来裔。百姓士民，安堵乐业，农不易亩，市不回肆，去累卵之危，就永安之计，岂不美与！若偷安旦夕，迷而不反，大兵一放，玉石俱碎，虽欲悔之，亦无及也！各具宣布，咸使知闻。

【注释】

①先主：指刘备。

②绍、布：袁绍、吕布。

③乂（yì）：安定。

④段谷：地名。在今甘肃，邓艾曾于此打败姜维（姜伯约）。侯和：城名。在今甘肃临潭境内，邓艾于此破姜维。

⑤瘁：劳苦，困病。

⑥子来：《诗经·大雅·灵台》："经始勿亟，庶民子来。"谓百姓急于公事，如子女急于父母之事，不召自来。

⑦蜀侯见禽于秦：《史记》载秦惠文王八年（前 317），张仪伐蜀，灭之。禽，同"擒"。

⑧公孙述授首于汉：西汉末年，公孙述割据四川称帝，后被光武帝刘秀讨平。

⑨微子：殷纣王之庶兄。谏纣不听，于是离去，周灭商后，封微子于宋，管理殷后。

⑩陈平背项：陈平原是项羽部下，后投奔刘邦，遂成佐命功臣。

⑪孙壹：孙权之孙，降魏。

⑫文钦、唐咨：文钦与毋丘俭谋反被诛，其两子投降，司马昭赦免
　　之。唐咨随诸葛诞反叛后也被赦免。

【译文】

　　益州先主刘备，以命世英才起兵于新野，在冀州、徐州一带受挫，听命于袁绍、吕布，太祖帮助他，形势转好。中间背叛，另与人联合，诸葛孔明屡次谋取关中，姜伯约常兵出陇右，冒犯我们的边境，侵扰我们的藩属氐人与羌人。时值国家多事，顾不上兴兵讨伐。如今边境安宁，天下无事，我们积攒力量伺机而发，集中兵力攻击一个目标，以巴蜀小小一州，即便处处设防，也势难抵挡九州雄师。段谷、侯和两次战役的失败已使巴蜀元气大伤，难以与我堂堂之师对抗。这几年来，益州没有一年平静过，受尽劳役之苦的百姓，难以与我养精蓄锐的人民抗衡。这些情况都是诸贤大家亲眼所见的。蜀侯被秦国俘获，公孙述被汉朝杀头，天下险要之处，不是谁一家能霸占的。这些都是诸贤详细听说过的。聪明人能在事情还没发生时看出危险，有智慧的人能在事情来临前设法转祸为福。因此微子才离开商朝，长久被周人待为上宾；陈平背叛项羽，在汉家建立大功。难道要饮鸩止渴，贪图俸禄而不知变通吗？目前朝廷施恩如天，无所不及，宰臣弘扬宽恕的美德，先礼后兵，好生恶杀。不久前孙吴大将孙壹率所属归降，位列三公，所受宠爱及待遇都非同一般。文钦、唐咨是国家大害，背叛朝廷而成为国家的仇人，又做了叛军头子！唐咨走投无路而被擒获，文钦的两个儿子重新投向朝廷，都官拜将军受封为侯，唐咨亦参与国家大事。孙壹等穷途归顺，尚且受极高的宠待，何况巴蜀贤智且明白见机而动的人呢！如果真能够好好以古今成败作为借鉴，远离是非之地，跟随微子的脚步，加入陈平的行列，那就会与古人一样享福，福及子孙。百姓士民，安居乐业，农民照常种地，集市照常贸易，除去迫在眉睫的危险，奔向长治久安的坦途，不是很好吗！如果只顾眼前安逸，执迷不悟，大兵一到，玉石俱碎，到那时再后悔，已来不及了！将此檄文四处宣布，让大家都知道。

孙楚

孙楚（？—293），字子荆，太原中都（今山西平遥）人。史载孙楚才气横溢，脱俗不群，性情孤傲，因此声誉并不佳。四十多岁才踏入仕途，并无多大成就。他一生很少推服他人，唯与太原王司马济交往很好，并因与之谈论隐居生活，留下了"所以枕流，欲洗其耳，所以漱石，欲厉其齿"的机辩之辞。

孙楚之子孙绰，也很有文采，父子俩都有文章被收入《文选》。

为石苞与孙皓书

【题解】

此信盛陈天时人事，以利害相劝孙皓，可谓盛气凌人。当时蜀汉已亡，只剩孙吴一方仍与北方强大的曹魏政权相抗衡，所以作为东征大将军的石苞，竟令孙楚给当时尚称天子的吴主孙皓写去这样的一封口气很大的信。孙楚恃才傲物的性格，在这封信中亦不无体现。另外，这封信并没送到孙皓手上，因为孙皓残暴多猜的名声，使者恐早有所闻，自不敢以这样的信贸然相试了。

苞白：盖闻见机而作，《周易》所贵①；小不事大，《春秋》

所诛②。此乃吉凶之萌兆,荣辱之所由兴也。是故许、郑以衔璧全国③,曹、谭以无礼取灭④。载籍既记其成败,古今又著其愚智矣,不复广引譬类,崇饰浮辞。苟以夸大为名,更丧忠告之实。今粗论事势,以相觉悟。

【注释】

①见机而作,《周易》所贵:《周易·系辞》曰:"君子见几而作,不俟终日。"

②小不事大,《春秋》所诛:《左传》襄公八年载,楚子伐郑,子展曰:"小所以事大,信也。小国无信,兵乱日至,亡无日矣。"

③是故许、郑以衔璧全国:《左传》僖公六年记楚子围许,蔡侯将许僖公见楚子于武城,许国国君面缚衔璧。楚子问诸逢伯,对曰:昔武王克殷,微子启如是,武王亲释其缚,礼而命之,使复其所。又宣公十二年,楚子围郑,克之,郑伯肉袒牵羊以逆。王曰:其君能下人,退三十里而许之平。

④曹、谭以无礼取灭:《左传》僖公二十三年载,晋公子重耳奔狄,及曹,曹共公闻其骈胁,欲观其裸,浴,薄而观之。及即位,晋侯围曹。又庄公十年,齐桓公出奔,过谭,谭不礼焉,及其回国,诸侯皆贺,谭又不至。冬,齐师灭谭,谭无礼也。

【译文】

石苞说:听说知微而动,《周易》里很强调看重这一点;小国不侍奉大国,《春秋》中一再口诛笔伐。因为这些关系到吉凶的生发,荣辱的转换。所以许、郑因为投降而保全其国,曹、谭因为无礼而自取灭亡。书籍既已记录下他们的成功失败,历史也告诉人们谁愚蠢谁聪明,此处不再广征博引,夸张修饰。如果只追求表面上的夸夸其谈,那反而会丧失我以诚相劝的真实动机。如今只粗略地谈论形势,以使你头脑清楚。

昔炎精幽昧①，历数将终，桓、灵失德，灾衅并兴，豺狼抗爪牙之毒，生人陷荼炭之艰。于是九州绝贯，皇纲解纽，四海萧条，非复汉有。太祖承运，神武应期，征讨暴乱，克宁区夏；协建灵符，天命既集，遂廓洪基，奄有魏域。土则神州中岳，器则九鼎犹存，世载淑美，重光相袭。固知四隩之攸同②，天下之壮观也。以上魏宅中土。

【注释】

①炎精：火德。据古时五行说，汉为火德。

②四隩(ào)：四方。隩，可以定居的地方。

【译文】

当初汉室衰微，气数将尽，桓、灵二帝无德无行，灾祸四起，奸雄仗势肆虐，百姓命遭涂炭。终于九州道路不通，皇权解体，四海萧条，不再是汉家的天下。太祖顺承天命，神明英武应运而出，讨伐暴乱，平定华夏；祥瑞因而纷纷而至，天命也集于一时，于是创基立业，拥有魏国之地。论领土则处神州中部，论法统则汉帝仍在，每一代都美德深厚，光辉不断相传。他们当然知道统一四海，这是天底下极伟大的事业。以上讲魏在中原奠定基业。

公孙渊承籍父兄①，世居东裔。拥带燕胡，冯陵险远，讲武盘桓，不供职贡。内傲帝命，外通南国②，乘桴沧海，交疄货贿。葛越布于朔土③，貂马延乎吴会。自以为控弦十万，奔走足用，信能右折燕、齐，左振扶桑④，陵轹沙漠，南面称王也。宣王薄伐⑤，猛锐长驱，师次辽阳，而城池不守；桴鼓一震，而元凶折首。然后远迹疆场，列郡大荒，收离聚散，咸安其居,民庶悦服,殊俗款附。自兹遂隆,九野清泰,东夷献其乐器,肃慎贡其楛矢⑥,旷世不羁,应化而至。巍巍荡荡,想所具闻? 以上征辽东。

【注释】

①公孙渊:三国时人。割据辽东,被司马懿灭掉。

②南国:指孙吴。

③葛越:指南方布匹。

④扶桑:今日本。

⑤宣王:指司马懿。

⑥楛(hù)矢:指弓箭。

【译文】

公孙渊继承父兄,世代居于东境。据燕结胡,仗着地势险要远离中土,耀武扬威心怀二意,不向朝廷进贡。对内傲视皇帝的命令,在外与南方的孙吴勾结往来,乘船泛海,互相馈赠交易。葛越在北方流行,貂马也不断运往东吴。自以为拥兵十万,足以应付,相信能向右夺取燕齐,往左可以震动扶桑,征服沙漠诸部,称王称霸。司马宣王出兵讨伐,雄兵直进,军至辽阳,公孙渊即城池丢弃;战鼓才响,公孙渊就头颅不保。然后宣王班师,在辽东设置郡县,收集离散,使百姓都能安居,百姓欢喜归服,蛮夷投诚归顺。从此事业兴旺,四海安宁,东夷奉献他们的乐器,肃慎进贡他们的弓箭,多少年不服王化的,也都应运而至。如此壮观盛大,想必你都听说了吧? 以上叙述征辽东。

吴之先主,起自荆州,遭时扰攘,播潜江表。刘备震惧,亦逃巴岷。遂依丘陵积石之固,三江五湖浩汗无涯,假气游魂①,迄于四纪。二邦合从,东西唱和,互相扇动,距捍中国。

自谓三分鼎足之势，可与泰山共相终始。相国晋王辅相帝室，文武桓桓，志厉秋霜，庙胜之算，应变无穷，独见之鉴，与众绝虑。主上钦明，委以万几，长辔远御，妙略潜授。偏师同心，上下用力，稜威奋伐，罙入其阻，并敌一向，夺其胆气。小战江介，则成都自溃；曜兵剑阁，而姜维面缚。开地五千，列郡三十，师不逾时，梁、益肃清。使窃号之雄，稽颡绛阙②，球琳重锦，充于府库。夫虢灭虞亡③，韩并魏徙，此皆前鉴之验，后事之师也。以上平蜀。又南中吕兴④，深睹天命，蝉蜕内向，愿为臣妾。外失辅车唇齿之援，内有毛羽零落之渐，而徘徊危国，冀延日月。此犹魏武侯却指河山⑤，以自强大，殊不知物有兴亡，则所美非其地也。

【注释】

①假气游魂：魏明帝《善哉行》曰："权实坚（孙坚）子，备（刘备）则亡虏，假气游魂，鸟鱼为伍。"

②稽颡（sǎng）：古时请罪的一种礼节，额头触地。绛阙：深红色的宫殿。

③虢（guó）灭虞亡：虢、虞是春秋时两个交好的小国，被晋灭掉。唇亡齿寒的典故即源于此。

④吕兴：本是孙吴交趾郡吏，杀太守而降魏。

⑤魏武侯却指河山：《资治通鉴·周纪》载，战国时魏武侯浮西河而下，中流顾谓吴起曰："美哉山河之固！此魏之宝也。"吴起对曰："在德不在险，若君不修德，则舟中之人，尽为敌国也。"

【译文】

吴国先主崛起于荆州，遭逢乱世，逃窜江南。刘备震恐，也流窜巴蜀。于是凭借崇山峻岭的坚固，仗着三江五湖浩瀚无涯，以此苟延残喘,将近五十年。双方联合,东西呼应,互相扇动,抗拒上国。自以为三分天下的鼎足态势,可以与泰山相始终。相国晋王,辅佐皇帝,文才武略,猛志胜过秋霜,运筹帷幄,应变无穷,圣心独断,不劳众思。皇帝聪明,托付他军国大政,遥控四方,暗授奇谋。诸路兵马团结一心,上下协力,仗威奋进,深入险阻,合兵一处,敌人丧胆。江边小战,成都就自行溃乱;耀兵剑阁,则姜维自缚出降。扩大土地五千里,设郡三十个,兵马未曾拖延时日,梁州、益州即行平定。使割据称王的奸雄,叩头于红色的宫城下,各种财物,也都上缴国库。想当初虢国灭亡虞国也跟着灭亡,韩国被吞并魏国也随之衰亡,这都是前人的经验教训,应成为后代做事的借鉴。以上叙述平蜀。另外,南中吕兴深识天命,改头换面归心上国,愿为臣子。你们外已失去患难与共的盟友,内部也不断损失党羽,却仍临危不断拿不定主意,妄图得过且过。这就好像当年魏武侯回指江山,以为凭险可强大无忧,殊不知兴衰有命,到时他所赞叹的已不是属于他的地方了。

　　方今百僚济济,俊乂盈朝,虎臣武将,折冲万里,国富兵强,六军精练,思复翰飞①,饮马南海。自顷国家整治器械,修造舟楫,简习水战。伐树北山,则太行木尽;浚决河、洛,则百川通流。楼船万艘,千里相望,自刳木以来②,舟车之用未有如今日之盛者也。骁勇百万,畜力待时。役不再举③,今日之谓也。以上陈兵势之盛。

【注释】

①翰飞:高飞。

②刳(kū)木:剖开木头。指造船。《周易》载"黄帝、尧、舜刳木为舟"。

③役不再举:《六韬》载:"太公谓武王曰:圣人兴兵为天下除患去
　贼,非利之也,故役不再籍,一举而毕。"

【译文】

　　如今朝廷贤才众多,豪俊满朝,虎臣武将,威震远方,国富兵强,六
军精练,只愿奔驰疆场,饮马南海。近来国家大修兵甲,修造战船,简选
兵士习练水战。伐树于太行,山上的树木都用光了;疏通河、洛,水运畅
通。楼船万艘,绵延千里,自从船被发明以来,用到船的,没有一次像今
天这样规模盛大。雄兵百万,养精蓄锐待命而发。能够一举而毕的战
役,说的就是今天这种情形。以上陈述兵势之盛。

　　然主上眷眷未便电迈者,以为爱民治国,道家所尚。崇
城自卑,文王退舍,故先开示大信,喻以存亡。殷勤之旨,往
使所究。若能审识安危,自求多福,蹶然改容①,祗承往告②,
追慕南越,婴齐入侍③,北面称臣,伏听告策,则世祚江表,永
为藩辅,丰报显赏,隆于今日矣! 若侮慢不式王命,然后谋
力云合,指麾风从,雍、益二州,顺流而东;青、徐战士,列江
而西;荆、扬、兖、豫,争驱八冲,征东甲卒,虎步秣陵。尔乃
皇舆整驾,六师徐征。羽檄烛日,旌旗流星,游龙曜路,歌吹
盈耳。士卒奔迈,其会如林,烟尘俱起,震天骇地。渴赏之
士,锋镝争先。忽然一旦,身首横分,宗祀屠覆,取诫万世。
引领南望,良以寒心! 夫治膏肓者,必进苦口之药;决狐疑
者,必告逆耳之言。如其迷谬,未知所投,恐俞附见其已困,
扁鹊知其无功也④。勉思良图,惟所去就。石苞白。以上
劝降。

【注释】

①蹶（jué）然：紧急的样子。

②祇（zhī）：恭敬。

③追慕南越，婴齐入侍：汉武帝时南越王遣其子婴齐入侍称臣。

④俞附、扁鹊：皆古时名医。

【译文】

但圣上考虑再三，没有立即发动攻击的原因，是认为以仁慈治理国家，这是道家所崇尚的。面对城池而反身自责，周文王当年因此撤兵。所以才先以信义相开导，以存亡相劝喻。圣上不厌其烦一再相劝的诚意，希望你能好好考虑。如果能审时度势分辨安危，自求多福，幡然改过，敬答使命，效法南越遣婴齐入朝侍奉，俯首称臣，恭敬地接受册封，那就可以世世代代安居江南，永远做国家的藩辅，得到极厚的封赏，比今天还要风光！如果傲慢不敬王命，那这边就会谋臣将士云集，旌旗招展，雍、益两州兵士，顺流东下；青、徐两州战士，沿长江分布至西头；荆、扬、兖、豫四州战士，奋勇争先，征东将军所部精锐，直捣秣陵。然后皇上御驾亲征，六师从容出发。传递军令飞速往来的羽檄耀日，旗似流星，战马嘶鸣于路，歌鼓不绝于耳。战士奔腾，汇集如林，烟尘四起，惊天动地。渴望立功受赏的士兵，持刀拿枪奋勇争先。片刻之间，身首离异，宗族覆亡，成为万代引以为戒的教训。举目南望，实在替你感到寒心！要治重病，就一定得吃苦药；要让犹豫的人作出决定，就一定得以不中听的话相劝。如果执迷不悟，不知所措，恐怕俞附也束手无策，扁鹊也无济于事，认真思考一下怎么办为好，何去何从就看你了。石苞告白。以上劝降。

傅亮

傅亮(374—426)，字季友，祖籍北地泥阳（今陕西铜川耀州区东南），晋宋间文学家。晋末曾任员外散骑侍郎、中书黄门侍郎等职，入宋后封建城县公，入直中书省，典掌诰命。宋武帝刘裕死前，与徐羡之、谢晦等并受顾命，辅佐新主。元嘉元年(424)废少帝刘义符，迎立文帝义隆，封始兴郡公，后被文帝所杀。

傅亮博涉经史，擅长文辞，当时表策文告多出其手。《文选》就收入五篇之多，其中《为宋公至洛阳谒五陵表》等为著名。《隋书·经籍志》有《傅亮集》三十一卷，今佚。明代张溥辑有《傅光禄集》，收入《汉魏六朝百三家集》。

为宋公修张良庙教

【题解】

公元 417 年，刘裕大军北伐，经过留城（今江苏沛县东南），因感张良事迹，重修庙宇以作纪念。这篇文章是就此事生发的诸多联想和感慨，从多方面赞美了张良的功业和才智。抚迹怀人，其情甚深。

纲纪①：夫盛德不泯②，义存祀典③；"微管"之叹④，抚事弥深。张子房道亚黄中⑤,照邻殆庶⑥。风云元感⑦,蔚为帝师。夷项定汉,大拯横流,固已参轨伊、望⑧,冠德如仁⑨。若乃神交圮上⑩,道契商洛⑪,显默之际,窅然难究⑫,渊流浩瀁⑬,莫测其端矣。

【注释】

①纲纪:主簿。

②泯:灭。

③祀典:祭祀的常典。

④"微管"之叹:《论语·宪问》:"微管仲,吾其被发左衽矣。"微,没有。

⑤张子房:张良字子房。黄中:黄色居中,是最正的位置。《周易·坤卦》六二爻:"君子黄中通理,正位居体,美在其中。"

⑥照邻殆庶:照邻,邻近比美。殆庶,《周易·系辞》曰:"颜氏之子,其殆庶几乎?"意思是,子房之行与颜回相互媲美。

⑦玄感:暗相感应。

⑧伊、望:伊尹、吕望。

⑨如仁:《论语·宪问》:"桓公九合诸侯,不以兵车,管仲之力也。如其仁,如其仁!"意为这就是仁,这就是仁。

⑩圮(yí)上:桥上。张良受黄石公兵法于桥上。

⑪商洛:商山四皓。秦乱时,四皓避居商洛山中,张良教太子厚礼召迎。

⑫窅(yǎo)然:深远的样子。

⑬浩瀁(yǎng):水大而动荡之状。

【译文】

主簿宣布:美好的品德不会泯灭,永远保留在祭祀的常典中;孔子

"微管仲"的感叹,如今想来尤觉意味深长。张子房道德接近"黄中",通理达情,高尚行为可与颜回比美。风兴云起之际暗相感应,于是成为帝王之师。平灭项羽,奠定大汉基业,力挽狂澜,救民于水火,仿同伊尹和吕望的业绩,仁德能够追逾管仲。至于与神人交结于桥上,礼遇商山四皓,辅佐太子之时,其谋略更是变化无穷,难以探究,其智慧像深渊流水一样广大,无法测出它的边端。

　　涂次旧沛①,仵驾留城②,灵庙荒顿,遗象陈昧,抚迹怀人,永叹实深。过大梁者,或仵想于夷门③;游九原者,亦流连于随会④。拟之若人,亦足以云。可改构栋宇,修饰丹青,蘋蘩行潦⑤,以时致荐,抒怀古之情,存不刊之烈⑥。主者施行。

【注释】

①旧沛:今江苏沛县,刘邦故乡。

②留城:汉县名。在今沛县东南,张良封留侯,治此。

③过大梁者,或仵想于夷门:魏隐士侯嬴,为大梁东门监守小吏。(见《史记·魏公子列传》)。司马迁说:"吾过大梁之墟,求问其所谓夷门。"大梁,地名。今河南开封。夷门,东门。

④游九原者,亦流连于随会:《礼记·檀弓下》:赵文子和叔誉观乎九原,谈到假如这些前人再生,愿意从谁,文子说:"我则随武子乎!利其君不忘其身,谋其身不遗其友。"九原,晋卿大夫之墓在九原,后世因称墓地为九原。随会,武子,字士会,食邑于随,故名随会。

⑤蘋:水草。蘩:白蒿。行潦:路上积水。《左传》隐公三年:"蘋蘩蕴藻之菜,……潢汙行潦之水,可荐于鬼神。"后指祭祀所用

酒食。

⑥不刊：古代竹简刻书，错即削去，谓之刊。不刊，即无须修改。这
里指不再磨灭。

【译文】

宋公途中停在过去的沛县，在留城等着出发，看到英灵之庙荒废，遗留之像陈旧，抚摸旧迹，更加怀念古人，吟咏感叹之情实是深重。经过大梁的人，可能要停下来想想夷门的侯嬴；游历九原的人，也会想到随会的事情。张子房这个人，足以与侯嬴、随会相提并论。可以改修梁檐，修饰图画，用蘋繁蕴藻之菜和潢汙行潦之水，按时前来祭祀，抒发怀古的深情，保存不灭的功业。做主持的人当照此施行。

宋文帝

宋文帝刘义隆，小字车兒，宋武帝刘裕第三子。初封宜都王，景平二年(424)即位，元嘉三十年(453)卒，在位三十年。宋文帝少通经史，在位期间，极力宣扬儒术，亲自处理政事，劝农耕桑，察省民情，体恤疾苦，广纳善谋，宽役平讼。因此当时经济得以发展，百姓生活有所改善。旧史家把他统治的时期誉为"元嘉之治"。

诫江夏王荆州刺史义恭书

【题解】

这封书信是宋文帝写给其弟刘义恭的。信中劝诫刘义恭要努力修身养性，谨慎处事，不要以喜怒强加于人；在生活上要节俭，不要放纵自己。可谓面面俱到，用心良苦。

天下艰难，家国事重，虽曰守成，实亦未易。隆替安危①，在吾曹耳，岂可不感寻王业，大惧负荷！汝性褊急②，志之所滞，其欲必行，意所不存，从物回改。此最弊事，宜念裁抑。卫青遇士大夫以礼，与小人有恩；西门、安于③，矫性齐美;关羽、张飞,任偏同弊。行己举事,深宜鉴此! 若事异今日,嗣子幼蒙,司徒当周公之事④,汝不可不尽祗顺之理⑤。尔时天下安危,决汝二人耳。

【注释】

①隆替:兴衰。

②褊(biǎn)急:气量狭隘,性情急躁。

③西门:西门豹,性急,于是佩带熟过的皮子使自己性情缓慢柔和(语见《韩非子·观行》)。安于:董安于,性情缓慢,所以随身带着弓弦使自己性情变得紧迫(同上书)。

④司徒:彭城王刘义康。

⑤祗顺:恭敬地配合。

【译文】

天下的事情很是艰难,家国大事也非常繁重,虽说我们是在守卫前人创立的大业,也实在不是一件容易的事。国家的兴衰安危,在我们这一辈人身上,怎么能不体会继承王业的职责,深深地感到任重道远而心怀谨慎呢! 你的性情急躁,器量狭小,一时想到什么,马上就一定要施行;还有些事你本来不愿做,但又往往改变初衷。这是最不好的,应该考虑改正。汉代卫青对待士大夫很注重礼节,对一般百姓也施予恩德;战国时的西门豹、董安于二人,也尽力矫正自己的性情向十全十美的方面努力;关羽、张飞二人都有放任自己偏执脾性的毛病。因此,无论是使自己长进还是办事情,都应该拿这些人和事作为借鉴! 假如一旦局面和现在不一样了,太子还太年幼,蒙昧无知,那么司徒刘义康就应担当起当年周公那样的职责,你也不能不尽心配合。那时天下的安危,关键就在你们二人的身上了啊!

　　汝一月自用钱不可过三十万,若能省此,益美。西楚府舍①,略所谙究,计当不须改作,日求新异。凡讯狱多决当时,难可逆虑,此实为难。至讯日,虚怀博尽②,慎无以喜怒加人。能择善者而从之,美自归己;不可专意自决,以矜独断之明也!名器深宜慎惜,不可妄以假人。昵近爵赐,尤应裁量。吾于左右虽为少恩,如闻外论不以为非也。以贵凌物,物不服;以威加人,人不厌。此易达事耳。

【注释】

①西楚:荆州本西楚之地。

②虚怀博尽:虚心处事,努力求得细致。

【译文】

　　你一月内花费的钱不能超过三十万,如果再多省下一些的话就更好了。现在荆州的官府和你的住所,我已大致地了解,我考虑不必再改建,不要一天天只追求新奇。凡处理案子,多数情况下要当时判决,因为很难有时间反复考虑,这实在是很困难的事。到审案的日子,要虚心地广泛了解,仔细对待,特别注意不要把自己喜怒的情绪带给别人。能够选择好的意见并听从它,那么美好的品德和声望自然会归向自己;千万不能独断专行,来夸耀自己的果断和明达!对待国家的官职应特别慎重,不能随便给予别人。对和你关系亲近及你喜欢的人,尤其应该以标准衡量。我对我身边的人,虽然很少施以恩德,但如果了解了外面的议论,也就不认为这有什么错误了。凭高贵的地位压服别人,别人一定不服;凭自己的威望去影响别人,别人不会讨厌。这是一个很浅显的道理。

　　声乐嬉游,不宜令过;蒲酒渔猎,一切勿为。供用奉身,皆有节度，奇服异器，不宜兴长。又宜数引见佐史。相见不数，则彼我不亲；不亲，无因得尽人情；人情不尽，复何由知众事也！

【译文】

　　音乐游戏等消遣，不应该太过度；什么赌博、纵酒、打渔、出猎等事情，一律不要去做。对生活用品，要有节制限度，那些奇异的服装和器物，就不应该使之发展。还有，应该多接见你的副手官员。如果见面的机会太少了，你们之间的关系就不会亲近；关系不亲近就无法了解人的内心；人的内心不尽了解，又从哪里了解众多的事情呢！

陆贽

陆贽(754—805),字敬舆,苏州嘉兴(今浙江嘉兴)人,唐代后期宰相、政治家。十八岁以博学宏辞登进士第,授任华州郑县尉。唐德宗即位后,任为翰林学士。累官至中书侍郎、同平章事。

陆贽在相位期间,勇于直陈弊政,主张轻税薄赋,建议屯田边境,加强防务等,均未被采纳。所作奏议,指陈时病,论辩明彻,言辞犀利,条理精密,行文多用排偶,文笔流畅,为后人所重。今存遗作《翰苑集》(又称《陆宣公奏议》)。《新唐书》《旧唐书》皆有传。

拟奉天改元大赦制

【题解】

建中四年(783),唐德宗李适避朱泚之乱于奉天,次年收复京都,德宗拟改元统历,定年号兴元。因连年征战,天下混乱,各种隐患颇多。为安抚臣民之心,延续统治,德宗借改元之际,开恩大赦天下。此诏令即陆贽奉命所拟。诏文先写皇上痛心自省,拒辞徽号,更改年号,以示自律;继言朱泚之外各部叛将,均按赦例免罪,以示恩德;最后写布泽行赏,减放赋税,荐达贤能,旌恤民间,以稳定天下。全文言辞恳切,条理分明,论理坦然,可谓修齐治平,一应俱全,故为后世所重。《旧唐书·

陆贽传》载"虽武夫悍卒，无不感激"，即言此诏也。

门下：致理兴化，必在推诚；忘己济人，不吝改过。朕嗣守丕构①，君临万方，失守宗祧②，越在草莽。不念率德，诚莫追于既往；永言思咎，期有复于将来。明征厥初，以示天下：惟我烈祖，迈德庇人③，致俗化于和平，拯生灵于涂炭，重熙积庆，垂二百年。伊尔卿尹庶官，洎亿兆之众④，代受亭育⑤，以迄于今，功存于人，泽垂于后。肆予小子⑥，获缵鸿业⑦，惧德不嗣，罔敢怠荒。然以长于深宫之中，暗于经国之务，积习易溺，居安忘危，不知稼穑之艰难，不察征戍之劳苦，泽靡下究，情不上通，事既壅隔，人怀疑阻。犹昧省己，遂用兴戎。征师四方，转饷千里，赋车籍马，远近骚然；行赍居送⑧，众庶劳止；或一日屡交锋刃，或连年不解甲胄。祀奠乏主，室家靡依，生死流离，怨气凝结。力役不息，田莱多荒⑨，暴命峻于诛求⑩，疲甿空于杼轴，转死沟壑，离去乡闾，邑里丘墟，人烟断绝。天谴于上，而朕不悟；人怨于下，而朕不知。驯致乱阶⑪，变兴都邑。贼臣乘衅⑫，肆逆滔天，曾莫愧畏，敢行陵逼，万品失序，九庙震惊，上辱于祖宗，下负于黎庶。痛心靦貌⑬，罪实在予，永言愧悼，若坠深谷。赖天地降祐，神人叶谋，将相竭诚，爪牙宣力⑭，屏逐大盗，载张皇维。将弘永图，必布新令。以上引咎自责。

【注释】

①丕构：大业。

②祧（tiāo）：祀远祖始祖之庙。

③迈：通"劢(mài)"。勉力，勇往力行之意。

④泲(jǐ)：浸润。

⑤亭育：抚养，培育。

⑥肆：延伸。

⑦缵(zuǎn)：继承。

⑧赍(jī)：把东西送给他人。

⑨莱：田休不耕者。

⑩诛求：征求，需索。

⑪驯致：逐渐达到。

⑫衅：通"隙"。

⑬觍(tiǎn)：惭愧的样子。

⑭爪牙：指得力的助手、亲信。

【译文】

门下省：致名理，兴教化，一定要真心诚意；为了天下的利益，公而忘私，接济他人，一定要不惜改正错误。我承继大业，管理天下，却失守宗庙，避乱荒野。不追念先前的功德，是故意不回想过去的事情；常常述说自己的过错，是期望在未来有复兴之日。故明示在先，以告天下：我的先祖先宗，励行大德，庇荫世人，致力于人民的和平与安宁，拯救民生于水火之中，福利恩泽长久不衰，垂延二百余年。大小官吏，造福亿万人民，使他们代代受到抚育直到现在，功存当时，泽被后世。延至我辈，承获大业，唯恐不能继承先人的大德，不敢稍有懈怠。但因久居深宫，不明治国之事，积习难移，居安忘危，不知道耕作收获的艰难，不了解屯守边疆的劳苦；恩泽不能向下通达，民情不能向上报知，各种消息壅塞不通。但我仍然不能自省，接连动兵兴战。部队远征四方，粮草转运千里，征车用马，远远近近，一片骚乱；行军居住，往来迎送，平民百姓中止正常劳作；有时一天之内多次交战，甚至多年不解盔甲。祭祀无主，家室无靠，生离死别，流离失所，民怨聚结。徭役不断，田园荒芜，暴亡之人极多,疲劳之民疏于织作,死不能葬,离乡去里,乡间阡陌,人烟断绝。苍天谴责于上,而我不能醒悟;民怨沸腾于下,而我不能察知。国家渐趋混乱,城镇日益衰变。乱臣贼子乘机而动,放纵行逆,罪恶滔天,不曾稍有愧怍畏惧,肆行欺压;纲纪废弛,上下失序,令先祖震动惊悸,上有辱于列祖列宗,下对不住黎民百姓。我又痛心又惭愧,这一切罪责确实在于我本人,我如坠深渊,永远为此感到伤悲。幸亏苍天保佑,神人协同筹谋,将竭诚相助,左右鼎力并举,摒除强盗,张扬法纪。为弘扬长久的基业,有必要颁布新的法令。以上引咎自责。

朕晨兴夕惕,惟念前非。乃者公卿百寮,累抗章疏,猥以徽号,加于朕躬。固辞不获,俯遂舆议。昨因内省,良用矍然①！体阴阳不测之谓神,与天地合德之谓圣,顾惟浅昧,非所宜当。文者所以成化,武者所以定乱,今化之不被②,乱是用兴,岂可更徇群情,苟膺虚美③？重余不德,只益怀惭！自今以后,中外所上书奏,不得更称圣神文武之号。以上谢绝徽号。

【注释】

①矍然:惊慌、急视的样子。

②被:及。

③膺:承受,承当。

【译文】

我整天担忧戒惧的,只是想到以前的过错,并尽力克除。然而有些公卿官僚,屡次违抗诏意,进章奏表,恭而不敬,拟以徽号,加于我身。我坚决推辞,仍然不能拒止,于是附和了众人的意见。昨日自我反省,内心不安！体察阴阳变化莫测的道理称为神明,能够符合天地的德行称为圣贤,我虽然浅薄无知,但受徽号之事,终觉不妥。所谓"文"是指能成就天下教化，所谓"武"是指能保证国家安宁，目前教化未能普及，叛乱常常发生，我怎能再顺从大家的情意，苟且承当虚浮的美名？加之我没有德才，只能令我倍加惭愧！从今以后，中外上朝官员，进奏书表，不得再称圣神文武的徽号！ _{以上谢绝徽号。}

　　夫人情不常，系于时化；天道既隐，乱狱滋丰。朕既不能宏德导人，又不能一法齐众，苟设密网，以罗非辜，为之父母，实增愧悼！今上元统历①，献岁发生，宜革纪年之号，式敷在宥之泽②，与人更始，以答天休③。可大赦天下，改建中五年为兴元元年。自正月一日昧爽以前④，大辟罪以下⑤，罪无轻重，咸赦除之。_{以上赦民之罪。}

【注释】

①今上元：指唐德宗。

②式：语助词。敷：布施。

③休：指美善的德行。

④昧爽：黎明，拂晓。

⑤大辟：杀头之罪，死罪。

【译文】

　　人情因时事变迁，而不恒定；天道不显，各种案狱滋长增多。我既不能以盛德教导他人，又不能用同样的法纪使大家行动一致，苟且设置密罗细网，虚构罪状，罗织无辜，作为他们的父母皇帝，确实增添不少愧怍悲伤！现统一历制，新年伊始，应当更改年号，布施宽宥之恩泽，让人们有个新的开始，以顺应上天的美德。因而大赦天下，改建中五年为兴元元年。自正月一日黎明之前，死罪以下，不论罪行轻重，一律赦免！以上赦免百姓之罪。

李希烈、田悦、王武俊、李纳等，有以忠劳，任膺将相，有以勋旧，继守藩维。朕抚驭乖方，信诚靡著，致令疑惧，不自保安。兵兴累年，海内骚扰。皆由上失其道，下罹其灾。朕实不君，人则何罪，屈己宏物，予何爱焉①！ 庶怀引慝之诚②，以洽好生之德。其李希烈、田悦、王武俊、李纳及所管将士官吏等，一切并与洗涤，各复爵位，待之如初，仍即遣使，分道宣谕。朱滔虽与贼泚连坐③，路远未必同谋，朕方推以至诚，务欲宏贷④，如能效顺，亦与惟新，其河南、北诸军兵马，并宜各于本道自固封疆，勿相侵轶⑤。 以上赦李、田等叛将。

【注释】

①爱：怜惜，舍不得。

②引慝(tè)：自认错误、罪过。慝，邪恶。

③泚(cǐ)：朱泚，唐代宗时卢龙部将，杀节度使朱希彩。德宗时，泾原节度使姚令言进京犯乱，朱泚在长安任太尉，乱兵推举为主，称帝，国号大秦。围德宗于奉天。李晟收复京师，朱泚出走，为部将所杀。

④贷：宽免。

⑤轶：突，袭击。

【译文】

李希烈、田悦、王武俊、李纳等叛将，有的因忠信劳苦曾担任将相，有的因功勋卓著而镇守藩域。我驾驭天下乖离正路，忠信诚实不能显露，致使我有所疑虑和戒惧，不是自保平安。反而多年起兵讨伐，致使国内骚乱。这一切都是因为我没有遵循治国之道，使下民遭受兵戈之灾。我确实不是一个合格的君主，他人又何罪之有，委屈自己，弘扬正义，我有何怜惜！希望自己承认过失的诚意，能够与爱惜生命的德行协调一致。李希烈、田悦、王武俊、李纳及其部下将官士卒等,全部予以洗清罪名,官复原职,待之如初,并立即派遣使臣,分路宣布诏谕。朱滔虽然与朱泚逆贼有株连之罪,但二人相距遥远,不一定是同谋,我以至诚相待,一定要宽宏赦免,朱滔如能效忠顺从,也可参与新政,其河南、河北各路兵马,均应在各自辖区内加强边防,不得互相侵扰。以上赦免李、田等叛将之罪。

　　朱泚大为不道,弃义蔑恩,反易天常,盗窃名器,暴犯陵寝,所不忍言! 获罪祖宗,朕不敢赦。其应被朱泚胁从将士、官吏、百姓及诸色人等,有遭其扇诱,有迫以凶威,苟能自新,理可矜宥①。但官军未到京城以前,能去逆效顺,及散归本道者,并从赦例原免,一切不问! 以上不赦朱泚而赦其部下。

【注释】

①矜:怜悯,同情。

【译文】

　　朱泚大逆不道,忘恩负义,悖逆天理,盗窃钟鼎宝器,突袭皇家陵墓,其所作所为,不忍卒说! 得罪先祖,我不敢妄加赦免。被朱泚胁迫应从的将士、官吏、百姓等人,有的受其煽动诱惑,有的受其凶威逼迫,倘若能够改过自新,理当得到同情和宽宥。只要是在官军没有到达京城长安以前,能够反正并回归原地者,均依从赦例免罪,既往不咎! 以上讲不赦免朱泚而赦其部下之罪。

　　天下左降官,即与量移近处①,已量移者更与量移。流人配隶,及藩镇效力,并缘罪犯与诸使驱使官,兼别敕诸州县安置；及得罪人家口未得归者，一切放还。应先有痕累禁锢②，及反逆缘坐③，承前恩赦所不该者，并宜洗雪。亡官失爵放归勿齿者，量加收叙④。人之行业，或未必兼，构大厦者方集于群材，建奇功者不限于常检。苟在适用，则无弃人。况黜免之人，沉郁既久，朝过夕改，仁何远哉？流移降黜，亡官失爵，配隶人等，有材能著闻者，特加录用，勿拘常例。以上澌洗有罪职官仍与录用。

【注释】

①量移：唐代罪臣，贬谪远方，遇赦时近地安置。

②痕累：因事涉嫌疑而被株连受累。

③反逆：隋唐沿用北齐的一种刑律，即谋反罪。

④叙：分级进用。

【译文】

贬谪远方的官员，则可近地安置；已近地安置者，再迁至更近的地方。流放之人，发配的奴隶，到藩镇尽力效劳，因故犯罪及各驱遣役使的官吏，一并另行敕令各州县安置；至于获罪而未能返还家园者，全部予以释放。对先前因事涉嫌疑、株连受累，以及牵连谋反而获罪、承受前恩也不能赦免者，同样清除罪名。丢失官位，放逐回乡而受人鄙视者，酌情收录，分级进用。人们操行事业，不一定兼具各种才能，构筑大厦的人，要聚集许多器材，建立奇功的人，不拘泥于日常小节。假如有适得其用的地方，就不能算是废弃无用之人。何况罢官去职之人，沉积郁闷已久，若能够迅速改正错误，离仁爱之心会有多远呢？贬官失爵，流放迁转，发配充隶之类的人，倘若有卓著的才能，要特别加以录用，不要拘宥于常例！以上讲除去罪名的职官仍然录用。

　　諸軍使、諸道赴奉天及進收京城將士等，或百戰摧敵，或萬里勤王，扞固全城，驅除大憝[1]，濟危難者其節著，復社稷者其業崇。我圖爾功，特加彝典[2]，錫名疇賦，永永無窮！宜並賜名奉天定難功臣。身有過犯，遞減罪三等；子孫有過犯，遞減罪二等；當戶應有差科使役，一切蠲免[3]。其功臣已後雖衰老疾患，不任軍旅，當分糧賜，並宜全給；身死之後，十年內仍回給家口。其有食實封者[4]，子孫相繼，代代無絕。其餘敘錄，及功賞條件，待收京日，並准去年十月十七日、十一月十四日敕處分。以上敘錄奉天定難功臣。

【注释】

①憝(duì)：惡。

②彝：常。

③蠲(juān)：免除。

④食：禄。

【译文】

　　各軍使、各道赴奉天以及收復京城的將士等，有的身經百戰，力挫強敵，有的奔波萬里，為王事盡力，有的護衛鞏固城防，驅逐清除惡人，救濟危難者，其氣節昭著，匡復國家者，其功業高峻。我眷念你們勞苦功高，特頒布常典，賜予名位，酬報恩德，讓後人永世紀念！同時賜名奉天定難功臣。倘若犯有過失，依次減罪三級；子孫犯有過失，依次減罪二等；家人若依法差使服役，全部免除。其中的功臣，以後若有衰老病疾，可以不在軍旅中任事，但理當分受食祿，並應全部供給；身死之後，十年之內，仍供養全家。其中有食祿加封者，子孫可以承續，代代永享。其他記載及論功行賞項目，待收復京都之日，一律依去年十月十七日、十一月十四日敕令處理。以上宣布奉天定難功臣的待遇。

诸道、诸军将士等，久勤扞御，累著功勋，方镇克宁①，惟尔之力。其应在行营者，并超三资与官②，仍赐勋五转③；不离镇者，依资与官，赐勋三转。其累加勋爵，仍许回授周亲④。内外文武，官三品已上赐爵一级，四品已下各加一阶，仍并赐勋两转。以上叙录各方镇。

【注释】

①方镇：指掌握一方兵权的军事长官，如节度使之类。唐代方镇大者连十余州，小者三四，成为地方割据势力。

②资：资格，官吏据年资升迁之制。

③勋：勋官，一种官制，授给有功者的官号，名位很高。唐代勋官自正二品至从七品，共十二等。五转：即升迁五等。转，迁职。

④周亲：指最亲近的人。

【译文】

各道、各军官兵等，长期致力于捍卫国家，功勋累著，各方镇能够安定，全凭你们的功劳。其中留在军营者，一律超迁三年资历和官职，仍然封赐勋官五等；不离方镇者，依据年资和官职，封赐勋官三等。其屡次加封的官号，仍然可以授予最亲近的人。内外文武官员，三品以上者，赐爵一级，四品以下者，加封一阶，并且赐勋官两等。以上宣布对各方镇军官的奖励。

见危致命，先哲攸贵。掩骼薶胔①，礼典所先。虽效用而或殊，在恻隐而何间？诸道将士有死王事者，各委所在州县给递送归本管，官为葬祭。其有因战阵杀戮，及擒获伏辜②，暴骨原野者，亦委所在逐近便收葬。应缘流贬及犯罪未葬者，并许其家各据本官品以礼收葬。以上收葬死事者。

【注释】

①薶(mái)：同"埋"。埋葬。胔(zì)：腐肉。此指腐尸。

②伏辜：服罪。

【译文】

遇到危难而致命丧身的人，是圣贤所看重的。首先是要掩埋腐尸，这是礼仪所要求的。虽然死者功过绩效各有不同，但生者怜悯之心又有什么区别？各道中有为王事而死的将士，应各自委托所在州县转送主管部门，由官方掩葬祭奠。其中有在战斗中死难及被擒伏法、抛尸荒野的人，也委托所在地就近收殓。因为贬官流放及犯罪而死未掩葬者，均准许其家人各自根据其官位品级按礼仪收殓。以上讲要收葬死难的人。

自顷军旅所给，赋役繁兴，吏因为奸，人不堪命，咨嗟怨苦。道路无聊，汔可小康①，与之休息。其垫陌及税间架、竹木、茶漆、榷铁等诸色名目②，悉宜停罢。京畿之内，属此寇戎，攻劫焚烧，靡有宁室，王师仰给③，人以重劳，特宜减放今年夏税之半。朕以凶丑犯阙，遽用于征，爰度近郊，息驾兹邑，军储克办，师旅攸宁，式当褒旌，以志吾过。其奉天宜升为赤县④，百姓并给复五年⑤。以上减放赋税及奉天给复。

【注释】

①汔(qì)：接近，庶几。

②垫陌：唐代以百钱为一陌，实际使用不足百钱，称为"垫陌"。

③仰给：依赖。

④赤县：唐代县按地理位置、户口数等分为赤、畿、望、紧、上、中、下七等（亦有关于分八等的记载），赤县为京都所在的县。因奉天曾为德宗避难之地，故此诏令升其等次为京县。

⑤给复：免除徭役。

【译文】

自从用尽军需给养，赋税役使日益增多，官吏乘机作奸犯科，人们不堪其苦，哀叹抱怨。部队在旅途中无所依赖，若让人们能够达到小康，就应该让人们休养生息。银钱赋税，包括架、竹木、茶漆、专卖铁等各种名目都应停止。京城之中，贼寇强盗打劫放火，居不安宁，帝王之师依赖人们，百姓又过于劳苦，尤其应该减免今年一半的夏税。我曾以为凶恶叛党要进犯朝廷，立即征伐，刚到近郊，停驾此地，发现军需能够齐备，部队安宁整肃，因而当即褒扬，以记下自己的过错。奉天应该升为赤县，五年之内，百姓一律免除徭役。*以上讲减放赋税及奉天县免除徭役。*

尚德者，教化之所先；求贤者，邦家之大本。永言兹道，梦想劳怀。而浇薄之风，趋竞不息；幽栖之士，寂寞无闻。盖诚所未孚①，故求之未至。天下有隐居行义，才德高远，晦迹丘园，不求闻达者，委所在长吏具姓名闻奏，当备礼邀致。诸色人中有贤良方正能直言极谏，及博通坟典②，达于教化，并洞识韬钤③，堪任将帅者，委常参官及所在长吏闻荐④。天下孤老、鳏寡、茕独不能自活者⑤，并委州县长吏量事优恤。其有年九十以上者，刺史县令就门存问。义夫节妇，孝子顺孙，旌表门闾，终身勿事。*以上荐达贤才，旌恤民间。*

【注释】

①孚：信用，信服。

②坟典：三坟五典。三坟，传说中远古时代三皇所作的书；五典，传说中远古时五帝所作的书。

③韬钤（qián）：古兵书有《六韬》及《虎钤经》，故以"韬钤"称"军略"。

④常参官:唐制,于常朝日参见皇帝的高级文官,多在五品以上。

⑤茕(qióng)独:没有弟兄的人。

【译文】

尊德,是普及教化的前提;觅贤求能,是国家振兴的根本。这一常理,也是我梦寐以求的。然而社会上浮薄的风气,炽烈不止;隐居之士,寂寞无闻。大概是我这诚心尚未取得信任,故求之不至。天下有遁迹乡野、励行大义,才德高远,不求名望的人,委托地方长官,将姓名奏知,我当备礼相邀。芸芸众生中,有贤良正直,能直言诤谏,以及博览三坟五典之书,通达教化,并精通军略、胜任将帅的人,委托常参官及地方长官闻知后加以举荐。天下老弱、鳏寡、孤独等生活困难的人,由州县长官酌情给予抚恤。其中九十岁以上者,刺史县令要登门拜访。义夫、节妇、孝子、贤孙,要在乡里给予表彰,鼓励他们终生从善,不生是非。以上讲要荐达贤才,旌恤百姓。

大兵之后,内外耗竭,贬食省用,宜自朕躬。当节乘舆之服御,绝宫室之华饰,率己师俭,为天下先。诸道贡献,自非供宗庙军国之用,一切并停!应内外官有冗员,及百司有不急之费,委中书门下即商量条件,停减闻奏。以上停减用度。

【译文】

战事之后,内外资财耗尽,节食省用,应该从我开始。理当节减车轿的饰物、驭手,摒弃宫室中的华丽装潢,自己率先模范从俭,作为天下的先导。各道进献贡物,除供宗庙祭祀、军国必需之用外,全部停止!宫廷内外冗余职官,以及各部门非急需的费用,由中书省、门下省立即研究细则,加以裁减并奏知。以上讲要停减用度。

布泽行赏,仰惟旧章。今以余孽未平,帑藏空竭①,有乖庆赐,深愧于怀。赦书有所未该者,委所司类例条件闻奏。敢以赦前事相言告者,以其罪罪之。亡命山泽,挟藏军器,百日不首,复罪如初。赦书日行五百里,布告遐迩,咸使闻知。

【注释】

①帑(tǎng):国家收藏钱财的仓库,引申为钱财。

【译文】

布施恩泽,论功行赏,均依照原来的规章。现在我的罪过未能补平,国家钱库空亏,与庆功赏赐有悖,内心深感羞愧。赦令中有不当之处,请各部门按照细则逐一奏知。有敢拿赦令之前的事告状的,按应有之罪处罚。亡命山野,私自挟带、窝藏军用武器,百日之内不自首者,按原罪论处。赦令每天以五百里的速度传达,远远近近,公布宣告,使人们都能知晓。

拟议减盐价诏

【题解】

本文为陆贽代唐德宗拟写的诏令。文章论述了榷盐之法设立的缘起及其演变,同时阐明了专卖价格昂贵带来的社会弊端。文章本着体恤民情之本心,拟议削减盐价,以保障社会安宁。全篇意旨简明,中心突出,篇幅虽短,但也有细微波澜,将立法、提价、削价等情由一一道出,既有专卖、涨价不由己意的客观原因,又体现了削减苛繁、以慰民苦的主观意愿。行文虽多用骈对,但流畅自然,没有刻意雕琢的痕迹。

　　三代立制，山泽不禁，天地材利，与人共之。王道浸微①，强霸争骛②，于是设祈望之守③，兴榷管之法④，以佐兵赋⑤，以宽地征。公私之间，犹谓兼泽，历代遵用，遂为典常。自顷寇难荐兴，已三十载。服干橹者⑥，农耕尽废；居里闾者，杼轴其空。革车方殷⑦，军食屡调，人多转徙，田亩汙莱⑧。乃专煮海之利⑨，以为赡国之术⑩，度其所入，岁倍田租。近者军费日增，榷价日重，至有以谷一斗易盐一升。本末相逾，科条益峻⑪。念彼贫匮，何能自滋⑫！五味失和⑬，百疾生害，以兹夭枉⑭，实为痛伤。呜呼！朕丕承列圣之绪，遐览前王之典，既不克静事以息用，又不获弛禁以便人。征利滋深，疲甿致困，予则不恤，其谁省忧⑮？应江、淮并峡内榷盐，宜令中书门下及度支商议，裁减估价，兼厘革利害⑯，速具条件闻奏。削去苛刻，止塞奸讹，务于利人，必称朕意。

【注释】

①浸微：逐渐衰落。

②骛（wù）：奔驰。

③祈望：官名。掌渔盐之利。

④榷（què）：专卖。

⑤兵赋：交纳的兵甲车马等。

⑥干橹：指大、小盾牌。

⑦革：指用皮革制成的甲胄。

⑧汙（wū）：停积不流的水。

⑨煮海：煮海水为盐。

⑩赡：富足，充足。

⑪科条：法规律例。

⑫滋：生活。

⑬味：一食为一味。

⑭夭：灾祸。敝（bì）：通"弊"。害处。

⑮省忧：省问疾苦。

⑯厘革：指治理及改革。

【译文】

　　夏、商、周三代制定王法以来，山野狩猎，河湖捕鱼，未曾禁止，这是天地之间的自然资源和便利，天下人可以共同享用。后来王道衰微，强盗恶霸，横行乡里，于是专门设置了掌管渔盐之利的祈望这一官职，订立专卖管理办法，来帮助交纳兵甲车马，缓解田亩赋税的困难。国家和个人之间，还可以说达到了利益兼顾，这一制度为历代遵守沿用，于是成为固定的典章。自从敌寇举兵犯难以来，已有三十年。从军参战的人家，农事耕种全部荒废；居住乡里的百姓，停止织作。甲胄战车正在增加，军用粮草，不断征调，庶民屡屡迁移，田园积水辍耕。于是垄断煮海水为盐之利，作为使国家富强的办法，同时，估算各家收入，加倍收取全年的田租。近来军费开支日益增加，专卖价格日趋昂贵，甚至有人用一斗谷米换取一升海盐。本末倒置，相去甚远；法规律例，更加严厉。试想人民生活贫困，日用不足，怎能维持生计！各种食物不相协调，多种疾病生发，危害健康，像这种灾祸，实在令人痛心伤悲。呜呼！朕承续各位先圣的余脉，遍览古代帝王的典章，既不能息事宁人，停止征用，又不能放宽禁律与人以便。赋税过重，百姓疲惫，以致困苦，我若不加以抚恤，那么谁来省问疾苦？长江、淮河流域及峡内的专卖盐，相应地让中书省、门下省及财政官员协商，削减并估定价格，同时对其利弊要加以治理改革，望立即写明细目奏知。削减繁杂，革除刻薄，禁止邪恶，杜绝欺诈，致力于人民的利益，就必定称合我意。

韩愈

韩愈简介参见卷二。

进士策问十三首

【题解】

科举考试时,主试者提出有关经义或政事的问题,书写于简策,请应考者对答,称作"策问"。拟订策文不易,后渐成散文之一体。徐师曾《文体明辨序说》云:"以策试士,盖欲观其博古之学,通今之才,与夫捭剧解纷之识也。然对策存乎子,而策问发于上人,尤必通达古今,善为疑难者,而后能之。不然,其不反为士子所笑者几希矣。"

韩愈《进士策问十三首》非一时所作,为后人纂集而成。清储欣说:"公生平学问经济,具见诸策问中,亦学者所宜熟复。"

问:《书》称:"汝则有大疑,谋及乃心,谋及卿士,以至于庶人、龟筮,考其从违,以审吉凶①。"则是圣人之举事兴为,无不与人共之者也②;于《易》则又曰:"君不密则失臣,臣不密则失身,几事不密则害成③。"而《春秋》亦有讥"漏言"之辞④。如是，则又似不与人共之而独运者⑤。《书》与《易》《春秋》，经也，圣人于是乎尽其心焉耳矣。其文相戾悖如此⑥，欲人之无疑，不可得已⑦。是二说者，其信有是非乎⑧？抑所指各殊，而学者不之能察也⑨？谅非深考古训，读圣人之书者，其何能辨之？此固吾子之所宜无让者⑩，愿承教焉！

【注释】

①"汝则有大疑"几句：见《尚书·洪范》。对原文略有节略。

②共之：共同谋划。

③"君不密则失臣"几句：见《易·系传》。几，将近，几乎。害成，妨碍成功。

④《春秋》亦有讥"漏言"之辞：《春秋·文公六年》：晋杀其大夫阳处父。《公羊传》："其称国以杀何？君漏言也。"

⑤独运：独自运营决定。

⑥戾悖：乖离相反。

⑦不可得已：不可能。已，语助词。

⑧信有是非：果真有对错之分。

⑨不之能察：即"不能察之"。

⑩所宜无让：当仁不让。

【译文】

　　问：《尚书》称："你假如遇到大的疑难问题，首先你要多加考虑，然后再跟卿士商量，然后再和庶民商量，最后问及卜筮。考察它是否合乎道，来判断吉凶。"如果这样，圣人做事欲有所作为，没有不和人一起谋划商量的；在《易经》中却又说："君主不谨慎就会失去大臣的拥护，臣子不谨慎就会失去性命，处理事情开始不谨慎就会危害事情成功。"且《春秋》也有讥嘲"漏言不密"的言辞。倘如此，就又像是不和人共商而独自决定了。《尚书》《易经》和《春秋》是经典,圣人已在这上面用尽心力,倾其所知了。可它们彼此言语乖离相反这么多,想要人们毫无疑问,是不可能的。这两种说法,确实有对错的分别吗? 或者所指论的事情各自不同,可学习的人不能察觉? 料想若非精研古训,细读圣人著作的人,又有谁能辨明这些呢? 诸位应当仁不让,愿意听奉指教!

　　问:古之人有云,夏之政尚忠,殷之政尚敬,而周之政尚文①,是三者相循环终始,若五行之与四时焉②。原其所以为心③,皆非故立殊而求异也,各适于时,救其弊而已矣。夏、殷之书,存者可见矣,至周之典籍咸在。考其文章,其所尚若不相远然,焉所谓三者之异云乎? 抑其道深微④,不可究与,将其词隐而难知也? 不然,则是说为谬矣。周之后,秦、汉、蜀、吴、魏、晋之兴与霸,亦有尚乎无也⑤? 观其所为,其亦有意云尔。循环之说安在? 吾子其无所隐焉⑥。

【注释】

①文:礼乐制度。

②五行:金、木、水、火、土。古以为朝代更替乃五行相克轮换,如秦乃水德,汉承秦,故为土德。四时:谓四季也。

③原:追究原由。心:核心,根本。

④抑:或许,还是。

⑤亦有尚乎无:也有崇尚虚无的。

⑥无所隐:不要有所隐瞒。

【译文】

　　问:古代有人说,夏代政治崇尚忠信,殷代政治崇尚恭敬,而周代政治崇尚礼乐,这三者相互循环至于始终,有如五行和四时。追究忠、敬、文为各代的核心,都不是故意标新立异,而是分别适应时代挽救社会的弊病罢了。夏、殷的史书现在还有存留可见的,周代典籍则完全流传下来了。研读这些文章,各代所崇尚的相差似乎并不很远,哪里有所谓三者的不同呢?或者是其中道理过于深奥微妙不能让常人知道,所以使词语隐晦难以理解?否则就是这个说法大错特错。周代以后,秦、汉、蜀、吴、魏、晋的兴起与称霸年间,也有崇尚虚无的吗?细察其所为,也说是有意救弊。究竟循环之说是怎样的?诸位请不要隐瞒不说。

　　问:夫子之序帝王之书①,而系以秦、鲁②;及次列国之风,而宋、鲁独称《颂》焉③。秦穆之德④,不逾于二霸⑤;宋、鲁之君,不贤乎齐、晋。其位等,其德同,升黜取舍⑥,如是之相远,亦将有由乎⑦?愿闻所以辨之之说⑧。

【注释】

①序帝王之书:春秋周室日微,礼乐废,诗书缺,孔子乃追迹三代之礼,序书传,上纪唐虞之际,下至秦穆公,编次其事。

②系:接,继。

③次列国之风,而宋、鲁独称《颂》焉:据传《诗》原三千余篇,孔子去其重,取可施于礼义者,定成三百零五篇。其中诸国皆取《风》,独鲁、宋分取《颂》,称《鲁颂》《商颂》,与《周颂》并称三《颂》。

④秦穆:即秦穆公,春秋五霸之一。

⑤逾:超过。二霸:即齐桓公、晋文公。

⑥升黜:晋升贬黜。此处也作"取舍"之意。

⑦由:原因。

⑧之:指"序帝王之书,而系以秦、鲁;及次列国之风,而宋、鲁独称《颂》"。

【译文】

问：孔子依次叙述帝王事迹的书，却以秦、鲁君王继接；而且分列诸侯国家的诗歌称之为《风》，却唯独宋国、鲁国的诗歌称为《颂》。秦穆公的德性，超不过齐桓公、晋文公；宋、鲁君王，也并不比这两个霸主更贤明。他们的地位都相同，德性也一样，可是在编序诗书时褒贬取舍却差距这么大，或许是有些什么原因的吧？愿听诸位分辨剖析的言论。

问：夫子既没，圣人之道不明，盖有杨、墨者①，始侵而乱之，其时天下咸化而从焉。孟子辞而阘之②，则既廓如也③。今其书尚有存者，其道可推而知不可乎④？其所守者何事？其不合于道者几何？孟子之所以辞而阘之者何说？今之学者，有学于彼者乎？有近于彼者乎？其已无传乎？其无乃化而不自知乎⑤？其无传也，则善矣；如其尚在，将何以救之乎？诸生学圣人之道，必有能言是者⑥，其无所为让⑦。

【注释】

①杨、墨：即杨朱、墨翟。

②辞而阘(pì)之：排斥杨、墨之说。辞，审讯，责备。阘，亦作"辟"。摒除。

③廓如：道路通畅貌。

④其：指杨、墨。推：推论。

⑤无乃：难道。

⑥是：代指前所提问。

⑦其无所为让：一定不要推让谦虚。

【译文】

问：孔子亡逝以后，圣人的学说就变得晦暗不明，大概因为有杨、墨一流人,开始侵犯并扰乱它,当时天下都受他们导引并追随他们。孟子大力斥责并且排除以后,圣人的学说方才重新被彰明。现在杨、墨之书还有被保存的,他们的理论能够经过推论知道是不正确的吗?他们所守奉的原则是什么?这其中和大道不相符合的有多少?孟子大力斥责排除的是他们的什么观点?现在的学者,有效仿他们的吗?有和他们相近的吗?他们的理论已经不传于世了吗?难道是已经被熏陶了但自己不知道?如果已经不传于世,那就很好;如果仍旧存在,那该怎样挽救这种情况呢?诸位研学圣人学说,一定有能够对此有所见解的人,请不要推让不说。

问:所贵乎道者,不以其便于人而得于己乎?当周之衰,管夷吾以其君霸[1],九合诸侯[2],一匡天下,戎狄以微[3],京师以尊[4],四海之内,无不受其赐者。天下诸侯,奔走其政令之不暇,而谁与为敌!此岂非便于人而得于己乎?秦用商君之法[5],人以富[6],国以强,诸侯不敢抗,及七君,而天下为秦,使天下为秦者商君也。而后代之称道者,咸羞言管、商氏[7],何哉?庸非求其名而不责其实欤[8]?愿与诸生论之,无惑于旧说。

【注释】

①管夷吾:管仲。初事公子纠,与公子小白夺位不得,乃为齐桓公（即小白）所用,由之而国力大兴,建成霸业。孔子评之甚高。见《论语·宪问》。

②九合诸侯:九次联合诸侯会盟。

③戎狄:古中原人泛称西北少数民族。

④京师:谓周王朝时东周都于洛邑。

⑤商君:公孙氏,名鞅,战国卫人。入秦佐孝公,因军功封于商,号
商君,亦称商鞅。孝公崩,商君以车裂而死。然其法制传历秦国
七代君主,直至始皇嬴政。

⑥以:因为,凭借。

⑦咸羞言管、商氏:《孟子·梁惠王》:"仲尼之徒,无道桓、文之事
者。"赵岐注:"孔子之门徒颂述宓羲以来至文、武、周公之法制
耳,虽及五霸,心贱薄之。"

⑧庸非:岂不是。

【译文】

问:道的可贵之处,不就是因为它给予人们方便而使自己有所收获
吗? 当周王朝衰落的时候,管仲辅佐他的君主成就霸业,九次联合诸侯
会盟,匡正整个中国,四周部族侵扰势力因之退缩,周朝王室的地位因
之提高,天下的人没有不受到他的恩惠的。天下的诸侯在他的政令指
挥下奔走频繁不息,哪个敢与他作对! 这样岂不是给人们以方便而使
自己有收获吗? 秦国采用商君的法制,百姓由此致富,国家由此强大,
诸侯不敢对抗,传历七代君王而整个天下属于秦国了,使得整个天下属
于秦国的是商君啊。然而后代一些讲道的,都耻于称说管仲和商鞅,那
是为什么呢? 岂不是只看他们的名称不是儒家而不考核他们实际的行
事合于大道吗? 希望诸位加以评论,不要受传统说法的迷惑。

问:夫子之言:"盍各言尔志?"又曰:"居则曰:不吾知
也。如或知尔,则何以哉①?"今之举者,不本于乡,不序于
庠②,一朝而群至乎有司,有司之不之知也宜矣。今将自州
县始,请各诵所怀,聊以观诸生之志③。死者可作,其谁与
归④? 事其大夫之贤者,友其士之仁者,敢问诸生之所事而
友者为谁乎? 所谓贤而仁者,其事如何哉? 言及之而不言,

亦君子之所不为也。

【注释】

①"居则曰"几句：见《论语·先进》。不吾知，即"不知吾"。

②庠：古代地方学校。夏称校，殷称庠，周称序。

③聊：姑且。

④死者可作，其谁与归：谓倘可和古人相交，你愿意与谁为师友。

【译文】

问：孔子有言："何不各人谈一谈自己的志向呢？"又说："平日里说：没有人了解我的才干。如果有人了解了，那该怎么办呢？"当今举士，不是由乡里依据德行声望推荐，也不是有序地分列在地方学校学习，一天之内都聚集到主考官员前面，考官不能详知其是否为贤才，是很自然的事。现在就要从州县选择人才，请各位分别陈述自己的抱负，赖以观察大家的志向。倘若死者可复生，你愿意和哪一位古人交游？当以大夫中的贤者为师，以士人中的仁者为友，那么请问诸位尊奉为师、相交为友的都是哪些人？这些所谓的贤人与仁者的为人做事又是怎样？涉及应该发表见解的问题却闭口不谈，这也是君子不为之事。

问：春秋之时，百有余国，皆有大夫士，详于传者，无国无贤人焉，其余皆足以充其位①，不闻有无其人而阙其官者②。春秋之后，其书尤详③，以至于吴、蜀、魏，下及晋氏之乱④，国分如锱铢⑤，读其书，亦皆有人焉。今天下九州四海，其为土地大矣。国家之举士，内有明经、进士⑥，外有方维大臣之荐⑦，其余以门地勋力进者⑧，又有倍于是，其为门户多矣⑨。而自御史台、尚书省⑩，以至于中书、门下省⑪，咸不足其官，岂今之人不及于古之人邪？何求而不得也？夫子之言曰："十室之邑，必有忠信如丘者焉。"诚得忠信如圣人者，而委之以大臣宰相之事，有不可乎？况于百执事之微者哉⑫？古之十室必有任宰相大臣者，今之天下而不足士大夫于朝，其亦有说乎？

【注释】

①足以充其位：能胜任所担负的官职。

②阙（quē）：缺少。指职位有空额。

③其书：谓史传记载。

④晋氏之乱：指司马炎篡魏建晋。

⑤锱铢（zī zhū）：古重量单位。六铢为一锱，四锱为一两，喻其琐碎细微。

⑥明经、进士：唐取士制度。

⑦方维大臣：地方长官，朝中重臣。

⑧勋（xūn）力：大功劳。

⑨门户：谓进求官职功名之途径。

⑩御史台：官署。汉御史所居称御史府，东汉以来改称御史台，又名兰台寺，专司弹劾之职。唐一度改称肃政台，后复旧称。尚书省：官署。唐宋时与中书、门下二省合称三省，长官称尚书令。

⑪中书：中书省，官署。魏晋始设，总管国家政事。设置令、侍郎、舍人、右散骑常侍、起居舍人、右补阙、右拾遗、通事舍人等官。门下省：官署。东汉曰侍中寺。晋时因其掌管门下众事，始称门下省。南北朝、隋、唐、宋因之，与中书省、尚书省并立，以侍中为长官。

⑫百执事：百官。

【译文】

问：春秋时，上百个国家之中，都有士与大夫因贤能事迹详载于史籍的，一国中没有贤人，其余的士与大夫也都完全能够胜任朝廷职务，不曾听说有因为缺乏能者以致官位空缺的。春秋以后，史传所载更加详尽，乃至到吴、蜀、魏及晋氏篡乱，大小国家分立多如锱铢，读当时史传，也都有贤才当位。现在天下九州四海，国土辽博。国家招举贤才，内有明经、进士取试，外有各地官员推荐，另外凭依门地功勋仕进的人，更是数倍于前两者，可见求取官职功名的途径很多。可是从御史台、尚书省，到中书省、门下省都官员不足，难道是现在的人比不上古代的人吗？为什么求贤才而不得呢？孔子讲："即使只有十户人家的小村子，也一定有像我这样讲忠信的人。"果能得忠信如圣人的贤士，即便委以宰相重臣的职务又有何不可？何况百官微位呢？古代十户人家所聚，就一定有堪任宰相重臣之职的人，现在索求于天下，可士大夫还是不够填满朝廷官职，这又是什么道理呢？

　　问：夫子曰："洁净精微，易教也。"今习其书，不识四者之所谓。盍举其义而陈其数焉①。

【注释】

①陈其数：陈述四者的规律。数，法则，规律。

【译文】

　　问：孔子说："洁、净、精、微，易教也。"现在学习经书，却不懂这四者所指何义。何不分别举列四者含义并且陈述它们的规律。

　　问：《易》之《说》曰①："乾，健也②。"今考《乾》之爻③，在初者曰"潜龙勿用"④，在三者曰"夕惕若厉，无咎"⑤，在四者亦曰"无咎"，在上曰"有悔"⑥。卦六位⑦，一勿用，二苟得无咎，一有悔，安在其为健乎？又曰："《乾》以易知，《坤》以简能⑧。"《乾》之四位既不为易矣,《坤》之爻又曰:"龙战于野⑨。"战之于事,其足为简乎?《易》,六经也。学者之所宜用心,愿施其词,陈其义焉。

【注释】

①《易》:《周易》。《说》:《周易·说卦》。

②乾,健也:见《说卦》之第六章。健,刚健进取。

③爻:爻辞。

④在初者:谓初爻。后类似。潜龙勿用:谓积蓄力量之时,不可有为。

⑤夕惕若厉:谓终日忧虑,危惧不安。若,无义,语助词。无咎:没有灾祸。

⑥有悔:有所后悔。

⑦卦六位:一卦六爻。

⑧《乾》以易知,《坤》以简能:见《周易·系辞》。易知者,一气所到,生物无所滞碍,此则造化之良知,无一毫之私也者,故知之易;简能者,乃顺承天,不自作为,此则造化之良能,无一毫之私者也,故能之简。

⑨龙战于野:乃《周易·坤卦》上六爻辞。

【译文】

问:《易经》的《说卦》有言:"乾,健也。"现在细研《乾卦》的各爻,初爻说"潜龙勿用",三爻说"夕惕若厉,无咎",四爻也说"无咎",上九爻说"有悔"。一卦六爻,一个不能有为,两个勉强没有祸难,一个行事有悔,乾刚健的体性究竟表现在哪里? 又说:"《乾》以易知,《坤》以简能。"《乾》的这四爻就不能算作"易";《坤》的爻辞也说:"龙战于野。"有战斗之事,又怎能称得上"简"呢?《易》是六经之一,学者应当在上面用心钻研,希望诸位能铺陈言辞,阐明其中道理。

　　问:人之仰而生者谷帛。谷帛丰,无饥寒之患,然后可以行之于仁义之途,措之于安平之地①,此愚智所同识也。今天下谷愈多,而帛愈贱,人愈困者,何也? 耕者不多而谷有余,蚕者不多而帛有余,有余宜足而反不足,此其故又何也,将以救之,其说如何?

【注释】

①措:放置,安放。

【译文】

　　问:人们赖以生存的是粮谷和布帛。粮谷、布帛丰足,没有饥饿寒冷的威胁,尔后才可以推行仁义之道,使人们安居乐业,这是愚者智士能够共同认识到的问题。现在天下粮谷渐积,布帛渐贱,可是人们反而更加穷困,这是为什么? 耕地的农夫不多但粮谷有剩余,养蚕的织户不多但布帛用不完,粮帛都有剩余就应该是富足的,可偏偏并不这样,这又是什么缘故,如果要挽救这种情况,诸位有怎样的看法?

　　问:夫子言:"尧、舜垂衣裳而天下理。"又曰:"无为而理者,其舜也欤?"《书》之说尧曰"亲九族"①,又曰"平章百姓"②,又曰"协和万邦"③,又曰"历象日月星辰,敬授人时"④,又曰洪水"怀山襄陵,下人其咨"⑤。夫亲九族,平百姓,和万邦,则天道⑥,授人时,愁水祸,非无事也,而其言曰"垂衣裳而天下理"者⑦,何也? 于舜则曰"慎五典"⑧,又曰"叙百揆"⑨,又曰"宾四门"⑩,又曰"齐七政"⑪,又曰"类上帝,禋六宗,望山川,遍群神"⑫,又曰"协时月正日,同律度量衡,五载一巡狩"⑬,又曰"分十二州,封山浚川"⑭,恤五刑⑮,典三礼⑯,彰施五色⑰,出纳五言⑱。呜呼！其何勤且烦如是而其言曰"无为而理"者⑲,何也？将亦有深辞隐义不可晓邪？抑其年代已远,失其传邪⑳？二三子其辨焉。

【注释】

①《书》:即《尚书》。亲九族:见《尚书·尧典》。九族,一说指高祖、曾祖、祖、父、己身、子、孙、曾孙、玄孙九代;一说指父族四、母族三、妻族二。

②平章百姓:出自《尧典》。谓辨明各官的职守。平,辨。章,明。百姓,百官。

③协和万邦:出自《尧典》。谓使天下各诸侯国都调协和顺。协,合。

④历象日月星辰,敬授人时:见《尧典》。此句谓屡观日月星辰的运行,谨慎地把时令传授给民众。历,屡次,据《史记》说。象,观测天象。人,本"民"字,唐人因太宗李世民避讳"民"字,因改作"人";《史记》《汉书》等俱引作"民时"。民时,即耕种收获之时。

⑤洪水"怀山襄陵,下人其咨":出《尧典》。怀,包围。襄,升到高处。下人其咨,不耻下问意。

⑥则:遵循。

⑦其:代指孔子。

⑧慎五典:见《尚书·舜典》。原文为"慎徽五典"。五典,即五教,指父义、母慈、兄友、弟恭、子孝。

⑨叙百揆:见《舜典》。原文为"百揆时叙"。百揆,百官之职。叙,有序不乱。

⑩宾四门：出《舜典》。原文为"宾于四门"。宾，迎导宾客（指诸侯群臣）。四门，国都四面之门。

⑪齐七政：出《舜典》。齐，正，定准。七政，日月五星共谓七政。

⑫类上帝，禋（yīn）六宗，望山川，遍群神：见《舜典》。原文为"肆类于上帝，禋于六宗，望于山川，遍于群神"。类，祭天之名。禋，祭名。置牲于柴上而燎之，使其香随烟而上达。六宗，天地四时，见马融说。望，祭山川之名。遍，遍祭。

⑬协时月正日，同律度量衡，五载一巡狩：见于《舜典》。协，调协使之不乱。时，谓春、夏、秋、冬四时。同，整齐。律，法制。度，丈尺。量，斛斗。衡，斤两。五载一巡狩，谓舜每五年分别向东、西、南、北巡守四岳一次。

⑭分十二州，封山浚川：出《舜典》。原文为"肇十有二州，封十有二山，浚川"。肇，开始设置。相传尧时天下九州，冀、兖、青、徐、扬、豫、梁、雍等；至舜又增并、幽、营三州。封，封土为坛以祭。十二山，各州中最大之山。浚，疏导。

⑮五刑：墨、劓、剕、宫、大辟。此处指罪犯。

⑯典：主持。三礼：天神、地神、人鬼之礼，皆祭祀事。

⑰彰施五色：出自《尚书·皋陶谟》。原文有"以五采、彰施、五色，作服"，即用五种颜料，鲜明地涂出五种色彩，作成衣服。五色，青、黄、赤、白、黑。

⑱出纳五言：即分别任禹为司空，弃以司农，契为司徒，皋陶司寇，垂以司功。

⑲其：前"其"代舜。后"其"代孔子。

⑳其：前"其"无义，表示强调。后"其"指"夫子之言"。

【译文】

　　问：孔子说："尧、舜垂衣裳而天下理。"又说："无为而理者，其舜也欤？"而《尚书》中言及尧却说"亲九族"，又说"平章百姓"，又说"协和万邦",又说"历象日月星辰,敬授人时",又说洪水"怀山襄陵,下人其咨"。他敬亲九族,辨明官守,和同万邦,遵循天道,授人时令,忧虑水灾,并非毫无作为,但是孔子说"垂衣裳而天下理",是为什么呢?对于舜《尚书》则说"慎五典",又说"叙百揆",又说"宾四门",又说"齐七政",又说"类上帝,禋六宗,望山川,遍群神",又说"协时月,正日,同律、度、量、衡,五载一巡狩",又说"分十二州,封山浚川",宽宥罪犯,主持天神、地祇、人鬼的祭祀之礼,鲜明地分涂颜色,征询意见并任命五人分理国事。唉!他如此勤勉多劳,可孔子说他"无为而理",是为什么呢?是有深奥含义使人难以知晓?或者年代久远古意已经失传?大家请辨识讨论。

　　问:古之学者必有师,所以通其业[①],成就其道德者也[②]。由汉氏已来[③],师道日微[④],然犹时有授经传业者,及于今,则无闻矣。德行若颜回,言语若子贡,政事若子路,文学若子游,犹且有师[⑤]。非独如此,虽孔子亦有师[⑥]。问礼于老聃,问乐于苌弘是也[⑦]。今之人不及孔子、颜回远矣,而且无师。然其不闻有业不通而道德不成者,何也?

【注释】

①通:疏通,贯理。

②成就:使成就。

③汉氏:汉代。

④日微:一天天衰落下去。

⑤"德行若颜回"几句:《论语·先进》:"德行:颜渊,闵子骞,冉伯牛,仲弓。言语:宰我,子贡。政事:冉有,季路。文学:子游,子夏。"

⑥虽:即使。

⑦苌弘:春秋周景王、敬王大夫,事王卿士刘文公。孔子尝就问乐。

【译文】

问：古代学习的人都一定有老师，用以疏通所学，成就他们的道德。汉代而后，从师之道日益衰落，可还是不断有些教解经文传授学业的人，到今天则根本听不到有这种情况了。像颜回那样德行高洁，像子贡那样言辞雄辩，像子路那样明晓政事，像子游那样精通文学，尚且有老师孔子。不但如此，即使孔子也有老师。向老聃请教礼，向苌弘请教乐就是如此。现今的人远远比不上孔子、颜回，却都不去拜师求学。他们不懂学业不贯通则道德难成就，为什么？

问：食粟衣帛①，服仁行义，以俟死者②，二帝、三王之所守③，圣人未之有改焉者也④。今之说者，有神仙不死之道，不食粟，不衣帛，薄仁义⑤，以为不足为⑥，是诚何道邪⑦？圣人之于人，犹父母之于子。有其道而不以教之，不仁；其道虽有而未之知，不智。仁与智且不能，又乌足为圣人乎⑧？不然，则说神仙者妄矣！

【注释】

①衣：穿。

②俟（sì）：等待。

③二帝：炎帝、黄帝。三王：尧、舜、禹。

④焉：代前"食粟衣帛，服仁行义，以俟死"。

⑤薄：轻视。

⑥不足为：不值得去做。

⑦是诚：这究竟。

⑧乌：哪里，何。

【译文】

问：吃谷粟穿衣帛，遵行仁义之事，等待寿尽而亡，这是二帝、三王所守之道，即使圣人也没有一点儿改变。现在却有观点认为有神仙不死之术，不吃谷粟，不穿衣帛，轻视仁义，认为不值得去做，这究竟是什么道理呢？圣人对待人们，就犹如父母对待孩子。有这样一种道理却不教给人们，就不能算是仁义的了；这种道理虽然有却并不知晓，那么是不智慧。仁义和智慧尚且做不到，又哪能称得上是圣人?! 如果并非如此，那神仙之说就是妄言了！

祭鳄鱼文

【题解】

唐宪宗元和十四年(819)，韩愈以谏迎佛骨事得罪，被贬潮州刺史。这是韩愈到任不久写的告诫和驱逐鳄鱼的一篇文章。文中郑重宣告刺史受命守土之责任，历数并痛责鳄鱼罪状，向鳄鱼指明正当的出路和顽抗的下场，表现出作者疾恶如仇的品格和为民除害、与恶势力斗争到底的决心。

本文名为祭文，实则檄文，其义正词严、凛然之气显然可见。

维年月日①，潮州刺史韩愈②，使军事衙推秦济③，以羊一、猪一，投恶谿之潭水④，以与鳄鱼食，而告之曰：昔先王既有天下，列山泽⑤，罔绳擉刃⑥，以除虫蛇恶物为民害者，驱而出之四海之外⑦。及后王德薄⑧，不能远有，则江、汉之间⑨，尚皆弃之，以与蛮、夷、楚、越⑩。况潮、岭海之间⑪，去京师万里哉⑫？鳄鱼之涵淹卵育于此⑬，亦固其所⑭。今天子嗣唐位⑮，神圣慈武，四海之外，六合之内⑯，皆抚而有之，况禹迹所掩⑰，扬州之近地⑱，刺史、县令之所治，出贡赋以供天地宗庙百神之祀之壤者哉⑲！鳄鱼其不可与刺史杂处此土也！

【注释】

①维：用在句首，强调时间。年月日：即某年某月某日。祭文一般事先写好，行事之时方填明日期。

②潮州：唐代州名。州治在今广东潮安。刺史：官名。秦置，唐时为一州的行政长官。

③军事衙推：刺史的下属官吏。

④恶谿：水名。即今广东韩江。

⑤列：通"迾"。禁止之意。《礼记·玉藻》："山泽列而不赋。"郑玄注："列之言遮列也，虽不赋，犹为之禁，不得非时取也。"

⑥罔：网。此处指张网捕捉。擉（chuò）：刺。《庄子·则阳》："冬则擉鳖于江。"司马彪注："擉，刺也。"

⑦四海：犹言全国。古以为中国四边皆海，故称全国为四海，称国内为海内，国外为海外。

⑧及：等到。薄：浅薄，微薄。

⑨江、汉：长江、汉水。

⑩蛮：古代对南方少数民族的蔑称。夷：古代对东方少数民族的蔑称。楚：古代一直视南方楚诸侯国为"荆蛮"。越：古时江浙粤闽之地为越族所居，亦被称为"蛮夷之邦"。

⑪岭海之间：五岭以南，南海以北。五岭即越城、都庞、萌渚、骑田、大庾。

⑫京师：指长安。

⑬涵淹：潜藏。卵育：繁殖。

⑭固：自然，当然。

⑮嗣：继承，连接。

⑯六合：天地四方，泛指天下。

⑰禹迹：大禹足迹到过的地方。相传禹治水时行遍九州，故九州大地亦称禹迹。掩：覆盖。这里是践踏之意。

⑱扬州：古代分天下为九州，扬州为其一。潮州处古扬州境内。

⑲贡：地方进贡的物品。赋：百姓交纳的赋税。宗庙：此处指皇帝太庙。

【译文】

某年某月某日，潮州刺史韩愈派遣军事衙推秦济，把一只羊、一头猪投到恶谿的深水里，给鳄鱼吃，并且告诉它：从前先王统治天下以后，封闭山林湖泽，网捕刃刺，以消灭危害百姓的虫蛇之类恶物，把它们赶往四海之外。到后代帝王，德泽微薄，不但不能保有边远地区，即使长江、汉水一带，也都放弃给蛮、夷、楚、越等族。更何况潮州处五岭、南海之间，距京城千里之遥呢？鳄鱼以此处为潜藏繁殖之地，也确实合适。但是，当今皇上继承大唐帝位，神圣仁爱具有威德，抚化环宇天下，何况潮州这块神禹足迹所到的，地近扬州，由刺史县令管理并缴纳贡品、赋税供奉天地、宗庙、百神祭祀的地方呢！鳄鱼可不能在这块土地上跟刺史混杂居住！

　　刺史受天子命，守此土，治此民，而鳄鱼睅然不安溪潭①，据处食民畜、熊、豕、鹿、麞②，以肥其身，以种其子孙③，与刺史抗拒，争为长雄④。刺史虽驽弱⑤，亦安肯为鳄鱼低首下心，伈伈睍睍⑥，为民吏羞，以偷活于此邪？且承天子命以来为吏，固其势不得不与鳄鱼辩⑦。

【注释】

①睅（hàn）然：形容凶恶的样子。睅，瞪出眼睛。

②麞：同"獐"。

③种：繁殖。

④长（zhǎng）雄：称雄称霸。

⑤驽弱：才短力弱。

⑥伈伈（xǐn）：小心恐惧貌。睍睍（xiàn）：侧目而视的样子，比喻怯懦。

⑦辩：通"辨"。

【译文】

　　刺史接受皇上的命令，守卫这个地方，治理这里的百姓，可是鳄鱼凶狠地不肯在深潭里安居，盘踞在这里吃掉百姓的家畜和熊、猪、鹿、獐等野兽，来养肥自己，繁殖它的后代，和刺史对抗争雄。刺史虽然平庸懦弱，又怎么肯对鳄鱼低声下气，小心恐惧，不敢正视，被百姓和官吏所耻笑，在这里偷生苟活呢？再说，奉了皇上的命令来任职，在那情势上也不得不同鳄鱼讲明道理。

　　鳄鱼有知，其听刺史言：潮之州，大海在其南。鲸、鹏之大①，虾、蟹之细，无不容归②，以生以食③。鳄鱼朝发而夕至也。今与鳄鱼约，尽三日④，其率丑类南徙于海⑤，以避天子之命吏。三日不能，至五日；五日不能，至七日；七日不能，是终不肯徙也，是不有刺史听从其言也⑥。不然，则是鳄鱼冥顽不灵⑦，刺史虽有言，不闻不知也。夫傲天子之命吏，不听其言，不徙以避之，与冥顽不灵而为民物害者，皆可杀。刺史则选材技吏民⑧，操强弓毒矢，以与鳄鱼从事⑨，必尽杀乃止。其无悔！

【注释】

①鲲:此即鲲,寓言中能化为鹏的大鱼。见《庄子·逍遥游》。

②容归:容纳和归向。

③以生以食:即且生且食,边生边食。

④尽三日:最多三天。尽,极限。

⑤丑类:种类,族类。

⑥不有:没有。

⑦冥顽不灵:愚钝无知。

⑧材技:才能和技术。

⑨从事:此处为较量、周旋之意。

【译文】

　　鳄鱼假使有灵性,可要听刺史的话:潮州这地方,大海就在它的南边。庞大的鲸鱼和鲲鱼,细小的鱼虾、螃蟹,没有哪一种容纳不了的,可以在那里一边繁殖,一边生活。鳄鱼早晨出发,晚上就可以到达。现在我跟鳄鱼约定,在三天之内,要带领你的同类向南迁徙到大海里去,来回避皇上任命的官吏。三天不能,就延到五天;五天不能,就延到七天;七天不能,便是鳄鱼始终不肯迁徙了,这是鳄鱼心目中没有刺史,不肯听从他的话。假使不是这样,那就是鳄鱼愚钝无知,刺史虽然有言在先,但鳄鱼不会听,也不能理解。傲视朝廷命官,不听他的话,不肯迁徙来回避他,和愚钝无知成为百姓祸害的,都该杀掉。刺史就要挑选有才能有武艺的官吏和民丁,拿起强弓毒箭,来同鳄鱼周旋,一定要杀完才停手。决不后悔!

欧阳修

欧阳修简介参见卷二。

拟制九篇

【题解】

这九篇文字是作者为朝廷草拟的有关人事任免的行政命令。过去,把帝王的命令称为"制"。

欧阳修所拟写的这九篇制文虽然很简短,但写得非常灵活,没有一般行政命令那种呆板。或先讲明道理,或先褒奖对方的优点,然后再亮出使命,并加以勉励。层层递进,令受令者欣然接受。这对现代公文写作也是有借鉴意义的。

任守信可遥郡刺史①,依旧鄜延路驻泊兵马钤辖制②

敕③:国家自灵、夏不宾④,边隅多警⑤。议者率以谓用兵之道,任将宜专。恩信不久,则无以得士心;山川不习,则不可图胜算。顷自兵宿于野,久而无功,此殆将帅数易之过也。苟其能者,无遽夺焉。以具官任守信⑥,选以敏材,临于戎事,肃军捍寇,宣力有闻。遽以飞章⑦,自言满岁。顾久亲于矢石⑧,岂不念于勤劳? 然而士卒之乐既汝安,夷狄之情惟汝熟,虽欲代汝,实难其人。所宜旌以郡章,仍临旧部。体兹委寄,服我茂恩! 可。

【注释】

①任守信:人名。遥郡:官制用语。北宋初,命武臣遥领未统一地区州府防御使、团练使、刺史,号称遥郡。后用为武臣叙迁阶官。

②鄜(fū)延:两州名,即鄜州、延州。钤辖:官名。可管辖一州一路,或二路。

③敕(chì):此指帝王的诏命。

④灵、夏:为二州名。今甘肃灵武和陕西榆林横山区一带,即指西夏。

⑤边隅:边境。

⑥具官:唐宋时官级履历之称,即现任官职。

⑦飞章:上奏的表章。飞,迅速。

⑧矢石:箭石。犹言枪林弹雨。

【译文】

诏命:国家自从灵、夏不臣服,边境上经常出现险情。讨论时势的人都说,领兵作战的道理在于任用将帅应该专一。如果将帅对军士们的恩惠与真诚时间不长,那么就无法取得军士们的信任;将帅对于山川地形不熟悉,那么就无法取得胜利。不久前,军士们还露宿于野外,而且很长时间没有建树功勋,这大概是将帅多次更换的过错吧。假使那些将帅真有本事,也就不更换了。现任官任守信,以资才奋勉而中选,在军队中干事,整肃军容,抵御强寇,努力的程度早有闻达。任将军奏章早传朝廷,称自己年纪老了。朕想到将军长年披坚执刃,顶檑石冒箭雨,怎么能不顾念你的辛苦呢? 可是军士们乐意听从你的,只有你能稳定军心,外邦异族的情况只有将军你最熟知,很想找一个人代替你,但实在很难找到像将军你这样的人才。因此特正式任命你仍旧统率你的原班人马,望你能体察这次委任,接受这番美意! 准行。

杜钱可卫尉寺丞制

敕:朕抚有万国而官群材,不敢专用独见之明,而外诏庶寮,各举其善。具官杜钱,举者言尔材堪亲民,是用升汝司卫之丞,而将用汝临人于治。《诗》云:"岂弟君子①,民之父母。"盖夫善为政者,能使其民爱之如此。汝能以此亲我民乎? 往膺进秩之荣②,无为举者之累! 可。

【注释】

①岂弟:通"恺悌"。兄弟和乐平易。

⑨膺:承担。

【译文】

诏命:朕拥有万国而且有众位贤能在此为官,但还是不敢独断专行只坚持自己的见解,因而向外发出告示,百姓官吏都可推举优秀人才。现任官杜钱,推荐者说你的才能堪称以民为亲,因此升任你做司卫之丞,并准备让你即刻到任。《诗经》有云:"恺悌君子,民之父母。"这是说善于做官的人,能使百姓爱戴他像对父母一样。你能以此为本,亲友我们的百姓吗? 去接受晋升的荣耀,不要辜负推荐者的一番心意! 准行。

张去惑可秘书丞制

敕:具官张去惑。国家设官之法,患乎巧伪干誉者之难止①。故考绩之格，三载而一例迁，所以使沉实守正之人得以自进②。及其弊也，庸人希累日之赏，而贤者不能自别，故又增旧法，稍欲因举类而求能者焉③。推尔之材，世所称美，夫累日而迁非尔志，干誉而进不可为。惟思厥中，务广其业！可。

【注释】

①干誉：谋求名声。

②沉实：深沉务实。

③举类：推荐相同一样的，偏意指好的。

【译文】

诏命：现任官张去惑。国家设任官员，最担心的是那些乖巧、伪劣、只求名声的人被任用了，但又很难制止这种现象。所以考评官员政绩的标准是，三年有一次例行的升迁，这样可以让那些深沉而实干的人，守法而正直的人自然得以晋升。可它的弊端是，一些平庸的人希求于这一天天积累起来的奖赏，而贤达的人则不能由此被分辨出来，所以又增设了原来的规格制度，想由此而能举荐善类良材。以此来寻找贤能的人。有人推荐你的才华，社会上都盛赞你的美德，一天天地晋升并不是你的志向，追取名利不是你所要做的。一心只想你是合适的人选，你一定要开阔你的业绩啊！准行。

郭固可宁州军事推官制

敕：具官郭固。自边陲用兵，而天下游谈之士趋时蹈利者①，吾非不知其滥而未始怠焉者，冀必有得于其间！惟尔之能，乃其素学②。夫学有实者，诘之不穷而推之可用。嘉汝施设精而有条,虑变适宜,将观汝用! 可。

【注释】

①游谈:即游说。

②素学:平素所学,即修养。

【译文】

诏命:现任官郭固。自从边疆发生战事,社会上有许多游说之人和追名逐利的人,我不是不知道这种人的泛滥,我自始至终不敢松懈的原因,是希望能从其中获得贤能的人! 只有你的才能是你平素修养和学识的表现。学识坚实的人,询问他不能使之穷乏,如果推荐他,即可为用。我非常赞许你的那些举措,精细而有条理,考虑到即使有变更仍然可以适用,我期待着你的行动! 准行。

李仲昌可大理寺丞签署渭州判官公事制

敕:具官李仲昌。群材之在下者思达其上,难矣。而在上者思得可用之材,岂为易哉? 朕顷自择能臣,使举其类,而洙以尔充荐①,今琦又以为言②。琦、洙皆能体吾劳于择士之心者,举尔不应不慎。需然推宠③,吾所不疑。尔尚勉哉,以称兹举! 可。

【注释】

①洙:尹洙,字师鲁,世称河南先生。北宋散文家。活动于宋仁宗时期。

②琦:韩琦,字稚圭,自号赣叟。北宋政治家、词人。活动于北宋仁宗、英宗、神宗三朝,仁宗时为相十载。

③需然:大而突然。

【译文】

诏命:现任官李仲昌。身居下层的才能之士,要想升达高位,很难啊。而身处高位者,要想得到可用之才,哪里是容易的? 我有一段时间自己选择贤能的人才,并让他们推荐像他们自己一样的人,于是尹洙推荐了你,现在韩琦又将这事来禀告。韩琦、尹洙他们都能体察我苦于选才的用心,推荐你不会不谨慎。你虽是猛然之间受到推荐恩宠,我并不怀疑。你还应当努力自勉,以不负这次的推荐! 准行。

郭子仪孙元亨可永兴军助教制

敕:郭元亨。继绝世,褒有功,非惟推恩以及远,所以劝天下之为臣者焉。况尔先王[①],名载旧史,勋德之厚,宜其流泽于无穷,而其后裔不可以废。往服新命,以荣厥家! 可。

【注释】

①先王:指郭子仪,曾受封汾阳王。

【译文】

诏命:郭元亨。我继承绝世伟业,褒扬有功之人,不只是施恩于臣下和他们的子孙,这是鼓励国家的臣民。更何况你的先王郭子仪名垂前史,他的功绩和美德之丰厚应该泽被后世没有穷尽,他的后代不能被忘掉。要委以新的职位,以此使他的家族荣耀! 准行。

李景圭可大理评事制

敕:具官李景圭。九州四海,风俗不同,而王者之化无不及。吾于远者,尤加意焉。夫吏非敏于其事,则不能通俗习而顺其宜。政一失焉,下则重困。邈兹南海,尔莅吾民。

今会课上闻,增尔荣秩。克勤厥职,以副予怀! 可。

【译文】

诏命:现任官李景圭。全国各地民风习俗各有不同,但君王的教化没有不到的地方。我对边远地区更是特别留意。官吏对他所管辖事务不敏锐察觉,就不能通晓民风习俗而顺应变化为政。为政如果有一点儿失误,下面的百姓就会出现重重困难。那遥远的南海,你去抚恤管理我那里的百姓。在这次官员会课考核中,朝廷知道你的成绩,于是增添你的官级。你要勤勤勉勉、尽职尽责,以符合我的意愿! 准行。

孙复可大理评事制

敕:具官孙复。昔圣人之作《春秋》也,患乎空文之不足,为故著之于行事,以为万世之法。然学而执其经者,岂可徒诵其言哉? 惟尔复行足以为人师,学足以明人性,不徒诵其说,而必欲施于事。吾将见吾国子蔚然而有成①,宜有嘉褒,以为学者之宠! 可。

【注释】

①国子:王公大臣的子弟称国子。蔚然:兴盛的样子。

【译文】

诏命:现任官孙复。从前圣人创作《春秋》,就是因为担心虚空的文章不足有益于世事,所以写出了对如何处事有助的书,为世世代代做事的准则。但学习并掌握这部经书的人,怎么能只是背诵它的语句呢? 只有你孙复,言行完全可以成为人的师表,你的学识完全可以使人性自明,不只是背诵它的说教,而是一定要将其要义付诸实事。我将会看到我的公卿大夫的子弟中有所作为者辈出,应对此给予嘉奖和褒扬,作为对求学者的恩宠！准行。

孙砺、李国庆并可殿中丞制

敕：具官孙砺等。六经皆载治民之术[1]，而法者为吏之资也。汝等学之，用以从政。经之道广矣，择其宜于民者；法之文密矣，取其平而不害者，足以莅尔官而成厥绩焉。膺兹叙迁，勉用尔学！可。

【注释】

①六经：指儒家《诗》《书》《礼》《易》《乐》《春秋》六部经典著作。

【译文】

诏命：现任官孙砺等人。"六经"全都记载着管理国家百姓的道理，法是官吏们行事的依据。你们学习它，并用它来为国做事。经书的道术十分广博，要选取适合于百姓的；法的文字是十分严谨的，要选取那些平缓无害的，这样就完全可以帮助你等官员取得成绩。望获得这次升迁后，更加勤勉地运用你们的所学！准行。

曾巩

曾巩简介参见卷九。

拟制四篇

【题解】

这是曾巩拟写的四篇天子诏命。制即天子的命令。

贾昌衡知邓州制①

敕②:记旧俗者,称南阳之民夸奢,上气力,难制御。今其余习殆尚有存者。故有邦之任,朕不轻以属人。具官某③,中外践更④,令闻惟旧⑤。兹用考择,往分彼土。盖穰、淯之间⑥,虽俗杂难治,然教民敦本,兴于好善,召信臣、杜诗之遗迹在焉⑦。使农桑劝而风俗厚⑧,尔尚思继于前人。其往懋哉⑨,无替朕命⑩! 可。

【注释】

①邓州:今河南邓州。

②敕(chì)：汉时，凡官长告谕僚属，尊长告谕子孙，亦称敕。南北朝
　　以下，始专称君主的诏令。

③具官：唐宋以后，在公文函牍或其他应酬文字上，常把应写明的
　　官爵品级简写为"具官"。

④中外：中央和地方。践更：履历，做官的迁擢升降。

⑤令闻：好名声。

⑥穰：宋县名。今属邓州。淯：又称白河，江汉支流，在今河南
　　南阳。

⑦召信臣、杜诗：此二人汉时都曾做过南阳太守。

⑧农桑：农耕与蚕桑。指耕织。劝：努力。

⑨懋(mào)：勉励。

⑩替：废弃，意指辜负。

【译文】

敕令：记载过去风俗的人称，南阳的百姓生活奢侈，崇尚气力，难以
管治。现在，这种风习还一定程度地存在着。所以此地的官职，朕从不
轻易赐予人。即将赴任知邓州的贾昌衡，在中央与地方都曾任过官，名
声向来很好。现经考核选拔，特任命你到南阳为官。穰县、淯水一带，
虽然民俗混杂、难以治理，然而你要教导民众敦厚本分，使良善之风兴
盛起来，让汉时南阳太守召信臣、杜诗的遗风长存。你要督导百姓努力
耕织，使风俗淳厚，并要考虑如何继承前人的业绩。希望你为官勤勉，
不辜负朕的期望！准予任命。

梅福封寿春真人制

　　敕某：在汉之际，数以孤远，极言天下之事，其志壮哉！
而家居读书养性，卒遗俗高蹈①，世传为仙。今大江之西②，
实存庙像。祷祠辄应③，能泽吾民。有司上闻，是用锡兹显

号④。光灵不泯,其服朕恩! 可。

【注释】

①高蹈:远避,谓隐居。

②大江:古代专指长江。

③祷祠:求福曰祷,得求曰祠。

④锡:同"赐"。

【译文】

敕令:梅福在汉代时,虽远离朝廷,但却经常纵谈国家大事,其志向真是远大啊! 他居家读书,怡养性情,终其一生,都远离世俗,过着隐居的生活,世人将他传为仙人。现在长江两岸的庙里,还保留着他的塑像。人们祈神求福,总能应验,其恩泽施及百姓。有司将此上呈给朕听,所以就赐予他寿春真人这一高贵显赫的名号。愿其灵性永不泯灭,并遵从朕的恩德! 准予封号。

王中正种谔降官制

朕大兴士众,属尔等以伐羌,固将举其巢穴,非徒却虏收并塞之地而已。兵西出则近,而尔等东繇绥德回远之路以疲士马①,费刍粟②,致功用不集③。中正议既不审④,又约有分地⑤,当攻其左,而不能奋击以歼除丑类。夫军赏吾必信,而罚亦安得已哉! 是用按尔之罪,降秩有差⑥。其体宽恩,尚思报称⑦。可。

【注释】

①绥德:县名。今属陕西。

②刍粟：粮草。

③集：成就，成功。

④审：周密，详细。

⑤分：一半。

⑥秩：官吏的职位或品级。差：差遣。宋官制，内外政务于正官外

　另立名称，以他官主管，称为差遣。

⑦报称：报答人的恩德。

【译文】

　　朕大举发兵，嘱你等去攻伐羌敌，本来计划攻克他们的巢穴，并非是仅仅击退敌人，收复边地而已。军队向西出发，路途很近，但你等却向东出发，经绥德而去，道路迂回遥远，兵马疲惫，耗费粮草，以致大功不成。中正你的作战计划很不周详，且战前有约，各攻一半，中正应攻打其左面，但你却不能奋力击敌，歼除丑类。我会信守诺言，对军队予以奖赏，但并非就可以完全不要惩罚了！所以按照你所犯的罪过，降为差遣。我已非常宽容，望你能体会到这种恩德。特予降官。

张知均州制

　　岭之西南①，桂为剧部②。外有溪居海聚之民壤错内属③，拊巡填守④，讵可属非其人⑤。尔比选于朝，往备兹任，而内不能统齐士吏，外不能绥靖华夷⑥，致兹绎骚⑦，自干邦宪⑧。夺其美职，处尔偏州。兹惟朕恩，无忘思省！可。

【注释】

①岭：五岭。

②桂：桂州。剧：地势险峻。部：古时区域单位。

③内属：归附。

④拊巡：调度。

⑤讵：怎么，难道。

⑥绥靖：安定平服。夷：古代对异族的称呼，多用于东方民族。

⑦绎骚：奔走相告而引起骚动。

⑧干：犯。

【译文】

　　五岭西南部的桂州，地势险峻。外有岛民山蛮，疆域的归属极为错杂混乱，调度镇守也很不易，怎么可以任非其人呢？你是由朝廷考校选拔，去那里担任官职的，却内不能统领官吏，外不能安定平服华夷，终于招致了这场纷扰骚乱，自犯国法。命削夺其官，贬至僻远之州。这是朕的恩德，希望你不忘反省！特准予贬官。

书

《尚书》简介参见卷一。

无逸

【题解】

据《史记》记载，周成王年长之后，周公还政，他担心成王贪图享乐，作《无逸》"以诫成王"。无，副词，表示否定，相当于"不可"，"不要"。逸，放纵，荒淫。其内容与《召诰》《洛诰》一致，是对殷周统治经验的总结，但本篇文字更为流畅，中心突出，条理分明，感情饱满，在《尚书》中，当推杰作。有学者怀疑本篇晚出。

本文的中心思想是"君子所，其无逸"，"知小人之依"。周公认为，"君子"首先应该了解"稼穑之艰难"，然后才能知道"小人"的疾苦和隐衷。这样的观点是以前不曾有过的，对以后统治者"以农立国"的政策有重要的影响。

周公曰："呜呼！君子所①，其无逸。先知稼穑之艰难②，乃逸，则知小人之依③。相小人，厥父母勤劳稼穑④，厥子乃不知稼穑之艰难，乃逸，乃谚⑤，既诞⑥，否则侮厥父母曰⑦：

'昔之人无闻知。'"以上言无逸贵知艰难。

【注释】

①所：所在的地方。

②稼穑(sè)：耕种和收获，泛指农业劳动。

③依：隐痛，苦衷。

④厥：其，代词。

⑤谚：通"喭"。粗野不恭。

⑥诞：放肆。

⑦否则：一作不则，犹于是。

【译文】

周公说："唉！君子居其位，不应放纵荒淫。先要知道农田耕作的艰难，这样，就是身处安逸的环境，也会了解种田人的疾苦。看看这样的小民吧，他们的父母辛勤劳作，春种秋收，而这些孩子们却不懂得农耕的艰难，自己过起放纵的日子，言行粗鲁，行为放肆，于是轻侮自己的父母，说：'上了岁数的人什么也不懂。'"以上讲不贪图享乐贵在知道小民的艰难。

周公曰："呜呼！我闻曰，昔在殷王中宗①，严恭寅畏②，天命自度③，治民祗惧④，不敢荒宁。肆中宗之享国⑤，七十有五年。其在高宗⑥，时旧劳于外⑦，爰暨小人⑧。作其即位，乃或亮阴⑨，三年不言。其惟不言，言乃雍⑩。不敢荒宁，嘉靖殷邦⑪，至于小大，无时或怨。肆高宗之享国，五十有九年。其在祖甲⑫，不义惟王，旧为小人⑬。作其即位，爰知小人之依，能保惠于庶民，不敢侮鳏寡。肆祖甲之享国，三十有三年。自时厥后，立王生则逸。生则逸，不知稼穑之艰难,不闻小人之劳,惟耽乐之从。自时厥后,亦罔或克寿⑭。或十年,或七八年,或五六年,或四三年。"以上殷三宗及后王。

【注释】

①中宗:太戊,商代国君。在位时殷道中兴,庙号中宗。

②严恭:庄严恭敬。寅畏:敬畏,恭敬戒惧。

③度(duó):衡量。

④祗(zhī)惧:敬慎,小心谨慎。

⑤肆:因此。

⑥高宗:武丁,商代国君。任用傅说(yuè),勤于政事,使殷又趋强盛。

⑦时:通"是"。代词。此指殷高宗。旧劳于外:武丁为太子时,其父使其行役在外,颇知劳苦。

⑧爰:于是。暨:与。

⑨亮阴:指帝王居丧。

⑩雍:欢悦貌。

⑪嘉:善。靖:治。

⑫祖甲:商代国君。

⑬旧:久。

⑭罔(wǎng):没有。克:能够。

【译文】

周公说:"唉!我听说,过去殷王中宗严肃庄重,恭敬戒惧,以天命为标准来衡量要求自己,以谨慎敬畏的态度治理民众,不敢懈怠和贪图安乐。因此中宗在位达七十五年之久。到了高宗,他曾经在外行役,得以与小民一起劳作。等到他即位为王,正当其父故去,便居庐守丧,三年不主动谈论国事。正因为如此,所以当他偶尔谈及国事时,就深得大臣们的拥戴。他不敢懈怠和贪图逸乐,殷朝就这样被治理得很好,小民、大臣都没有怨言。因此高宗在位达五十九年。到了祖甲,他认为代兄为王是不合道理的,所以出逃,长期做小民。等到他即位为王,就能了解小民的疾苦,能够保佑民众,施以恩惠,就连那些鳏寡孤独无依无靠的人也不敢轻慢。因此祖甲在位达三十三年。在这以后的殷王们,生来就贪图逸乐。生来就贪图逸乐,既不了解种庄稼的艰难,又不了解种田人的辛苦,只是一味地沉浸在享乐之中。从这以后,也没有长年在位的殷王了。其执政时间,有的十年,有的七八年,有的五六年,有的三四年。"以上讲商代的三位君王及其以后的君王。

周公曰:"呜呼! 厥亦惟我周太王、王季①,克自抑畏。文王卑服②,即康功、田功③。徽柔懿恭④,怀保小民,惠鲜鳏寡⑤。自朝至于日中昃⑥,不遑暇食⑦,用咸和万民⑧。文王不敢盘于游田⑨,以庶邦惟正之供⑩。文王受命惟中身⑪,厥享国五十年。"以上周文王。

【注释】

①太王:古公亶(dǎn)父。周文王的祖父。他领导周人开发岐山的荒地发展农业生产,使周逐渐强盛,武王时追尊为太王。王季:名季历,商末人。古公亶父最小的儿子,文王之父。

②服:从事。

③康功:平易道路之事。

④徽:美,良。

⑤惠:爱。鲜:善。

⑥昃(zè):太阳偏西。

⑦遑:闲暇。

⑧用:以。

⑨盘:娱乐,欢乐。

⑩正:正税,指正常的贡赋。供:献。一说,正,通"政";供,通"恭"。
惟正之供,意即为政恭谨。

⑪中身:中年。

【译文】

周公说:"唉！只有我们周朝的太王、王季,事事谦逊谨慎。文王也曾经从事过卑下的劳作,像修路、耕田等。他心地仁慈善良,态度和蔼恭谨,爱护小民,也爱护那些鳏寡孤独无依无靠的人。他从早上忙到中午,忙到日头偏西,忙得没有时间吃饭,就是为了使大众生活和谐安乐。文王不敢把各邦国贡献的赋税都用于田猎游乐。文王中年时接受天命,他在位达五十年。"以上讲周文王。

周公曰:"呜呼！继自今嗣王①,则其无淫于观、于逸、于游、于田②,以万民惟正之供。无皇曰③:'今日耽乐。'乃非民攸训④,非天攸若⑤,时人丕则有愆⑥。无若殷王受之迷乱⑦,酗于酒德哉！"以上戒嗣王。

【注释】

①嗣王:即周成王。

②淫:过度,无节制。

③皇:汉石经作"兄",即况,且。

④攸(yōu):所。训:榜样,典范。

⑤若:顺。

⑥丕则:于是。

⑦殷王受:即殷纣王,名受,谥号纣,商代最后一位君主。

【译文】

周公说:"唉！现在继位的君王啊,希望你不要把大众缴纳的赋税无节制地挥霍到观赏、逸乐、游玩、田猎等方面。不要说：'今天先享受享受吧。'这样，就不成其为民众的榜样，就不是顺应天意了，这样做就犯了大错。所以不要像殷纣王那样地迷乱酗酒啊！"以上劝诫周成王。

　　周公曰："呜呼！我闻曰，古之人，犹胥训告^①，胥保惠，胥教诲，民无或胥诪张为幻^②。此厥不听，人乃训之，乃变乱先王之正刑^③，至于小大。民否则厥心违怨^④，否则厥口诅祝。"以上言宜听训诫，不可变旧法。

【注释】

①胥（xū）：互相。
②诪（zhōu）张：欺诳诈惑。
③正刑：正法，正常的法度。
④否：一作不，指无所适从。

【译文】

　　周公说："唉！我听说，古时候人们互相训告、互相扶持、互相教诲，民众之间没有互相欺诳诈惑。如果不听这些话，人们也会以之为榜样，这样就会变乱先王的法制，小民大臣全都乱套了。民众无所适从，则心中怨恨；无所适从，则口出诅咒之言。"以上讲应当听从训诫，不可改变旧有法度。

　　周公曰："呜呼！自殷王中宗及高宗，及祖甲，及我周文王，兹四人迪哲^①。厥或告之曰：'小人怨汝詈汝。'则皇自敬德^②。厥愆^③，曰：'朕之愆。'允若时^④，不啻不敢含怒，此厥不听，人乃或诪张为幻。曰：'小人怨汝詈汝。'则信之。则若时：不永念厥辟^⑤，不宽绰厥心，乱罚无罪，杀无辜。怨有同，是丛于厥身⑥。"以上言怨詈者可儆不可怒。

【注释】

①迪哲：蹈智，即蹈行圣明之道。

②皇自：更加。熹平石经作"兄曰"，韦昭《国语》注曰："兄，盖也。"

③愆：罪过，过失。

④允：信实，诚信。时：是。

⑤辟：法度。

⑥丛：聚集。

【译文】

周公说："唉！从殷中宗到高宗，到祖甲，以及我朝文王，这四位都是蹈行圣明之道的君主。如果有人告诉他们说：'小民在怨你骂你。'他们就会更加谨慎地行动。如果有了过失，他们就说：'这是我的过失。'确实如此，他们不但不敢怀藏怒气，而且还希望能及时听到这些话，知道不听这些话，人们就会互相欺骗诈惑。如果有人告诉你说：'小民在怨恨你骂你。'你应当认真考虑这些话。如果你这样做：不把法度放在心上，不放宽自己的胸怀，胡乱惩罚那些没有罪过的人，妄杀那些无辜的人。这样的话，就会天下同怨，这些怨恨都会聚集到你身上。"以上讲面对怨恨责备可警戒而不可怀藏怒气。

周公曰："呜呼！嗣王其监于兹。"

【译文】

周公说："唉！嗣位之王，你可要引为借鉴啊！"

左传

《左传》简介参见卷六。

季文子谏纳莒仆之辞

【题解】

　　本篇为季文子对鲁宣公的劝谏。莒国太子仆因其父废黜了自己，于是借助国人的力量杀死了自己的父亲，拿了莒国的宝玉投奔鲁宣公。宣公想收留他，而季文子却将其赶走，并劝诫宣公：莒仆杀父偷玉不忠不孝，不可收留。文章宣扬了臣子应孝敬忠信的思想。

　　　莒纪公生太子仆^①，又生季佗，爱季佗而黜仆^②，且多行无礼于国。仆因国人以弑纪公^③，以其宝玉来奔，纳诸宣公^④。公命与之邑^⑤，曰："今日必授。"季文子使司寇出诸竟^⑥，曰："今日必达。"公问其故。

【注释】

　　①莒（jǔ）纪公：名庶其，春秋时莒国国君，纪公是他的号。

②黜：废除。

③因：借助，凭借，依靠。

④纳：缴交，贡献。诸：之于。

⑤与：给予。

⑥季文子：名行父，谥文。春秋时期鲁国大夫，实执鲁国国政。司
　　寇：官名。掌刑狱、纠察等事。竟：通"境"。边境。

【译文】

　　莒纪公生了太子仆，又生了季佗。他偏爱季佗，废黜了仆，而且在国内做了许多不合礼仪的不义之事。莒仆借助国人的力量杀了纪公，拿了莒国的宝玉来投奔鲁国，把宝玉献给鲁宣公。宣公命令赐给莒仆封邑，说："今天一定要给他。"季文子让司寇把莒仆赶出鲁国国境，说："今天一定要执行。"宣公问季文子原因。

　　季文子使大史克对曰①："先大夫臧文仲教行父事君之礼②，行父奉以周旋，弗敢失队③。曰：'见有礼于其君者，事之如孝子之养父母也。见无礼于其君者，诛之如鹰鹯之逐鸟雀也④。'先君周公制周礼曰：'则以观德⑤，德以处事，事以度功，功以食民⑥。'作《誓命》曰⑦：'毁则为贼⑧，掩贼为藏⑨，窃贿为盗⑩，盗器为奸⑪。主藏之名⑫，赖奸之用⑬，为大凶德，有常无赦，在九刑不忘。'行父还观莒仆⑭，莫可则也⑮。孝敬、忠信为吉德，盗贼、藏奸为凶德。夫莒仆，则其孝敬，则弑君父矣；则其忠信，则窃宝玉矣。其人，则盗贼也，其器，则奸兆也⑯，保而利之，则主藏也。以训则昏⑰，民无则焉。不度于善⑱，而皆在于凶德，是以去之。以上数莒仆之凶德。

【注释】

①大史克：鲁国太史，名克。

②先大夫臧文仲：春秋时鲁国人。历事庄公、闵公、僖公、文公四君。曾为鲁国正卿。

③失队：出现差错或过失。队，同"坠"。丧失。

④鹰鹯(zhān)：都是凶猛的大鸟，捕小鸟为食。

⑤则：法则，指礼仪的法则。

⑥食：养。

⑦《誓命》：周公所作文章名。今已亡佚。

⑧毁则：破坏法则。

⑨藏：隐藏罪人的人。

⑩贿：财物。

⑪器：国家的宝物。

⑫主藏：窝藏罪人。

⑬赖奸：利用奸人的宝物。

⑭还(xuán)：旋转，引申为仔细之意。

⑮则：效法。

⑯奸兆：奸人偷窃的赃证。兆，这里指赃证。

⑰训：教育。昏：昏乱。

⑱不度于善：指莒仆不属于孝敬忠信之类的人。度，同"宅"。居。

【译文】

季文子让太史克回答说："已故大夫臧文仲教给行父侍奉国君的礼仪，行父遵循教诲来做事，不敢有差错。臧文仲说：'见到对他的国君有礼的人，侍奉他要像孝子奉养父母那样。见到对他的国君无礼的人，诛杀他要像鹰鹯追逐鸟雀那样。'先君周公制定周礼说：'用礼仪的法则来观察德行，处理事情要遵照道德去做，衡量功劳要看所做的事，凭借功劳来养育人民。'周公又作《誓命》说：'破坏法则的人是贼，掩护窝藏贼的人是窝主，偷财物的人是盗，偷宝器的人是奸。有窝藏贼人的名声，使用奸人偷来的宝器，这是极大的凶德，国家有规定的刑罚，不能赦免，这些都记载在九刑当中，是不能忘记的。'行父仔细观察莒仆，没有可取的地方。孝敬、忠信是吉德，盗贼、藏奸是凶德。莒仆，从孝敬的标准来说，他杀了自己的父王；从忠信的标准来说，他偷了国家的宝玉。他本人是个盗贼，他的宝玉则是赃证，如果保护他而且使用他的宝玉，就是窝主。以此来教育百姓就会引起混乱，百姓就没有可遵循的法则了。莒仆不是孝敬忠信的人，他的所作所为都属于凶德，所以把他赶走了。以上历数莒仆的凶德。

　　"昔高阳氏有才子八人①，苍舒、隤敳、梼戭、大临、龙降、庭坚、仲容、叔达②，齐圣广渊③，明允笃诚④，天下之民，谓之八恺⑤。高辛氏有才子八人⑥，伯奋、仲堪、叔献、季仲、伯虎、仲熊、叔豹、季狸⑦，忠肃共懿⑧，宣慈惠和⑨，天下之民，谓之八元⑩。此十六族也，世济其美⑪，不陨其名⑫，以至于尧，尧不能举。舜臣尧，举八恺，使主后土⑬，以揆百事⑭，莫不时序⑮，地平天成⑯。举八元，使布五教于四方⑰，父义、母慈、兄友、弟共、子孝，内平外成⑱。以上舜举十六相。

【注释】

①高阳氏：即颛顼(zhuān xū)，传说中的远古帝王。

②苍舒、隤敳(tuí ái)、梼戭(chóu yǎn)、大临、龙(máng)降、庭坚、仲容、叔达：八人都为颛顼后代。

③齐：中正，正直。圣：通达，豁达。广：宽宏。渊：深远。

④明：明达。笃：深厚。

⑤恺：和，和乐。

⑥高辛氏：即帝喾，传说中的远古帝王。

⑦伯奋、仲堪、叔献、季仲、伯虎、仲熊、叔豹、季狸：八人都为帝喾后代，事迹已不可考。

⑧肃：恭敬。共：通"恭"。恭敬。懿：美。

⑨宣：周遍。惠：仁爱。和：宽和。

⑩元：善。

⑪济：增益。

⑫陨：毁坏，败坏。

⑬后土：管理土地的官职。

⑭揆（kuí）：调度，管理。百事：各种事物。

⑮时序：有次序，按时完成。

⑯地平：水土已平。天成：天道已成。

⑰布：公布，宣布。五教：又称五典，五种教化，即下文所说父义、母慈、兄友、弟共、子孝。

⑱内：指华夏诸部。外：指夷狄等其他部族。

【译文】

"历史上高阳氏有八个有才能的后代：苍舒、隤敳、梼戭、大临、尨降、庭坚、仲容、叔达，这八个人正直豁达，宽宏深远，明达是非，信守诺言，憨厚诚实，天下的百姓称他们'八恺'。高辛氏有八个有才能的后代：伯奋、仲堪、叔献、季仲、伯虎、仲熊、叔豹、季狸，这八个人忠诚有礼，恭敬懿美，周遍慈善，仁爱宽和，天下的百姓称他们'八元'。这十六个家族，世代增益这些美德，没有败坏他们的美名，一直到尧的时代，尧没能举用他们。舜做尧的臣子时，推举'八恺'，让他们执掌地官的职务，处理各种事情，没有不按时顺利完成的，使得水土平，天道成。舜推举'八元'，让他们四处宣讲五种教化，父亲讲道义，母亲慈祥，哥哥友爱，弟弟恭敬，儿子孝顺，华夏内外各部族地区都平和无事。以上讲舜推举十六家辅佐之臣。

　　"昔帝鸿氏有不才子①,掩义隐贼②,好行凶德,丑类恶物,顽嚚不友③,是与比周④,天下之民谓之浑敦⑤。少皞氏有不才子⑥,毁信废忠,崇饰恶言⑦,靖谮庸回⑧,服谗蒐慝⑨,以诬盛德⑩,天下之民谓之穷奇⑪。颛顼氏有不才子⑫,不可教训,不知话言⑬,告之则顽⑭,舍之则嚚,傲很明德⑮,以乱天常,天下之民谓之梼杌⑯。此三族也,世济其凶,增其恶名,以至于尧,尧不能去。缙云氏有不才子⑰,贪于饮食,冒于货贿⑱,侵欲崇侈,不可盈厌⑲,聚敛积实⑳,不知纪极㉑,不分孤寡,不恤穷匮,天下之民以比三凶,谓之饕餮㉒。舜臣尧,宾于四门㉓,流四凶族,浑敦、穷奇、梼杌、饕餮,投诸四裔㉔,以御魑魅㉕。以上舜去四凶。

【注释】

①帝鸿氏:即黄帝,传说中华夏各族的共同祖先,姓姬,号轩辕氏、有熊氏,又称帝鸿氏。

②掩义:不讲道义。掩,关,合。隐:隐藏,包庇。

③顽嚚(yín):愚妄奸诈的人。《左传·僖公二十四年》:"心不则德义之经为顽,口不道忠信之言为嚚。"不友:不能与别人友好相处。友,友好相处。

④比周:结党营私。

⑤浑敦:不开通的样子。

⑥少皞(hào)氏:又作少昊,传说中古代部族首领。

⑦崇饰:崇尚。饰,粉饰。

⑧靖:安于。庸:任用。回:奸邪。

⑨服:任用,使用。谗:中伤别人的坏话或陷害人的假话。蒐(sōu):隐蔽,掩藏。慝(tè):邪恶。

⑩盛德：贤人。

⑪穷奇：指行为乖张，喜好奇异。

⑫颛顼氏：即高阳氏。

⑬话：善言。

⑭告：告谕。

⑮傲很：倨傲狠戾。

⑯梼杌（táo wù）：凶顽，泛指恶人。

⑰缙云氏：炎帝后裔。

⑱冒：犹贪。

⑲盈厌：满足。

⑳实：财富。

㉑纪极：限度，终极。

㉒饕餮（tāo tiè）：比喻贪得无厌者。

㉓宾：以客礼相待。

㉔裔：边远的地方。

㉕魑魅（chī mèi）：传说中山泽中的害人的神怪。

【译文】

“从前帝鸿氏有一个不成器的儿子，不讲道义，包庇奸贼，喜欢做盗贼藏奸一类的凶德之事，把恶人恶事引为同类，愚顽奸诈且不能与别人友好相处，和愚昧奸诈的人结党营私，天下的百姓叫他浑敦。少皞氏有个不成器的儿子，不讲信义和忠诚，喜欢花言巧语，任用奸邪，造谣中伤别人，包庇邪恶，专门诬陷有德的贤人，天下的百姓叫他穷奇。颛顼氏有一个不成器的儿子，无法教训，不知道什么是好话，告谕他则愚顽不化，放弃不理他则奸诈习恶，蔑视美德，扰乱天下常理，天下的百姓叫他梼杌。这三个家族，世代增加这些凶德，愈加增添他们的恶名，一直到了尧的时代，尧不能赶走他们。缙云氏有一个不成才的儿子，追求吃喝，贪求财富，侵占他人财物的欲望和奢侈的爱好无法满足，聚敛财物没有限度,不分给孤寡,不周济穷困,老百姓把他和三凶相提并论,叫他饕餮。舜做了尧的臣子以后,将四方的城门打开,以礼接待宾客,流放四个凶恶的家族,把浑敦、穷奇、梼杌、饕餮驱逐到四边蛮荒之地,让他们去抵御神怪。以上讲舜驱逐四凶。

　　"是以尧崩而天下如一,同心戴舜,以为天子,以其举十六相①,去四凶也。故《虞书》数舜之功②,曰'慎徽五典③,五典克从④',无违教也;曰'纳于百揆⑤,百揆时序',无废事也;曰'宾于四门,四门穆穆⑥',无凶人也。

【注释】

①十六相:即八恺、八元。

②《虞书》:《尚书》中的一部分,包括《尧典》《皋陶谟》。《古文尚书》又增《舜典》《大禹谟》《益稷》,合为五篇。数:计算,查点。

③徽:美,善。亦谓使完美、完善。五典:即五教:父义、母慈、兄友、弟恭、子孝。

④克:能够。

⑤百揆:各种政务。

⑥穆穆:端庄恭敬。

【译文】

　　"所以尧死后天下一心,共同拥戴舜做天子,这是因为他推举了十六相,驱逐了四凶的缘故。因此《虞书》计算舜的功绩说'谨慎地做好五典,百姓能遵从五典的教导',这是说没有违背五种教化的人;又说'吩咐做的各种政务,都能顺利按时完成',这是说没有被荒废的事;还说'打开四方的城门,迎来的宾客都是端庄恭敬的人',这是说没有恶人。

"舜有大功二十而为天子①，今行父虽未获一吉人，去一凶矣，于舜之功，二十之一也，庶几免于戾乎②！"

【注释】

①大功二十：即舜举十六相、去四凶。

②戾：罪过，罪行。

【译文】

"舜有大功二十件而做了天子，如今行父虽然没有得到一个贤人，却赶走了一个恶人，和舜的功劳相比，是二十分之一，差不多可以免去他的罪行了吧！"

魏绛谏伐戎之辞

【题解】

鲁襄公四年（前569），北方少数民族戎人的一支山戎国（又名无终国）国君派使臣来晋国，请求晋侯与各部戎人媾和。晋悼公认为山戎人不讲亲情而且贪婪，不如讨伐他们。晋国的中军司马魏绛引用《虞箴》，借后羿沉溺于打猎、不理国事以致身丧国亡的教训，劝谏国君不要崇尚武力，不要迷恋打猎，应该专心治理国事，利用道德和法度来使少数民族和邻国信服。文章表达了反对不义战争、主张以德服人的思想。

无终子嘉父使孟乐如晋①，因魏庄子纳虎豹之皮②，以请和诸戎。晋侯曰："戎狄无亲而贪，不如伐之。"

【注释】

①无终：山戎国名。在今河北崇礼一带，后迁今天津蓟州。嘉父：

无终国君的名字。孟乐：无终国所派使臣。如：往，去。

②魏庄子：魏绛，谥号为庄，春秋时晋国人。

【译文】

无终国国君嘉父派使臣孟乐到晋国去，通过魏庄子献上虎豹之皮，请求晋侯与戎人各部落和解。晋侯说："戎狄不讲亲情而且贪婪，不如讨伐他们。"

魏绛曰："诸侯新服，陈新来和①，将观于我，我德则睦，否则携贰②。劳师于戎，而楚伐陈，必弗能救，是弃陈也，诸华必叛③。戎，禽兽也，获戎失华，无乃不可乎！"<small>以上言不可获戎失华。</small>

【注释】

①陈新来和：指鲁襄公三年（前570），陈国派袁侨参加鸡泽会盟。

②携贰：背离。

③诸华：中原各国。

【译文】

魏绛说："诸侯刚刚顺服，陈国最近也来表示和好，都要观察我们晋国的行动，我们有德就与我们亲善，不然的话就背离我们。动用大军去征伐戎人，楚国会借机讨伐陈国，我们必然不能救援，这是丢弃陈国，中原各国一定会背叛我们。戎人是些禽兽，得到戎人各部落而失去中原，是不值得的！"<small>以上讲不可为了得到戎人而失去中原。</small>

《夏训》有之曰："有穷后羿①……"公曰："后羿何如？"对曰："昔有夏之方衰也，后羿自鉏迁于穷石②，因夏民以代夏政③。恃其射也，不修民事而淫于原兽④。弃武罗、伯因、熊髡、龙圉而用寒浞⑤。寒浞，伯明氏之谗子弟也⑥。伯明后寒弃之⑦，夷羿收之，信而使之，以为己相。浞行媚于内而施赂于外⑧，愚弄其民而虞羿于田⑨，树之诈慝⑩，以取其国家，外内咸服。羿犹不悛⑪，将归自田，家众杀而亨之⑫，以食其子。其子不忍食诸，死于穷门⑬。靡奔有鬲氏⑭。浞因羿室⑮，生浇及豷⑯，恃其谗慝诈伪，而不德于民。使浇用师，灭斟灌及斟寻氏⑰。处浇于过⑱，处豷于戈⑲。靡自有鬲氏，收二国之烬⑳，以灭浞而立少康。少康灭浇于过，后杼灭豷于戈㉑。有穷由是遂亡，失人故也。以上引后羿事言不可恃力黩武。

【注释】

①有穷：夏代国名。后：君主。羿：国君名。

②鉏（chú）：杜预注："鉏，羿本国名。"在今河南滑县东。穷石：古地名，其地说法不一：一说即穷谷，在今河南洛阳南，一说在今山东平原西北，一说在今安徽寿州西南。羿居于穷石，所以以"穷"为国号，称"有穷"。

③代夏政：取代夏朝政权。禹的孙子太康荒淫放纵而失去民心，夏人立他的弟弟仲康为国君。仲康死，羿赶走仲康的儿子相自立为君。

④淫：沉湎，沉浸。原兽：野兽。

⑤武罗、伯因、熊髡（kūn）、龙（máng）圉：都是羿手下的贤臣。寒浞（zhuó）：夏代寒国人，名浞，善进谗言。

⑥伯明氏：寒国国君。

⑦伯明后寒：应为"寒后伯明"，即寒国国君伯明。

⑧内：指宫人。

⑨虞：通"娱"。

⑩慝(tè)：邪恶。

⑪悛(quān)：改，悔改。

⑫亨：同"烹"。煮。

⑬穷门：有穷国国门。

⑭靡：夏的遗臣，侍奉羿。有鬲(gé)氏：古部落名。在今山东德州东南。

⑮室：妻妾。

⑯浇(ào)、豷(yì)：寒浞与羿的妻妾所生之子。

⑰斟灌、斟寻：二古国名。夏的同姓诸侯，仲康的儿子后相依托他们。斟灌，故址在今山东寿光东南。斟寻，故址在今河南巩义西南。

⑱过：古国名。在今山东莱州西。

⑲戈：古国名。在宋国与郑国之间(今址不详)。

⑳二国：指斟灌及斟寻。烬：遗民。

㉑后杼(zhù)：少康之子。

【译文】

"《夏训》有这样的话：'有穷国国君羿……'"晋悼公说："国君羿怎么样？"魏绛回答："以前夏朝刚衰落的时候，国君羿从鉏这个地方迁到了穷石，依靠夏朝的百姓取得了夏朝的政权。羿依仗他的射箭技术，不治理百姓国事而沉湎于打猎。他不用武罗、伯因、熊髡、龙围这些贤臣而重用寒浞。寒浞是伯明氏的奸诈子弟。寒国国君伯明不用他，羿却收留他，信任并使用他，任命他为自己的辅佐之臣。浞对羿的宫人说好听的话，对外赠送财物给羿的左右，欺骗百姓，使羿沉溺于打猎，浞使用奸诈邪恶的手段来夺取羿的国和家，内外都顺服他了。而羿依然不悔改，打猎要归来时，手下人杀了他并煮他的肉吃，还让他的儿子吃。他的儿子不忍心吃，被杀死在国门口。靡逃亡到有鬲氏那里。浞乘机占有了羿的妻妾，生了浇和豷，依赖奸邪伪诈来治理国家，对百姓不施恩德。派浇带领军队，灭了斟灌和斟寻两个国家。让浇住在过，让豷住在戈。靡从有鬲氏那里，聚集了斟灌和斟寻两国的遗民，灭浞而立少康。少康在过地灭了浇，他的儿子后杼在戈地灭了豷。有穷国从此灭亡，这是用人不当的缘故。以上引用有穷国君羿的事迹说明不可倚仗、滥用武力。

　　"昔周辛甲之为大史也①，命百官，官箴王阙②。于《虞人之箴》曰③：'芒芒禹迹④，画为九州⑤，经启九道。民有寝庙，兽有茂草，各有攸处⑥，德用不扰。在帝夷羿⑦，冒于原兽⑧，亡其国恤，而思其麀牡⑨。武不可重⑩，用不恢于夏家⑪。兽臣司原⑫，敢告仆夫。'《虞箴》如是，可不惩乎⑬？"于是晋侯好田，故魏绛及之。以上因羿淫于田并以谏猎。

【注释】

①辛甲：商末周初人。本商纣臣，屡谏纣，不听，去而至周，召公贤之，荐以为周太史。大史：太史。

②箴（zhēn）：规谏。阙：过失，过错。

③《虞人之箴》：出自《左传·襄公四年》。虞人，古代掌管山林川泽之官。

④芒芒：广大辽阔的样子。禹迹：大禹治水的遗迹。

⑤画：划分。

⑥攸处：所居。

⑦在帝夷羿：即身居帝位的夷羿。夷羿，即后羿。

⑧冒：贪恋。

⑨麀（yōu）牡：泛指各种禽兽。麀，母鹿。牡，雄兽。

⑩武：武事，田猎。重：繁重。

⑪用：因此，因而。恢：扩大恢宏。

⑫兽臣：即虞人，主管山泽、田猎的官员。司：管理。原：原兽，
　　田猎。

⑬惩：鉴戒。

【译文】

　　"从前辛甲做周太史的时候，命令百官劝诫天子的过失。在《虞人
之箴》里说：'辽阔广大的国土，划分成了九州，开通了九州的道路。人
民活着有安居的房屋，死后有祭祀的庙宇，野兽有茂盛的青草，各有所
居，所以互不相扰。居于帝位的羿，贪恋狩猎，忘记了国家忧患，只想着
飞禽走兽。狩猎不可过于频繁，因此羿不能扩大恢宏夏朝的疆土。虞
人主管田猎，只能以此报告君主的左右。'《虞箴》是这么说的，怎能不作
为鉴戒呢？"那时晋侯喜好打猎，所以魏绛提到了羿的事。以上因为后羿沉
湎于田猎而劝谏。

　　公曰："然则莫如和戎乎？"对曰："和戎有五利焉：戎狄
荐居①，贵货易土②，土可贾焉，一也。边鄙不耸③，民狎其
野④，穑人成功⑤，二也。戎狄事晋，四邻振动，诸侯威怀⑥，
三也。以德绥戎⑦，师徒不勤，甲兵不顿⑧，四也。鉴于后羿，
而用德度，远至迩安⑨，五也。君其图之！"公说⑩，使魏绛盟
诸戎，修民事，田以时。以上和戎之利。用德度者，不用力也。

【注释】

①荐居：逐水草而居。荐，草。

②易：轻视。

③耸：通"悚"。恐惧。

④狎（xiá）：习。

⑤穑人：农夫。

⑥威怀：被威慑而服从。

⑦绥：安抚。

⑧顿：损坏。

⑨迩(ěr)：近。

⑩说：同"悦"。

【译文】

晋悼公说："那么不如与戎人媾和了？"魏绛回答说："与戎人媾和有五利：戎狄人逐水草而居，看重财物而不看重土地，他们的土地可以收买，这是其一。边疆的人不必害怕，人民安居乐业，农民有好收成，这是其二。戎狄顺服于晋，四面的邻国都会为之震动，诸侯被威慑而服从于晋，这是其三。用德行来安抚戎人，将士不疲劳，武器不损坏，这是其四。借鉴后羿的教训，用道德和法度使远国服从、近邻安心，这是其五。君王您还是考虑一下吧！"晋悼公很高兴，派魏绛与各部戎人结盟，重视治理民事，打猎也按时令来进行。以上讲与戎人媾和的好处。所谓"用德度"，是要善于以德治理，而不用武力的意思。

薳启疆谏耻晋之辞

【题解】

晋、楚皆为春秋时期的强国，为争夺霸权，先后有城濮之战、邲之战、鄢陵之战等，双方互有胜负，未能决出雌雄。楚灵王时，晋楚联姻，晋国官员送女到楚国，楚王却想乘机凌辱晋国。楚国太宰薳启疆规劝他：国家强大在于遵循礼仪，圣明君主不无端向别国挑衅而自招仇敌，打仗前必须有足够准备才能无患。这使楚王改变了主意，避免了两国间又一场战争。作者充分描述了薳启疆的聪明才智，他明明反对楚王的主意，却将正话反说，先说楚王的打算行得通，又用几个很有雄辩力的反问使楚王意识到自己的错误。文章大力宣扬了儒家"礼仪"的作用。

楚子朝其大夫曰:"晋,吾仇敌也。苟得志焉,无恤其他①。今其来者,上卿、上大夫也。若吾以韩起为阍②,以羊舌肸为司宫③,足以辱晋,吾亦得志矣。可乎?"大夫莫对。

【注释】

①恤:忧虑。

②韩起:春秋时晋国人。韩厥之子,继厥为卿,事晋悼公、平公、昭公、顷公。阍:守门人。《左传·庄公十九年》记载楚国鬻拳因兵谏楚文王而自刖,楚人以为大阍,故杜预以为这里楚王也是想对韩起施以刖刑,使其守门。

③羊舌肸(xī):一名叔肸,字叔向,春秋时晋国大夫。司宫:官名,加以宫刑然后主管宫内之事。

【译文】

楚灵王让他的大夫们上朝,说:"晋国,是我的仇敌。如果能满足我的愿望,可以不顾虑其他。现在他们来的人,是上卿、上大夫。如果我让韩起做守门人,让羊舌肸作司宫,就足以羞辱晋国,我的愿望也就可以得到满足了。这样做可以吗?"大夫们都不回答。

蓬启疆曰①:"可。苟有其备,何故不可? 耻匹夫不可以无备,况耻国乎? 是以圣王务行礼,不求耻人。朝聘有珪②,享频有璋③。小有述职④,大有巡功⑤。设机而不倚⑥,爵盈而不饮。宴有好货,飧有陪鼎⑦,入有郊劳⑧,出有赠贿,礼之至也。国家之败,失之道也,则祸乱兴。以上言行礼不务耻人。

【注释】

①蒍(wěi)启疆：春秋时楚国人。时为太宰。疆，《左传》作"彊"。

②珪：瑞玉，常作祭祀、朝聘之用，为长形。

③觌(tiào)：诸侯每三年行聘问相见之礼。璋：玉器名，顶端作斜锐角形，是贵族在朝聘、祭祀、丧葬时所用的礼器。

④述职：诸侯向天子陈述职守。

⑤巡功：天子到各地巡视，检查政绩。

⑥机：通"几"。古人席地而坐，几放在一侧，用以倚靠。

⑦飧(sūn)：晚餐或熟食。陪鼎：加鼎，即加菜以示殷勤。

⑧郊劳：到郊外迎接、慰劳。

【译文】

蒍启疆说："可以。如果我们有所准备的话，有什么不可以呢？羞辱一个普通人不能没有防备，何况羞辱一个国家呢？正因如此，圣明的君主专心致力于遵行礼仪，不去羞辱别人。朝见聘问执珪，宴享进见拿着璋。诸侯有述职的义务，天子有巡守的职责。设置了几而不倚靠，爵中酒满了而不饮用。宴会时赠予美好的礼品，吃饭时增加菜肴以示殷勤有礼，客人入境时到郊外迎接慰劳，客人出境时有赠送的财物，这些都是礼仪的最高形式。国家的衰败，就是由于不遵守礼仪而引起了祸乱。以上讲行礼不致力于羞辱别人。

"城濮之役①，晋无楚备，以败于邲②。邲之役，楚无晋备，以败于鄢③。自鄢以来，晋不失备，而加之以礼，重之以睦，是以楚弗能报而求亲焉。既获姻亲，又欲耻之，以召寇仇，备之若何？谁其重此④？若有其人，耻之可也；若其未有，君亦图之。晋之事君，臣曰可矣：求诸侯而麇至⑤，求昏而荐女⑥，君亲送之，上卿及上大夫致之。犹欲耻之，君其亦有备矣。不然，奈何？ 以上言耻人不可无备。

【注释】

①城濮之役：鲁僖公二十八年（前632），晋败楚于城濮。城濮，卫国
地名，在今河南陈留，一说在今山东鄄城西南。

②邲（bì）：郑国地名。在今河南郑州西北。鲁宣公十二年（前
597），楚与晋战于此，晋师败绩。

③鄢：郑国地名。在今河南鄢陵西北。鲁成公十六年（前575），晋
在此地败楚。

④重：担当，负责。

⑤求诸侯：晋国本为盟主，楚灵王想取得霸业，于是在此前一年派
伍举到晋国，请求诸侯朝楚。麇（qún）至：群集而来。指诸侯如
楚，大会于申。

⑥昏：结婚，通婚。荐：进献，呈献。

【译文】

"城濮之战，晋国得胜而没有防备楚国，所以在邲之战失败了。邲
之战，楚国得胜而没有防备晋国，因此在鄢之战又失败了。鄢之战以
来，晋一直没有丧失防备，而且对楚国彬彬有礼，以和睦为重，因此楚国
一直没能报复而只好求婚了。已经建立了姻亲关系，又要羞辱他，自己
招来仇敌，做什么样的准备才行呢？谁来为此承担责任呢？如果有这
样的人，羞辱晋国是可以的；如果没有，君王您还是再考虑一下。晋国
对待您，在我看来是可以了：楚国要求会合诸侯，晋国就命诸侯一起来
了；楚国求婚，晋国就进献女子，晋国国君亲自送她到了国境，上卿和上
大夫送到我国。这种情况下您还要羞辱他们，您一定要有防备了。不
然的话，您怎么办？ 以上讲羞辱别人不可无防备。

"韩起之下，赵成、中行吴、魏舒、范鞅、知盈；羊舌肸之下，祁午、张趯、籍谈、女齐、梁丙、张骼、辅跞、苗贲皇，皆诸侯之选也。韩襄为公族大夫①，韩须受命而使矣②。箕襄、邢带、叔禽、叔椒、子羽③，皆大家也。韩赋七邑④，皆成县也⑤。羊舌四族⑥，皆强家也。晋人若丧韩起、杨肸⑦，五卿、八大夫辅韩须、杨石⑧，因其十家九县，长毂九百⑨，其余四十县，遗守四千，奋其武怒，以报其大耻。伯华谋之，中行伯、魏舒帅之，其蔑不济矣⑩。以上言晋多才强盛。

【注释】

①韩襄：韩起的侄子。公族大夫：掌管公族及卿大夫子弟的官职。

②韩须：韩起的儿子。

③箕襄、邢带：韩起的族人。叔禽、叔椒、子羽：都是韩起的庶子。

④韩赋七邑：韩襄等七人每人都有一封邑，共七邑。韩氏可收七邑之赋，实力雄厚。

⑤县：一县可供兵车百乘。

⑥羊舌四族：谓铜鞮（dī）伯华、叔向、叔鱼、叔虎兄弟四人。其中叔向就是羊舌肸。

⑦杨肸：羊舌肸采邑为杨，因此称为杨肸。

⑧五卿：指位于韩起之下的赵成、中行吴、魏舒、范鞅、知盈。八大夫：指羊舌肸以下的祁午、张趯、籍谈、女齐、梁丙、张骼、辅跞、苗贲皇。杨石：又名杨食我，是羊舌肸之子，晋国大夫。

⑨长毂：兵车。

⑩蔑：无，没有。

【译文】

"韩起之下，有赵成、中行吴、魏舒、范鞅、知盈这五位将领统帅三军,羊舌肸之下,有祁午、张趯、籍谈、女齐、梁丙、张骼、辅跞、苗贲皇八个大夫,这些人都是诸侯们首选的人才。韩起的侄子韩襄为公族大夫,他的儿子韩须受派遣出使了。他的族人箕襄、邢带,他的庶子叔禽、叔椒、子羽,都是大家族。韩氏有七座可以征收赋税的封邑,封邑之大可以成县。羊舌氏四族,都是强盛的家族。晋国人如果失去了韩起、杨肸,五卿、八大夫辅佐韩须、杨石,依靠他们的十家九县,战车九百,这样他们还能剩四十县,留守的战车还有四千辆,振奋勇武满腔愤怒来报复他们所受的奇耻大辱。伯华为其出谋划策,中行伯、魏舒统帅着这支军队,他们就不会不成功。以上讲晋国人才很多,国家很强盛。

　　“君将以亲易怨,实无礼以速寇,而未有其备,使群臣往遗之禽①,以逞君心②,何不可之有?”

【注释】

①遗(wèi):赠予。禽:同“擒”。

②逞:满足,如愿。

【译文】

　　“您将把亲近换成仇怨,用无礼的行为迅速招来仇敌,而您还没有防备,将群臣送往晋国让人家擒拿,来满足您的心愿,有什么不可以呢?”

李斯

李斯简介参见卷六。

谏逐客书

【题解】

本文是一封劝谏信。据《史记·李斯列传》记载,李斯被拜为秦王政的客卿,适值韩国人郑国入秦为间谍,建郑国渠以谋弱秦,事被发觉。秦宗室大臣以为各国入秦者大多用奸于秦,故言于秦王政,请求驱逐一切东方六国来的客士,李斯也在被驱逐之列。于是李斯给秦王政写了这封信,历叙客士之功,力陈逐客之失。秦王政感悟,乃除逐客之令,复李斯官。

文章开门见山,径指逐客为过,然后依次举秦国历史及秦王爱好说明逐客是以人才资敌国,于秦不利。其内容旁征博引,雄辩有力,是本文的一个显著特点。

臣闻吏议逐客,窃以为过矣。昔穆公求士①,西取由余于戎②,东得百里奚于宛③,迎蹇叔于宋④,来邳豹、公孙支于晋⑤。此五子者,不产于秦,而穆公用之,并国三十,遂霸西戎。孝公用商鞅之法⑥，移风易俗，民以殷盛，国以富强，百姓乐用，诸侯亲服，获楚、魏之师，举地千里⑦，至今治强。惠王用张仪之计⑧，拔三川之地⑨，西并巴、蜀，北收上郡⑩，南取汉中⑪，包九夷⑫，制鄢、郢⑬，东据成皋之险⑭，割膏腴之壤，遂散六国之从⑮，使之西面事秦，功施到今⑯。昭王得范睢⑰，废穰侯⑱，逐华阳⑲，强公室，杜私门，蚕食诸侯，使秦成帝业。此四君者，皆以客之功。由此观之，客何负于秦哉？向使四君却客而不纳，疏士而不与，是使国无富利之实而秦无强大之名也。以上言秦之先四君赖客之功。

【注释】

①穆公：即秦穆公，春秋五霸之一。

②由余：春秋时人。本是晋人，亡而入戎。穆公使人设法招致，以客礼待之。后秦用由余之计伐戎，开地千里，遂霸西戎。戎：我国古代西部少数民族的统称。

③百里奚：本为虞国大夫，虞为晋灭时被俘，作为晋献公女儿陪嫁的奴仆入秦。他从秦国逃亡至楚，被楚国边境的人所拘。穆公闻其贤，以五张黑羊皮赎之，并任之为相。宛：楚国地名，在今河南南阳。

④蹇(jiǎn)叔：百里奚友人。时游于宋，百里奚荐之，穆公求之于宋而用之为上大夫。

⑤邳豹：春秋时期晋国大夫邳郑之子。其父为晋君所诛，豹入秦，穆公以之为将。公孙支：字子桑，秦人，先游晋，后归秦为大夫。

⑥商鞅：即公孙鞅，卫之庶公子，又称卫鞅。西入秦，佐孝公变法，使秦强大。后孝公封之以商(今陕西商洛境内)，号曰商君。

⑦举：攻克，占领。

⑧张仪：战国时期魏国人。秦惠王相，为秦制定连横的计策。

⑨三川：本韩地。在今河南境内黄河、伊水、洛水流域。

⑩上郡：本魏地。郡治在今陕西榆林东南。

⑪汉中：本楚地。在今陕西汉中地区。

⑫包：包取，囊括。九夷：《史记索隐》："即属楚之夷也。"即当时楚
　　国境内，今四川、湖南、贵州邻近地区的少数民族地区。

⑬鄢（yān）：本楚地。在今湖北宜城南。郢（yǐng）：楚都。今湖北
　　江陵。

⑭成皋（gāo）：一名虎牢，为著名军事要塞，在今河南荥阳境内。

⑮从：同"纵"。即合纵，东方六国结成联合阵营以抵抗秦国的一种
　　策略，与"连横"针锋相对。

⑯施（yì）：延续，持续。

⑰范睢：字叔，战国时期魏国人，曾任秦国宰相，封为应侯。睢，一
　　作雎。

⑱穰侯：即魏冉，战国时期秦国重臣，秦昭襄王母异父弟。因食邑
　　在穰，号曰穰侯。因骄横专政被罢。

⑲华阳：即芈戎，秦昭襄王舅父，初封华阳，号华阳君。

【译文】

　　臣听说官吏在讨论驱逐客士之事，我私下以为这样做不对。从前
穆公招纳贤士，从西边获得了戎人中的由余，在东方从宛地得到百里
奚，从宋国迎来了蹇叔，而邳豹、公孙支从晋来奔。这五个人并不是秦
人，而穆公重用他们，吞并了三十个国家部族，从而称霸于西戎。孝公
推行商君的法令，移风易俗，百姓得以富足，国家得以强大，百姓为此欢
欣而效力，诸侯亲近而顺服，俘获楚、魏的军队，攻占千里的土地，至今
都保持了秦的强大。惠王用张仪的计策，攻取三川，吞并巴、蜀，向北收
取上郡，向南夺得汉中，包取九夷，控制鄢、郢，在东方夺取虎牢关口，割
取了富饶的土地，从而破坏了东方六国的合纵联盟，使他们向西服侍秦

国,这功业一直延续到今天。昭王任用范睢,废弃了穰侯,驱逐了华阳
君,加强王室的权力,杜绝私人的势力,一天天蚕食诸侯,终于使秦国成
就了帝业。这四位国君,都因为招纳客士而成就功业。这样看来,客士
有什么对不起秦国的呢? 如果这四位国君从前驱逐客士,疏远他们而
不加任用,这就会使国家没有富强的实惠,秦国没有强大的名声啊。以
上讲秦国以前四位君主倚赖客士的功劳。

　　今陛下致昆山之玉①,有随、和之宝②,垂明月之珠,服太
阿之剑③,乘纤离之马④,建翠凤之旗⑤,树灵鼍之鼓⑥。此数
宝者,秦不生一焉,而陛下说之⑦,何也? 必秦国之所生然后
可,则是夜光之璧不饰朝廷,犀象之器不为玩好,郑卫之女
不充后宫⑧,而骏良駃騠不实外厩⑨,江南金锡不为用,蜀之
丹青不为采⑩。所以饰后宫、充下陈、娱心意、说耳目者⑪,必
出于秦然后可,则是宛珠之簪⑫,傅玑之珥⑬,阿缟之衣⑭,锦
绣之饰不进于前,而随俗雅化、佳冶窈窕赵女不立于侧也⑮。
夫击瓮叩缶、弹筝搏髀⑯,而歌呜呜快耳者,真秦之声也;
《郑》《卫》《桑间》《韶》《虞》《武》《象》者⑰,异国之乐也。今弃
击瓮叩缶而就《郑》《卫》,退弹筝而取《韶》《虞》,若是者何
也? 快意当前,适观而已矣。今取人则不然。不问可否,不
论曲直,非秦者去,为客者逐。然则是所重者在乎色乐珠
玉,而所轻者在乎民人也。此非所以跨海内、制诸侯之术
也。以上言色乐珠玉不必秦产。

【注释】

①昆山:即昆仑山。

②随、和之宝：指随国的明珠和楚国的和氏璧。

③太阿(ē)：名剑之一，楚国至宝。

④纤离：古骏马名。

⑤翠凤之旗：以翠羽制成的凤形旗饰。

⑥鼍(tuó)：扬子鳄，其皮可以制鼓。

⑦说：同"悦"。

⑧郑卫之女：泛指美女。时人以为郑、卫之地多美女。

⑨駃騠(jué tí)：良马名。

⑩采：彩饰。

⑪下陈：古代殿堂下陈列礼品、站列婢妾的地方，借指嫔妃、宫女。

⑫宛珠：宛地之珠。

⑬傅：通"附"。玑：不圆之珠。珥：耳饰。

⑭阿缟：齐国东阿所产之缟。阿，即东阿，在今山东聊城境内。缟，
　　细白的生绢。

⑮随俗雅化：随着流行的式样打扮自己。冶：艳丽，妖媚。窈窕：娴
　　静、美好的样子。

⑯瓮、缶(fǒu)：皆瓦器，秦人以为乐器。筝：拨弦乐器，瑟类。搏：
　　击。髀(bì)：大腿。

⑰《郑》《卫》：春秋末年流行于郑国、卫国的民间音乐，以悦耳著称。
　　《桑间》：指桑间(地名，在今河南濮阳西南一带)的音乐，泛指靡
　　靡之音。《韶》《虞》：舜乐名。《武》《象》：周乐名。

【译文】

　　现在，陛下收藏昆仑山的美玉，拥有随侯珠、和氏璧这样的珍宝，悬
挂月明珠、佩带太阿剑，乘坐纤离马，树立翠凤旗，制作鳄皮鼓。这几样
宝物，秦地一样也不出产，可陛下喜欢它们，为了什么呢？假若只有秦
国出产的物什才可以用，那么这夜光璧不会装饰朝廷，犀牛角、象牙制
品不能成为玩赏的器物，郑、卫的美女不能出现在后宫，骏马良骑不能

充实马厩,江南的金属不能使用,西蜀的颜料也做不得彩饰。凡用以装饰后宫、充实内苑、赏娱身心、取悦耳目的事物,若只有出产于秦地才可以,那么这宛地明珠装饰的簪子、装饰着珠玑的耳饰、东阿的丝绸衣料和锦绣服饰就不会奉献到您面前,而随着时尚打扮化妆的妖娆美艳的赵国美女也不会侍立在您身边。敲瓮击缶、弹筝拍大腿而呜呜作声的才是纯正的秦地音乐;《郑》《卫》《桑间》《韶》《虞》《武》《象》是异国的音乐。现在抛弃敲瓮击缶的音乐而取法《郑》《卫》的音乐,取消弹筝而采用《韶》《虞》,这是为了什么呢? 不过是为了使当前快乐愉悦,适合于观赏罢了。可是对待人才却全然不是这样。不问是非,不管曲直,只要不是秦人就辞去,所有的客士都驱逐。这样做就是看重声色珠玉却忽视人才啊。这不是兼并天下、控制诸侯的法子呀。以上讲美色、雅乐、明珠、美玉不一定都是秦国出产的。

　　臣闻地广者粟多,国大者人众,兵强者则士勇。是以泰山不让土壤①,故能成其大;河海不择细流②,故能就其深;王者不却众庶,故能明其德。是以地无四方,人无异国,四时充美,鬼神降福,此五帝、三王之所以无敌也。今乃弃黔首以资敌国③,却宾客以业诸侯④,使天下之士退而不敢西向,裹足不入秦,此所谓"藉寇兵而赍盗粮"者也⑤。

【注释】

①让:推辞。

②择:选择,这里为舍弃、挑剔之意。

③黔首:古代称百姓、平民为黔首。资:资助。

④业:这里作动词用,成就事业。

⑤赍(jī):送给。

【译文】

臣听说土地广大粮食就多，国家广大人口就多，兵器锋利士兵就勇敢。泰山不拒绝微小的土石，所以才成就了它的高大；大河大海不舍弃细小的水流，所以才成就了它的深广；称王的人不拒绝众多的百姓，所以才成就了他的英明之德。所以土地无所谓四方的区别，人民无所谓他国的差异，四时运转皆得其利，鬼神都降福，这就是五帝、三王无敌于天下的原因啊。如今抛弃百姓来资助敌对的国家，辞退客士来成就其他诸侯的功业，以致天下的士人后退而不敢面向西方，裹足不前不敢来秦国，这就是所谓的"把兵器借给寇仇而把粮食送给贼人"啊。

夫物不产于秦，可宝者多；士不产于秦，愿忠者众。今逐客以资敌国，捐民以益仇，内自虚而外树怨于诸侯，求国无危，不可得也。以上言不宜逐客以资敌国。

【译文】

物产不生在秦地的，有许多可以为宝；士人并非秦人的，有许多愿意效忠。如今驱逐客士来资助敌对的诸侯，减少人民的数量来增加对手的力量，对内自我削弱而对外增强怨仇，还希望国家没有危亡之忧患，这是不可能做到的啊。以上讲不应该驱逐客士以资助敌国。

贾谊

贾谊简介参见卷一。

陈政事疏

【题解】

本文见于《汉书·贾谊传》，当系班固摘取贾谊《新书》中"切于世事"者拼凑而成。它尖锐地指出西汉社会潜伏的矛盾和危机，笔锋犀利，言辞激切，富有感染力。

臣窃惟事执①，可为痛哭者一，可为流涕者二，可为长太息者六，若其它背理而伤道者，难遍以疏举②。进言者皆曰"天下已安已治矣"，臣独以为未也。曰安且治者，非愚则谀，皆非事实知治乱之体者也。夫抱火厝之积薪之下而寝其上③，火未及燃，因谓之安，方今之执，何以异此？本末舛逆④，首尾衡决⑤，国制抢攘⑥，非甚有纪，胡可谓治？陛下何不壹令臣得执数之于前⑦，因陈治安之策，试详择焉。

【注释】

①埶(shì)：同"势"。

②疏举：逐条列举。

③厝(cuò)：安置。

④舛(chuǎn)：相违背。

⑤衡决：横裂，不衔接。

⑥抢(chéng)攘：纷乱的样子。

⑦孰数：审慎周密地列举。孰，审慎，周密。

【译文】

我私下里思考天下的政治局势，认为令人痛哭的事有一，使人流泪的事有二，为之深深叹息的事有六，至于其他违背事理、有损大道的事，就很难历数了。向陛下进言的人都说"天下已经安定太平了"，而我却认为并非如此。那些说天下已经安定太平的人，不是愚昧无知，就是阿谀奉承，都不是认真推究事实而明了治乱之道的人。把火放在柴堆下面，而自己躺在柴堆顶上，火没燃烧起来时就说这很安全，今天的局势，与此有何不同？本末错乱，首尾割裂，国家政局混乱，没有秩序，这怎么能说是安定太平呢？陛下何不让我一一详加列举，为此而陈述使天下长治久安的策略，由陛下仔细选择。

夫射猎之娱，与安危之机孰急？使为治，劳智虑，苦身体，乏钟鼓之乐，勿为可也。乐与今同，而加之诸侯轨道①，兵革不动，民保首领，匈奴宾服，四荒乡风②，百姓素朴，狱讼衰息。大数既得③，则天下顺治，海内之气，清和咸理，生为明帝，没为明神，名誉之美，垂于无穷。礼祖有功而宗有德④。使顾成之庙称为太宗⑤，上配太祖，与汉亡极。建久安之埶，成长治之业，以承祖庙，以奉六亲⑥，至孝也；以幸天

下,以育群生,至仁也;立经陈纪⑦,轻重同得⑧,后可以为万
世法程,虽有愚幼不肖之嗣,犹得蒙业而安,至明也。以陛
下之明达,因使少知治体者得佐下风,致此非难也。其具可
素陈于前,愿幸无忽。臣谨稽之天地,验之往古,按之当今
之务,日夜念此至孰也⑨,虽使舜、禹复生,为陛下计,亡以易
此⑩。以上序。

【注释】

①轨道:遵循法度。

②乡风:趋从教化。乡,通"向"。

③大数:大要。

④祖有功而宗有德:颜师古注:"祖,始也,始受命也。宗,尊也,有
　德可尊。"

⑤顾成之庙:汉文帝为自己所作之庙,遗址在今陕西西安西北。

⑥六亲:即父、母、兄、弟、妻、子。

⑦立经陈纪:指确立制度、法度、秩序等。

⑧轻重同得:指大小、主次、贵贱等秩序井然。

⑨孰:同"熟"。成熟。

⑩亡:无,没有。

【译文】

　　那打猎的娱乐和有关国家安危的要事,哪一个更急迫? 如果治理
好国家,就一定会使帝王身心疲劳困乏,又缺少各种消遣的乐趣,那么
不做也就罢了。而实际上帝王乐趣不减于今,又能令诸侯遵循法制,战
争止息,百姓得以保全生命,匈奴臣服顺从,四方都趋从教化,民众淳良
质朴,诉讼和刑罚也不再发生。做到以上这些要点之后,国家就秩序井
然安定,海内清明和平,生前被称为明君,百年之后也会成为伟大的神

灵,美好的名声永远流传。礼仪规定始受天命开创基业的帝王庙号可称为祖,有德行的帝王庙号可称为宗。如果陛下的顾成庙能够获得太宗的庙号,和太祖皇帝一起接受后世的祭祀与纪念,那就能和汉室江山一样永恒。创建长治久安的局面和功业,上继祖先,不负亲人,这才是最大的孝;使自己的功业有利于国家,有利于百姓,这才是最大的仁;创立制度,确立秩序,大小事物都井然有序,这样才能成为后世永久的法则,即使后代出现了愚蠢、幼小或者没有才能、不讲道德的君主,还能因继承祖业而得以安定,这才是最大的圣明。以陛下的圣明通达,只要让粗通治乱之道的人稍加辅佐,做到这些并不困难。我可以详加论述,希望陛下不要忽视。我慎重地推究天地之道,对照以往的历史,考察当今的局势,日夜思考这些问题,结论已经非常成熟完善了,即使舜、禹复生,为陛下谋划,也不能想出新方案来代替我的意见。以上是序言。

夫树国固必相疑之埶,下数被其殃,上数爽其忧^①,甚非所以安上而全下也。今或亲弟谋为东帝^②,亲兄之子西乡而击^③,今吴又见告矣^④。天子春秋鼎盛,行义未过,德泽有加焉,犹尚如是,况莫大诸侯^⑤,权力且十此者虖^⑥?

【注释】

①爽:受伤害。

②亲弟谋为东帝:指汉文帝的弟弟淮南王刘长图谋联合匈奴、闽越造反。

③亲兄之子西乡而击:指济北王刘兴居趁匈奴入侵之机起兵造反。刘兴居是汉文帝之兄齐王刘肥之子。

④吴又见告:指吴王刘濞不守法度,不遵礼义,收买人心,扩张实力,图谋造反。

⑤莫大：最大。

⑥虖(hū)：通"乎"。语气词，用于句末，表示疑问或感叹。

【译文】

建立诸侯国会产生皇帝和诸侯上下猜疑的矛盾，诸侯多次因此而遭侠，皇帝也经常为此而发愁，这确实不是既巩固皇权又保全诸侯的好办法。不久前，发生了陛下亲弟弟图谋在东方割据称帝，以及陛下亲哥哥的儿子造反起兵向西进攻的事情，而今又有人告发吴王刘濞不守法度。现在天子正当壮年，又施行仁义，没有过错，对诸侯也常施以恩惠，他们还是如此，何况那些力量比淮南、济北大十倍的最大的诸侯呢？

然而天下少安，何也？大国之王幼弱未壮，汉之所置傅相，方握其事。数年之后，诸侯之王大抵皆冠①，血气方刚，汉之傅相，称病而赐罢，彼自丞尉以上，遍置私人。如此，有异淮南、济北之为邪？此时而欲为治安，虽尧、舜不治。

【注释】

①冠：古代男子二十岁举行的加冠之礼，表示其成人。

【译文】

但是现在国家还暂时安定，这是为什么呢？因为大诸侯国的国君年纪还小，汉室所任命的傅、相还掌握着诸侯国的事权。等过些年，诸侯王大多成年了，正是血气方刚的时候，他们会让汉室任命的傅、相回家养病，加以罢免，丞、尉以上的职位，都安排上忠于自己的人。这样的做法和淮南王、济北王的叛乱行为有什么不同呢？这时想天下太平安定，就是尧、舜再生也办不到。

黄帝曰："日中必熭①，操刀必割。"今令此道顺而全安，甚易。不肯蚤为，已乃堕骨肉之属而抗刭之^②，岂有异秦之季世虖？夫以天子之位，乘今之时，因天之助，尚惮以危为安，以乱为治。假设陛下居齐桓之处，将不合诸侯而匡天下乎？臣又知陛下有所必不能矣。假设天下如曩时^③，淮阴侯尚王楚^④，黥布王淮南^⑤，彭越王梁^⑥，韩信王韩^⑦，张敖王赵^⑧，贯高为相^⑨，卢绾王燕^⑩，陈豨在代^⑪，令此六七公者皆亡恙，当是时而陛下即天子位，能自安乎？臣有以知陛下之不能也。天下殽乱，高皇帝与诸公并起，非有仄室之埶以豫席之也^⑫。诸公幸者，乃为中涓^⑬，其次廑得舍人^⑭，材之不逮至远也。高皇帝以明圣威武即天子位，割膏腴之地以王诸公，多者百余城，少者乃三四十县，德至渥也^⑮。然其后十年之间，反者九起。陛下之与诸公，非亲角材而臣之也^⑯，又非身封王之也，自高皇帝不能以是一岁为安，故臣知陛下之不能也。然尚有可诿者^⑰，曰疏，臣请试言其亲者。假令悼惠王王齐^⑱，元王王楚^⑲，中子王赵^⑳，幽王王淮阳^㉑，共王王梁^㉒，灵王王燕^㉓，厉王王淮南^㉔，六七贵人皆亡恙，当是时陛下即位，能为治虖？臣又知陛下之不能也。若此诸王，虽名为臣，实皆有布衣昆弟之心^㉕，虑亡不帝制而天子自为者^㉖。擅爵人，赦死罪，甚者或戴黄屋^㉗，汉法令非行也。虽行不轨如厉王者^㉘，令之不肯听，召之安可致乎？幸而来至，法安可得加？动一亲戚，天下圜视而起^㉙，陛下之臣虽有悍如冯敬者^㉚，适启其口，匕首已陷其胸矣。陛下虽贤，谁与领此^㉛？故疏者必危，亲者必乱，已然之效也。其异姓负强而动者，汉已幸胜之矣，又不易其所以然。同姓袭是迹而动^㉜，既有征矣,其埶尽又复然。殃祸之变,未知所移③,明帝处之尚不能以安,后世将如之何?

【注释】

①暵(wèi):暴晒,晒干。

②抗刭(jǐng):斩首。刭,用刀割颈。

③曩(nǎng):以往,以前。

④淮阴侯:即韩信,西汉开国功臣。初封楚王,后被诬谋反,降为淮阴侯。后以谋反被杀。王:称王。

⑤黥布:即英布,秦末汉初名将,西汉开国功臣。封淮南王,以谋反被诛。

⑥彭越:西汉开国功臣。封梁王,后被诬以谋反被杀。

⑦韩信:即韩王信,战国末韩襄王庶孙,西汉开国功臣。汉高祖二年(前205),将兵略定韩地,立为韩王。后因受猜疑而投靠匈奴,被汉将斩杀。

⑧张敖:西汉开国功臣张耳之子,张耳卒,嗣为赵王。尚鲁元公主。因受其相贯高刺杀高祖刘邦牵累,贬宣平侯。

⑨贯高:赵王张敖之相。因不满刘邦对张敖傲慢无礼而谋刺刘邦,被发觉逮捕。在为张敖辩解脱罪后自杀。

⑩卢绾:汉高祖刘邦的同乡好友,随刘邦起兵征战。汉初封为燕王。刘邦大杀功臣,卢绾为自保,陈豨反时暗自与之联系,并勾结匈奴。事发,逃亡并死于匈奴。

⑪陈豨:西汉功臣。随刘邦起事入关,深受宠信。后拜为代相,监赵、代边兵。因广招宾客而受猜忌,遂起兵造反,兵败被杀。

⑫仄室:侧室,庶出之子。豫席:预先有所凭借依仗。豫,预先,事先。席,凭借,倚仗。

⑬中涓:君主的左右亲信。

⑭厪(jǐn)：同"仅"。舍人：王公贵人私门之官。

⑮渥(wò)：深厚。

⑯角材：考量才能。

⑰诿：推托，推诿。

⑱悼惠王：指齐悼惠王刘肥。高祖刘邦之子，文帝之异母兄。高祖 六年封齐王。卒谥悼惠。

⑲元王：指楚元王刘交。高祖同父异母弟。韩信被贬淮阴侯后，刘 交被封为楚王。卒谥元。

⑳中子：此指赵隐王刘如意。高祖宠姬戚夫人所生，深受高祖喜 爱，几次欲废太子刘盈而立之。高祖崩，被吕后毒杀。

㉑幽王：此指赵幽王刘友。高祖之子，初立为淮阳王。惠帝元年 （前194），徙王赵，以吕氏之女为后。刘友不爱其后，遂被吕后幽 闭而死。谥幽。

㉒共王：此指赵共王刘恢。高祖之子，初封梁王。吕后七年（前 181）徙王赵，以吕产女为王后。恢有爱姬，王后鸩杀之，遂忧郁 自杀。谥共。

㉓灵王：此指燕灵王刘建。高祖之子，卢绾逃亡后被封为燕王。死 后其子为吕后所杀，国除。

㉔厉王：此指淮南厉王刘长。高祖之子，初封淮南王。文帝即位， 他骄纵跋扈，自作法令，藏匿亡命，又擅杀辟阳侯审食其。文帝 前六年（前174），图谋叛乱，事泄被拘，谪徙蜀严道，途中绝食而 死。谥厉。

㉕布衣昆弟之心：平民百姓家兄弟一样的心思。

㉖虑：谋划。帝制而天子自为：拥有皇帝一样的用度气派而自己做 皇帝。

㉗黄屋：帝王专用的车。其车盖为黄缯制成，故称。

㉘虽：通"唯"。语首助词。

㉙圜(huán)视：互相顾看。

㉚冯敬：文帝时任典客，迁御史大夫。曾与宰相张苍等案治淮南王
　　刘长，请判其死罪。

㉛领：治理。

㉜袭是迹：因袭了这种路子。指同姓诸侯也像异姓诸侯一样谋反。

㉝移：变动，发展。

【译文】

黄帝说："太阳到正午必定暴晒，拿起刀来必定分割。"意思是做事必须当机立断。现在趁诸侯王羽翼未丰时调整汉室与诸侯的关系，而巩固皇权，保全诸侯，是很容易的。如果不及时处置，闹到骨肉反目成仇、互相残杀的地步，又与暴秦末世的情形有什么两样呢？以当今天子的地位，既乘天时，又有天助，还担心把危急的局面当安定，把混乱的形势当稳固。假设陛下处于当年齐桓公的境地，就不会去联合诸侯而一匡天下吗？我知道陛下是必定做不到的。如果天下还是旧时局面，淮阴侯韩信还是楚王，黥布还是淮南王，彭越还是梁王，韩王信还是韩王，张敖还是赵王，贯高还是赵国相，卢绾还是燕王，陈豨还在代地，要是这六七个人还在世，而陛下此时登上天子之位，会感到放心吗？我知道陛下必定是做不到的。天下大乱，高皇帝和他们同时崛起，他们并不是因为和高皇帝沾亲带故有所依仗才得了一官半职。他们中幸运的才能当上君王的左右亲信，一般的只不过做到王公贵人私门之官，和高皇帝比才能相差非常远。高皇帝凭借他的圣明神武登上皇帝之位，划出肥沃的土地，封他们当诸侯王，多的有一百多座城市，少的也有三四十个县，恩德真是深厚。但是此后十年间，反叛的事却多次发生。陛下并非因为才能胜过那些人而令他们俯首称臣，又不曾亲自封他们为诸侯王，施以恩惠，连高皇帝也不能因才高过人及有恩于诸侯而得到哪怕是一年的安宁，所以我知道陛下更做不到了。但是还有可推托的理由，就是异姓王和汉室关系疏远，那么就让我举亲近的同姓王的例子吧。假设悼

惠王仍做齐王，元王仍是楚王，高皇帝的中子仍是赵王，幽王仍是淮阳王，共王仍是梁王，灵王仍是燕王，厉王仍是淮南王，这六七个贵人还在世，而陛下这时当了天子，能使天下安定吗？我又知道陛下必定做不到。像这些诸侯王，虽然名义上是臣子，却都有平民百姓家兄弟之间的念头，都想自己当皇帝。他们擅自封赐爵位，私自赦免死刑犯人，甚至乘坐皇帝才能坐的黄屋车，不遵行汉室的法令。像淮南厉王那样行为不轨的诸侯，命令他都不肯服从，召他到长安来，他又怎么肯来呢？就算来了，又怎么加以惩处呢？惩罚了一个诸侯王，天下诸侯立即互相顾看而起，即使陛下有像冯敬那样强悍的大臣，弹劾不法诸侯的话刚一出口，匕首就已刺进他的胸膛了。陛下固然贤明，可有谁能与陛下共同治理天下呢？所以异姓王疏远，必然造反；同姓王亲近，必然作乱；这是已经验证的事理。那些依靠强大实力造反的异姓王，汉室已经幸运地战胜了他们，却不去改变导致叛乱的旧的分封制度。现在同姓王又要发生犯上作乱的事情，已有明显的迹象了，叛乱势力衰落又兴起。灾祸不知会怎样变化发展，圣明的君主此时尚不足以使天下安定，后世又能如何？

　　屠牛坦一朝解十二牛①，而芒刃不顿者，所排击剥割，皆众理解也②。至于髋髀之所③，非斤则斧。夫仁义恩厚，人主之芒刃也；权势法制，人主之斤斧也。今诸侯王皆众髋髀也，释斤斧之用，而欲婴以芒刃④，臣以为不缺则折。胡不用之淮南、济北？势不可也。

【注释】

①屠牛坦：古代善于屠牛的人，名坦。

②理：物质组织的纹路。解（xiè）：指关节、骨骼相连接的地方。

③髋髀(kuān bì)：胯骨与股骨。

④婴：施加。

【译文】

　　从前有个名叫坦的屠夫，一天分解十二头牛，而刀刃不钝，这是因为刀所刺入、切割的地方都是骨肉纹路、关节缝隙之处。而对付胯骨和大腿骨，不是用大刀就是用斧子。仁义恩惠是君主的小刀，权力和法令是君主的斧子。现在的诸侯王都像骨头一样强硬，如果对付他们不用斧子却用小刀，我认为非崩即折。为什么仁义恩惠不能用于淮南厉王刘长、济北王刘兴居呢？是形势不允许。

　　臣窃迹前事，大抵强者先反。淮阴王楚最强，则最先反；韩信倚胡，则又反；贯高因赵资，则又反；陈豨兵精，则又反；彭越用梁，则又反；黥布用淮南，则又反；卢绾最弱，最后反。长沙乃在二万五千户耳①，功少而最完，埶疏而最忠，非独性异人也，亦形埶然也。曩令樊、郦、绛、灌据数十城而王②，今虽以残亡可也；令信、越之伦列为彻侯而居，虽至今存可也。然则天下之大计可知已。欲诸王之皆忠附，则莫若令如长沙王；欲臣子之勿菹醢③，则莫若令如樊、郦等；欲天下之治安，莫若众建诸侯而少其力，力少则易使以义，国小则无邪心。令海内之埶如身之使臂，臂之使指，莫不制从，诸侯之君不敢有异心，辐凑并进而归命天子④。虽在细民，且知其安，故天下咸知陛下之明。割地定制，令齐、赵、楚各为若干国，使悼惠王、幽王、元王之子孙毕以次各受祖之分地，地尽而止，及燕、梁它国皆然。其分地众而子孙少者，建以为国，空而置之，须其子孙生者⑤，举使君之。诸侯之地其削颇入汉者,为徙其侯国及封其子孙也,所以数偿之。一寸之地,一人之众,天子亡所利焉,诚以定治而已,故天下咸知陛下之廉。地制壹定,宗室子孙莫虑不王,下无倍畔之心⑥,上无诛伐之志,故天下咸知陛下之仁。法立而不犯,令行而不逆,贯高、利幾之谋不生⑦,柴奇、开章之计不萌⑧,细民乡善,大臣致顺,故天下咸知陛下之义。卧赤子天下之上而安,植遗腹⑨,朝委裘⑩,而天下不乱,当时大治,后世诵圣。壹动而五业附,陛下谁惮而久不为此?

【注释】

①长沙:此指长沙王吴芮。秦时为番阳令,秦末率越人起兵,号番君。从项羽入函谷关,被封为衡山王。曾奉项羽命与黥布击杀义帝于江中。项羽死,高祖即位,以其部将梅销曾从入关功多,封吴芮为长沙王。卒谥文。在:通"才"。

②樊、郦、绛、灌:即樊哙、郦商、周勃、灌婴,皆为西汉开国功臣。

③菹醢(zū hǎi):古代把人剁成肉酱的酷刑。

④辐凑:亦作"辐辏"。车辐聚集于毂上,比喻人或物聚集一处。

⑤须:等待。

⑥倍畔:背叛。倍,通"背"。

⑦利幾:西汉初将领,本为项羽部将,受封为颖川侯。高祖至洛阳,召见所有在册的侯爵,利幾认为高祖是想要除掉自己,起兵造反,为高祖击破。

⑧柴奇、开章之计:《史记·淮南王列传》:"大夫但、士五开章等七十人与棘蒲侯太子奇谋反,欲以危宗庙社稷。使开章阴告长,与谋使闽越及匈奴发其兵。"柴奇,西汉开国功臣棘蒲侯柴武之子。开章,即士五开章,为因罪失去民爵(古代君王赐给民间有功者

的爵位)之士兵。

⑨植遗腹:立遗腹子。

⑩朝:朝拜。委裘:旧谓帝位虚设,唯置故君遗衣于座而受朝。

【译文】

我私下研究了以前的诸侯王,大体上是强大的诸侯最先造反。淮阴侯韩信最初封王于楚,势力最强,所以最先造反;韩王信靠近匈奴,其次造反;贯高凭借赵国的力量,跟着造反;陈豨兵强马壮,接着造反;彭越倚靠梁地,造反迟一些;黥布在淮南,造反更晚;卢绾力量最弱,造反也最晚。而长沙王封地只有二万五千户,功劳是最小的,却能得到保全,关系是最为疏远的,却最忠诚,这并不是因为长沙王的本性与别人不同,这是形势造成的。如果当初樊哙、郦商、周勃、灌婴等功臣占据数十城池而封王,到今天可能都已经败亡了;如果韩信、彭越这些人当初仅仅封为彻侯,可能现在还活着。经过这样的分析,治理国家的大政方针可以清楚了。想要诸侯王忠诚安分,不如让他们像长沙王那样;想要臣子不变成肉酱,最好使他们像樊哙、郦商那样势孤力单;想要天下长治久安,不如多封诸侯,削弱他们的力量,力量削弱了,就易于用道义约束他们,封地缩小了,就不会产生作乱的念头。使国家的政治局势像身体支配手臂,手臂带动手指一样,使其无不服从,诸侯不敢有二心,像车辐条都指向轴心一样,听命于天子。即使是平民,也知道这就是天下太平,因而全国上下都知道陛下的圣明。分封土地,确定制度,把齐、赵、楚大国分为多个小国,让悼惠王、幽王、元王的子孙,完全按照次序分给祖先封地,土地分完为止,梁、燕各国都这样做。那些封地大而子孙少的诸侯可以预先建立诸侯国,等他们的子孙出生再封为国君。诸侯因罪被削夺封地,就给他们换个地方作为封国,把他们的子孙封到其他地方,补偿与被削夺的同样数量的土地。皇帝并不希图诸侯的一寸土地、一个臣民,完全是为天下安定而已,这样天下人都会知道陛下没有贪心。封地的制度统一、确定,宗室的子孙就不必为当不上诸侯而忧虑,臣下没有背叛的意图,皇帝没有杀戮征伐的想法,所以天下人都知道陛下的仁爱。法制确定无人违反,法令施行没人反对,贯高、利幾的阴谋也就不再发生,柴奇、开章的计策也不会萌发,小民向善,大臣服从,天下人都会知道陛下遵守道义。这样,即使让婴儿当天子,天下也能稳定,立遗腹子为帝,让臣民朝拜先帝遗物,国家也不至于动乱,皇帝在世时社会安定,后世万代也会歌颂他的圣明。一举五得,陛下还有什么顾虑,为什么迟迟不行动呢?

　　天下之势方病大瘇①。一胫之大几如要②,一指之大几如股,平居不可屈信③,一二指搐,身虑亡聊④。失今不治,必为锢疾⑤,后虽有扁鹊,不能为已。病非徒瘇也,又苦跖盭⑥。元王之子,帝之从弟也;今之王者,从弟之子也。惠王之子,亲兄子也;今之王者,兄子之子也。亲者或亡分地以安天下,疏者或制大权以逼天子。臣故曰非徒病瘇也,又苦跖盭。可为痛哭者,此病是也。以上痛哭之一。

【注释】

①瘇（zhǒng）:脚肿病。

②要:同“腰”。

③信:通“伸”。

④亡聊:无所依赖,无以聊生。

⑤锢疾:痼疾。经久难治的疾病。锢,通“痼”。积久难治的病。

⑥跖（zhí）:同“蹠”。亦作“跖”,脚掌。盭（lì）:弯曲,扭曲。

【译文】

　　而今天下大势正像一个得极重的脚肿病的人。一条小腿和腰一般大,一根手指像大腿一样粗,平常不能伸屈,一两个指头抽动,身体就没了依靠。如今不及时治疗，必定成为顽固的疾病，以后就是遇上神医扁鹊也没救了。现在的形势又不仅是患脚肿病，又有脚趾扭曲不能行走的痛苦。楚元王的儿子是陛下的堂弟，而今的楚王是陛下堂弟的儿子。齐悼惠王的儿子是陛下亲哥哥的儿子，现在的齐王是陛下亲哥哥的孙子。亲近的宗室没有封地以安定天下，疏远的宗室却握有重权以威迫天子。所以我说现在的形势不仅是患脚肿病，又有脚趾扭曲不能行走的痛苦。令人痛哭的，就是这个病啊。以上是"可为痛哭"之一。

天下之执方倒县①。凡天子者，天下之首，何也？上也。蛮夷者，天下之足，何也？下也。今匈奴嫚侮侵掠②，至不敬也，为天下患，至亡已也，而汉岁致金絮采缯以奉之。夷狄征令③，是主上之操也；天子共贡，是臣下之礼也。足反居上，首顾居下，倒县如此，莫之能解，犹为国有人乎？非亶倒县而已④，又类辟⑤，且病痱⑥。夫辟者一面病，痱者一方痛。今西边北边之郡，虽有长爵不轻得复⑦，五尺以上不轻得息⑧，斥候望烽燧不得卧⑨，将吏被介胄而睡，臣故曰一方病矣。医能治之，而上不使，可为流涕者此也。

【注释】

①县（xuán）：作"悬"义，挂。

②嫚侮（màn wǔ）：轻蔑侮辱。

③征令：征召及施令。

④亶（dàn）：通"但"。

⑤辟：作"躄"义。脚病。

⑥病痱（féi）：患风瘫之症。痱，中风，偏瘫。

⑦长爵：高爵。汉朝的爵位共二十级，第九级的"五大夫"以上，就

可以免除徭役,等于有了特权。而且这种"爵"也可以用来赎罪、
减刑,还可以转卖以获得钱财。但"爵"不等于"官",级位再高也
不能居官治民。轻:易。复:免除徭役或赋税。

⑧五尺:指尚未成年的儿童。

⑨斥候:侦察候望的人。烽燧:古代边防报警的信号,白天放烟叫
烽,夜间举火叫燧。

【译文】

　　天下的形势又像倒挂的人。皇帝是天下的首领,为什么呢? 因其
地位高。蛮夷是天下的脚,为什么呢? 因其地位低。现在匈奴欺侮我
国家,侵扰我边境,劫掠我人民,是大不敬,是天下大患,不到灭亡不罢
休,而汉室却每年送给他们钱币、棉絮和彩色的绢帛。征召夷狄并对其
发号施令,是天子的权力;向天子贡献财物,是夷狄的义务。脚反在上
面,头反在下面,这样倒挂着却没人能解救,又怎能说有治国之才呢?
不仅是倒悬而已,又得上了脚病和风瘫之症。脚病和风瘫都只是局部
的病痛。如今在西北边境一带,有爵位的人也难以免除租赋,未成年的
男子便劳作不停,侦察敌军、瞭望烽火的人不敢休息,军队的将士都穿
着盔甲睡觉,随时准备出征,所以我说这是局部的病痛。可以治好,而
陛下却不去治疗,令人流泪的就是这个病。

　　陛下何忍以帝皇之号为戎人诸侯? 埶既卑辱,而祸不
息,长此安穷? 进谋者率以为是,固不可解也,亡具甚矣①。
臣窃料匈奴之众不过汉一大县,以天下之大困于一县之众,
甚为执事者羞之。陛下何不试以臣为属国之官以主匈奴②?
行臣之计,请必系单于之颈而制其命,伏中行说而笞其背③,
举匈奴之众惟上之令。今不猎猛敌而猎田彘,不搏反寇而
搏畜菟④,玩细娱而不图大患,非所以为安也。德可远施,威

可远加,而直数百里外威令不信,可为流涕者此也。以上可
为流涕之二,实止匈奴一事。

【注释】

①具:才能。

②属国:汉代官署名。汉于边郡置属国,以安置降附者,设都尉掌
　管属国事务。

③中行说:西汉燕人。文帝时宦者,奉使送公主妻匈奴单于,后降
　单于,以汉事告匈奴,为单于谋划,骚扰西汉边境。

④菟:通"兔"。

【译文】

　　陛下为何甘愿以皇帝之尊去做戎人的诸侯呢?地位既卑下可耻,
又不能消除祸患,长此以往,何时到头呢?为陛下出主意的都认为这是
正确的策略,我实在不理解,这太无能了。我私自计算匈奴的民众不过
汉朝一个大县的人数,天下这么大,却被一县之众的匈奴所困扰,实在
替执政者感到羞耻。陛下何不让我当属国都尉这样的官职,让我主管
有关匈奴的事务?实行我的计策,必定能擒住单于,掌控他的性命,降
伏叛臣中行说,打他的板子,让匈奴人完全听从皇帝的命令。而今不去
打击凶猛的敌人却去打野猪,不与贼寇搏斗却和家兔戏耍,做小游戏却
不筹划去除心腹大患的策略,这可不是安定天下的举动。恩德本可用
以施行于远方,武力本可用以控制边疆,而现在长安数百里外的地方汉
朝的权力和法令都不能施行,这是一件令人流泪的事。以上是"可为流泪"
之二,实际上只是匈奴一事。

　　今民卖僮者,为之绣衣丝履,偏诸缘①,内之闲中②。是
古天子后服,所以庙而不宴者也③,而庶人得以衣婢妾。白

縠之表④，薄纨之里⑤，缘以偏诸⑥，美者黼绣⑦，是古天子之服，今富人大贾嘉会召客者以被墙。古者以奉一帝一后而节适⑧，今庶人屋壁得为帝服，倡优下贱得为后饰，然而天下不屈者⑨，殆未有也。且帝之身自衣皂绨⑩，而富民墙屋被文绣；天子之后以缘其领，庶人孽妾缘其履；此臣所谓舛也⑪。夫百人作之不能衣一人，欲天下亡寒，胡可得也？一人耕之，十人聚而食之，欲天下亡饥，不可得也。饥寒切于民之肌肤，欲其亡为奸邪，不可得也。国已屈矣，盗贼直须时耳，然而献计者曰"毋动"，为大耳。夫俗，至大不敬也，至亡等也，至冒上也，进计者犹曰"毋为"，可为长太息者此也。*以上长太息之一。*

【注释】

①偏诸：即《说文解字》之"扁绪"，《广雅》之"编绪"，指衣服、鞋子的花边。缘：给衣服镶边。

②闲：栅栏。服虔注："闲，卖奴婢阑。"

③庙而不宴：颜师古注："入庙则服之，宴处则不着，盖贵之也。"庙，祭祖，祭祀。

④白縠（hú）：白色绉纱。

⑤薄纨（wán）：轻薄的白色细绢。

⑥缘（qiè）：缝衣边。

⑦黼（fǔ）绣：古代礼服上所绣的花纹，黑白相间，为斧形。

⑧节适：谓有节制而适度。

⑨屈：贫穷。

⑩皂绨：黑色粗绸。绨，比绸子粗厚的纺织品。

⑪舛（chuǎn）：错乱，差错。

【译文】

现在卖僮仆的人,给僮仆穿上绣花的衣服和丝制的鞋子,衣服和鞋子还镶上花边,把他们放在卖奴婢的栅栏里。本来是古代天子皇后的礼服,只用于宗庙祭祀而不用于宴乐,而百姓却拿来给侍女、丫鬟穿用。轻纱的外衣,素绢的衬衣,缝上花边,绣上漂亮的斧形花纹,这本来是古代天子的衣服,而今财主、巨商却在宴请宾客时装饰墙壁。以前这些东西供一位皇帝一位皇后穿用是有节制的、适宜的,现在平民百姓的墙壁上却装饰着帝王的衣服,歌舞演戏供人娱乐的下等人却穿戴着皇后的服饰,然而天下财物不匮乏,那是没有的事。况且皇帝自己身穿黑色粗厚的丝织品,而财主的墙壁上挂着绣满花纹的绢帛;皇后衣领上的镶边,平民的宠妾却用在鞋上;所以我说这是颠倒错乱的事。一百个人制作的织物也不够一个人穿用,想天下人都有衣穿不受寒,怎能办到? 一个人耕作,要供十个人食用,想天下人都有饭吃不挨饿,实在做不到。寒冷和饥饿是民众的切肤之痛,这种情况下要他们安分守己,不造反,根本不可能。国家已经很穷困了,贼寇作乱是迟早的事,然而为陛下出主意的人说"不要有所改易",这是说大话。社会风气已经变得完全不讲恭敬了,完全没有上下尊卑之分了,以至于犯上的事都已发生,出主意的人还在说"不要有所作为",这正是使人深深叹息的事。以上为"令人深深叹息"之一。

商君遗礼义,弃仁恩,并心于进取,行之二岁,秦俗日败。故秦人家富子壮则出分,家贫子壮则出赘。借父耰鉏,虑有德色①;母取箕帚,立而谇语②。抱哺其子,与公并倨③;妇姑不相说,则反唇而相稽④。其慈子耆利,不同禽兽者亡几耳。然并心而赴时,犹曰蹶六国,兼天下。功成求得矣,终不知反廉愧之节,仁义之厚。信并兼之法,遂进取之业,天下大败；众掩寡，智欺愚，勇威怯，壮陵衰，其乱至矣。是以大贤起之，威震海内，德从天下。曩之为秦者，今转而为汉矣。然其遗风余俗，犹尚未改。今世以侈靡相竞，而上无制度，弃礼谊，捐廉耻日甚，可谓月异而岁不同矣。逐利不耳⑤，虑非顾行也，今其甚者杀父兄矣。盗者剟寝户之帘⑥，搴两庙之器⑦，白昼大都之中剽吏而夺之金⑧。矫伪者出几十万石粟、赋六百余万钱⑨，乘传而行郡国⑩，此其无行义之尤至者也。而大臣特以簿书不报、期会之间以为大故⑪。至于俗流失，世坏败，因恬而不知怪，虑不动于耳目，以为是适然耳。夫移风易俗，使天下回心而乡道，类非俗吏之所能为也。俗吏之所务，在于刀笔筐箧⑫，而不知大体。陛下又不自忧，窃为陛下惜之。

【注释】

①德色：颜师古注："容色自矜为恩德也。"

②谇（suì）语：斥责，责骂。

③并倨：吴乘权注："对敌而相拒也。"并，并列。倨，傲慢无礼。

④稽：计较，争论。

⑤逐利不耳：只追求其有没有利益。

⑥剟（duō）：割取。寝：皇家宗庙后殿藏先人衣冠之处。

⑦搴（qiān）：拔取。两庙：指汉高祖、汉惠帝庙堂。

⑧剽（piào）：抢劫。

⑨矫伪者出几十万石粟：颜师古注："言诈为文书，以出仓粟近十万石耳。"矫伪者，弄虚作假的人，诈骗犯。矫伪，作伪，虚假。

⑩乘传：乘坐驿车。传，驿站的马车。

⑪簿书：官署中的文书簿册。期会：谓在规定的期限内实施政令。

多指有关朝廷或官府的财物出入。

⑫刀笔筐箧：颜师古注："刀所以削书札。筐箧所以盛书。"

【译文】

商鞅执政时丢掉礼义之道，抛弃仁义恩德，集中心思攫取利益，这样的政策实行了两年，秦国的风俗就已日益败坏下去。所以秦国的家庭，家里富裕的，儿子成年就分家，家里贫穷的，儿子大了就让他入赘别家。儿子把耰锄等农具借给父亲，就会觉得是施以恩德；母亲用一下笤帚，就会遭儿子斥责。儿媳哺育孩子，傲慢地和公公平起平坐；媳妇和婆婆闹矛盾，就互相对骂。秦国人疼爱自己的孩子，却又贪图利益，行为和禽兽相差不多。但是他们齐心合力，又掌握了时机，还说要打败六国，统一天下。后来他们获得了成功，满足了心愿，然而他们到底不懂得树立廉耻之心和仁义之德。深信弱肉强食的法则，去创立进取的功业，才导致国家衰败；以多打少，以智欺愚，以硬欺软，以强凌弱，这是混乱的极致。所以大贤大德的高皇帝从而崛起，威权震慑海内，德行感化天下。于是昔日秦朝的天下，变成了今天汉室的江山。但是秦朝留下来的风俗，还没有转变。当今社会以奢侈浪费相竞争，可朝廷却没有法制规矩来限制它，不讲礼义，不要廉耻的事越来越多，可以说是日新月异了。人们唯利是图，不管行为是否端正，更有甚者，竟然杀害自己的父兄。盗贼公然割取皇家陵墓寝殿窗户上的帘子，偷走高祖、惠帝庙里的祭器，光天化日之下，大城市之中也敢劫掠官吏，夺取钱财。诈骗犯能诈为文书调出官仓几十万石谷子、六百多万税钱，乘坐驿站的马车在各郡国通行无阻，这都是极不讲仁义的行为。可大臣却只把公文呈报不及时、朝廷官府的财物出入不准时当作大问题。至于风气的败坏、世道的衰颓则完全恬然不知，不以为怪，对这类事不闻不问，毫不关心，认为是理所当然。转移风气，改变习俗，让天下人转回心思，遵守道德，这确实不是平常小吏能做到的事。平常小吏只能做些抄写文书的小事，不懂得治国之道。陛下自己不为此而担忧，我实在为陛下感到惋惜。

夫立君臣，等上下，使父子有礼，六亲有纪，此非天之所为，人之所设也。夫人之所设，不为不立，不植则僵①，不修则坏。筦子曰②："礼义廉耻，是谓四维；四维不张，国乃灭亡③。"使筦子愚人也则可，筦子而少知治体，则是岂可不为寒心哉！秦灭四维而不张，故君臣乖乱，六亲殃戮，奸人并起，万民离叛，凡十三岁，而社稷为虚。今四维犹未备也，故奸人几幸④，而众心疑惑。岂如今定经制，令君君臣臣，上下有差，父子六亲各得其宜，奸人亡所几幸，而群臣众信，上不疑惑。此业壹定，世世常安，而后有所持循矣。若夫经制不定，是犹度江河亡维楫⑤，中流而遇风波，船必覆矣。可为长太息者此也。*以上长太息之二。*

【注释】

①僵：倒下。

②筦子：即管仲，春秋时期齐国政治家。

③"礼义廉耻"几句：见《管子·国颂》。

④几幸：非分企求。几，通"冀"。

⑤维：缆绳。楫（jí）：船桨。

【译文】

设立君臣名位，区别上下尊卑，使父子都遵循礼法，亲属关系合乎秩序，这都不是自然产生的，而是人为设立的。人为设立的，不施行就不能确立，不树立就会倒下，不巩固就会被破坏。管子说："礼、义、廉、耻是维系社会的四大要素，这四大要素不能推行，国家就要灭亡。"假设管子是个愚昧的人也就罢了，管子即使是个稍懂得些治国之道的人，那么怎能不为四维不张而寒心呢！秦朝灭弃礼、义、廉、耻四维而不推行，所以君臣关系颠倒错乱，宗室亲属都被杀害，坏人受到提拔，民众都已离心离德，只不过十三年国家就灭亡了。当今礼、义、廉、耻四维仍未完全具备，因而坏人还心存非分之想，民众的心里还有疑虑。哪里比得上现在确定一贯的制度，使君主像君主的样子，臣子像臣子的样子，上下等级分明，父子亲人各尽义务，让坏人无法心存非分之想，群臣顺从，民众信服，上下不致互相猜疑呢。这样的制度一确定，可以使后世长治久安，后代的君主才有可以坚守遵循的法度。要是一贯的制度不能确定，就像没有缆绳和船桨的船横渡江河，在中流遇上风浪，势必翻船。这就是令人深深叹息的事啊。以上为"令人深深叹息"之二。

　　夏为天子，十有余世，而殷受之。殷为天子，二十余世，而周受之。周为天子，三十余世，而秦受之。秦为天子，二世而亡。人性不甚相远也，何三代之君有道之长，而秦无道之暴也？其故可知也。古之王者，太子乃生，固举以礼①，使士负之，有司齐肃端冕②，见之南郊，见于天也。过阙则下，过庙则趋，孝子之道也。故自为赤子而教固已行矣。昔者成王幼在襁抱之中，召公为太保，周公为太傅，太公为太师。保，保其身体；傅，傅之德义；师，道之教训；此三公之职也。于是为置三少，皆上大夫也，曰少保、少傅、少师，是与太子宴者也③。故乃孩提有识，三公、三少固明孝仁礼义以道习之，逐去邪人，不使见恶行。于是皆选天下之端士，孝悌博闻有道术者，以卫翼之，使与太子居处出入。故太子乃生而见正事，闻正言，行正道，左右前后皆正人也。夫习与正人居之，不能毋正，犹生长于齐不能不齐言也；习与不正人居之，不能毋不正，犹生长于楚之地不能不楚言也。故择其所耆，必先受业，乃得尝之；择其所乐，必先有习，乃得为之。

孔子曰："少成若天性，习贯如自然。"及太子少长，知妃色，则入于学。学者，所学之官也④。《学礼》曰："帝入东学，上亲而贵仁，则亲疏有序而恩相及矣；帝入南学，上齿而贵信，则长幼有差而民不诬矣；帝入西学，上贤而贵德，则圣智在位而功不遗矣；帝入北学，上贵而尊爵，则贵贱有等而下不逾矣；帝入太学，承师问道，退习而考于太傅，太傅罚其不则而匡其不及，则德智长而治道得矣。此五学者既成于上，则百姓黎民化辑于下矣⑤。"及太子既冠成人，免于保、傅之严，则有记过之史，彻膳之宰⑥，进善之旌⑦，诽谤之木⑧，敢谏之鼓⑨。瞽史诵诗，工诵箴谏⑩，大夫进谋，士传民语⑪。习与智长，故切而不愧⑫；化与心成，故中道若性⑬。三代之礼，春朝朝日，秋暮夕月，所以明有敬也；春秋入学，坐国老⑭，执酱而亲馈之，所以明有孝也；行以鸾和⑮，步中《采齐》⑯，趣中《肆夏》，所以明有度也。其于禽兽，见其生不食其死，闻其声不食其肉，故远庖厨，所以长恩，且明有仁也。

【注释】

①举：抚育。

②齐(zhāi)肃：庄重敬慎。齐，同"斋"。端冕：玄衣和大冠。古代帝王、贵族的礼服。此指身穿礼服。

③宴：安居。

④官：谓官舍。

⑤化辑：受教化而变得和睦。

⑥彻膳之宰：掌管膳食之官。颜师古注："有阙则谏。"

⑦进善之旌：进善言者，立于旌旗之下。

⑧诽谤之木：立于朝廷前，任人书写批评时政内容的木牌。

⑨敢谏之鼓：进谏者所敲之鼓。

⑩工：精通音乐的乐人。箴：文体的一种。以规劝告诫为主。

⑪民语：民间广泛流行的定型的俗语谣谚。一般言简意赅，多反映
人民的生活经验和愿望。

⑫切：指学行上切磋相正。

⑬中道：品格正直中正。一说，中读去声，中道，即合道。

⑭国老：指告老退职的卿、大夫、士。

⑮鸾和：鸾与和，古代车上的两种铃子。

⑯《采齐》：与下文的《肆夏》，均为古乐章名。

【译文】

夏朝的天子传了十几代，商朝受天命而代替了夏朝。商朝的天子
传了二十几代，周朝又代替了商朝。周朝的天子传了三十几代，又被秦
朝取代。秦朝的天子只两代就亡了国。人的本性相差不太远，可为什
么夏、商、周三代的君主治国有道且国运长久，而秦朝皇帝无道又残暴
呢？这里面的缘故可以知道。古代君王，太子刚刚出生，就举行抚育他
的仪式，让士大夫背着太子，百官庄重敬慎地穿着正式朝服，在南郊拜
见太子，告之于天。经过宫门必须下车，路过宗庙必须小跑而过，以示
尊敬，这是孝子应守的规矩。所以从婴儿时起，教育已经开始了。当初
周成王还在襁褓之中时，就有召公做太保，周公做太傅，姜太公做太师。
太保是照顾太子身体的，太傅使太子懂得仁义道德，太师用道义来引导
太子，这是三公的职责。此后又为太子设立三少，都是上大夫级的官
员，称为少保、少傅、少师，这些人平常和太子相伴。在太子还是幼儿、
略有知识时，三公、三少就已经用孝道、仁爱、礼义来教导太子，赶走太
子身边的坏人，不让他见到任何丑恶的行为。这时又选择天下正直、懂
得孝道，又学识渊博、懂得事理的人来护卫、辅佐太子，让他们和太子一
道起居出入。这样太子生来就见到正当的行为，听见正经的言论，行为

合乎规矩,周围都是正直的人。太子常和正直的人相处,不可能不正直,就像生于齐、长于齐的人不可能不会齐地的方言;常和坏人相处,不可能不变坏,就像生于楚、长于楚的人不可能不会楚地的方言。所以当太子选择他所嗜好的事物之前必须先跟随老师学习,才能尝试;选择他所爱好的事物之前,必须先学习,然后去行动。孔子说:"少成若天性,习惯如自然。"意思是小时候养成的习惯就像天生的一样。等太子逐渐长大,懂得欣赏妃子的容颜以后,就让他上学。学宫,就是学习的地方。《学礼》说:"皇帝入东学,学习尊重亲人、崇尚仁义,就会区别亲疏关系、感受亲人的恩情;皇帝入南学,学习尊重老人、遵守信义,就懂得长幼有序而民风诚实;皇帝入西学,学习尊重贤才、崇尚德行,就能使贤德的人取得权位,达成功业;皇帝入北学,学习尊敬贵族、尊崇爵位,就可以区别贵贱,没人敢超越等级;皇帝入太学,向太师请教做人治国之道,下学后经常温习,接受太傅的检查,太傅则惩罚他的出格行为,纠正他不足之处,这样就培养了智慧和道德,懂得了治国之道。天子在这五方面学有所成,天下的百姓也就都有教养、易治理了。"等到太子成年,不再受太保、太傅的约束以后,又有负责记录过错的史官、负责进谏阙失的宰、立在旌下进奏善言的人、为了提意见用的谏木以及鼓励人大胆劝谏的鼓,这些都是用来劝谏太子的。盲诗人背诵诗歌,乐工唱诵规谏的箴文,卿大夫出谋划策,列士传诵民间谣谚。良好的习惯和智慧一同增长,因学行经历了切磋纠正就不会自愧;教化和心智共同成长,所以他的正直品格如同天性。夏、商、周三代的礼仪规定,天子在春天的早晨礼拜朝阳,秋天的夜晚礼拜月亮,以表明对天地的崇敬;春秋两季要到学宫,请告老退职的卿、大夫、士入座,亲手向他们进献食物,以表明对老人的孝敬;坐车行走时有车铃应和,步行合于《采齐》的节奏,急行合乎《肆夏》的韵律,以体现行动极有规律。对于禽兽,见到它们活着的样子,听见它们的声音,就不忍杀死它们,吃它们的肉,所以远离厨房,以培养同情心,表现对一切生命的仁爱。

夫三代之所以长久者，以其辅翼太子有此具也。及秦而不然，其俗固非贵辞让也，所上者告讦也[1]；固非贵礼义也，所上者刑罚也。使赵高傅胡亥而教之狱，所习者非斩、劓人，则夷人之三族也。故胡亥今日即位而明日射人，忠谏者谓之诽谤，深计者谓之妖言，其视杀人若艾草菅然[2]。岂惟胡亥之性恶哉？彼其所以道之者非其理故也。

【注释】

①告讦(jié)：揭发别人的隐私。

②艾(yì)：通"刈"。刈割，斩除。草菅：草茅。

【译文】

夏、商、周三代所以国运长久，是因他们有一套完整的教育太子的方法。而秦朝却不是这样，他们的风俗不崇尚谦让，而是崇尚告发别人；治国不遵循礼义，而是崇尚刑罚。让赵高当胡亥的老师，教他如何断案用刑，胡亥熟知的不是砍头、削鼻，就是杀光别人的全家。所以胡亥刚刚即位就滥用刑罚，把忠心劝谏当成诽谤君王，把深谋远虑说成妖言惑众，把杀人看作除草一样简单。难道是胡亥本性残暴吗？不，是没有用正确的道理来教导他的缘故啊。

鄙谚曰："不习为吏，视已成事[1]。"又曰："前车覆，后车诫。"夫三代之所以长久者，其已事可知也，然而不能从者，是不法圣智也。秦世之所以亟绝者，其辙迹可见也，然而不避，是后车又将覆也。夫存亡之变，治乱之机，其要在是矣。天下之命，县于太子；太子之善，在于早谕教与选左右。夫心未滥而先谕教[2]，则化易成也；开于道术智谊之指，则教之力也。

若其服习积贯③,则左右而已。夫胡、粤之人,生而同声,耆欲不异,及其长而成俗,累数译而不能相通,行有虽死而不相为者,则教习然也。臣故曰选左右、早谕教最急。夫教得而左右正,则太子正矣,太子正而天下定矣。《书》曰:"一人有庆,兆民赖之。"此时务也。以上教太子一条,无"长太息"字样。

【注释】

①不习为吏,视已成事:不熟悉怎样做小吏,就看过去的事是怎样做的。已成事,过去的事情。

②滥:没有节制。

③服习:习惯。积贯:积惯,惯习。

【译文】

俗话说:"不熟悉怎样做小吏,就看过去的事是怎样做的。"又说:"前面的车翻了,后面的车要引以为戒。"夏、商、周三代长治久安的道理可以探知,却不能遵从,这是不学习、效法圣德智慧的先王。秦朝迅速灭绝的道路是明白可见的,但不吸取教训,及时躲避,这会使后车重蹈覆辙。国家存亡的变化,治乱的关键,那些重要的道理都在这里。天下未来的命运,掌握在太子手中;而太子的好坏,在于尽早地教导和严格挑选左右侍从之人。在太子的心思开始放纵之前教育他,教化就容易完成;启发太子,使他了解道德、学术、智慧、行谊的大义,是教育的作用。至于太子平日的习惯,就决定于他左右侍从之人了。那北方的胡人、南方的粤人,生来发相同的声音,爱好、欲求也没什么不同,等他们长大,各自遵从本族的风俗习惯以后,双方的语言就是经过多次翻译仍然不能互相理解,行为至死也仍不相同,这是教导、熏习的缘故。所以我说慎选太子侍从和及早教导是最紧要的事。如果教育得当,侍从都是正直之士,那么太子的思想、行为都会端正,太子端正则天下安定。

《尚书》说："帝王一人之善，是天下百姓的依靠。"这是当前最紧要的事务。以上一条讲如何教育太子，没有"长太息"的字样。

　　凡人之智，能见已然，不能见将然。夫礼者禁于将然之前，而法者禁于已然之后，是故法之所用易见，而礼之所为至难知也。若夫庆赏以劝善，刑罚以惩恶，先王执此之政，坚如金石，行此之令，信如四时，据此之公，无私如天地耳，岂顾不用哉？然而曰"礼云礼云"者[1]，贵绝恶于未萌，而起教于微眇[2]，使民日迁善、远罪而不自知也。孔子曰："听讼，吾犹人也，必也使无讼乎[3]！"为人主计者，莫如先审取舍。取舍之极定于内[4]，而安危之萌应于外矣。安者非一日而安也，危者非一日而危也，皆以积渐然，不可不察也。人主之所积，在其取舍。以礼义治之者，积礼义；以刑罚治之者，积刑罚。刑罚积而民怨背，礼义积而民和亲。故世主欲民之善同，而所以使民善者或异，或道之以德教，或驱之以法令。道之以德教者，德教洽而民气乐；驱之以法令者，法令极而民风哀。哀乐之感，祸福之应也。秦王之欲尊宗庙而安子孙，与汤、武同，然而汤、武广大其德行，六七百岁而弗失，秦王治天下，十余岁则大败。此无它故矣，汤、武之定取舍审，而秦王之定取舍不审矣。夫天下，大器也，今人之置器，置诸安处则安，置诸危处则危。天下之情与器无以异，在天子之所置之。汤、武置天下于仁义礼乐，而德泽洽，禽兽草木广裕，德被蛮貊四夷，累子孙数十世，此天下所共闻也。秦王置天下于法令刑罚，德泽亡一有，而怨毒盈于世，下憎恶之如仇雠，祸几及身，子孙诛绝，此天下之所共见也。是非其明效大验邪？人之言曰："听言之道，必以其事观之，则言者莫敢妄言。"今或言礼谊之不如法令，教化之不如刑罚，人主胡不引殷、周、秦事以观之也？ 以上定取舍、重德教一条，无"长太息"字样。

【注释】

①"礼云礼云"者：指《论语·阳货第十七》："子曰：'礼云礼云，玉帛云乎哉？乐云乐云，钟鼓云乎哉？'"

②微眇：细小，微末。

③"听讼"几句：出自《论语·颜渊第十二》。

④极：中，中正的准则。

【译文】

平常人的智力只能认识已然的事实，不能预见将来。礼的作用就是把错误行为限制于未发生以前，而法的作用却是在罪行发生之后才去禁止，所以法的作用显而易见，礼的功用实在难以知晓。至于用奖赏来鼓励善行，用刑罚来惩罚罪恶，先王运用这一政策就像金石一样坚定，发布这样的命令就像四季一样准确，帝王掌握这样的公正，像天地一样毫无私心，难道反而不运用它吗？人们常说礼啊礼啊的，其重要的意义是消除罪恶于未萌之际，开始教化于低微之时，使人民一天天趋向道德、远离罪恶却丝毫没有察觉。孔子说："审理案件，我和别人没有不同，如果能完全消除诉讼多好啊！"为君王计，没有比审慎选择治国之道更重要的了。这选择治国之道的准则一旦在朝中决定，安危的迹象就会相应出现在天下。安定不是一天能做到的，凶险也不是一天产生的，都是从小到大逐渐积累而成的，这一点不能不推究。君主积累什么，在于选择怎样的治国之道。用礼义治国的，就积累礼义；用刑罚治国的，就积累刑罚。积累刑罚的则人民怨恨背叛，积累礼义的则人民和睦团结。历代帝王都有使民众向善的愿望，而手段各异，有的用道德教化来劝导，有的用严刑峻法来威迫。用道德教化劝导的，普遍遵守社会道德，民心欢愉；用严刑峻法威逼的，法令严酷，民心哀苦。民心的欢愉或哀苦是国家幸福或灾祸的反应。秦王和商汤、周武一样，都有尊崇祖庙、安定后世的愿望，但商汤、周武全面施行仁义道德，六七百年国家也不致衰亡，秦王治国十几年就灭亡了。这没有其他原因，因为商汤、周武选择治国之道较审慎，而秦王选择治国之道不审慎。国家好比一个大器具，把它放在安稳的地方就安全，放在危险的地方就危险。国家的情形和器具没有两样，在于天子怎么治理。商汤、周武王治理国家以仁义礼乐为基础，广施恩惠，连禽兽草木也繁茂起来，恩德一直达到边远的少数民族地区，商周的子孙传承几十代，这是天下人都知道的。秦王把法令刑罚当作治国的基础，对百姓没有一点恩泽，而怨怒仇恨遍于天下，人民痛恨他就像痛恨仇敌，灾殃差一点就降临到他身上，他的子孙后代全被杀光，这也是天下所共知的。这不就是明确而显著的效果吗？人们说："听别人的话，要用事实来检验，这样就不会有人胡说了。"要是有人说用礼义治国不如用法令，用教化治国不如用刑罚，那么君主何不用商、周两代和秦朝的事实来检验呢？以上一条讲如何决定取舍、重视德教，没有"长太息"字样。

人主之尊譬如堂，群臣如陛，众庶如地。故陛九级上，廉远地[①]，则堂高；陛亡级，廉近地，则堂卑。高者难攀，卑者易陵，理势然也。故古者圣王制为等列，内有公、卿、大夫、士，外有公、侯、伯、子、男，然后有官师、小吏，延及庶人，等级分明，而天子加焉，故其尊不可及也。里谚曰"欲投鼠而忌器"，此善谕也。鼠近于器，尚惮不投，恐伤其器，况于贵臣之近主乎！廉耻节礼以治君子，故有赐死而亡戮辱。是以黥、劓之罪不及大夫，以其离主上不远也。礼不敢齿君之路马②，蹴其刍者有罚，见君之几杖则起，遭君之乘车则下，入正门则趋，君之宠臣虽或有过，刑戮之罪不加其身者，尊君之故也，此所以为主上豫远不敬也，所以体貌大臣而厉其节也③。今自王、侯、三公之贵，皆天子之所改容而礼之也④。古天子之所谓伯父、伯舅也，而今与众庶同黥、劓、髡、刖、笞、傌、弃市之法⑤，然则堂不亡陛虖？被戮辱者不泰迫虖⑥？廉耻不行，大臣无乃握重权，大官而有徒隶亡耻之心虖？夫望夷之事⑦，二世见当以重法者⑧，投鼠而不忌器之习也。

【注释】

①廉：堂侧面。此盖指堂基。

②齿君之路马：问御马的年龄。路马，古代指为君主驾车的马。因君主之车名路车，故称。

③体貌：谓以礼相待，敬重。体，通"礼"。厉：同"励"。激励。

④改容：改变仪容。

⑤髡（kūn）：古代剃去男子头发的刑罚。傌（mà）：汉代刑罚之一，与"骂"音义同。弃市：弃之于市，谓处死刑。

⑥泰迫：过于迫近。泰，同"太"。迫，颜师古注："迫天子也。"

⑦望夷：秦代官名。故址在今陕西泾阳东南，因东北临泾水以望北夷，故名。秦末，赵高指使人杀秦二世于此。

⑧二世见当以重法：赵高指使女婿阎乐等冲进望夷宫，例数秦二世罪行，逼其自杀。当，判罪。

【译文】

　　君主的尊严就像殿堂，群臣好比台阶，百姓就是土地。台阶多，台基高，则殿堂高；缺少台阶，台基矮，殿堂也就低矮。殿堂高大则难以攀登,低矮则易于毁坏,事理就是这样。所以古代帝王创立等级制度,国都之内有公、卿、大夫、士,国都之外有公、侯、伯、子、男,此外又有各级官吏,最后才是百姓,等级分明,而天子凌驾于一切等级之上,所以天子的尊严是谁也比不上的。民谚说"欲投鼠而忌器",这是个好的比喻。老鼠靠近器皿,人们还不敢打它,怕打碎了器皿,更何况君主身边的贵臣呢! 廉耻、节操、礼义是用来制约君子的,所以只有赐死之刑,不会有杀头的耻辱。因此对于大夫以上的人不用刺字、割鼻之类的刑罚,这是他们离君主不远的缘故。《礼》规定:不敢问御马的年龄,乱踢御马草料的人要受罚,看见君主日常使用过的几案和手杖要起身致敬,遇到君主的车队必须下车,进入宫殿正门要小跑,君主的宠臣即使有过错也不用杀头的刑罚,这都是为了尊敬君主的缘故,为了使君主预先远离不敬的行为,为了礼遇大臣而且激励他们的气节。现在王、侯、三公等贵臣,天子都应该严肃恭敬地礼遇他们。古代天子称为伯父、伯舅的那些人,而今却和平民百姓一样,受到刺字、割鼻、剃发、砍脚、鞭打、辱骂、杀头的刑罚,这不就是殿堂失去了台阶吗? 用杀头之刑侮辱大臣,不是太过于迫近天子了吗? 不培养大臣的廉耻之心,不是让当高官、握重权的人像囚徒一样没有廉耻之心吗? 望夷宫之事,秦二世都被处死,这是因为缺乏投鼠忌器的风气。

　　臣闻之,履虽鲜不加于枕,冠虽敝不以苴履①。夫尝已在贵宠之位,天子改容而礼貌之矣,吏民尝俯伏以敬畏之矣,今而有过,帝令废之可也,退之可也,赐之死可也,灭之可也;若夫束缚之,系缍之②,输之司寇,编之徒官,司寇小吏詈骂而榜笞之,殆非所以令众庶见也。夫卑贱者习知尊贵者之一旦吾亦乃可以加此也,非所以习天下也,非尊尊贵贵之化也。夫天子之所尝敬,众庶之所尝宠,死而死耳,贱人安宜得如此而顿辱之哉！

【注释】

①苴(jū)：垫鞋底的草垫。

②系绁：用绳子捆住。

【译文】

　　我听说，鞋子再新也不能放在枕头上，帽子再破也不敢用来垫鞋。那些曾在尊贵、宠信的地位任职，受到过天子礼遇的，受到过小吏和百姓礼拜和敬畏的人，如果有了过错，天子下令将他免官、流放、赐死、灭门都可以；要是捆绑他，关押他，送到司法部门，编到囚徒行列，并让负责刑法的官吏辱骂或鞭打他，这事绝对不能让百姓知道。地位卑贱的人一旦熟知对于尊贵的大臣，有一天我也能这样对待他，这可不行，这不是尊敬大臣的风气。天子礼遇过的人、平民百姓曾经敬仰过的人，死是可以死，地位低贱的人怎么能这样折磨、侮辱他呢！

　　豫让事中行之君，智伯伐而灭之，移事智伯。及赵灭智伯，豫让衅面吞炭①，必报襄子，五起而不中。人问豫子，豫子曰："中行众人畜我，我故众人事之；智伯国士遇我，我故国士报之。"故此一豫让也，反君事仇，行若狗彘，已而抗节致忠，行出虖列士，人主使然也。故主上遇其大臣如遇犬马，彼将犬马自为也；如遇官徒②，彼将官徒自为也。顽顿亡耻③，奊诟亡节④，廉耻不立，且不自好，苟若而可，故见利则逝，见便则夺。主上有败，则因而挻之矣⑤；主上有患，则吾苟免而已，立而观之耳；有便吾身者，则欺卖而利之耳。人主将何便于此？群下至众，而主上至少也，所托财器职业者粹于群下也。俱亡耻，俱苟妄⑥，则主上最病。故古者礼不及庶人，刑不至大夫，所以厉宠臣之节也。古者大臣有坐不廉而废者，不谓不廉，曰"簠簋不饰"⑦；坐污秽淫乱、男女无别者，不曰污秽，曰"帷薄不修"；坐罢软不胜任者，不曰罢软，曰"下官不职"。故贵大臣定有其罪矣，犹未斥然正以呼之也，尚迁就而为之讳也。故其在大谴、大何之域者⑧，闻谴、何则白冠氂缨⑨，盘水加剑⑩，造请室而请罪耳⑩，上不执缚系引而行也。其有中罪者，闻命而自弛⑫，上不使人颈盩而加也⑬。其有大罪者，闻命则北面再拜，跪而自裁，上不使捽抑而刑之也⑭，曰："子大夫自有过耳，吾遇子有礼矣。"遇之有礼，故群臣自憙⑮，婴以廉耻⑯，故人矜节行。上设廉耻礼义以遇其臣，而臣不以节行报其上者，则非人类也。故化成俗定，则为人臣者，主耳忘身，国耳忘家，公耳忘私，利不苟就，害不苟去，唯义所在。上之化也。故父兄之臣诚死宗庙，法度之臣诚死社稷，辅翼之臣诚死君上，守圉扞敌之臣诚死城郭封疆。故曰圣人有金城者，比物此志也。彼且为我死，故吾得与之俱生；彼且为我亡，故吾得与之俱存；夫将为我危，故吾得与之皆安。顾行而忘利，守节而仗义，故可以托不御之权，可以寄六尺之孤⑰。此厉廉耻、行礼谊之所致也，主上何丧焉？ 此之不为，而顾彼之久行，故曰可为长太息者此也。以上不挫辱大臣一条，长太息之三。魏高堂隆《谏明帝疏》称"长太息者三"，殆指此。

【注释】

①衅面吞炭：谓毁容变声。郑玄曰："衅，漆面以易貌；吞炭，以变

　　声也。"

②官徒:在官府服劳役的犯人。

③顽顿:犹顽钝。圆滑无骨气。顿,通"钝"。

④㥄(xǐ)诟:谓无志气节操。㥄,通"謏"。

⑤挻(shān):篡取;夺取。

⑥苟妄:胡作非为。

⑦簠簋(fǔ guǐ):两种盛黍稷稻粱之礼器。簠为方形,簋为圆形,用青铜或陶制成。

⑧何:通"呵"。谴责,呵斥。

⑨氂(máo)缨:用毛做的帽带。大臣犯罪时用之,以示自请罪谴。

⑩盘水加剑:以盘盛水,加剑其上,表示请罪自刭。

⑪请室:请罪之室,即囚禁有罪官吏的牢狱。

⑫自弛:自废而死。

⑬颈盭(lì):盭其颈,即扭转脖子。

⑭捽(zuó)抑:揪住往下按。

⑮惠:喜欢。

⑯婴:施加。

⑰六尺之孤:指未成年的孤儿。指幼小的君主。

【译文】

　　豫让曾是晋国中行氏的臣子,智伯消灭了中行氏后,他又转投智伯为臣。等到赵氏消灭了智伯,豫让毁容易面、吞炭变声,一定要向赵襄子报仇,五次行动都没有得手。有人问豫让为什么这样做,豫让说:"中行氏像对待一般人一样对待我,我也像一般人一样回报他;智伯像对待国士一样对待我,我就像国士一样回报他。"同是一个豫让,叛变君主,做敌人的臣子,行为如同猪狗般不知廉耻,后来却表现出高尚的节操,行为超出一般的士人,这都是君主的态度决定的。所以君主像对待犬马一样对待臣下,他们就有犬马一样的行为;像对囚徒一样对待臣下,他们就有囚徒一样的行为。圆滑没有骨气，缺少志气，丧失节操，不知廉耻，又不能洁身自好，如果能允许这样，那么臣下就会为私利叛离君主，见到好处就去争夺。君主失败则乘机篡位；君主有难，则只顾自己逃避，站在一旁看热闹；有利于己便欺骗、叛卖君主，为的是得到好处。这些对君主又有什么好处呢？臣下非常多，而君主只有一个，可以托付财物、职权的全集中于臣下之中。如果他们全无廉耻之心，总是胡作非为，那君主最倒霉。所以古代"礼不及庶人，刑不至大夫"，是为了激励近臣的节操。古时候大臣因贪污而罢官的，不明说他贪污，而说他家的餐具不整饬；因腐化淫乱、男女无别而罢官的，不说他行为污秽，而是说他家的帐子太薄、不整齐；因软弱不胜任而罢官的，不说他软弱，而是说他的下属不称职。尊贵的大臣有罪，也不能直接说出他的罪名，还要迁就，为他隐瞒遮盖。所以受到严重谴责、问责的大臣，在受到君主谴责追问时就戴上白帽子，系上毛编的帽缨，托着一盘水、一把剑，到狱中请罪，君主并不捆绑他，把他强行押走。那些罪行不大不小的大臣听到治罪的命令就要自杀而死，君主不令人扭着他的脖子砍头。那些犯了重罪的大臣听到治罪的命令就要向北面行再拜之礼，跪着自杀，君主并不令人抓着他的头发按在地上砍头，而是说："你这个大臣自己犯了法，我可是以礼待你的啊。"君主以礼相待，群臣就能洁身自好，用廉耻来自律，崇尚高尚的节操和行为。君主用礼义廉耻等道德来对待群臣，而臣下不用高尚的节操和行为回报君主，那简直不是人了。这种自爱、自律的风气形成以后，做臣子的必然会为君主而奋不顾身，为国家而忘记自家，为公众利益而抛弃一己私利，有好处不随便去拿，有患难不随便地躲避，唯以正义所在为标准。君主积极提倡这种风气，能使事君如事父兄的大臣愿为宗庙而死，遵守法纪的大臣愿为国家而死，善于辅佐君主的大臣愿为君主而死，守土卫边的大臣愿为国土而死。所以说圣人有金城汤池一样坚固的城防，就是用来比喻这个的。臣下愿为君主而死，所以君主和臣下可以共生；臣下愿为君主而亡，所以君主和臣下可以共存;臣下为君主的安危思虑,所以君主和臣下可以共安危。只想到行为的高洁,忘记了自身的利益,坚守气节和正义,这样君主才能给予他不加限制的权力,可以托付幼小的遗孤。这些都是激励臣下的廉耻之心,遵循礼义而获得的,君主有什么损失呢? 不这样做,却任凭秦朝的坏风气、旧习俗流行下去,所以我才说这是令人深深叹息的事。以上是"不挫辱大臣"一条,为"令人长叹息"之三。曹魏时期高堂隆《谏明帝疏》称"长太息者三",大概就是指此。

论积贮疏

【题解】

这篇奏疏的主旨在于强调粮食储备的重要性,提醒朝廷对此应高度重视。所谓"积贮者,天下之大命也",是贾谊以农为本思想的集中体现。

笢子曰:"仓廪实而知礼节。"民不足而可治者①,自古及今,未之尝闻。古之人曰:"一夫不耕,或受之饥;一女不织,或受之寒。"生之有时,而用之亡度,则物力必屈②。古之治天下,至孅至悉也③,故其畜积足恃。今背本而趋末④,食者甚众,是天下之大残也;淫侈之俗,日日以长,是天下之大贼也。残贼公行,莫之或止;大命将泛⑤,莫之振救。生之者甚少而靡之者甚多⑥,天下财产何得不蹶⑦! 汉之为汉几四十年矣,公私之积犹可哀痛。失时不雨,民且狼顾⑧;岁恶不入⑨,请卖爵子。既闻耳矣,安有为天下阽危者若是而上不惊者⑩! 以上言靡财者多,立虞竭蹶。

【注释】

①不足：指缺衣少食。

②屈（jué）：竭尽，穷尽。

③孅（xiān）：细小。

④背本而趋末：轻农重商。

⑤大命：国家命运。泛：翻覆，倾覆。

⑥靡（mí）：耗费，浪费。

⑦蹶：竭尽。

⑧狼顾：狼惧被袭，走常反顾。比喻人瞻前顾后，惶恐畏惧的样子。

⑨岁恶：年景不好。

⑩阽（diàn）危：临近危险。阽，临近。

【译文】

　　管子说："仓库充实，人民生活富足，才会懂得遵守礼义节操。"人民生活贫困却容易管理的事情，从古至今都没有听说过。古人说："一个农夫不种田，就会有人挨饿。一个妇女不织布，就会有人受冻。"生产受时间约束，享用却没有限度，那么物力必然不足。古代治理天下非常细致、周密，所以那时积蓄的物资足以依靠。现在的风气是弃农经商，吃饭的人很多，这是天下的大病；过分奢侈的风俗一天天增长起来，这是天下的大害。病害公然流行，没人能制止；国家的命运将衰亡，没人能振兴。生产的东西很少，浪费的却很多，天下的财物怎能不匮乏呢！汉朝建立已近四十年了，公家和私人的积蓄还少得令人痛心。老天如果没有及时下雨，闹了灾害，人民就会恐慌；年景很坏，没有收成的时候，人们就要请求卖掉自己的爵位乃至儿子以糊口。现在已经听到这些情况了，哪里有天下形势如此危急，君主、朝臣却不惊慌的道理呢！以上讲浪费钱财的人很多，很快导致匮乏。

　　世之有饥穰①，天之行也，禹、汤被之矣。即不幸有方二三千里之旱，国胡以相恤？卒然边境有急，数千百万之众，国胡以馈之？兵旱相乘，天下大屈，有勇力者聚徒而衡击②，罢夫羸老易子而咬其骨③。政治未毕通也，远方之能疑者并举而争起矣，乃骇而图之，岂将有及乎？以上言积贮以备兵旱。

【注释】

①饥穰：饥荒与丰收。

②衡击：横行作乱。衡，同"横"。横行。

③罢（pí）夫：疲困软弱的人。罢，通"疲"。羸（léi）老：瘦弱衰老的人。

【译文】

世间有饥荒也有丰收，都是自然的常理，夏禹、商汤都曾经历过。要是不幸发生了方圆二三千里的大旱，国家拿什么来救济呢？要是边境上突然发生战争，数十万上百万的军队，国家用什么来供给军需呢？战争和旱灾一起发生，国家物资困乏，胆大有力的人聚集歹徒横行作乱，病弱、年老的人交换自己的孩子当食物。国家的统治还未遍及天下，边远地方图谋篡位的人就要共同乘机造反了，这时才惊恐不已，寻求解决的办法，难道还来得及吗？以上讲储备粮食以防备战争和旱灾。

夫积贮者，天下之大命也。苟粟多而财有余，何为而不成？以攻则取，以守则固，以战则胜。怀敌附远，何招而不至？今驱民而归之农，皆著于本，使天下各食其力，末技游食之民转而缘南亩①，则畜积足而人乐其所矣。可以为富安天下，而直为此廪廪也②，窃为陛下惜之！

【注释】

①缘南亩:指回归务农。缘,循,顺。南亩,泛称农田。

②廪廪:戒惧的样子。

【译文】

积蓄物资是决定国家命运的大事。如果粮食充足,财物有余,有什么做不成呢?用于攻城略地则必定能攻取,用于坚守城池则必定强固,用于战争则必定胜利。用于招降敌人或者使边远的民众归附,他们怎能不来呢?现在让人民都回去种田,一切都附着于农业生产,让天下人都能自食其力,从事工商业以及四处游荡的人转而都从事农业,必定积蓄充足,民众乐得其所。本可使天下富足安宁,却竟然造成这种令人忧惧的局面,臣私下为陛下痛惜!

请封建子弟疏

【题解】

分封问题在西汉前期是一重要社会政治问题。文帝以代王身份入继大统,嗣后将代国分封皇子刘武(代王)和刘参(太原王),封小儿子刘揖(一名刘胜)为梁王。以后,又改封代王刘武为淮阳王,以太原王刘参为代王。数年之后,梁王刘揖死了,没有直系继承人。为此,贾谊上疏建议文帝将军事重镇分封给最近的亲属,以便起到捍卫皇室的作用。

陛下即不定制,如今之势,不过一传再传。诸侯犹且人恣而不制,豪植而太强①,汉法不得行矣。陛下所以为藩扞及皇太子之所恃者②,唯淮阳、代二国耳。代北边匈奴,与强敌为邻,能自完则足矣;而淮阳之比大诸侯,厪如黑子之著面,适足以饵大国耳,不足以有所禁御。方今制在陛下,制国而令子适足以为饵，岂可谓工哉！人主之行异布衣③。布衣者，饰小行，竞小廉，以自托于乡党④。人主唯天下安社稷固不耳。高皇帝瓜分天下以王功臣，反者如猬毛而起⑤，以为不可，故靳去不义诸侯而虚其国⑥。择良日，立诸子洛阳上东门之外⑦，毕以为王，而天下安。故大人者，不牵小行⑧，以成大功。以上请强诸子以为蕃扞。

【注释】

①豪植：私自大肆培植势力。

②蕃扞(hàn)：守御，保卫。蕃，通"藩"。扞卫。

③布衣：古时指平民。

④乡党：乡里。

⑤猬(wèi)毛：刺猬身上的毛，形容众多。

⑥靳(shān)去：除去。靳，通"芟"。

⑦上东门：城门名。当时洛阳城东面最北边的城门叫上东门。

⑧牵：拘泥。

【译文】

陛下如不立即制定有关诸侯王的制度，像目前的局势，恐怕汉朝的皇位不过再传一两代就要丢了。诸侯全都恣意妄为难以制伏，培植亲信势力强大，汉朝的法令在诸侯国不能实行。陛下用作屏障以捍卫朝廷，以及皇太子所依靠的，只有淮阳和代这两个诸侯国。可是代国北邻匈奴，和强大的敌人相邻，能够保全自己已经很不错了；淮阳国比起那些大诸侯国，只不过像脸上的一个黑点，正好能当作他们的口中之食，没有约束、抵御诸侯的力量。如今，掌控国政的大权都在陛下，掌控国政却使皇子成了别人口中的食物，难道可以说是很高明吗！君主的行为不同于一般老百姓。平民百姓要着意修饰细微的行为，在小事上比较清白高洁,用以在乡里自我表现,博得个好名声。而君主只看天下是否安定、国家是否稳固,不计较细枝末节。高皇帝划分疆土,分封功臣为诸侯王,但此后造反的诸侯像刺猬毛一样纷纷而起,高皇帝认为这样分封异姓王不行,就消灭了不守道义的异姓诸侯王,保留封国却不设国君。选择吉利的日子,让几个儿子站在洛阳上东门外,全都封为诸侯王,天下由此安定下来。所以尊贵的人不拘小节,目的在于成就一番大功业。以上规劝文王壮大诸王子的力量作为守御。

今淮南地远者或数千里①,越两诸侯②,而县属于汉③。其吏民繇役往来长安者,自悉而补④,中道衣敝,钱用诸费称此。其苦属汉而欲得王至甚,逋逃而归诸侯者已不少矣⑤。其埶不可久。臣之愚计,愿举淮南地以益淮阳,而为梁王立后,割淮阳北边二三列城与东郡以益梁⑥。不可者,可徙代王而都睢阳⑦,梁起于新郪以北著之河⑧,淮阳包陈以南揵之江⑨。则大诸侯之有异心者,破胆而不敢谋。梁足以扞齐、赵⑩,淮阳足以禁吴、楚⑪,陛下高枕,终亡山东之忧矣,此二世之利也⑫。以上规画淮阳及梁二国。

【注释】

①淮南地:指今河南东南部与安徽西北部的大片地区。

②两诸侯:指梁与淮阳。

③县属于汉:为汉之县。一说,县,同"悬"。相隔远而无所附着之意。

④自悉而补:意即衣食用度一切自理,耗尽家财。悉,尽。补,缝补衣服。

⑤逋逃:逃亡,流亡。

⑥列城：城邑，县。东郡：汉郡名。郡治在今河南濮阳西南。

⑦睢阳：汉县名。在今河南商丘南，当时是梁国都城。

⑧新郪：汉县名。在今安徽太和北。北著之河：向北一直到黄河。即今河南濮阳、南乐一带。

⑨包陈：围绕陈郡。陈郡郡治即今河南淮阳。南捷（jiàn）之江：向南一直到长江。捷，接。

⑩梁足以扞齐、赵：当时齐国、赵国在梁国的北方与东北方。

⑪淮阳足以禁吴、楚：当时吴国、楚国在淮阳国的东方与东南方。

⑫二世之利：指文帝与其太子两代。

【译文】

　　淮南一带地方远离长安达数千里，中间跨两个诸侯国，为汉朝属县。那里的官吏、民众服徭役往来于淮南、长安之间，一切用度都要自己出，走到半路衣服就已破旧，花去的钱及其费用也是这样。淮南的民众苦于做汉室的属民而特别希望从属于某个诸侯王，逃到其他诸侯王那里的人已经为数不少了。这种局势不能再发展下去了。依我的愚蠢的策略，希望将淮南一带全都划归淮阳国，并且为梁王刘武确立继承人，将淮阳国北部两三个城邑和东郡都划给梁国。如果行不通，就迁代王刘参到睢阳建都为梁王，这样梁国从新郪县向北一直到黄河边，淮阳国则从陈郡往南延伸到长江边。如此则那些有篡位谋反之心的大诸侯国就会被吓得胆战心惊，不敢图谋不轨了。梁国足以抵御齐国、赵国，淮阳国足以制约吴国、楚国，陛下可以高枕无忧，再也不用担心华山以东地区的诸侯会造反了，这是两代人的好处。以上劝谏文王规划淮阳及梁二国。

　　当今恬然，适遇诸侯之皆少，数岁之后，陛下且见之矣。夫秦日夜苦心劳力以除六国之祸，今陛下力制天下，颐指如意①，高拱以成六国之祸②，难以言智。苟身亡事，畜乱宿祸③,孰视而不定,万年之后,传之老母弱子,将使不宁,不可谓仁。臣闻圣主言问其臣而不自造事,故使人臣得毕其愚忠。唯陛下财幸④!

【注释】

①颐指如意:指随意指挥无不如意。颐指,谓以下巴的动向示意而指挥人。常以形容指挥别人时的傲慢态度。颐,下巴。

②高拱:安坐时的姿势。两手相抱,高抬于胸前。此指得过且过,无所作为。六国之祸:此指诸侯林立,国家分裂。

③畜乱宿祸:积蓄危乱,留下祸根。

④财:通"裁"。裁制,裁断。

【译文】

当今的安定,是因为诸侯们的年纪还小,几年以后陛下就会见到事态的发展了。秦国日日夜夜苦心谋划,费了很大力气,才消除了六国纷争的灾难,如今陛下努力治理国家,一切措施都符合自己的心愿,却无所作为,而酿成天下分裂的灾祸,这很难说是聪明。只求自己在位时不出事,积蓄危机,遗留祸根,对此熟视无睹,不去平定,将来陛下百年之后,把天下交给年老的妻子和幼弱的儿子,使他们不能得到安宁,这不能说是仁爱。我听说,圣明的君主总要征询臣下的意见,而不亲自做事,所以他的臣下能献出自己的忠诚。以上的建议希望陛下选择裁定!

谏封淮南四子疏

【题解】

淮南王刘长行为不法,以谋反罪被废为庶人,在迁徙途中绝食而死。文帝八年(前172),封刘长之子四人为侯。贾谊知道这是将要封其为王的前奏，认为从长远看这会带来危险，所以上此疏阻止，但没有被采纳。

　　窃恐陛下接王淮南诸子^①，曾不与如臣者孰计之也。淮南王之悖逆亡道^②，天下孰不知其罪？陛下幸而赦迁之，自疾而死，天下孰以王死之不当？今奉尊罪人之子^③，适足以负谤于天下耳^④。此人少壮，岂能忘其父哉？白公胜所为父报仇者^⑤，大父与伯父、叔父也^⑥。白公为乱，非欲取国代主也，发忿快志，剚手以冲仇人之匈^⑦，固为俱靡而已。淮南虽小，黥布常用之矣，汉存特幸耳。夫擅仇人足以危汉之资^⑧，于策不便。虽割而为四，四子一心也。予之众，积之财，此非有子胥、白公报于广都之中，即疑有刲诸、荆轲起于两柱之间^⑨，所谓假贼兵为虎翼者也。愿陛下少留计^⑩！

【注释】

①接王：指封侯后继续封王。接，续。

②悖逆：违逆，忤逆。

③奉尊罪人之子：指封刘长的四个儿子为侯。

④负谤：蒙受责难。

⑤白公胜：春秋时楚平王太子建之子。其父被废后被郑国人杀害，白公胜发誓要为报父仇。他向楚令尹子西请求攻打郑国，子西同意，却迟迟不出兵。晋国攻打郑国，子西率军救郑，并接受郑国贿赂，白公胜大怒，遂将报仇的矛头指向了楚国执政者，杀令尹子西、司马子期，袭楚惠王，占楚都。后兵败而死。

⑥大父：祖父。指楚平王。伯父、叔父：指楚平王庶子令尹子西、司马子期及楚昭王等。

⑦剡(yǎn)：举起。匈：同"胸"。

⑧擅仇人：使仇人占有。擅，据有，独占。此为使动用法。

⑨剸(zhuān)诸：即专诸，春秋时吴国人，刺杀吴王僚的刺客。两柱之间：指宫殿上。

⑩少：略微，稍微。

【译文】

我非常担心陛下在封淮南厉王刘长的四个儿子为侯后继续封他们为王，没有和像我一样的臣子仔细讨论商议。淮南厉王悖逆无道，天下人谁不清楚他的罪行？陛下垂怜而赦免了他，让他迁往蜀地，他在路上自己生病死了，天下人谁会认为他不应当死呢？如今提高罪人淮南厉王之子的地位，那正好遭受天下人的责备。淮南厉王的这几个儿子正当年轻之时，怎么会忘记他们的父亲呢？当初楚国的白公胜为父报仇，实际上是针对祖父、伯父、叔父。白公胜犯法，并不想篡夺王位、推翻楚国，只是为了泄愤、满足自己的愿望，亲手将利刃刺入仇人胸膛，本来就想同归于尽而已。淮南地方虽小，黥布曾凭借此地造反，汉朝只不过侥幸得以保全。使仇人占据足以威胁汉朝统治的资本，这对于汉的战略方针不利。即使把它分成四个小国，淮南厉王的这四个儿子还是一条心。给予他们臣民，让他们积蓄财货，即使他们不是像伍子胥、白公胜那样在大城市中报仇，也要怀疑他们可能像专诸、荆轲一样在宫殿上搞暗杀，这就是人们常说的借给贼人兵马为虎添翼。希望陛下稍稍留意考虑一下！

谏放民私铸疏

【题解】

在汉高祖、文帝时，对民间私铸铜钱是放任不管的。贾谊认为应该由政府垄断货币铸造权，彻底改变铜钱铸造及流通领域内的混乱局面。

他所提出的由垄断铸币材料(铜)来消除私铸的主张,虽然难以完全实现,却为历代统治者所采纳。他对货币问题的许多认识,也是值得注意的,在经济思想史上具有重要价值。

法使天下公得顾租铸铜锡为钱①,敢杂以铅铁为它巧者②,其罪黥。然铸钱之情,非殽杂为巧③,则不可得赢;而殽之甚微④,为利甚厚。夫事有召祸而法有起奸⑤。今令细民人操造币之埶,各隐屏而铸作⑥,因欲禁其厚利微奸,虽黥罪日报,其埶不止。乃者民人抵罪,多者一县百数,及吏之所疑,榜笞奔走者甚众。夫县法以诱民,使入陷阱,孰积于此!曩禁铸钱,死罪积下;今公铸钱,黥罪积下。为法若此,上何赖焉? 以上公铸起奸。

【注释】

①顾:通"雇"。雇佣。

②它巧:违法手段,做手脚。

③殽(xiáo):混杂。

④微:精微,精妙。

⑤祸(gù):用同"祸"。起奸:让坏人动心。

⑥隐屏:掩藏隐蔽。

【译文】

法律规定,天下人可以公开雇佣劳动力熔铸铜、锡制作钱币,但有敢在铸钱时掺进铅、铁或者做其他手脚的,要处以脸上刺字的黥刑。但是造钱的营生,不掺假搞鬼就不能获利;而掺假的技术精妙,取得的利益十分丰厚。有些事情是可能招致灾祸,有些法律是可能引发坏事的。如今让平民百姓都有铸造铜钱的权力,都躲藏起来铸钱,想要禁止他们用精妙的造假技术来牟取暴利，即使天天使用黥刑，其势头也停不下来。先前，因犯这条法律而判刑的民众，多则一县之中有几百，再加上被官吏们怀疑犯罪而未证实的，挨了棍子、竹板而逃走的就更多了。设立法律而诱使民众犯罪，使他们落入圈套，没有比这事更严重的了！从前禁止民间铸钱，于是判死刑的人极多；现在可以公开铸钱，于是判黥刑的人极多。像这样制订法律，君主依靠什么呢？以上讲民众铸钱引发奸伪。

又，民用钱^①，郡县不同：或用轻钱^②，百加若干；或用重钱，平称不受^③。法钱不立^④，吏急而壹之虖^⑤，则大为烦苛，而力不能胜；纵而弗呵虖，则市肆异用，钱文大乱。苟非其术，何乡而可哉^⑥？以上钱法轻重不一。

【注释】

①民用钱：各地区百姓使用的钱币。

②轻钱：不足法定重量的铜钱。

③平称：以一当一。不受：指持重钱者因自己所持钱重，不接受法钱一对一兑换。

④法钱：国家的标准钱。

⑤壹：将货币统一。

⑥何乡而可：应该向哪个方向去，该怎么办。乡，同"向"。

【译文】

另外，民众使用的铜钱，各地不同：有的地方使用不足法定重量的轻钱，每一百个钱要加上几个钱才够数；有的地方用超过法定重量的重钱，不接受法钱一当一的兑换。国家的法钱不能通行，命令官吏马上将币制统一起来呢，那一定会造成烦法苛政，而且力量不足做到；放纵民众而不立即制止呢,结果是市场使用钱币标准不一,造成币制混乱。如果这些办法都不行,那么怎么办才好呢? 以上论钱币轻重不一。

今农事弃捐而采铜者日蕃①,释其耒耨,冶镕炊炭,奸钱日多②,五谷不为多。善人怵而为奸邪③,愿民陷而之刑戮④,刑戮将甚不详⑤,奈何而忽? 国知患此,吏议必曰禁之。禁之不得其术,其伤必大。令禁铸钱,则钱必重⑥,重则其利深,盗铸如云而起,弃市之罪又不足以禁矣⑦。奸数不胜而法禁数溃,铜使之然也。故铜布于天下,其为祸博矣。以上采铜与禁铸并失。

【注释】

①弃捐:抛弃。蕃(fán):众多。

②奸钱:私铸的钱币。

③怵(xù):诱导,诱惑。

④愿民:朴实善良的人。

⑤详:平,公平。

⑥令禁铸钱,则钱必重:国家下令禁止私人铸钱,就会形成垄断,铜钱就一定会升值。

⑦弃市:本指受刑罚的人皆在街头示众,民众共同鄙弃之,后以“弃市”专指死刑。

【译文】

现在不干农活而去采铜的人越来越多,农夫都放下他们手里的农具,去冶炼铜锡,制作钱币去了,私铸的钱币一天天多起来,可粮食产量却不增加。好人被利益引诱也去做坏事,朴实的人也落入法律圈套而受刑,刑罚变得如此不公,为什么没有人关注呢? 国家知道发生此事令人忧虑，官吏们商议的结果一定是说禁止这种现象。禁止不得法，就会对国家造成重大损失。下令禁止民间铸钱，则铜钱一定升值，铜钱升值则利润丰厚，偷着铸钱的事情会越来越多，杀头的刑罚也难以禁止了。坏事总是不能禁绝，而法令又常常失效，这是铜造成的。所以铜遍布天下，它引发的灾祸真是够多的。以上讲采铜和禁止铸币之事都没有控制住。

今博祸可除，而七福可致也。何谓七福？上收铜勿令布，则民不铸钱，黥罪不积，一矣。伪钱不蕃，民不相疑，二矣。采铜铸作者反于耕田，三矣。铜毕归于上，上挟铜积以御轻重①，钱轻则以术敛之，重则以术散之，货物必平，四矣。以作兵器，以假贵臣，多少有制，用别贵贱，五矣。以临万货②，以调盈虚，以收奇羡③，则官富贵而末民困，六矣。制吾弃财④，以与匈奴逐争其民，则敌必怀，七矣。故善为天下者，因祸而为福，转败而为功。今久退七福而行博祸，臣诚伤之⑤。以上收铜七福。

【注释】

①轻重：调节商品、货币流通和控制物价。

②临：监，监察。

③奇羡：盈余，指积存的财物。

④弃财：多余的财物。颜师古曰："末业既困，农人敦本，仓廪积实，布帛有余，则招诱胡人，多来降附。故言制吾弃财逐争其人也。弃财者，可弃之财。"一说，弃财指因允许私铸钱币而散在民间如同被遗弃了一样的财富。王先谦曰："听民放铸则是弃财。今收铜以为御物之具，故曰制吾弃财。"

⑤伤：忧思，悲伤。

【译文】

如果这种种祸端可以消除，那就可以使天下享受七福。什么是七福呢？朝廷收取铜，不让它广布天下，这样民众就不能铸钱，被判黥刑的人也就少了，这是其一。假钱不再增加，百姓用钱时就没有疑虑，这是其二。那些去采铜矿铸钱的人只能回去耕田，从事农业，这是其三。铜全都集中于国家，国家可以凭借大量储备的铜来调节商品、货币流通和控制物价，钱币贬值就采取办法回收，钱币升值就想主意抛出，这样物价就稳定了，这是其四。用收上来的铜做兵器，或者赏赐给地位尊贵的大臣，多少根据制度而定，用以区别贵贱，这是其五。用来监察一切货物的价格，用来调剂余缺，采集收购多余物资，这样官府就会富足充实，从事商业的人就会陷入贫困，这是其六。用我们多余的财物和匈奴争夺民众，则匈奴民众必然多来归附，这是其七。所以善于统治天下的君主能变灾祸为幸福，变失败为成功。现在不招致七福，却施行带来许多祸端的政策，我实在为之忧思。以上讲回收铜的七种好处。

贾山

贾山,生卒年不详,颍川(今河南禹州)人,西汉政论家。汉文帝时,借秦为喻,上书言治乱之道,名曰《至言》。《汉书》有其传。另《汉书·艺文志》著录其文八篇,除《至言》一篇载于《汉书》本传外,余皆不存。

至言

【题解】

贾山的《至言》,是上奏给汉文帝的一篇政论文。至言即直言之谓。文章以言治乱之道为中心,强调用贤纳谏,重视教化和礼义。文章一开始便举出强秦灭亡之惨以耸圣听,然后论及古人能养直士、置谏臣,所以才会兴盛;接着又指出秦不养老,无辅臣谏士,因此灭亡以为反证,引出敬士的道理,奉劝君主宜以礼待大臣,不宜耽于射猎宴游。全文言辞激切有力,善于论证事理。

臣闻为人臣者,尽忠竭愚,以直谏主,不避死亡之诛者,臣山是也。臣不敢以久远谕,愿借秦以为谕,唯陛下少加意焉。

【译文】

我听说做大臣的人，应竭尽自己的忠心和才智，以直言向皇上进谏，不怕犯死罪，我贾山就是这样的人。我不敢拿年代久远的事来比喻，就借用秦朝来比喻，希望陛下您能略加注意。

夫布衣韦带之士①，修身于内，成名于外，而使后世不绝息。至秦则不然。贵为天子，富有天下，赋敛重数②，百姓任罢③，赭衣半道④，群盗满山，使天下之人戴目而视⑤，倾耳而听。一夫大呼，天下响应者，陈胜是也。秦非徒如此也，起咸阳而西至雍⑥，离宫三百，钟鼓帷帐，不移而具。又为阿房之殿，殿高数十仞，东西五里，南北千步，从车罗绮，四马骛驰，旌旗不桡⑦。为宫室之丽至于此，使其后世曾不得聚庐而托处焉。为驰道于天下⑧，东穷燕、齐，南极吴、楚，江湖之上，濒海之观毕至。道广五十步，三丈而树⑨，厚筑其外⑩，隐以金椎⑪，树以青松。为驰道之丽至于此，使其后世曾不得邪径而托足焉⑫。死葬乎骊山⑬，吏徒数十万人⑭，旷日十年。下彻三泉⑮，合采金石，冶铜锢其内⑯，漆涂其外，被以珠玉，饰以翡翠，中成观游，上成山林。为葬薶之侈至于此⑰，使其后世曾不得蓬颗蔽冢而托葬焉⑱。秦以熊罴之力，虎狼之心，蚕食诸侯，并吞海内，而不笃礼义⑲，故天殃已加矣。臣昧死以闻，愿陛下少留意而详择其中。以上言秦亡之惨以悚听。

【注释】

①布衣韦带之士：即贫贱之人。韦带，用熟皮做腰带，没有什么

装饰。

②重数(shuò)：既重且繁。

③任罢(pí)：疲于役使。任，役使。罢，通"疲"。疲劳。

④赭(zhě)衣：赤褐色衣服。古时囚徒穿赭衣，因此也称罪人为赭衣。

⑤戴目：犹侧目。戴，通"载"。侧。

⑥雍：秦县名。在今陕西凤翔西南。雍在秦德公(前677—前676年在位)至秦灵公(前424年—前415年在位)时曾为秦的都城。

⑦旌旗不桡：指宫殿之高，旌旗都可以直立在里面。桡，弯曲。

⑧为驰道于天下：秦始皇于前220年下令修筑以咸阳为中心的通往全国各地的大道。著名的驰道有九条，有出今高陵通上郡(今陕西榆林东南)的上郡道，过黄河通山西的临晋道，出函谷关通河南、河北、山东的东方道，出今商洛通东南的武关道，出秦岭通四川的栈道，出今陇县通宁夏、甘肃的西方道，出今淳化通九原的直道等。

⑨三丈而树：据《汉书补注》引王先慎曰："三丈，中央之地，惟皇帝得行，树之以为界也。"

⑩厚筑其外：指将中央三丈之地筑得坚实而高出旁边地面。

⑪隐：筑。金椎：用金属制成的锤子，铁锤。

⑫邪径：小径。

⑬骊山：山名。在今陕西临潼东南。

⑭吏：督领劳役的官吏。徒：劳工。

⑮三泉：三重之泉，极言其深。

⑯锢：熔化金属填塞空隙。内：指棺椁。

⑰薶："埋"的本字。埋葬。

⑱蓬颗：土块上生的蓬草。

⑲笃：厚，忠诚。

【译文】

那些穿布衣系韦带的贫寒士人，对内修养自己身心，在外界则名声大振，直至后世也不衰绝。到了秦朝却不是这样。虽贵为天子，富有天下，却重赋多如牛毛，百姓们疲于应付差役，路上一半是穿赭衣的犯人，满山中都是成群结队的强盗，使天下的人都斜着眼睛窥视，侧着耳朵细听。一个人大声疾呼，天下的人群起响应，那人就是陈胜。秦朝不仅如此，从咸阳起向西直到雍邑，行宫有三百座，那些钟、鼓以及帷帐诸物，不用搬动便一应俱全。又修建了阿房宫，宫殿高达数十仞，东西宽有五里，南北长有千步，跟从的车辆装饰着罗绮，四匹马拉的车子可以在庭中疾驰，旌旗可以舒展地飘扬在殿里。建造宫殿华丽到这种地步，使得他的后代连搭起小屋而寄居的地方都没有了。又在天下修建驰道，向东直到燕国、齐国，向南直到吴国、楚国，江湖之上、大海之滨无不通达。驰道宽有五十步，用树木隔出中央三丈为皇帝专用，路面造得坚实隆起，用铁椎捣得很坚固，驰道两旁栽上青松。建造驰道富丽到这种地步，使得他的后代连可以托足的小道也找不到。死后葬在骊山，动用官吏民工几十万人，足足干了十年。向下深挖至三重之泉，协力采掘矿石，冶炼出铜来封锢棺椁里面，又用漆涂在表面，用珠宝玉器覆盖起来，拿翡翠作为饰物，陵墓中造景成为观赏游览之所，外面栽满了草木仿佛山林。为了自己死后的埋葬之事奢侈到这种地步，使得他的后代都找不到长草的小土块来掩盖坟墓作为葬身之地。秦国用熊罴一样的巨力，虎狼一样的心肠，蚕食掉众诸侯国，并吞了天下，却不尊崇礼教仁义，所以上天已经降灾殃于它。我冒着犯死罪的危险告诉您这些，希望陛下您能稍加注意，认真地听取那些说对了的话。以上讲秦朝灭亡的惨痛教训以耸圣听。

　　臣闻忠臣之事君也，言切直则不用而身危，不切直则不可以明道。故切直之言，明主所欲急闻，忠臣之所以蒙死而竭知也①。地之硗者②,虽有善种,不能生焉;江皋河濒③,虽有恶种,无不猥大④。昔者夏、商之季世,虽关龙逄、箕子、比干之贤⑤,身死亡而道不用。文王之时,豪俊之士皆得竭其智,刍荛采薪之人皆得尽其力⑥,此周之所以兴也。故地之美者善养禾,君之仁者善养士。雷霆之所击,无不摧折者;万钧之所压⑦,无不糜灭者⑧。今人主之威非特雷霆也,执重非特万钧也。开道而求谏,和颜色而受之,用其言而显其身,士犹恐惧而不敢自尽,又乃况于纵欲恣行暴虐,恶闻其过乎! 震之以威,压之以重,则虽有尧、舜之智,孟贲之勇⑨,岂有不摧折者哉? 如此,则人主不得闻其过失矣;弗闻,则社稷危矣。古者圣王之制,史在前,书过失⑩,工诵箴谏⑪,瞽诵诗谏⑫,公卿比谏⑬,士传言谏过,庶人谤于道⑭,商旅议于市,然后君得闻其过失也。闻其过失而改之,见义而从之,所以永有天下也。天子之尊,四海之内,其义莫不为臣。然而养三老于太学⑮,亲执酱而馈,执爵而酳⑯,祝饷在前⑰,祝鲠在后⑱,公卿奉杖,大夫进履,举贤以自辅弼,求修正之士使直谏。故以天子之尊,尊养三老,视孝也⑲;立辅弼之臣者,恐骄也;置直谏之士者,恐不得闻其过也;学问至于刍荛者,求善无餍也;商人庶人诽谤己而改之,从善无不听也。以上言古人能养直士、置谏臣,故兴也。

【注释】

①蒙:蒙受,冒着。

②硗(qiāo):土地坚硬而贫瘠。

③江皋:江岸,江边地。

④猥：粗大，壮大。

⑤关龙逄：夏桀的忠臣，因为进谏而被杀。箕子、比干：商纣王的叔父。纣王暴虐，箕子佯狂离开他，比干却因为进谏而死。

⑥刍荛(chú ráo)：割草打柴。引申为草野之人。

⑦万钧：形容重量之大。三十斤为钧。

⑧糜：碎烂。

⑨孟贲(bēn)：战国时卫国人，勇力之士。

⑩史在前，书过失：李奇曰："古有诵诗之工，记过之史，常在君侧也。"

⑪箴(zhēn)：规劝，训诫。

⑫瞽(gǔ)：失明的人，盲人。

⑬比谏：比方事类来进谏。

⑭谤：指责别人的过失。

⑮三老：古代掌教化之官，选德高望重的老人担任。

⑯酳(yìn)：食毕以酒漱口。古代宴会或祭祀时的一种礼节。

⑰饐(yē)：同"噎"。食物等阻塞喉咙。

⑱鲠(gěng)：鱼骨卡喉。

⑲视：显示。

【译文】

我听说忠心的大臣侍奉君王，言语恳切耿直却不被采纳就会危及身家性命，但言语不恳切耿直就不能将道理讲明白。所以恳切耿直的谏言，应是贤明的君主想要急于听到的，也是忠心的大臣应为之甘冒死罪并竭尽才智提出的。坚硬而贫瘠的土地，即使有好的种子，也不能生长；江河边上的淤地，即使是不好的种子，也没有不长得茂盛茁壮的。过去夏朝、商朝的末代，虽然有关龙逄、箕子、比干这样的贤臣，他们有的被杀死了，有的逃走了，但他们的主张终究没有被采用。周文王的时代，豪杰才俊之士都能充分发挥他们的才智，割草伐薪的普通百姓也能献上自己的力量,这就是周王朝得以兴盛的原因。所以好的土地都很适合于生长禾苗,仁德的君主都很善于栽培利用士人。雷霆所击的一切,没有不毁坏折断的;万钧之力重压下的东西,没有不破碎灭亡的。现在圣上的威望不只像雷霆一样,权势之重不只有万钧之力。广开言路征求建议,和颜悦色地接受它,采纳谏议并使进谏之人显耀,士人尚且担心害怕不敢尽言,又何况那些放纵心志、胡作非为、暴虐成性,又厌恶听见自己过错的君主呢! 用威严来震慑他们,用权势来压制他们,那么就算是有尧、舜那样的智慧,有孟贲那样的勇猛,又哪有不毁坏折断的呢? 这样的话,君主就不能听到自己所犯的过失了;听不到自己的过失,那江山社稷就危险了。古代圣明君主的规矩,史官在旁边记下君主的过失,乐官吟诵训诫来进谏,瞽史背诵诗篇来进谏,公卿大臣打比方来进谏,士人报告社会舆论来进谏,平民百姓在道路上指责过错,商人旅客在市场上议论,这样君主就能听到自己的过失。听到了过失就改正它,见到正义的行为道理就遵循它,因此才能长久地拥有天下。以天子的尊贵,四海之内,从道义上讲没有不愿做臣民的。然而在太学之中供养三老,君主亲自端着酱碗请他们进食,端着酒爵让他们饭后漱口,没吃的时候祷祝他们不要吃不下,吃的时候祷祝他们不要被卡了喉咙,公卿为他们拿拐杖,大夫为他们穿鞋,举拔贤人来辅佐自己,觅求有修养的正直之士让他直言进谏。所以以天子的尊贵,尊敬奉养三老,显示了孝道;设置辅佐自己的大臣,是害怕自己骄横;设立直言进谏的士人,是担心听不到自己所犯的过错;向割草打柴的人求学垂询,是没有止境地追求善;商人、百姓指责自己而能改正过错,是接受别人的好意见没有不听从的。以上讲古人能安养正直之士,安置进谏之臣,所以国家能兴盛。

昔者,秦政力并万国,富有天下,破六国以为郡县,筑长城以为关塞。秦地之固,大小之埶,轻重之权,其与一家之富,一夫之强,胡可胜计也[①]! 然而兵破于陈涉,地夺于刘氏者,何也? 秦王贪狼暴虐②,残贼天下,穷困万民,以适其欲也③。昔者,周盖千八百国,以九州之民养千八百国之君,用民之力不过岁三日,什一而籍④,君有余财,民有余力,而颂声作。秦皇帝以千八百国之民自养,力罢不能胜其役⑤,财尽不能胜其求。一君之身耳,所以自养者,驰骋弋猎之娱,天下弗能供也。劳罢者不得休息,饥寒者不得衣食,亡罪而死刑者无所告诉,人与之为怨,家与之为仇,故天下坏也。秦皇帝身在之时,天下已坏矣,而弗自知也。秦皇帝东巡狩,至会稽、琅琊⑥,刻石著其功,自以为过尧、舜统⑦;县石铸钟虡⑧,筛土筑阿房之宫,自以为万世有天下也。古者圣王作谥⑨,三四十世耳,虽尧、舜、禹、汤、文、武累世广德以为子孙基业,无过二三十世者也。秦皇帝曰:“死而以谥法,是父子名号有时相袭也⑩,以一至万,则世世不相复也。”故死而号曰始皇帝,其次曰二世皇帝者,欲以一至万也。秦皇帝计其功德,度其后嗣,世世无穷,然身死才数月耳,天下四面而攻之,宗庙灭绝矣。

【注释】

①胜(shēng):尽。

②贪狼:贪狠如狼。

③适:舒适。

④什一而籍:十取其一,设立簿籍以抽税。

⑤胜(shēng):能够承受,经得起。

⑥会稽:山名。在今浙江绍兴东南。琅琊:山名。在今山东青岛境内。

⑦统：治。

⑧县石（dàn）铸钟虡（jù）：称量铜铁的重量，按一定标准铸成钟虡。县，称。石，一百二十斤为一石。虡，悬挂钟鼓木架的两侧立柱。

⑨谥：古代帝王、大臣死后，就其生平事迹，为之立号，称为谥。帝王之谥，由礼官议上；臣下之谥，由朝廷赐予。

⑩袭：重复。

【译文】

过去，秦王嬴政竭力兼并众诸侯国，富有天下，击破六国使之成为自己的郡县，修建长城用来作为关卡要塞。秦地强固，度量其势力大小，权势轻重，与一家的富有，一个人的强力，哪能相比呢！然而军队却被陈胜攻破，土地也被刘氏夺取，是为什么呢？秦王贪婪而暴虐，残害杀戮天下，使百姓们穷困潦倒，来满足自己的贪欲。过去，周朝大约有一千八百个诸侯国，以九州之内的人民养活这些诸侯国的国君，利用人民的劳力，一年不超过三次，设立簿籍来抽十分之一的税，君主有剩余的财产，人民有剩余的劳力，获得了臣民的颂扬。秦朝皇帝用一千八百个诸侯国的人民来养活自己，竭尽全力也干不完那么多劳役，财产用尽也不能满足他的欲求。只不过一个君主，用来养活他，满足他驰骋游弋狩猎的娱乐，全天下的人民都供不起。劳动疲乏了的人得不到休息，饥饿寒冷的人得不到衣服饭食，无罪而被处死判罪的人找不到可以申诉的地方，人人都怨恨他，家家都将他当作仇敌，所以他的天下就崩溃了。秦始皇还在人世的时候，天下已经溃败了，他自己还不知道。秦始皇向东巡行，到了会稽山、琅琊山，把自己的功绩镌刻在石头上来显示给天下人，自以为超过了尧、舜的统治时期；称量铜铁按标准铸造悬挂钟磬的虡，用筛子把土筛细筑造阿房宫，自以为子孙万代都能拥有天下。古代圣明的君主制定谥号，不过三四十代罢了，就算是尧、舜、禹、汤、周文王、周武王，积累几世广大的德行作为子孙的基业，也不会超过二三十代。秦始皇却说："死后有加谥号的规矩，这样父子的名号有时候就会重复,从一到一万,那世世代代就不会重复了。"所以他死之后谥号为始皇帝,他之后的叫二世皇帝,想要从一到一万。秦始皇计算了自己的功绩德行,揣测自己的后代将会世世代代,无穷无尽,然而他死了只有几个月,天下人就四面起兵进攻,覆灭了秦王朝的宗庙。

　　秦皇帝居灭绝之中而不自知者,何也? 天下莫敢告也。其所以莫敢告者何也? 亡养老之义,亡辅弼之臣,亡进谏之士,纵恣行诛,退诽谤之人,杀直谏之士,是以道谀偷合苟容,比其德则贤于尧、舜,课其功则贤于汤、武,天下已溃而莫之告也。《诗》曰"匪言不能,胡此畏忌? 听言则对,谮言则退"[1],此之谓也。**以上言秦不养老,无辅臣谏士,故亡。**

【注释】

①"匪言不能"几句:出自《诗经·大雅·桑柔》。原诗句为"匪言不能,胡斯畏忌","听言则对,诵言如醉"。

【译文】

　　秦始皇处在灭绝的境地之中,自己还不知道,为什么呢? 天下没有人敢告诉他啊。人们不敢告诉他又是为什么呢? 因他丢弃了养老的道义,失去了辅佐的大臣,没有了进谏的士人,放纵骄恣滥杀无辜,排斥指责自己的人,杀害直言进谏的士子,所以阿谀奉承的人苟且偷生,说他的品德超过尧、舜,称扬他的功绩超过商汤、周武王,天下已经溃败,却没有人告诉他。《诗经》说"不是说不能进谏,为什么如此畏惧呢? 是因为听到道听途说之言就应答,听到谏言就会将你斥退",说的就是这回事啊。**以上讲秦始皇没有养老的道义,无辅佐的大臣,所以灭亡。**

　　又曰:"济济多士,文王以宁[1]。"天下未尝亡士也,然而文王独言以宁者何也？文王好仁则仁兴，得士而敬之则士用，用之有礼义。故不致其爱敬，则不能尽其心；不能尽其心，则不能尽其力；不能尽其力，则不能成其功。故古之贤君于其臣也，尊其爵禄而亲之，疾则临视之无数，死则往吊哭之，临其小敛大敛②，已棺涂而后为之服锡缞麻绖③，而三临其丧。未敛不饮酒食肉，未葬不举乐，当宗庙之祭而死，为之废乐。故古之君人者于其臣也，可谓尽礼矣，服法服，端容貌，正颜色，然后见之。故臣下莫敢不竭力尽死以报其上，功德立于后世，而令闻不忘也④。

【注释】

①济济多士，文王以宁：出自《诗经·大雅·文王》。济济，众多的样子。

②小敛：旧时丧礼之一，给死者沐浴，穿衣、覆衾等。敛，通"殓"。大敛：丧礼之一。将已装裹的尸体放入棺材。

③已棺：大殓已毕。涂：颜师古注："涂，谓涂殡也。"即出殡。锡：通"缌"。细布。缞（cuī）：旧时丧服，用麻布条披于胸前。绖（dié）：古代丧服用的麻带，戴在头上为首绖，束于腰间为腰绖。

④令闻：好名声。

【译文】

《诗经》又说："人才济济，文王因此得以安定天下。"天下未尝没有士人，但是文王却说有了他们才能安定天下，为什么呢？文王好仁，仁就兴盛，得到士人并能尊敬他们，那么士人就发挥作用，对待他们应有礼义。所以不向他们表示爱护敬重，就不能使他们尽心；不能使他们尽心，就不能使他们尽力；不能使他们尽力，就不会获得成功。因此古代贤明的君主对待他们的臣属，封给他们尊贵的爵位和优厚的俸禄并亲近他们,他们病时就多次驾临看望他们,他们死了就前往吊唁为之痛哭,大殓小殓都亲自驾临,入棺出殡之后为他们穿孝服系麻带,再三驾临他们的丧礼。没有入殓就不喝酒不吃肉,没有下葬就不奏乐,正当祭祀宗庙的时候死去的,则为他而放弃奏乐。因此古代的君主对待他的臣子,可以说是尽到礼数了,穿上礼法规定的服装,端庄自己的容貌,严肃自己的脸色,然后才接见臣子。所以臣子属下没人敢不尽心竭力来报答君主的,他们的功业德行建立在后代,好名声人们都不会忘记。

今陛下念思祖考①,术追厥功②,图所以昭光宏业休德③,使天下举贤良方正之士,天下皆䜣䜣焉④,曰将兴尧、舜之道,三王之功矣。天下之士莫不精白以承休德⑤。今方正之士皆在朝廷矣,又选其贤者使为常侍诸吏,与之驰驱射猎,一日再三出。臣恐朝廷之解弛⑥,百官之堕于事也,诸侯闻之,又必怠于政矣。

【注释】

①祖考:祖先。

②术:通"述"。陈述,记述。

③休德:美德。

④䜣䜣(xīn):欣喜的样子。

⑤精白:纯洁清白。

⑥解(xiè)弛:懈怠松弛。解,通"懈"。

【译文】

如今陛下您思念祖先,陈述追怀他们的功绩,希望以此彰明光大宏伟大业及美好的品德,命令天下举荐贤良方正的士人,天下人都很高兴,说是您就要振兴尧、舜的道义,三王的功业了。天下的士人们没有一个不纯洁自己来承继美德。如今方正的士人都在朝廷里了，您又选择他们中贤明的做常侍、诸吏，却和他们一同驱马驰骋射猎，一天中多次出游。我恐怕因此朝廷会松懈弛怠，百官懈怠政事，诸侯听说了这种情况，也一定会懈怠政务的。

　　　陛下即位，亲自勉以厚天下，损食膳，不听乐，减外徭卫卒，止岁贡；省厩马以赋县传①，去诸苑以赋农夫，出帛十万余匹以赈贫民；礼高年，九十者一子不事②，八十者二算不事③；赐天下男子爵，大臣皆至公卿；发御府金赐大臣宗族，亡不被泽者；赦罪人，怜其亡发，赐之巾，怜其衣赭书其背④，父子兄弟相见也，而赐之衣；平狱缓刑，天下莫不说喜。是以元年膏雨降⑤，五谷登，此天之所以相陛下也。刑轻于它时而犯法者寡，衣食多于前年而盗贼少，此天下之所以顺陛下也。臣闻山东吏布诏令，民虽老羸癃疾，扶杖而往听之，愿少须臾毋死，思见德化之成也。今功业方就，名闻方昭，四方乡风⑥。今从豪俊之臣，方正之士，直与之日日猎射，击兔伐狐，以伤大业，绝天下之望，臣窃悼之。《诗》曰："靡不有初，鲜克有终⑦。"臣不胜大愿，愿少衰射猎，以夏岁二月，定明堂⑧，造大学⑨，修先王之道。风行俗成，万世之基定，然后唯陛下所幸耳。

【注释】

①赋：给予。传(zhuàn)：驿站或驿站的车马。
②不事：免去赋役。
③二算不事：免去两个人的人丁税。算，算赋，汉代对成年人所征

的丁口税。

④书其背：将犯人所犯罪行写在大方版上背在背后。惠栋曰："《周官》注云，明刑，书其罪恶于大方版，著其背。贾山云，衣赭书其背，汉之罪人如此。"

⑤膏雨：滋润作物的霖雨。

⑥乡风：趋从教化。指政治上的归顺或对个人的敬仰。乡，通"向"。

⑦靡不有初，鲜克有终：出自《诗经·大雅·荡》。

⑧明堂：古代帝王宣明政教的地方。

⑨大学：太学。古代帝王教育贵族子弟之处。《礼记·王制》："小学在公宫南之左，大学在郊。"《大戴礼记·保傅》："束发而就大学，学大蓺焉，履大节焉。"《汉书·礼乐志》："古之王者莫不以教化为大务，立大学以教于国，设庠序以化于邑。"

【译文】

陛下您即位之后，亲自努力厚待天下，减少膳食，不听音乐，减少徭役和戍边的士兵，停止岁贡；省下马匹给予驿站，舍弃各处皇家园林给予农夫，拿出十万多匹布帛来赈济贫民；礼待高寿的人，九十岁的人可免去他一个儿子的赋役，八十岁的人可免去家里两个人的人丁税；赏赐天下男子爵位，大臣们都位至公卿；发放御府中的金钱，赐给大臣们，大臣们的宗族没有人不蒙受到恩泽；赦免罪犯，可怜他们没有头发，便赐给他们头巾，未被赦免的，可怜他们穿着赭色囚衣，背着写着罪行的大方版，在他们与父子兄弟相见时，赐给他们衣衫遮盖；平息狱讼，缓和刑罚，天下人没有不喜悦的。因此元年时喜雨普降，五谷丰登，这是上天在帮助陛下啊。刑罚比其他时代轻，但犯罪的人却少了；衣衫食物都比前些年丰富，但盗贼却少了，这是天下人都顺服了陛下啊。我听说山东官吏宣布诏令，百姓中那些虽已年老羸弱又有病的人，也都挂着拐杖前去听讲，希望能多活片刻不死，想看见陛下德行教化的成功。如今功业刚刚成就,名声刚刚显扬,四方趋从教化。现在,陛下带领着豪迈才俊的大臣、方正的士人,却只是天天和他们出去射猎,打兔子追狐狸,伤害了大业,断绝了天下人的希望,我私下里为此伤怀。《诗经》说:"没有谁没有好的开始的,但很少有人坚持到最后。"我不敢怀有太大的愿望,只希望您能稍微节制一下射猎,在夏岁二月之时,确定明堂,建造太学,修习先王的道义。形成风气养成习惯,万世的基业奠定了之后,就可遂您所愿纵情游玩了。

　　古者大臣不媟①,故君子不常见其齐严之色、肃敬之容②。大臣不得与宴游,方正修洁之士不得从射猎,使皆务其方以高其节,则群臣莫敢不正身修行,尽心以称大礼。如此,则陛下之道尊敬,功业施于四海,垂于万世子孙矣。诚不如此,则行日坏而荣日灭矣。夫士修之于家,而坏之于天子之廷,臣窃愍之③。陛下与众臣宴游,与大臣方正朝廷论议,夫游不失乐,朝不失礼,议不失计,轨事之大者也④。以上言宜以礼待大臣,不宜从射猎宴游。

【注释】

①媟(xiè):狎,轻慢。

②不常:时常。

③愍(mǐn):怜悯,哀怜。

④轨:法度。

【译文】

古时候大臣不轻慢,所以君子时常显露出庄重的脸色、肃敬的面容。大臣不能参加宴会游猎,方正、洁身自好的士人不能随从去射猎,让他们都致力于道义来提高自己的节操,那么群臣就没有敢不端正自身修养操行的，都竭尽心力来符合大礼的规定。这样的话，陛下您的道义就为人所尊敬，功业散布于四海之内，传留给万世子孙了。如果不这样，那么品行就会日益败坏，荣耀也会日渐消退。那士人在家里修行，却败坏在天子的朝廷中，我私下里感到痛惜。陛下和众臣宴游，和大臣及方正之士在朝廷上议事，游乐的时候不失节制，上朝的时候不失礼节，议事的时候不失策略，这是法度之中最重要的啊。以上讲君主应该礼敬大臣，不应该纵情于射猎宴游。

晁错

晁错(前200—前154),颍川(今河南禹州)人,西汉政治家和散文家。汉景帝时任御史大夫,有"智囊"之称。因力主强化中央集权,削弱诸侯势力,受到诸侯王的痛恨。吴王刘濞联合赵、楚等七国,以"诛晁错,清君侧"为名,起兵反叛。同时,他又受袁盎谗害,结果被杀。

晁错著文三十一篇,多散佚。他与贾谊的文章同被鲁迅誉为"西汉鸿文"。内容多切近实际,结构严密,富有生气,对后世政论文颇有影响。

言兵事书

【题解】

匈奴犯边一直是西汉守备之大患,此文着眼于抗击匈奴,守御边塞,从择将、地形、服习、器械等方面全方位论述了西汉与匈奴各自的优劣,以及双方力量对比的变化,从而提出战胜匈奴是完全有把握的。文章结构严密,文风朴实、沉雄。

臣闻汉兴以来,胡虏数入边地,小入则小利,大入则大利。高后时,再入陇西①,攻城屠邑,驱略畜产。其后复入陇西,杀吏卒,大寇盗。窃闻战胜之威,民气百倍;败兵之卒,没世不复②。自高后以来,陇西三困于匈奴矣,民气破伤,亡有胜意。今兹陇西之吏,赖社稷之神灵,奉陛下之明诏,和辑士卒③,底厉其节④,起破伤之民,以当乘胜之匈奴,用少击众,杀一王,败其众而有大利。非陇西之民有勇怯,乃将吏之制巧拙异也。故兵法曰:"有必胜之将,无必胜之民。"繇此观之⑤,安边境,立功名,在于良将,不可不择也。以上言用兵在于择将。

【注释】

①陇西:汉郡名。治所在今甘肃临洮南。

②没世:终身,永远。

③和辑:和睦团结。

④底厉:砥砺,磨炼,磨砺。底,通"砥"。

⑤繇(yóu):同"由"。

【译文】

我听说汉朝建立以来,匈奴多次侵犯边疆地区,小规模的侵犯得到小的利益,大规模的侵犯得到大的利益。吕太后执政时两次侵入陇西,攻占城池,屠杀城中百姓,掳掠牲畜。此后又一次攻入陇西,杀死官吏、士卒,成为烧杀抢掠的大盗匪。我私下听说获胜后的威风,民气非常高涨;被打败的军队,永远不能振作。从吕太后执政以来,陇西地区三次遭受匈奴打败,百姓的情绪受到严重打击,没有丝毫战胜匈奴的信心。现在陇西的地方官仰赖社稷神灵的庇护,接受陛下英明的指挥,团结士卒,磨炼他们的意志,发动受到残害的百姓,抵挡屡次获胜的匈奴,用很少的兵力进攻众多的敌寇,杀死了匈奴的一个诸侯王,打败了大部敌寇,取得了很大的胜利。这并不是陇西的百姓勇敢或怯懦,而是将军和官吏们的应敌措施有巧妙和拙劣的差别啊。因此兵法上说："有必胜的将领，没有必胜的百姓。"从这件事看来，安定边境，建立功勋，获取名爵，关键取决于是否有一个好的将领，不可以不选择啊。以上讲用兵在于选择良将。

　　臣又闻用兵临战，合刃之急者三①：一曰得地形，二曰卒服习②，三曰器用利。兵法曰：丈五之沟，渐车之水③，山林积石，经川丘阜④，草木所在，此步兵之地也，车骑二不当一。土山丘陵，曼衍相属⑤，平原广野，此车骑之地也，步兵十不当一。平陵相远⑥，川谷居间，仰高临下，此弓弩之地也，短兵百不当一⑦。两陈相近，平地浅草，可前可后，此长戟之地也，剑楯三不当一。萑苇竹萧⑧，草木蒙茏⑨，支叶茂接，此矛铤之地也⑩，长戟二不当一。曲道相伏，险厄相薄⑪，此剑楯之地也，弓弩三不当一。以上得地形。

【注释】

①合刃：交锋。急：关键。

②服习：习熟武艺。服，习惯。习，熟练。

③渐（jiān）：淹没，浸泡。

④经川：流动不息的河川。丘阜：土山，山丘。

⑤曼衍：连绵不绝。

⑥平陵：平地和丘陵。

⑦短兵：刀剑等短武器。

⑧萑（huán）苇：两种芦苇类植物。萧：蒿类植物的一种。

⑨蒙茏（lóng）：覆盖、遮蔽的样子，形容草木茂盛。

⑩铤（chán）：装有铁把的短矛。

⑪薄：逼。

【译文】

　　我又听说指挥军队作战，交锋中最重要的条件有三个：一是地形有利，二是士卒习熟武艺，三是武器很锋利。兵法上说：一丈五深的沟渠，淹没战车的流水，山林中到处是堆积的石头，常年有水的河溪，树木杂草生长的小土山，这些都是适宜步兵作战的场所，在这种地方两辆战车也抵挡不住一个步兵。土山和丘陵连绵起伏，平坦而又广阔的原野，这是适宜战车作战的地方，在这种地方即使有十个步兵也阻挡不住一辆战车。平地和丘陵相距很远，中间是河流和山谷，居高临下，这是适宜使用弓弩的地方，手持短兵器的一百个士卒也抵不上一个弓弩手。两阵距离较近，平坦的地面长满低矮的野草，可以前进也可以后退，这是适宜使用长戟的地方，手持短剑和盾牌的三个士卒也挡不住一个持长戟的人。芦苇竹林，野草树木相互遮蔽，树枝和树叶茂盛得连成一片，这是使用各种矛的地方，即便有两个手持长戟的人也抵不上一个手持矛的人。弯弯曲曲的道路前后遮掩，险要又狭窄的地势逼人，这是使用短剑和盾牌的地方，三个弓弩手也赶不上一个手持短剑和盾牌的人。以上讲各种地形的得当之处。

　　士不选练，卒不服习，起居不精，动静不集①，趋利弗及，避难不毕②，前击后解，与金鼓之音相失③，此不习勒卒之过也④，百不当十。以上卒服习。

【注释】

①集：齐一，一致。

②毕：迅捷。

③金鼓：军中用器。金指金钲，行军时用以节止步伐；鼓用以进众。

④习勒：严格训练。

【译文】

军官不经过挑选演练，士卒不习熟武艺，日常生活不规范，行动静止不一致，追逐利益唯恐赶不上，躲避灾难唯恐跑不快，敌人进攻军队的前部，军队后部也迅速瓦解，行动不听金鼓的号音指挥，这是平常不严格训练士卒的过失，这样的士卒作战时一百个也顶不上十个。以上讲士卒要训练。

兵不完利①，与空手同；甲不坚密，与袒裼同②；弩不可以及远，与短兵同；射不能中，与亡矢同；中不能入，与亡镞同③。此将不省兵之祸也④，五不当一。以上器械利。

【注释】

①完利：坚固锋利。

②袒裼(tǎn xī)：裸露。

③镞(zú)：矢锋，箭头。

④省(xǐng)：察看。

【译文】

兵器不坚固锋利，就和赤手空拳一样；铠甲不坚固细密，就和赤身露体一样；弓弩不能射到很远的地方，就和短兵器一样；箭射出去不能射中目标，就和弓弩没装箭一样；射中了又不能射进去，就和没装箭头的箭一样。这是平时不检查兵器状况而造成的灾祸呀，这样在作战时五个士卒也抵不上一个。以上讲器械贵在完全发挥作用。

故兵法曰："器械不利，以其卒予敌也；卒不可用，以其将予敌也；将不知兵，以其主予敌也；君不择将，以其国予敌也。"四者，兵之至要也。

【译文】

　　因此兵法上说："器械不锋利，是把他的士卒送给了敌人；士卒不能发挥作用，是把他的将领送给了敌人；做将领的不了解军事，是把他的君主送给了敌人；做君主的不能选择优秀的将领，是把他的国家送给了敌人。"这四个方面，是军事上最为重要的事情。

　　臣又闻小大异形，强弱异执，险易异备。夫卑身以事强①，小国之形也；合小以攻大，敌国之形也；以蛮夷攻蛮夷，中国之形也。今匈奴地形技艺与中国异。上下山阪，出入溪涧，中国之马弗与也②；险道倾仄③，且驰且射，中国之骑弗与也；风雨罢劳，饥渴不困，中国之人弗与也；此匈奴之长技也。若夫平原易地④，轻车突骑⑤，则匈奴之众易挠乱也；劲弩长戟，射疏及远⑥，则匈奴之弓弗能格也；坚甲利刃，长短相杂，游弩往来⑦，什伍俱前⑧，则匈奴之兵弗能当也；材官驺发⑨，矢道同的⑩，则匈奴之革笥木荐弗能支也⑪；下马地斗，剑戟相接，去就相薄⑫，则匈奴之足弗能给也⑬；此中国之长技也。以此观之，匈奴之长技三，中国之长技五。陛下又兴数十万之众，以诛数万之匈奴，众寡之计，以一击十之术也。以上比较中国与匈奴之长技，而言其可胜。

【注释】

　　①卑身：屈身，伏身。指谦恭逊让。

　　②弗与：不如。与，如。

③倾仄：崎岖不平。

④易地：平地。

⑤突骑：用于冲锋陷阵的精锐骑兵。

⑥疏：颜师古注："疏，亦阔远也。"

⑦游弩：流动突袭的骑兵。

⑧什伍俱前：士兵按编制组成密集队形一起向前进攻。什伍，古代军队编制，五人为伍，十人为什。泛指军队编制。

⑨材官：西汉初年，汉高祖命天下郡国选能拉开硬弓，力大武猛者，组成经常训练的步兵。此指训练有素的士卒。驺（zōu）发：发射良箭。驺，通"菆"。好箭。

⑩的：目标。

⑪革笥（sì）：皮革制成的甲胄。木荐：木制防御武器，形状如同盾一样。

⑫去就相薄：一来一往近身格斗。薄，搏击。

⑬给：及。

【译文】

我又听说力量的大小具有完全不同的表现，军队的强弱表现出完全不同的形势，地势的险要和平坦也需要完全不同的防备措施。谦恭地侍奉强国，这是弱小国家所表现出的样子；众小国联合攻打大国，就会表现出双方势力相当的样子；用蛮夷来进攻蛮夷，这是中原表现出的样子。如今匈奴的地形、本领和中原有明显的不同。那里上下都是险峻的山坡，出入都是小溪、深涧，中原的马匹不如他们；道路险要又崎岖，一边骑马奔驰一边射箭，中原的骑兵不如他们；能顶风冒雨忍受疲惫劳顿，又饥又渴而不困乏，中原的人不如他们；这是匈奴的优势。如果平坦的原野，灵活的战车，精锐的骑兵，匈奴大军容易被打乱；强劲的弩箭和长戟，射击范围又广又远，匈奴的弓箭是不能抵挡的；坚固的铠甲，锋利的刀刃，长兵器和短兵器配合使用，流动突袭的骑兵神出鬼没，士兵按编制组成密集队形一起向前进攻,那么匈奴的士卒是不可能抵挡的;训练有素的士卒发射良箭,射出的箭同时打中一个目标,那么匈奴用皮革做的铠甲和木板做的盾牌是不能够支撑的;下了马在地面上拼杀,剑和戟相互碰在一起,一来一往近身格斗,那么匈奴人的步伐就不灵活了;这是中原人的优势。由此看来,匈奴的优势表现在三个方面,而中原的优势表现在五个方面。陛下派出几十万人的大军,来讨伐只有几万人的匈奴,多和少的优势,可以运用以一击十的战术。以上比较中原与匈奴各自的优势,结论是中原可以取胜。

虽然,兵,凶器;战,危事也。以大为小,以强为弱,在俯卬之间耳[1]。夫以人之死争胜,跌而不振,则悔之亡及也。帝王之道,出于万全。今降胡义渠蛮夷之属来归谊者[2],其众数千,饮食长技与匈奴同,可赐之坚甲絮衣、劲弓利矢,益以边郡之良骑,令明将能知其习俗和辑其心者,以陛下之明约将之。即有险阻,以此当之;平地通道,则以轻车材官制之[3]。两军相为表里,各用其长技,衡加之以众[4],此万全之术也。以上兼用降胡与汉兵二者之长。

【注释】

①俯卬之间:低头抬头的工夫。形容变化之快。卬,同“仰”。

②义渠:西戎之一。春秋时势力强大,自称为王。地近秦国,与秦时战时和。战国后期为秦所并,以其地置北地郡。归谊:归义,归顺。

③轻车:训练有素、勇猛善战的精锐战车部队。

④衡加之以众:强悍而人数众多。衡,横,强。一说,指兼有匈奴与汉两方长处。众,同“纵”。

【译文】

尽管如此,兵器是很凶险的器械,战争是很危险的事情。大可以变小,强可以变弱,这只是抬头和低头之间的事。用将士的牺牲去争夺胜利,一旦失败而国家一蹶不振,那么后悔也来不及了。帝王的治国之道应追求万全之策。现在来投降的义渠、蛮夷等胡人,他们多达数千人,饮食习惯、擅长技能和匈奴人相同,可以赐给他们坚固的铠甲和轻暖的衣物,给他们强劲、好用的弓箭,再赐给边塞郡县精良的马匹,让了解他们生活习俗、能安抚团结他们的精明将领,用陛下圣明的命令带领他们。如果在险要阻塞的地方遇到敌人,便由他们来对敌;在平坦的地区和通畅的大道上,就由我们精锐的车兵与步兵对付。两支军队相互辅助,各自发挥自己的优势,强悍再加上兵多将广,这才是万全的办法。以上兼采来投降的胡人和中原兵将二者之长处。

《传》曰:"狂夫之言,而明主择焉。"臣错愚陋,昧死上狂言,唯陛下财择[①]。

【注释】

①财择:裁取抉择。财,通"裁"。

【译文】

《传》说:"狂人的话语,贤明的君主往往会选择听取的。"我很愚笨,才学又浅陋,冒死进献一番无拘无束的话语,只有请陛下裁择。

论贵粟疏

【题解】

这篇文章是晁错于汉文帝十二年(前 168)陈述政见的一篇奏疏,重点阐述了重农贵粟、强本抑末的政治主张。晁错敏锐地注意到农民流亡这一社会现象，指出流亡归因于生活贫困，而贫困是官府"急政暴赋"和商人兼并所造成的。因此，晁错主张务农贵粟，并提出募粟入官、拜爵除罪等一系列具体措施。其文立论精辟而切于实际，文笔酣畅，语言不重雕饰，体现了"理既切直，辞亦通畅"的特点。

圣王在上而民不冻饥者，非能耕而食之，织而衣之也，为开其资财之道也。故尧、禹有九年之水，汤有七年之旱，而国无捐瘠者①，以畜积多而备先具也。

【注释】

①捐瘠：饥饿而死。

【译文】

圣明的君王在位而他的百姓不挨冻受饿的原因，并非是做君王的能自己耕种来供养百姓，自己织布来使百姓有衣服穿，而是能为他们广开聚资生财的途径啊。因此，虽然尧、禹二帝时暴发连续九年的洪涝，商汤王执政时有连续七年的干旱，但是没有人饿死，其原因在于平时蓄积充实、提前做好了准备。

今海内为一，土地人民之众，不避汤、禹①，加以亡天灾数年之水旱，而畜积未及者，何也？ 地有遗利，民有余力，生谷之土未尽垦，山泽之利未尽出也，游食之民未尽归农也②。民贫，则奸邪生。贫生于不足，不足生于不农，不农则不地著③，不地著则离乡轻家。民如鸟兽，虽有高城深池、严法重刑，犹不能禁也。

【注释】

①不避：不让，不亚于。

②游食之民：不务农业，游手好闲的人。大概包括游走于各诸侯间的说客、游侠、工商业者、逃避兵役者等。

③地著：指定居于一地，有固定的户籍和土地。

【译文】

现在国家统一，土地的辽阔，人民的众多，不是商汤和夏禹时所能比的，加上又没有连续多年水旱天灾，可是蓄积赶不上禹、汤之时，是什么缘故呢？原因在于土地有尚未开发的潜力，百姓有尚未使完的气力，能够种庄稼的土地尚未完全加以开垦，山川湖泊的出产尚未全部开发出来，游手好闲的人们尚未完全回乡务农。百姓生活贫困，就会滋生奸邪的念头。而贫困来源于生活的不丰足，生活的不丰足又来源于不从事农作，不从事农作就不能长住在一个地方，不能够长住在一个地方，就会轻易抛家离乡。这种情况下，百姓就像鸟兽一样，即使有高峻的城墙、深险的护城河、严峻的法令、加重的刑罚，也禁止不住他们。

夫寒之于衣，不待轻暖；饥之于食，不待甘旨。饥寒至身，不顾廉耻。人情一日不再食则饥，终岁不制衣则寒。夫腹饥不得食，肤寒不得衣，虽慈母不能保其子，君安能以有其民哉？明主知其然也，故务民于农桑，薄赋敛①，广畜积②，以实仓廪，备水旱，故民可得而有也。以上言重农桑，乃能有其民。

【注释】

①赋敛：田赋，税收。

②畜积：即蓄积。

【译文】

寒冷的人对于衣服的需求，顾不得衣服是否轻软暖和；饥饿的人对于食物的需求，顾不上食物是否香甜可口。饥饿和寒冷降临到身上，就难以顾全廉耻。人之常情是一天不吃两顿饭就会感到饥饿，整年不添件衣服就会感到寒冷。假如肚子饿了得不到食物，身上冷了得不到衣服，虽是慈祥的母亲也不能保住自己的儿子不离开，做君王的又怎么能拥有自己的百姓呢？贤明的君王懂得这个道理，所以致力于让百姓都从事农作，减轻田赋税收，增加积蓄，来充实仓储，防备水旱，所以君王可以拥有百姓。以上讲君王重视农耕与蚕桑，乃能拥有自己的百姓。

民者，在上所以牧之，趋利如水走下，四方亡择也^①。夫珠玉金银，饥不可食，寒不可衣。然而众贵之者，以上用之故也。其为物轻微易臧^②，在于把握，可以周海内而亡饥寒之患。此令臣轻背其主，而民易去其乡，盗贼有所劝，亡逃者得轻赍也。粟米布帛，生于地，长于时，聚于力，非可一日成也。数石之重，中人弗胜，不为奸邪所利，一日弗得而饥寒至。是故明君贵五谷而贱金玉。以上言贵贱轻重操之自上。

【注释】

①亡择：不选择方向和地域。

②易臧：便于收藏。臧，同“藏”。

【译文】

百姓，在于君王怎样去治理，他们追逐利益就如水向低处奔流，不选择方向和地域。那些珍珠、玉石、黄金、白银之类的东西，饥饿时不可以拿来当食物，寒冷了不可以拿来当衣服。但是大家都认为它们贵重，是因为君王使用的缘故。它们作为物品既轻又小，便于收藏，拿在手中就可以周游全国而没有饥寒的忧虑。这就使得大臣们轻易地背叛君王,百姓容易离开他们的故乡,做盗贼的受到了鼓励,逃亡的人得以轻易携带。粮食和布帛,靠土地生产出来,按一定季节生长,花很多力气收获,不是一天可以完成的。几石重的粮食和布帛,普通的人拿不起来,不是奸邪的人所贪求的东西,而一天得不到它便会感到饥饿和寒冷。由于这个缘故,贤明的君王重视五谷而轻贱金玉。以上讲五谷和金玉的贵贱轻重取决于君王。

今农夫五口之家,其服役者,不下二人;其能耕者,不过百亩;百亩之收,不过百石。春耕夏耘,秋获冬藏,伐薪樵,治官府①,给徭役。春不得避风尘,夏不得避暑热,秋不得避阴雨,冬不得避寒冻,四时之间,亡日休息。又私自送往迎来,吊死问疾,养孤长幼在其中。勤苦如此,尚复被水旱之灾,急政暴虐②,赋敛不时,朝令而暮改。当具有者,半贾而卖;亡者,取倍称之息③。于是有卖田宅、鬻子孙以偿责者矣④。而商贾大者积贮倍息,小者坐列贩卖⑤,操其奇赢⑥,日游都市,乘上之急,所卖必倍。故其男不耕耘,女不蚕织,衣必文采,食必粱肉,亡农夫之苦,有仟伯之得⑦。因其富厚,交通王侯,力过吏势,以利相倾⑧。千里游敖⑨,冠盖相望,乘坚策肥⑩,履丝曳缟⑪。此商人所以兼并农人,农人所以流亡者也。今法律贱商人,商人已富贵矣;尊农夫,农夫已贫贱矣。故俗之所贵,主之所贱也;吏之所卑,法之所尊也。上下相反,好恶乖迕⑫,而欲国富法立,不可得也。以上言农家之苦。

【注释】

①治官府:修治官府房舍。

②急政:催征赋税。政,通"征"。赋税。

③倍称之息:日后需要加倍偿还的利息。即高利贷。

④鬻(yù):卖。责:同"债"。

⑤坐列:坐在店铺内。列,市集。

⑥奇(jī)赢:指用所得利润囤积紧俏物资。颜师古注:"谓有余财而畜聚奇异之物也。"

⑦仟伯:千钱与百钱。指大量钱财。仟,通"千"。伯,通"百"。

⑧以利相倾:靠着利益倾轧官府,即让官府听命于己。

⑨游敖:遨游,漫游。

⑩乘坚策肥:坐着坚固的车,驾着肥壮的马。

⑪履丝曳缟:脚穿丝制的鞋,身穿拖地绢衣。缟,细白的生绢。

⑫乖迕(wǔ):抵触,违逆。

【译文】

现在的五口农夫之家,他们担负徭役的不低于两人;他们能耕种的土地不超过一百亩;一百亩农田的收成,不超过一百石。春天耕种,夏天锄草,秋天收获,冬天贮藏,打草砍柴,替公家修整房舍,承担官府的徭役。春天不能躲避风尘,夏天不能躲避暑热,秋天不能躲避阴雨,冬天不能躲避寒冻,一年四季没有一天的休息。加上自己还要忙于招待亲友、人情往来,吊唁去世的亲友,看望生病的亲友,抚养亲友的遗孤和自己的小孩,这些费用都从这不过百石的收入中开支。像这样辛勤劳苦,还要再遭受水旱灾害,催征赋税,暴虐政治,征收又不按生产季节,早晨的命令到傍晚又有了变化。有点积蓄的人家,为了完税只好半价出售家中财物;没有积蓄的人家,不得不以加倍的利息告贷。于是有卖田地房屋、卖子孙以偿还债务的。可是那些大商人却囤积居奇获得双倍的利润,就是小商人也摆摊贩卖,靠赢利囤积集市上的紧缺物资,整日在都市游逛,趁着君王急需,必定能卖出高出一倍的价钱。所以他们的男子不必耕田种地,女人不必养蚕织布,可穿的必定是华丽的锦绣,吃的必定是上等的米食和肉类,没有农夫们的辛劳,却有富足的财产。凭借他们富有的财产,与王侯显贵交往,势力超过了官吏,靠着财利让官府听命于己。到处游玩,不远千里,灿烂的帽饰和豪华的车盖簇拥在一起,他们坐着坚固的车,驾着肥壮的马,脚穿丝鞋,身着拖地的绢衣。这便是商人兼并农夫土地,而农夫们到处流亡的原因。现在法律上虽然轻视商人,但商人实际已经很富贵了;虽然尊重农夫,可农夫实际已经很贫贱了。因而社会上所尊贵的,恰恰是君王所轻视的;而官吏们所瞧不起的,恰恰是法律所推重的。上下正好相反,好恶恰好相违背,却想要国家富足,法度确立,这是不可能的。以上讲农夫之苦。

　　方今之务,莫若使民务农而已矣。欲民务农,在于贵粟。贵粟之道,在于使民以粟为赏罚。今募天下人粟县官[①],得以拜爵,得以除罪。如此,富人有爵,农民有钱,粟有所渫[②]。夫能入粟以受爵,皆有余者也。取于有余以供上用,则贫民之赋可损,所谓损有余,补不足,令出而民利者也。顺于民心,所补者三:一曰主用足,二曰民赋少,三曰劝农功。今令民有车骑马一匹者,复卒三人[③]。车骑者,天下武备也,故为复卒。神农之教曰:"有石城十仞、汤池百步、带甲百万,而亡粟,弗能守也。"以是观之,粟者,王者大用,政之本务。令民入粟受爵,至五大夫以上[④],乃复一人耳,此其与骑马之功相去远矣。爵者,上之所擅,出于口而亡穷;粟者,民之所种,生于地而不乏。夫得高爵与免罪,人之所甚欲也。使天下人入粟于边,以受爵免罪,不过三岁,塞下之粟必多矣。以上请入粟以拜爵免罪。

【注释】

①县官：古时天子之别称。

②渫（xiè）：分散，疏通。

③复卒：免除兵役或免纳人头税。颜师古注："当为卒者，免其三人；不为卒者，复其钱耳。"

④五大夫：秦、汉二十等爵制中的第九等爵位。

【译文】

目前最急迫的事情，莫过于让百姓致力于农作罢了。想让百姓致力于农作，重要的在于重视粮食。重视粮食的办法，在于让百姓以上缴粮食多少作为奖赏或惩罚的标准。现在募集天下人向皇帝缴粮，可以封赐爵号，也可以免除罪责。这样，富裕的人有了爵号，农民手中有了钱，粮食便开始流通起来。能上缴粮食来获得爵位的，都是粮食有余的人。征收有余的粮食来供给皇上使用，那么对贫民的赋税就可减少，这就是所谓损有余而补不足，政令颁行而百姓获得了利益。顺应了百姓的心愿，有三方面好处：一是君王用度充足，二是百姓赋税减少，三是鼓励农夫种田。现在规定百姓有战马一匹，可免除三人的兵役。战车战马是国家的战备物资，所以可免除兵役。古代神农的教令说："用石头修筑高达十仞的城墙，掘挖宽达百步的护城河，拥有百万军队，但是没有粮食，也终究是不能够坚守的。"以此来看，粮食是治理天下的君王们最重要的物资，是政治的根本。让百姓们缴纳粮食而接受封爵，即使封到五大夫之上，也只是免除一个人的徭役罢了，这比喂养战马免除三人兵役的待遇要差得多啊。爵号的封赐是君王专有的权力，出于口而没有用完的时候；粮食是百姓们种的，生长在土里也不会完结。得到较高的爵号和免除罪责，是人们非常向往的事情。让天底下的百姓缴纳粮食供给守边的军队，来接受封爵，免除罪责，像这样要不了三年，边关的粮食必定会多起来。以上进谏皇帝募集粮食以封赐爵号，免除罪责。

论守边备塞书

【题解】

西汉时，匈奴势力控制了西域，并屡屡南下攻掠，各地诸侯反叛也往往以匈奴为援。因此，如何有效抗击匈奴袭扰就成为汉朝君主最头疼的事。晁错作为景帝的"智囊"，多次进言，指出军事抵御劳而少功，"徙民实边"才是长久之计。在这篇给汉景帝的奏议中，晁错历述秦汉以来徙边的经验教训，提出了一系列募人备塞的具体措施。

臣闻秦时，北攻胡貉①，筑塞河上；南攻扬粤②，置戍卒焉。其起兵而攻胡、粤者，非以卫边地而救民死也，贪戾而欲广大也，故功未立而天下乱。且夫起兵而不知其执，战则为人禽，屯则卒积死③。夫胡貉之地，积阴之处也，木皮三寸④，冰厚六尺，食肉而饮酪⑤，其人密理⑥，鸟兽毳毛⑦，其性能寒。扬粤之地，少阴多阳，其人疏理⑧，鸟兽希毛，其性能暑。秦之戍卒不能其水土，戍者死于边，输者偾于道⑨。秦民见行，如往弃市，因以谪发之⑩，名曰"谪戍"。先发吏有谪及赘婿、贾人，后以尝有市籍者⑪，又后以大父母、父母尝有市籍者，后入闾⑫，取其左。发之不顺，行者深怨，有背畔之心。凡民守战至死而不降北者⑬，以计为之也。故战胜守固，则有拜爵之赏；攻城屠邑，则得其财卤以富家室⑭。故能使其众蒙矢石，赴汤火，视死如生。今秦之发卒也，有万死之害，而亡铢两之报⑮，死事之后，不得一算之复⑯，天下明知祸烈及己也^⑰。陈胜行戍，至于大泽，为天下先倡，天下从之如流水者，秦以威劫而行之之敝也。以上秦时戍边之失。

【注释】

①胡貉(mò)：古代泛称北方各少数民族。

②扬粤：我国古代百越的一支，以居古扬州一带得名。

③积死：尸骨堆积，言死者之多。盖因不服水土或瘟疫所致。

④木皮：树皮。

⑤酪：乳浆。

⑥密理：肌肤表面纹理细密。

⑦毳(cuì)：鸟兽的细毛。

⑧疏理：纹理粗疏。

⑨偾(fèn)：仆倒，跌倒。此指倒地而死。

⑩谪：特指古代官吏因罪而被降职或流放。

⑪市籍：商贾的户籍。

⑫闾：里门，里巷的大门。

⑬降北：投降败逃。

⑭财卤：虏获财物。卤，通"虏"。抄掠，俘获。

⑮铢：量词，古以十黍为絫，十絫为铢，二十四铢为两。

⑯复：免去赋税。

⑰祸烈及己：大祸将轮到自己。烈，猛，大。

【译文】

　　我听说秦朝时，曾向北进攻胡貉，在黄河上游修筑要塞；往南进攻扬粤，向那里派遣守边的军队。他们调动军队去进攻胡人和南越，不是为了保卫边疆，挽救百姓免受蛮夷的残害，而是贪图利益想要扩大疆土，因此不仅功绩没有建立，反而使天下大乱了。再说他们调遣军队却又不了解战争的形势，打起仗来就被别人擒获，驻扎下来士卒就大量死

亡。胡貉人生活的地方,是阴气聚积见不着阳光的寒冷地区,树皮足有
三寸厚,寒冰则厚达六尺,他们吃肉喝乳浆,肌肤纹理细密,各种动物身
上也长着浓密的毛,人和动物都具有耐寒的习性。扬粤人生活的地区,
多阳光而少阴天,这里的人肌肤纹理粗疏,各种动物身上的毛也很稀
少,人和动物都具有耐暑的习性。秦朝的戍卒不服那里的水土,防守的
士卒大多死于边疆,运输粮草的人也大多死亡在沿途。秦朝百姓一听
说将被派出发戍边,就如同被处死刑一样恐惧,因而只好把获罪革职的
犯人发配到那里,名叫"谪戍"。最先征发的是获罪革职的官吏以及入
赘的女婿和商人,后来又征发有商贾户籍的人,再后来又征发其祖父
母、父母为商贾户籍的人,再后来又征发居住在里巷左边的人。对这些
人的征发很不容易,走在路途上的人也深深地怨恨朝廷,滋生背叛的念
头。大凡百姓坚守城池到死也不投降,是因为有所图才这样做的。因
此打仗获胜,坚守稳固,就有授爵的奖赏;攻占城池屠杀城中军民,又可
以掳掠财物使家庭富裕。因而能使他们冒着箭镞和飞石,赴汤蹈火,把
死亡看作再生。而秦朝征发戍守边疆的士卒,有各种死亡的危险,却没
有一铢一两的回报,死了之后,家里又得不到免除一个人的人丁税的优
待,天下的人们清楚地知道灾祸殃及自己头上了。陈胜被征调去戍守
边疆,到了大泽乡,首举义旗成为天下的先导,天下人跟从陈胜举事的
就像流水一样,这是秦朝用威逼胁迫的方式征兵带来的恶果呀。以上讲
秦朝防守边疆的过失。

胡人衣食之业,不著于地,其執易以扰乱边竟。何以明
之?胡人食肉饮酪,衣皮毛,非有城郭田宅之归居,如飞鸟
走兽于广壄[①],美草甘水则止,草尽水竭则移。以是观之,往
来转徙,时至时去,此胡人之生业[②],而中国之所以离南亩
也。今使胡人数处转牧,行猎于塞下,或当燕、代[③],或当上

郡、北地、陇西④，以候备塞之卒⑤，卒少则入。陛下不救，则边民绝望，而有降敌之心；救之，少发则不足，多发，远县才至，则胡又已去。聚而不罢，为费甚大；罢之，则胡复入。如此连年，则中国贫苦，而民不安矣。以上胡人犯边难防。

【注释】

①墅(yě)：同"野"。

②生业：犹生涯，职业。

③燕、代：战国时燕国、代国所在地。泛指今河北西北部和山西北部地区。

④上郡、北地、陇西：汉朝的三个郡，在今陕西、甘肃一带。

⑤候：伺望，侦察。

【译文】

胡人的衣食并不依赖于土地，这种形势容易促使他们扰乱边境。怎么知道呢？胡人吃的是肉食，喝的是乳浆，穿的是皮毛，没有城郭、农田、房宅可以回去居住，就像广阔原野上的飞鸟和奔跑的动物，遇到丰美的草场、甘甜的泉水就停下脚步，吃完了草，喝干了水，就又迁徙了。由此看来，来来往往频繁迁徙，一会来了，一会走了，这就是胡人的生活，也是导致中原人逃亡、远离农田的原因。现在假使胡人在好几个地方迁徙放牧，在塞下狩猎，有的来到燕国、代国一带，有的来到上郡、北地、陇西一带，窥伺守备关塞军队的动静，军队少了就攻入关内劫掠。如果陛下不派人去救援，那么边民会绝望而投降敌人；要去救援他们，少派兵则不能抵挡，多派兵，远处郡县征调的军队才刚刚到达，可是胡人又已经撤走了。大批人马留在原地不撤回来，耗资很大；刚刚撤回，胡人则又进来了。如此连年不断，那么中原的财力自然就贫困，百姓生活也不会安定了。以上讲胡人扰乱边境难以防备。

　　陛下幸忧边竟，遣将吏，发卒以治塞，甚大惠也。然令远方之卒，守塞一岁而更，不知胡人之能，不如选常居者，家室田作，且以备之。以便为之高城深堑①，具蔺石②，布渠答③，复为一城其内，城间百五十步。要害之处，通川之道④，调立城邑，毋下千家，为中周虎落⑤。先为室屋，具田器，乃募罪人及免徒复作⑥，令居之。不足，募以丁奴婢赎罪及输奴婢欲以拜爵者。不足，乃募民之欲往者。皆赐高爵，复其家，予冬夏衣，廪食，能自给而止。郡县之民，得买其爵以自增至卿。其亡夫若妻者，县官买予之。人情非有匹敌⑦，不能久安其处。塞下之民，禄利不厚，不可使久居危难之地。胡人入驱，而能止其所驱者，以其半予之，县官为赎其民。如是，则邑里相救助，赴胡不避死，非以德上也，欲全亲戚而利其财也。此与东方之戍卒不习地势而心畏胡者，功相万也。以上募人备塞之法。

【注释】

①便：山川地形的便利条件。

②蔺石：古代守城时用以御敌的礌石。

③渠答：铁蒺藜。守城御敌的战具。

④通川之道：交通要道。

⑤虎落：篱落，藩篱。古代用以遮护城邑或营寨的竹篱。

⑥免徒复作：免去徒刑而强迫劳动的罪犯。

⑦匹敌：配偶，夫妻。

【译文】

陛下为边境安宁忧虑，派遣武将、官吏，调动军队来治理关塞，这是非常大的恩惠。然而让远方的士卒守卫关塞，一年更换一次，不了解胡人的本事，不如选择长期居住本地的人，安下家室，从事农田劳作，并且同时防备外敌。按山川地形的便利条件为他们修筑高高的城墙，挖掘深深的护城河，准备滚石，密布铁蒺藜。城内再造一座城，外城与内城相距一百五十步。要害之地，交通要道，都规划建立城镇，居民大致不少于一千户，在城镇周围安设防护用的篱笆。首先替这些人建造房屋，置办种田的工具，这才招募犯罪的人以及免去徒刑而强迫劳动的犯人，下令让他们住在这里。如人数不够，再招募想要赎罪的男丁、奴婢和想要爵位的人输送来的奴婢。还不够，就招募百姓中愿意去的人。都赐以较高的爵位，免除他们的赋税，给予他们冬夏的衣物，从仓库中拨给粮食，等他们能够达到自给了再停止对他们的供给。并让各郡县的百姓得以自己买爵达到卿这一级。那些没了丈夫或妻子的，由国家买来配给。人之常情，如果没有配偶，就不可能让他们安心地住下来。边塞的百姓利禄不厚，就不可能让他们长久地居于危难的地方。胡人侵入驱略百姓牲畜，能阻止胡人驱略的人，以他所救的财产的一半奖励给他，陛下替他们赎回他们的乡亲。如果这样，那么乡里之间发生危难就可以相互救助，防御胡人就会奋不顾身，这不是因为他们德行高尚，而是想保全亲朋好友并获取财物啊。这和从东方派来戍边的那些既不熟悉地形，内心又畏惧胡人的士卒相比，其功效要强一万倍啊。以上讲招募人民来防备边塞的方法。

以陛下之时，徙民实边，使远方亡屯戍之事，塞下之民，父子相保，亡系虏之患。利施后世，名称圣明，其与秦之行怨民，相去远矣。

【译文】

从陛下开始，迁徙百姓充实边塞，使遥远的边塞没有屯田戍边的劳苦,边塞百姓则能父子相互保全,没有被胡人虏获的忧虑。它的好处可以造福子孙后代,您获得圣明的名声,这与秦的行为引起百姓怨恨相比,真是差别很大了。

论募民徙塞下书

【题解】

西汉时,北方匈奴日益强大,不断进扰中原。晁错在这篇给汉景帝的奏议中,总结了战国、秦、汉以来对付匈奴袭扰的经验,指出单纯军事防御劳而少功,建议实行"徙民实边"、亦兵亦农、亦耕亦战的政策。晁错此论是西汉以来防御匈奴的战略思想的一次较大转变。全文结构严谨,文笔朴拙雄厚。

陛下幸募民相徙以实塞下,使屯戍之事益省,输将之费益寡,甚大惠也。下吏诚能称厚惠,奉明法,存恤所徙之老弱,善遇其壮士,和辑其心,而勿侵刻,使先至者安乐而不思故乡,则贫民相慕而劝往矣。以上总言徙民有法。

【译文】

陛下招募百姓迁徙来充实边塞,使得屯守戍边的事务更加简单,转输军需的费用更加减少,这是多大的恩惠啊。州郡的官吏如真的能够与陛下的厚恩相符合,奉行贤明的法令,爱怜迁徙中的衰老、病弱之人,礼遇他们中的壮士,与他们和睦友好相处,而不要盘剥他们,使先期到达者能安居乐业而不怀念故乡,那么贫穷的人们就会羡慕他们并相互鼓励前来。以上总说迁徙百姓有方法。

　　臣闻古之徙远方，以实广虚也。相其阴阳之和[①]，尝其水泉之味，审其土地之宜，观其草木之饶，然后营邑立城，制里割宅[②]，通田作之道，正阡陌之界。先为筑室，家有一堂二内[③]，门户之闭，置器物焉。民至有所居，作有所用，此民所以轻去故乡而劝之新邑也。为置医巫[④]，以救疾病，以修祭祀。男女有昏，生死相恤，坟墓相从，种树畜长[⑤]，室屋完安，此所以使民乐其处，而有长居之心也。以上徙远方。

【注释】

①相其阴阳之和：观测那里的阴阳二气是否调和。相，观察。

②制里：规划里巷。割宅：划分居民的住宅。

③一堂二内：即一厅两室，民居的一般规制。堂，正厅。内，内室。

④医巫：治病的人。古代医生往往兼用巫术治病，故称。

⑤种树：种植树木、粮食等各种作物。畜长：豢养牲畜。

【译文】

　　我听说古时迁徙百姓去往远处的边塞，是为了充实地广人稀的地方。他们先察看此地风水阴阳是否和顺，品尝这里的泉水是否甘甜，弄清楚这里的土地是否适宜于种植，观看这里的花草树木是否长势茂盛，这之后才开始营建城镇，修筑城墙，设置里邑，划分宅地，修起通向田间劳作的道路，确定田间纵横交错的地界。先要为将要迁徙来的人建造居室，每家必有一间正厅，两间内室，安上门窗，在里面放置各种器械物品。迁徙过来的人民到了就有居住的房子，种田劳作有需要的工具，这就是使百姓易于离开自己的故乡而能鼓励他们来到新城镇的做法。还替他们准备了医生、巫师，用以救治各种疾病，进行各种祭祀活动。男女之间可以正常婚娶，生死都能相互体恤，坟墓也连在一起，种植作物，饲养家畜，房屋结构完备、舒适，这就是使百姓乐于居住，并且产生长久居住的念头。以上讲迁徙百姓到远方的方法。

　　臣又闻古之制边县以备敌也,使五家为伍,伍有长;十长一里,里有假士;四里一连,连有假五百;十连一邑,邑有假候。皆择其邑之贤材有护、习地形、知民心者①,居则习民于射法,出则教民于应敌。故卒伍成于内,则军正定于外②。服习以成,勿令迁徙。幼则同游,长则共事;夜战声相知,则足以相救;昼战目相见,则足以相识;欢爱之心,足以相死。如此,而劝以厚赏,威以重罚,则前死不还踵矣。所徙之民,非壮有材力,但费衣粮,不可用也;虽有材力,不得良吏,犹亡功也。以上制边县。

【注释】

①有护:有保护能力者。

②军正:即军政,军中的法令规章。定于外:到对外出征作战时自然而成。定,成。

【译文】

　　我又听说古时设置边塞郡县用来防备外敌,规定五家为一伍,每伍设有伍长;每十个伍长的管辖区为一里,每里设有假士;每四里为一连,每连设有假五百;每十连为一邑,每邑设有假候。都是从邑中挑选具有防御外敌、熟知地形以及了解民心的贤能人才来担任,平时就训练移民学习弓弩、箭法,战时就教给他们应敌的办法。因此平常在家就按照军事编制进行组织,外出作战时军中政令就会自然形成。训练见到成效后,不要再让他们迁徙到别的地方去。他们幼年时在一起游玩,成年后就在一起共事;深夜打仗时一听声音就相互知晓,完全可以相互救援;白天打仗时相互看得见,完全可以互相识别;彼此之间挚爱的感情,完全可为对方去拼死。像这种情况，再以丰厚的奖赏作为鼓励，以很重的刑法加以威慑，就会勇往直前，即便战死也不会后退。迁徙的百姓中如不是健壮有勇力的，便只会耗费衣物食粮，不可以为陛下所用；虽然有勇力，但没有选配好的官吏，还是不会有什么功绩的。以上讲如何设置、管理边塞郡县。

　　陛下绝匈奴，不与和亲，臣窃意其冬来南也。壹大治^①，则终身创矣。欲立威者，始于折胶^②。来而不能困，使得气去，后未易服也。愚臣亡识，唯陛下财察。

【注释】

①壹大治：一次狠狠的教训。治，惩治，教训。

②折胶：胶为制弓材料之一，喜燥恶湿，至秋季则胶劲而可折，故以折胶喻秋天弓弩可用，利于作战。后用以指秋冬时节。

【译文】

　　陛下现在断绝了与匈奴的交往，不与匈奴和亲，我私下猜想他们会在冬季南下侵扰。狠狠地惩治他们一次，他们就会一辈子记住失败的痛苦教训。大汉想要扬立兵威的，就要从秋季开始。如果匈奴进犯而我们不能给予有效打击，而让他们得志而去，以后就难以轻易折服他们了。我的粗陋之见，请陛下加以审察和裁断。

邹阳

邹阳（前 206—前 129），临淄（今属山东）人，西汉前期文学家。初仕吴王刘濞，谏其不要谋反，作《谏吴王书》，吴王不听。后投梁孝王，受谗下狱，作《狱中上梁王书》，慷慨陈词，申诉冤屈。梁王见书，释放了他，并敬为上客。邹阳为人"抗直不挠"（司马迁语），"有智略，慷慨不苟合"（班固语），其为文有战国时期游士纵横善辩之风。

谏吴王书

【题解】

吴王刘濞是汉高祖刘邦的侄子，前 195 年封王。因文帝时其子被皇太子所杀，所以有谋反之意。作者针对这种情况，以史为鉴，并通过分析当前大势，隐曲地指出吴王意向的盲目与失当。全文言辞恳切，处处体现着一位臣子的耿耿忠心。文章可分为三部分，每部分均以对吴王的恳求之语作结，很有一种节奏感，并无形中强化了文章所要表达的主题，增强了说服力。

臣闻秦倚曲台之宫①，悬衡天下②，画地而人不犯，兵加胡、越。至其晚节末路，张耳、陈胜连从兵之据③，以叩函谷，咸阳遂危。何则？列郡不相亲，万室不相救也。今胡数涉北河之外④，上覆飞鸟⑤，下不见伏兔，斗城不休，救兵不至，死者相随，辇车相属，转粟流输，千里不绝。何则？强赵责于河间⑥，六齐望于惠后⑦，城阳顾于卢博⑧，三淮南之心思坟墓⑨。大王不忧，臣恐救兵之不专。胡马遂进窥于邯郸，越水长沙⑩，还舟青阳⑪。虽使梁并淮阳之兵⑫，下淮东⑬，越广陵⑭，以遏越人之粮⑮，汉亦折西河而下⑯，北守漳水，以辅大国⑰，胡亦益进，越亦益深。此臣之所为大王患也⑱。

【注释】

①倚：凭恃，倚仗。曲台：宫殿名。为秦始皇听政处。

②悬衡：本意为悬秤以称轻重，此处为公布法令。

③张耳：战国末大梁（今河南开封西北）人。秦末，陈胜起兵，以张耳、陈馀为校尉从武臣北定赵地。后从项羽入关，封为常山王。后归刘邦，随韩信破，立为赵王。

④北河：约当今乌加河，位于内蒙古西部河套平原北部，时为黄河正流。

⑤覆：尽。

⑥强赵责于河间：文帝继位后立刘遂为赵王，取赵之河间郡立刘遂之弟刘辟强为河间王。刘辟强之子无嗣，国除。刘遂要求朝廷把河间还给赵国。河间，汉诸侯国名。在今河北河间。

⑦六齐望于惠后：意谓原齐国分成的六个诸侯国的国君都怨恨惠帝与吕后。实则是吕后死后，诸吕准备政变，故齐悼惠王刘肥之子刘章在朝，知其谋，阴告其兄齐王刘襄发兵入关诛诸吕，以乘机夺取帝位，刘襄遂举兵西进，之后与反对诸吕的灌婴连和，按兵荥阳。刘章与大臣诛诸吕，大臣迎立文帝，而文帝继位后得知

他们曾谋求帝位,遂压制刘襄兄弟,使其郁郁而终。又分割齐国为六,实为削弱齐国。故六齐王都心怀怨恨。六齐,指分割齐地而封的六个诸侯王。望,埋怨,责怪。

⑧城阳顾于卢博:刘章与弟刘兴居讨诸吕有功,本当尽以赵地王刘章,以梁地王刘兴居。文帝闻他们曾欲立其兄齐王刘襄为帝,只以城阳郡封刘章为城阳王,以济北郡封刘兴居为济北王。刘章大失所望,岁余即死,其子刘喜继位。刘兴居怨恨文王,勾结匈奴谋反被杀。故刘喜因此怨恨朝廷。城阳,指城阳王刘喜。顾,顾念。卢博,即卢县,今山东长清,为济北王治所。

⑨三淮南之心思坟墓:淮南王刘长谋反,发配蜀道途中死去,文帝三分淮南国,立其三子为王,但三人因其父之死,始终对朝廷心存怨恨。三淮南,指淮南王刘长的三个儿子。

⑩水长沙:以水军先攻长沙。长沙,汉诸侯国,其地域包括今湖南全省,与南越相连接。

⑪还舟:聚舟船。青阳:今属安徽。

⑫梁:汉诸侯国名。治所在今河南商丘。淮阳:汉诸侯国名。治所在今河南淮阳。

⑬淮东:淮水之东。

⑭广陵:今江苏江都东北。

⑮遏:阻截。

⑯折:截。西河:古称黄河上游南北流向的一段,因在冀州西,所以称为西河。

⑰大国:指赵国。

⑱此臣之所为大王患也:苏林曰:"(邹)阳知吴王阴连结齐、赵、淮南、胡、越,欲谏不敢指斥言,故陈胡、越之难,齐、赵之怨,微言梁并淮阳绝越人之粮,汉折西河以辅大国,以破难其计。欲隐其辞,故谬言胡益进,越益深,为大王患之,以错乱其语,若吴为忧

助汉者也。自此以下,乃致其意焉。"

【译文】

臣下听说秦朝开始时,倚仗曲台的宫殿运筹帷幄,以法令统一天下,画地为界无人敢犯,并发兵进击屡犯边界的胡、越。然而,等到秦晚期,张耳、陈胜与东边抗秦的兵力合纵呼应,进击函谷关,咸阳因而危急。为什么呢?秦朝各郡不团结,各宗室皆出于自身利益考虑也不起兵相救。而今北部游牧民族屡次渡过北河侵犯内地,使得天上不见飞鸟,地上不见伏兔,攻城接连不断,救兵不到,战死的兵士处处可见,战车相连,军需供应,千里不绝。为什么呢?是因为强大的赵国责求朝廷归还河间,齐地的六位诸侯王怨责惠帝和吕后,城阳王顾念济北王被杀而不满,淮南王的三个儿子也因其父的死怨恨朝廷。大王或许并不忧虑,然臣下却担心各路救兵难于专心救援。北来的胡人兵马会趁此机会窥视进击邯郸,越地军队会以水军攻击长沙,在青阳聚集舟船,伺机进攻。即使让梁国与淮阳国的兵马联手,直下淮东,翻越广陵,以遏止越人的粮道,汉军也从陕西、山西间的黄河拦截而下,向北守住漳水,与赵相呼应,但北来的胡人兵马还是日益深入,越军也日益进逼。这就是臣下为大王担忧的原因。

臣闻蛟龙骧首奋翼[①],则浮云出流,雾雨咸集;圣王底节修德[②],则游谈之士归义思名。今臣尽知毕议,易精极虑[③],则无国而不可奸[④];饰固陋之心,则何王之门不可曳长裾乎[⑤]?然臣所以历数王之朝,背淮千里而自致者,非恶臣国而乐吴民,窃高下风之行,尤说大王之义[⑥],故愿大王无忽,察听其至。臣闻鸷鸟累百[⑦],不如一鹗[⑧]。夫全赵之时,武力鼎士袨服丛台之下者[⑨],一旦成市,而不能止幽王之湛患[⑩]。淮南连山东之侠,死士盈朝,不能还厉王之西也[⑪]。然则计议不得，虽诸、贲不能安其位亦明矣⑫。故愿大王审画而已⑬。

【注释】

①骧（xiāng）：上仰，上举。

②底节：砥砺志节。底，通"砥"。

③易精：改易精思。

④奸：同"干"。求取。

⑤裾（jū）：衣服的前后襟。泛指衣服的前后部分。

⑥高下风之行，尤说大王之义：颜师古注："言在下风侧听，高尚美悦大王之行义也。"下风，比喻处于下位、卑位。有时作谦辞。说，同"悦"。

⑦鸷（zhì）：凶猛的鸟，如鹰、雕等。

⑧鹗（è）：鸟名。雕属，性凶猛，捕鱼为食，俗称鱼鹰。

⑨袨（xuàn）服：盛服。丛台：赵王之台，在今河北邯郸。

⑩幽王之湛（chén）患：指赵幽王刘友被吕后幽禁饿死。幽王，指赵幽王，名友。汉高祖刘邦之子。湛患，深患，大患。湛，同"沉"。

⑪厉王：指淮南厉王刘长。因欲谋反被汉文帝迁往蜀地，途中绝食而死。

⑫诸、贲：专诸和孟贲，两人都是古代的勇士。

⑬画：筹划。

【译文】

臣下听说蛟龙一旦昂首举翼，就会有浮云出现，雾雨云集；贤德之王砺节修德，就会使游说的名士慕名归附。现今臣下如能尽己才智畅所欲言，竭忠尽力出谋献策，则没有哪个诸侯国是不可以干谒的；如能粉饰浅薄的意愿，则在哪个诸侯王的朝廷里不可以穿着华美的衣服备受宠爱呢？臣下所以游历很多王国，离开淮地千里而到此地，并不是厌恶臣原先的王国而喜欢吴地,只是因为在下面早已听闻大王有很好的德行,尤其是心慕大王的高义,因此臣下希望大王不要轻视,而要察思明断,听取臣下的赤诚之言。臣下听说即使有一百只鸷鸟,也不及一只鹗。赵国完整时,穿着盛服在赵王的丛台之下力能举鼎的强壮武士,能于忽然之间聚集成喧嚣的集市,但即便这样也无法阻止赵幽王的祸患的发生。淮南王联合山东的侠士,敢死之士布满朝廷,也没有能挽救淮南厉王的西迁而死。因此,计议如不得要领,即使有专诸、孟贲那样的勇士,也是不能使其地位安定的,这是很明显的事。因而希望大王慎重筹划。

　　始孝文皇帝据关入立,寒心销志,不明求衣①。自立天子之后,使东牟、朱虚东褒仪父之后②,深割婴儿王之③,壤子王梁、代,益以淮阳④。卒仆济北、囚弟于雍者⑤,岂非象新垣等哉?今天子新据先帝之遗业⑥,左规山东,右制关中,变权易势,大臣难知。大王弗察,臣恐周鼎复起于汉⑦,新垣过计于朝⑧,则我吴遗嗣,不可期于世矣。高皇帝烧栈道⑨,灌章邯⑩,兵不留行⑪,收弊人之倦,东驰函谷,西楚大破⑫,水攻则章邯以亡其城,陆击则荆王以失其地⑬。此皆国家之不几者也⑭,愿大王熟察之⑮。

【注释】

①寒心销志,不明求衣:指汉文帝因局势不稳而小心谨慎,天不亮就起身。寒心,戒惧,担心。不明求衣,天不亮就要穿衣起床。

②使东牟、朱虚东褒仪父之后:文帝继位后,从齐国分出两个郡,封东牟侯刘兴居为济北王,封朱虚侯刘章为城阳王。之后汉文帝十六年(前164),又将齐一分为六,封尚在世的齐悼惠王的六个

儿子为王。即齐王刘将闾、济北王刘志、济南王刘辟光、菑川王
刘贤、胶西王刘卬、胶东王刘雄渠,加上城阳王,一共七个王。东
牟,指东牟侯刘兴居。朱虚,指朱虚侯刘章。褒仪父,春秋时期
郑仪父因在鲁隐公继位后首先来朝见会盟,受到《春秋》的褒奖。
这里借指褒奖刘章、刘兴居的拥立之功。仪父,郑国国君,名克。

③婴儿:指汉文帝的儿子。

④壤子王梁、代,益以淮阳:文帝继位后,封自己的儿子刘武为代
王,刘参为太原王,刘揖为梁王;后改封刘武为淮阳王,刘参为代
王。壤子,爱子。

⑤仆济北:汉文帝三年(前177),济北王刘兴居不满文帝对其兄弟
的压制,勾结匈奴谋反,被文帝讨平。囚弟于雍:淮南王刘长谋
反被文帝废去王号,迁往蜀地,途中死于雍县。雍,汉县名。县
治在今陕西凤翔南。

⑥天子:指汉景帝。先帝:指汉文帝。

⑦周鼎:周朝铸有九鼎,后人用以代指政权。传说秦始皇时欲迁周
鼎,鼎落于泗水中。新垣平曾对文帝谎称:"臣望东北汾阴直有
金宝气,意周鼎其出乎? 兆见不迎则不至。"文帝派人在当地建
祠祭祀,祈祷周鼎出现。

⑧过:误。

⑨高皇帝烧栈道:指刘邦入汉时曾听张良之计烧毁栈道,示不东出
与项羽争位,后暗度陈仓杀回关中。高皇帝,指汉高祖刘邦。

⑩灌章邯:刘邦从汉中入关,数次打败章邯,将其围困在废丘,后水
淹废丘,章邯自杀。章邯,秦时名将,二世时为少府。后投降项
羽,封为雍王。汉高祖定三秦,章邯兵败自杀。

⑪兵不留行:意即进军势如破竹之意。

⑫西楚:指项羽,号称西楚霸王。

⑬荆王:即楚王,此指西楚霸王项羽。

⑭不几(jī)：不可希望。几，庶几，也许可以，表希望之词。

⑮熟察：仔细考察、研究。

【译文】

记得当初孝文皇帝据关入宫时，小心谨慎，天不亮便起床。立为天子之后，封东牟侯刘兴居、朱虚侯刘章为王，又将齐悼惠王的儿子们都封为王以褒奖他们的拥立之功，如春秋时期褒奖邾仪父一样；之后封自己的儿子为梁王、代王，后来又增加了淮阳王。但最后济北王谋反被杀，弟弟淮南王刘长在雍县被囚死，这岂不是因为有像新垣那样的奸臣吗？当今天子刚继承先帝的遗业，左定崤山以东，右制关中；权势变换，形势更易，大臣未必尽知。大王如不细察，臣下恐怕像新垣平诈说而寻求周鼎的事又会出现于汉，如果新垣这样的奸人的错误计谋再在朝廷出现，那么我们吴国的子孙，便不能指望生于世了。当初高皇帝烧绝栈道，水灌章邯，兵进不止，收集疲惫之民，向东疾驰函谷关，大破西楚霸王项羽，水攻则章邯丢掉城池，陆击则项羽丢失领地。这些都说明国家是不能靠侥幸得到的，愿大王仔细考察研究。

狱中上梁王书

【题解】

邹阳劝吴王不成，便投奔梁孝王。梁王因没有被立为太子，想杀掉一些有关的议臣，邹阳加以劝阻。忌恨邹阳的人乘机在梁王面前诽谤邹阳，梁王听信了谗言，将邹阳下狱。于是邹阳写了此文。文中一写自己忠而获罪，信而见疑，二写获罪见疑的原因在于不被了解，三写人主用人不可偏听轻信。此文博引史实，论证雄辩有力而又委婉曲折，以致梁王读后，立即将邹阳释放，待为上宾。因此，此文在当时便名传遐迩，为人称道。

　　臣闻"忠无不报,信不见疑",臣常以为然,徒虚语耳。昔荆轲慕燕丹之义①,白虹贯日,太子畏之②;卫先生为秦画长平之事,太白食昴,昭王疑之③。夫精诚变天地,而信不谕两主④,岂不哀哉! 今臣尽忠竭诚,毕议愿知⑤,左右不明,卒从吏讯,为世所疑。是使荆轲、卫先生复起,而燕、秦不寤也⑥。愿大王熟察之。

【注释】

①燕丹:即燕太子丹。当时秦蚕食六国,燕太子丹厚待荆轲,以期荆轲为其刺杀秦王政。

②白虹贯日,太子畏之:荆轲为燕太子丹舍死刺秦,他的诚心感动得上天都出现了白虹贯日的变化,可是太子丹却怀疑荆轲是胆怯害怕了。《史记索隐》引《烈士传》曰:"荆轲发后,太子自相气,白虹贯日不彻,曰:'吾事不成。'后闻轲死,事不就,曰:'吾知其然,是畏也。'"白虹贯日,白色长虹穿日而过。古人认为白虹是兵象,日是君。

③"卫先生为秦画长平之事"几句:卫先生为秦国设谋,大破赵军于长平后,遂欲一举灭赵。其精诚感动上天,使天上出现了"太白蚀昴"的现象,可是秦昭王却对白起、卫先生产生了怀疑。《史记索隐》引服虔曰:"卫先生秦人,白起攻赵军于长平,遣卫先生说昭王请益兵粮,为穰侯(当为'应侯'之误)所害。事不成,精诚感天,故太白食昴。"太白食昴,指太白星(金星)运行到昴宿。昴是二十八宿之一,从星宿分野上说属于赵国地带。太白主兵象,太白食昴,表示赵国的形势危急。

④信:诚实。谕:理解,明白。

⑤毕:全部。

⑥寤：通"悟"。觉悟。

【译文】

微臣听说"忠诚的人没有不得到好的报答的，诚信的人不会受到怀疑"，臣常常以为真的是这样，现在才知道这只不过是空话罢了。以前荆轲敬慕燕太子丹的义气，替他去刺杀秦王时，天上白色的长虹穿太阳而过，但太子丹却担心他害怕了；卫先生为秦国策划长平击赵的大事，天上出现了太白食昴的现象，但昭王却对他起疑忌之心。他们的精诚已经感天动地，但他们的一片忠心却得不到太子丹和秦昭王的理解，这岂不是太可悲叹了吗！现在臣竭尽诚心，把心中所想全部讲出来，本希望大王您能了解，可是大王您的左右不明事情的真相，最终把臣交给狱吏审讯，使臣遭受天下人的怀疑。这样就是使荆轲和卫先生复活，而燕太子丹和秦王也还不觉悟啊。希望大王您仔细考察研究。

昔玉人献宝，楚王诛之①，李斯竭忠，胡亥极刑②。是以箕子阳狂③，接舆避世④，恐遭此患。愿大王察玉人、李斯之意，而后楚王、胡亥之听⑤，毋使臣为箕子、接舆所笑。臣闻比干剖心，子胥鸱夷⑥，臣始不信，乃今知之。愿大王孰察，少加怜焉⑦。

【注释】

①玉人献宝，楚王诛之：春秋时楚国人卞和在山中得到一块未经雕琢的璞玉，先后献给楚厉王、楚武王，均被认为欺诈，双足先后被截。至楚文王即位，卞和抱着璞玉在荆山下哭了三天三夜，泪尽继血。文王派人雕琢，果然得到一块宝玉，这就是著名的"和氏璧"。玉人，指卞和。诛，惩治，惩罚。

②李斯竭忠，胡亥极刑：李斯为秦相，于秦朝之建立与各项制度的

确立有大功。始皇死后,李斯受赵高利诱,杀扶苏,立胡亥。后胡亥听信赵高的谗言把李斯杀了。

③阳:通"佯"。假装。

④接舆:春秋时楚国的隐士,又称楚狂。

⑤后:落后,在这里是抛弃的委婉说法。

⑥子胥鸱夷:伍子胥父兄为楚平王杀害,他逃往吴国,帮助吴王阖闾打败楚国而称霸。之后吴王夫差伐越,越王勾践请和,夫差许之,子胥屡谏,触怒夫差;又谏阻夫差北上中原伐齐争霸,夫差听信伯嚭谗言,赐剑令伍子胥自杀。子胥死前预言越将灭吴,于是夫差派人把子胥的尸体用皮袋装起沉入江底。子胥,即伍子胥。鸱夷,皮革做的袋子。

⑦少:稍稍,稍微。

【译文】

从前楚人卞和进献宝玉,楚王将他的脚砍掉;李斯竭尽忠诚,胡亥将他处以极刑。因此箕子假装疯癫,接舆隐居避世,就是担心会遭到这样的祸害啊。希望大王能明察卞和、李斯的诚意,不要像楚王和胡亥那样偏听偏信,不要使微臣被箕子、接舆嘲笑。微臣听说比干被剖心,伍子胥被装进皮袋投入大江,臣起初不相信,现在才知道确实有这样的事。希望大王您仔细考察研究,对臣稍加怜悯吧。

语曰:"白头如新①,倾盖如故②。"何则?知与不知也。故樊於期逃秦之燕,藉荆轲首以奉丹事③;王奢去齐之魏,临城自刭,以却齐而存魏④。夫王奢、樊於期非新于齐、秦而故于燕、魏也,所以去二国、死两君者⑤,行合于志,而慕义无穷也。是以苏秦不信于天下,为燕尾生⑥;白圭战亡六城,为魏取中山⑦。何则?诚有以相知也。苏秦相燕,人恶之于燕王，燕王按剑而怒，食以䮴䮭；白圭显于中山，人恶之于魏文侯，文侯投以夜光之璧。何则？两主二臣，剖心析肝相信，岂移于浮辞哉⑧？故女无美恶，入宫见妒；士无贤不肖，入朝见嫉。昔者司马喜膑脚于宋，卒相中山⑨；范睢摺胁折齿于魏，卒为应侯⑩。此二人者，皆信必然之画⑪，捐朋党之私⑫，挟孤独之交，故不能自免于嫉妒之人也。是以申徒狄蹈雍之河⑬，徐衍负石入海⑭，不容身于世，义不苟取⑮，比周于朝⑯，以移主上之心。故百里奚乞食于路，穆公委之以政；宁戚饭牛车下，而桓公任之以国⑰。此二人岂素宦于朝⑱，借誉于左右，然后二主用之哉？感于心，合于意，坚如胶漆，昆弟不能离⑲，岂惑于众口哉？故偏听生奸，独任成乱⑳。昔鲁听季孙之说而逐孔子㉑，宋信子冉之计囚墨翟㉒。夫以孔、墨之辩，不能自免于谗谀，而二国以危。何则？众口铄金㉓，积毁销骨㉔。是以秦用戎人由余，而霸中国；齐用越人子臧，而强威、宣。此二国岂拘于俗，牵于世，系奇偏之辞哉㉕？公听并观，垂明当世㉖。故意合则胡、越为昆弟，由余、子臧是矣；不合则骨肉为仇敌，朱、象、管、蔡是矣㉗。今人主诚能用齐、秦之明，后宋、鲁之听，则五霸不足侔㉘，三王易为比也㉙。

【注释】

①白头如新：相识很久，还同刚认识一样。白头，老年，形容时间长。

②倾盖如故：行道相遇，停车而语，车上的伞盖靠在一起，就如同老朋友一样了。倾盖，两车的车盖相互倾近。盖，车盖，古代车上遮雨蔽日之篷。

③樊於期逃秦之燕,藉荆轲首以奉丹事:樊於期原为秦将,遭忌害
　　而逃到燕国后,秦王政把他全家诛杀,并悬赏重金购其头。燕太
　　子丹派荆轲刺杀秦王,荆轲请求樊於期自杀,以他的头进献秦王
　　以得到秦王信任,以便见机行刺。樊於期慷慨自尽,以头与之。

④"王奢去齐之魏"几句:王奢从齐逃到魏国,齐国因而攻打魏国,
　　王奢登城楼对齐将说不愿因为自己而连累魏国,在城上自杀。
　　王奢,战国时齐国大臣。

⑤去:离开。二国:指秦、齐。

⑥苏秦不信于天下,为燕尾生:苏秦是燕昭王的亲信,为协助燕昭
　　王复仇于齐,而到齐国行反间,做了许多不利于齐国的事,最后
　　被齐王发现,将其车裂。苏秦在别的国家看来,是个反复无常的
　　小人;但对于燕国来说,却是忠心耿耿,矢志不移的坚贞之士。
　　尾生,西周鲁人。据传他约定与一个女子在桥下会面,女子未
　　来,而桥下大水冲来,他为守约,抱定桥柱而被淹死。

⑦白圭战亡六城,为魏取中山:《史记集解》引张晏曰:"白圭为中山
　　将,亡六城,君欲杀之,亡入魏。文侯厚遇之,还拔中山。"中山,
　　战国前期鲜虞人建立的国家,国都顾(今河北定州)。魏文侯四
　　十年(前406),派乐羊将其灭掉。

⑧浮辞:虚浮不实的话。

⑨司马喜膑脚于宋,卒相中山:传说司马喜在宋国受了膑刑,后来
　　他逃往中山国,三次做国相。司马喜,战国时卫人。膑刑,削去
　　膝盖骨的酷刑。

⑩范雎摺(lā)胁折齿于魏,卒为应侯:范雎在魏国差点儿被须贾、魏
　　齐害死,后逃入秦国,取相位,封应侯。范雎,《史记》作"范睢"。
　　摺,同"拉"。拉折。

⑪信:确守。画:计划,规定。

⑫捐:抛弃,捐弃。

⑬申徒狄蹈雍之河：申徒狄因劝谏国君无效，自投于雍水而死。申徒狄，姓申徒，名狄，商代人。蹈，投入。

⑭徐衍负石入海：徐衍是周末人，因不满乱世，负石投海而死。

⑮苟取：苟且取得。

⑯比周：指结党谋私。

⑰宁戚饭牛车下，而桓公任之以国：齐桓公有一次夜出，见宁戚在车下一边唱《饭牛歌》，一边喂牛，知道他有才能，便推举他为大夫。宁戚，春秋时卫国人。饭，动词，喂的意思。

⑱素：一向，向来。

⑲昆弟：兄弟。

⑳独任：只信任一个人。

㉑鲁听季孙之说而逐孔子：孔子为鲁司寇，摄行相事，齐人以为不利于己，赠鲁君歌女八十人，文马一百二十四，以疏间之。季桓子接受后，君臣沉靡于声色，不近贤人，于是孔子离开鲁国。季孙，季孙氏，春秋时期鲁国的贵族，世掌鲁政。此指季桓子，名斯。

㉒墨翟：即墨子，战国时期著名思想家，墨家学派的创始人。

㉓铄(shuò)：熔化。

㉔毁：诽谤。销骨：骨肉之亲为之离散。

㉕奇偏：片面，偏于一方面。

㉖垂：流传。

㉗朱：即丹朱，尧的儿子，居于丹水，故名。他冥顽不肖，因此尧不传位给他，而让舜继位。象：即舜的弟弟，为后母所生。曾和父母一起想共同谋害舜。管、蔡：即管叔和蔡叔，周武王的弟弟。周公摄政后，管叔和蔡叔勾结纣王的儿子武庚发动叛乱，周公杀了武庚和管叔，将蔡叔流放。

㉘侔：齐等，相匹敌。

㉙三王：夏禹、商汤、周文王。

【译文】

俗话说："有些人相处很多年，直到头发白了，还如同新结交一样感情淡薄；有的人仅是在路上偶然相遇，停车而谈，就如同相识多年的老朋友一样。"这是为什么呢？是相知与不相知的缘故。所以樊於期从秦国逃到燕国，把自己的头送给荆轲让他去为燕太子丹刺杀秦王；王奢离开齐国到了魏国，当齐国因此而攻打魏国的时候，他就在城上自杀，从而退了齐兵而保全了魏国。王奢和樊於期同齐国、秦国并不是新交，和燕国、魏国也不是旧交，他们之所以离开齐、秦二国而为燕、魏两君而死，是由于这种行动合乎他们的志向，他们仰慕道义没有尽头。因此，苏秦不被天下人所信任，而对燕国忠诚，就像尾生一样守信用；白圭在战争中失去中山国的六座城池，后来反而为魏攻取中山。为什么呢？这确实是由于相知的原因。苏秦做燕国的宰相，有人在燕王面前诋毁他，燕王手按宝剑对进谗言的人大发雷霆，而杀掉好马给苏秦吃；白圭因为攻取中山国而在魏国得以显贵，有人在魏文侯面前诋毁他，魏文侯反而赐给他夜光璧。为什么这样呢？因为燕、魏两位国君和苏秦、白圭两位臣子，能够彼此肝胆相照，信而不疑，流言蜚语、谗言浮辞怎么会改变他们的关系呢？所以女子不论美丑，一旦进入后宫便会受人嫉妒；士人无论贤愚，一旦被朝廷起用便受人憎恨。从前司马喜在宋国受膑刑，而后来终于做了中山国的宰相；范睢在魏国被打得肋骨断裂、牙齿脱落，而在秦国被封为应侯。这两个人都相信自己必定成功的计划，他们抛弃朋党的私情，只坚持少数人的交谊，独立交往，所以不能避免遭受别人的嫉妒。因此，申徒狄投于雍水，徐衍负石自沉于大海，他们为时世所不容，但仍坚持正义，不愿苟且，不肯在朝廷中结党营私以改变君王的心思。所以百里奚在路上乞讨，而秦穆公把国政委托于他；宁戚在车下喂牛，齐桓公却把国家大事交付给他。这两个人难道是向来在朝廷做官，靠国君左右的人说好话，然后才取得两位国君的信任和重用吗？这是因为他们和国君情投意合，思想一致，关系如胶漆一样坚固，像兄弟一样不能被离间，怎么会被众人的坏话所迷惑呢？所以，只听一面之词，就会产生奸邪的事情，独自信任一个人，就会生出乱子。从前鲁国国君听信季孙的话而将孔子赶走，宋国国君用了子冉的计策而囚禁墨翟。凭孔子、墨子的雄辩口才，还不能避免遭人谗毁，这两个国家也因此受到损害。为什么呢？因为众口的谗言可以熔化金石，积久的毁谤可以离散骨肉之亲。因此秦国任用西戎人由余而称霸中原，齐国任用越人子臧而威、宣二王得以强盛。秦、齐的这两位国君难道曾受到世俗的牵制，而受束缚于一面之词吗？他们公正理智地听取意见，全面地观察衡量事物，贤声美名流传于世。所以意见相合，即使是胡、越这样距离远的国家也会成为兄弟，由余、子臧就是这样；意见不合，即使是骨肉之亲也会变成仇敌，丹朱、象、管叔、蔡叔就是这样。如果现在的君主能够像齐王、秦王那样明察一切，放弃宋、鲁两国国君的那种偏听偏信，那么五霸不足以相比，三王之功业也能易如反掌地建立了。

是以圣王觉悟，捐子之之心^①，而不悦田常之贤^②，封比干之后^③，修孕妇之墓^④，故功业覆于天下。何则？欲善无厌也。夫晋文公亲其仇^⑤，强霸诸侯；齐桓公用其仇^⑥，而一匡天下。何则？慈仁殷勤，诚嘉于心，此不可以虚辞借也。至夫秦用商鞅之法，东弱韩、魏，立强天下，而卒车裂之；越用大夫种之谋^⑦，禽劲吴而霸中国，遂诛其身。是以孙叔敖三去相而不悔^⑧；於陵子仲辞三公，为人灌园^⑨。今人主诚能去骄傲之心^⑩，怀可报之意，披心腹，见情素^⑪，堕肝胆^⑫，施德厚，终与之穷达，无爱于士^⑬，则桀之狗可使吠尧，而跖之客可使刺由^⑭。何况因万乘之权^⑮，假圣王之资乎^⑯？然则荆轲湛七族^⑰，要离燔妻子^⑱，岂足为大王道哉？

【注释】

①子之：战国时燕王哙的宰相。曾花言巧语骗得燕王哙"让"位于他，结果燕国大乱，招致齐国伐燕，几致亡国，子之也被杀。

②田常：即陈恒，春秋末期齐国的权臣。曾以大斗借出、小斗收入的办法取得民心。前481，杀掉了齐简公，另立齐平公，进一步地控制了齐国政权。至其孙田和，遂篡有齐政，姜姓之齐国灭亡。

③封比干之后：传说周武王伐纣后，曾给比干的儿子封爵位。

④修孕妇之墓：纣王无道，曾剖开孕妇的腹部与妲己观看胎儿。武王灭纣后，为孕妇修墓。

⑤晋文公亲其仇：晋献公逼死太子申生，公子重耳逃到蒲城。献公派寺人披追杀重耳，重耳跳墙逃走，寺人披将其衣袖砍下。后重耳回国即位，是为文公。晋臣吕甥、郤芮阴谋叛乱，想杀死文公。寺人披知道后，向文公报告，文公不计前嫌，听信其言，得免于难，并平定了叛乱。仇，此指寺人（宦官）披。

⑥齐桓公用其仇：齐公子纠和公子小白争夺齐国君位，管仲辅助公子纠。二人回国争位途中，管仲用箭射中小白衣服上的带钩。后来小白做了齐国的国君，即齐桓公。桓公不记旧仇，任用管仲为相，九合诸侯而霸天下。仇，此指管仲。

⑦大夫种：即文种，春秋时楚国郢人，事越王勾践为大夫，曾辅助越王勾践击败吴国。后因勾践猜忌功臣，文种被无辜杀害。

⑧孙叔敖三去相而不悔：孙叔敖，楚人，庄王时为楚国令尹。据说他曾经三次被任为令尹，面无喜色；三次被免掉令尹，也面无忧色。

⑨於陵子仲辞三公，为人灌园：据《孟子·滕文公》，陈载食禄万钟，其弟陈仲子以为不义，与其妻避居於陵，困苦至于"三日不食，耳无闻，目无见"，然守节不移。《史记集解》引《列士传》云："楚於陵子仲，楚王欲以为相，而不许，为人灌园。"於陵子仲，即陈仲

子。三公,周时指司徒、司马、司空,国家的最高执政大臣。

⑩懆(ào):同"傲"。骄傲,轻视。

⑪见:同"现"。表示,显现。情素:真情。素,同"愫"。

⑫堕肝胆:披肝沥胆。

⑬终与之穷达,无爱于士:意即始终如一地和他们同安乐,共患难,对待士人不吝惜,舍得给他们钱财与名位。穷,困窘。达,显通。

⑭跖:盗跖,春秋时鲁国人。相传曾聚党数千人横行天下,侵暴诸侯,后称为盗跖。由:许由,传说尧要把天下让给他,他逃避隐居不受。

⑮因:依靠。

⑯假:凭借。

⑰荆轲之湛七族:《史记·刺客列传》无此说,《论衡·语增》有所谓"秦王诛轲九族,复灭其一里"云云,乃王充夸大之说。湛,通"沉"。没,被诛灭。

⑱要离燔妻子:要离是春秋时期吴国人。阖庐刺杀王僚后,又派要离往刺王僚之子庆忌。要离为了接近庆忌,叫阖闾烧死他的妻子儿子,而且砍掉了自己的一只胳膊,只身一人跑去见庆忌,趁机将庆忌杀死,自己也自杀。

【译文】

所以圣明的君主觉悟,抛弃子之的心术,不欣赏田常的贤能,封爵给比干的后代,为纣王杀死的孕妇修墓,那么功业就可以遍及天下。为什么呢?因为求善的心是不会满足、没有止境的。晋文公亲近自己的仇人,结果称霸诸侯;齐桓公任用他的敌人,最终匡正天下。为什么呢?因为他们心地慈善仁爱,殷勤恳切,一片真诚,不被浮词虚言所转移。至于秦国采用商鞅变法,向东削弱韩、魏两国,称强于天下,最后商鞅却遭车裂之刑;越国采取大夫文种的计谋,打败了强大的吴国,然后称霸中原,结果文种却被杀死了。因此,孙叔敖三次被免去相位,而心中并不后悔；於陵子仲辞去三公的高官显位，甘愿去为人浇园灌地。现在君主如果能去掉骄傲之心，怀着让人可以报答的心意，表露真情，披肝沥胆，广施恩德，始终与士人同甘共苦，对士人毫不吝啬，那就可以使桀的狗对尧狂叫，可以使盗跖的门客去刺杀许由。何况凭着大国的优势，借助圣王的才智呢？这样，荆轲为了燕太子丹而使七族被诛杀，要离为了吴王阖闾而使妻儿被烧死，还哪里值得对大王说呢？

臣闻明月之珠，夜光之璧，以暗投人于道，众莫不按剑相眄者①，何则？无因而至前也。蟠木根柢②，轮囷离奇③，而为万乘器者④，何则？以左右先为之容也⑤。故无因而至前，虽出隋侯之珠、夜光之璧⑥，只足结怨而不见德。故有人先谈，则枯木朽株，树功而不忘。今天下布衣穷居之士，身在贫贱，虽蒙尧、舜之术，挟伊、管之辩⑦，怀龙逢、比干之意，欲尽忠当世之君，而素无根柢之容，虽竭精神，欲开忠信辅人主之治，人主必袭按剑相眄之迹矣。是使布衣之士，不得为枯木朽株之资也⑧。是以圣王制世御俗，独化于陶钧之上⑨，而不牵乎卑辞之语，不夺乎众多之口。故秦皇帝任中庶子蒙嘉之言⑩，以信荆轲之说，而匕首窃发；周文王猎泾、渭，载吕尚而归⑪，以王天下。秦信左右而亡，周用乌集而王⑫，何则？以其能越拘挛之语⑬，驰域外之义，独观于昭旷之道也⑭。今人主沉谄谀之辞⑮，牵于帷墙之制⑯，使不羁之士与牛骥同皂⑰，此鲍焦所以忿于世而不留富贵之乐也⑱。

【注释】

①按剑相眄(miǎn)：恼怒欲斗的样子。眄，斜视。

②蟠木：弯曲不直的树木。根柢：树根。柢，根。

③轮囷（qūn）：盘绕屈曲的样子。

④万乘器：天子车舆之属。

⑤容：雕饰加工。

⑥隋侯之珠：传说春秋时隋侯救活一条受伤的蛇，之后蛇衔一颗明珠以为报答，故名隋侯珠。

⑦伊：即伊尹，出身微贱，汤任以国政，助汤灭夏。管：即管仲。

⑧资：资质，才能，作用。

⑨独化于陶钧之上：意指要独立自主地运用管理之权。独化，独立运作。陶钧，古代制造陶器的机器，人们常用以代喻国家政权。

⑩中庶子蒙嘉：荆轲刺秦王时，即先贿赂蒙嘉，由蒙嘉引见于秦王。中庶子，官名。掌管王室及诸吏的嫡子、庶子的支派谱籍，上属太子太傅。

⑪周文王猎泾、渭，载吕尚而归：吕尚即姜太公，又名姜子牙。周文王猎于渭滨遇吕尚，相语大悦，于是与他同车而归，任以为师。后来吕尚辅佐武王伐纣灭商，建立周朝。

⑫乌集：像乌鸦一样突然聚集。比喻偶然遇合的人，指吕尚。

⑬拘挛：约束，拘泥。

⑭昭旷：宽宏，豁达。

⑮沉：沉湎，隐入。

⑯帷墙：指侍于帷墙之中的近臣妻妾等。

⑰不羁之士：指才识高远，性情超俗的人。不羁，豪放不受拘束。皂：喂牲口的食槽。

⑱鲍焦：周朝时的隐士，传说他对现实不满，不愿出仕，宁愿抱木饿死。

【译文】

臣听说明月之珠、夜光之璧，若在黑暗的夜里投向在路上走的人，那么人们没有不按剑斜视的，为什么呢？因为这些东西无缘无故地突然来到了面前。屈曲的树根，盘绕弯曲，离奇独特，而成为天子车舆的部件，为什么呢？因为左右的人已先把它雕刻装饰过。所以无故来到面前，即使是隋侯珠、夜光璧，也只会结怨而不会受到感谢。如果有人事先介绍宣扬过，那么即使是枯木朽株，也能建立功勋而不被忘记。现在天下那些出身微贱的人，身处贫困之中，就是有尧、舜的治国才能，有伊尹、管仲的谋略、辩才，怀着龙逢、比干的忠诚，可是向来没有像树根那样得到雕饰，即使竭尽精力，想对当世君主尽心献忠，那么君主还是一定手按宝剑斜目而视。这样，就使得平民出身的人，不能发挥即便是枯木朽株那样的作用。所以圣明的君主治理天下，应该像制陶器时自如地转动轮子那样，独立自主地执掌运用治国大道，不被谦恭的话语所牵制，也不受许多人的意见影响。秦始皇听信了中庶子蒙嘉的话而召见荆轲，结果匕首暗中刺了过来；周文王到泾渭之滨狩猎，把吕尚同车载回，结果称王于天下。秦始皇听信左右宠臣的话而招致亡国，周文王任用偶然相逢的人便称王天下，这是为什么呢？因为周文王能够摆脱拘泥的言辞和偏见，广泛听取外界的议论，独自看到光明旷达的治国之道。如果现在的君主沉溺在一片阿谀奉承的声音之中，受到近臣妻妾的牵制，使那些不受世俗约束的高人义士与牛马待遇一样，那正是鲍焦愤世嫉俗而对富贵之乐毫不留恋的原因。

　　臣闻盛饰入朝者①，不以私污义；砥厉名号者②，不以利伤行。故里名胜母，曾子不入③；邑号朝歌，墨子回车④。今欲使天下恢廓之士⑤，诱于威重之权，胁于位势之贵，回面污行以事谄谀之人⑥，而求亲近于左右，则士有伏死堀穴岩薮之中耳⑦，安有尽忠信而趋阙下者哉⑧？

【注释】

①盛饰入朝：衣冠整齐上朝，喻严肃对待国事。

②名号：名声，声誉。

③里名胜母，曾子不入：曾子以守孝道闻名。据说当他外出经过
　　"胜母"这个地方的时候，因为他嫌这个名字不合孝道，便不肯进
　　入，绕道而去。曾子，即曾参，春秋时鲁国人。孔子的弟子。

④邑号朝歌，墨子回车：相传墨翟路经朝歌时，因他觉得这个名字
　　与他"非乐"的主张不合，遂不肯进入，回车而去。朝歌，殷纣时
　　的都邑，在今河南淇县。

⑤恢廓：广大辽阔，形容器度宽宏。

⑥回面：掉转面孔，改变态度。污行：玷污自己的品行。

⑦堀穴：洞穴。堀，通"窟"。

⑧阙下：宫阙之下，借指帝王所居的宫廷。

【译文】

　　臣听说穿戴整齐上朝做事的人，不因私情而玷污道义；修身立行立
名的人，不因私利而损害品行。所以里巷名叫"胜母"，曾子就不进去；
城邑名为"朝歌"，墨子就掉头回车。现在想使天下胸怀宽广气度恢宏
的人，被威重的权力所笼罩，被高贵的地位所胁迫，改变自己的节操，玷
污自己的品行，去侍奉那些只会巴结逢迎的人，以求得与君主亲近，那
么士人只有老死在洞穴山林草湖之中了，哪里还会有尽忠守信的人来
到宫阙之下呢？

司马相如

司马相如简介参见卷三。

谏猎书

【题解】

元朔(前128—前123)初年,司马相如随武帝到鄠屋(今陕西周至)长杨宫射猎。武帝亲自射击熊和野猪,并在马上驱逐野兽。相如以为,狩猎尤其是亲自与野兽格斗非天子所宜为,故上此谏书,其中隐含着对武帝荒废政事的忧虑。文章将抽象的议论同生动的叙事结合起来,达到了于"悚然可畏之中,复委婉易听"(《古文观止》卷六)的效果;其文句于错综中见韵律,在明白晓畅中见深意。臣子忧虑天子安危和社稷江山的赤诚之心,跃然纸上。

　　臣闻物有同类而殊能者,故力称乌获①,捷言庆忌②,勇期贲、育③。臣之愚,窃以为人诚有之,兽亦宜然。今陛下好陵阻险,射猛兽,卒然遇轶材之兽④,骇不存之地⑤,犯属车之清尘⑥,舆不及还辕⑦,人不暇施巧,虽有乌获、逢蒙之技⑧,

力不得用,枯木朽株尽为害矣。是胡、越起于毂下⑨,而羌夷接轸也⑩,岂不殆哉! 虽万全无害,然本非天子之所宜近也。

【注释】

①乌获:战国时大力士,传说其力能举千钧。

②庆忌:春秋时吴王僚的儿子,传说跑起来连马都追不上,且能足追奔兽,手接飞鸟。

③贲、育:指战国时的武士孟贲和夏育。

④轶材:才能超群。这里指野兽凶猛异常。

⑤骇:惊起,惊扰。不存:谓危险。

⑥犯属车之清尘:冲撞了您的副车。此即冲犯皇帝的委婉说法。属车,皇帝的副车。古代帝王出巡,跟随八十一乘车,为属车。清尘,车后扬起的尘埃。

⑦还辕:掉转车头。

⑧逢(páng)蒙:又作逢蒙。古代的善射者。

⑨胡、越:对北方、南方少数民族的泛称。毂下:天子车乘之下。毂,车轮中间轴贯入处的圆木,此处指天子的车乘。

⑩羌夷:对西方和东方少数民族的泛称。当时武帝对匈奴(胡)、南粤(越)、西南夷用兵。接轸(zhěn):指向车驾靠近,接近。轸,车后横木,此处指天子的车乘。

【译文】

臣听说同类型的事物,能力并不一定相同,所以论气力要数乌获,说敏捷要算庆忌,讲勇猛则必定是孟贲和夏育。以臣的愚见,人类的确有这种情况,野兽想必也该是这样吧。如今陛下喜好亲自登上险要的地方射杀猛兽,一旦突然碰上凶猛异常的野兽,在危险的地方惊骇了奔马,触犯陛下的车驾,致使车驾来不及旋转躲闪,人没有机会施展武艺,纵有乌获、逢蒙的气力技巧,才能也得不到发挥,甚至连枯木朽株也会成为祸害。这时就像胡人和越人突然从您的车下起事，而羌人和夷人又突然来到您的车旁，岂不危险吗！即使绝对安全而无祸害发生，但这类事也毕竟不是天子所应该接近的。

　　且夫清道而后行①，中路而后驰②，犹时有衔橛之变③，而况涉乎蓬蒿，骋乎丘坟④，前有利兽之乐，而内无存变之意，其为害也，不亦难矣！夫轻万乘之重不以为安，乐出于万有一危之涂以为娱，臣窃为陛下不取。

【注释】

①清道：古代帝王出行，先清除道路，驱散行人以确保安全。

②中路：供皇帝行走的驰道。

③衔橛(jué)之变：指马的缰绳嚼子出问题，造成突然灾祸。衔，铁制马具，放在马口内，用以勒马。橛，衔在马口中的勒马用具，即马嚼子。

④丘坟：山陵之地。

【译文】

　　而且虽然开路清道警戒行人后再前进，在路的正中驱车前行，尚且间或有马缰绳嚼子上的问题发生，何况是穿行在繁茂的草丛中，奔驰在荒芜的山丘上，眼前只有获取猎物的欢乐，而心中没有应付意外之变的准备，恐怕灾祸也就难以避免了！看轻万乘之尊而不以平安为乐，行进在可能有危险的道路上而自以为是欢娱，臣私下认为陛下不宜这样做。

　　盖明者远见于未萌，而智者避危于无形。祸固多藏于隐微，而发于人之所忽者也。故鄙谚曰："家累千金，坐不垂堂①。"此言虽小，可以喻大，臣愿陛下留意幸察。

【注释】

①坐不垂堂：不坐在堂边檐下，以防被檐瓦的偶然脱落打伤。垂堂，这里指屋檐下。

【译文】

大凡明察秋毫的人能远见事物于尚未萌芽之际，聪明绝顶的人可以避开灾祸于尚无形迹之中。灾祸原本隐藏在不易觉察之处，而发生在疏忽之时。所以俗话说："家中积累千金，不在屋檐底下坐。"这说的虽然是小事，但可用来比喻大事，臣希望陛下能留意详察这些话。

严安

严安,生卒年月不详,西汉临淄(今属山东)人。汉武帝时以故丞相史身份上《言世务书》,后任骑马令。《汉书·严安传》收入《言世务书》全文,然而对严安生平事迹无详细记载。

言世务书

【题解】

本文是作者写给朝廷的一篇奏议,其中讨论了当时天下的形势,对君臣上下竞相追求奢华,人们逐利无已,尤其是朝廷穷兵黩武的现实,进行了严肃的讽谏,并以周、齐、晋、秦的历史为鉴,对统治者提出了忠告。

臣闻《邹子》曰①:"政教文质者,所以云救也。当时则用,过则舍之,有易则易之②。故守一而不变者,未睹治之至也。"今天下人民,用财侈靡,车马衣裘宫室,皆竞修饰,调五声使有节族③,杂五色使有文章,重五味方丈于前④,以观欲天下⑤。彼民之情,见美则愿之,是教民以侈也。侈而无节,则不可赡⑥,民离本而傲末矣⑦。末不可徒得⑧,故搢绅者不惮为诈,带剑者夸杀人以矫夺⑨,而世不知愧,故奸轨浸长⑩。夫佳丽珍怪,固顺于耳目,故养失而泰⑪,乐失而淫⑫,礼失而采⑬,教失而伪。伪、采、淫、泰,非所以范民之道也⑭。是以天下人民,逐利无已,犯法者众。臣愿为民制度,以防其淫,使贫富不相耀,以和其心。心既和平,其性恬安。恬安不营,则盗贼销。盗贼销,则刑罚少。刑罚少,则阴阳和,四时正,风雨时,草木畅茂,五谷蕃熟,六畜遂字⑮,民不夭厉⑯,和之至也⑰。以上请制度以防淫。

【注释】

①《邹子》:书名,相传为邹衍所著。邹衍,战国时齐国人。阴阳家,曾为齐威王大臣。

②易:变易。

③节族:节奏。族,通“奏”。

④方丈:指方丈之食。极言肴馔之丰盛。

⑤观欲天下:向天下人显示欲望的满足。观,显示。

⑥赡:满足。

⑦本:指农业。傲:求取。末:指工商业。

⑧徒:空。

⑨矫:伪饰。

⑩浸:渐渐地。

⑪泰:奢侈。

⑫淫:放纵。

⑬采:矫饰。颜师古注:“采者,文过其实也。”

⑭范:模范,榜样。

⑮字：怀孕，生育。

⑯夭：早死。厉：病灾。

⑰和：和谐。

【译文】

　　臣听《邹子》中讲："政令教化文采之类，都是为了挽救时弊。适逢其时就推行，过时就放弃，需要变更的就变更。因此墨守成规不加改变，是不懂得大治的道理。"现在天下人民花费奢侈，车马、衣服、房屋无不竞相修饰，调节五音使之有节奏，混杂五色使之有文采，堆叠五味摆满几案，以此向天下人显摆。那些人的心态，看见美好的东西就喜欢，这是教人民奢侈。奢侈而没有节制，就贪得无厌，老百姓就会舍弃农业而追求工商业利润。可是利润也不能凭空求得，所以宽衣大带的士大夫不怕冒险行骗，带剑的游侠以能动手杀人来竞相炫耀，而世人并不知道为此羞愧，所以违法犯罪渐渐增多。美丽珍奇怪异的什物，必定顺于耳目，所以养身就失之于奢侈，游乐就失之于放纵，礼仪就失之于矫饰，教化就失之于虚假。虚假、矫饰、放纵、奢侈，不是规范教导人们的方法。因此天下人民逐利不休，触犯法律的人很多。臣希望能替百姓制定法度来防止他们行为过分，使贫富不竞相炫耀，从而舒解他们的心志。心志如能和谐平定，他们的情性就恬然自安。恬然自安而不谋求过多，盗贼就会消失。盗贼消失，刑罚就会很少动用。刑罚很少动用，阴阳之气就会调和，四时有规律，风雨及时，草木生长茂盛，五谷正常成熟，六畜繁殖，人民不夭折患病，这是天地间最高的和谐。以上请求制定法度以防止淫逸。

　　臣闻周有天下，其治三百余岁，成、康其隆也①，刑错四十余年而不用②。及其衰亦三百余年，故五伯更起。五伯者，常佐天子兴利除害，诛暴禁邪，匡正海内，以尊天子。五伯既没，贤圣莫续，天子孤弱，号令不行。诸侯恣行，强陵弱,众暴寡。田常篡齐,六卿分晋,并为战国,此民之始苦也。于是强国务攻,弱国修守,合从连衡,驰车毂击③,介胄生虮虱④,民无所告愬。以上周失之弱。

【注释】

①成、康:周成王、周康王。隆:兴盛。

②刑错:放置刑法而不用。错,通"措"。放置。

③驰车毂击:车子往来,其毂相击。形容战车杂乱众多。

④介胄:铠甲和头盔。虮虱(jǐ shī):虱子和虱卵。

【译文】

臣听说周统治天下,大治三百多年,周成王、周康王时代更是太平盛世,刑罚四十多年闲置不用。等到周朝衰微,也有三百多年,这时五霸相继而起。五霸经常辅佐周天子兴利除害,诛除强暴,禁止奸邪,匡正天下,以尊崇天子。五霸之后,再没有贤人和圣人出现。周天子孤立软弱,号令无法推行。诸侯胆大妄为,以强凌弱,以众欺寡。田常篡夺齐国,六卿瓜分晋国,形成战国局面,这是人民灾难的开始。从此强国一心追求攻战,弱国致力于防守,合纵与连横无休无止,战车交错往来,战士身穿甲胄,都生了虱子,人民有苦无处诉。以上讲周朝失之于衰弱。

及至秦王,蚕食天下,并吞战国,称号皇帝。一海内之政,坏诸侯之城。销其兵,铸以为钟虡,示不复用。元元黎民①,得免于战国,逢明天子,人人自以为更生。乡使秦缓刑罚②,薄赋敛,省徭役,贵仁义,贱权利,上笃厚,下佞巧,变风易俗,化于海内,则世世必安矣。秦不行是风,循其故俗,为知巧权利者进,笃厚忠正者退。法严令苛,谄谀者众,日闻其美,意广心逸。欲威海外,使蒙恬将兵以北攻强胡,辟地进境,戍于北河③,飞刍挽粟④,以随其后。又使尉屠睢将楼船之士攻越⑤,使监禄凿渠运粮⑥,深入越地,越人遁逃。旷日持久,粮食乏绝,越人击之,秦兵大败。秦乃使尉佗将卒以戍越⑦。当是时,秦祸北构于胡,南挂于越,宿兵于无用之地,进而不得退,行十余年。丁男被甲,丁女转输,苦不聊生,自经于道树,死者相望。及秦皇帝崩,天下大畔。陈胜、吴广举陈,武臣、张耳举赵,项梁举吴,田儋举齐,景驹举郢,周市举魏,韩广举燕,穷山通谷,豪士并起,不可胜载也。然本皆非公侯之后,非长官之吏,无尺寸之埶,起闾巷,杖棘矜⑧,应时而动,不谋而俱起,不约而同会,壤长地进,至乎伯王,时教使然也。秦贵为天子,富有天下,灭世绝祀,穷兵之祸也。以上秦失之强。

【注释】

①元元:百姓,庶民。

②乡使:假如。乡,通"向"。

③北河:约当今乌加河,位于内蒙古西部河套平原北部,时为黄河正流。此指内蒙古河套地区。

④飞刍(chú)挽粟:即运输粮草。飞刍,运载草料,迅急如飞。飞,形容其快。刍,喂牲口的草。挽,牵引,运输。

⑤尉屠睢:都尉,姓屠,名睢。秦伐南越的军事将领。

⑥监禄:御史监,名禄,又称史禄。秦伐南越时,他负责转运军需。渠:此指灵渠。在今广西兴安西,东接湘江,西接漓江,为沟通长江水系与珠江水系的人工运河。前214年凿成通航。

⑦尉佗:即赵佗。秦二世时为南海尉。秦灭,自立为南越武王。汉高祖时封为南越王,吕后时,自尊为南越武帝。

⑧棘矜:戟柄。棘,通"戟"。

【译文】

　　到了秦王政,蚕食天下,并吞列国,称号"皇帝"。统一天下的政令,毁坏诸侯的国都。销毁他们的武器,铸造成大钟架,表示不再动兵刃。平民百姓得以免于战争,恰逢英明的天子,人人都自以为获得了新生。如果当初秦王朝缓和刑罚,减轻赋税,免去徭役,推重仁义,鄙弃权力利益,尊重忠厚,贬低奸佞,移风易俗,教化行于天下,那么一代代必能永久太平。秦王朝不采取这种政策,沿用过去的习俗,追逐机巧权力的人得到升迁,仁义忠厚的人被迫退却。法令严苛残酷,阿谀谄媚的人多,每天听到的都是歌颂美德之声,意志于是宽泛,心思于是放逸。想威加海外,使蒙恬带兵向北进攻强大的匈奴,拓展边疆,兵士的戍区到了北河,人民紧忙地运输草料和军粮,随之而至。又让都尉屠睢率战船进击南越,让御史监禄开凿灵渠运粮,深入越地,越人奔逃。旷日持久,粮食缺乏断绝了,越人发动进攻,秦军大败。秦便派遣赵佗为南海尉率军守卫越境。在这时候,秦王朝的战祸,北方系累于匈奴,南方受制于南越,将军队驻扎在没有用处的地方,能进却不能退,持续达十来年。男人身披铠甲,妇女运输物资,苦不堪言,在沿途树上上吊自杀的人,到处都能看到。等到秦始皇驾崩,天下叛乱。陈胜、吴广在陈起事,武臣、张耳在赵起事,项梁在吴起事,田儋在齐起事,景驹在郢起事,周市在魏起事,韩广在燕起事,四海之内,到处都是豪杰兴起,多得无法记载。这些人论出身,并不是公侯的后裔,也不是官长,没有一点封地,从村巷发端,斩木为兵,应时而动,不用合谋却同时兴起,不约而同,扩展领地,以至于成为霸主侯王,这是时势造成的。秦贵为天子,拥有四海,结果灭亡绝后,这是穷兵黩武的结果啊。以上讲秦朝失之于强悍。

　　故周失之弱,秦失之强,不变之患也。今徇南夷①,朝夜郎②,降羌、僰③,略薉州④,建城邑,深入匈奴,燔其龙城⑤,议者美之。此人臣之利,非天下之长策也。今中国无狗吠之警,而外累于远方之备,靡敝国家,非所以子民也。行无穷之欲,甘心快意,结怨于匈奴,非所以安边也。祸挐而不解⑥,兵休而复起,近者愁苦,远者惊骇,非所以持久也。今天下锻甲磨剑,矫箭控弦⑦,转输军粮,未见休时,此天下所共忧也。夫兵久而变起,事烦而虑生。今外郡之地,或几千里,列城数十,形束壤制,带胁诸侯⑧,非宗室之利也。上观齐、晋所以亡,公室卑削,六卿大盛也;下览秦之所以灭,刑严文刻,欲大无穷也。今郡守之权,非特六卿之重也⑨;地几千里,非特闾巷之资也;甲兵器械,非特棘矜之用也。以逢万世之变⑩,则不可深讳也。

【注释】

①徇(xùn):夺取。

②夜郎:古国名。故治在今贵州西部、北部与云南东北部、四川南部一带。

③羌、僰(bó):古代少数民族名。羌约在今川、陕、甘三省交界地带。僰约在今四川宜宾西南。

④薉(huì)州:古代东北少数民族故地。在辽东之东。

⑤燔:烧毁。龙城:也做"茏城",匈奴族大本营的所在地。在今蒙古国鄂尔浑河西侧的和硕柴达木湖附近。

⑥挐(rú):杂乱,纷乱。

⑦矫:通"挢"。高举。

⑧形束壤制,旁胁诸侯:谓各郡的地形与邻近的诸侯国犬牙交错,控制威胁着其邻近的诸侯国。

⑨特:仅仅。

⑩万世之变：万世难逢的变故，隐指造反。

【译文】

所以说，周王朝失败在于太弱，秦王朝失败在于太强，都是不知变化而带来的祸患。现在大汉夺取南夷，使夜郎称臣，降服羌、僰，占据蔗州，建立城邑，深入匈奴腹地，焚毁他们的龙城，议论的人都加以赞扬。这是臣子的利益所在，并不是天下平安的长久之策。现在中原安定没有狗叫示警，却在外面苦于重重军备，使国家凋敝，这不是养育人民的政策。极尽无穷无尽的贪欲，图痛快舒服，与匈奴结下怨仇，并不是绥定边境的方法。灾祸纠缠不散，战争停止又发生，近处的人愁闷痛苦，远处的人惊惧害怕，这不是长久之计。现在天下造甲胄做兵器，举箭拉弓，运输军粮，不见有休止的时候，这是天下人共同的担忧。战乱久了就会发生变化，事物繁多就会产生忧虑。现在有的外郡有几千里的土地，数十座城池，地形与邻近的诸侯国犬牙交错，控制威胁着诸侯，这可不是宗室的利益。远看齐、晋灭亡的原因，在于君主卑下弱小，六卿太强大；近看秦王朝灭亡的原因，在于刑罚苛刻，贪欲无厌。现在的郡守，不只是拥有当年六卿的权力；管辖方圆几千里的地方，不只是拥有村巷的资财；积存的甲兵器械，也不只是具有戟柄的功用。假使遭逢万世难逢的社会动荡，那可真不好说啊。

主父偃

主父偃(? —前126),西汉齐国临淄(今属山东)人。初习纵横家言,后学《易》《春秋》百家之说。汉武帝元光(前134—前129)初年,上书言事,因任为郎中,一年之内四次迁官,至中大夫。他提出"推恩法",以削弱诸侯王的势力,抑制豪强、贵族的兼并,又建议设朔方郡以抗击匈奴的侵扰。元朔二年(前127)出任齐王相。后揭发齐王与其姐通奸,齐王自杀,而自己也因此得罪族诛。《汉书·艺文志》记载有作品二十八篇,今已失传。

论伐匈奴书

【题解】

本文是作者就讨伐匈奴问题而作的一篇劝谏文章。自周秦以来,汉族政权多次受到北方匈奴的威胁和侵害,是否抗御匈奴成为衡量一位君主有无作为的标志。汉武帝承文、景之基业,国力雄厚,因此多次对匈奴用兵,保卫汉室的疆土,这是应该给予肯定的。但他因此征发大量民力,耗费大量资财,造成民生凋敝,则为其政治上的失误。作者主张抗击匈奴,但反对穷兵黩武。在这篇文章中,作者直陈了这一观点。全篇行文颇有纵横家的风范,语言铿锵,论理严密,无懈可击。

　　臣闻明主不恶切谏以博观①,忠臣不避重诛以直谏,是故事无遗策②,而功流万世。今臣不敢隐忠避死以效愚计,愿陛下幸赦而少察之。

【注释】

①切谏:直言极谏。

②遗策:失算。

【译文】

　　臣听说英明的君主不会厌恶直言的劝谏,以此来开阔自己的视野,忠直的大臣不逃避重刑而敢直言劝谏,因此国事就不会有失误,所建立的丰功伟绩就会流芳万代。现在,我不敢隐埋忠直,惧怕死罪,而来奉献我的见解,希望陛下能开恩赦免,稍微地察看察看。

　　《司马法》曰①:"国虽大,好战必亡;天下虽平,忘战必危。"天下既平,天子大恺②,春蒐秋狝③,诸侯春振旅④,秋治兵,所以不忘战也。且夫怒者逆德也⑤,兵者凶器也,争者末节也。古之人君,一怒必伏尸流血,故圣王重行之⑥。夫务战胜,穷武事⑦,未有不悔者也。以上言不可穷兵黩武。

【注释】

①《司马法》:古代的一部兵书名,作者不详。司马是古代的主兵之官。也有说即先秦时期司马穰苴所整理的一部兵书《司马穰苴兵法》。

②大恺:古代军队凯旋时所奏的音乐。

③春蒐秋狝(xiǎn):古代春秋两季借射猎形式举行的练兵活动。春季打猎称蒐,秋季打猎称狝。

④振旅：整顿部队。

⑤逆德：背弃仁德。

⑥重（zhòng）行：谓不妄动，动必以礼。

⑦穷武：即穷兵黩武，言滥用武力，肆意发动战争。

【译文】

《司马法》讲："国家虽然强大，如果好战，那么一定会亡国；国家虽然安定，如果忘记战争，那么必然导致危亡。"国家安定以后，天子凯旋而归收兵止战，也要在春秋举行行猎练兵活动，诸侯们也在春天整顿军队，秋天操练士兵，这样做，只是为了不忘记战争啊。况且暴怒是违背仁德的事，兵器是杀人的凶器，而战争不过是末节之事。古时的国君一发怒，必然要杀人流血，所以圣明的君王不轻易发动战争。那些好战争胜、穷兵黩武的君王，到后来没有不后悔的。以上讲不可穷兵黩武。

　　昔秦皇帝任战胜之威，蚕食天下，并吞战国，海内为一，功齐三代。务胜不休，欲攻匈奴，李斯谏曰："不可。夫匈奴无城郭之居，委积之守①，迁徙鸟举②，难得而制。轻兵深入，粮食必绝；运粮以行，重不及事③。得其地不足以为利，得其民不可调而守也。胜必弃之，非民父母。靡敝中国④，甘心匈奴，非完计也。"秦皇帝不听，遂使蒙恬将兵而攻胡，却地千里⑤，以河为境。地固泽卤⑥，不生五谷。然后发天下丁男以守北河⑦。暴兵露师，十有余年，死者不可胜数，终不能逾河而北。是岂人众之不足，兵革之不备哉？其执不可也。又使天下飞刍挽粟⑧，起于黄、腄、琅邪负海之郡⑨，转输北河，率三十钟而致一石⑩。男子疾耕，不足于粮饷；女子纺绩，不足于帷幕。百姓靡敝，孤寡老弱，不能相养，道死者相望,盖天下始叛也。以上秦攻胡之失。

【注释】

①委积:储备的粮草、财物。

②举:飞。

③重不及事:指行动迟缓,不可能抓住敌人。

④靡敝:凋敝。

⑤却地:辟地。

⑥泽卤:低洼盐碱地。

⑦北河:约当今乌加河,位于内蒙古西部河套平原北部,时为黄河正流。此指内蒙古河套地区。

⑧飞刍挽粟:即运输粮草。飞,快速运到。刍,喂牲口的草。挽,牵引,运输。

⑨黄:古县名。在今山东龙口。腄:古县名。在今山东福山。按,二县都在今烟台沿海,当时属东莱郡。琅邪:汉郡名。地处山东半岛的东南部海边,郡治在今山东诸城。负海:靠近海边。负,背靠。

⑩率:大概,大体上。钟、石:古代重量单位。十斗为一石,六石四斗为一钟。

【译文】

从前秦始皇凭借战争的威力,像蚕吃桑叶一样一步步侵吞了天下,兼并了六国的土地,一统天下,所建立的事业功绩与夏、商、周三代相同。但他求胜不止,又要进攻匈奴,当时李斯劝谏道:"这不行。匈奴居住没有城池,生活没有积蓄,经常迁居游牧,像鸟儿一样地飞来飞去,很难制约他们。如果用轻装的部队深入到那地区,那么粮饷一定会断绝;如果让粮草随军而行,那么又因为辎重多而行动迟缓贻误战机。即使占有了那里的土地,也得不到什么大的利益,征得那里的百姓,也不能役使他们来驻守。得胜了却必须放弃它,这不是为民父母的圣王作为。使中原凋敝,以达成消灭匈奴的心愿,这绝非完美的策略啊。"秦始皇未能采纳这建议,于是派遣大将蒙恬率兵进攻匈奴,开拓地方上千里,将黄河作为疆界。可是那里的土地本来就低洼盐碱,各种庄稼都不能生长。后来又征调国家中的男子去守卫北河的土地。就这样使军队风餐露宿长达十多年,死去的人数都数不过来,但最终也未能越过黄河而向北发展。这难道是因为人力不充足,武器装备不完备吗?是其形势不允许啊。后来还让天下的人民抓紧运输草料和军粮,由靠近渤海的黄县、腄县、琅邪郡等转运到北河地区,三十钟粮食,运到那里,大概只剩下一石左右。这样即使男人们再努力耕种,也不够供给军饷;女人们再努力纺织,也不够架设军营的帐篷。百姓们全都穷困凋敝了,孤、寡、老弱的人都不能生活下去了,在道路上随时都会发现死人。这时天下就开始叛秦了。以上讲秦攻打匈奴的失误。

及至高皇帝定天下,略地于边①,闻匈奴聚代谷之外而欲击之②。御史成谏曰:"不可。夫匈奴,兽聚而鸟散,从之如搏景③。今以陛下盛德攻匈奴,臣窃危之。"高帝不听,遂至代谷,果有平城之围④。高帝悔之,乃使刘敬往结和亲⑤,然后天下亡干戈之事。以上高祖伐匈奴之事。

【注释】

①略地于边:高祖六年(前201),韩王信投降匈奴,七年(前200),刘邦北征韩王信,大破之,遂欲北击屯驻于今山西北部的匈奴军。

②代谷:在今山西大同及其附近一带地区。当时匈奴冒顿尝居于此。

③从:进击。景:同"影"。

④平城之围:高祖七年(前 200)冬,刘邦率军进至平城东北之白登,
　被匈奴所包围,七日不得出。后通过陈平施反间计,始脱困境。
　平城,在今山西大同东北。

⑤刘敬:原名娄敬,因劝刘邦由洛阳改都关中,而被刘邦喜爱赐姓
　刘。他是最早提倡与匈奴实行和亲政策的人。

【译文】

等到了高祖皇帝平定了天下,向边疆地区进军,听说匈奴的军队集
结在代谷的外围,就想去进攻他们。御史成劝谏道:“这不行。匈奴人
像野兽一样地聚集,又像鸟一样散去,要进攻他们如同打击人的影子一
样,徒劳无功。现在凭着陛下的盛德威望去进攻匈奴,臣下私自认为是
很危险的啊。”高祖皇帝未能听从这些劝谏,于是进发到了代谷,果然在
平城被困。这时高祖皇帝才后悔不该如此行事,于是派遣刘敬前去与
匈奴谈判讲和,缔结和亲,这之后国家才没有了战乱。以上讲高祖进攻匈
奴之事。

故兵法曰:“兴师十万,日费千金①。”秦常积众数十万
人,虽有覆军杀将,系虏单于②,适足以结怨深仇,不足以偿
天下之费。夫匈奴,行盗侵驱③,所以为业,天性固然。上自
虞、夏、殷、周,固不程督④,禽兽畜之,不比为人。夫不上观
虞、夏、殷、周之统,而下循近世之失,此臣之所以大恐,百姓
所疾苦也。且夫兵久则变生,事苦则虑易⑤。使边境之民靡
敝愁苦,将吏相疑而外市⑥,故尉佗、章邯得成其私,而秦政
不行,权分二子,此得失之效也。故《周书》曰⑦:“安危在出
令,存亡在所用。”愿陛下孰计之而加察焉。

【注释】

①兴师十万，日费千金：《孙子·用间篇》云："凡兴师十万，出征千里，百姓之费，公家之奉，日费千金。"千金，汉称黄金一斤曰一金，一金可抵铜钱一万枚，千金相当铜钱一千万。

②系虏单于：按，蒙恬等曾驱逐匈奴，夺回河套一带的大片土地，但"系虏单于"之事不见记载。

③行盗：往来不定，侵盗我边疆。侵驱：颜师古注："来侵边境，驱掠人畜也。"

④程督：对于法定赋税、劳役等的监督。程，监督，考核。督，责备，责罚。

⑤虑易：想法改变，隐指图谋造反。

⑥外市：勾结外人以取利。

⑦《周书》：《尚书》的一部分。《尚书》中《泰誓》至《秦誓》三十二篇，记载周、秦之事。下文所引"安危在出令，存亡在所用"二句不见于《周书》，而与《逸周书·王佩》"存亡在所用，离合在出令"相近。

【译文】

　　因此，兵法上讲："发动十万人的军队，每天所耗资金就要高达千金。"秦朝常常聚集几十万人出征作战，虽然有歼灭匈奴全军、杀死他们的主将、俘虏他们的首领单于的功绩，但只是加深了两方面的敌视与仇恨，不够抵偿国家所耗费的资财。匈奴往来侵扰边疆，驱赶人畜，以此作为事业，这是他们天性所决定的。上至虞舜、夏、商、周，本都不对他们严加管理，督责赋税徭役，就像禽兽一样饲养着，不像对待人一样来对待他们。现在不去参考虞舜、夏、商、周的统治方法，却沿袭近世的那些失误，这是为臣子所担忧害怕的，也是国家百姓感到危难痛苦的。况且用兵时间长了就会发生变故，百姓受苦过深就会想要造反。这样就会使边境上的人感到穷苦愁闷而产生离去之心，戍边的将士官吏也会相互猜忌而勾结外敌，所以尉佗和章邯得以成其私心，或反叛或自立为王，而秦朝政令不能畅行，权力被尉佗、章邯瓜分。这是得与失两方面最有力的验证啊。因此《周书》上讲："国家的安危全在于君王的政令，国家的存亡全在于君王的行为。"希望陛下能详细考察，好好计议。

淮南王安

淮南王安即刘安(前179—前122),西汉时期有名的思想家和文学家。他是汉高祖刘邦的孙子,淮南王刘长的儿子。汉文帝时承袭父位为淮南王。好读书,善鼓琴。汉武帝对他很是尊重,曾命他作《离骚传》。后来刘安阴谋叛乱,没有成功,于是自杀,受株连者达数千人。刘安曾经招致宾客,集体编著了《淮南子》一书,是秦代以后比较有名的子书,保存了许多神话传说和历史故事。

谏伐闽越书

【题解】

《谏伐闽越书》是刘安上奏汉武帝的一篇谏书。闽越即今天的福建一带。建元六年(前135),闽越攻打南越。汉武帝接到南越报告后,即准备兴兵讨伐闽越。刘安上书劝谏,条分缕析地说明不应出兵讨伐闽越的诸般理由,很有说服力。文中又举了许多例子来论证自己的观点,有理有据,发人深省。其语言多用骈偶句式,又杂有排比,从而使文章显示出气势。

陛下临天下①,布德施惠,缓刑罚②,薄赋敛,哀鳏寡,恤孤独③,养耆老④,振匮乏。盛德上隆,和泽下洽⑤。近者亲附,远者怀德,天下摄然⑥,人安其生,自以没身不见兵革。今闻有司举兵⑦,将以诛越,臣安窃为陛下重之⑧。

【注释】

①临:监视,监临。引申为统治,治理。

②缓:谓刑罚等宽容、宽恕。

③恤:体恤,救济。

④耆(qí):年老。古代年六十称耆。

⑤洽:广博,周遍。

⑥摄(niè)然:顺从、安定的样子。

⑦有司:负有专职的官吏。

⑧重:慎重。

【译文】

陛下君临天下,遍布恩德,广施恩惠,放宽刑罚,减免赋税、征敛,哀怜鳏寡,抚恤孤独,敬养老人,赈济贫困潦倒的人。深厚的恩德兴盛,和煦的恩泽遍施。近处的人亲近归附,远方的人感怀恩德,天下臣服安定,人民安居乐业,自以为到死都不会看到战争。如今我听说有关主管部门要举兵,准备诛灭越国,臣刘安我私下里认为陛下应该慎重。

越,方外之地①,劗发文身之民也②,不可以冠带之国法度理也。自三代之盛,胡、越不与受正朔③,非强弗能服、威弗能制也,以为不居之地,不牧之民④,不足以烦中国也。故古者封内甸服⑤,封外侯服⑥,侯卫宾服⑦,蛮夷要服⑧,戎狄荒服⑨,远近执异也。自汉初定已来七十二年,吴、越人相攻击者不可胜数,然天子未尝举兵而入其地也。

【注释】

①方外之地:指中原以外的边远地区。

②劗(zhān)发文身:古代吴越一带风俗,截短头发,身刺花纹。劗,剪,剃。

③不与受正朔:不接受朝廷的历法。意即不受朝廷管辖。正朔,农历正月初一。后通指帝王新颁的历法。

④牧:统治。

⑤封内:王畿之内。王畿即王城周围千里的地域。甸服:王畿周围的地域。

⑥封外:王畿之外。侯服:王畿之外一千里的地域。

⑦侯卫:侯服至卫服之地,也指侯服至卫服之间的诸侯。宾服:诸侯入贡朝见天子。

⑧要服:离王畿一千五百里至二千里的地域。

⑨荒服:离王畿二千里至二千五百里的地域。

【译文】

越国是中原之外的边远地区,都是些剪掉头发在身上刺花纹的人,不能用我们文明之国的法令制度去治理。自从夏、商、周三代兴盛以来,那胡、越之地就不受朝廷管辖,不是强权难以收服、重威不能压制,因为那里的土地不能居住,人民不受治理,不足以使我们中原大国伤神费心。所以古代王畿之内称甸服,王畿之外一千里的地域称侯服,侯服与卫服之间的诸侯要入贡朝见天子,南方蛮夷之地称要服,北方戎狄之地称荒服,远近形势不同。自从汉朝初年平定天下以来,有七十二年了,吴、越之地的人们互相攻击的次数数也数不清,然而天子却从未兴兵进入他们的地盘。

臣闻越非有城郭邑里也,处谿谷之间,篁竹之中①,习于水斗,便于用舟②。地深昧而多水险③。中国之人不知其执阻而入其地,虽百不当其一。得其地,不可郡县也;攻之,不可暴取也④。以地图察其山川要塞,相去不过寸数,而间独数百千里。阻险林丛弗能尽著⑤,视之若易,行之实难。天下赖宗庙之灵,方内大宁,戴白之老不见兵革⑥,民得夫妇相守、父子相保,陛下之德也。越人名为藩臣,贡酎之奉⑦,不输大内⑧,一卒之用,不给上事。自相攻击,而陛下发兵救之,是反以中国而劳蛮夷也。且越人愚赣轻薄⑨,负约反覆,其不用天子之法度,非一日之积也。壹不奉诏,举兵诛之,臣恐后兵革无时得息也。以上言越不宜用兵。

【注释】

①篁(huáng)竹:竹林,竹丛。

②便:擅长,善于。

③深昧:幽暗。

④暴取:突然取胜,速战速决。

⑤著:记载,标明。

⑥戴白之老:满头白发的老人。戴,顶着。

⑦贡酎(zhòu):谓土贡和助祭之费。酎,献。此指献给朝廷供祭祀之用的贡金。

⑧大内:汉代京城的国库。

⑨赣(zhuàng):通"戆"。傻。

【译文】

　　我听说越国没有城郭乡里,处在山谷之间,竹林之中,他们习惯于水战,擅长使用舟船。那里的地形幽深不明,有很多河流险要之处。我们中原的人不了解那里的地形险要就进入那个地区,即使有一百人也顶不上他们一个人。获得了那里的土地,也不能设置郡县;攻打他们,也不能速战速决。在地图上观察那里的山川要塞,其间相距不过一寸远,但实际上距离有几百几千里远。险要、阻隔、树木、丛林,不能全都标在地图上,看起来好像很容易,真正行动起来却非常难。天下仰赖宗庙的神灵,国内得以安宁,头发白了的老人一生都看不到战争,人民得以夫妻相守,父子相保,这是陛下的恩德啊。越人虽然名义上是藩臣,但进贡的物品钱粮不能纳入国库,一个小卒都不奉献给皇上使用。他们自相攻击,而陛下却发兵去救援他们,这反而是以中原大国去为蛮夷劳神费力啊。况且越人愚顽不化而又轻薄,不守信用反复无常,他们不遵循天子的规矩条令,不是一天的事了。如果他们一不遵奉皇帝命令,就举兵去诛灭他们,我担心此后战争会绵延不绝啊。以上讲对越国不宜用兵。

　　间者,数年岁比不登,民待卖爵赘子以接衣食①,赖陛下德泽赈救之,得毋转死沟壑。四年不登②,五年复蝗,民生未复。今发兵行数千里,资衣粮入越地,舆轿而隃领③,拖舟而入水,行数百千里,夹以深林丛竹,水道上下击石,林中多蝮蛇猛兽④,夏月暑时,呕泄霍乱之病相随属也,曾未施兵接刃,死伤者必众矣。前时南海王反⑤,陛下先臣使将军间忌将兵击之⑥,以其军降,处之上淦⑦。后复反,会天暑多雨,楼船卒水居击棹,未战而疾死者过半。亲老涕泣,孤子啼号,破家散业,迎尸千里之外,裹骸骨而归。悲哀之气,数年不息,长老至今以为记。曾未入其地,而祸已至此矣。

【注释】

①卖爵:秦汉时普通百姓可以通过军功、交粮等渠道获得民爵,这种爵位可以买卖。赘(zhuì)子:汉时淮南地方,卖子与人作奴婢,

名为"赘子",三年后可以赎回。一说即上门女婿,等同于奴隶。

②四年:指建元四年(前137)。不登:歉收。

③轿:竹舆车,古代过山用的交通工具。隃(yú)领:越过山岭。隃,通"逾"。领,同"岭"。

④蝮蛇:毒蛇。

⑤南海王:名职,南越国北部的一个少数民族头领,未被南越国征服,而接受过汉高祖刘邦的封号。

⑥先臣:指淮南厉王刘长,刘安之父。间忌:《汉书·淮南王传》作简忌,中尉将。

⑦上淦(gàn):淦水上游。应在今江西新干附近。淦,淦水,源于今江西樟树西南,西北流入赣江。

【译文】

近几年来,粮食连年歉收,人民依靠卖爵和卖孩子给人做奴婢来接济家里的吃穿,幸得仰赖陛下的恩泽赈济救援他们,才得以没有辗转死于沟壑。建元四年粮食歉收,建元五年又闹蝗灾,人民生产生活尚未得到恢复。如今发兵行程几千里路,携带衣服粮食进入越国地区,车马山轿翻越山岭,拖着舟船涉水而过,走了几百几千里路,陆路上两旁都是深深的丛林和密集的竹林,水路中上下都会撞上石头,树林之中有许多毒蛇猛兽,盛夏溽暑时节,呕吐腹泻、霍乱等病会接连发生,还没有施展兵刃对敌作战,死伤的人一定就会很多了。前段时间南海王反叛,陛下的先臣命令间忌将军率领军队去攻打他们,因为他们的军队投降了,便安置在淦水上游。后来他们又反叛,恰逢天气暑热,雨水很多,楼船士卒生活在船上奋力划桨而行,还没有打仗就生病死了超过一半的人。他们年老的父母为之涕泣,留下的孤儿哀哭啼叫,家庭破碎,家业败落,去千里之外迎取尸骨,包裹了他们的遗骸回家。悲哀的气氛,几年了还没消失,年长的人至今对此还记忆犹新。还没有进入那个地域,祸害已经到了这种地步了。

臣闻军旅之后必有凶年,言民之各以其愁苦之气,薄阴阳之和,感天地之精,而灾气为之生也。陛下德配天地,明象日月,恩至禽兽,泽及草木,一人有饥寒不终其天年而死者,为之凄怆于心。今方内无狗吠之警,而使陛下甲卒死亡,暴露中原,沾渍山谷①,边境之民为之早闭晏开②,晁不及夕③,臣安窃为陛下重之。以上军士逾领死亡必多。

【注释】

①沾渍山谷:鲜血浸染山谷。

②早闭晏开:关门早开门晚。谓因兵祸而人心惶惶,担惊受怕。

③晁:同"朝"。早晨。

【译文】

我听说战争过后必定会有荒年,据说是人民以他们各自的忧愁苦闷的气息,侵入了原本调和的阴阳二气,触动了天地的精气,于是灾难之气为此而生成。陛下的德行比得上天地,圣明如同日月,恩惠至于禽兽,雨露泽及草木,哪怕有一个人饥饿寒冷不能尽其天年就死掉的,都会为之心中凄凉伤感。如今国内没有狗叫示警,却使陛下的士卒死亡,骸骨暴露在中原大地,鲜血浸染了山谷,边境的人民为此而早早地关门,很晚才开门,朝不保夕,臣刘安私下里认为陛下应该慎重。以上讲军士翻山越岭死亡一定很多。

不习南方地形者,多以越为人众兵强,能难边城。淮南全国之时①,多为边吏,臣窃闻之,与中国异。限以高山②,人迹所绝,车道不通,天地所以隔外内也。其入中国,必下领水③,领水之山峭峻,漂石破舟④,不可以大船载食粮下也。越人欲为变,必先田余干界中⑤,积食粮,乃入伐材治船。边城守候诚谨,越人有入伐材者,辄收捕,焚其积聚,虽百越奈边城何! 且越人绵力薄材⑥,不能陆战,又无车骑弓弩之用。然而不可入者,以保地险,而中国之人不能其水土也。臣闻越甲卒不下数十万,所以入之,五倍乃足,挽车奉饟者不在其中。南方暑湿,近夏瘅热⑦,暴露水居,蝮蛇蠚生⑧,疾疠多作,兵未血刃而病死者什二三。虽举越国而虏之,不足以偿所亡。

【注释】

①淮南全国之时:指淮南王刘长在位,淮南国还没有被分为淮南、衡山、庐江三国的时代。

②限:隔断。

③领水:即今江西境内的赣水,北流入鄱阳湖。

④漂石:顺水滚动的巨石。

⑤田余干界中:在余干境内种田。余干,汉县名。今属江西。

⑥绵力薄材:言其力气不大,身躯矮小。绵力,力如绵。材,身躯。

⑦瘅(dàn):通"疸"。黄疸病。

⑧蠚(hē):毒虫。

【译文】

不熟知南方地形的人,多以为越国是人口多兵力强,能够向边境城邑发难。淮南国未分的时候,有很多边境的官吏,我私下里听说,那里和中原不一样。以高山为阻隔,人的踪迹很难到那里,车辆道路都不通,这是天地故意隔绝中原与蛮夷。他们要进入中原,必须顺领水而下,领水两岸的山陡峭险峻,顺水滚动的巨石能击破舟船,不能用大船装载粮食顺流而下。越人想要发动叛乱,必须首先在余干一带种田,积蓄粮食,然后砍伐木材造船。边城守备森严小心,越人有进去砍伐木材的，就收捕起来，烧掉他们积聚的东西，即使有一百个越国又能将边城奈何！况且越人力气小身材矮，不能在陆地上作战，又没有车辆马匹弓箭可以使用。然而我们不能进入他们的地界，因为他们凭恃着险要的地势，而中原的人不能适应那里的水土啊。我听说越国的士兵不少于数十万，要想进入他们的地盘攻打他们，要有五倍于他们的兵力才足够，赶车和供应军饷的人还没有计算在内。南方炎热潮湿，到了夏天就有黄疸热病，露天靠水而居，毒蛇毒虫生于其中，常常会发生疾病瘴疠，兵刃还没有沾上血迹，病死的人已有十之二三了。即使能攻下越国俘虏他们，也不足以补偿我们的损失。

　　臣闻道路言闽越王弟甲弑而杀之①，甲以诛死，其民未有所属。陛下若欲来内，处之中国，使重臣临存，施德垂赏以招致之，此必携幼扶老以归圣德。若陛下无所用之，则继其绝世，存其亡国，建其王侯，以为畜越②。此必委质为藩臣，世共贡职③。陛下以方寸之印，丈二之组，镇抚方外，不劳一卒，不顿一戟，而威德并行。以上言越人易防，且可就抚。

【注释】

①弟甲：弟弟某人。刘安上书时不知其名，故以"甲"代其名，实其名为余善。

②畜（xù）：畜养。

③世共贡职：世代向汉王朝进贡。共，通"供"。进贡。贡职，贡赋，贡品。

【译文】

　　我听人们传言说闽越王的弟弟某人杀害了他，那个弟弟已经被诛杀了，那里的人民还不知道归属于谁。陛下如果想接纳他们，让他们居住在中原,就派大臣前去安抚他们,施以恩德赐以奖赏来招纳他们,他们一定会扶老携幼来归顺圣德。要是陛下没有用他们的地方,就让他们延续将要断绝的世系,保留已灭亡的国家,重新赐封他们的王侯,来畜养越国。他们一定会委身效命充当藩臣,世世代代都来朝贡。陛下用方寸大的印章,丈二长的官带,威镇安抚边远地区,不劳动一个士卒,不毁坏一把戟,就会使威望与恩德同时传扬。以上讲越国的人民容易防备,而且可以俯就安抚。

今以兵入其地,此必震恐,以有司为欲屠灭之也,必雉兔逃,入山林险阻。背而去之,则复相群聚;留而守之,历岁经年,则士卒罢倦,食粮乏绝。男子不得耕稼树种,妇人不得纺绩织纴,丁壮从军,老弱转饷,居者无食,行者无粮。民苦兵事,亡逃者必众,随而诛之,不可胜尽,盗贼必起。

【译文】

如今派兵进入越人之地,一定会引起震惊恐慌,认为要屠杀灭绝他们,必然会像野鸡兔子一样,逃进山林险阻之中。大军要是离开,他们就又互相成群地聚集在一起;大军要是留驻守卫在那里,一连几年,就会士兵疲倦,粮食匮乏。男子不能耕稼种植,妇人不能纺织缝纫,精壮男子都从军了,老弱之人转运粮饷,住在家里的人没有吃的,出门在外的人没有食粮。人民为战争而困苦,逃亡的人必然很多,跟着诛灭他们,也不能杀尽,盗贼一定会兴起。

臣闻长老言,秦之时,尝使尉屠睢击越,又使监禄凿渠通道。越人逃入深山林丛,不可得攻。留军屯守空地,旷日持久,士卒劳倦,越乃出击之,秦兵大破,乃发适戍以备之①。

当此之时,外内骚动,百姓靡敝,行者不还,往者莫反,皆不聊生,亡逃相从,群为盗贼,于是山东之难始兴。此老子所谓"师之所处,荆棘生之"者也②。兵者凶事,一方有急,四面皆从。臣恐变故之生,奸邪之作,由此始也。《周易》曰:"高宗伐鬼方,三年而克之③。"鬼方,小蛮夷;高宗,殷之盛天子也。以盛天子伐小蛮夷,三年而后克,言用兵之不可不重也。

【注释】

①適戍:以罪被罚守边的人。適,通"谪"。

②师之所处,荆棘生之:出自《老子》第三十章。生之,《老子》作"生焉"。

③高宗伐鬼方,三年而克之:出自《周易·既济》九三爻辞。原文无"而"字。高宗,殷高宗,即武丁。鬼方,上古族名。为殷周西北边境强敌。

【译文】

我听年长的老人们说,秦朝时候,始皇曾经命令都尉屠睢攻打越国,又命令监御史禄凿灵渠开通河道。越人逃进了深山丛林,不能攻打他们。于是留下军队屯兵驻守在空旷之地,时间长了,战士们疲劳困倦,越人于是出来攻击他们,秦兵大败,就派因罪被罚守边的人防备他们。正当这个时候,国内外骚动不安,百姓们都困顿不堪,出门的人不回家,在外的人不返乡,都无以聊生,逃难的流亡的相跟从,聚集在一起成为盗贼,于是崤山以东的祸难开始兴起。这就是《老子》中所说的"军队所处的地方,荆棘在那里生长"。战争是不祥之事,一方有了危急,四面都响应它。我担心变故由此而生,奸险邪恶因此而起啊。《周易》中说:"高宗讨伐鬼方,三年才攻克它。"鬼方,是小小的蛮夷;高宗,是殷朝的盛德天子。以盛德天子讨伐小小的蛮夷，三年之后才攻克，说的是用兵不可不慎重啊。

　　臣闻天子之兵，有征而无战，言莫敢校也^①。如使越人蒙死徼幸，以逆执事之颜行^②，厮舆之卒有不一备而归者^③，虽得越王之首，臣犹窃为大汉羞之。以上言伐越之害。

【注释】

①校：较量，抵抗。

②逆执事之颜行：指与汉朝的军队作战。逆，迎，迎战。执事，指汉朝派出的将领。颜行，犹"雁行"，军队行进的样子。此指军队。

③厮舆之卒有不一备而归者：指被越人打败。厮舆之卒，打柴、赶车的军中杂役。有不一备而归，有一个没能回来。这是被打败的委婉说法。

【译文】

　　我听说天子的军队，有征伐却没有战斗，是说没有人敢与之对抗啊。但如果越人甘心冒死而存有侥幸之心，迎战天朝大军，那些打柴驾车的士卒有不能全身而归来的，即使得到了越王的首级，我私下里还是为大汉感到羞耻。以上讲攻伐越国的危害。

　　陛下以四海为境，九州为家，八薮为囿^①，江、汉为池，生民之属，皆为臣妾。人徒之众，足以奉千官之共；租税之收，足以给乘舆之御^②。玩心神明^③，秉执圣道，负黼依^④，凭玉几，南面而听断，号令天下，四海之内，莫不向应^⑤。陛下垂德惠以覆露之^⑥，使元元之民，安生乐业，则泽被万世，传之子孙，施之无穷。天下之安，犹泰山而四维之也^⑦，夷狄之地,何足以为一日之间,而烦汗马之劳乎⑧?《诗》云:"王犹允塞,徐方既来⑨。"言王道甚大,而远方怀之也。

【注释】

①八薮(sǒu):我国古代的八个泽薮。即鲁大野、晋大陆、秦杨汙、宋孟诸、楚云梦、吴越之间具区、齐海隅、郑圃田。

②乘舆:泛指皇帝用的器物。御:使用,应用。

③玩心:专心。神明:谓人的精神,心思。

④黼(fǔ)依:古代帝王座后绣有白黑相间的斧形花纹的屏风。黼,黑白相间的斧形花纹。依,读如"扆(yǐ)",置于门窗之间的屏风。

⑤向应:响应。向,同"响"。

⑥覆露:像天一样覆盖,像雨露一样滋润。比喻荫庇,养育。

⑦犹泰山而四维之:像泰山又四面加以维系加固一样安稳。维,系,拴缚。

⑧汗马:战马疾驰而汗出。比喻征战的辛苦。

⑨王犹允塞,徐方既来:出自《诗经·大雅·常武》。犹,通"猷"。谋,规划。允塞,诚信充实。徐方,周初东部的少数部族。来,归服,归顺。

【译文】

陛下以四海作为疆界,九州作为家园,八薮作为园囿,江汉作为水池,所有人民,都是您的臣属和奴婢。人民众多,足以供奉众多官员的官俸;租税的收入,足以供给皇室器物的用度。精神专注,秉承执行圣人的大道,背靠着斧形花纹屏风,扶着玉案,面向南方听政决断,向天下发号施令,四海之内没有不响应的。陛下施恩惠荫庇养育天下百姓,让平民百姓安居乐业,那么恩泽及于万世,留传给子孙后代,绵延不断。天下的安定,犹如泰山又在四面加以维系一般安稳。夷狄这样的边远地区,哪里值得在一天之内而费汗马之劳呢?《诗经》说:"君王谋略诚信充实,徐方这样的蛮夷也归服。"这是说王道隆重,而边远地区思念它呀。

　　臣闻之,农夫劳而君子养焉,愚者言而智者择焉。臣安幸得为陛下守藩,以身为障蔽,人臣之任也。边境有警,爱身之死,而不毕其愚,非忠臣也。臣安窃恐将吏之以十万之师为一使之任也。以上言以德怀远,不必用兵。

【译文】

　　臣听说,农夫的劳动养活了君子,愚昧的人发表议论而聪明的人择善而从。臣刘安有幸能为陛下守护藩土,以身体作为屏障,这是人臣的责任。边境地区有了警报,爱惜自己的身体,贪生怕死而不尽心竭力的,不是忠臣。臣刘安我暗自担心将领驱遣十万之众的军队去处理一个使者就能够完成的任务啊。以上讲应以德政去安抚边远地区的民众,不必动用武力。

董仲舒

董仲舒（前179—前104），广川（今河北景县广川镇）人。少治《春秋》，景帝时为博士，下帷讲读。他以三次对贤良策令武帝惊奇，任以江都王相，转为胶西王相。后居家著书讲学。他提出"罢黜百家，独尊儒术"的主张为武帝所采纳，使儒学成为中国社会正统思想，影响长达两千多年。其著作有《春秋繁露》《举贤良对策》等。

对贤良策一

【题解】

《对贤良策》即《举贤良对策》，又称《天人三策》，是董仲舒对汉武帝策问的回答，集中体现了董仲舒的政治观点、哲学思想和文章特点。本文是第一策。董仲舒从天人关系入手，指出天是有意志的，至善至尊，主宰一切。天能干预人事，自然界的灾异和祥瑞表示着天对人们的谴责和嘉奖；人也能感应上天，要重在修德和教化。统治者应施行德治仁政，效法天道。

制曰：

朕获承至尊休德①，传之无穷，而施之罔极，任大而守重,是以夙夜不皇康宁②,永维万事之统③,犹惧有阙。故广延四方之豪俊,郡国诸侯公选贤良修絜博习之士④,欲闻大道之要,至论之极。今子大夫襃然为举首⑤,朕甚嘉之。子大夫其精心致思⑥,朕垂听而问焉。盖闻五帝、三王之道,改制作乐而天下洽和,百王同之。当虞氏之乐莫盛于《韶》,于周莫盛于《勺》⑦。圣王已没,钟鼓筦弦之声未衰,而大道微缺⑧,陵夷至虖桀、纣之行⑨,王道大坏矣。夫五百年之间,守文之君,当涂之士,欲则先王之法,以戴翼其世者甚众⑩,然犹不能反,日以仆灭⑪,至后王而后止,岂其所持操或悖缪而失其统与? 固天降命不可复反,必推之于大衰而后息与? 乌虖! 凡所为屑屑⑫,夙兴夜寐,务法上古者,又将无补与? 三代受命,其符安在? 灾异之变,何缘而起? 性命之情,或夭或寿,或仁或鄙,习闻其号,未烛厥理。伊欲风流而令行,刑轻而奸改,百姓和乐,政事宣昭,何修何饰而膏露降⑬,百谷登,德润四海,泽臻草木,三光全⑭,寒暑平,受天之祜,享鬼神之灵⑮,德泽洋溢,施虖方外⑯,延及群生?

【注释】

①休德:美德。

②不皇:无暇。皇,通"遑"。

③永维:久思,深思。维,思量。

④修絜:修身洁行。絜,通"洁"。清洁。

⑤襃(yòu)然举首:出众,超出同辈而居首席。举首,被荐举者中居首位者。

⑥精心:用心,专心。致思:集中心思于某一方面。

⑦《勺（zhuó）》：古代乐舞名。相传为周公所作。

⑧微缺：衰败残缺。

⑨陵夷：逐渐衰落。

⑩戴翼：匡济。

⑪仆灭：毁灭，覆灭。

⑫屑屑：劳瘁匆迫的样子。

⑬膏露：及时的雨露，犹甘露。

⑭三光：日、月、星。《抱朴子·仁明》："三光垂象者乾也。"

⑮享鬼神之灵：为鬼神所歆飨。

⑯方外：域外，边远地区。

【译文】

诏命说：

朕继承先帝至尊之位与至美之德，使之世代相传，直到永远，施行起来也没有尽头，只觉得任重而道远，因此日夜惶恐不安，深思国家政事，仍恐有缺误。所以广招四方豪杰俊士，并命令郡国诸侯公正地推选贤良修身洁行博学之人，想要听听最重要的治政原则、最高明的理论见解。如今您超出同辈，在被举荐者中居于首位，朕甚感欣慰。您要专心致志，朕诚心相问，洗耳恭听。听说五帝三王的治国之道，以改革旧习，制礼作乐而使得天下和谐融洽，为以后诸王共同遵守。当时虞舜之乐没有超过《韶》的，到了周代没有超过《勺》的。圣王虽已故去，钟鼓管弦之声并未衰亡，然而大道却衰败残缺，逐渐衰落到了桀、纣之时，王道已被破坏得十分严重了。五百年间，有很多守道之君，当权之士，想效法先王法则，匡济世事，然而还是不能还于正道，却一天天毁灭下去，直到继前朝而起的君王出现才停止，难道他们所操持的是错误的，并且失去了正统吗？还是上天降命，不能再还于正道，一定要把它推到严重衰落之后才止息呢？唉！那些劳劳碌碌，夙兴夜寐，致力于效法上古的人，又将无济于事吗？三代受命于天，验证他们受命于天的符瑞又在哪里？

灾异的变化又是因何而起的？人的命运性情，有的夭折，有的长寿，有的仁爱，有的鄙陋，虽常闻其名，但不明其理。想要移风易俗，有令必行，有禁必止，刑罚轻微而奸邪改正，百姓和睦安乐，政事显扬，如何整顿治理才能使甘露降临，五谷丰登，恩及四海，泽及草木，日、月、星之光具备，寒暑平和，上天降福，鬼神歆飨，恩德洋溢，施于域外，延及众生？

　　子大夫明先圣之业，习俗化之变，终始之序，讲闻高谊之日久矣①，其明以谕朕。科别其条，勿猥勿并②，取之于术，慎其所出。乃其不正不直，不忠不极③，枉于执事④，书之不泄。兴于朕躬，毋悼后害。子大夫其尽心，靡有所隐，朕将亲览焉。

【注释】

①高谊：高深的义理。

②勿猥（wěi）勿并：不要繁琐，也不要太简略。猥，堆积。并，合并。

③极：正。

④枉于执事：做事不公正，不称职。执事，从事工作，主管其事。

【译文】

　　您熟知先前圣王的业绩，通晓习俗的变化、发展的过程，又长期讲解和研究高尚的道德及行为，希望您能明白地告诉朕。可分门别类，不要繁琐，但也不必过于简略，以您所学，引经据典，慎重出处。百官有不正直、不忠诚、不公正的，您写下来，朕不会泄漏。这是朕提的问题，不必惧怕有什么后患。您应竭尽心力，不必有所隐瞒，朕将亲自阅览。

　　仲舒对曰：

　　陛下发德音，下明诏，求天命与情性，皆非愚臣之所能及也。臣谨按《春秋》之中，视前世已行之事，以观天人相与之际①，甚可畏也。国家将有失道之败，而天乃先出灾害以谴告之②；不知自省，又出怪异以警惧之；尚不知变，而伤败乃至。以此见天心之仁爱人君而欲止其乱也。自非大亡道之世者，天尽欲扶持而全安之，事在强勉而已矣③。强勉学问，则闻见博而知益明；强勉行道，则德日起而大有功。此皆可使还至而立有效者也。《诗》曰"夙夜匪解"④，《书》云"茂哉茂哉"⑤，皆强勉之谓也。

【注释】

①相与之际：相关之处。

②谴告：谴责，警告。

③强勉：尽力而为。

④夙夜匪解：出自《诗经·大雅·烝民》。形容日夜辛劳，勤奋不懈。解，通"懈"。

⑤茂哉茂哉：出自《尚书·皋陶谟》。茂，通"懋"。劝勉。

【译文】

董仲舒回答说：

陛下发布善言，下达英明的诏示，寻求天命和性情的道理，这些都不是愚臣力所能及的。臣谨依据《春秋》所记，审察前代出现的事情，来细看天道与人的关系，真是令人畏惧。国家将有违反道义之过失，上天就先以灾害来谴责告诫；如不知道反躬自省，上天就会再出现怪异之事以示警告；如还不理会这种变化，那么大难才会降临。由此可见上天对君主的仁爱之心，是要制止变乱。如果不是极其无道的世道，上天就会尽力扶持而使其保全太平，事情的关键在于尽力而为而已。在学问上尽力而为，就会见闻广博而认识更加明确；在实践先王之道上尽力而为,就会使道德一天天兴起,从而建立大功大业。这些都是可以做到而且会有成效的。《诗经》所说的"朝夕不懈",《尚书》所说的"勉力啊勉力啊",说的都是尽力而为的意思。

道者,所繇适于治之路也,仁义礼乐皆其具也①。故圣王已没,而子孙长久安宁数百岁,此皆礼乐教化之功也。王者未作乐之时,乃用先王之乐宜于世者,而以深入教化于民。教化之情不得,雅颂之乐不成,故王者功成作乐,乐其德也。乐者,所以变民风、化民俗也。其变民也易,其化人也著。故声发于和而本于情,接于肌肤,臧于骨髓。故王道虽微缺,而筦弦之声未衰也。夫虞氏之不为政久矣②,然而乐颂遗风犹有存者③,是以孔子在齐而闻《韶》也。

【注释】

①具:内容。

②虞氏:有虞氏,即舜。姚姓,名重华,史称虞舜。

③乐颂:颂乐。王朝祭祀的乐歌。

【译文】

道是通向大治的途径,仁、义、礼、乐都是道的具体内容。德才超群的圣王虽已作古,然而子孙后代能够长久安宁数百年,这些都应归功于礼乐的教化。君王未作乐之时,就用适用于当世的先王之乐,以此深入地教化百姓。然而教化的结果并不理想,雅颂之乐并不很成功。因而君王在大功告成之后,创作音乐来歌颂他的德政。音乐是用来改变民风民俗的。以此来改变百姓习俗容易,教化百姓的效果也是显著的。因此,音乐产生于和谐之中,其基础是人的情感,通过感官的作用,可铭记在心。所以仁义之道虽已衰微,但管弦之声并未衰落。舜不执掌政务已很久了，然而颂乐遗风尚存于世，因而孔子能够在齐国欣赏到《韶》乐。

　　夫人君莫不欲安存而恶危亡，然而政乱国危者甚众，所任者非其人，而所繇者非其道，是以政日以仆灭也。夫周道衰于幽、厉，非道亡也，幽、厉不繇也①。至于宣王，思昔先王之德，兴滞补弊，明文、武之功业，周道粲然复兴。诗人美之而作，上天祐之，为生贤佐②，后世称诵，至今不绝，此夙夜不懈行善之所致也。孔子曰"人能宏道，非道宏人"也③，故治乱废兴在于己，非天降命，不可得反，其所操持悖谬，失其统也④。以上对问中"盖闻五帝、三王之道"至"又将无补与"一节，言非天降命不可反，勉强行道，则必有功效，亦可作乐而天下和洽。

【注释】

①幽、厉不繇：周幽王、周厉王不走正道。意即周幽王、厉王不能行王道。

②为生贤佐：指周宣王有仲山甫、尹吉甫等贤臣辅佐。

③人能宏道，非道宏人：出自《论语·卫灵公第十五》。宏，原文作"弘"。

④统：正统，规矩，准则。

【译文】

　　君王都想天下太平而厌恶危亡，然而政治混乱国家危亡的却很多，是因为用人不当，不行仁义之道，所以政治逐渐衰败。周朝衰微于幽王、厉王，并非是仁义之道衰亡了，而是幽王、厉王不以仁义之道治国而造成的。到了宣王的时候，追念先王的德政，革除弊端，发扬文王、武王的功业，周道才得以复兴。诗人赞美他而作诗，上天护佑，为他降生仲山甫、尹吉甫等贤臣，后世称赞歌诵，至今不绝于耳，这些都是朝夕不懈努力行善的结果。孔子说"人能够把道发扬光大，不是用道来发扬光大人"，所以治乱兴废在于人自己，并非是上天下令，不能还于正道，是因为所运用的方法是错误的，失去了它的准则。以上回答策问中"盖闻五帝、三王之道"至"又将无补与"一节，说明并非是上天下令不能还于正道，人只要尽力去行仁义之道，则一定会有功效，也可以制礼作乐而天下和睦融洽。

　　臣闻天之所大奉使之王者，必有非人力所能致而自至者，此受命之符也。天下之人同心归之，若归父母，故天瑞应诚而至。《书》曰"白鱼入于王舟"，"有火复于王屋，流为乌"①，此盖受命之符也。周公曰"复哉复哉"②，孔子曰"德不孤，必有邻"③，皆积善累德之效也。及至后世，淫佚衰微，不能统理群生，诸侯背畔，残贼良民以争壤土，废德教而任刑罚。刑罚不中，则生邪气，邪气积于下，怨恶畜于上，上下不和，则阴阳缪盭而妖孽生矣④。此灾异所缘而起也。以上对问中"三代受命"四句。

【注释】

①"白鱼入于王舟"几句：出自今文《尚书·周书·泰誓》。周武王大会诸侯于孟津，渡黄河时有白鱼跃入舟中，武王取之以祭。武王渡河，有火团从天而降，落到武王住的房子上，化为赤色鸟。这是殷亡周兴的征兆。王屋，王者所居之屋。

②复哉复哉：出自今文《尚书·周书·泰誓》。复，报。此指上天以祥瑞相报。

③德不孤，必有邻：出自《论语·里仁第四》。

④缪盭（lì）：错乱，违背。盭，乖戾，乖谬。

【译文】

臣听说上天赐福使他为王,一定会有某些并非人力所能及的事自然发生,这就是受命的征兆。天下百姓同心同德归顺于他,就如归顺父母一样,如此上天的祥瑞因其诚心而降临。《尚书》中说"有白鱼跳入武王船上","有火下降到武王的居室,变为赤鸟飞去",这就是受命的征兆。周公说"这是上天以此祥瑞告知武王",孔子说"有道德的人不会孤单,一定会有志同道合者与他为伴",这些都是积善积德的结果。到了后世,恣纵逸乐,政治衰微,无力统治人民,诸侯背叛,残害百姓,争夺土地,废弃德教,崇尚刑罚。而刑罚使用不当,就会滋生邪气,邪气在下层百姓中积聚,怨气和罪恶在上层统治者中积聚,上下不和,阴阳错乱,妖孽之事就会出现。这就是灾异出现的缘由。以上回答武帝策问中的"三代受命"四句。

臣闻命者,天之令也;性者,生之质也;情者,人之欲也。或夭或寿,或仁或鄙,陶冶而成之,不能粹美,有治乱之所生,故不齐也。孔子曰:"君子之德风也,小人之德草也,草上之风必偃①。"故尧、舜行德,则民仁寿;桀、纣行暴,则民鄙夭。夫上之化下,下之从上,犹泥之在钧②,惟甄者之所为③;犹金之在镕④,惟冶者之所铸。"绥之斯徕,动之斯和"⑤,此之谓也。以上对问中"性命之情"五句。

【注释】

①"君子之德风也"几句:出自《论语·颜渊第十二》。偃(yǎn),倒伏。

②钧:制陶器所用的转轮。

③甄者:陶匠。

④镕：熔铸金属的模具。

⑤绥（suí）之斯徕，动之斯和：出自《论语·子张第十九》。绥，安抚。

【译文】

　　臣听说命是上天之令，性是人的本质，情是人的欲望。有人短命，有人长寿，有人仁爱，有人鄙陋，这是后天的陶冶形成的，不可能精粹完美，又是治乱所生，因而不能一致。孔子说："领导者的行为如同风，老百姓的行为如同草，风向哪边吹，草向哪边倒。"因此，尧、舜实行德政，则百姓有仁德而长寿；桀、纣统治残暴，则百姓鄙陋而短命。上层统治者教化下层百姓，下层百姓顺从上层统治者，就好像把泥放在转轮上一样，任陶匠为所欲为；就如同将黄金放入铸器的模型中熔化一样，由工匠铸成各种形状。"安抚百姓，百姓自会从远方来投靠；动员百姓，百姓自会同心协力"，孔子的这些话讲的就是这一道理。以上回答策问中"性命之情"五句。

　　臣谨按《春秋》之文，求王道之端，得之于正。正次王，王次春①。春者，天之所为也；正者，王之所为也。其意曰：上承天之所为，而下以正其所为，正王道之端云尔。然则王者欲有所为，宜求其端于天。

【注释】

①正次王，王次春：孔子作《春秋》，隐公元年"春王正月"，"正"字在"王"字下，"王"字在"春"字下。

【译文】

　　臣谨依《春秋》之文，探求仁义之道的开始，得之于"正"。由"春王正月"可见，"正"字在"王"字后面，"王"字在"春"字后面。春，是上天之所为；正，是君王之所为。意思是说：君王上要承受天之所为，而下要端正自己之所为,这就是仁义之道的开始。然而君王要想有所作为,应该依照上天的端倪行事。

　　天道之大者在阴阳。阳为德,阴为刑,刑主杀而德主生。是故阳常居大夏,而以生育养长为事;阴常居大冬,而积于空虚不用之处。以此见天之任德不任刑也。天使阳出布施于上而主岁功[1],使阴入伏于下而时出佐阳。阳不得阴之助,亦不能独成岁。终阳以成岁为名[2],此天意也。王者承天意以从事,故任德教而不任刑。刑者不可任以治世,犹阴之不可任以成岁也。以上言修饬德教。

【注释】

①岁功:一年的时序。

②终阳以成岁为名:言虽然阳不得阴相助不能单独成岁,但《春秋》到底还是用阳来名岁,而不是以阴名岁,所以年道称春,书作"春王正月"。

【译文】

　　天道中重要的是阴阳。阳是德,阴是刑,刑掌管死,德掌管生。因此,阳常处于大夏之中,从事于生育滋养万物;阴常处于大冬之中,蓄藏于空虚不用之处。由此可见上天任德而不任刑。天使得阳布施于上方,使其掌管一年的时序;天使得阴伏于下方,时而出来辅佐阳。阳得不到阴的辅助,也不能单独成岁。但终究还是阳成就岁名,这也是天意。君王承受天意而行事,因此,任德而不任刑。刑不能用来治理国家,就如同阴不能成岁一样。以上讲修饬道德教化。

　　为政而任刑,不顺于天,故先王莫之肯为也。今废先王德教之官，而独任执法之吏治民，毋乃任刑之意欤？孔子曰："不教而诛谓之虐①。"虐政用于下，而欲德教之被四海，故难成也。

【注释】

①不教而诛谓之虐：出自《论语·尧曰第二十》。诛，原文作"杀"。

【译文】

以刑罚来治理国家，是不顺从于天，所以先王之中没有谁愿意这样做的。如今废除了先王设置的德教之官，唯独任用执法官吏来管理百姓，这难道不是任刑之意吗？孔子说："不加教育便予以杀戮叫作虐。"对百姓实行虐政，还想在全国推行德教，显然难以成事。

臣谨按《春秋》谓一元之意①：一者，万物之所从始也；元者，辞之所谓大也。谓一为元者，视大始而欲正本也。《春秋》深探其本，而反自贵者始。故为人君者，正心以正朝廷，正朝廷以正百官，正百官以正万民，正万民以正四方。四方正，远近莫敢不一于正，而亡有邪气奸其间者。以上修饬德。

【注释】

①谓一元：指《春秋》谓一为元，隐公即位，《春秋》不说一年而说元年。

【译文】

臣谨据《春秋》来解释一下一元的意思：一，是万物的开始；元，解释为大。《春秋》中将一称为元，意思是把大看作开始而想正其根本。《春秋》之所以深入细致地探究其根本，目的在于说明慎重和善是从尊贵者开始的。因此，作为君主，应先正己心，再正朝廷，朝廷正后再正文武百官，文武百官正后再正百姓，百姓正后再正四方。四方正后，远近就没有敢不正的，这样，歪风邪气也就荡然无存了。以上讲修德。

是以阴阳调而风雨时，群生和而万民殖，五谷孰而草木茂。天地之间，被润泽而大丰美；四海之内，闻盛德而皆徕臣①。诸福之物，可致之祥②，莫不毕至，而王道终矣。

【注释】

①徕臣：前来臣服。

②可致之祥：受美好政治感动而出现的祥瑞。

【译文】

因此，阴阳调和则风调雨顺，万物和谐则百姓生养，五谷丰登则草木茂盛。天地之间，万物因蒙受润泽而变得十分美丽；四海之内，皆臣服于仁德之下。各种象征福气的东西和美好政治感动招致的祥瑞，没有不出现的，王道也就达到了。

孔子曰："凤鸟不至，河不出图，吾已矣夫①！"自悲可致此物，而身卑贱不得致也。今陛下贵为天子，富有四海，居得致之位，操可致之势，又有能致之资，行高而恩厚，知明而意美，爱民而好士，可谓谊主矣②。然而天地未应而美祥莫至者，何也？凡以教化不立，而万民不正也。

【注释】

①"凤鸟不至"几句：出自《论语·子罕第九》。

②谊主：有道之君。

【译文】

孔子说："凤凰不飞来，黄河也没有图书出来，我这一生恐怕是完了吧！"孔子自叹有王者之德，只因自身卑贱，终不得祥瑞出现。如今陛下贵为天子，拥有四海，居于能使祥端出现的王者之位，握有能使祥瑞出现的权力，又具有能使祥瑞出现的资质，陛下行为高尚，恩德广大，智慧明达，心善意美，爱民如子，礼贤下士，可谓是位有道之君。然而天地并未相应，祥瑞之物也并未出现，这是为什么呢？大概是教化没有确立，百姓没有归正所致。

夫万民之从利也，如水之走下，不以教化堤防之，不能止也。是故教化立而奸邪皆止者，其堤防完也；教化废而奸邪并出，刑罚不能胜者，其堤防坏也。古之王者明于此，是故南面而治天下，莫不以教化为大务：立太学以教于国，设庠序以化于邑①，渐民以仁②，摩民以谊③，节民以礼。故其刑罚甚轻而禁不犯者，教化行而习俗美也。以上修饬教化。

【注释】

①庠序：古代的地方学校。

②渐：熏染，习染。

③摩：砥砺。

【译文】

百姓追逐利益，如同水往下流一样，如果不以教化作为堤防，则不能阻止。因此，教化一旦确立，奸邪必被阻止，那么堤防也就完善了；如果将教化废而不用，奸邪兴起，而刑罚又不能制止，那么堤防也就被破坏了。古代的君王对此十分清楚，因而南面称王而治理天下的，没有不把教化作为重要事务的:设立太学作为国家学府以教育国家人才,设立庠序作为地方学府以教化地方人才,以仁来熏染百姓,以义来勉励百姓,以礼来节制百姓。因此,他们的刑罚很轻,只要是禁止的事,就不会有人触犯,就是因为教化风行,习俗美好。以上讲修饬教化。

　　圣王之继乱世也,扫除其迹而悉去之,复修教化而崇起之。教化已明,习俗已成,子孙循之,行五六百岁尚未败也。至周之末世,大为亡道以失天下。秦继其后,独不能改,又益甚之,重禁文学①,不得挟书②,弃捐礼谊而恶闻之,其心欲尽灭先圣之道,而颛为自恣苟简之治③,故立为天子十四岁而国破亡矣。自古以来,未尝有以乱济乱,大败天下之民如秦者也。其遗毒余烈,至今未灭,使习俗薄恶,人民嚚顽④,抵冒殊扞⑤,孰烂如此之甚者也。孔子曰:"腐朽之木不可雕也;粪土之墙不可圬也⑥。"今汉继秦之后,如朽木、粪墙矣,虽欲善治之,亡可奈何。法出而奸生,令下而诈起,如以汤止沸,抱薪救火,愈甚,亡益也。窃譬之琴瑟不调,甚者必解而更张之⑦,乃可鼓也;为政而不行,甚者必变而更化之,乃可理也。当更张而不更张,虽有良工,不能善调也;当更化而不更化,虽有大贤,不能善治也。故汉得天下以来,常欲善治而至今不可善治者,失之于当更化而不更化也。古人有言曰:"临渊羡鱼,不如退而结网。"今临政而愿治七十余岁矣,不如退而更化;更化,则可善治;善治,则灾害日去,福禄日来。《诗》云:"宜民宜人,受禄于天⑧。"为政而宜于民者,固当受禄于天。夫仁义礼智信,五常之道,王者所当修饬也,五者修饬,故受天之祜,而享鬼神之灵,德施于方外,

延及群生也。以上对问中"伊欲风流而令行"至"延及群生"一节，重在"何修何饬"一句，"修饬德教"一段，"修饬德"一段，"修饬教化"一段。末指明仁义礼智信以为修饬德教之目。

【注释】

①文学：泛指文章经籍。

②挟书：私藏书籍。

③颛（zhuān）：同"专"。自恣苟简之治：指商鞅、韩非所倡导的严刑重法的统治。苟简，草率而简略。按，儒家认为法家是治标不治本，只知打击犯罪，却不能消除犯罪的根源。

④嚚（yín）顽：口不道忠信之言为嚚，心不则德义之经为顽。

⑤抵冒殊扞（hàn）：抵触，冒犯，断绝，抗拒。

⑥腐朽之木不可雕也，粪土之墙不可圬也：出自《论语·公冶长第五》。原文为："朽木不可雕也，粪土之墙不可圬也。"圬，涂饰墙壁，粉刷。

⑦张：拉紧乐器上的弦。

⑧宜民宜人，受禄于天：出自《诗经·大雅·假乐》。

【译文】

圣王继乱世之后，将乱世的恶迹清扫得一干二净，复兴教化，崇尚德教。教化彰明，习俗美好，子孙后代加以遵循，历经五六百年而未衰败。到了周朝末年，因极为无道，以至于失去了天下。其后，秦朝建立，不仅不能变革其弊，反而变本加厉，严禁文献经典，不得私藏图书，摈弃礼义，厌恶听闻礼义之说，想全部灭绝先王之道，彻底实行放纵自己、苟且简略的统治，因此立为天子只有十四年就国破家亡了。自古以来，未曾有像秦朝这样的以乱济乱，把天下百姓大加败坏到这个地步的王朝。秦朝的遗毒余孽犹在，至今未能肃清，使得习俗浅薄邪恶，百姓刁蛮恶劣，触犯法律，抗拒不从，以至于国家是如此败坏不堪。孔子说："腐烂了的木头雕刻不得,粪土似的墙壁粉刷不得。"如今汉继秦之后,如同朽木和粪土之墙,虽想努力整治,却也无可奈何。法律不断颁布而奸邪依旧层出不穷,政令不断下达而奸诈仍旧连续不断,这就好像用热水制止沸水,抱着干柴救火一样,越这样越是无济于事。臣私下为这种情况打过比方,琴瑟音调不协调,就应该把弦解开重新拉紧,这样才可以弹奏;治理国家而政令不行,就应该改变现状重新建立一套治理办法,这样才可以治理。应当重新拉紧而不重新拉紧,即使有能工巧匠,也不能将琴瑟调好;应当变革治理办法而不变革,即使有贤明之人,也不能将国家治理好。因此,汉取得天下以来,虽想使天下大治,但终究未能如愿,关键就在于应当变革治理办法而不变革。古人有句话说:"与其临渊羡鱼,不如退而结网。"如今为政而想使天下大治,已有七十余年,不如退求变革;变革就可使国家大治;国家大治,灾害必会一天天减少,福禄必会一天天降临。《诗经》说:"适合庶民,适合贵族,天降福禄。"为政而使百姓安宁,所以天降福禄。仁、义、礼、智、信为五常之道,这是君王所应当整治的,仁、义、礼、智、信这五者得到整治,则可承受上天的护佑,为鬼神所歆飨,恩德施于域外,延及众生。以上回答策问中"伊欲风流而令行"至"延及群生"一节,重在"何修何饬"一句,"修饬德教"一段,"修饬德"一段,"修饬教化"一段。最后指明仁义礼智信为修饬德教的条目。

对贤良策二

【题解】

在第二策中,武帝借历史问题设问:为何尧、舜、禹"垂拱无为",而文王"日昃不暇食"? 为何先王中有的崇尚质朴、节俭,有的则"造玄黄旌旗之饰"? 为何殷人用刑以惩罪,而成康却不用刑而天下太平? 董仲舒详细地回答了武帝的问题。董仲舒以为帝王之道是相同的,只是"所遇之时异也",他主张制作"文采玄黄之饰"和推行礼乐教化之事,以为

"常玉不瑑，不成文章；君子不学，不成其德"。因此，他建议武帝设立太学，任用贤人，并提出了一些具体的原则和方法。

制曰：

盖闻虞舜之时，游于岩廊之上①，垂拱无为②，而天下太平；周文王至于日昃不暇食，而宇内亦治。夫帝王之道，岂不同条共贯与？何逸劳之殊也？盖俭者不造玄黄旌旗之饰③，及至周室，设两观，乘大路④，朱干玉戚⑤，八佾陈于庭⑥，而颂声兴。夫帝王之道岂异指哉？或曰良玉不瑑⑦，又云非文亡以辅德，二端异焉。殷人执五刑以督奸⑧，伤肌肤以惩恶。成康不式⑨，四十余年天下不犯，囹圄空虚。秦国用之，死者甚众，刑者相望，耗矣哀哉！

【注释】

①岩廊：高峻的廊庑。

②垂拱：垂衣拱手。形容不亲理事务。

③玄黄：彩色的丝帛。

④大路：天子所乘之车。路，通"辂"。

⑤朱干玉戚：古代武舞所执的兵器。朱干，赤色盾牌。玉戚，玉饰大斧。

⑥八佾(yì)：古代天子专用的舞乐。佾，舞列。八个人为一行，这一行叫一佾。八佾是八行，共六十四人。

⑦瑑(zhuàn)：在玉器上雕刻凸起的花纹。

⑧五刑：即墨、劓、剕、宫、大辟五种刑罚。

⑨成康：周成王与周康王的并称。史称其时天下安宁，刑措不用，即所谓"成康之治"。式：用，施行。此指施用刑罚。

【译文】

诏命说：

听说虞舜之时，悠游于廊庑之上，垂衣拱手，无所作为，然而天下太平；周文王到太阳偏西都没有时间进食，但国家治理得也很好。帝王之道，为何做法不同而其结果一样？为何有的轻松、有的辛劳，是如此地不同呢？节俭者不制作彩色丝帛和旌旗之类的饰物，到了周朝，宫殿门外设立两座高台，乘坐大车，武舞用赤色盾牌，玉饰大斧，舞蹈奏乐八行六十四人陈于朝廷，颂扬之音兴起。帝王之道难道意趣不同吗？有人说良玉不必雕刻花纹，又有人说没有礼乐典章制度则不能辅佐德政，两种观点如此不同。殷人用五刑责罚邪恶，以残伤身体来惩治恶人。然而周成王、康王却刑措不用，四十多年天下没有人犯法，牢狱空无一人。秦朝实行严刑峻法，死者甚众，伤者无数，其结果是天下空虚，民不聊生，真是可悲啊！

乌虖！朕夙寤晨兴，惟前帝王之宪①，永思所以奉至尊，章洪业，皆在力本任贤。今朕亲耕籍田以为农先②，劝孝弟，崇有德，使者冠盖相望，问勤劳，恤孤独，尽思极神，功烈休德未始云获也。今阴阳错缪，氛气充塞③，群生寡遂④，黎民未济，廉耻贸乱，贤不肖浑殽，未得其真，故详延特起之士⑤，意庶几乎？今子大夫待诏百有余人，或道世务而未济，稽诸上古而不同，考之于今而难行，毋乃牵于文系而不得骋与⑥？将所繇异术，所闻殊方与？各悉对，著于篇，毋讳有司。明其指略，切磋究之，以称朕意。

【注释】

①宪：典范，榜样。

②籍田：古时帝王在春耕前示范性地亲自耕农田，以奉祀宗庙，且寓劝农之意。

③氛气：凶邪之气。

④寡遂：少有成就。

⑤详延：尽数延揽。详，悉，全。延，请。特起：特出，杰出。

⑥骋：尽情施展，不受拘束。

【译文】

唉！朕夙兴夜寐，效法先王的榜样，深思遵循先王的至尊传承，彰明大业，都在于力求根本，任用贤人。如今朕亲自耕种籍田，以农为先，奖励孝悌，崇尚有德之人，出使者的车辆络绎不绝，问候勤劳，抚恤无依无靠的人，竭思极虑，但显赫的功绩、崇高的道德并未得到。如今阴阳错乱，恶气充盈，万物生长不顺遂，黎民百姓得不到救助，廉洁与无耻混乱，好人与坏人混杂，难辨真伪，所以广泛延请杰出之士，也许可以了吧？如今像您这样的待诏者有一百余人，有的说国家的事务不能贯通，考察于上古则不同，考核于当今却难以实行，难道是束缚于文法而不得尽情施展吗？抑或是所用的方法不同，所闻的旨趣有异吗？请一一详细回答，并写成文章，不必忌讳某些官吏。明确说明意向，反复切磋研究，以使朕满意。

仲舒对曰：

臣闻尧受命，以天下为忧，而未以位为乐也，故诛逐乱臣，务求贤圣，是以得舜、禹、稷、卨、咎繇①。众圣辅德，贤能佐职，教化大行，天下和洽，万民皆安仁乐谊，各得其宜，动作应礼，从容中道。故孔子曰"如有王者，必世而后仁"②，此之谓也。尧在位七十载，乃逊于位以禅虞舜。尧崩，天下不归尧子丹朱而归舜。舜知不可辟，乃即天子之位，以禹为相,因尧之辅佐,继其统业,是以垂拱无为而天下治。孔子曰"《韶》尽美矣,又尽善也"③,此之谓也。至于殷纣,逆天暴物,杀戮贤知,残贼百姓。伯夷、太公,皆当世贤者,隐处而不为臣。守职之人,皆奔走逃亡,入于河海。天下耗乱,万民不安,故天下去殷而从周。文王顺天理物,师用贤圣,是以闳夭、太颠、散宜生等亦聚于朝廷。爱施兆民,天下归之,故太公起海滨而即三公也。当此之时,纣尚在上,尊卑昏乱,百姓散亡,故文王悼痛而欲安之,是以日昃而不暇食也。孔子作《春秋》,先正王而系万事,见素王之文焉④。繇此观之,帝王之条贯同,然而劳逸异者,所遇之时异也。孔子曰"《武》尽美矣,未尽善也",此之谓也。以上对问中"虞舜之时"至"劳逸之分"一节。

【注释】

①禼(xiè):同"契"。传说中的商代始祖。咎繇(gāo yáo):即皋陶,舜的大臣,掌刑狱之事。

②如有王者,必世而后仁:出自《论语·子路第十三》。世,三十年。

③《韶》尽美矣,又尽善也:与下文的"《武》尽美矣"二句,出自《论语·八佾第三》。

④素王:指远古帝王。

【译文】

董仲舒回答说:

臣听说尧受天命为天子后,对国家百姓极为忧虑,并未以天子地位为乐,因而诛杀乱臣,致力于求得贤圣,所以得到舜、禹、稷、契、皋陶。诸多圣明之人辅佐德行,贤能之人辅佐政务,大行教化,天下和睦融洽,百姓安仁乐义，各得其所，行为彬彬有礼，举止从容不迫。所以孔子说"假若有王者兴起，一定需要三十年才能仁政大行"，说的就是这一意思。尧在位七十年后，禅位于虞舜。尧驾崩之后，天下百姓并未归顺尧之子丹朱而归顺于舜。舜深知不可推辞，因而继承了天子之位，以禹为相，依靠尧的辅佐大臣，继承尧的统一大业，所以垂衣拱手，无为而天下大治。孔子说"《韶》美极了，而且好极了"，讲的就是这个道理。到了殷纣王之时，逆天而行，凶暴强横，杀戮贤者，残害百姓。伯夷、太公都是当时的贤能之人，却隐居不出不为其臣。下属官吏都出奔逃亡，不愿为官。以至于天下大乱，百姓不得安宁，所以百姓抛弃了殷商而归顺于周。周文王顺从天意，治理纷乱，任用圣贤，以圣贤为师，因而闳天、太颠、散宜生等都聚集于朝廷。仁爱施及万民，天下无不归顺，所以太公从海边而就三公之位。这时候，纣王尚在君位，然而尊卑之序已乱，百姓流离失所，文王为此极为忧虑，想安抚百姓，所以太阳偏西还没有时间进食。孔子创作《春秋》，先正君王，后理万事，显示了远古帝王的行迹。由此看来，帝王之道是相互贯通的，然而辛劳和安逸却如此不同，因为所遇到的具体情况不同。孔子说"《武》美极了，却还不够好"，说的就是这一意思。

　　臣闻制度文采玄黄之饰①，所以明尊卑、异贵贱而劝有德也，故《春秋》受命所先制者，改正朔②，易服色，所以应天也。然则宫室旌旗之制，有法而然者也，故孔子曰："奢则不逊，俭则固③。"俭非圣人之中制也④。臣闻良玉不瑑，资质润美，不待刻瑑，此亡异于达巷党人不学而自知也⑤。然则常玉不琢，不成文章；君子不学，不成其德。以上对问中"俭者不造玄黄"至"二端异焉"一节。

【注释】

①制度：制作。

②改正朔：正，一年的开始；朔，一月的开始。古时改朝换代，新王朝表示"应天承运"，须重定正朔。

③奢则不逊，俭则固：出自《论语·述而第七》。固，鄙陋。

④中制：合于中庸之道的典章、制度。

⑤达巷党人：指项橐。据说项橐七岁时，聪明早慧，孔子以之为老师，但他的成就远不如孔子。

【译文】

　　臣以为制作华丽的服装和彩色的丝帛等饰物，是用来明确尊卑、区别贵贱而勉励有德之人的，因此《春秋》受天之命首先制定的就是改变正朔，更换服色，目的是应天承运。然而宫室旌旗的制定是有法可依的，所以孔子说："奢侈豪华显得骄傲，节俭朴素就有可能流于鄙陋。"节俭并非是圣人认为合于中庸之道的制度。臣听说良玉不必雕琢，资质自然光润美丽，不须雕琢，这无异于项橐不学自知。然而一般的玉石，不加雕琢，便不成文理；君子不学，便没有道德。以上回答策问中"俭者不造玄黄"至"二端异焉"一节。

　　臣闻圣王之治天下也，少则习之学，长则材诸位①，爵禄以养其德，刑罚以威其恶，故民晓于礼谊而耻犯其上。武王行大谊，平残贼，周公作礼乐以文之，至于成、康之隆，囹圄空虚四十余年，此亦教化之渐而仁谊之流，非独伤肌肤之效也。至秦则不然。师申、商之法，行韩非之说，憎帝王之道，以贪狼为俗，非有文德以教训于天下也。诛名而不察实，为善者不必免，而犯恶者未必刑也。是以百官皆饰虚辞而不顾实，外有事君之礼，内有背上之心，造伪饰诈，趣利无耻。

又好用憯酷之吏②，赋敛亡度，竭民财力，百姓散亡，不得从耕织之业，群盗并起。是以刑者甚众，死者相望，而奸不息，俗化使然也。故孔子曰"道之以政，齐之以刑，民免而无耻"③，此之谓也。以上对问中"殷人执五刑"至"耗矣哀哉"一节。

【注释】

①材诸位：量材而授予职位。

②憯（cǎn）酷：残酷。憯，惨毒，残酷。

③"道之以政"几句：出自《论语·为政第二》。

【译文】

臣听说圣王治理天下，年少者使其学习礼义，年长者根据才能优劣而授予官位，给其爵位俸禄是为了培养道德品质，制定刑罚是为了威慑恶行，所以百姓懂得了礼义，便会以犯上为耻。武王实行大义，平息了凶暴的乱贼，周公制定礼乐加以美化，至于成康之治，监狱空虚四十余年，这是教化深入、仁义流布的结果，并非是刑罚的功效。到了秦朝，情况就不同了。秦采用申不害和商鞅之法，实行韩非的学说，厌恶帝王之道，社会风俗贪婪凶暴，不以礼乐教化化育统治天下。惩罚杀人只以名目而不论事实，因而犯法作恶之人不一定受到刑法的惩处，善良之辈也未必幸免。因此，文武百官只得讲假话而不敢说真话，当面行事君之礼，背后则有反上之心，口是心非，尔虞我诈，贪图好处，无耻之极。又好用酷吏，赋敛无度，耗尽百姓财力，使他们流离失所，不能从事耕织之业，群盗蜂起。所以受刑者众多，死者无数，而违法作乱者依旧猖獗，这是由于习俗的改变而形成了这种局面。所以孔子说"用政令来诱导他们，用刑罚来整顿他们，人民只是暂时地免于罪过，却没有廉耻之心"，说的就是这个道理。以上回答策问中"殷人执五刑"至"耗矣哀哉"一节。

今陛下并有天下，海内莫不率服。广览兼听，极群下之知，尽天下之美，至德昭然，施于方外，夜郎、康居①，殊方万里，说德归谊②，此太平之致也。然而功不加于百姓者，殆王心未加焉。曾子曰："尊其所闻，则高明矣；行其所知，则光大矣。高明光大，不在于它，在乎加之意而已。"愿陛下因用所闻，设诚于内而致行之，则三王何异哉？

【注释】

①夜郎：汉时我国西南地区古国名。在今贵州西北部及云南、四川的部分地区。康居：汉时为西域国名。在今咸海与巴尔喀什湖之间。

②说：同"悦"。

【译文】

如今陛下拥有天下，海内莫不臣服。陛下明察秋毫，兼听各种意见，穷尽臣下的智慧，想使天下尽善尽美，德高望重，昭然于世，恩德施及域外，即使夜郎、康居这样的蛮夷之地和万里之遥的异域，也崇尚道德、归顺仁义，这就是太平盛世的表现。然而功德不能施及百姓，恐怕是君王之心不想施及。曾子说："遵行其所闻，就会高明；遵行其所知，就会广大。高明广大，并不在于其他，而在于施及之意而已。"希望陛下沿用所闻，内心至诚而致力于实行，那么又与三王有什么不同呢？

陛下亲耕籍田以为农先，凤瘵晨兴，忧劳万民，思惟往古，而务以求贤，此亦尧、舜之用心也。然而未云获者，士素不厉也。夫不素养士而欲求贤，譬犹不瑑玉而求文采也。故养士之大者，莫大虖太学①。太学者，贤士之所关也，教化之本原也。今以一郡一国之众，对亡应书者②，是王道往往而绝也。臣愿陛下兴太学，置明师，以养天下之士，数考问以尽其材，则英俊宜可得矣。今之郡守、县令，民之师帅③，所使承流而宣化也④。故师帅不贤，则主德不宣，恩泽不流。今吏既亡教训于下，或不承用主上之法，暴虐百姓，与奸为市，贫穷孤弱，冤苦失职，甚不称陛下之意。是以阴阳错缪，氛气充塞，群生寡遂，黎民未济，皆长吏不明，使至于此也。夫长吏多出于郎中、中郎、吏二千石子弟⑤。选郎吏，又以富訾⑥，未必贤也。且古所谓功者，以任官称职为差，非所谓积日累久也。故小材虽累日，不离于小官；贤材虽未久，不害为辅佐。是以有司竭力尽知，务治其业而以赴功⑦。今则不然。累日以取贵，积久以致官，是以廉耻贸乱，贤不肖浑殽，未得其真。臣愚以为使诸列侯、郡守二千石各择其吏民之贤者，岁贡各二人以给宿卫⑧，且以观大臣之能。所贡贤者有赏，所贡不肖者有罚。夫如是，诸侯、吏二千石皆尽心于求贤，天下之士可得而官使也。遍得天下之贤人，则三王之盛易为，而尧、舜之名可及也。毋以日月为功，实试贤能为上，量材而授官，录德而定位，则廉耻殊路，贤不肖异处矣。陛下加惠，宽臣之罪，令勿牵制于文，使得切磋究之，臣敢不尽愚！以上对问中"凤瘭晨兴"至"未得其真"一节，因问任贤而陈贡士之法。

【注释】

① 太学：古学校名。汉武帝元朔五年（前124），始置太学，立五经博士。

②对亡应书者：没有一个能响应皇上的诏书前来应对的人。书，谓
　　举贤良文学之诏书。

③师帅：师表。

④承流：秉承皇上的意旨。

⑤郎中：官名。战国时为近侍之称。汉代沿置，属郎中令，管理车
　　骑、门户，并内充侍卫，外从作战。官秩三百石。中郎：官名。秦
　　置，汉沿用，担任宫中护卫、侍从，近侍之官，属郎中令。官秩六
　　百石。郎中、中郎地位不高，但因在帝王身边，容易得到帝王亲
　　近信任，容易被派出任较高官职。吏二千石子弟：汉代二千石高
　　官有保任子弟为郎、为吏的特权。二千石指地方官中的郡守、诸
　　侯相与朝官的中尉、主爵都尉等。

⑥选郎吏，又以富訾(zī)：汉代规定，家资达到十万钱的富家子弟就
　　可以进入官场为吏、为郎。訾，通"赀"。钱财。

⑦赴功：建立功业。

⑧宿卫：在宫中值宿，担任警卫。

【译文】

陛下亲自耕种籍田，以农为先，夙兴夜寐，忧虑百姓疾苦，追念上古
圣王，致力于求贤，这也是尧、舜的用心。然而不能说已得到应有的结
果，原因就在于士人平素得不到激励。平素不教育士人，而想求得贤能
之人，就好像不雕琢玉石而要求其有纹理一样。而培养士人最重要的，
莫过于太学。太学是培养贤能之士的关键所在，是教化的本源。如果
现在一郡一国的人中，没有一个能响应皇上的诏书前来应对的人，那么
先王所实行的正道也就断绝了。臣希望陛下兴办太学，设置明师，来培
养天下的士人，可实行数次考问的政策，使其尽情发挥才能，那么才智
杰出的人物应该可以求得了。如今的郡守县令，是百姓的师表，是秉承
皇上的意旨和传布德化的人。因此，如果师表不贤明，那么君王的仁德
也不会被传布，恩德也不能施及。现在的官吏既不能教导百姓，又不能

贯彻执行国家法律，反而凶恶残酷地对待百姓，与坏人交易，贫穷孤弱的人，含冤受苦流离失所，严重违背了陛下的愿望。所以阴阳失和，邪气充盈，万物生长不顺遂，百姓得不到救助，都是因为守令的不贤明，才使得事情到了这种地步。守令多数出身于郎中、中郎、二千石级官员的子弟，选拔郎吏时又以家资为标准，财产丰厚之家的子弟未必贤明。况且古代所谓的功业，是以任官称职程度高下而定的，而不是以时间长短来衡量的。因而才智低下的人虽为官时间较长，但终为小官；贤明之才虽为官时间不长，但不失为辅佐之臣。因此，为官作吏的人就尽心尽力，恪尽职守，致力于做好自己的工作来建立功业。而如今却不是这样。为官时间较长就可以取得高位，时间久了就可以做大官，所以廉洁与无耻混乱，好人与坏人混杂，难辨真伪。臣以为应让列侯、郡守及所有二千石级官员各自在其下属官吏和百姓中挑选贤明之人，每年向朝廷推荐二人，朝廷委任以宿卫之职，并以此来观察大臣的能力。如果推荐的是贤能之士，则给予奖励，如果推荐的是无能之辈，则给予惩罚。果真如此的话，那么，诸侯、郡守、二千石都会竭尽全力地寻求人才，天下的士人也都可以任陛下驱使而为国出力了。如果遍得天下贤能之人，那么三王盛世也就很容易实现，也就可以获得尧、舜那样的名望。因此，千万不可以时间的长短来衡量功业，应以实际考察贤能为上，根据才能授予官职，依据品德赐予爵位，这样，廉洁和无耻就可分别，贤能之人与无能之辈也就分清了。陛下对臣恩惠有加，宽宏大量，饶恕臣之罪，令臣不必拘束于文法，并反复切磋研究，臣怎敢不竭尽全力！以上回答策问中"凤寤晨兴"至"未得其真"一节，因为问及任用贤能而陈述举荐士人的方法。

对贤良策三

【题解】

在第三策中，武帝的提问意在比较三王之异同。董仲舒提出了公羊学派的政治理论的核心"三统说",认为天命同于天道,改正朔,易服色,即所以顺天道,是朝廷施政中最重要的问题。董仲舒认为"圣人法天",人君必须遵循天理,贵族官吏只应食禄,不应与民争利,否则,就会加深社会阶级矛盾。最后董仲舒将其全部思想归结为"大一统",这是其《天人三策》及《春秋繁露》的重要思想之一。

　　制曰:

　　盖闻"善言天者,必有征于人;善言古者,必有验于今"。故朕垂问虖天人之应,上嘉唐、虞,下悼桀、纣,浸微浸灭、浸明浸昌之道①,虚心以改。今子大夫明于阴阳所以造化,习于先圣之道业,然而文采未极,岂惑虖当世之务哉? 条贯靡竟,统纪未终,意朕之不明与? 听若眩与? 夫三王之教,所祖不同②,而皆有失。或谓久而不易者道也,意岂异哉? 今子大夫既已著大道之极,陈治乱之端矣,其悉之究之,孰之复之。《诗》不云虖:"嗟尔君子,毋常安息,神之听之,介尔景福③。"朕将亲览焉,子大夫其茂明之。

【注释】

①浸:逐渐。

②祖:祖述,继承。

③"嗟尔君子"几句:出自《诗经·小雅·小明》。毋常,原文作"无恒"。

【译文】

诏命说:

听说"善于说天的道理的人,必定用人所做的事情来证明;善于说古代的道理的人,必定用现在的事情来验证"。所以,朕垂问天人相应之事,上赞美尧、舜,下悲悼桀、纣,对于国家有的逐渐衰微灭亡、有的逐渐光明昌盛的道理,要虚心学习,对失误加以改正。如今您对阴阳的创造化育颇有研究,又通晓先圣之道,然而文章未能至极,难道困惑于当世之务吗?对策之中,条贯不完,统纪未终,是朕未能弄明白吗?为什么听起来让人迷惑不解呢?三王的教化由于所继承的不同,因而都存有缺失之处。有人说长久不变的是道,难道是意趣不一样吗?如今您已说明了大道的标准,又陈述了治与乱的缘由,但还应详细说明,精究再三。《诗经》不是说吗:"君子不应当安处为常,要认真恭敬地对待职位,接近正直的人,那么神明听到这一切,就会赐以福禄。"朕将亲自览阅,您应努力说明。

　　仲舒复对曰:

　　臣闻《论语》曰:"有始有卒者,其惟圣人虖^①?"今陛下幸加惠,留听于承学之臣,复下明册以切其意^②,而究尽圣德,非愚臣之所能具也。前所上对,条贯靡竟,统纪不终,辞不别白,指不分明,此臣浅陋之罪也。

【注释】

　　①有始有卒者,其惟圣人虖:出自《论语·子张第九》。

　　②册:通"策"。策问,即以经义或政事等设问要求解答以试士。

【译文】

　　董仲舒又回答说:

　　臣听说《论语》上讲:"有始有终的,大概只有圣人吧?"如今承蒙陛下赐恩于臣,注意听取转承师说的臣的意见,又下达圣明的策问,心意恳切,想详尽探究圣王之德,然而这些都不是愚臣所能具备的。前面上奏的对策,条理不清晰,体系不完整,词不达意,意不分明,这是臣的浅陋之罪。

册曰:"善言天者,必有征于人;善言古者,必有验于今。"臣闻天者,群物之祖也,故遍覆包函而无所殊,建日月风雨以和之,经阴阳寒暑以成之。故圣人法天而立道,亦溥爱而亡私[①],布德施仁以厚之,设谊立礼以导之。春者,天之所以生也;仁者,君之所以爱也。夏者,天之所以长也;德者,君之所以养也。霜者,天之所以杀也;刑者,君之所以罚也。繇此言之,天人之征,古今之道也。孔子作《春秋》,上揆之天道,下质诸人情,参之于古,考之于今。故《春秋》之所讥,灾害之所加也;《春秋》之所恶,怪异之所施也。书邦家之过,兼灾异之变,以此见人之所为。其美恶之极,乃与天地流通而往来相应,此亦言天之一端也。古者修教训之官,务以德善化民,民已大化之后,天下常亡一人之狱矣。今世废而不修,亡以化民,民以故弃行谊而死财利,是以犯法而罪多,一岁之狱以万千数。以此见古之不可不用也,故《春秋》变古则讥之。天令之谓命,命非圣人不行;质朴之谓性,性非教化不成;人欲之谓情,情非度制不节。是故王者上谨于承天意,以顺命也;下务明教化民,以成性也;正法度之宜,别上下之序,以防欲也。修此三者,而大本举矣。人受命于天,固超然异于群生,人有父子兄弟之亲,出有君臣上下之谊,会聚相遇,则有耆老长幼之施,粲然有文以相接,驩然有恩以相爱[②],此人之所以贵也。生五谷以食之,桑麻以衣之,六畜以养之,服牛乘马,圈豹槛虎,是其得天之灵,贵于物也。故孔子曰:"天地之性,人为贵[③]。"明于天性,知自贵于物。知自贵于物,然后知仁谊。知仁谊,然后重礼节。重礼节,然后安处善。安处善,然后乐循理。乐循理,然后谓之君子。故孔子曰"不知命,亡以为君子"④,此之谓也。以上对"天人征应"一节而推之于化民之道,知命之学。

【注释】

①溥(pǔ)爱:博爱,广布仁爱。

②驩:通"欢"。

③天地之性,人为贵:出自《孝经·圣治章第九》。

④不知命,亡以为君子:出自《论语·尧曰第二十》。亡,原文作"无"。

【译文】

陛下策问中说:"善于说天的道理的人,必定用人所做的事情来证明;善于说古代的道理的人,必定用现在的事情来验证。"臣以为天是万物的始祖,因此,天遍覆包含,对万物一视同仁,设立日月风雨来协调万物,划分阴阳寒暑来成全万物。所以圣人之道正是效法天的博爱无私而建立的,它也是博爱而无私的,传布道德,施行仁义,来厚待人民,设立道德,建立礼义,来引导人民。春是天用来产生万物的,仁是君主用来爱护人民的。夏是天用来成长万物的,德是君主用来培养人民的。霜是天用来肃杀万物的,刑是君主用来惩罚恶人的。由此说来,天人相应,这是古今的道理。孔子作《春秋》,上度量于天道,下考察于人情,参照上古,考察当今。所以《春秋》中所指责的,也正是上天用灾害加以惩戒的;《春秋》中所厌恶的,也正是上天用怪异加以警示的。书写国家的过失,兼论灾异的变化,由此可见人的所作所为。人的极端的美恶行为是与天地相通而往来相应的,这也说的是天人关系的一方面。古代掌管教育的官吏,致力于以德教来改变百姓,百姓在得以根本改变之后,那么天下的监狱就空无一人。如今废弃了古法不用,没有用德教来改变百姓,因而百姓置仁义于不顾,宁为财利而死,所以违法乱纪者很多,一年的狱案多达万千。由此看来,古法不能置之不用,因此《春秋》指责改变古制的行为。上天的命令叫作命,不是圣人就不能奉行天命;质朴叫作性,不进行教化就不能形成性;人的欲望叫作情,不用制度就不能节制情。因此作为君主上要承受天意,目的是顺从天命;下要致力教育,以教育来改变百姓,以成就人性;建立合适的法律制度,分别尊卑次序,以防止贪欲。整治好这三者,那么天下的根本也就确定了。人受命于天,本来就超然于其他生物之上,而且不同于其他生物:内有父子兄弟的亲情,外有君臣上下的礼义;相聚相遇,又有长幼次序;人们之间有语言书信交往的欢喜,夫妻之间有相亲相爱的恩情,这就是人之所以尊贵的原因。种植五谷来食用,种植桑麻来做衣穿,饲育六畜,役使牛马驾车,圈禁虎豹等野兽,这是人得天之灵气的表现,比万物更为尊贵。所以孔子说:"天地生养万物,人是最为尊贵的。"作为人要明白自己的品质和特性,应该知道自己比万物尊贵。知道自己比万物尊贵,然后懂得仁义。懂得仁义,然后才能注重礼节。注重礼节,然后才可处于善道。处于善道,然后才乐于依理行事。乐于依理行事,然后才可称之为君子。所以孔子说"不懂得天命,不能作为君子",说的就是这一道理。

以上回答"天人征应"一节,而推及于教化万民之道和知晓天命之学。

册曰:"上嘉唐、虞,下悼桀、纣,浸微浸灭、浸明浸昌之道,虚心以改。"臣闻聚少成多,积小致巨,故圣人莫不以暗致明,以微致显。是以尧发于诸侯[①],舜兴虖深山[②],非一日而显也,盖有渐以致之矣。言出于己,不可塞也;行发于身,不可掩也。言行,治之大者,君子之所以动天地也。故尽小者大,慎微者著。《诗》云:"惟此文王,小心翼翼[③]。"故尧兢兢日行其道[④],而舜业业日致其孝[⑤],善积而名显,德章而身尊,此其浸明浸昌之道也。积善在身,犹长日加益⑥,而人不知也;积恶在身,犹火之销膏,而人不见也。非明虖情性、察虖流俗者,孰能知之? 此唐、虞之所以得令名,而桀、纣之可为悼惧者也。夫善恶之相从,如景向之应形声也⑦。故桀、纣暴谩,谗贼并进,贤知隐伏,恶日显,国日乱,晏然自以如日在天,终陵夷而大坏。夫暴逆不仁者,非一日而亡也,亦以渐至。故桀、纣虽亡道,然犹享国十余年,此其浸微浸灭之道也。以上对册中"上嘉唐、虞"五句。

【注释】

①尧发于诸侯:尧从一个唐国的诸侯上升为天子。

②舜兴虖深山:舜由一个在历山耕种的平民上升为天子。深山,此指历山。

③ 惟此文王,小心翼翼:出自《诗经·大雅·大明》。

④兢兢:戒慎。

⑤业业:危惧。

⑥长日加益:身高日渐长高。

⑦景:同"影"。影子。向:通"响"。回声。

【译文】

陛下策问中说:"上赞美尧、舜,下悲悼桀、纣,对于国家有的逐渐衰微灭亡、有的逐渐光明昌盛的道理,要虚心学习,对失误加以改正。"臣听说积少成多,聚小成大,所以圣人没有一个不是由默默无闻而变成美名远扬,由卑微而达到显赫。因此,尧从诸侯中崛起,舜兴起于历山,他们并非是一天就获得了如此显赫的地位,而是逐渐形成的。自己的言语,不可阻塞;自己的行为,不可掩饰。言行是治国中比较重要的方面,也是君子之所以感动天地的原因。所以,在许多小事上努力,才能成就大业；在小事上谨慎，德行才能显耀。《诗经》上说："唯有文王，小心翼翼。"因此，尧戒慎以行其道，舜危惧以致其孝，善行的不断积累以至于名声显赫，道德的不断弘扬以至于地位尊贵，这就是他们的逐渐光明昌盛之道。积善在身，犹如成长的身高每天都在增加，而别人却一时没看到；积恶在身，好像灯火消耗油脂，油脂一点点地消融，而人们却一时看不出。不是明白情性、明辨习俗的人，又怎能知道呢？这就是尧、舜之所以获得美名，而桀、纣令人悲悼的原因。善恶相随，如同影随形，响随声。所以桀、纣粗暴傲慢，谗言贼乱蜂起，贤智之士归隐山林，邪恶日益显露，国家日渐混乱，自己还以为如日在天，不可能灭亡，最终使国家衰落而灭亡。暴逆不仁的行为，也不是一天就能使国家灭亡，而是逐渐导致国家灭亡的。因此，桀、纣虽然无道，仍享国十多年，这就是逐渐衰亡的道理。以上回答策问中"上嘉唐、虞"五句。

　　册曰："三王之教，所祖不同，而皆有失，或谓久而不易者道也，意岂异哉？"臣闻夫乐而不乱、复而不厌者①，谓之道。道者，万世无弊，弊者，道之失也。先王之道必有偏而不起之处②，故政有眊而不行③，举其偏者以补其弊而已矣。三王之道，所祖不同，非其相反，将以救溢扶衰④，所遭之变然也。故孔子曰："无为而治者，其舜虖⑤！"改正朔，易服色⑥，以顺天命而已，其余尽循尧道，何更为哉？故王者有改制之名，亡变道之实。然夏上忠⑦，殷上敬⑧，周上文者⑨，所继之救⑩，当用此也。孔子曰："殷因于夏礼，所损益可知也；周因于殷礼，所损益可知也；其或继周者，虽百世可知也⑪。"此言百王之用，以此三者矣。夏因于虞，而独不言所损益者，其道如一，而所上同也。道之大原出于天，天不变，道亦不变。是以禹继舜，舜继尧，三圣相受而守一道，亡救弊之政也,故不言其所损益也。繇是观之,继治世者,其道同;继乱世者,其道变。今汉继大乱之后,若宜少损周之文,致用夏之忠者。

【注释】

①乐而不乱:感到快乐而不致放纵。复而不厌:反复实行而不觉厌倦。

②不起:不足。

③眊(mào):昏聩,惑乱。

④溢:过分,分头。衰:不够,不足。

⑤无为而治者,其舜虖:出自《论语·卫灵公第十五》。虖,原文为"也与"。

⑥易服色:古代新王朝建立,要把衣服的颜色改换成所崇尚的颜色,如夏尚黑色,殷尚白色,周尚赤色。

⑦上:通"尚"。崇尚,看重。忠:质朴忠厚。

⑧敬:虔敬鬼神。

⑨文:文采。此指典章制度。

⑩所继之救:补救所继承的前一代的偏颇。

⑪"殷因于夏礼"几句:出自《论语·为政第二》。因,沿袭,承袭。周因于殷礼之"因"底本作"殷",误,依《汉书·董仲舒传》改。

【译文】

陛下策问中说:"三王的教化由于所继承的不同,因而都存有缺失之处,有人说长久不变的是道,难道是意趣不一样吗?"臣听说让人感到快乐而不致放纵、反复实行而不觉厌倦的,称之为道。道本身永远没有弊病,所谓弊病是由于违背了道。先王之道必有偏重和不足之处,所以政治有昏聩不能实行之处,则用其偏重之处来弥补其弊病而已。三王之道只是继承对象不同，并非是相反，都是用来挽救过分之处和扶助衰亡之处，只不过所遭遇的事变不一样。所以孔子说："自己从容安静而使天下太平的人，大概只有舜吧！"改正朔，换服色，只是顺从天命而已，其余的都遵循尧之道，还有什么好更改的呢？因此，君王只有改制的名义，而没有变化先王之道的实质。夏崇尚质朴忠厚，殷崇尚虔敬鬼神，周崇尚典章制度，补救所继承的前一代的偏颇，是应当这样做的。孔子说："殷朝沿袭夏朝的礼仪制度，所废除和增加的，是可以知道的；周朝沿袭殷朝的礼仪制度，所废除和增加的，也是可以知道的；那么，假定有继承周朝而当政的人，就是以后一百代，也是可以预先知道的。"这说的是以后百王所用之道，是依据夏、商、周三朝之礼仪制度。夏沿袭于舜，却不说所废除和增加的，因为它所沿袭的礼仪制度与上世是相同的。道的根源出自天，天不变，道也不会改变。因此，禹继承舜，而舜继承尧，三位圣人所传承和遵守的是同一种道，不存在补救偏颇的政策，所以不必说所废除的和所增加的。由此看来，继承大治之世的人，他们的道是相同的，而继承大乱之世的人，其道就要发生变化。如今汉朝是继承大乱之世的，似乎应当稍稍减损周朝的崇尚典章制度，而多用夏朝的质朴忠厚。

陛下有明德嘉道，愍世俗之靡薄，悼王道之不昭，故举贤良方正之士，论谊考问，将欲兴仁谊之休德，明帝王之法制，建太平之道也。臣愚不肖，述所闻，诵所学，道师之言，廑能勿失尔。若乃论政事之得失，察天下之息耗[1]，此大臣辅佐之职，三公九卿之任[2]，非臣仲舒所能及也。以上对册中"三王之教"五句，以下二层为册问所不及。因册有"悉之"之语也，亦就天人古今贯穿说下。

【注释】

①息耗：犹消长。指事物的盛衰、盈亏、吉凶等。

②三公九卿：辅助国君掌握军政大权的最高官职的统称。西汉以丞相、太尉、御史大夫为三公，而以奉常（太常）、郎中令（光禄勋）、太仆、廷尉（大理）、典客（大鸿胪）、宗正、治粟内史（大司农）、少府、卫尉（执金吾）为九卿。

【译文】

陛下具有明德嘉道，忧患世俗的浅薄，悲悼先王之道不能彰明，所以选拔贤良方正之士，讨论义理考察学问，想要兴盛仁义的美德，昌明帝王的法制，创建太平的世道。臣愚昧不才，只能叙述所听到的，陈述所学到的，转说先师之言，仅仅能做到不违失而已。如果论述国家政事的得失，明察天下百姓的盈虚，这是辅助大臣的职责，三公九卿的任务，并非是臣董仲舒力所能及的。以上回答策问中"三王之教"五句，以下二层意思是策问没有提及的。因为策问中有"详尽叙述"的话语，所以董仲舒就天人、古今的话题贯穿着往下说。

然而臣窃有怪者。夫古之天下，亦今之天下；今之天下，亦古之天下。共是天下，古以大治，上下和睦，习俗美盛，不令而行，不禁而止，吏无奸邪，民亡盗贼，囹圄空虚，德润草木，泽被四海，凤凰来集，麒麟来游。以古准今，壹何不相逮之远也？安所缪盭而陵夷若是？意者有所失于古之道与？有所诡于天之理与？试迹之古，返之于天，党可得见乎①？

【注释】

①党：同"傥"。或者。

【译文】

然而臣私下有奇怪的地方。古代的天下，也是现在的天下；现在的天下，也是古代的天下。同样是天下，古代却是大治之世，上下关系和睦，习俗质朴纯美，不需命令而自觉遵行，不需禁止而自然停止，官吏之中没有奸邪，百姓之中没有盗贼，监狱空无一人，德泽润及草木，施于四海，凤凰聚集，麒麟嬉戏。以古比今，为何相差如此之远？难道是错乱而衰落如此吗？意趣有失于古之道吗？违背了天之理吗？尝试追踪于古，返归于天，或者可以看见吧？

　　夫天亦有所分予，予之齿者去其角，傅其翼者两其足，是所受大者不得取小也。古之所予禄者，不食于力，不动于末，是亦受大者不得取小，与天同意者也。夫已受大，又取小，天不能足，而况人虖！此民之所以嚣嚣苦不足也[①]。身宠而载高位，家温而食厚禄，因乘富贵之资力，以与民争利于下，民安能如之哉？是故众其奴婢，多其牛羊，广其田宅，博其产业，畜其积委，务此而亡已，以迫蹴民[②]，民日削月朘[③]，浸以大穷。富者奢侈羡溢[④]，贫者穷急愁苦。穷急愁苦，而上不救，则民不乐生。民不乐生，尚不避死，安能避罪！此刑罚之所以蕃而奸邪不可胜者也。故受禄之家，食禄而已，不与民争业，然后利可均布，而民可家足。此上天之理，而亦太古之道，天子之所宜法以为制，大夫之所当循以为行也。故公仪子相鲁[⑤]，之其家，见织帛，怒而出其妻；食于舍而茹葵，愠而拔其葵。曰："吾已食禄，又夺园夫红女利虖[⑥]！"古之贤人君子在列位者皆如是，是故下高其行而从其教，民化其廉而不贪鄙。及至周室之衰，其卿大夫缓于谊而急于利，亡推让之风，而有争田之讼。故诗人疾而刺之曰："节彼南山，维石岩岩，赫赫师尹，民具尔瞻⑦。"尔好谊，则民向仁而俗善；尔好利，则民好邪而俗败。由是观之，天子大夫者，下民之所视效，远方之所四面而内望也。近者视而放之，远者望而效之，岂可以居贤人之位而为庶人行哉！夫皇皇求财利常恐乏匮者，庶人之意也；皇皇求仁义常恐不能化民者，大夫之意也。《易》曰："负且乘，致寇至⑧。"乘车者，君子之位也；负担者，小人之事也。此言居君子之位而为庶人之行者，其患祸必至也。若居君子之位，当君子之行，则舍公仪休之相鲁，亡可为者矣。以上言不夺民利，册问所不及。

【注释】

①嚣嚣（áo）：忧愁，怨恨。

②迫蹙：逼迫。

③朘（juān）：缩减。

④羡溢：富裕，丰足。

⑤公仪子：春秋时期鲁国的博士。由于才学优异为鲁相。《史记·循吏列传》有传。

⑥红女：古时指从事纺织、缝纫、刺绣等的妇女。

⑦"节彼南山"几句：出自《诗经·小雅·节南山》。师尹，周太师尹氏。

⑧负且乘，致寇至：出自《周易·解卦》六三爻辞。

【译文】

天也是区别对待万物的，赐予利齿的动物则不让它长角，给予翅膀的动物则只有两只脚，这是接受了大的东西则不能取得小的东西。古代接受了俸禄的人,不从事于体力劳动,不从事于商业,这也是接受了大的东西就不能取得小的东西,这与上天的意思是相同的。已经接受了大的东西,又想取得小的东西,天都不能具备,何况是人!这就是百姓之所以愁怨贫苦而不满足的原因。身受宠幸而居高位,家庭温暖而俸禄丰厚,再凭借富贵的势力,与百姓争夺利益,百姓岂能与之相比?因此拥有众多奴婢,多畜牛羊,广置田宅,扩大产业,蓄积货物,致力于这些事情没有止境,压迫剥削百姓,百姓日削月减以致贫穷。富裕者奢侈浪费,贫穷者穷急愁苦。百姓愁苦而上面又不救济,因而无以生存。百姓无以生存,就不会怕死,怎么会怕犯罪!这就是刑罚之所以繁多而奸邪仍不能制止的原因。所以享受俸禄的人,只能享用俸禄,而不能与民众争夺产业,只有这样,利益才可平均分配,而百姓才可以衣食具备。这既是上天之理,又是太古之道,天子应当效法而作为制度,大夫应当遵循实行。因此公仪休在鲁国为相时,一次回家看见妻子织帛,一怒之下休了他的妻子;有一次在家里吃葵菜,看见院中种有葵菜,生气地拔掉了葵菜。他说:"我已享用了国家的俸禄,又怎能争夺种菜者和纺织者的利益!"古代的贤人君子,只要为官,都是如此,因此百姓赞美他们的行为服从他们的教化,被他们的廉洁所感化而不会贪婪和浅薄。到了周朝衰落的时候,卿大夫置仁义于不顾,都忙于争权夺利,人们之间的谦让之风亡失,而争夺田地的诉讼却层出不穷。所以诗人痛恨而讽刺说:"高峻的南山显露着石头,显赫的师尹,人民都看着你。"你喜欢义,那么百姓就会向往仁爱而风俗纯美;你喜欢利,那么百姓就会好为奸邪而风俗败坏。由此看来,天子、大夫是下层百姓注视和效法的,是周边地区所观望的。近处的人看见了就会仿效,远处的人看见了就会效法,怎么能够居于贤人之位而有庶民百姓的行为呢!忙于追求财利,常常担心所用匮乏,这是庶民百姓的想法;忙于追求仁义,常常担心不能教化百姓,这是大夫的想法。《周易》说:"肩负重物而坐在车上,会引起寇盗来抢劫。"坐车是君子的待遇,背负肩挑是小人的事情。这是说居于君子之位而有庶民百姓的行为,那么祸患必定到来。如果居于君子之位,当行君子之事,那么舍弃了公仪休相鲁时的作为,也就没有什么可做的了。以上讲不与民众争夺利益,这是策问中没有提及的。

《春秋》大一统者①,天地之常经,古今之通谊也。今师异道,人异论,百家殊方,指意不同,是以上亡以持一统,法制数变,下不知所守。臣愚以为诸不在六艺之科、孔子之术者②,皆绝其道,勿使并进。邪辟之说灭息,然后统纪可一而法度可明,民知所从矣。以上言罢绌百家,册问所不及。

【注释】

①大一统:推崇一统,重视一统。《春秋公羊传·隐公元年》:"春王正月,何言乎王正月? 大一统也。"这里是引用《春秋公羊传》的话。

②六艺:指《诗》《书》《礼》《乐》《易》《春秋》。

【译文】

《春秋》推崇一统,是天地的原则,古今的通义。如今人们师承的学说各不相同,各持己见,而各种学说思想的宗旨是不同的,因而统治者不能坚持一统,法律制度又不断更改,百姓不知如何遵循。以臣愚见,凡是不属于六艺科目和孔子思想学说的,应对其彻底铲除,不能让它与孔子的学说并行。只有异端邪说止息了,国家的制度政策才能统一,法律制度才能明确,百姓才能够知道应当遵从什么。以上讲"罢黜百家"的思想,是策问中没有提及的。

路温舒

路温舒，生卒年不详，字长君，钜鹿（今河北平乡）人。西汉昭、宣帝时在世。曾牧羊，学律令，初为县狱史，后举孝廉，为山邑丞，昭帝元凤（前80—前75）中守廷尉史。宣帝时累官至临淮太守，有治迹，卒于官。

上德缓刑书

【题解】

汉朝自武帝后曾重用酷吏，施行严刑峻法，狱吏动辄治人死罪，冤狱遍于国中。宣帝即位初，路温舒即上此书，主张要崇尚德治，减轻刑罚，废除诽谤罪。文章前半部分征引前代及本朝史实，极言兴废之际，要顺应天意；后半部分揭露狱吏之毒，人民之苦，最后提出要"尊文、武之德，省法制，宽刑罚，以废治狱"的主张。论说节节逼近，说理性强。

臣闻齐有无知之祸，而桓公以兴[1]；晋有骊姬之难，而文公用伯[2]；近世赵王不终[3]，诸吕作乱[4]，而孝文为太宗[5]。繇是观之，祸乱之作，将以开圣人也。故桓、文扶微兴坏，尊文、武之业，泽加百姓，功润诸侯，虽不及三王[6]，天下归仁焉。文帝永思至德，以承天心，崇仁义，省刑罚，通关梁，一远近，敬贤如大宾，爱民如赤子，内恕情之所安，而施之于海内，是以囹圄空虚，天下太平。夫继变化之后，必有异旧之恩，此圣贤所以昭天命也。往者昭帝即世而无嗣，大臣忧戚，焦心合谋，皆以昌邑尊亲⑦，援而立之。然天不授命，淫乱其心，遂以自亡。深察祸变之故，乃皇天之所以开至圣也。故大将军受命武帝⑧，股肱汉国⑨，披肝胆，决大计，黜亡义⑩，立有德，辅天而行，然后宗庙以安，天下咸宁。

【注释】

①齐有无知之祸，而桓公以兴：无知，即公孙无知，春秋时齐僖公的侄子。僖公之子襄公无道，无知作乱，杀襄公自立。齐人又杀无知，立公子小白，是为齐桓公。

②晋有骊姬之难，而文公用伯：指晋献公宠姬骊姬，想立己子奚齐为太子，谗杀了太子申生，逼走了公子重耳和夷吾。献公死，奚齐即位，被杀，骊姬亦被杀。公子重耳回国，是为晋文公。文公，即晋文公，名重耳，春秋时晋国国君。伯，通"霸"。

③赵王：即刘如意，为汉高祖戚夫人所生，被吕后害死。

④诸吕：指吕后和她的侄儿吕台、吕产、吕禄等。

⑤孝文：即汉孝文帝刘恒，庙号太宗。

⑥三王：指夏、商、周三朝的开国之君，即禹、汤、文王。

⑦昌邑：指昌邑王刘贺，汉昭帝兄刘髆之子。昭帝死，无嗣，刘贺继位，淫戏无度，被废。另立刘询为帝，是为汉宣帝。

⑧大将军：指霍光，受汉武帝遗诏辅政。昭帝死，先迎立昌邑王，废，更迎立宣帝。文中所言"黜亡义，立有德"，即指此事。

⑨股肱：犹辅佐。

⑩亡：无。

【译文】

　　我听说齐国有公孙无知的祸患，桓公却因此兴起；晋国有骊姬作乱，文公才因此成就霸业；近世赵王不得善终，诸吕作乱，而孝文帝成为太宗皇帝。这样看来，祸患变乱的发作，或许是为圣人的出现开辟道路呢。所以，齐桓公、晋文公扶助微弱，兴振亡国，尊崇周文王、武王的事业，恩泽加于百姓，功劳润及诸侯，虽然比不上禹、汤、文王三王，但天下的人都已经归附于他们的仁义了。孝文帝思虑久远，德行高洁，能够秉承上天的旨意，崇尚仁义，减省刑罚，沟通道路，统一远近，敬重贤人如待宾客，爱护人民如对己子，把自己心中感到安适的事情推行于全国，所以监狱空虚，天下太平。大凡在祸乱变化之后继位的君主，总要施行与旧时不同的恩惠，这是圣贤用来彰明天意的方式。以前，昭帝去世了但没有子嗣，大臣们焦虑地合谋，认为昌邑王尊贵亲近，就援例立他。然而上天不肯授命，使他的心淫乱，因此自取灭亡了。深察祸乱变化的缘故，这是上天用来给圣明的君主开辟道路吧。所以大将军霍光禀受武帝的遗命，辅佐汉朝，披肝沥胆，决断大计，废黜无义之人，立有德圣君，辅助上天行事，然后宗室因此安定，天下得以太平。

　　臣闻《春秋》正即位，大一统而慎始也。陛下初登至尊，与天合符，宜改前世之失，正始受命之统，涤烦文，除民疾，存亡继绝，以应天意。以上言宣帝初即大位，宜有异恩。

【译文】

　　我听说《春秋》最重视严正君主即位，这就是一统天下要谨慎于开始。陛下初登天子之位，与天道相合，应当改易前代的失策，严正方才受命的大统，革除繁文苛法，解除民生疾苦，保存、继承将要消亡、断绝的好传统，以此来应合天意。以上讲宣帝刚刚即位，应该有特别的恩泽。

　　臣闻秦有十失，其一尚存，治狱之吏是也。秦之时，羞文学，好武勇，贱仁义之士，贵治狱之吏；正言者谓之诽谤，遏过者谓之妖言①。故盛服先生不用于世，忠良切言皆郁于胸，誉谀之声日满于耳，虚美熏心实祸蔽塞，此乃秦之所以亡天下也。方今天下赖陛下厚恩，亡金革之危、饥寒之患②，父子夫妻勠力安家，然太平未洽者，狱乱之也。

【注释】

①遏：阻止。

②金革：犹言兵甲，借指战争。

【译文】

　　我听说秦国有十种失策，有一种尚存于今，这就是掌刑狱的吏治。秦时，轻视文学，爱好勇武，轻贱仁义之士，抬举治狱的官吏；讲真话被诬为诽谤，谏止过失被诬为妖言。所以极力推崇先王之道的人不能见用于当世，忠良恳切之言都积郁在胸中，而阿谀奉承的话天天充盈耳朵，虚荣华美的声音迷住心窍而实际的祸患被掩蔽阻塞了，这就是秦朝之所以灭亡的原因。现在普天之下，仰赖陛下的厚恩，没有战争的危险，没有饥寒的忧虑，老百姓父子夫妻协力同心，安治家庭，但天下太平还未实现，实是刑狱纷乱所致。

　　夫狱者，天下之大命也，死者不可复生，绝者不可复属。《书》曰①："与其杀不辜，宁失不经②。"今治狱吏则不然。上下相驱，以刻为明，深者获公名，平者多后患。故治狱之吏，皆欲人死，非憎人也，自安之道，在人之死。是以死人之血，流离于市；被刑之徒，比肩而立；大辟之计③，岁以万数。此仁圣之所以伤也。太平之未洽，凡以此也。夫人情安则乐生，痛则思死。棰楚之下，何求而不得？故囚人不胜痛，则饰辞以视之④；吏治者利其然，则指道以明之；上奏畏却，则锻练而周内之⑤。盖奏当之成，虽咎繇听之⑥，犹以为死有余辜。何则？成练者众，文致之罪明也。是以狱吏专为深刻残贼而亡极，偷为一切⑦，不顾国患，此世之大贼也！故俗语曰："画地为狱，议不入⑧；刻木为吏，期不对⑨。"此皆疾吏之风、悲痛之辞也。故天下之患，莫深于狱；败法乱正，离亲塞道⑩，莫甚乎治狱之吏。此所谓一尚存者也。

【注释】

①《书》：即《尚书》。

②与其杀不辜，宁失不经：出自《尚书·虞书·大禹谟》。不经，不守常道，指不按法度行事。

③大辟：死刑。

④饰辞：粉饰言辞。视：通"示"。引申为招供之意。

⑤锻练：罗织罪名，陷人于罪。周内（nà）：弥补漏洞，使之周密。内，同"纳"。

⑥咎繇（gāo yáo）：即皋陶，上古舜时掌刑狱之官。

⑦偷：苟且。

⑧议：决计。

⑨期：必。

⑩离亲塞道：离散亲人，堵塞道义。

【译文】

　　刑狱，是治理天下的要害，死去的人不能复活，断绝的肢体不能再接。《尚书》说："与其杀死无辜，施法者宁可不按法度行事。"现在掌治刑狱的官吏则不是这样。上上下下，互相以刻薄为明察，以治狱严峻获得公正的名声，而判案平允则多有后患。所以治狱的官吏皆欲置人于死地，并不是与人有什么怨仇，而是保全自己的办法就在于置人于死地。因此被处刑而的人的血流淌于街市；受刑的人并肩而立；每年处以死刑的人数以万计。这就是讲仁义的圣人之所以悲伤的原因。天下太平未实现，就是这个缘故啊。大凡人之常情，生活安定则乐于生存，生活痛苦便但求死去。严刑拷打之下，有什么要求达不到？因此囚犯忍受不了痛苦，便粉饰言辞，用以招供；狱吏利用这些供词，便引证法律来说明囚犯的罪孽；上奏的时候怕被驳回来，就悉心罗织罪名，陷人于罪，去弥补漏洞，使之周密。而奏状一旦成立，就是皋陶听了，也会以为死有余辜。为什么呢？因为经过精心推敲、罗织的罪状写得明明白白。所以狱吏专事刻薄，残害人家，没有止境，苟且施为，不顾国家的祸患，这是世上的大害啊！因此俗话说："即使在地上画个牢狱，也万万不能进去；刻一块木头当作狱吏，也万万不能与他对质。"这些都是痛恨狱吏的民谣、悲伤痛切的话语。所以天下的忧患，没有比刑狱更深的；败坏法律，扰乱正道，离间亲人，堵塞道义，没有比治狱官吏更厉害的。这就是所谓的秦朝尚还存在的那一种失策。

　　臣闻乌鸢之卵不毁[①]，而后凤凰集；诽谤之罪不诛，而后良言进。故古人有言："山薮藏疾[②]，川泽纳污，瑾瑜匿恶[③]，国君含诟。"惟陛下除诽谤以招切言[④]，开天下之口，广箴谏之路，扫亡秦之失，尊文、武之德，省法制，宽刑罚，以废治狱。则太平之风可兴于世，永履和乐，与天亡极，天下幸甚！

【注释】

①乌鸢(yuān)：乌鸦和老鹰。

②薮(sǒu)：湖泽。

③瑾、瑜：二美玉名。泛指美玉。

④惟：句首语气词。愿、希望之意。

【译文】

　　我听说不毁坏乌鸦和老鹰产在树上巢里的卵，就会有凤凰聚集；犯有诽谤之罪的人不被诛杀，就会有良言进谏。所以古人说："高山湖沼隐藏毒物，河川大泽容纳污垢，美玉藏匿瑕疵，国君忍受诟骂。"希望陛下除去诽谤之罪名，以招得恳切直率的言论，让天下人都敢讲话，以扩大规劝诤谏的途径，一扫亡秦的过失，尊尚文王、武王的德政，减省法制，宽舒刑罚，以此废黜刑狱的吏治。那么，太平的风气就可能兴起于世间，永远进入和平快乐的境地，与天共存，没有止境，这是天下人的福气啊！

贾捐之

贾捐之(? —前43),字君房,雒阳(今河南洛阳)人。是贾谊的曾孙。汉元帝刘奭时期,上书言得失,待诏金马门。后因忤石显而下狱弃市。

罢珠厓对

【题解】

珠厓,郡名。汉武帝时设置,在今海南琼山东南。珠厓置郡以后,仍是叛服无常,汉元帝准备调动大批军队进行平叛。贾捐之认为不可。由于贾捐之系名臣之后,且确有见地,汉元帝于是命侍中驸马都尉乐昌侯王商去询问他为什么持不同见解,贾捐之于是写下此文作为应对。所以称本文为"罢珠厓对"。文中多处运用对比手法,说明穷兵黩武、征伐扩地的危害,陈述偃武修文、不贪财利的好处,语气虽然十分谦恭,但语势气度颇强,令人折服。

　　臣幸得遭明盛之朝,蒙危言之策①,无忌讳之患,敢昧死竭卷卷②。

【注释】

①危言：直言。由于直言易获罪，言出而身危，所以称直言为危言。

②卷卷：即拳拳，忠诚恳切的样子。

【译文】

我有幸赶上了这开明的盛世，即使是直言陈策，也不必担心和忌讳有什么祸事临头，因此才胆敢冒死来表达自己这拳拳之心。

臣闻尧、舜，圣之盛也，禹入圣域而不忧。故孔子称尧曰"大哉"，《韶》曰"尽善"，禹曰"无间"①。以三圣之德，地方不过数千里，西被流沙②，东渐于海③，朔南暨声教④，讫于四海。欲与声教，则治之，不欲与者，不强治也。故君臣歌德，含气之物⑤，各得其宜。武丁成王⑥，殷周之大仁也，然地东不过江黄，西不过氐羌，南不过蛮荆⑦，北不过朔方。是以颂声并作，视听之类，咸乐其生。越裳氏重九译而献⑧，此非兵革之所能致。及其衰也，南征不还⑨，齐桓救其难⑩，孔子定其文⑪。以至乎秦，兴兵远攻，贪外虚内，务欲广地，不虑其害。然地南不过闽、越，北不过太原，而天下溃畔，祸卒在于二世之末，《长城》之歌至今未绝⑫。以上言三代不廓地而兴，秦皇务广地而亡。

【注释】

①无间：即"无间言"，没有批评。

②流沙：指沙漠。

③渐（jiān）：流入。

④朔：北方。暨：和，与，及。声教：声威和教化。

⑤含气之物：指有气息的生命。

⑥武丁：即殷高宗，小乙之子。殷自盘庚死后，国势日衰。武丁立，用傅说为相，谨于政事，又趋强盛。

⑦蛮荆：古代称长江流域中部荆州地区，即春秋楚国的地方。亦指这一地区的人。

⑧越裳氏：古南海国名。相传周公辅佐周成王时期制礼作乐，越裳氏经多次辗转翻译而献白雉。

⑨南征不还：指周昭王瑕南巡至汉水，楚人献胶舟，至中流，船毁人亡。

⑩齐桓救其难：指齐桓公伐楚尊周事。

⑪孔子定其文：指孔子作《春秋》，在《春秋》中，认同攘夷尊周室之举。关于孔子作《春秋》，历史上多有争议。

⑫《长城》之歌：秦代歌谣，反映当时人们的哀怨之情，今所传有："生男慎勿举，生女哺用脯，不见长城下，尸骸相支拄。"

【译文】

我听说，尧、舜是圣人中最高层次的，而禹虽列于圣人之中，却没有达到最高境界。所以孔子评价尧时称之"大哉"，评价舜时说舜的乐曲《韶》可称得上"尽善尽美了"，讲到禹的时候则说"我没有批评了"。凭着这三位圣人的美德，他们所拥有的土地方圆也不过几千里，西面到了沙漠一带，东面到了入海处，北方和南方都与王者同教化，直到四海之内。愿意受教化的，就进行治理，不愿意受教化的，也不强行进行治理。所以君臣之德被颂扬，含有气息的生命都各有所安。武丁和成王都是殷商和周朝最仁义的君王，但他们所拥有的土地，向东没有超越长江、黄河，向西没有跨过西戎和羌族地区，向南没有越过江南楚地，向北没有超过朔方郡。因此赞颂的歌声一时兴起，大凡有视力和听力知觉的生物，全都以生为乐事。南海的越裳国通过多次辗转翻译，来进献白雉，这绝不是用军队武力所能办到的。等到周王室衰微之后，周昭王南巡未归,齐桓公借此讨伐楚国来挽救周王室,孔子著《春秋》写明此事,肯定了齐桓公攘夷尊王的行动。等到了秦朝的时候,调动军队向远处征战,对外贪求,可内部已然匮乏,一心只想着扩充土地,但没有虑及它的危害之处。然而它的疆域向南也没有超越闽越,向北也没有越过太原郡,可天下的人都纷纷地叛离了它,灾祸最终发生在了秦二世的末年,倾吐百姓怨恨的民谣《长城》之歌,时至今日仍然流传。以上讲三代不扩张土地而兴盛,秦始皇致力于扩大疆域而灭亡。

　　赖圣汉初兴,为百姓请命,平定天下。至孝文皇帝,闵中国未安,偃武行文①,则断狱数百,民赋四十②,丁男三年而一事③。时有献千里马者,诏曰:"鸾旗在前④,属车在后⑤,吉行日五十里⑥,师行三十里⑦,朕乘千里之马,独先安之?"于是还马,与道里费,而下诏曰:"朕不受献也,其令四方毋求来献。"当此之时,逸游之乐绝⑧,奇丽之赂塞,郑卫之倡微矣。夫后宫盛色则贤者隐处⑨,佞人用事则诤臣杜口⑩。而文帝不行,故谥为孝文,庙称太宗⑪。至孝武皇帝元狩六年,太仓之粟⑫,红腐而不可食;都内之钱⑬,贯朽而不可校⑭。乃探平城之事⑮,录冒顿以来⑯,数为边害,籍兵厉马,因富民以攘服之。西连诸国,至于安息⑰;东过碣石⑱,以玄菟、乐浪为郡⑲;北却匈奴万里;更起营塞,制南海以为八郡。则天下断狱万数,民赋数百,造盐铁酒榷之利以佐用度⑳,犹不能足。当此之时,寇贼并起,军旅数发。父战死于前,子斗伤于后,女子乘亭鄣,孤儿号于道,老母寡妇饮泣巷哭,遥设虚祭,想魂乎万里之外。淮南王盗写虎符,阴聘名士,关东公孙勇等诈为使者,是皆廓地泰大、征伐不休之故也㉑。以上言孝文偃武，孝武穷兵。

【注释】

①偃武行文：停止武备施行文治。偃，止息，停止。

②民赋四十：汉初男子常赋一百二十钱，而至文帝时减轻民税民役为民赋四十钱。

③三年而一事：三年有一次徭役。

④鸾旗：绣有鸾鸟的旗子，皇帝出行仪仗所用。

⑤属车：皇帝出行时的从车。

⑥吉行：为吉事而行。

⑦师：指军队。

⑧逸游：放纵游乐。

⑨盛色：多美色。

⑩诤臣：谏诤之臣。

⑪庙称：即庙号。古代帝王死后，在太庙立室奉祀，追尊的称号，称庙号。

⑫太仓：古代设在京城里的大粮仓。

⑬都内：内府，国家的金库。

⑭贯：穿钱的绳子。

⑮平城之事：汉高祖时，进攻匈奴，被匈奴困于平城（今山西大同），后用和亲之贿始解围还归。

⑯录：收集。冒顿（mò dú）：秦末汉初匈奴单于。秦二世元年（前209），杀其父头曼自立，号称有战士三十万，东灭东胡，西破月氏，进占今河套地区，威胁新建立的西汉政权。

⑰安息：伊朗高原古国名。

⑱碣石：古山名。在今河北昌黎北。

⑲玄菟、乐浪：均为古郡名。汉武帝所置。玄菟在今朝鲜咸镜道及

我国辽宁东部。乐浪在今辽宁新宾东北。

⑳造盐铁酒榷之利：开始盐、铁、酒由国家专卖。榷，专利，专卖。

㉑廓地：开拓土地。

【译文】

我们汉朝刚刚兴盛起来时，为百姓疾苦着想，平定了天下。到了孝文皇帝的时候，可怜中原还未稳定下来，于是停止发展武备，大力提倡文治，审判案件才几百起，让百姓每年只交赋税四十钱，男子三年才服一次徭役。当时有进献千里马的，孝文皇帝下诏说："鸾旗在前，属车在后，若是吉事，每天行五十里，军队行军每天行三十里，朕骑着千里马，自己要先到哪里去呢？"于是，将千里马送还给了献马者，还给了他旅途费用，并且颁布诏书说："朕不接受进贡，命令各地也不要请求进献。"这时候，那些放纵戏谑的音乐没有了，以奇特华丽物品馈赠的事杜绝了，演奏郑卫之音的艺人也少了。所以说，如果后宫多美色，那么贤臣义士只好隐居；如果奸佞之人执政掌权，那么忠直劝谏的人就要闭口。但文皇帝没有这样做，所以他去世后谥号为孝文，庙号尊为太宗。到了孝武皇帝元狩六年的时候，太仓内囤积的谷子都发了霉，不能吃了；国家的金库存放的铜钱，连穿钱的绳条都烂了，无法计算钱是多少。在这样的形势下，于是追究当年平城被围的事情，收集冒顿以来匈奴多次造成边境危害的情况，征集马匹，准备武器，来对付匈奴，由于百姓富足，国势强盛，制服了匈奴。向西联络各国，直到安息；向东跨过了碣石山，设立了玄菟和乐浪郡；向北使匈奴后退近万里；又起营寨，向南设立了南海八个郡。由此国家处理狱件上万起，百姓每年的赋税交到了几百钱，盐、铁、酒由国家专卖，以此作为国家财政的辅助，但这还不够用。在那个时候，边境上的入侵之敌与国内的盗贼一时并起，军队要经常出征。父亲刚刚在前面战死，儿子在后面又因战斗负伤，妇女登上亭鄣古堡等候自己的亲人，孤儿在路边号哭，年老的母亲和寡妇在大街小巷之中低声饮泣，或设祭桌，遥祭、追忆那远在万里之外的亡灵。致使淮南王刘长偷写虎符调动军马,暗中招纳名士,关东的公孙勇等人假为使者,骗取利禄,这些都是因为扩充地盘而妄自尊大、连年征战无休止造成的啊。以上说汉文帝停止武备,施行文治;汉武帝竭尽兵力,发动战争。

　　今天下独有关东①,关东大者,独有齐、楚。民众久困,连年流离,离其城郭,相枕席于道路。人情莫亲父母,莫乐夫妇,至嫁妻卖子,法不能禁,义不能止,此社稷之忧也。今陛下不忍悁悁之忿②,欲驱士众,挤之大海之中,快心幽冥之地③,非所以救助饥馑、保全元元也④。《诗》云:"蠢尔蛮荆,大邦为仇⑤。"言圣人起,则后服,中国衰,则先畔,动为国家难。自古而患之久矣,何况乃复其南方万里之蛮乎? 骆越之人⑥,父子同川而浴,相习以鼻饮,与禽兽无异,本不足郡县置也。颛颛独居一海之中⑦,雾露气湿,多毒草、虫蛇、水土之害,人未见虏,战士自死。又非独珠厓有珠犀玳瑁也,弃之不足惜,不击不损威。其民譬犹鱼鳖,何足贪也? 以上言珠厓不足贪。

【注释】

①关东:指函谷关以东地区。

②悁悁(yuān):愤怒的样子。

③幽冥之地:指阴曹地府处。幽冥,昏暗。

④元元:庶民,百姓。

⑤蠢尔蛮荆,大邦为仇:出自《诗经·小雅·才芑》。

⑥骆越:古代部族名。为百越之一。

⑦颛颛(zhuān):愚蠢无知的样子。

【译文】

现在天下只有关东地区,关东地区只有齐地和楚地最大。但那里的百姓长时间处于困顿的境地,连年流离失所,他们离开了城池或家园,在路边相互依枕席地而卧。人的感情没有比父母更亲爱的,没有比夫妻更欢愉的,但却为了生存而嫁妻卖子,连法律都无法禁止,道义都约束不住了,这是国家最可忧虑的事情啊。现在陛下控制不住愤怒,想要驱赶着大批的人众挤到大海里面去,让他们到阴曹地府去寻找欢乐,这可不是解救饥饿灾难、保全百姓的方法。《诗经》说:"愚蠢的楚国,同大国结仇。"这是说,中原圣明的天子出现,他们才会最后归附,中原一旦衰微,他们就会首先反叛,动不动就成了国家的灾难。自古以来这种祸患已经很长时间了,更何况是去收复南方万里之外的珠厓呢? 那里的骆越族的人,父子同在一条河里洗澡,相互沿袭着用鼻子饮水的习俗,和禽兽没有什么不同,原本不值得设立郡县。混混沌沌独自居住在海上,那里的气候,不是雾就是露,终年潮湿,还有毒草、虫蛇、水土之害,战士到了那里还没有见到敌人,自己就死了。况且天下之大,又不只是珠厓一个地方出产珍珠、犀角、玳瑁一类的东西,放弃它不值得惋惜,不攻打它并不能损害自己的威严。那里的人就像鱼鳖一样,有什么值得贪求的呢? 以上讲珠厓不值得贪求。

臣窃以往者羌军言之。暴师曾未一年,兵出不逾千里,费四十余万万,大司农钱尽①,乃以少府禁钱续之②。夫一隅为不善,费尚如此,况于劳师远攻、亡士毋功乎? 求之往古则不合,施之当今又不便。臣愚以为非冠带之国③,《禹贡》所及④,《春秋》所治,皆可且无以为。愿遂弃珠厓,专用恤关东为忧。

【注释】

①大司农:官名。位在九卿之中,掌管租税钱谷盐铁之事。

②少府:官名。位在九卿之中,掌管山海川泽的税收。禁钱:由少府掌管、供帝王使用的钱财。

③冠带:原指服制,引申为礼仪、教化之义。

④《禹贡》:《尚书》篇目名,载于《尚书·夏书》之中。

【译文】

我私下里以从前在羌地用兵的事来作比较。当时出兵还不到一年,行军还不过千里,可费用已达四十多万万,大司农那里的钱用光了,于是用少府掌管的钱来接续补充。像这样一个小地方的事情没有处置好,花费尚且这么多,更何况劳动大军长途跋涉去攻打远方的敌人,又只会损兵折将而无任何功效呢?探索以往的情况,并不相吻合;审视现在的情况,也不为便利。我个人认为凡不是礼仪教化的地方,不是《禹贡》和《春秋》中所涉及的地方,都可以暂时不管它。我希望就此放弃进攻珠厓的计划,专心致志地去体恤关东人民的忧患疾苦。

赵充国

赵充国（前137—前52），字翁孙，生于陇西上邽（今甘肃天水）。武帝、昭帝时，率军反击匈奴骚扰，任后将军，威震边陲，为稳定西北边境作出了重要贡献。宣帝时被封为营平侯。数次与羌族作战，多次建议在西北屯田，对当地农业生产的发展起了积极作用。

陈兵利害书

【题解】

宣帝神爵元年（前61），西北部羌族反叛汉朝，侵犯要塞，攻陷城池。年过七旬的赵充国自动请缨，率兵西进。到达边境后，赵充国按兵不动，想分化瓦解羌族各部落，受到朝中大臣非议，宣帝也写信，命赵充国从速用兵。赵充国认为时机尚未成熟，特地上书，陈述自己的意见。

本文根据当时的实际情况，对形势作了有理有据的分析，既看到眼前的得失，更注重长远的好处，说服力极强。无怪乎朝中大臣见到此书后，纷纷改变了自己的意见，劝汉宣帝采纳赵充国的建议。

臣窃见骑都尉安国前幸赐书①，择羌人可使使罕②，谕告以大军当至，汉不诛罕③，以解其谋。恩泽甚厚，非臣下所能及。臣独私美陛下盛德至计亡已，故遣开豪雕库③，宣天子至德，罕、开之属，皆闻知明诏。今先零羌杨玉④，此羌之首帅名王，将骑四千，及煎巩骑五千⑤，阻石山木，候便为寇，罕羌未有所犯。今置先零，先击罕，释有罪，诛无辜，起壹难，就两害，诚非陛下本计也。以上言不宜舍先零而击罕。

【注释】

①安国：昭帝时为光禄大夫，此时正在西域巡视。

②罕（hǎn）：羌族部落名。

③开（jiān）：羌族部落名。豪：主帅。雕库：开部酋长之弟。

④先零：羌族部落名。

⑤煎巩：羌族部落名。

【译文】

臣从骑都尉安国处见到陛下惠赐的诏书，说选派羌人中可以出使罕部的使者，告诉他们汉朝大军将要到来，但并不是要征伐他们，以此来瓦解先零羌人联合叛汉的阴谋。陛下恩泽之厚，不是臣所能及的。臣只能私下里对陛下的盛德和智谋赞美不已，因此派开部首领雕库去宣示天子的盛德，罕、开两部的人都已听到了陛下圣明的诏令。最近先零部羌人杨玉，此人是羌人的主将、名王，率领骑兵四千人，加上煎巩部骑兵五千人，阻守山石林木之中，伺机为寇侵略骚扰，罕部羌人从未有过冒犯。如今却放过先零，去攻打罕部羌人，放过有罪的，攻打无辜的，与一个部族有仇，却招来了两个部族的祸害，这实在不合陛下的本意。以上讲不应该放弃攻打先零部而去攻打罕部。

臣闻兵法"攻不足者守有余"，又曰"善战者致人，不致于人"。今罕羌欲为敦煌、酒泉寇，宜饬兵马，练战士，以须其至^①。坐得致敌之术,以逸击劳,取胜之道也。今恐二郡兵少,不足以守,而发之行攻^②,释致虏之术,而从为虏所致之道,臣愚以为不便。以上言罕纵为寇,宜致之使来,不宜往攻。

【注释】

①须:等待。

②行:做,执行。

【译文】

臣听兵法上说"进攻力量不足的,防守力量有余的",又听说"善于作战的人能控制敌人,而不被敌人所控制"。如今罕部羌人企图进犯敦煌、酒泉,我们应整顿兵马,训练士卒,等待他们到来。坐而不动,诱敌前来,以逸待劳,这才是取胜之道。现在只担心二郡兵力不足,难以防守,如果主动进攻,放弃了诱敌前来的战术,而被敌人所控制,我认为实在不妥。以上讲罕部即使进犯为害,应该诱敌前来,不宜主动进攻。

　　先零羌虏,欲为背畔^①,故与罕、开解仇结约,然其私心不能亡恐汉兵至而罕、开背之也。臣愚以为其计常欲先赴罕、开之急,以坚其约。先击罕羌,先零必助之。今虏马肥,粮食方饶,击之恐不能伤害,适使先零得施德于罕羌,坚其约,合其党。虏交坚党合,精兵二万余人,迫胁诸小种,附着者稍众,莫须之属^②,不轻得离也。如是,虏兵浸多^③,诛之用力数倍,臣恐国家忧累繇十年数,不二三岁而已。以上言先零必救罕之急,解仇结党。

【注释】

①畔:通"叛"。违背,背离。

②莫须：羌族部落名。

③浸：渐渐。

【译文】

先零羌虏打算背叛汉朝，所以才与罕、开两部化解冤仇，缔结和约，但其内心不能不担忧汉朝大军到来时，罕、开两部会背叛。臣认为先零时常赴罕、开两部解救危难，以巩固与他们的联盟。如果先攻打罕、开两部，先零肯定会援助他们。如今羌人马匹正肥，粮草正丰，攻击他们，恐怕不能使之重毁，而正好使先零有机会对罕部羌人施恩，巩固其联盟，团结其党羽。先零巩固了他们的联盟后，将会有精兵二万余人，胁迫其他弱小部族，附和者会越来越多，像莫须那样的弱小部族，要想摆脱他们的控制就不容易了。果真如此，羌人兵力日见增多，要讨伐他们，就需增加几倍的力量，臣担心国家的忧烦困扰就会长达十几年，而不会只是两三年。以上讲先零部必定会救罕部之急，化解冤仇，缔结合约。

臣得蒙天子厚恩，父子俱为显列。臣位至上卿，爵为列侯，犬马之齿七十六，为明诏填沟壑，死骨不朽，亡所顾念。独思惟兵利害，至孰悉也。于臣之计，先诛先零已，则罕、开之属，不烦兵而服矣。先零已诛，而罕、开不服，涉正月击之，得计之理，又其时也。以今进兵，诚不见其利。唯陛下裁察。

【译文】

臣得蒙陛下厚遇，父子都是朝中要臣。臣官至上卿，被封为侯爵，今年已七十六岁，奉陛下圣明的诏令，即使赴死，也在所不辞，没有什么顾念。只是把用兵的利害思考得成熟透彻而已。依臣的计策，先征讨先零，则罕、开二部不必动用兵甲就会顺服。如果先零被征服，而罕、开二部仍不归顺,可等到明年正月再进攻,不但合理,而且适时。现在进兵,实在看不到有什么好处。请陛下明察决断。

屯田奏三首

【题解】

赵充国平息羌族叛乱后,三次上奏,请求在西北屯田。他认为西北战事耗费太大,运粮不便,留大军屯田,既可解决军中用粮,保护农业生产,又可瓦解羌族斗志,使之不战而溃,还可加强边境防守力量,防御匈奴、乌桓等部族的进攻。文章分析透彻,举例得当,条理清晰,有很强的说服力。

臣闻兵者,所以明德除害也,故举得于外,则福生于内,不可不慎。臣所将吏士马牛食,月用粮谷十九万九千六百三十斛①,盐千六百九十三斛,茭藁二十五万二百八十六石②。难久不解,繇役不息③。又恐它夷卒有不虞之变④,相因并起⑤,为明主忧,诚非素定庙胜之策⑥。且羌虏易以计破,难用兵碎也。故臣愚以为击之不便。以上月须粮谷太多,不变计则不能持久。

【注释】

①斛(hú):古量器名,也是容量单位。汉时十斗为一斛。

②茭(jiāo):干草饲料。藁(gǎo):稻、麦等的秆。石:计算重量的单位。一百二十斤为一石。

③繇(yáo):通"徭"。

④卒:同"猝"。突然。不虞:没有意料到的事。

⑤相因：相互依托。

⑥庙胜：定计于庙堂而战胜敌人。

【译文】

　　臣听说用兵作战，是为了彰明圣德、除去危害的，战事对外得胜，对内也是有利的，因此不可不慎重。臣率领的将士、马牛所食用的粮草，每月需用粮食十九万九千六百三十斛，盐一千六百九十三斛，喂牲口的干草、饲料二十五万二百八十六石。羌人作乱长久不能平息，徭役则不会停止。又担心其他部落发生难以预料的变乱，趁机而起，为陛下增加忧患，这确实不是朝廷克敌制胜的上策。况且对羌人只宜于用智谋去破，难以用武力去征剿。因此臣认为进攻多有不利。以上讲每月需用粮食太多，不改变计策则不能持久。

　　计度临羌东至浩亹①，羌虏故田及公田，民所未垦，可二千顷以上②，其间邮亭多坏败者。臣前部士入山伐材木，大小六万余枚③，皆在水次。愿罢骑兵，留弛刑应募④，及淮阳、汝南步兵与吏士私从者，合凡万二百八十一人，用谷月二万七千三百六十三斛，盐三百八斛，分屯要害处。冰解漕下，缮乡亭，浚沟渠，治湟陕以西道桥七十所⑤，令可至鲜水左右⑥。田事出，赋人二十亩。至四月草生，发郡骑及属国胡骑伉健各千⑦，倅马什二就草⑧，为田者游兵。以充入金城郡⑨，益积畜，省大费。今大司农所转谷至者，足支万人一岁食。谨上田处及器用簿，惟陛下裁许。以上罢骑兵留步兵屯田，发郡骑为游兵以护田者。

【注释】

①临羌：在今青海湟源东南。浩亹（gé mén）：水名。源出祁连山东

段,东南流经甘肃、青海边境,后入湟水。

②顷:汉时百亩为一顷。

③枚:量词,相当于只、个。

④弛刑:解除枷锁的刑徒。引申为从轻处罚的罪犯。

⑤湟:即湟水,为黄河支流。陿(xiá):峡谷。

⑥鲜水:青海的古名。

⑦优健:体格强健。

⑧倅(cuì)马:副马,备用之马。

⑨金城:在今甘肃兰州南。

【译文】

据估算,从临羌向东至浩亹,羌人旧有的私田及公田,百姓没有开垦的荒地,约有二千多顷,其间驿站多数颓坏。臣从前曾派士卒入山,砍伐树木大小六万余株,存放在湟水岸边。臣希望撤除骑兵,留下从轻处罚的犯人和应募的士兵,以及淮阳、汝南的步兵,加上吏士的私人随从,合计一万零二百八十一人,每月用谷二万七千三百六十三斛,盐三百零八斛,分别屯驻在要害之地。等开春后,冰河解冻,将木材顺流运下,用来修缮乡亭,疏浚河渠,在湟水大峡谷以西建造桥梁七十座,使到鲜水一带的道路畅通。该种田了,每名士卒分给二十亩。到四月草木生长后,征调郡属骑兵及属国胡人骑兵强健的各一千,各配备副马二百匹,到草地放牧,又充当种地士兵的警卫。收获的粮食,运入金城郡,以增加积蓄,节省大量费用。现在大司农运来的粮食,足够一万人食用一年。谨呈上屯田区划及需用器具册簿,请陛下裁决。以上讲撤出骑兵留下步兵垦殖荒田,征调郡属骑兵为警卫以保护种田士兵。

臣闻帝王之兵,以全取胜,是以贵谋而贱战。战而百胜,非善之善者也。故先为不可胜,以待敌之可胜。蛮夷习俗,虽殊于礼义之国,然其欲避害就利,爱亲戚,畏死亡,一也。今虏亡其美地荐草①，愁于寄托远遁，骨肉离心，人有畔志，而明主般师罢兵②，万人留田，顺天时，因地利，以待可胜之虏，虽未即伏辜，兵决可期月而望③。羌虏瓦解，前后降者万七百余人，及受言去者凡七十辈④，此坐支解羌虏之具也。以上言屯田而羌可瓦解。

【注释】

①荐草：草。

②般师：通"班师"。

③期(jī)月：此处指一年。

④辈：量词，批。

【译文】

臣听说帝王的军队，靠谋划周全取得胜利，所以看重谋略，轻视厮杀。百战百胜，并不是最好的。所以先应使自己立于不败之地，再等待可以战胜敌人的机会。蛮夷外族的习俗，虽然与中原礼仪之邦不同，但是他们想要避害就利，爱护亲人，畏惧死亡，与中原是一样的。现在羌人失去了肥沃的土地、丰美的水草，怨恨远走他乡，骨肉离散，人人都怀有背叛之心，此时陛下班师罢兵，留下万人屯田，顺应天时，利用地利，等待机会战胜敌虏，虽然眼下没有伏罪，但可望在一年之内取得胜利。羌人已经瓦解，前后投降者有一万零七百余人，还有接受劝告，回去说服自己同伴不再作乱的有七十批，这正是瓦解羌人的好办法。以上讲开垦荒田可以瓦解羌人。

　　臣谨条不出兵留田便宜十二事。步兵九校①，吏士万人，留屯以为武备，因田致谷，威德并行，一也。又因排折羌虏，令不得归肥饶之地，贫破其众，以成羌虏相畔之渐，二也。居民得并田作，不失农业，三也。军马一月之食，度支田士一岁，罢骑兵以省大费，四也。至春省甲士卒，循河、湟漕谷至临羌，以视羌虏，扬威武，传世折冲之具，五也。以闲暇时，下所伐材，缮治邮亭，充入金城，六也。兵出，乘危徼幸，不出，令反畔之虏，窜于风寒之地，离霜露疾疫瘃堕之患②，坐得必胜之道，七也。亡经阻远追死伤之害，八也。内不损威武之重，外不令虏得乘间之势，九也。又亡惊动河南大开、小开，使生它变之忧，十也。治湟陿中道桥，令可至鲜水，以制西域，信威千里，从枕席上过师，十一也。大费既省，繇役豫息，以戒不虞，十二也。留屯田得十二便，出兵失十二利。臣充国材下，犬马齿衰，不识长册③，惟明诏博详公卿议臣采择。

【注释】

①校：古时军队编制单位。

②瘃（zhú）堕：因严寒长冻疮以至断指。指手足冻伤。瘃，冻疮。

③册：通"策"。计谋。

【译文】

臣谨呈上不出兵作战而留兵屯田的十二项好处。步兵九校约万名留在当地屯田，既可作为军备，又可屯田种粮，武威仁德并举，这是第一项。屯田可挫伤羌人，使其无法回到肥沃富饶之地，部众因贫困而分裂，以形成叛逃者逐渐增多的趋势，这是第二项。当地居民可安心耕作，不误农时，这是第三项。骑兵和战马一个月所需的费用，几乎是屯田士兵一年的费用，撤销骑兵可节省大量费用，这是第四项。到春天时，调集士兵，沿黄河和湟水将粮食运到临羌，向羌人显示威力，这是传世御敌之本,这是第五项。农闲时,运回砍伐的木材,修缮驿亭,将物资运入金城,这是第六项。现在出兵,要冒风险才能侥幸取胜,暂不出兵,则可使叛逆的羌人流窜于荒野风寒之地,饱受霜露、瘟疫、冻伤之苦,我军可坐等胜利,这是第七项。没有长途追击造成伤亡的危害,这是第八项。对内不使朝廷的威严受到损害,对外不给羌人可乘之机,这是第九项。又没有惊动黄河南岸大开、小开部落,使之滋生变故的忧患,这是第十项。修建湟陿道中的桥梁,使到鲜水的道路畅通,以控制西域,扬威千里,行军渡河如同跨过枕席一样容易安稳,这是第十一项。大的费用既已节省,便可以不征发徭役,防止出现预料不到的变故,这是第十二项。留兵屯田可以得到这十二项好处,出兵进攻则失去这十二项好处。臣才识低下,年事已高,不知道长远的谋略,只是盼望陛下与众大臣详议后采纳。

臣闻兵以计为本,故多算胜少算。先零羌精兵,今余不过七八千人,失地远客,分散饥冻。罕、开、莫须又颇暴略其羸弱畜产,畔还者不绝,皆闻天子明令相捕斩之赏。臣愚以为虏破坏可日月冀,远在来春,故曰兵决可期月而望。以上言先零破散,为期不远。

【译文】

臣听说作战以谋略为根本,所以多算胜于少算。先零羌人的精兵,如今剩下的不过七八千人,失去原来的土地,远走他乡,挨饿受冻。罕、开、莫须等部又大肆抢夺他们病弱的人和牲畜财产,以致不断有人叛逃回来,都听说了陛下奖赏相互捕杀的诏令。臣认为他们溃败的日子已为期不远,最远在明年春天,所以说可望在一年内结束战事。以上讲先零羌人的溃败,为期不远。

窃见北边自敦煌至辽东①，万一千五百余里，乘塞列隧，有吏卒数千人，虏数大众攻之而不能害。今留步士万人屯田，地势平易，多高山远望之便，部曲相保，堑垒木樵②，校联不绝，便兵弩，饬斗具。烽火幸通，势及并力，以逸待劳，兵之利者也。臣愚以为屯田，内有亡费之利，外有守御之备。骑兵虽罢，虏见万人留田，为必禽之具③，其土崩归德，宜不久矣。从今尽三月，虏马羸瘦，必不敢捐其妻子于它种中，远涉河山而来为寇。又见屯田之士，精兵万人，终不敢复将其累重还归故地。是臣之愚计，所以度虏且必瓦解其处，不战而自破之策也。以上言屯兵防守之法可恃。

【注释】

①辽东：在今辽宁辽阳北。

②堑（qiàn）垒：深壕高垒的防御工事。木樵：用木头构筑的望楼。樵，通"谯"。谯楼，望楼。

③禽：同"擒"。

【译文】

臣看到北部边界自敦煌至辽东，共一万一千五百多里，要塞险途，守卫的官吏和士卒有几千人，敌人多次以大军攻击，都未能取胜。现在留步兵万人屯田，地势平坦，利于登高远望，部队部署可以互相保护，挖深沟建谯楼，营垒相连，便于使用弓箭，整修战斗器具。烽火可作联络，四处互为支援，以逸待劳，这些都是有利于作战的。臣认为屯田之举，对内有减少费用之利，对外有加强防御之备。骑兵虽然撤销，羌人看见有万人屯田，以为必是擒拿他们的措施，其土崩瓦解，前来归顺，应该不会很久了。从现在起到三月，羌人马匹瘦弱，必定不敢将妻子儿女丢在其他部族，远涉山河前来骚扰。又见屯田的有上万精兵，也不敢将其家小送还家乡。这正是臣的计谋,即推测他们必将就地瓦解,不战自破的策略。*以上讲屯兵防守的方法可依恃。*

　　至于虏小寇盗,时杀人民,其原未可卒禁。臣闻战不必胜,不苟接刃;攻不必取,不苟劳众。诚令兵出,虽不能灭先零,亶能令虏绝不为小寇①,则出兵可也。即今同是,而释坐胜之道,从乘危之势,往终不见利,空内自罢敝,贬重而自损,非所以视蛮夷也。*以上言虏为小寇不足患。*

【注释】

①亶:通"但"。

【译文】

　　至于羌人小股侵扰,不时杀戮百姓,原本就无法完全禁绝。臣听说战斗没有必胜的把握,就不能轻易与敌人交手;进攻没有必取的把握,就不能轻易劳师动众。果真发兵攻击,即使不能消灭先零,但能禁绝羌人小规模的侵袭,则可以出兵。现在同样不能禁绝小规模入侵,却放弃坐而取胜的机会,采取危险的行动,前去最终得不到好处,还使自己内部空虚,自己疲惫、破败,消减实力,而自我损耗,这不是示威蛮夷外族的正确方法。*以上讲羌人的小股侵扰不足为患。*

　　又大兵一出,还不可复留,湟中亦未可空。如是,繇役复发也。且匈奴不可不备,乌桓不可不忧。今久转运烦费,倾我不虞之用,以澹一隅①,臣愚以为不便。校尉临众,幸得承威德,奉厚币,拊循众羌,谕以明诏,宜皆乡风。虽其前辞尝曰"得亡效五年"②,宜亡它心,不足以故出兵。*以上言繇役*

不宜复发,转运不宜多费。

【注释】

①澹(shàn):通"赡"。满足,供给。

②得亡:莫非,该不会。五年:指本始五年(前69)。

【译文】

再者大兵一出,返回时不可能再留下,而湟中又不能无人戍守。如果这样,则徭役又将重新征发。何况对匈奴不可不防备,对乌桓不能不保持警惕。长期运输耗费大,倾尽我们应付突然事件的力量,来供给一边,臣认为实在不妥。校尉前来,幸承陛下威德,携带大量金钱,以安抚诸羌部落,宣示陛下诏令,他们应该会依顺教化的。即使之前他们说过"该不会像本始五年那样不加分别攻击我们吧",还是应该没有异心的,不值得因此而出兵。以上讲徭役不宜再次兴起,转运不宜过多耗费。

臣窃自惟念,奉诏出塞,引军远击,穷天子之精兵,散车甲于山野,虽无尺寸之功,偷得避慊之便①,而亡后咎余责,此人臣不忠之利,非明主社稷之福也。臣幸得奋精兵,讨不义,久留天诛②,罪当万死。陛下宽仁,未忍加诛,令臣数得孰计③。愚臣伏计孰甚,不敢避斧钺之诛,昧死陈愚。唯陛下省察。

【注释】

①慊(xián):嫌疑。

②天诛:为天所诛伐。也指帝王的征伐。

③数(shuò):屡次,多次。

【译文】

臣自己思量,遵奉陛下诏令出塞,率领部队远袭羌人,用尽天子的精兵,将车马、甲胄散落在山野,即使未立尺寸之功,也能苟且避免嫌疑,而没有后祸和谴责,但这是个人的好处,却对陛下不忠,不是明主和国家之福。臣侥幸统领精兵,征讨不义,长期拖延帝王的征伐,未能建功,罪该万死。陛下宽大仁厚,不忍惩处,还令臣几次上陈周密的谋略。臣自认为想得很周全,不敢回避斧钺的惩罚,冒死陈述。请陛下明察。

刘向

刘向简介参见卷九。

条灾异封事

【题解】

这是一篇劝谏皇帝诛邪去疑、任用贤人的奏章。文章阐述历史上的自然现象与朝政得失的密切关系，得出"和气致祥，乖气致戾"的结论，认为祥、乖之气直接关系国家安危。提出目前"日月无光，雪霜夏陨，海水沸出，陵谷易处，列星失行，皆怨气之所致也"，而所以如此，又是由于皇上狐疑，有心以贤人为朋党，以致谗邪并进，朝政不明。最后劝谏皇帝诛杀小人，消除狐疑。古时臣下奏事，用袋封缄以防泄漏，称封事。

全文处处征引《诗经》《周易》《春秋》，虽不免繁赘之嫌，但语言恳切率直，忠贞之心通篇可见。

臣前幸得以骨肉备九卿①，奉法不谨，乃复蒙恩。窃见灾异并起②，天地失常，征表为国③。欲终不言，念忠臣虽在畎亩④，犹不忘君，惓惓之义也⑤，况重以骨肉之亲，又加以旧恩未报乎！欲竭愚诚，又恐越职⑥，然惟二恩未报⑦，忠臣之义，一抒愚意，退就农亩⑧，死无所恨⑨。以上表进言之诚。

【注释】

①骨肉：刘向为高祖弟楚元王四世孙。备：充任，充当。九卿：古代中央政府九个行政长官的通称。汉代以太常、光禄勋、大鸿胪、大司农、卫尉、太仆、廷尉、宗正、少府为九卿。

②灾异：反常的自然现象。

③征表：表象，体现。

④甽（quǎn）亩：田间，田地。指民间。甽，同"畎"。田间水沟。

⑤惓惓（quán）：恳切貌。

⑥越职：超越职权所限。

⑦惟：考虑。

⑧就：从事。

⑨恨：遗憾。

【译文】

臣先前幸得以骨肉之亲而充任九卿职位，奉行法令不够严谨，仍然蒙受恩宠。私下里看到反常的自然现象纷呈迭起，天地失去固有秩序，国家情况如此。想要始终沉默不言，又想到忠臣即使身处田野，也不能忘记君王，是忠贞大义，况且又有骨肉亲情，再加上旧恩没有报答！想要竭尽愚臣坦诚之意，又害怕超越了职责范围，然而考虑到二恩尚未报答以及忠臣应有的大义，畅抒愚臣的看法，即使退而从事农耕，到死也不会有什么遗憾。以上表达进言的诚意。

臣闻舜命九官①，济济相让②，和之至也。众贤和于朝，则万物和于野。故《箫韶》九成③，而凤凰来仪④，击石拊石⑤,百兽率舞,四海之内,靡不和宁。及至周文⑥,开基西郊,杂遝众贤⑦,罔不肃和,崇推让之风,以销分争之讼⑧。文王既没,周公思慕,歌咏文王之德,其《诗》曰:"於穆清庙,肃雍显相。济济多士,秉文之德⑨。"当此之时,武王、周公继政,朝臣和于内,万国欢于外,故尽得其欢心,以事其先祖。其《诗》曰:"有来雍雍,至止肃肃。相维辟公,天子穆穆⑩。"言四方皆以和来也。诸侯和于下,天应报于上,故《周颂》曰"降福穰穰⑪",又曰"贻我釐麰⑫"。釐麰,麦也,始自天降。此皆以和致和,获天助也。以上言虞、周和气致祥。

【注释】

①官:《尚书·舜典》载虞舜置九官,即伯禹作司空,弃为后稷,契为司徒,皋陶作士,垂为共工,益作朕虞,伯夷作秩宗,夔为典乐,龙为纳言。

②济济:有威仪而整齐。

③《箫韶》:传说舜所作乐曲名。九成:犹九阕。乐曲终止叫"成"。

④凤凰来仪:凤凰来舞,仪表非凡。指吉祥之兆。

⑤击:敲打。拊(fǔ):拍,击。

⑥周文:即周文王。

⑦杂遝(tà):繁多纷杂的样子。遝,同"沓"。

⑧讼:诉讼案件。此事乃指虞、芮二国争田,质于文王。及入境,见耕者让畔,行者让路,遂惭而罢。

⑨"於(wū)穆清庙"四句:出自《诗经·周颂·清庙》。於穆,对美好的赞叹。於,叹词。穆,壮美。清庙,祭祀文王的宗庙。多士,指众多的贤士,也指百官。秉,执持,执守。

⑩"有来雍雍"四句:出自《诗经·周颂·雍》。雍雍,和睦的样子。

肃肃，严肃恭敬的样子。相，助祭。维，是。辟公，诸侯。穆穆，
　容止端庄肃穆的样子。

⑪降福穰穰（rǎng）：出自《诗经·周颂·执竞》。穰穰，众多。

⑫贻我釐麰（móu）：出自《诗经·周颂·思文》。釐，通"来"。麰，大
　麦。诗句今作"贻我来牟"。来牟，泛指麦子。

【译文】

　　臣听说舜任命九位贤士担任九种官职，彼此恭敬相让，和谐到了极
处。众位贤臣在朝中和谐共事，那么万物诸民在民间也会和谐相处。
所以《箫韶》之曲连续演奏，凤凰也随声翩翩起舞；拍击石磬，百兽也受
音乐感染而相随起舞；四海之内没有不和平安定的。等到了周文王，在
西郊开奠基业，众多贤才能人杂相聚集，没有不敬肃和谐的，崇尚推让
的风气，使纷争计较的诉讼自然消灭。文王殁后，周公思念追慕他，歌
咏文王的德行，《诗经》是这样写的："美哉清静宗庙中，助祭高贵又雍
容。众士祭祀排成行，文王美德记心中。"在这个时候，武王、周公相继
执政，朝臣在内和谐相安，万国在外欢乐幸福，所以完全获得诸邦的拥
戴之心，用以奉祀先祖神灵。《诗经》中说："来的时候很从容，来到庙堂
肃又恭。助祭都是公和侯，主祭天子诚又敬。"讲的就是四方都因为和
谐前来归顺。诸侯在下和谐相安，上苍就会有所感应示现，所以《周颂》
说"上天降福丰穰穰"，又说"赐我釐麰"。釐麰，是麦类，最初从天而降。
这都是人事和谐招致天象和谐，获得上天帮助。以上讲舜、周和谐之气导致
祥兆。

　　下至幽、厉之际，朝廷不和，转相非怨，诗人疾而忧之
曰："民之无良，相怨一方①。"众小在位而从邪议②，歙歙相是
而背君子，故其《诗》曰："歙歙訾訾，亦孔之哀。谋之其臧，
则具是违。谋之不臧，则具是依③。"君子独处守正，不挠众

枉④，勉强以从王事⑤，则反见憎毒谗诉⑥，故其《诗》曰："密勿从事，不敢告劳。无罪无辜，谗口嗷嗷⑦。"当是之时，日月薄蚀而无光⑧，其《诗》曰："朔日辛卯，日有蚀之，亦孔之丑⑨。"又曰："彼月而微，此日而微。今此下民，亦孔之哀⑩。"又曰："日月鞠凶，不用其行；四国无政，不用其良⑪。"天变见于上，地变动于下，水泉沸腾，山谷易处，其《诗》曰："百川沸腾，山冢卒崩。高岸为谷，深谷为陵。哀今之人，胡憯莫惩⑫。"霜降失节⑬，不以其时，其《诗》曰："正月繁霜，我心忧伤。民之讹言，亦孔之将⑭。"言民以是为非，甚众大也。此皆不和、贤不肖易位之所致也⑮。

【注释】

①民之无良，相怨一方：出自《诗经·小雅·角弓》。

②众小：诸多奸邪。

③"歙歙（xī）訾訾（zǐ）"几句：出自《诗经·小雅·小旻》。今本《诗经》"歙歙"为"潝潝"。歙歙，当面互相附和，即朋比为奸。訾訾，背后互相诋毁。臧，善。具，全，都。

④枉：邪曲，不正直。

⑤勉强：尽力而为。

⑥见：被，遭受。

⑦"密勿从事"几句：出自《诗经·小雅·十月之交》。密勿，即"黾（mǐn）勉"，勤勉努力。嗷嗷（áo），形容众声喧杂。

⑧薄：指日月相掩食。

⑨"朔日辛卯"几句：出自《诗经·小雅·十月之交》。十月之交，朔日辛卯，即十月初一，乃当纯阳之时，日不当蚀，日既蚀之，则为阴盛阳衰、道德失常的表征。

⑩"彼月而微"几句：与下文"日月鞠凶"八句,俱出《诗经·小雅·
十月之交》。

⑪"日月鞠匈"几句：出自《诗经·小雅·十月之交》。鞠,今《诗经》
作"告(jū)"。"鞠""告"古通用。日月告凶,即日蚀月蚀。四国,
四方之国,指诸侯。

⑫"百川沸腾"几句：出自《诗经·小雅·十月之交》。冢,山顶。
卒,今《诗经》作"萃",是"碎"的假借字。胡憯(cǎn),怎么。
憯,曾。

⑬失节：失去调和。指气候失调。

⑭"正月繁霜"几句：出自《诗经·小雅·正月》。正月,夏之四月,
正阳之月。讹言,谣言。亦孔之将,犹言大得很。孔,甚,很。
将,大。

⑮易位：颠倒位置。致：导致。

【译文】

等到幽王、厉王之际,朝廷不和谐,人们彼此互相诽谤怨怒,诗人痛恨并且担忧这种现象,说："民众心地如不善,就会相互积怨。"诸多小人居官在朝,追从邪议,朋比附和,违背君子,所以《诗经》说："说好道坏论不休,让人悲哀让人愁。好的建议一提出,无人采纳反阻拦。坏的主张提出来,一一采纳不更改。"君子独守节操,不顺邪曲,勤恳从事于王政,却反遭憎恶毒害谗言构陷,所以《诗经》这样写道："竭尽全力为王事,不敢说我有功劳。没有罪过没有错,众口毁谤气焰高。"当此之时,日蚀月蚀,没有光芒,《诗经》道："初一这天是辛卯,天上出现了日食,也是凶险的征兆。"又说："往日月蚀夜光微,今天日食天地黑。如今天下众黎民,大难将临令人悲。"又说："日月向人发警告,运行不再循轨道。四方诸侯无善政,不用贤臣来立朝。"天象异变在上,大地震动在下,河水泉流沸腾,高山谷地易位,《诗经》说："百千河川顿沸腾,崇山峻岭突塌崩。高高崖岸变深谷,深深山谷变山陵。哀痛现在的人,何曾不会受惩罚。"

严霜下降失去节气,不按时序,君子诗言:"正月地上满是霜,让我心中很忧伤。民间流传着谣言,沸沸扬扬传得广。"说的就是百姓以是为非的情况,既多又厉害。这都是不和谐、贤人和不正派的人颠倒位置所导致的。

　　自此之后,天下大乱,篡杀殃祸并作,厉王奔彘,幽王见杀。至乎平王末年,鲁隐之始即位也①,周大夫祭伯乖离不和,出奔于鲁②。而《春秋》为讳,不言来奔,伤其祸殃自此始也。是后尹氏世卿而专恣③,诸侯背畔而不朝,周室卑微④。二百四十二年之间,日食三十六,地震五,山陵崩阤二⑤,彗星三见,夜常星不见,夜中星陨如雨一,火灾十四,长狄入三国⑥;五石陨坠,六鹢退飞⑦,多麋⑧,有蜮、蜚、鸜鹆来巢者⑨,皆一见;昼冥晦⑩,雨木冰⑪,李、梅冬实⑫,七月霜降,草木不死,八月杀菽⑬,大雨雹,雨雪雷霆失序相乘⑭,水、旱、饥、蝝、螽、螟⑮,蜂午并起⑯。当是时,祸乱辄应,弑君三十六,亡国五十二,诸侯奔走不得保其社稷者,不可胜数也⑰。周室多祸:晋败其师于贸戎⑱,伐其郊⑲;郑伤桓王⑳;戎执其使㉑;卫侯朔召不往㉒,齐逆命而助朔;五大夫争权㉓,三君更立㉔,莫能正理。遂至陵夷㉕,不能复兴。以上衰周乖气致戾。

【注释】

①鲁隐:即鲁隐公,春秋时鲁国国君。在位十一年。
②祭伯乖离不和,出奔于鲁:《左传·隐公元年》:"十二月,祭伯来,非王命也。"
③是后:此后。

④卑微：地位衰落低下。

⑤崩阤(zhì)：塌毁。阤，崩塌。

⑥长狄入三国：长狄，春秋狄族一支，侵鲁、齐、卫三国。

⑦五石陨坠，六鹢(yì)退飞：《左传·僖公十六年》："春，王正月戊申朔，陨石于宋五。"同年有"六鹢退飞"之记。鹢，水鸟名。

⑧麇：麇鹿。

⑨蟘、螟：皆害虫。蟘，多食稻苗之叶。螟，体轻如蚊，恶臭，形椭圆，群集食稻花，令稻不生。鹳鹆(qú yù)：也作"鸲鹆"，即八哥。

⑩冥晦：昏暗。

⑪木冰：也称"木介"，雨雪沾于树枝，凝结成冰，如披甲胄。

⑫冬实：冬季结果。

⑬菽：豆类总称。定公元年十月，即夏历八月，陨霜杀菽。

⑭相乘：接连不断。

⑮蝝(yuán)：蝗子。螽(zhōng)：蝗。螟(míng)：食苗心虫。

⑯蜂午：纷然并起貌。

⑰胜：尽。

⑱贸戎：地名。今址不详。

⑲郊：国都外百里以内的地区。

⑳郑伤桓王：周桓王伐郑，郑伯御之，射王中肩。

㉑戎执其使：鲁隐公七年(前716)冬，周王使凡伯来聘，戎伐凡伯于楚丘以归。

㉒卫侯朔：即卫惠公，名朔，春秋时卫国国君。鲁桓公十六年(前696)，卫侯朔出奔齐。

㉓五大夫争权：周景王崩，单穆公、刘文公、巩简公、甘平公、召庄公争权。

㉔三君：五大夫相与争夺，更立王子猛、子朝及敬王，是为三君。

㉕陵夷：衰落。

【译文】

从此以后，天下大乱，篡位谋杀灾殃祸乱一起出现，厉王出奔彘地，幽王被杀。到了平王末年，鲁隐公刚刚即位，周大夫祭伯与朝廷背离不和，逃到鲁国。而《春秋》讳言此事，不写"来奔"，是伤慨祸殃自此开始。这以后尹氏世任卿相专横恣肆，诸侯背叛不来朝拜，周朝王室衰落。二百四十二年中，日蚀三十六次，地震五次，山陵崩塌两次，彗星出现三次，夜常星不出现，夜中星陨落如雨一次，火灾十四次，长狄侵入三国；五石陨坠，六只水鸟倒飞，多麋鹿，有蜮、蜚为害，八哥来筑巢等事各出现了一次；白昼昏暗无光，雨雪沾在树枝，凝结成冰，李、梅冬季结果，七月降霜，草木仍然存活，八月霜杀豆类，冰雹暴落，雨雪雷霆，不按应有的秩序接连出现，水灾、旱灾、饥荒、蝗、螽、螟等虫灾，迭出同起。这种时候，祸乱就相应而生，弑君三十六起，亡国五十二个，诸侯奔走逃亡，不能保持其政权的，难以数计。周室祸难甚多：晋军在贸戎击败王师，并征伐郊地；郑国射伤桓王；狄戎执获使臣；卫侯朔召而不往，齐抗逆王命帮助朔；五大夫争权夺势，三位君主更替被立，无从修正疏理。于是就直至衰败颓落的地步，不能再次振作兴盛。以上讲周朝衰落，不和之气招致祸患。

　　由此观之，和气致祥，乖气致异。祥多者其国安，异众者其国危，天地之常经①，古今之通义也。

【注释】

①经：常道。

【译文】

由此可见，和谐之气导致祥兆，背离之气导致异象。祥兆多的，国家太平，异象多的，国家危险，这是天地的常理，古今相贯通的大义。

今陛下开三代之业，招文学之士，优游宽容，使得并进。今贤不肖浑殽，白黑不分；邪正杂糅，忠谗并进；章交公车，人满北军①。朝臣舛午②，胶戾乖剌③，更相谗诉，转相是非。传授增加，文书纷纠，前后错谬，毁誉浑乱。所以营惑耳目④，感移心意，不可胜载。分曹为党⑤，往往群朋，将同心以陷正臣。正臣进者⑥，治之表也⑦；正臣陷者，乱之机也⑧。乘治乱之机，未知孰任⑨，而灾异数见，此臣所以寒心者也。夫乘权藉势之人，子弟鳞集于朝⑩，羽翼阴附者众，辐凑于前⑪，毁誉将必用以终乖离之咎⑫。是以日月无光，雪霜夏陨，海水沸出，陵谷易处，列星失行，皆怨气之所致也。夫遵衰周之轨迹，循诗人之所刺，而欲以成太平，致《雅》《颂》，犹却行而求及前人也⑬。初元以来六年矣，案《春秋》六年之中，灾异未有稠如今者也。夫有《春秋》之异，无孔子之救，犹不能解纷⑭，况甚于《春秋》乎？以上言时多邪党，灾异稠叠。

【注释】

①章交公车，人满北军：汉制，中垒校尉主北军，垒门内尉一人，主上书者狱，上章于公车，有不如法者，以付北军尉，北军尉以法治之。此谓讼狱遍满。

②舛（chuǎn）午：亦作"舛忤"。抵触，违背。

③胶戾：乖戾。乖剌：乖忤，不和谐。

④营惑：迷惑，惑乱。

⑤分曹：犹成队成批。

⑥进：晋用。

⑦表：表现。

⑧机：征兆，先兆。

⑨未知孰任：不知治乱哪一个将占上风。

⑩鳞集：如鱼群汇聚。

⑪辐凑：也作"辐辏（còu）"。车辐集中于轴心，喻人或物聚集一处。

⑫用：采用，采纳。终：结束。

⑬却行：倒退而行。及：追上，赶上。

⑭解纷：排解纷乱。

【译文】

现在陛下开启三代大业，招收文学之士，优游宽容，使之得以一起进用。现在混淆贤与不肖，不辨黑白；邪恶与正直杂糅相处，忠贞与谗佞一起纳进；狱讼之事遍满。朝臣各相违背，乖戾忤逆，彼此谗言相害，迭互是非相论。传授增加，文书纷乱，前后错谬百出，毁誉浑浊混乱。这些惑乱耳目，迷乱心志的事，难以尽记。而成群结伙的朋党之徒，拉帮结派，一意陷害正直大臣。正直大臣得到进用，是治世的表现；正直大臣地位沉落，是乱世的征兆。此治乱关键之处，不知哪个将占上风，而灾异数次显现，这是臣寒心之处呀。倚权仗势的人，他们的子弟群聚朝中，附从为其羽翼的党徒很多，聚集在面前，毁誉就一定会被采纳，最终的背离不顺产生咎难。所以日月无光，雪霜在夏季坠落，海水翻涌而出，山陵川谷易处，诸星失去轨道常行，这都是怨气导致的。沿着周室衰亡的道路，顺着诗人所讥刺的行径，却想要成就太平之世，达到《雅》《颂》所赞叹的那样，就像倒退而行却希望赶上前代圣人。初元以来六年了，察看《春秋》六年之中，灾异没有像今天这样多的。有了《春秋》一般的异象，没有孔子拯救，犹且不能解决困难，何况情况要比《春秋》厉害得多呢？以上讲当时邪曲朋党较多，灾异稠密重叠。

原其所以然者，谗邪并进也。谗邪之所以并进者，由上多疑心。既已用贤人而行善政，如或谮之①，则贤人退而善

政还。夫执狐疑之心者,来谗贼之口;持不断之意者②,开群
枉之门。谗邪进则众贤退,群枉盛则正士消。故《易》有
《否》《泰》。小人道长,君子道消。君子道消,则政日乱,故
为否。否者,闭而乱也。君子道长,小人道消。小人道消,
则政日治,故为泰。泰者,通而治也。《诗》又云"雨雪麃麃,
见晛聿消"③,与《易》同义。昔者鲧、共工、骓兜与舜、禹杂处
尧朝,周公与管、蔡并居周位。当是时,迭进相毁,流言相
谤,岂可胜道哉!帝尧、成王能贤舜、禹、周公而消共工、管、
蔡,故以大治,荣华至今④。孔子与季、孟偕仕于鲁⑤,李斯与
叔孙俱宦于秦⑥,定公、始皇贤季、孟、李斯而消孔子、叔孙,
故以大乱,污辱至今。

【注释】

①谮(zèn):诬陷。

②不断:不果断决绝。

③雨雪麃麃(biāo),见晛(xiàn)聿消:出自《诗经·小雅·角弓》。
　雨雪,下雪。麃麃,盛多的样子。见晛,太阳出现。消,融化。

④荣华:荣耀,显贵。

⑤季、孟:指鲁国公族季氏和孟氏。时摄掌国政。

⑥叔孙:即叔孙通,曾为秦博士。后归刘邦,主持采纳古礼,结合秦
　制,定朝仪。

【译文】

推究之所以这样的原因,在于谗邪并进。谗邪所以并进,是由于皇
上疑心较重。已经任用贤人施行善政了,一旦有人诬陷,就贬退贤人,
不再施行善政。怀有狐疑之心,就招来诽谤之口;秉持犹豫之意,就会
启开众邪之门。谗邪进用必定是众贤贬退,众邪势盛必定是直臣消亡。

所以《周易》有《否》《泰》二卦。小人道长，君子道消。君子道消，那么国政日渐混乱，所以是"否"。"否"即闭塞不通。君子道长，小人道消。小人道消，那么国政日渐治理，所以是"泰"。"泰"即通达治理。《诗经》又说"大雪纷纷满天飘，阳光一照即消融"，和《周易》的道理一样。过去鲧、共工、驩兜等和舜、禹杂处尧的朝廷之上，周公和管叔、蔡叔共居周室官位。这时候，谗言不断，流言诽谤，那里说得完！帝尧、成王能够以舜、禹、周公为贤，而排挤共工、管、蔡之辈，所以天下大治，至今依然荣耀尊显。孔子和季氏、孟氏都在鲁国做官，李斯和叔孙都在秦朝为宦，定公、始皇以季氏、孟氏、李斯为贤，而排挤孔子、叔孙，所以天下大乱，至今蒙受耻辱。

　　故治乱荣辱之端，在所信任。信任既贤，在于坚固而不移。《诗》云"我心匪石，不可转也"①，言守善笃也②。《易》曰"涣汗其大号"③，言号令如汗，汗出而不反者也。今出善令，未能逾时而反，是反汗也；用贤未能三旬而退，是转石也。《论语》曰："见不善如探汤④。"今二府奏佞谄不当在位⑤，历年而不去，故出令则如反汗，用贤则如转石，去佞则如拔山。如此望阴阳之调，不亦难乎？是以群小窥见间隙，缘饰文字，巧言丑诋，流言飞文，哗于民间。故《诗》云"忧心悄悄，愠于群小"⑥，小人成群，诚足愠也。昔孔子与颜渊、子贡更相称誉，不为朋党；禹、稷与皋陶传相汲引，不为比周⑦。何则？忠于为国，无邪心也。故贤人在上位，则引其类而聚之于朝，《易》曰"飞龙在天，大人聚也"⑧；在下位，则思与其类俱进，《易》曰"拔茅茹，以其汇。征，吉"⑩。在上则引其类，在下则推其类，故汤用伊尹，不仁者远，而众贤至，类相致也。以上言疑贤人为朋党，故谗邪得进。

【注释】

①我心匪石，不可转也：出自《诗经·邶风·柏舟》。

②守善：坚守善道。

③涣汗其大号：出自《周易·涣卦》九五爻辞。号，号令。

④见不善如探汤：出自《论语·季氏》。探汤，试探沸水，形容戒惧
　之意。

⑤二府：指丞相、御史大夫。谄：同"谄"。奉承，献媚。

⑥忧心悄悄，愠于群小：出自《诗经·邶风·柏舟》。悄悄，忧伤的
　样子。

⑦比周：结党营私。

⑧飞龙在天，大人聚也：出自《周易·乾卦》象传。聚，原文为"造"。

⑨拔茅茹，以其汇。征，吉：出自《周易·泰卦》初九爻辞。茹，茅
　根，谓同类事物相牵引。

【译文】

　　所以治乱、荣辱的发端，在于所信任的人。信任了贤士，关键在于
坚信不疑。《诗经》中说"我的心不是石头，不可随意转移"，说的是坚守
善道笃定不变。《周易》说"散出汗水，发布号令"，说的是号令有如出
汗，汗水是出来就无法返回的东西。现在发出善美的命令，不多久就收
回，这是让汗水返回；任用贤人不过一个月就贬退，这是翻转石头。《论
语》说："见到不好的人或事，就像把手伸进开水里面一样难受。"现在丞
相府和御史大夫府上奏奸佞谗谄之徒不该居官在朝，经历数年却仍不
遣去，所以是发布命令有如让汗水返回，任用贤人有如翻转石头，去除
佞人有如拔取大山。这样希望阴阳调和，岂不是很难吗？所以成群小
人窥见其中可乘之机，雕饰文辞，巧言诋毁，制造流言，在民间喧哗一
片。所以《诗经》说"忧愁的心情难以消除，恼恨一群小人"，小人成群，

确实让人发怒。过去孔子和颜渊、子贡彼此相互称扬夸誉，不算是结朋党；禹、后稷与皋陶递接推举荐引，不算是互相勾结。为什么呢？忠心治理国家，没有私心杂念。所以贤人居处上位，就引荐他的同类聚集朝堂，《周易》说"巨龙飞腾于天，正是大人聚集同类之时"；在下位，就考虑和他的同类一起被用，《周易》说"拔出茅草，汇聚同类，有利于出征"。居处高位就吸引同类，职位卑微就推举同类，所以商汤任用伊尹后，远离不仁者，而众贤到来，是同类相吸的道理。以上讲怀疑贤人为朋党，所以谗佞奸邪者得以被任用。

今佞邪与贤臣并在交戟之内①，合党共谋，违善依恶，歙歙訿訿，数设危险之言，欲以倾移主上，如忽然用之②，此天地之所以先戒、灾异之所以重至者也。自古明圣，未有无诛而治者也。故舜有四放之罚③，而孔子有两观之诛④，然后圣化可得而行也。今以陛下明知，诚深思天地之心，迹察两观之诛，览《否》《泰》之卦，观"雨雪"之诗，历周、唐之所进以为法⑤，原秦、鲁之所消以为戒⑥，考祥应之福⑦，省灾异之祸，以揆当世之变⑧，放远佞邪之党，坏散险诐之聚⑨，杜闭群枉之门，广开众正之路，决断狐疑，分别犹豫，使是非炳然可知⑩，则百异消灭，而众祥并至，太平之基，万世之利也。

【注释】

①交戟：执戟相交。引申为有士兵守卫之地，宫廷。

②忽然用之：忽略小人之恶逆而使用他们。

③四放之罚：谓流共工于幽州，放驩兜于崇山，窜三苗于三危，殛鲧于羽山。

④两观之诛：孔子诛少正卯于两观之下。

⑤历：选择。

⑥原：推究。

⑦考：详察。

⑧揆：测度。

⑨险诐(bì)：阴险邪辟。

⑩炳然：明白。

【译文】

现在佞邪和贤臣同在朝堂之上，小人们结党同谋，违善循恶，相互附和诋毁，屡屡提出危险的议论，想要让主上俯从他们的意思，忽略这些而任用他们，这就是天地提前警戒，灾异重复发生的原因了。从古以来圣明者，没有不诛奸逆而天下大治的。所以舜有四次逐杀恶徒的惩罚，孔子有两观诛杀奸雄的事情，如此之后，圣人的教化才可以得到施行。现在凭陛下的明智，确实深刻思虑天地异变之意，推究考核两观诛奸之事，阅览《否》《泰》之卦，研读"雨雪"之诗，选择周、唐兴盛的经验来作为法则，寻究秦、鲁衰亡的教训来作为警戒，详考吉祥示应的福报，反省灾象异兆的祸端，以此测度当今变化，放逐远离邪逆之辈，破坏拆散邪谄不正者的聚集，杜绝关闭群邪的方便之门，广开众多君子的仕进之路，斩断狐疑，离别犹豫，使是非明白昭著，那么百类异兆自然消灭，而多种祥瑞就会一起来到，这是太平盛世的基础，会成就万世的福祉。

臣幸得托肺附①，诚见阴阳不调，不敢不通所闻。窃推《春秋》灾异以效今事一二②，条其所以③，不宜宣泄④。臣谨重封昧死上⑤。以上请诛邪佞、去狐疑。

【注释】

①肺附：应为"肺腑"，疑底本有误。

②推：举。效：验证。

③条：条陈，条奏。

④宣泄：泄露秘密。

⑤重封：增益。封，封缄，裹扎。昧死：冒死，不避死罪。

【译文】

臣承幸得到皇上肝胆相照，确实看见阴阳不调和，不敢不向皇上禀报所听说的。私下列举《春秋》灾异之事，来验证如今的一二种现象，条奏灾异出现的原因，不适合显扬泄露。臣郑重密封冒死谏上。以上请求惩治奸邪谗佞，斩断猜疑犹豫。

论甘延寿等疏

【题解】

甘延寿（？—25），字君况，北地郁郅（今甘肃庆城）人。宣帝时匈奴内乱，五单于争立。元帝初，郅支单于因怨汉朝厚待呼韩邪单于而叛汉，侵扰汉之西陲。建昭三年（前36），甘延寿与陈汤出西域，矫称帝命发兵击杀郅支单于，除此祸患。其时中书令、丞相等欲以延寿诸人矫制问罪。刘向为此上疏论之。本篇运用比较手法，首举周大夫方叔、吉甫之功，次举齐桓公、李广利之功，而后指出甘延寿、陈汤剿灭郅支单于之功，都要大于他们，得出无以过掩功的结论。全文中心突出，结构谨严，首尾照应，实可谓无懈可击。

郅支单于囚杀使者吏士以百数①，事暴扬外国②，伤威毁重，群臣皆闵焉③。陛下赫然欲诛之④，意未尝有忘。西域都护延寿、副校尉汤承圣指⑤，倚神灵，总百蛮之君⑥，揽城郭之兵⑦，出百死，入绝域⑧，遂蹈康居⑨，屠五重城，搴歙侯之旗⑩,斩郅支之首,县旌万里之外,扬威昆山之西⑪,扫谷吉之耻⑫,立昭明之功⑬,万夷慑伏⑭,莫不惧震。呼韩邪单于见郅支已诛,且喜且惧,乡风驰义⑮,稽首来宾⑯,愿守北藩,累世称臣。立千载之功,建万世之安,群臣之勋莫大焉。以上表延寿、汤之功。

【注释】

①郅(zhì)支:匈奴呼韩邪单于之兄,名呼屠吾斯。数:计算。

②暴:显露。

③闵:哀伤,怜念。

④赫然:盛怒的样子。

⑤西域:指玉门关以西,巴尔喀什湖以东及以南广大地区。校尉:武职名。其地位略次于将军。指:意旨,意向。

⑥总:统领,掌管。百蛮:泛指南方少数民族。

⑦揽(lǎn):总持。

⑧绝域:指极远之地。

⑨康居:古西域国名。东临乌孙、大宛,南接大月氏、安息,西交奄蔡。时郅支依康居之地修城为乱。

⑩搴(qiān):拔举。歙侯:汉人降匈奴者。

⑪昆山:即昆仑山。

⑫谷吉:汉使。初元五年(前44),随送郅支子归,竟为所害。

⑬昭明:显明昭著。

⑭慑伏:亦作"慑服",畏惧威势而屈服。

⑮乡风:归化。驰义:即慕义而至。

⑯宾:服从,归顺。

【译文】

郅支单于囚禁杀害汉使及官员按百计数,此事张扬国外,损毁了我国的威望尊严，大臣们都深感伤怀。陛下也勃然震怒想要诛伐郅支，心中一直不曾忘记。西域都护甘延寿、副校尉陈汤秉承圣意，倚仗神助，统领百蛮君主，总持城郭众兵，出生入死，前赴极远的康居之地，攻杀五重城池，拔弃歈侯军旗，斩获郅支单于头颅，悬汉帜于万里之外，扬国威于昆仑山之西，扫除了谷吉被杀的耻辱，建立了昭著显明的功绩，诸多异族畏惧屈服，没有不胆战心惊的。呼韩邪单于见郅支已被诛灭，既欢喜又恐惧，慕义归化，低头归顺，愿意守居北藩，世代称臣。他们建立了千载功绩，构建出万世太平，群臣的功勋没有比他们大的了。以上显扬甘延寿、陈汤的功绩。

　　昔周大夫方叔、吉甫为宣王诛狁而百蛮从[①]，其《诗》曰："啴啴焞焞，如电如雷，显允方叔，征伐狁，蛮荆来威[②]。"《易》曰："有嘉折首，获匪其丑[③]。"言美诛首恶之人[④]，而诸不顺者皆来从也。今延寿、汤所诛震，虽《易》之"折首"、《诗》之"雷霆"不能及也。论大功者，不录小过；举大美者，不疵细瑕[⑤]。《司马法》曰"军赏不逾月"[⑥]，欲民速得为善之利也。盖急武功，重用人也。吉甫之归，周厚赐之，其《诗》曰："吉甫宴喜，既多受祉，来归自镐，我行永久[⑦]。"千里之镐，犹以为远，况万里之外，其勤至矣[⑧]！延寿、汤既未获受祉之报，反屈捐命之功[⑨]，久挫于刀笔之前，非所以劝有功、厉戎士也[⑩]。以上大于方叔、吉甫。

【注释】

　　①方叔：周宣王卿士，受命北伐狁，南征荆楚，有功于周。吉甫：即尹吉甫，宣王重臣。狁（xiǎn yǔn）：也作"玁狁"。我国古代北方少数民族名，秦汉时称匈奴。

②"嘽嘽(tān)焞焞(tuī)"几句：出自《诗经·小雅·采芑》。嘽嘽，众
　　盛貌。焞焞，盛大貌。电，原文作"霆"。显，显赫，高贵。允，
　　诚信。

③有嘉折首，获匪其丑：出自《周易·离卦》上九爻辞。

④言美：称道。

⑤疵：挑剔。

⑥《司马法》：古兵书。书中所言规则，多与《周礼》相出入。

⑦"吉甫宴喜"几句：出自《诗经·小雅·六月》。祉，福。镐，北方
　　地名，非镐京之镐。

⑧至：极。

⑨捐命：舍命。捐，舍弃。

⑩劝：勉励。厉：同"励"。劝勉。

【译文】

　　从前周朝大夫方叔、尹吉甫为宣王诛伐猃狁，因而百蛮随顺，《诗经》上说："兵车行进声势盛大，如同霹雳雷鸣，方叔赏罚诚信严明，已经征服猃狁，蛮荆闻风心惊。"《周易》说："折断敌人的首级，建立了丰功伟绩，又俘获与我方敌对的人。"称道杀了带头为乱的人，其他各个不顺从的人就都会来归顺。现在甘延寿、陈汤所诛伐震慑的，即使《周易》中所说的"折首"、《诗经》中所说的"雷霆"也比不上。评论大功劳，就不述记他的小过错；推举大才德，就不挑剔他的小毛病。《司马法》说"军赏不逾月"，想要人们尽快获得立功的利益。这是以武功为当务之急，重视任用人才。尹吉甫归来，周朝重赐他，《诗经》记述此事道："宴请吉甫喜洋洋，得到天子多重赏，从镐地回到家乡，出征的日子很长。"千里之外的镐地，尚且以为遥远，何况甘延寿等人赴万里之外，辛苦到了极点！甘延寿、陈汤非但没有获得福禄报偿，反而委屈战功，长期受挫于刀笔吏，这不是用来勉励功臣、劝勉将士的办法。以上讲甘延寿、陈汤的功绩大于方叔、尹吉甫的功绩。

　　昔齐桓公前有尊周之功①，后有灭项之罪②，君子以功覆过而为之讳行事。贰师将军李广利捐五万之师③，糜亿万之费④，经四年之劳，而廑获骏马三十匹⑤，虽斩宛王母鼓之首，犹不足以复费。其私罪恶甚多，孝武以为万里征伐⑥，不录其过，遂封拜两侯、三卿、二千石百有余人⑦。今康居国强于大宛，郅支之号重于宛王，杀使者罪甚于留马，而延寿、汤不烦汉士，不费斗粮，比于贰师，功德百之。以上优于齐桓、贰师。

【注释】

①尊周之功：即齐桓公伐楚责包茅不入贡周室事。

②项：古国名。僖公十七年（前643）为齐所灭，其地在今河南项城东北。

③贰师将军：贰师，汉时大宛地名。大宛有善马，在贰师城，匿不肯献。武帝太初元年（前104），命李广利为贰师将军，攻贰师城，取善马，故以为号。

④糜（mí）：通"靡"。耗费。

⑤廑：同"仅"。

⑥孝武：即汉武帝刘彻，谥号孝武皇帝。

⑦二千石：汉制，郡守俸禄为二千石，即月俸百二十斛，世因称郡守为"二千石"。

【译文】

　　从前齐桓公起初有尊周伐逆的功劳，后来有灭亡项国的罪过，君子因为他功劳盖过失误，所以替他掩饰灭亡项国之事。贰师将军李广利损失五万军队，耗费亿万开支，历经四年辛苦，却只获得骏马三十匹，即便说斩取了宛王母鼓的首级，也还是不足以抵消他的浪费。他个人罪恶很多，孝武皇帝认为他万里征伐有功，不追记他的过失，于是封拜了两侯、三卿、二千石等一百多人。现在康居国比大宛强大，郅支的称号比宛王显赫，杀害使者的罪恶比留藏良马重大，可甘延寿、陈汤没有劳烦汉军将士，没有耗费丝毫粮草，比起贰师将军李广利，功德有百倍之多。以上讲甘延寿、陈汤的功劳胜过齐桓公、贰师将军李广利的功劳。

　　且常惠随欲击之乌孙①，郑吉迎自来之日逐②，犹皆裂土受爵。故言威武勤劳，则大于方叔、吉甫；列功覆过，则优于齐桓、贰师；近事之功③，则高于安远、长罗④。而大功未著，小恶数布，臣窃痛之。宜以时解县通籍⑤，除过勿治，尊宠爵位，以劝有功。

【注释】

①常惠：太原（今山西太原）人。西汉宣帝时护乌孙兵，大破匈奴。乌孙：古代西域国名。在今新疆伊犁河谷。

②郑吉：会稽（今浙江杭州）人。西汉时匈奴日逐王降汉，郑吉发兵迎之。

③近事：近日之事。

④安远：安远侯郑吉。长罗：长罗侯常惠。

⑤解县：即释放。陈汤贪所掠获，入塞多不法，司马校尉收系按验之。通籍：汉朝制度，将记有姓名、年龄、身份等的竹片挂在官门外，经核对，符合的才能进入宫殿内。

【译文】

　　而且常惠随军想要出击匈奴的乌孙，郑吉迎接自愿前来归降的日逐王，尚都割赐土地获受爵位。所以说像甘延寿、陈汤论威武勤劳，要大过方叔、尹吉甫；数功盖过，要优于齐桓公、贰师将军；过去不久的功劳，又高于安远侯、长罗侯。但是他们的大功没有昭显，而小过却被屡屡陈述,臣私下里深感痛心。应当限时释放畅行,赦免罪过不予惩办,尊宠授爵,用以劝勉有功之臣。

论起昌陵疏

【题解】

汉成帝修建昌陵,大兴土木,劳民伤财。刘向深为忧虑,遂上此疏。他从维护汉朝统治的立场出发,历述先贤薄葬的美行及秦代君王厚葬的可悲结果。全文辞意恳切,说理充分,忧国之心跃然纸上。

臣闻《易》曰:"安不忘危,存不忘亡,是以身安而国家可保也①。"故贤圣之君,博观终始②,穷极事情③,而是非分明。王者必通三统④,明天命所授者博,非独一姓也。孔子论《诗》,至于"殷士肤敏,祼将于京"⑤,喟然叹曰:"大哉天命!善不可不传于子孙,是以富贵无常⑥;不如是,则王公其何以戒慎⑦?民萌何以劝勉⑧?"盖伤微子之事周而痛殷之亡也⑨。虽有尧、舜之圣⑩,不能化丹朱之子⑪;虽有禹、汤之德,不能训末孙之桀、纣⑫。自古及今,未有不亡之国也。昔高皇帝既灭秦⑬,将都雒阳,感悟刘敬之言⑭,自以德不及周而贤于秦,遂徙都关中,依周之德,因秦之阻⑮。世之长短⑯,以德为效⑰,故常战栗⑱,不敢讳亡。孔子所谓"富贵无常",盖谓此也。孝文皇帝居霸陵⑲,北临厕⑳,意凄怆悲怀㉑,顾谓群臣曰:"嗟乎!以北山石为椁㉒,用纻絮斫陈漆其间㉓,岂可动哉?"张释之进曰㉔:"使其中有可欲,虽锢南山犹有隙㉕;使其中无可欲,虽无石椁,又何戚焉?"夫死者无终极㉖,而国家有废兴,故释之之言为无穷计也。**孝文寤焉,遂薄葬,不起山坟**。以上言国家有废兴,引出文帝薄葬之贤。

【注释】

①"安不忘危"几句:出自《周易·系辞》。

②博观:广观。终始:首尾经过。

③穷:寻根究源。事情:事物的真相,实情。

④三统:古代历法名。古代王者易姓改正朔。如夏正建寅为人统,商正建丑为地统(以十二月为正月),周正建子为天统(以十一月为正月)。

⑤殷士肤敏,祼(guàn)将于京:出自《诗经·大雅·文王》。殷士,殷的臣属。有人考证,此人是微子。肤敏,孔颖达疏引王肃说:"殷士有美德,言其见时之疾,知早来服周也。"祼将,谓助王行祼祭之礼,即酌用郁金草和黍酿的酒,灌地以献神的祭祀仪式。

⑥无常:变化不定。

⑦戒慎:警惕谨慎。

⑧民萌:民众。萌,通"氓"。

⑨微子:商纣王庶兄,名启。因数谏纣不听,去国。周灭商,称臣于周。周公旦以微子统率殷族,封于宋,为宋国的始祖。

⑩圣:圣明。

⑪丹朱:帝尧之子。尧因丹朱不肖,禅位于舜。

⑫训:教诲。末孙:末代子孙。

⑬高皇帝:汉高祖刘邦。

⑭刘敬:西汉齐人。本姓娄,刘邦定天下,因献西都关中之策有功,赐姓刘。

⑮因:依靠,凭借。

⑯长短:指是非得失。

⑰效：征验，标准。

⑱战栗：因恐惧、寒冷或激动而颤抖。

⑲霸陵：在今陕西西安东北。

⑳厕：居高临垂边曰厕。

㉑凄怆（chuàng）：凄然忧伤。

㉒椁（guǒ）：古代棺木有两重，外曰椁，内曰棺。

㉓纻絮：苎麻絮。斫（zhuó）：用刀斧等砍或削。

㉔张释之：字季，南阳堵阳（今河南方城）人。以赀为骑郎，后为公车令，受汉文帝重用，又为廷尉，终于淮南相。

㉕锢：铸塞，谓铸铜铁以塞空隙。南山：终南山，在今陕西西安南。

㉖终极：意谓死。

【译文】

臣记得《周易》说："安定时切勿忘记可能发生的危险，存在时不要忘记灭亡的可能性，这样自身才能安稳，而国家才可以保全。"所以圣贤的君主都能博古通今，穷原究委，明辨是非。称王的人一定都通晓三统历法，明了天命所授的人很多，不仅只有一家一姓。孔子评论《诗经》，说到"殷臣努力从事，来助祭周廷"时，喟然叹道："天命真是广大无边啊！美德不可以不传授给子孙后代，因此富贵并不恒久；不这样的话，天子诸侯们怎能谨慎小心？老百姓又怎能加以劝告勉励呢？"微子臣服周朝令人悲伤，而殷商的灭亡更令人痛惜不已。即使尧、舜圣明，却不能教化丹朱；即使禹、汤有德行，却不能教诲桀、纣等末代子孙。从古到今，没有永不灭亡的国家。从前高皇帝灭掉秦国，本打算在雒阳建都城，后来听了刘敬的意见，自认为德行比不上周，却比秦要贤明，于是把都城迁至关中，因循周朝的道德，倚仗秦国的险阻地形。世间的是非得失，皆以道德作为征验，所以常战战兢兢不敢回避灭亡的可能性。孔子所说的"富贵无常"，指的就是这个道理。当年孝文皇帝站在霸陵山上，北面居高临垂边，心中凄然忧伤，回头对群臣说："哎！如果用北山的山石做外棺,把纻麻絮砍削后放在中间,再涂上油漆,难道还可以移动得了吗?"张释之上言说:"如果棺中有别人想要的东西,即使铸塞南山,还是有缝隙可钻的;如果棺中没有别人想要的东西,即使没有石制的外棺,又有什么可忧虑的呢?"死去的人不再有生死之忧,而国家却有衰败兴盛之虑,所以张释之的意见是为国家的长治久安考虑的啊。孝文皇帝醒悟过来,于是决定薄葬,不起山坟。以上讲国家有衰废兴盛,引出文帝薄葬的贤德。

　　《易》曰:"古之葬者,厚衣之以薪,臧之中野,不封不树。后世圣人易之以棺椁①。"棺椁之作,自黄帝始。黄帝葬于桥山②,尧葬济阴③,丘垄皆小④,葬具甚微⑤;舜葬苍梧⑥,二妃不从⑦;禹葬会稽⑧,不改其列;殷汤无葬处;文、武、周公葬于毕⑨;秦穆公葬于雍橐泉宫祈年馆下⑩;樗里子葬于武库⑪;皆无丘垄之处。此圣帝、明王、贤君、智士远览独虑无穷之计也。其贤臣孝子亦承命顺意而薄葬之,此诚奉安君父⑫,忠孝之至也。夫周公,武王弟也,葬兄甚微。孔子葬母于防⑬,称古墓而不坟⑭,曰:"某,东西南北之人也,不可不识也。"为四尺坟,遇雨而崩。弟子修之,以告孔子,孔子流涕曰:"吾闻之,古者不修墓。"盖非之也。延陵季子适齐而反⑮,其子死,葬于嬴、博之间⑯,穿不及泉⑰,敛以时服⑱,封坟掩坎⑲,其高可隐,而号曰⑳:"骨肉归复于土,命也,魂气则无不之也㉑。"夫嬴、博去吴千有余里,季子不归葬。孔子往观曰:"延陵季子于礼合矣。"故仲尼孝子,而延陵慈父,舜、禹忠臣,周公弟弟㉒,其葬君亲骨肉皆微薄矣。非苟为俭,诚便于体也㉓。宋桓司马为石椁㉔,仲尼曰:"不如速朽。"秦相吕不韦集知略之士而造《春秋》⑤,亦言薄葬之义。皆明于事情者也。以上杂引圣哲薄葬之事。

【注释】

①"古之葬者"几句:出自《周易·系辞》。衣之以薪,言以薪盖之。臧,通"藏"。埋葬。封,积土为坟。树,植树作标记。

②桥山:在陕西黄陵西北。有沮水穿山而过,山呈桥形,因以为名。也称子午山。

③济阴:汉郡名。治所在今山东定陶。

④丘垄:坟墓。

⑤葬具:埋葬所用的器具。

⑥苍梧:山名。在今湖南宁远。相传舜葬于苍梧之野。

⑦二妃:指舜的妻子娥皇和女英,二人皆为尧之女。

⑧会稽:山名。在浙江绍兴东南,相传禹大会诸侯于此,故名。

⑨毕:在今陕西咸阳。

⑩雍:在今陕西凤翔。

⑪樗(chū)里子:名疾,战国秦惠王之弟。其里有大樗树(臭椿),故号樗里子。能言善辩,滑稽多智,秦人号曰"智囊"。秦惠王时屡有战功,秦武王时为右丞相。

⑫奉安:旧称安葬皇帝或父亲。

⑬防:今山东费县附近。

⑭古墓而不坟:古时封土隆起的叫坟,平的叫墓。

⑮延陵:春秋吴季札封邑,其地在今江苏武进。季子:春秋时吴王寿梦之季子,寿梦欲传以位,辞不受。封于延陵,故称延陵季子。屡次聘问中原诸侯各国,当时以贤明博学著称。

⑯嬴、博:齐二邑名。嬴在今山东莱芜西北,博在今山东泰安东南。

⑰穿:穿孔,凿通,引申为挖掘。泉:泉下,指人死后埋葬的地方。

⑱敛：殓葬。为死者易衣曰小殓，入棺曰大殓，又棺埋入墓穴亦谓
　殓。时服：当时的服饰。

⑲坎：墓穴。

⑳号（háo）：哭。

㉑魂气：古人认为能离开身体而存在的灵魂、精气。

㉒弟弟：也作"悌弟"。悌，敬爱兄长之意。

㉓体：泛指言行举措应遵守的法式、规矩、体范。

㉔宋桓司马：即桓魋（tuí），春秋时宋国人，任宋国司马。

㉕吕不韦：战国末人，秦相，曾召集宾客编撰《吕氏春秋》。

【译文】

《周易》说："古代埋葬死者，用木材覆盖，埋葬在荒野之中，既不积土为坟也不植树作标记。后代的帝王，改为使用棺椁。"棺椁的使用是从黄帝开始的。黄帝葬在桥山，尧葬在济阴，他们的坟墓都很小，埋葬所用的器具也很小；舜葬在苍梧，娥皇、女英二妃并不与他葬在一起；禹葬在会稽，并不改变树木百物的次序；殷汤不知葬于何处；周文王、周武王及周公旦都葬在毕；秦穆公葬在雍橐泉宫祈年馆下；樗里子葬在武库；他们都没有坟墓。这是圣帝、明王、贤君、智士们眼光长远，考虑周到，为了国家的长治久安所作的谋划啊。他们的贤臣和孝子也秉承他们的意愿，为他们举行俭朴的葬礼，这样恭敬安置君王、父亲，确实是极尽忠孝之道了。周公旦是周武王的弟弟，他为兄长举行的葬礼很是俭约。孔子把母亲安葬在防，说是古墓都不垒高坟，他说："我是个漂流四方的人，不能不有个标志。"他为母亲修的四尺高的坟，因为遇上大雨而崩塌。他的弟子们将它修茸好，并告诉了他，孔子流着泪说："我听说，古人是不修整坟墓的。"这是不赞成弟子们的做法。延陵季子从齐国回家途中，他的儿子死去了，他将儿子埋葬在嬴、博二邑之间，坟墓挖得不深，用日常穿的服饰把尸首装殓好，封盖坟墓，并不隆高，季子哭着说："骨肉回归土地，这是天命所定，灵魂却无所不在。"嬴、博距离吴国有一

千多里地,季子却不把儿子的遗体运回家乡去安葬。孔子去观看了,说:"延陵季子的所作所为真是合于礼法了。"所以孝子仲尼,慈父延陵季子,忠臣舜、禹,悌弟周公旦,他们安葬自己的君王、父母及兄弟儿子的仪式都非常简单。他们并不是因为马虎草率而把葬礼办得如此俭约,实在是为了合乎体范啊。宋司马桓魋为自己做了一个石棺,孔子说:"不如快快腐朽。"秦国宰相吕不韦集中了一批有谋略的贤士编撰了《吕氏春秋》,其中也讲到薄葬的意义。这些都是明白事理的人啊。以上杂引前圣先哲薄葬之事。

　　逮至吴王阖闾①,违礼厚葬,十有余年,越人发之。及秦惠文、武、昭、严襄五王②,皆大作丘陇,多其瘗臧③,咸尽发掘暴露,甚足悲也。秦始皇帝葬于骊山之阿④,下锢三泉⑤,上崇山坟,其高五十余丈,周回五里有余⑥。石椁为游馆⑦,人膏为灯烛⑧,水银为江海,黄金为凫雁⑨。珍宝之臧⑩,机械之变⑪,棺椁之丽,宫馆之盛,不可胜原⑫。又多杀宫人、生薶工匠⑬,计以万数。天下苦其役而反之,骊山之作未成⑭,而周章百万之师至其下矣⑮。项籍燔其宫室营宇⑯,往者咸见发掘⑰。其后牧儿亡羊,羊入其凿⑱,牧者持火照求羊,失火烧其臧椁。自古至今,葬未有盛如始皇者也,数年之间,外被项籍之灾,内离牧竖之祸⑲,岂不哀哉? 以上言厚葬之非,归罪始皇。

【注释】

　　①吴王阖(hé)闾:吴公子光,春秋时吴国国君。光使专诸刺杀吴王僚而自立。用楚亡臣伍子胥,屡败楚兵,九年(前506),吴兵入楚都郢。后与越王勾践战,兵败重伤而死。

②惠文:秦惠王,秦孝公之子。武:秦武王,秦惠王之子。昭:秦昭
　襄王,秦武王异母弟。严襄:即秦庄襄王,秦昭襄王之孙,秦孝文
　王之子。汉避明帝刘庄讳,改庄为严。此处疑"五"作"四",分别
　为秦惠王、武王、昭襄王及庄襄王。

③瘗(yì)臧:殉葬的金玉器物。

④骊山:山名。在今陕西临潼东南。阿:山曲,即山势弯曲隐蔽处。

⑤三泉:三重泉,即地下深处。

⑥周回:周围。

⑦游馆:供游乐的宫馆,即离宫、别馆。

⑧人膏:人鱼的脂膏。

⑨凫(fú)雁:野鸭与大雁。凫,野鸭。

⑩臧:同"藏"。潜匿,隐藏。

⑪机械:利用力学原理构成的装置。

⑫原:再。

⑬薶(mái):同"埋"。埋葬。

⑭作:工程。

⑮周章:陈胜的将领。

⑯项籍:即项羽。燔(fán):焚烧。

⑰往者:死去的人。

⑱凿:隧道。

⑲离:通"罹(lí)"。遭遇。牧竖:牧童。

【译文】

　　到了吴王阖闾,违背礼法进行厚葬,十多年后,越国人把他的坟墓
给掘开了。到了秦惠王、秦武王、昭襄王及庄襄王,都大造坟茔,殉葬的
金玉器物数不胜数,结果都被挖掘开来,尸骨暴露,真是可悲。秦始皇
葬在骊山山曲,墓延伸至地下深处,地上则用山石堆起高坟,高度达五
十多丈,周围占地五里多。把石制的外棺作为游乐的宫馆,用人鱼的脂

膏来点燃灯烛,用水银做成大江海洋,用黄金铸成野鸭与大雁。隐藏的珍宝之繁多,机械之变化多样,棺椁之华丽,宫馆之盛大,没有可以与之相媲美的了。并且杀死的宫女、活埋的工匠数以万计。天下百姓不堪役使,起来造反,骊山的工程尚未完成,周章的百万大军已到了骊山脚下。项羽焚烧了秦国的宫殿、军营、房舍,先王的坟墓都被挖掘开来。后来一个牧童丢了羊,羊跑进了始皇墓冢的穴道,牧童于是举着火把走进墓中找羊,结果失了火,把棺椁及殉葬物品都烧掉了。从古到今的葬礼没有比秦始皇的更为隆重的了,但几年之间,外面受到项羽的毁坏,里面又遭到牧童所造成的灾祸,这难道不可悲吗? 以上讲厚葬的错误,归罪于秦始皇。

　　是故德弥厚者葬弥薄[①],知愈深者葬愈微[②],无德寡知,其葬愈厚。丘陇弥高,宫庙甚丽[③],发掘必速。由是观之,明暗之效,葬之吉凶,昭然可见矣。周德既衰而奢侈,宣王贤而中兴,更为俭宫室,小寝庙[④]。诗人美之,《斯干》之诗是也[⑤],上章道宫室之如制[⑥],下章言子孙之众多也。及鲁严公刻饰宗庙[⑦],多筑台囿,后嗣再绝[⑧],《春秋》刺焉。周宣如彼而昌,鲁、秦如此而绝,是则奢俭之得失也。

【注释】

①弥:益,更加。

②知:同"智"。

③宫庙:宫殿,宗庙。

④寝庙:卧室,庙堂。

⑤《斯干》:《诗经·小雅》中的篇名。

⑥如制:按礼制办事。

⑦鲁严公：即鲁庄公，汉避明帝刘庄讳，改庄为严。宗庙：天子、诸
　侯祭祀祖先的处所。

⑧后嗣再绝：庄公之子般及闵公均被弑。

【译文】

　　因此德行越是忠厚的人，其葬礼越俭朴；智慧越是深厚的人，其葬
礼越简略；而没有德行、智慧低下的人，其葬礼却越隆重。坟冢越是高
大，宫殿庙堂越是华丽，被挖掘得就越快。由此看来，聪明和愚昧所造
成的不同效果，薄葬、厚葬所带来的或吉或凶，是显而易见的。当年周
王朝的德政已经衰败，奢侈之风兴起，到了宣王即位，因其德才兼备，才
使周王朝得以中兴，他扭转奢侈的风气，节约宫殿的花费，缩小卧室、庙
堂的规模。诗人们赞美他的行为，《斯干》一诗中写的就是这件事，上章
说的是宫殿的俭素，下章则说其子孙的众多。到了鲁庄公，宗庙里雕梁
画栋，又盖起许多楼台园囿，其子孙都被杀戮殆尽，《春秋》对此进行了
讽刺。周宣王那样做而使国家得以昌盛，鲁国、秦国这样做却子孙断
绝，这就是奢侈与节俭所带来的得与失。

　　陛下即位，躬亲节俭①，始营初陵②，其制约小③，天下莫
不称贤明。及徙昌陵，增埠为高④，积土为山，发民坟墓，积
以万数。营起邑居⑤，期日迫卒，功费大万百余。死者恨于
下，生者愁于上，怨气感动阴阳⑥，因之以饥馑⑦，物故流离以
十万数⑧，臣甚愍焉⑨。以死者为有知，发人之墓，其害多
矣⑩；若其无知，又安用大？谋之贤知则不说，以示众庶则苦
之⑪。若苟以说愚夫淫侈之人⑫，又何为哉？陛下慈仁笃美
甚厚⑬，聪明疏达盖世⑭，宜宏汉家之德，崇刘氏之美，光昭五
帝三王⑮；而顾与暴秦乱君⑯，竞为奢侈，比方丘陇，说愚夫之
目，隆一时之观，违贤知之心，亡万世之安，臣窃为陛下羞

之。唯陛下上览明圣黄帝、尧、舜、禹、汤、文、武、周公、仲尼之制⑰,下观贤知穆公、延陵、樗里、张释之之意。孝文皇帝,去坟薄葬,以俭安神,可以为则;秦昭、始皇,增山厚臧,以侈生害,足以为戒。初陵之樰⑱,宜从公卿大臣之议,以息众庶。

【注释】

①躬亲:亲自。

②营:营造。

③制:规模,样式。约:省减,简约。

④埤(bēi):低下。

⑤邑居:里邑住宅。

⑥阴阳:天地。

⑦饥馑:灾荒。

⑧物故:死亡。

⑨愍(mǐn):怜悯。

⑩害:灾害,祸患。

⑪众庶:庶民百姓。

⑫说(yuè):同"悦"。取悦之意。

⑬笃(dǔ):忠厚。

⑭疏达:通明畅达。

⑮光昭:发扬光大。

⑯顾:反而。

⑰唯:表示希望。览:考察。

⑱樰(mó):同"模"。法式,规范。

【译文】

陛下即位后,亲自践行节约俭省,原来所造的陵墓,规模很小,天下没有不称颂陛下贤明的。待迁到昌陵后，挖深增高，积土成山，挖掘百姓的坟墓数以万计。营建里邑住宅，并限定日期逼迫完工，花费成千上万。死去的人在九泉之下怨恨满怀，活着的人则愁苦不堪，他们的怨气触怒了天地，上天降下灾荒，百姓或死于饥荒，或流离失所，其人数高达十万以上，臣特别怜悯他们。如果死去的人尚有知觉，那么挖掘人家的坟墓将会带来很大的灾祸；如果死去的人没有知觉，又何必消耗如此大的费用去造坟呢？跟贤臣智士商量这件事，他们都不喜欢，告知百姓，人们是困苦难堪。假若只是为了取悦那些愚昧奢侈的人，又何必呢？陛下仁爱、忠厚，聪明畅达，于世无双，理应弘扬汉家的道德，推崇刘姓的美行，发扬光大五帝三王的精神；但陛下反而与强暴的秦国那些昏庸的国君较量奢侈，比较坟墓，取悦于愚人之目，逞一时之壮观，违背贤人智士的心愿，丢掉万世的安定，臣下私自为陛下感到羞愧。希望陛下向上考察贤明圣善的黄帝、尧、舜、禹、汤、周文王、周武王、周公、孔子等的做法，向下细察贤智的秦穆公、延陵季子、樗里子、张释之的意思。孝文皇帝不垒高坟进行薄葬，用节俭来安抚神灵，可以作为效法的榜样；秦昭襄王、秦始皇加高坟茔进行厚葬，因为奢侈而生出灾祸，值得作为鉴戒。初陵的法式、规范，应该听从公卿大臣的意见，以平息百姓的怨气。

谏外家封事

【题解】

汉成帝时，外戚王凤以帝舅身份辅政，王氏兄弟位列公卿，封侯晋爵，权倾朝野，有代汉之势。刘向系汉朝宗室，有鉴于此，上书成帝，劝谏成帝要削减王氏权力，重用刘氏宗室，并妥善处理好皇族与外戚的关系。文章援古证今，论据充足，说服力强，但终未能产生影响。

臣闻人君莫不欲安，然而常危；莫不欲存，然而常亡；失御臣之术也①。夫大臣操权柄②，持国政③，未有不为害者也。昔晋有六卿④，齐有田、崔⑤，卫有孙、宁⑥，鲁有季、孟⑦，常掌国事，世执朝柄。终后田氏取齐，六卿分晋，崔杼弑其君光⑧，孙林父、宁殖出其君衎⑨，弑其君剽⑩。季氏八佾舞于庭⑪，三家者以《雍》彻⑫，并专国政，卒逐昭公⑬。周大夫尹氏管朝事，浊乱王室，子朝、子猛更立⑭，连年乃定。故经曰"王室乱"，又曰"尹氏弑王子克"⑮，甚之也。《春秋》举成败，录祸福，如此类甚众，皆阴盛而阳微、下失臣道之所致也。故《书》曰⑯："臣之有作威作福，害于而家，凶于而国⑰。"孔子曰"禄去公室，政逮大夫"⑱，危亡之兆。秦昭王舅穰侯⑲，及泾阳、叶阳君⑳，专国擅势㉑，上假太后之威㉒，三人者权重于昭王，家富于秦国，国甚危殆。赖寤范雎之言㉓，而秦复存。二世委任赵高㉔，专权自恣㉕，壅蔽大臣㉖，终有阎乐望夷之祸㉗，秦遂以亡。近事不远，即汉所代也。

【注释】

①御：治理，统治。术：方法。

②操：掌握，控制。

③持：掌管，把持。

④晋有六卿：指智氏、范氏、中行氏、韩氏、魏氏、赵氏。

⑤田：指田氏宗族。春秋时，陈公子完以内乱奔齐，以陈氏为田氏。其后宗族益强，子孙世代为齐国卿相，逐渐夺得齐国政权。崔：崔杼，春秋时齐国大夫。

⑥孙：孙林父，生卒年不详，春秋时卫国人。宁：宁殖，春秋时卫国人，定公时大夫。

⑦季、孟：鲁国的季氏和孟氏。季氏为鲁上卿，孟氏为下卿。

⑧崔杼弑其君光：齐庄公与崔杼之妻私通，崔杼怒杀庄公，立其弟为齐景公。光，齐庄公，名光，春秋时齐国国君。

⑨出：弃逐。衎(kàn)：卫献公，名衎，春秋时卫国国君。

⑩剽(piáo)：卫殇公，名剽，谥号殇，春秋时卫国国君。

⑪八佾(yì)：古代天子专用的舞乐。佾，舞列，纵横都是八人，共六十四人。

⑫三家：指季孙氏、叔孙氏、孟孙氏三家族。《雍》：乐诗名。为古代撤膳时所奏，乃天子之乐。彻，撤去。

⑬昭公：鲁昭公，名裯，为季孙意如所逐。

⑭子朝、子猛：皆周景王之子。景王爱子朝，欲立之。国人立子猛为王，子朝攻杀子猛。晋人攻子朝，立子匄，是为周敬王。子朝之徒又作乱，敬王奔晋，王室大乱。

⑮王子克：周桓王之子，周庄王之弟，即子仪。有宠于桓王。庄王四年(前693)，周公黑肩欲杀庄王而立克，大夫辛伯告王，王乃杀黑肩，克奔燕。之后，关于王子克的事迹不详。

⑯《书》：《尚书》的简称。

⑰"臣之有作威作福"几句：出自《尚书·周书·洪范》。作威作福，指统治者专行赏罚，独揽威权。后用来表示妄自尊大，滥用权势。而，你，你的。

⑱禄去公室，政逮大夫：出自《论语·季氏》。原文为：孔子曰："禄之去公室五世矣，政逮于大夫四世矣，故夫三桓之子孙微矣。"禄，禄位。去，离开。公室，春秋战国时诸侯的家族、王室，也用以指诸侯国的政权。逮，及。

⑲穰(ráng)侯：即魏冉，战国时秦国人。秦昭王母宣太后之异父弟。昭王年幼，宣太后授冉为政，封于穰，益封陶，号穰侯，权倾一国。昭王三十六年(前271)，魏人范雎入秦，说昭王亲政，免相，还封

邑陶。

⑳泾阳、叶阳：皆秦昭王母弟。

㉑擅：独揽，专。势：权力，权势。

㉒假：凭借，依靠。

㉓寤（wù）：醒悟。范雎：字叔，战国时魏国人。事秦昭王，为相。

㉔二世：即秦二世，名胡亥，秦始皇少子。赵高：秦时宦官。始皇崩于沙丘，赵高与丞相李斯矫诏赐长子扶苏死，立胡亥为二世皇帝。不久赵高杀李斯，自为丞相，独揽大权。后又杀二世，立子婴。子婴立，乃诛之。

㉕自恣：放纵自己，不受约束。

㉖雍蔽：遮盖。

㉗阎乐：秦末人。赵高女婿。在望夷宫逼二世自杀。

【译文】

臣听说君主没有不希望安定的，然而却常常面临危险；没有不想永世长存的，然而却常常遭到灭亡的命运；其过失就在于统御大臣的方法不当。凡是大臣大权在握，把持国政，没有不造成灾祸的。从前晋国有六卿，齐国有田氏、崔杼，卫国有孙林父、宁殖，鲁国有季氏、孟氏，他们一直掌管国家大事，把握朝廷大权。最后田氏家族夺取了齐国政权，六卿瓜分了晋国，崔杼杀害了齐庄公，孙林父、宁殖驱逐卫献公，并杀害了卫殇公。季氏僭用天子专用的舞乐在厅堂上歌舞，季氏、叔氏、孟氏三家还在撤膳时使用了天子专用的《雍》乐，他们一起专断朝政，最后驱逐了鲁昭公。周王朝大夫尹氏掌管朝政大事时，王室动荡混乱，子朝和子猛争夺王位，多年以后才平定下来。所以经书说"王室大乱"，又说"尹氏杀了王子克"，真是太过分了。《春秋》列举了许多成败之事，记载了很多祸福之实，像这一类的事情很多，都是阴盛阳衰、大臣抛弃了为臣之道所导致的结果。所以《尚书》说："大臣中如果有妄自尊大，滥用权势的，将会给家族带来祸患，给国家带来不幸。"孔子也说"国家政权离开鲁君,政权落入大夫之手",是国家危难灭亡的征兆。秦昭王的舅父穰侯、泾阳君、叶阳君,专断国政,独揽大权,凭借着太后的势力,三人的权力比秦昭王还大,三家比秦国还要富有,国家危在旦夕。全凭范雎的劝说,秦昭王才醒悟过来,消除了三人势力,使秦国得以继续存在。秦二世时,赵高被委以重任,他独断专行,为所欲为,蒙蔽大臣,终于引来了秦二世在望夷宫为阎乐所逼自杀的惨祸,秦朝也因此灭亡。这些事离我们并不遥远,正是在被我们汉王朝所取代的那个朝代中发生的。

　　汉兴,诸吕无道,擅相尊王。吕产、吕禄,席太后之宠①,据将相之位,兼南北军之众②,拥梁、赵王之尊③,骄盈无厌,欲危刘氏。赖忠正大臣绛侯、朱虚侯等④,竭诚尽节,以诛灭之,然后刘氏复安。以上历叙权臣害国,而以吕氏之乱引出王氏。

【注释】

①席:凭借,倚仗。

②兼:同时具有。南北军:汉代驻京师军队有南、北之分。南军守卫未央宫,由卫尉主管;北军守卫长乐宫,由中尉主管。

③拥梁、赵王之尊:吕产封梁王,吕禄封赵王。

④绛侯:即周勃,泗水沛(今江苏沛县)人。从刘邦击项羽,定天下。高祖六年(前201),封绛侯。朱虚侯:刘章,西汉宗室。与平阳侯、绛侯共诛诸吕。

【译文】

　　汉王朝刚兴起时,吕氏家族违背天道,擅自封侯称王。吕产、吕禄倚仗着吕太后的宠爱,占据了将相的位置,同时统率着南军、北军的军队,拥有梁王、赵王的尊贵地位,他们骄傲自负,贪得无厌,妄图危害刘氏江山。幸得忠诚正直的大臣绛侯、朱虚侯等竭尽忠心,保全节操,诛杀了吕氏家族,然后刘氏江山才恢复了安定局面。以上依次叙述权臣害国,而以吕氏之乱引出王氏之乱。

　　今王氏一姓[1],乘朱轮华毂者二十三人[2],青紫貂蝉[3],充盈幄内,鱼鳞左右[4]。大将军秉事用权[5],五侯骄奢僭盛[6],并作威福,击断自恣[7]。行污而寄治[8],身私而托公,依东宫之尊[9],假甥舅之亲,以为威重。尚书、九卿、州牧、郡守皆出其门[10],管执枢机[11],朋党比周[12]。称誉者登进[13],忤恨者诛伤[14]。游谈者助之说[15],执政者为之言。排摈宗室[16],孤弱公族[17],其有智能者,尤非毁而不进[18]。远绝宗室之任,不令得给事朝省[19],恐其与己分权。数称燕王、盖主[20],以疑上心[21],避讳吕、霍而弗肯称[22]。内有管、蔡之萌[23],外假周公之论,兄弟据重,宗族磐互[24]。历上古至秦、汉,外戚僭贵未有如王氏者也。虽周皇父、秦穰侯、汉武安、吕、霍、上官之属[25],皆不及也。以上极言王氏僭盛。

【注释】

①王氏一姓:指汉成帝舅父王凤家族。

②朱轮华毂(gǔ):红漆车轮,彩绘车毂。古代高官所乘的车。毂,车轮的中心部分,周围与车辐的一端相接,中有圆孔,用以插轴。

③青紫貂蝉:汉制印绶,公侯用紫,九卿用青,又侍中、中常侍,皆冠赵惠文冠,加黄金珰,附蝉为饰,插以貂尾。

④鱼鳞:鳞次,依次相接的样子。

⑤大将军:指王凤,汉元帝后王政君兄。初为卫尉侍中,袭爵阳平侯。成帝立,为大司马、大将军领尚书事。

⑥五侯：汉成帝河平二年（前27）封舅王谭平阿侯、王商成都侯、王立红阳侯、王根曲阳侯、王逢时高平侯，五人同日封，时人谓之五侯。僭(jiàn)：越分。指超越身份，冒用在上者的职权行事。盛：满，极点。

⑦击断自恣：自作主张。

⑧寄：托词，假托。

⑨东宫：太后所居之宫。汉制，太后居长乐宫，在未央宫东，故称太后为东宫。

⑩门：家族门第。

⑪枢机：指朝廷的机要部门及其职位。

⑫朋党比周：结党营私，排斥异己。

⑬登进：升进。引申为举用、进用。

⑭忤恨：违逆，反对。伤：诋毁，中伤。

⑮游谈：游说。

⑯排摈：排斥，摈除。

⑰孤弱：使势孤力弱。公族：诸侯或君王的同族。

⑱非毁：诋毁，责难。非，通"诽"。

⑲给事：供职。省：官署名。汉制总群臣而听政为省，治公务之所为寺。尚书、中书、门下各官署皆设于禁中，因称为省。

⑳燕王：名旦，武帝子，昭帝时谋反伏诛。盖主：昭帝姊，盖侯妻，与燕王旦同时谋反。

㉑上：君主。此指汉成帝。

㉒吕：指吕禄、吕产等。霍：指霍显、霍禹等。霍氏为宣帝后。吕、霍皆外戚谋反而伏诛，故讳言。

㉓管、蔡：即管叔、蔡叔。皆周武王弟。萌：发端，萌芽。此谓王氏家族有作乱谋反之心。

㉔磐互：交相勾连。

㉕武安：即田蚡，为孝景帝皇后同母异父弟。上官：谓上官桀，武帝
　　时官太仆。属：等辈，类。

【译文】

当今国舅王氏家族，能乘坐朱轮华毂的就有二十三人，官至公卿，
披青挂紫，饰貂附蝉，比比皆是。王大将军掌管国政，滥用权势；平阿
侯、成都侯、红阳侯、曲阳侯、高平侯五人骄横奢侈，越分行事，恃势弄
权，自作主张。他们行为浊乱却假托清明，大谋私利却假言为公，他们
仰仗太后的尊严，凭借与陛下的甥舅关系，权倾一国。尚书、九卿、州
牧、郡守等官员都出自王氏家族，他们掌握着朝廷的机要部门，结党营
私，排斥异己。称颂他们的人得到举用，而反对他们的人却遭到诋毁甚
至杀害。游说之士帮助他们进行游说，而主持政务的官员也为他们说
话。他们排斥皇族，使皇家公子们势孤力弱，对其中有智谋有才能的
人，更是非难诋毁不予提拔。皇族任职都远离京城，不能在朝廷或禁中
官署供职，生怕皇族分享了自己的权势。他们屡次提起燕王、盖主谋反
的事情，想以此使陛下疑心皇族的人，却回避提及吕氏及霍氏的作乱。
他们内有如管叔、蔡叔的谋乱之心，对外却借着像周公辅助成王的名
义，兄弟一同占据了重要职位，宗族内互相勾结，狼狈为奸。从上古时
代直到秦、汉，外戚越分称贵还没有像王氏家族这么厉害的。即使是周
朝皇甫、秦朝穰侯、汉朝武安、吕氏、霍氏、上官桀等辈，也都比不上啊。
以上竭力陈说王氏僭越之极。

物盛必有非常之变先见，为其人征象。孝昭帝时，冠石
立于泰山①，仆柳起于上林②，而孝宣帝即位。今王氏先祖坟
墓在济南者，其梓柱生③，枝叶扶疏④，上出屋⑤，根垂地中，
虽立石起柳，无以过此之明也。事势不两大⑥，王氏与刘氏
亦且不并立，如下有泰山之安，则上有累卵之危⑦。陛下为

人子孙,守持宗庙,而令国祚移于外亲⑧,降为皂隶⑨,纵不为身,奈宗庙何? 妇人内夫家、外父母家⑩,此亦非皇太后之福也。以上言王氏大则刘氏危。

【注释】

①冠石立于泰山:泰山下有石自立,三石为足,一石在上。

②仆柳起于上林:柳已僵仆枯死而更起生。上林,苑名。苑中养禽兽,供皇帝春秋打猎。

③梓:木名。落叶乔木。木质轻而易割,古常用作琴瑟及建筑木料。柱:直立若柱,并形容其高。

④扶疏:枝叶茂盛,高低疏密有致。

⑤出:高出,超出。

⑥两大:二者并大。

⑦累卵:堆垒起来的蛋,极易倾倒打碎,比喻非常危险。

⑧国祚:帝王之位。也指国家的命运。

⑨皂隶:古代贱役。后称旧时衙门的差役为皂隶。

⑩内:犹言亲近。外:犹言疏远。

【译文】

万物兴盛必定先有不同寻常的变化出现,人世兴衰也有先兆。孝昭帝时,泰山上有三石鼎足,一石自立在上;上林苑中有一棵已枯死的柳树起而复生,接着孝宣帝便登上了皇位。如今王氏家族在济南的祖坟,周围的树木长得笔直高大,枝繁叶茂,上面已高过屋舍,下面的根须则深入地中,即使石头自立、柳树复生的征兆也比不上这个明显啊。事情的趋势总是二者不能并大,王氏家族与刘氏宗族也不能并立于朝廷,如果下属有着像泰山一样安稳的地位,那么上层统治者就会面临随时倾倒的危险。陛下身为先人子孙,理应守业持国,然而却任国家命运操纵于外戚之手，自己却降到了衙役的地位，纵使不为自己考虑，国家该怎么办呢？而且作为妇人，应该重视夫家而疏远外家，现在这样，也不是皇太后的福分啊。以上讲王氏壮大则刘氏倾危。

　　孝宣皇帝不与舅平昌、乐昌侯权①，所以全安之也。夫明者起福于无形②，销患于未然。宜发明诏③，吐德音④，援近宗室，亲而纳信⑤；黜远外戚⑥，毋授以政，皆罢令就第⑦，以则效先帝之所行⑧，厚安外戚，全其宗族，诚东宫之意、外家之福也。王氏永存，保其爵禄；刘氏长安，不失社稷。所以褒睦外内之姓⑨，子子孙孙无疆之计也。如不行此策，田氏复见于今，六卿必起于汉，为后嗣忧。昭昭甚明⑩，不可不深图，不可不蚤虑⑪。《易》曰："君不密则失臣，臣不密则失身，几事不密则害成⑫。"唯陛下深留圣思，审固几密⑬，览往事之戒⑭，以折中取信，居万安之实⑮，用保宗庙，久承皇太后⑯，天下幸甚！以上请黜远王氏。

【注释】

①平昌、乐昌侯：指平昌侯王无故、乐昌侯王武，二人都是孝宣皇帝的舅父。

②明者：明智的人。

③明诏：对皇帝诏令的敬称。

④德音：犹德言，指合乎仁德的言语、教令。

⑤纳信：信任。

⑥黜（chù）：贬，罢免。

⑦就第：指免职回家。

⑧则效：效法。

⑨褒睦：褒重敦睦。

⑩昭昭：明白。

⑪蚤：通"早"。

⑫"君不密则失臣"几句：出自《周易·系辞》。密，慎密。失身，丧失生命。几事，机密的事。

⑬审固几密：仔细观察事情的细微征兆。审，仔细观察，研究。几，隐微，征兆。

⑭览：采纳，接受。

⑮居：处于。万安：万全。

⑯承：奉承。

【译文】

　　而孝宣皇帝没有给他的舅父平昌侯和乐昌侯大权，才使他们得到平安保全啊。明智的人总能在无形中给自己带来福气，在灾祸尚未形成之前把它消除掉。陛下应当颁发诏书，阐发德言，把皇族招近身边，亲近并信任他们；疏远外戚，不要让他们管理朝政，罢免他们的职务，使他们各归其宅，以效法先帝的做法，好好地安置外戚，保全其宗族，这确实也是太后的愿望、外戚的福分啊。这样，王氏家族可以长存，并保有爵位和俸禄；而刘姓江山也可以长治久安，国家政权就不会丧失。这是使皇族与外戚宗族和睦相处，子孙万代无穷无尽的计策呀。如果不实行这一措施，当今必会出现另一个田氏，而六卿之流又会在汉王朝兴起，使人不由得为后代子孙忧虑万分。这是很清楚明白的事，陛下不可不深谋远虑，早作谋划。《周易》说："国君不慎密就会失去大臣，大臣不慎密就会丢失性命，机密之事不慎密就会招致祸害。"希望陛下深思熟虑，体察入微，接受以往的教训，不偏不倚以取信于人，处于万全的地位，以保全国家，并长久地奉承皇太后，如此则天下大幸啊！以上请求罢黜、远离王氏。

匡衡

匡衡，生卒年不详，字稚圭，东海承县（今山东枣庄）人。西汉经学家。汉宣帝时射策甲科，除为太常掌故，调补平原文学。汉元帝时为郎中，迁博士。多以儒家纲常上疏纳谏，由是任光禄勋、御史大夫。建昭三年（前36）为丞相，封安乐侯。汉成帝时罢官，免为庶人。

上政治得失疏

【题解】

此疏上奏于元帝永光二年（前42）。其主要内容是向皇帝建议应遵从儒家道德规范，提高君王威信，严明法纪，虚心纳谏，远奸佞，近忠贤，教化上下，治理好国家。行文直达己见，语词婉转恳切。

臣闻五帝不同礼，三王各异教。民俗殊务①，所遇之时异也。陛下躬圣德，开太平之路，闵愚吏民触法抵禁②，比年大赦③，使百姓得改行自新，天下幸甚。臣窃见大赦之后，奸邪不为衰止，今日大赦，明日犯法，相随入狱，此殆导之未得其务也。

【注释】

①民俗：民间习俗。殊务：不同的追求。

②闵（mǐn）：怜悯。

③比年：每年，连年。

【译文】

臣听说五帝实行的礼是不相同的，三王对百姓的教化也是不相同的。这是因为民间习俗所追求的各不相同，时代也各不相同。当今陛下身体力行，以圣德为国家开辟太平道路，怜悯愚昧的官吏和百姓触犯法律禁令，连年实行大赦，使百姓得到改过自新的机会，这是国家的大幸。但根据臣私下的考察，大赦以后，作奸犯科者并没有减少和停止，今日得赦出牢，明日重新犯法，前后相连，一个个进了监狱，这是由于训导他们没有抓住要害。

盖保民者，陈之以德义①，示之以好恶，观其失而制其宜，故动之而和，绥之而安。今天下俗贪财贱义，好声色，尚侈靡，廉耻之节薄，淫辟之意纵，纲纪失序，疏者逾内②，亲戚之恩薄，婚姻之党隆，苟合侥幸，以身没利。不改其原③，虽岁赦之，刑犹难使，错而不用也。以上言屡赦而奸不止，因陈俗之贪薄。

【注释】

①陈：述说。

②疏：疏远。指外戚。内：亲近。指刘氏宗亲。

③原：根本。

【译文】

真正保护百姓，就要向他们陈述德义，向他们讲明什么是好，什么是坏，并且要察看他们的过失而及时制定对策，这样才能做到国家的举动对他们来讲是和顺的，朝廷对他们的安抚能使他们安宁。现在天下的风气，贪图财利，轻视道义，喜好声色，崇尚豪华奢侈，廉耻节操观念淡薄，放纵邪恶意念深重，朝纲政纪失序，对外戚的亲近超越了对同姓骨肉的亲近，亲属之间的感情淡薄，而用婚姻结党的关系却深厚，苟且结合，以图侥幸，全身心来攫取财富。如不从根本上改变这种状况，虽然每年都在赦免，仍不能使刑法搁置不用。以上讲多次赦免而奸邪不止，沿袭着旧俗的贪婪、偷薄。

　　臣愚以为宜壹旷然大变其俗。孔子曰："能以礼让为国乎？何有^①?"朝廷者，天下之桢干也^②。公卿大夫相与循礼恭让，则民不争；好仁乐施，则下不暴；上义高节，则民兴行；宽柔和惠，则众相爱。四者，明王之所以不严而成化也。何者？朝有变色之言，则下有争斗之患；上有自专之士，则下有不让之人；上有克胜之佐，则下有伤害之心；上有好利之臣，则下有盗窃之民；此其本也。今俗吏之治，皆不本礼让而上克暴，或忮害^③，好陷人于罪。贪财而慕势，故犯法者众，奸邪不止，虽严刑峻法，犹不为变。此非其天性，有由然也。

【注释】

①能以礼让为国乎？何有：出自《论语·里仁》。

②桢干：筑墙时所用的木柱，竖于两端的叫"桢"，竖于两旁的叫"干"。引申为根本、骨干。

③忮（zhì）害：妒忌陷害。

【译文】

臣愚拙地认为,应当大刀阔斧地极大地改变这种社会风气。孔子说过:"能用礼义谦让来治理国家吗? 那么还有什么困难的呢?"朝廷,犹如筑墙时所用的木柱,对国家举足轻重。公卿大夫们如果互相之间遵循礼义、恭谦推让,下面的百姓们就不会互相争闹;朝廷喜爱仁义,乐于施惠,百姓就不会暴乱;朝廷崇尚高德大义,百姓就能兴起好的德行;朝廷有宽容、和顺的美德,百姓就会相互敬重和爱护。这四种美德情操,是圣明的君主不实行严刑而促成教化的结果。为什么这样说呢?朝廷的高官如果有怒目相争的言论,下级官吏和平民百姓就会有争闹斗殴的忧患;上面有专弄权势的人,那么下面就有不谦让恭顺的人;上面有好胜害人的辅臣,那么下面就有互相伤害的心机;上面有贪利的大臣,那么下面就有盗窃的百姓;这就是朝廷所显示的根本作用。当今的社会风气,是在吏治方面没有本着谦恭礼让的原则,而崇尚的是争强好胜、暴力争斗,甚至有嫉妒打击,喜好把别人陷于罪责之中。贪婪财富,羡慕权贵,所以犯法的人很多,奸邪得不到抑制,即使用严刑峻法,仍改变不了。这并非是百姓原有的本性,而是有深刻的原因。

臣窃考《国风》之诗《周南》《召南》,被贤圣之化深,故笃于行而廉于色①。郑伯好勇,而国人暴虎②;秦穆贵信,而士多从死③;陈夫人好巫④,而民淫祀;晋侯好俭⑤,而民畜聚;太王躬仁⑥,邠国贵恕⑦。由此观之,治天下者审所上而已。以上言下之俗本于上之化。

【注释】

①廉:收敛。

②郑伯好勇,而国人暴虎:郑伯,郑庄公,春秋时郑国国君,名寤生,

　　武公之子。郑庄公好勇，其弟太叔空手搏虎，取而献之。暴虎，
　　空手搏虎。
　③秦穆贵信，而士多从死：秦穆公与群臣饮酒，酒至酣，公曰："生共
　　此乐，死共此哀。"于是奄息、仲行、铖虎许诺。及公薨，皆从死。
　④陈夫人好巫：胡公夫人，周武王之女，名大姬，无子，好祭鬼神，鼓
　　舞而祀。
　⑤晋侯好俭：指晋昭公，春秋时晋国国君。生性节俭。
　⑥太王：即古公亶（dǎn）父，周文王祖父。周族自公刘起，迁居邠
　　地。商末遭戎狄侵扰，国人欲战。古公曰："以我之故，杀人父子
　　而居之，予不忍也。"乃率族人避于岐山周原，邠人举国从之。
　⑦邠（bīn）国：古国名。周先人公刘迁居于此，故地在今陕西彬县。

【译文】

　　臣私下考察过《诗经·国风》中的篇章《周南》和《召南》，浸透了贤
德圣明的教化，所以德行修养深厚，且在声色方面很是收敛。郑庄公喜
爱勇敢，国人就赤手空拳与老虎搏斗；秦穆公强调信义，死后许多大臣
以身殉葬；胡公夫人爱好祭祀鬼神，百姓随之而妄滥祭祀鬼神；晋昭公
十分节俭，百姓随之安居乐业；古公亶父厉行仁义，随同他迁居邠地的
百姓看重宽恕。由此看来，治理天下的人，该慎重的只是崇尚什么而
已。以上讲下民的风俗来源于在上位者的教化。

　　今之伪薄忮害，不让极矣。臣闻教化之流，非家至而人
说之也。贤者在位，能者在职，朝廷崇礼，百僚敬让，道德之
行由内及外，自近者始，然后民知所法，迁善日进而不自知。
是以百姓安，阴阳和，神灵应而嘉祥见。《诗》曰："商邑翼
翼，四方之极。寿考且宁，以保我后生①。"此成汤所以建至
治、保子孙、化异俗而怀鬼方也②。今长安天子之都，亲承圣

化,然其习俗无以异于远方。郡国来者,无所法则,或见侈
靡而放效之③。此教化之原本、风俗之枢机,宜先正者也。
以上言教化自近者始,宜先正长安帝都。

【注释】

①"商邑翼翼"几句:出自《诗经·商颂·殷武》。商邑,王都。翼
翼,繁盛的样子。寿考,长寿。

②鬼方:古族名。商周时游牧于西北地区。这里指周边地区。

③放(fǎng)效:即仿效。

【译文】

当今的社会,虚伪、薄情、嫉妒之风盛行,不行礼让的现象盛极一
时。臣听说教化一类的事情,并不是挨家挨户地拜访,也不必见人就去
劝说。贤德的人应当在位,有才干的人应当在职,朝廷崇尚礼义,文武
大臣互相敬重和谦让,道德教化的推行,由内及外,从最亲近的人开始,
然后百姓才知道以什么人为榜样,日益向善,而自己还不知道。这样,
百姓安宁,阴阳二气调和,上苍神灵保佑,而祥瑞也就会呈现。《诗经》
说:"商朝京都堂皇,处在四方的中央。商王长寿又安康,保佑我们后嗣
子孙。"这说的是成汤建立最完美的政治,保全子孙,改变恶习而安抚鬼
方。今日的长安,是天子的都城,老百姓亲自接受圣人的教化,可是社
会风气跟边远地方没什么两样。各郡国、各封邑的人们到京城,没有可
以效法的对象,有些却学会了奢侈浪费。都城是推行教化最根本的所
在,也是培养社会风气最关键的地方,应该最先纠正。以上讲教化从近处
开始,应该先纠正帝都长安。

臣闻天人之际,精祲有以相荡①,善恶有以相推,事作乎
下者,象动乎上。阴阳之理,各应其感,阴变则静者动,阳蔽

则明者暗，水旱之灾，随类而至。今关东连年饥馑，百姓乏困，或至相食。此皆生于赋敛多，民所共者大，而吏安集之不称之效也。陛下祇畏天戒，哀闵元元，大自减损，省甘泉、建章宫卫，罢珠厓②，偃武行文，将欲度唐、虞之隆，绝殷、周之衰也。诸见罢珠厓诏书者，莫不欣欣，人自以将见太平也。宜遂减宫室之度，省靡丽之饰，考制度，修外内，近忠正，远巧佞，放郑、卫，进《雅》《颂》，举异材，开直言，任温良之人，退刻薄之吏，显絜白之士，昭无欲之路，览六艺之意，察上世之务，明自然之道，博和睦之化，以崇至仁，匡失俗，易民视，令海内昭然，咸见本朝之所贵，道德宏于京师，淑问扬乎疆外③。然后大化可成、礼让可兴也。以上因天灾征应遂，言宜崇廉让忠直。

【注释】

①祲（jìn）：日旁云气。古人认为此由阴阳二气相互作用而发生，能预示吉凶。常指妖气，不祥之气。

②珠厓：珠厓郡，今海南琼山东南。元帝时，珠厓郡百姓苦于官吏压迫，屡起反抗。朝臣中有反对用兵、主张放弃珠厓之议，于初元三年（前46）诏罢珠厓郡。

③淑问：美好的名声。问，通“闻”。声誉。

【译文】

臣听说天人之间，精气互相摇荡，善恶互相推展，下面有所行动，在上面可以看出迹象。阴阳的法则各有感应，太阴变化则地震，太阳被遮蔽则日蚀，而水灾、旱灾之类的灾祸随之而至。目前，关东连年遭受饥馑灾害，百姓困苦，甚至出现食人的惨象。这些都是赋税征收过重，百姓输出太多，而官吏们不加体恤的结果。陛下敬畏上天的警告，怜悯百姓，就要大大减少开支费用，省去甘泉宫、建章宫的侍卫，罢废珠厓郡，停息武备，修明文教，来达到唐尧、虞舜时的隆盛，杜绝殷、周末年的衰微。当人们看到罢废珠厓郡的诏令后，没有一个不高兴的，都认为将要出现太平盛世了。应当逐步减少皇宫费用，节省开支，考究国家制度，整顿朝廷内外，亲近忠良正直的人，疏远虚伪不实、逢迎讨好的人，放弃郑、卫的靡靡之音，采进《雅》《颂》这样典雅的音乐，推举有各种本领的人才，广开直言纳谏的门路，任用温和贤良的官员，斥退刻薄奸佞的官吏，表扬清白的人士，明示无欲之路，体会六艺之意，探察古时世务，晓明自然之道，广泛地推行和睦的教化，推崇大仁大义，匡正已败坏的不良习俗，改变老百姓效法的东西，使得海内外清清楚楚，都看到我汉朝所崇尚的是什么，使高尚的道德在京师先得以弘扬，让美好的名声传播海外。然后广大的教化可以完成，礼义谦让的美德可以兴起。以上借天灾征验，来说明应该廉洁、礼让、忠诚、正直。

论治性正家疏

【题解】

　　这是一篇与皇帝谈论修身、正家的奏疏，上奏于汉元帝永光五年（前39）。作者从正统的儒家思想出发，劝谏君王要遵守儒家治国传统，不要随意改变纲常伦理，以巩固皇权的根基。

　　臣闻治乱安危之机，在乎审所用心①。盖受命之王，务在创业垂统，传之无穷；继体之君，心存于承宣先王之德，而褒大其功。昔者成王之嗣位，思述文、武之道以养其心②，休烈盛美，皆归之二后而不敢专其名，是以上天歆享，鬼神佑焉。其《诗》曰："念我皇祖，陟降庭止③。"言成王常思祖考之业，而鬼神佑助其治也。

【注释】

①审：慎重。

②文、武：周文王和周武王。

③念我皇祖，陟降庭止：出自《诗经·周颂·闵予小子》。我，原文作"兹"。皇祖，伟大的祖父。指文王。陟降，上下，即提升和降级。

【译文】

我听说治乱安危的关键，在于人君是不是慎重用心。接受天命的君主，重任在于开创大业，世代承传，无穷无尽；而继任的君王，心思要放在继承和发扬祖先的仁德而且扩大其功业上。过去，周成王继承王位后，追思祖父周文王、父亲周武王事业成功之道，用来培养自己的心性，把美好的声誉和事业成功的荣耀，都归功于祖父和父亲两位先王，而自己不敢居功自傲，因此，上天很高兴地享受他的祭祀供品，连鬼神都来保佑他。《诗经》写道："想念我的祖父周文王，他上上下下直道而行。"讲的是成王常常思念祖父和父亲奠定的基业，而鬼神佑助成王来治理国家。

陛下圣德天覆，子爱海内。然阴阳未和，奸邪未禁者。殆议论者未丞扬先帝之盛功，争言制度不可用也，务变更之。所更或不可行，而复复之，是以群下更相是非，吏民无所信。臣窃恨国家释乐成之业，而虚为此纷纷也。愿陛下详览统业之事，留神于遵制扬功，以定群下之心。《大雅》曰："无念尔祖，聿修厥德①。"孔子著之《孝经》首章，盖至德之本也^②。以上言遵守旧章，不宜纷更。

【注释】

①无念尔祖，聿（yù）修厥德，出自《诗经·大雅·文王》。聿，用在
　句首的助词。厥德，即其德。厥，其。

②至德：最高的道德。

【译文】

　　陛下圣明仁德，像天一样覆盖大地，像爱护自己儿女一样爱护百
姓。可是阴阳没有得到调和，奸诈邪恶也没有得以禁止。这或许是由
于做臣子的未能发扬光大先帝的盛大功业，反而争先恐后地抨击过去
的法令规章不可用，并且坚持要加以改变。然而许多制度改变了以后
无法执行，只好再恢复原状，结果造成在下任职的人发生是非纠纷，官
吏和百姓无所遵从。臣私下深感遗憾的是，国家放弃了人心所乐的业
已成功的事业，而徒劳无功地去做那些纷乱的事情。但愿陛下仔细回
顾一下世代相传的事业，留意遵守先帝的法规制度，弘扬先帝奠定的基
业，以安定文武群臣的心。《诗经·大雅·文王》讲："牢记祖德不能忘，
且把品德来修养。"孔子把这种教导写在《孝经》的首章，因为这是达到
最高道德的根本途径。以上讲遵守旧的典章制度，不宜变乱更易。

　　传曰："审好恶，理情性，而王道毕矣。"能尽其性，然后
能尽人物之性；能尽人物之性，可以赞天地之化^①。治性之
道，必审己之所有余，而强其所不足^②。盖聪明疏通者，戒于
大察；寡闻少见者，戒于雍蔽；勇猛刚强者，戒于大暴；仁爱
温良者，戒于无断；湛静安舒者，戒于后时；广心浩大者，戒
于遗忘。必审己之所当戒，而齐之以义，然后中和之化应，
而巧伪之徒不敢比周而望进。唯陛下戒，所以崇圣德。以上

言治性当戒其所不足。

【注释】

①"能尽其性"几句：出自《中庸》。

②强（qiǎng）：勉力。

【译文】

传说："仔细审察什么是好、什么是坏，修养自己的思想品性，王道也就达到了。"能够尽力发挥自己的本性，才能尽知他人和万物的本性；能够尽知他人和万物的本性，才能够赞助天地万物的化育。修养本性的方法，就是要知道自己的长处，弥补自己的缺陷。聪明通达的人要警惕苛察，见识不广的人要警惕被蒙蔽，勇猛刚强的人要警惕过于暴烈，仁爱温良的人要警惕没有决断，恬淡安静的人要警惕丢失时机，胸襟宽广的人要警惕疏忽大意。必须了解自己所应当注意纠正的缺点，用大义来弥补不足，这样才能达到万事和顺的境地，那些伪善的乖巧之徒才无法拉帮结派而企望进用。请求陛下时时警惕，使圣德更为崇高。以上讲修养本性应当警惕自己的不足。

臣又闻室家之道修，则天下之理得，故《诗》始《国风》，《礼》本《冠》《婚》。始乎《国风》，原情性而明人伦也；本乎《冠》《婚》，正基兆而防未然也。福之兴莫不本乎室家，道之衰莫不始乎梱内①。故圣王必慎妃后之际，别嫡长之位，礼之于内也，卑不踰尊②，新不先故，所以统人情而理阴气也。其尊嫡而卑庶也，嫡子冠乎阼③，礼之用醴，众子不得与列，所以贵正体而明嫌疑也。非虚加其礼文而已，乃中心与之殊异，故礼探其情而见之外也。圣人动静游燕所亲，物得其序，得其序则海内自修，百姓从化。如当亲者疏，当尊者卑，则佞巧之奸，因时而动，以乱国家。故圣人慎防其端，禁于未然，不以私恩害公义④。陛下圣德纯备，莫不修正，则天下无为而治。《诗》云："于以四方，克定厥家⑤。"传曰："正家而天下定矣⑥。"以上言正家当别嫡庶。

【注释】

①梱（kǔn）：门限。

②隃（yú）：通"逾"。逾越，超过。

③阼（zuò）：大堂东面的台阶，主人迎接宾客的地方。天子、诸侯朝觐、祭祀也从东面的台阶上下，以示尊贵。

④私恩：私人的恩惠。公义：公正的义理。

⑤于以四方，克定厥家：出自《诗经·周颂·桓》。以，通"有"。克，能。

⑥正家而天下定矣：出自《周易·家人卦》象传。

【译文】

臣又听说，如果家庭祥和，天下自然就治理得好，所以《诗经》从《国风》开始，《礼记》以《冠义》《婚义》作为根本。从《国风》开始，是追溯本性的根本而明白人伦关系；以《冠义》《婚义》作为根本，是奠定好基础而防患于未然。幸福美满的根本在于家庭，道德衰落沦丧的关键也在家门之内。所以圣明的君王必须处理好妃嫔与皇后之间的关系，注意区别嫡子与庶子的不同地位，把礼仪规范纳入自己家庭内，地位低下的人不能超过地位尊贵的人，新来的人不能高于原来的人，这样才合乎人情，理顺阴气。嫡子地位尊贵，庶子地位低下，嫡子成年时，举行冠礼，要在东面台阶上隆重举行，使用甘甜美酒祝贺，其余的儿子不能用这种仪式，目的在于显示嫡子的尊贵，使其立于无可争议的地位。这不仅仅是表面的礼节仪式，而是内心对待嫡子与其他儿子有截然不同之处，所以用正规礼仪,把真情实感显露在外。圣人的一举一动,凡所亲近的人和物都要有一定次序;有一定次序,天下百姓就会进行自我修养,顺从教化。如果该当亲近的人反而疏远了,该当尊贵的人反而低贱了,那么一些乖巧邪恶之辈就会乘机而起,扰乱国家。所以圣人须谨慎小心,防止出现坏的开端,在祸乱未起之前加以禁止,绝不能因私人的恩惠伤害公正的义理。陛下圣德纯正完备,没有不遵循正道的,那么天下自然无为而治了。正如《诗经》所说:"于是拥有四方,能安定我们家。"又如《易传》所说:"家庭端正和睦,天下就会安定。"以上讲使家庭关系正常有序应当区别嫡庶。

戒妃匹劝经学威仪之则疏

【题解】

这篇疏上奏于汉元帝竟宁元年(前33)。作者以儒家纲常伦理为指导,劝谏皇帝修身养性,实行合乎礼仪规范的婚姻来整治后宫,并深习六经,以明德义,威严仪表,整肃朝纲政纪,达到天下大治。全疏条理明晰,疏密有致。

陛下秉至孝,哀伤思慕不绝于心,未有游虞弋射之宴①,诚隆于慎终追远②,无穷已也。窃愿陛下虽圣性得之,犹复加圣心焉。《诗》云"茕茕在疚"③,言成王丧毕思慕,意气未能平也,盖所以就文、武之业,崇大化之本也。以上总起。

【注释】

①游虞:嬉戏娱乐。虞,通"娱"。
②慎终追远:谨慎恭敬地处理父母的丧事,追念远代祖先。

③茕茕（qióng）在疚：出自《诗经·周颂·闵予小子》。表示孤独哀
　　伤、无所依靠的样子。在疚，在忧患痛苦之中。

【译文】

　　陛下天性非常孝顺，对先帝的哀伤思念之情永存内心，没有游乐射
猎的欢娱，确实重视谨慎恭敬地处理丧事，追念远代祖先，没有穷尽。
臣私下希望陛下虽然得到这样好的天性，仍能不断用圣人的心去加强
它。《诗经》说"无依无靠，多么忧伤"，这是形容成王处理丧事后思念祖
先，内心的忧郁之情难以排解，这也正是成王之所以能够继承文王、武
王的功业，并加以发扬光大的根本原因。以上总起。

　　臣又闻之师曰："妃匹之际，生民之始，万福之原。婚姻
之礼正，然后品物遂而天命全。"孔子论《诗》以《关雎》为始，
言太上者民之父母①，后夫人之行，不侔乎天地，则无以奉神
灵之统，而理万物之宜。故《诗》曰："窈窕淑女，君子好
仇②。"言能致其贞淑，不贰其操。情欲之感，无介乎容仪；宴
私之意，不形乎动静。夫然后可以配至尊而为宗庙主。此
纲纪之首、王教之端也。自上世已来，三代兴废，未有不由
此者也。愿陛下详览得失盛衰之效，以定大基，采有德，戒
声色，近严敬，远技能。以上戒妃匹。

【注释】

　　①太上：居于最尊贵的地位。
　　②窈窕淑女，君子好仇（qiú）：出自《诗经·周南·关雎》。仇，配偶。

【译文】

　　臣记得先师说过："夫妻婚配的时候，是人生的开始，万种幸福的源
头。婚姻礼仪端庄周正，然后事物成就，天命齐备。"孔子议论《诗经》，

从《关雎》入手，讲的是居于尊贵地位的人，是百姓的父母，如果妃后、夫人的德行与天地运行不相符合，那就不可能有敬奉神灵的体统来条贯万事万物的事理。所以《诗经》说："美丽善良的姑娘，有位好青年想和她配成双。"意思是女子坚守节操，忠贞不贰。情趣欲望的感受，不系于容貌仪表；游宴玩耍的意愿，不见乎行动止息。这样才可以与至尊的君王结成婚姻，共同成为国家的统治者。所以说婚姻是纲纪的起首、礼教的开端。自从上古以来，夏、商、周三个朝代的兴起和衰落，没有不以此为缘由的。希望陛下考查过去历史的得失兴衰，用以巩固皇朝根本，要物色有品性的人，戒除靡靡之音和女色，接近严肃谨慎的人，远离花言巧语、诡计多端的人。以上劝诫夫妻婚配之事。

　　窃见圣德纯茂，专精《诗》《书》，好乐无厌。臣衡材驽，无以辅相善义，宣扬德音。臣闻六经者，圣人所以统天地之心、著善恶之归、明吉凶之分、通人道之正、使不悖于其本性者也。故审六艺之指，则天人之理可得而和，草木昆虫可得而育，此永永不易之道也。及《论语》《孝经》，圣人言行之要，宜究其意。以上劝经学。

【译文】

　　臣私下看见陛下的圣德纯良美好，专心学习《诗经》《尚书》，喜好正声雅乐毫不满足。臣匡衡才识浅薄，不能辅助陛下美好的道义，宣扬陛下仁德的言论。臣听说六经是圣人用来统御天下人心、指明善恶的结局、明示吉凶的分别、指示做人的正道、让人们不要违背本性的著作。所以考察六经的核心主旨，可以使天人关系的道理明白和顺，使草木昆虫万物得以养育，这是亘古不变的道理。还有《论语》《孝经》，也都是圣人们重要言行的记录，应探求其中的深刻道理。以上劝谏学习经学。

　　臣又闻圣王之自为动静周旋，奉天承亲，临朝飨臣，物有节文，以章人伦。盖钦翼祗栗^①，事天之容也；温恭敬逊，承亲之礼也；正躬严恪^②，临众之仪也；嘉惠和说，飨下之颜也。举错动作，物遵其仪，故形为仁义，动为法则。孔子曰："德义可尊，容止可观，进退可度，以临其民，是以其民畏而爱之，则而象之^③。"《大雅》云："敬慎威仪，惟民之则^④。"诸侯正月朝觐天子，天子惟道德，昭穆穆以视之^⑤，又观以礼乐，飨醴乃归。故万国莫不获赐祉福，蒙化而成俗。今正月初幸路寝^⑥，临朝贺，置酒以飨万方。《传》曰"君子慎始"^⑦，愿陛下留神动静之节，使群下得望盛德休光，以立基桢^⑧，天下幸甚！以上威仪之则。

【注释】

①钦翼：恭敬、谨慎。祗(zhī)栗：敬慎，恐惧。

②严恪(kè)：严肃谨慎恭敬。

③"德义可尊"几句：出自《孝经》。

④敬慎威仪，惟民之则：出自《诗经·大雅·抑》。

⑤穆穆：仪容恭顺端庄。

⑥路寝：古代天子、诸侯的正厅。

⑦君子慎始：出自《周易·系辞》。

⑧基桢：根基，引申为准则、榜样。基，建筑物的根脚。桢，筑墙时两端的柱子。

【译文】

　　臣又听说圣明君王的所作所为，无论动静周旋，奉天之命，承亲之意，还是当朝处理国事，宴飨群臣，事事都有节制法度，以发扬人伦的美德。敬慎小心，是侍奉上天的仪容；和悦恭顺谨慎，是侍奉祖先的礼仪；

正直慎重恭敬,是统御百官群臣的原则;施予恩惠,和颜悦色,是对待臣下的态度。举止行为,凡事都要遵循一定的礼仪规范,因此在外貌形象上是一副仁义容颜,一举一动都可以成为效法的榜样。孔子说:"君王的仁德道义可以尊崇,容貌行止可以观察,前进后退可以衡量,这样治理他的百姓,因此他的百姓既敬畏又爱戴他,以他为榜样。"《诗经·大雅·抑》讲:"谨慎你的仪表,百姓就会效仿你。"诸侯们在每年正月朝觐天子,天子只显示道德,表露端庄,让他们真实看到天子的威严,又让诸侯们观看礼仪和音乐,受到丰盛的招待后,方才返回各自封邑。这样诸侯们一个个受到天子赐予的大福大贵,使他们接受感化而形成习惯。今年正月初一陛下初次驾临正殿,接受文武百官的朝贺,设置筵席,慰劳四方。《易传》说"君子开始时就要谨慎",希望陛下留意行动和止息的仪节,让臣子们得以仰望高贵品德的光彩,为国家奠立坚固的基础和准则,那么天下就很有希望,很可庆幸了! 以上讲威仪的准则。

贾让

贾让，生卒年不详，汉哀帝时为议郎、待诏。《汉书·沟洫志》载，哀帝初年，天下大臣讨论治河问题。丞相孔光、大司空何武奏请部刺史、三辅、三河、弘农太守推荐能处理这一问题的人，没有人能做到。贾让上《治河议》，陈奏治河之策，是为历代有关治河问题的经典名论。

治河议

【题解】

本文是一篇奏议，用来陈述作者在治理黄河问题上的意见。文章分上、中、下三种策略讨论了治河之道。由于作者掌握了丰富的第一手资料，以亲身考察所得为论据，所以剖析利弊能深中肯綮，特别具有说服力。文章以具体地点为分析对象，把治河同防洪、防旱、灌溉乃至徭役、财务支出等联系起来，论证既具有宏观性又具有可操作性，因此有一定的科学价值，被人称为治水者之祖。全文务实不虚，开门见山，要言不烦，是一篇好文章。

治河有上、中、下策。古者立国居民，疆理土地，必遗川泽之分①，度水势所不及。大川亡防，小水得入；陂障卑下②，以为污泽③，使秋水多，得有所休息；左右游波，宽缓而不迫。夫土之有川，犹人之有口也。治土而防其川，犹止儿啼而塞其口，岂不遽止④？然其死可立而待也。故曰："善为川者，决之使道；善为民者，宣之使言。"盖堤防之作，近起战国，雍防百川，各以自利。齐与赵、魏以河为竟，赵、魏濒山，齐地卑下，作堤去河二十五里。河水东抵齐堤，则西泛赵、魏，赵、魏亦为堤，去河二十五里。虽非其正，水尚有所游荡。时至而去，则填淤肥美，民耕田之。或久无害，稍筑室宅，遂成聚落。大水时至漂没，则更起堤防以自救，稍去其城郭，排水泽而居之，湛溺自其宜也。今堤防狭者，去水数百步，远者数里。近黎阳南故大金堤⑤，从河西西北行，至西山南头，乃折东，与东山相属。民居金堤东，为庐舍，往十余岁，更起堤，从东山南头直南，与故大堤会。又内黄界中，有泽方数十里，环之有堤。往十余岁，太守以赋民⑥，民今起庐舍其中，此臣亲所见者也。东郡白马故大堤⑦，亦复数重，民皆居其间。从黎阳北尽魏界，故大堤去河远者数十里，内亦数重，此皆前世所排也。河从河内，北至黎阳，为石堤，激使东；抵东郡平刚，又为石堤，使西北；抵黎阳观下⑧，又为石堤，使东北；抵东郡津北，又为石堤，使西北；抵魏郡昭阳⑨，又为石堤，激使东北。百余里间，河再西，三东，迫厄如此⑩，不得安息。

【注释】

①遗：留下，保留。

②陂（bēi）：山坡。

③污泽：积水的洼地。污，低洼。

④遽：仓促，匆忙。

⑤黎阳：汉县名。故城在今河南浚县东北。

⑥赋民：给予百姓。赋，给予。

⑦东郡：秦取魏地置郡，以在秦国东面，故名东郡，治所在今河南濮阳。白马：东郡县名。故城在今河南滑县东南。

⑧观：即观县，汉县名。故地在今河南清丰东南。

⑨魏郡：辖境相当于今河北大名、魏县，河南滑县、浚县，山东冠县等地，治所在今河北临漳西南。

⑩迫厄：犹困厄。

【译文】

治河有上、中、下三策。古代建立城郭安置百姓，开辟土地，一定保留河流湖沼的区域，度量水势不可能危及的地点。大的江河没有堤防，细小的水流得以汇入；地势不平而又低下的地方，则为沼泽地，以使秋天过多的水得以蓄积；河水或左或右，宽阔而缓慢地流去，并不显得急促。大地有河水，就好像人有嘴巴。修整土地而堵塞江河，就如同堵住婴儿的嘴巴，使他不啼哭一样，哭怎能不仓促地止住呢？可死亡也就马上到来了。所以说："善于治水的人，开通河道疏导它；善于治理百姓的人，引导他们开口讲话。"建立堤坝，近代开始于战国时期，堵塞无数江河，是各自求得私利。齐国同赵国、魏国以黄河为界，赵国、魏国靠近山，齐国地势低下，修筑了离河二十五里的大堤。河水泛滥抵达齐堤的时候，就向西淹赵国和魏国，赵国、魏国也离河二十五里修筑大堤。这样做尽管不是正道，而河水还是有回旋的余地。过了泛滥季节退去，淤泥肥沃，百姓可以耕耘种田。有的很久没有水灾，便渐渐修建房屋，于是形成村落。洪水一来不免被淹没，就再修筑堤坝来自救，离城郭不太远，排除沼泽而居住，被淹没是不可避免的。现在的大堤近的离水几百步,远的数里。黎阳南原大金堤,从河西向西北走向,到了西山南头才折向东,和东山相连接。居民住在大金堤以东,建造住房,过了十几年又建了大堤,从东山南头一直向南,同原先的大金堤相接。还有内黄境内有沼泽,方圆数十里,环绕着堤坝。十几年前,太守以堤中之地给百姓耕种,现在百姓住在里面,这是臣亲眼见到的。东郡白马县原大堤,也是有好几道,百姓都住在大堤里面。从黎阳北到魏地,原先的大堤离河远的数十里,里面也是好几道堤坝,这是先代所不做的。黄河从河内北流黎阳,人们修筑了石堤,迫使河水向东流;到东郡平刚,又修筑了石堤,迫使河水流向西北;到黎阳、观县,又修筑了石堤,迫使河水转向东北;抵达东郡津北,又修筑了石堤,迫使河水流向西北;抵达魏郡昭阳,又修筑了石堤,迫使河水再流向东北。在一百来里之内,河水两次向西,三次向东,困厄到如此程度,不可能平安无事。

今行上策,徙冀州之民当水冲者①,决黎阳遮害亭②,放河使北入海。河西薄大山,东薄金堤,势不能远泛滥,期月自定。难者将曰:"若如此,败坏城郭田庐冢墓以万数,百姓怨憾。"昔大禹治水,山陵当路者毁之,故凿龙门③,辟伊阙④,析底柱⑤,破碣石⑥,堕断天地之性。此乃人功所造,何足言也?今濒河十郡治堤,岁费且万万,及其大决,所残亡数。如出数年治河之费,以业所徙之民,遵古圣之法,定山川之位,使神人各处其所而不相奸。且以大汉方制万里,岂其与水争咫尺之地哉?此功一立,河定民安,千载亡患,故谓之上策。以上言上策。

【注释】

①冀州:汉代州名。辖境相当于今河北中南部、河南北部和山东

西部。

②遮害亭：在今河南滑县西南，旧时为黄河经过之处。

③龙门：在今陕西韩城东北。

④伊阙：山名。在今河南雒阳南。

⑤底柱：山名。在今河南三门陕东北黄河中。

⑥碣石：山名。在今河北昌黎北。

【译文】

现今如果用上策，迁徙冀州有被洪水冲击危险的百姓，决开黎阳遮害亭之堤，放开河水使它向北流入大海。河水西面接近大山，东面又迫近金堤，势必不可能长久泛滥，一个月之内自然就安定了。反对的人会说："如果这样做，必然毁坏数以万千的城郭、田地、住宅、坟墓，老百姓会怨恨的。"从前大禹治水，挡道的山陵就毁掉，所以开凿龙门，打开伊阙山，分开底柱山，凿开碣石山，改变了天地的自然状态。而这些城郭田庐坟墓不过是人所造就的，哪里值得言说呢？现在临近黄河的十郡，治理大堤的费用每年近万万，如果决堤，所造成的破坏损失就无法计算了。如果拿出几年治河的费用，安顿迁徙的百姓，遵从古代圣人治河的法则，安定山河的位置，使神明和凡人各自得到安身之处而不相妨害。况且大汉方圆万里，哪能与一条河水争夺区区之地呢？如果此计能实行，黄河安定，百姓安居，千年也没有忧患，所以称之为上策。以上讲上策。

若乃多穿漕渠于冀州地，使民得以溉田，分杀水怒①，虽非圣人法，然亦救败术也。难者将曰："河水高于平地，岁增堤防，犹尚决溢，不可以开渠。"臣窃按视遮害亭西十八里，至淇水口，乃有金堤高一丈。自是东，地稍下，堤稍高，至遮害亭高四五丈。往五六岁，河水大盛，增丈七尺，坏黎阳南郭门入至堤下，水未逾堤二尺所。从堤上北望，河高出民屋，百姓皆走上山。水留十三日，堤溃二所，吏民塞之。臣循堤上行，视水势，南七十余里至淇口，水适至堤半，计出地上五尺所。今可从淇口以东为石堤，多张水门。初元中②，遮害亭下河去堤足数十步，至今四十余岁，适至堤足。由是言之，其地坚矣。恐议者疑河大川难禁制，荥阳漕渠足以卜之③，其水门但用木与土耳，今据坚地作石堤，势必完安。冀州渠首，尽当卬此水门④。治渠非穿地也，但为东方一堤，北行三百余里入漳水中，其西因山足高地，诸渠皆往往股引取之。旱则开东方下水门溉冀州，水则开西方高门分河流。通渠有三利，不通有三害。民常罢于救水，半失作业；水行地上，凑润上彻，民则病湿气，木皆立枯，卤不生谷；决溢有败，为鱼鳖食；此三害也。若有渠溉，则盐卤下隰⑤，填淤加肥；故种禾麦，更为粳稻⑥，高田五倍，下田十倍；转漕舟船之便；此三利也。今濒河堤吏卒郡数千人，伐买薪石之费，岁数千万，足以通渠成水门。又民利其灌溉，相率治渠，虽劳不罢⑦。民田适治，河堤亦成。此诚富国安民，兴利除害，支数百岁，故谓之中策。以上言中策。

【注释】

①杀：消减。

②初元：汉元帝年号。

③荥阳：今河南荥阳东北。

④卬（yǎng）：同"仰"。

⑤隰（xí）：低潮的地段。

⑥粳（jīng）稻：不黏的稻谷。

⑦罢（pí）：困乏。

【译文】

如果在冀州之地多开凿沟渠，使百姓用以灌溉土地，消减河水的水势，即使不是圣人治河的法则，可也算是挽救失败的办法。反对的人会讲："河水高过了平地，每年都增加大堤，还不断决口，更不能开渠了。"臣私下曾观察遮害亭西十八里，至淇水口，才有一丈多高的大金堤。从这里往东，地势稍低，大堤稍高，到达遮害亭，大堤就高四五丈了。过去五六年间，河水暴涨，增加了一丈七尺，冲毁了黎阳南门，直到堤下，水位离堤面仅二尺。从堤上向北看，河水高出居民房屋，百姓都逃到山上。洪水十三天不减退，大堤两处崩溃，官吏百姓堵住了。臣沿着大堤往上走，观察水势，向南走了七十多里到达淇口，水面才到大堤中间，估计不过高出地面五尺。现在可以从淇口以东修筑石堤，多建水门。初元年间，遮害亭下面河水离堤脚几十步，至今四十多年了，刚刚到堤脚下。这样看来，此处的土地很坚实。臣担心有人提出黄河是大河很难控制，但以荥阳漕渠的情况相比较就可以预知。荥阳漕渠的水门只用了土与木而已，现在依靠坚实的土地修筑石堤，一定会完好安全。冀州渠头，都将指望这里的水门。建造水渠并非凿地，只不过在东方筑一个大堤，往北延伸三百余里，进入漳水，西面依凭山脚高地，各渠都引导顺从它。天旱就打开东方下水门，灌溉冀州土地；洪水来了就打开西方高门，分散河水流势。开通水渠有三利，不然有三害。百姓长年劳苦于救水灾，几乎一半时间不能劳作耕种；水流溢到平地上，潮气上升，百姓因湿气遭难，草木干枯，土地盐碱化，不长庄稼；河水崩决，百姓就成了鱼鳖的食物；这是三害。如果有渠灌溉，那么盐碱归于低湿之地，淤泥更加肥沃；种植庄稼，禾麦与稻子轮换种植，高处的田地有五倍的收成，低处的则有十倍的收成；而且还有漕运行船的方便；这是三利。现在临近河堤的官兵，每郡几千人，砍柴采石，每年的费用达数千万，这些足以用来开渠建水门。还有百姓因为灌溉有利于自己，一定争着开渠，即使辛劳也不会不知困乏。百姓的田地得到治理，大堤也就建成了。这实在是富国安民，兴利除害，可以有益几百年，所以称之为中策。以上讲中策。

　　若乃缮完故堤，增卑倍薄，劳费亡已①，数逢其害，此最下策也。

【注释】
　　①亡：无。
【译文】
　　如果修补旧堤，低处加高，薄处增厚，劳民伤财无休无止，仍会屡遭灾害，这是最下之策。

扬雄

扬雄简介参见卷四。

谏不许单于朝书

【题解】

汉哀帝建平四年(前3),匈奴的乌珠留单于上书汉帝,希望能在次年来朝见。但其时哀帝正有病在身,有人说从前匈奴来朝见,国家就有大丧,于是哀帝与公卿们商议后决定暂不允许单于前来。扬雄赶紧上谏,以汉与匈奴关系的事实为基础,力陈不可与匈奴有"隙",希望皇上同意单于如期前来朝见。哀帝看了谏书后,醒悟过来,更改给单于的复信,准许单于来朝见。文章以"六经之治,贵于未乱"的议论起篇,中间夹叙夹议,旁征博引,紧扣主旨,最后仍以"未乱未战"收尾,一气呵成,开合圆润,有理有据,语言流畅。

臣闻六经之治①,贵于未乱;兵家之胜,贵于未战。二者皆微,然而大事之本,不可不察也。今单于上书求朝,国家不许而辞之,臣愚以为汉与匈奴从此隙矣。夫北地之狄②,

五帝所不能臣，三王所不能制，其不可使隙甚明。臣不敢远称，请引秦以来明之。

【注释】

①六经：指《诗》《书》《礼》《乐》《易》《春秋》。

②狄：北方少数民族。

【译文】

臣下听说六经的宏道大论，贵在有条不紊；兵家中最上乘的，是不战而胜。它们虽然都很微妙，不是那么容易说清楚，但事关重大，涉及问题的根本，所以不能不仔细体察。如今匈奴单于上书请求前来朝见，国家却推辞不让，臣下愚蠢地认为我大汉和匈奴的关系将从此出现裂缝了。北方的狄人，五帝都不能使其臣服，三王都不能控制，显而易见，和他们的关系不能有裂痕。臣下不说远的，只请求引用秦朝以来的事阐明这个道理。

以秦始皇之强、蒙恬之威①，带甲四十余万，然不敢窥西河②，乃筑长城以界之。会汉初兴，以高祖之威灵，三十万众，困于平城③，士或七日不食。时奇谲之士、石画之臣甚众④，卒其所以脱者，世莫得而言也。又高皇后常忿匈奴，群臣庭议，樊哙请以十万众横行匈奴中⑤，季布曰："哙可斩也，妄阿顺指！"于是大臣权书遗之⑥，然后匈奴之结解，中国之忧平。及孝文时，匈奴侵暴北边，候骑至雍甘泉⑦，京师大骇，发三将军屯细柳、棘门、霸上以备之⑧，数月乃罢。孝武即位，设马邑之权⑨，欲诱匈奴，使韩安国将三十万众⑩，徽于便隥⑪，匈奴觉之而去，徒费财劳师，一虏不可得见，况单于之面乎？其后深惟社稷之计，规恢万载之策，乃大兴师数十万，使卫青、霍去病操兵⑫，前后十余年。于是浮西河，绝大幕⑬，破寘颜⑭，袭王庭，穷极其地，追奔逐北，封狼居胥山⑮，禅于姑衍⑯，以临瀚海⑰，虏名王贵人以百数。自是之后，匈奴震怖，益求和亲，然而未肯称臣也。以上秦、汉匈奴之强。

【注释】

①蒙恬：秦始皇时的内史，曾率大军筑长城。

②西河：黄河之西，汉朝在此地设西河郡。

③平城：治所在今山西大同。汉高祖七年（前200）出击韩王信至此，被匈奴所包围。

④石画：大的谋略。石，通"硕"。画，谋划。

⑤樊哙：沛（今江苏沛县）人。与季布皆汉高祖时大臣。

⑥权书：权宜作书，顺辞以答。

⑦候骑：巡逻侦察的骑兵。雍：即雍州，古九州之一。甘泉：山名。在今陕西淳化西北。

⑧三将军：指周亚夫、刘礼、徐厉，他们分别驻扎于细柳（在今陕西咸阳西南）、霸上（在今陕西西安东）、棘门（在今陕西咸阳东北）。

⑨马邑之权：汉武帝时派商人聂壹前往匈奴诈称马邑县令被斩，其头被悬于城下，想以此诱使匈奴兵出动，但匈奴兵在距马邑百余里时发现汉有伏兵，于是退走。马邑：县名。在今山西朔州。

⑩韩安国：梁国成安（今河南民权）人。武帝建元六年（前135）官御史大夫，后为中尉，迁卫尉。

⑪徼（jiào）：巡察，巡逻。墬（dì）：同"地"。

⑫卫青、霍去病：皆汉武帝时名将。

⑬大幕：大漠，大沙漠。一说指匈奴王所在地。

⑭寘（tián）颜：山名。在匈奴境内。

⑮封：积土为台。狼居胥山：在今蒙古境内肯特山。

⑯禅：古代帝王祭祀土地山川。姑衍：山名。在蒙古大漠以北。

⑰瀚海：即大沙漠。

【译文】

以秦始皇的强权、蒙恬的威猛，领兵四十多万，但还是不敢窥探黄河之西，而只是修筑长城来作为边界。到大汉初兴之时，以我高祖的威灵，三十万大军，还曾被围困于平城，士兵有的连续七天吃不到东西。当时奇谋异术之士、谋略超群之臣很多，最后是怎么样突出重围的，历来都不得而知。又因为高皇后曾经对匈奴很气愤，因而召集群臣到朝廷商议，樊哙请求用十万军队大举进攻匈奴腹地，季布说："樊哙该杀，随便乱说，就只知道顺从上头的旨意！"所以只好命大臣权宜作书，以通匈奴，这样和匈奴之间才解开了结，中原大地的忧患得以平抑。到孝文帝时，匈奴侵犯暴虐我北部边界，侦察的骑兵到了雍州的甘泉山，京城大惊，于是派三位将军分别驻扎细柳、棘门和霸上，以防备匈奴的进犯，闹了几个月才罢休。孝武帝即位后，布设马邑之计，目的是想引匈奴上钩，让韩安国率领三十万大军，埋伏在有利的地形，但最后被匈奴发觉而没有成功，只落得白费钱财，徒劳师旅，一个匈奴人都没有抓到，更不要说见单于的面了。之后，殚思竭虑，为了社稷的安危和国家的长远利益，兴师动众数十万，派卫青、霍去病领兵征讨，前后十多年。渡过黄河之西，捣毁匈奴王的所在地，攻克寘颜山，袭击匈奴王庭，穷追猛打，扫荡匈奴的每个地方，在狼居胥山筑台，在姑衍祭地，在大沙漠边驻军，掠获匈奴的名王贵人，数以百计。从此以后，匈奴很是震惊恐惧，开始请求与汉和亲，但是还不肯俯首称臣。以上分析秦、汉、匈奴之强。

　　且夫前世岂乐倾无量之费，役无罪之人，快心于狼望之北哉①？以为不一劳者不久佚②，不暂费者不永宁，是以忍百万之师以摧饿虎之喙，运府库之财填卢山之壑而不悔也③。至本始之初④，匈奴有桀心⑤，欲掠乌孙，侵公主，乃发五将之师十五万骑猎其南⑥，而长罗侯以乌孙五万骑震其西⑦，皆至质而还⑧。时鲜有所获，徒奋扬威武、明汉兵若雷风耳。虽空行空反，尚诛两将军⑨。故北狄不服，中国未得高枕安寝也。以上未服时攻伐之难。

【注释】

①狼望：指匈奴地名。

②佚（yì）：安逸。

③卢山：匈奴境内山名。一说即寘颜山。

④本始：汉宣帝年号。

⑤桀（jié）：凶暴。

⑥五将：指田广明、赵充国、田顺、范明友、韩增。

⑦长罗侯：常惠，他曾率乌孙兵出击匈奴，得匈奴名王首级，并俘虏二万九千人，所以被朝廷封为长罗侯。

⑧质：泛指目标。

⑨两将军：指田广明和田顺。

【译文】

前世君王，难道喜欢花费无法计量的财物，役使无罪的人，以到匈奴地方拍手称快吗？实在是认为不劳神费力就得不到长久的安逸，不暂时花费一些财物就不能永远安宁，所以只得忍心用百万雄师去摧毁饿虎的嘴巴，运送国库中的财物，去填匈奴之地的山谷，虽然如此也不后悔。到本始初年，匈奴又怀残忍凶暴之心，想劫掠与大汉交好的乌孙国，侵犯大汉嫁往乌孙的公主，于是大汉派遣五位将领率十五万军队到匈奴的南边进行围猎，长罗侯常惠则用乌孙的五万骑兵威震他们的西边,都是到了目的地便返回。当时很少有什么收获,只不过是为了奋武扬威,让匈奴明白大汉军队像疾雷迅风罢了。虽然空手去空手回,可还是诛杀了两位将军。所以狄人不服气,中原还不能高枕无忧、安宁而寝。以上讲匈奴未顺服时,攻伐困难。

　　逮至元康、神爵之间①,大化神明,鸿恩溥洽②,而匈奴内乱,五单于争立,日逐、呼韩邪携国归死③,扶伏称臣④。然尚羁縻之⑤,计不颛制⑥。自此之后,欲朝者不拒,不欲者不强,何者? 外国天性忿鸷⑦,形容魁健,负力怙气⑧,难化以善,易隶以恶,其强难诎,其和难得。以上言既服后慰抚之备。

【注释】

①元康、神爵:皆汉宣帝年号。

②溥洽:周遍,广被。

③日逐:日逐王。这里指先贤掸。呼韩邪:匈奴单于。

④扶伏:同"匍匐"。伏地爬行。

⑤羁縻:笼络。

⑥颛(zhuān):通"专"。

⑦忿鸷(zhì):亦作"忿忮"。残忍凶狠。

⑧怙(hù):依靠。

【译文】

　　等到了元康、神爵年间,上天开眼,神明降福,普天之下,广被恩泽,而匈奴内部自乱,五个单于竞相争立,日逐王先贤掸和呼韩邪单于先后归顺,匍匐称臣。而这个时候,我汉还是笼络他们,不把他们当臣属看待。从此以后,想来朝见的不拒绝,不想来朝见的也不强求,为什么?因为这些异族人天性残忍凶狠,身体魁伟健壮,仗着自己有一身力气,蛮横无理,很难感化他们向善,可他们却易于作恶,他们的强霸难以压制,他们的和善很难得到。以上讲匈奴已经归顺之后,对他们的慰抚周全。

故未服之时,劳师远攻,倾国殚货,伏尸流血,破坚拔敌,如彼之难也。既服之后,慰荐抚循,交接赂遗,威仪俯仰,如此之备也。往时常屠大宛之城①,蹈乌桓之垒②,探姑缯之壁③,籍荡姐之场④,艾朝鲜之旃⑤,拔两越之旗⑥,近不过旬月之役,远不离二时之劳⑦,固已犁其庭,扫其闾,郡县而置之。云彻席卷,后无余菑⑧。惟北狄为不然,真中国之坚敌也,三垂比之悬矣⑨,前世重之兹甚,未易可轻也。

【注释】

①大宛:西域国名。

②乌桓:中国古代民族之一。东胡支系,在辽东塞外。

③姑缯(zēng):西南少数民族。

④籍:通"藉"。践踏。

⑤艾(yì):通"刈"。割,断,斩。旃(zhān):泛指旌旗。

⑥两越:今福建和两广的少数民族,前者称东越,后者称南越。

⑦时:一季,三个月。

⑧菑:同"灾"。灾害,灾难。

⑨三垂:这里指东、南、西边界。

【译文】

所以在他们没有屈服的时候,劳动军队远道前去攻击,倾尽国家的财物,流血牺牲,攻坚克敌,是如此之难。在他们既已屈服之后,以财物进行抚慰,与他们友好往来,有威有仪,有礼有节,是如此谨小慎微,思虑周全。过去我大汉曾屠杀大宛的城池,踏平乌桓的堡垒,打下姑缯的壁垒,踩平羌族荡姐的所在,砍倒朝鲜的旗帜,拔掉两越的大旗,时间短的只是个把月的战役,时间长的也不过是两个季度的劳累,但已经是犁过他们的庭院,扫荡他们的闾里村寨,并在当地设置郡县了。就像风卷残云,大军过后,便再也没有什么后患。唯独北方的狄人不是这样,真是我中原的顽敌,东、西、南和它一比,力量就显得悬殊了,前世君主对他们特别重视,不能等闲视之。

今单于归义,怀款诚之心,欲离其庭,陈见于前,此乃上世之遗策,神灵之所想望,国家虽费,不得已者也。奈何距以来厌之辞,疏以无日之期,消往昔之恩,开将来之隙!夫款而隙之,使有恨心,负前言,缘往辞,归怨于汉,因以自绝,终无北面之心。威之不可,谕之不能,焉得不为大忧乎?夫明者视于无形,聪者听于无声,诚先于未然,即蒙恬、樊哙不复施,棘门、细柳不复备,马邑之策安所设?卫、霍之功何得用?五将之威安所震?不然,壹有隙之后,虽智者劳心于内、辩者毂击于外,犹不若未然之时也。且往者图西域,制车师①,置城郭都护三十六国,费岁以大万计者,岂为康居、乌孙能逾白龙堆而寇西边哉②?乃以制匈奴也。夫百年劳之,一日失之,费十而爱一,臣窃为国不安也。唯陛下少留意于未乱未战,以遏边萌之祸。

【注释】

①车师:西域国名。在今新疆。

②白龙堆:西域沙漠。形似土龙,有高有低,但都是东北走向。

【译文】

如今单于表现出归附的心愿,怀着忠诚归顺的心情,想离开他们的王庭，前来朝见，这正是上世之君的谋略所希望达到的目的，是福佑我大汉的神明所期盼的，国家虽会有所花费，但这是迫不得已的事。为什么用让人不喜欢听的言辞来拒绝，用漫长的岁月来疏远他们，这是在毁灭过去的恩泽，制造将来的裂痕呀！人家来归顺，而我们却要和他们疏隔，致使他们怀恨在心，违背过去的诺言，根据往昔和好之辞，把怨气归到我大汉身上，并因此而远离我大汉，再也没有了朝见称臣的想法。这样一来，用武力威胁他们不可行，诏谕他们不可能，哪能不成为我大汉的心腹大患呢？眼睛明亮的人可以看见无形之物，耳朵灵敏的人能听到无声之音，如果真的在事情未发时进行防范，那么蒙恬、樊哙不用再打仗，棘门、细柳等地不用再设防，马邑的计谋哪有筹划的必要？卫青、霍去病的功绩哪里用得着？五位将军的威风哪用施展？如果不是那样，一有裂痕之后，即使智慧的人劳心积虑在朝廷之内，使者的车辆交驰，车毂相击，也不如防于未然那样安宁。况且过去图谋西域，牵制车师，设置城郭都护三十六国，每年花费数以万计的财物，难道康居、乌孙能越过白龙堆沙漠侵扰我大汉西部边境吗？只是为了牵制匈奴啊。百年苦心经营，一天之内放弃，浪费十而爱惜一，臣下暗自为国家社稷深感不安啊。唯请陛下稍稍留意思考一下"未乱""未战"的道理，从而制止边地萌发的祸患。

刘歆

刘歆，生年不详，卒于 23 年，字子骏，汉代目录学家。年轻时任黄门郎。汉成帝河平年间，受诏令和他的父亲、著名的目录学家刘向总校群书。哀帝时，得大司马王莽赏识，任侍中太中大夫、骑都尉、奉车光禄大夫。编成我国第一部目录学专著——《七略》，为目录学的发展作出了贡献。后来因参与谋诛王莽事件，事败，于 23 年自杀身亡。除目录学外，他还精通律历天文，著有《三统历谱》。明张溥《汉魏六朝百三家集》辑有《刘子骏集》。

毁庙议

【题解】

汉宣帝刘询在位时，尊奉汉武帝刘彻庙为汉室之宗，凡是武帝亲自到过的各郡及诸侯国，均建立武帝宗庙。到汉成帝刘骜时，孔光、何武等上奏，认为应拆毁。汉成帝诏令群臣议论此事，唯刘歆、王舜持反对意见，刘歆遂撰此文。

文章首先详尽历数了汉武帝的功业及宣帝尊崇立庙的原因，次引古礼为证，又多方加以论辩，最后引出结论。逻辑严密，气势恢宏，是议论文中的佳作。

　　臣闻周室既衰，四夷并侵，猃狁最强，于今匈奴是也。至宣王而伐之，诗人美而颂之曰："薄伐猃狁，至于太原①。"又曰："嘽嘽推推，如霆如雷。显允方叔，征伐猃狁，荆蛮来威②。"故称中兴。及至幽王，犬戎来伐，杀幽王，取宗器。自是之后，南夷与北夷交侵，中国不绝如线。《春秋》纪齐桓南伐楚，北伐山戎，孔子曰："微管仲，吾其被发左衽矣③！"是故弃桓之过而录其功，以为伯首。

【注释】

①薄伐猃狁，至于太原：出自《诗经·小雅·六月》。太原，地名。或说在甘肃平凉，或说在宁夏固原，或说在平凉北、固原东。

②"嘽嘽推推"几句：出自《诗经·小雅·采芑》。推推，原文作"焞焞"。荆蛮，原文作"蛮荆"。

③微管仲，吾其被发左衽矣：出自《论语·宪问》。衽，衣襟。

【译文】

　　据臣所知，周朝王室势力衰微时，四边的少数民族并起侵犯边境，其中猃狁，也就是现在北方的匈奴，最为强大。到了周宣王时，发兵讨伐猃狁，当时的诗人对此作诗赞美称颂宣王说："为了讨伐猃狁，亲自君临太原。"又说："战车又多又盛，声如雷霆震响。方叔用兵真神，出师征伐猃狁，蛮荆闻风归心。"所以才有了世人称颂的中兴。到了周幽王时，犬戎来进攻，杀死了周幽王，掠走了祭祀用的器物。从这以后，南北两边的少数民族交替侵犯，中原地区时常遭受干扰。《春秋》记载了齐桓公到南方讨伐楚国，到北方进攻山戎的事迹，孔子对此高度赞扬说："假如没有桓公的谋臣管仲，我们这些人恐怕早已成为披散头发、衣襟向左的少数民族了！"因此人们忘记了桓公的过失而记载了他的功业，认为他是春秋五霸之首。

及汉兴,冒顿始强,破东胡,禽月氏^①,并其土地,地广兵强,为中国害。南越尉佗总百粤^②,自称帝。故中国虽平,犹有四夷之患,且无宁岁。一方有急,三面救之,是天下皆动而被其害也。孝文皇帝厚以货赂,与结和亲,犹侵暴无已,甚者兴师十余万众,近屯京师,及四边,岁发屯备虏。其为患久矣,非一世之渐也。诸侯郡守连匈奴及百粤以为逆者,非一人也。匈奴所杀郡守、都尉,略取人民,不可胜数。孝武皇帝愍中国罢劳,无安宁之时,乃使大将军、骠骑、伏波、楼船之属^③,南灭百粤,起七郡;北攘匈奴,降昆邪十万之众^④,置五属国^⑤,起朔方,以夺其肥饶之地;东伐朝鲜,起元菟、乐浪,以断匈奴之左臂;西伐大宛,并三十六国,结乌孙,起敦煌、酒泉、张掖,以鬲婼羌^⑥,裂匈奴之右肩。单于孤特,远遁于幕北^⑦。四垂无事,斥地远境,起十余郡。功业既定,乃封丞相为富民侯^⑧,以大安天下,富实百姓,其规杅可见。又招集天下贤俊,与协心同谋,兴制度,改正朔,易服色,立天地之祠,建封禅,殊官号,存周后,定诸侯之制,永无逆争之心,至今累世赖之。单于守藩,百蛮服从,万世之基也。中兴之功,未有高焉者也。以上孝武功烈。

【注释】

①月氏(zhī):汉代西域国名。

②尉佗:即赵佗,真定(今河北正定)人。秦二世时为南海龙川令,后行南海尉事。高祖定天下,立佗为南越王。吕后时,自称南越武帝。

③大将军:即大将军卫青。骠骑:即骠骑将军霍去病。伏波:即伏

波将军路博德。楼船:即楼船将军杨仆。

④昆(hún)邪:汉时匈奴的一个部落。汉武帝元狩二年(前121),匈奴单于因为昆邪王屡次战败,想杀死他,于是昆邪王以所部四万人降汉,被封为漯阴侯。

⑤五属国:即西域已降汉朝的五个国家。

⑥婼羌:汉时西域国名。

⑦幕:通"漠"。

⑧富民侯:指田千秋。

【译文】

到汉代兴起,冒顿才逐渐强大起来,攻破东胡,活捉了月氏王,吞并了这些国家的土地,版图扩大,军队强劲,成为中原华夏地区最大的威胁。南方越地的赵佗总领南粤地区,自己称帝。所以当时中原汉地虽然安定,但仍然有四周少数民族造成的忧患,没有一年安宁。一个地方有了紧急情况,其他各方都要进行救助,于是天下都处在动荡之中而从上到下深受其害。文帝送上厚重的礼品,与少数民族和亲,但侵略暴害还是不能停止,严重的时候,往往要发兵十多万,在汉朝京城及四周边地驻扎下来,以防备侵略。少数民族造成祸患的历史已经很久远了,并不是哪一个朝代才出现的。各地的诸侯及地方长官串通北方匈奴以及南粤各族叛逆作乱的,也不是一两个人。被匈奴杀掉的郡守、都尉,被他们劫掠的百姓,更难以尽数。孝武帝怜悯汉地疲劳,没有安宁的日子,于是派大将军卫青、骠骑将军霍去病、伏波将军路博德、楼船将军杨仆等人,到南边消灭了南粤各部,建立起七个郡;在北边平定了匈奴,使昆邪王十万之众前来投降,设置了五个属国,建立了朔方郡,进而夺取北方肥沃的土地;在东方进攻朝鲜,建立了玄菟、乐浪两郡,这便如截断了匈奴的左臂;在西边讨伐大宛国,兼并了三十六个西域小国,结好乌孙国,建立敦煌、酒泉、张掖三郡,隔离婼羌部族,这便如撕裂了匈奴的右膀。匈奴单于成了孤家寡人,只好远远逃往大漠以北。从此四周边境安然无事,扩展了地域,推远了边境线,新建十多个郡。等到丰功伟业已经建立,就封丞相田千秋为富民侯,以便安定天下,使百姓富裕殷实,那种局面可以想见。又招集天下贤明俊杰之士,和他们协同一心谋商国事,建立新的法律制度,新颁历法,改变服装的颜色,兴建祭祀天地神灵的祠堂,确立封禅的制度,区别官职称号,保护安抚周朝王室的后人,确定诸侯应遵守的制度,使他们永远不存叛逆争王的心思,一直到现在,世世代代还仰仗这份功业。匈奴单于为汉朝守卫边境,南方各少数民族倾心服从,这是汉家万世不朽的基业。中兴的丰功伟绩,没有比孝武帝更高的了。以上讲汉武帝的功勋业绩。

高帝建大业,为太祖。孝文皇帝德至厚也,为文太宗。孝武皇帝,功至著也,为武世宗。此孝宣帝所以发德音也。以上孝宣崇立之。

【译文】

高帝开创了汉家大业,是汉朝的太祖。孝文皇帝,在汉天子中仁德最厚,尊为文太宗。孝武皇帝,功业最为显著,尊为武世宗。这便是孝宣皇帝之所以向天下发出德音的原因。以上庙号为宣帝所尊崇设立。

《礼记·王制》及《春秋穀梁传》,天子七庙,诸侯五,大夫三,士二。天子七日而殡,七月而葬;诸侯五日而殡,五月而葬。此丧事尊卑之序也,与庙数相应。其文曰:"天子三昭三穆[①],与太祖之庙而七;诸侯二昭二穆,与太祖之庙而五。"故德厚者流光,德薄者流卑。《春秋左氏传》曰:"名位不同,礼亦异数。"自上以下,降杀以两,礼也。七者,其正法数,可常数者也。宗不在此数中。宗,变也,苟有功德则宗之,不可预为设数。故于殷,太甲为太宗,太戊曰中宗,武丁曰高宗。周公为《毋逸》之戒^②,举殷三宗以劝成王。繇是言之,宗无数也,然则所以劝帝者之功德博矣。以上宗不在庙数中。

【注释】

①昭、穆:古时宗庙中行辈的次序,始祖居中,二世、四世、六世位于始祖之左,称"昭",三世、五世、七世位于始祖之右,称"穆"。

②《毋逸》:原作《无逸》,《尚书·周书》篇名。

【译文】

《礼记·王制》和《春秋穀梁传》指出,天子七庙,诸侯五庙,大夫三庙,士两庙。天子去世后七天才行殡礼,七个月后下葬;诸侯五天后行殡礼,五个月后下葬。这是在丧事礼制上天子与诸侯之间尊卑的区别,和宗庙数目相应。其中的条文说:"天子宗庙数目三昭三穆,加上太祖之庙一共为七;诸侯二昭二穆,与太祖之庙一共为五。"所以仁德丰厚的人被后代尊崇,仁德少薄的人被后代轻视。《左传》说:"名望和地位不同,礼制也相应不同。"从上到下,依次减少两个数字,这便是礼。天子之数为七,这是正当的礼法,数目也不能变。至于称"宗"的,其数目却不在这个限制的范围之内。因为"宗"是可以变化的,如果有功德就可以尊崇为宗,不可能事先为宗设立具体的数目。所以在殷代,太甲被尊为"太宗",太戊被奉为"中宗",武丁被称作"高宗"。周公旦作《无逸》的告诫文辞,列举殷代三宗事例来鼓励周成王。如此说来,宗没有确定的数目,立宗是用来鼓励帝王弘扬功德的一种方式。以上讲"宗"不在宗庙的确定数目之中。

以七庙言之,孝武皇帝未宜毁;以所宗言之,则不可谓无功德。《礼记·祀典》曰："夫圣王之制祀也,功施于民则祀之,以劳定国则祀之,能救大灾则祀之。"窃观孝武皇帝,功德皆兼而有焉。凡在于异姓,犹将特祀之,况于先祖？或说"天子五庙无见文",又说"中宗、高宗者,宗其道而毁其庙"。名与实异,非尊德贵功之意也。《诗》云："蔽芾甘棠,勿翦勿伐,召伯所茇①。"思其人犹爱其树,况宗其道而毁其庙乎？迭毁之礼,自有常法,无殊功异德,固以亲疏相推。及至祖宗之序、多少之数,经传无明文,至尊至重,难以疑文虚说定也。以上杂辨。

【注释】

①"蔽芾(fèi)甘棠"几句:诗出自《诗经·召南·甘棠》。蔽芾,树木高大茂盛的样子。甘棠,果树名。即棠梨。召伯,即召公奭。茇(bá),草屋。

【译文】

拿天子七庙的礼法来说,武帝宗庙不应拆毁;拿立宗的依据和目的来说,也不能认为武帝没有功德。《礼记·祀典》说:"古代圣王制定祭祀制度,功德广博施及百姓身上的人就祭祀他,凭自己的功劳使国家安定的人就祭祀他,能够拯救大灾难的人就祭祀他。"臣私下里观察孝武帝,在他身上功劳仁德一并聚集。即便是他姓的人有了功德还将特地祭祀,更何况是自己的先祖呢？也许有人会说"天子五庙在文字记载中没见过",又会说"中宗、高宗,只要学习尊崇他们的治国之道就可以了,但要拆毁宗庙"。名号和实际不同,这不是真正尊崇仁德、推尊功劳的本意。《诗经》说:"茂盛的甘棠树,不要伤害枝叶,也不要把它砍伐,因为召公曾在甘棠树下的草屋里安家。"人们为了思念那个人,连那无生命的树木也喜爱,更何况尊崇那个人的德行,又怎能拆毁祭祀他的庙呢？宗庙依次拆毁的制度，从古代就有固定的礼法，如果没有特殊的功业和不同一般的仁德，本来就应按照亲近疏远依次拆毁。说到祖宗的次序和数目的多少，古代经典中没有明文规定，关系到最高尚最伟大的人，就很难凭一些可疑的文字和虚浮的说法决定了。以上是杂辨。

孝宣皇帝举公卿之议，用众儒之谋，既以为世宗之庙，建之万世，宣布天下。臣愚以为孝武皇帝功烈如彼，孝宣皇帝崇立之如此，不宜毁。

【译文】

宣帝发动众多公卿讨论，采用各位大儒商量的结果，已经给孝武帝建立了世宗之庙，以便流传万代，并向天下宣言公布。臣虽愚蠢，但认为孝武帝的功业确如前面表述的那样，宣帝尊崇建立宗庙用心也是这样，所以孝武帝宗庙不应该拆毁。

樊准

樊准(? —118)，字幼陵，南阳湖阳(今河南唐河西南)人。汉和帝时为尚书郎，疏请宠进儒雅，屡举敦朴仁贤之士。再迁御史中丞。会水旱，请遣使抚慰有功，擢任议郎。使冀州，开仓散粟。还拜钜鹿太守，课督农桑，广施方略，外御羌寇，内抚百姓，郡内平安。后转任河内太守，多次领兵逐讨羌人，颇有威名。又转为尚书令。元初中官至光禄勋，元初五年(118)卒于职。

兴修儒学疏

【题解】

樊准的父亲喜好黄老之道，清言少欲。准有其父遗风，然更志于儒。时邓太后临朝掌政，儒学陵替，准乃上此疏，力言前代儒学的兴盛，政教的清明，即所谓盛世之道，对现世儒学的衰落深表痛心，劝说皇上遵循推行先帝进业之道，下诏"博求幽隐，发扬岩穴，宠进儒雅"，"征诣公车"，尊崇儒学。

　　臣闻贾谊有言："人君不可以不学。"故虽大舜圣德，孳孳为善①；成王贤主，崇明师傅②。及光武皇帝受命中兴，群雄崩扰,旌旗乱野,东西诛战,不遑启处,然犹投戈讲艺③,息马论道。以上前古及光武之好学。

【注释】

①孳孳(zī):同"孜孜"。勤勉不懈。

②师傅:太师、太傅或少师、少傅的合称。

③艺:指六艺。

【译文】

臣听说贾谊曾这样说过:"为人君主者不可以不学习。"因此,即使是舜这样有圣德的人,仍然求学勤勉不懈;像周成王这样贤明的天子,也尊崇周公、召公等仁智之士为太师、太傅以辅佐左右。到光武皇帝时,受天命中兴汉室,他在群雄纷扰、旌旗乱野之中转战东西,忙得无暇安居,却仍然放下武器,勒住战马,讲习六艺,谈论道义。以上讲前古圣王及光武帝之好学。

至孝明皇帝①,兼天地之姿②,用日月之明,庶政万机,无不简心,而垂情古典,游意经艺,每飨射礼毕③,正坐自讲,诸儒并听,四方欣欣,虽阙里之化、矍相之事④,诚不足言。又多征名儒,以充礼官,如沛国赵孝、琅邪承宫等⑤,或安车结驷,告归乡里;或丰衣博带,从见宗庙。其余以经术见优者,布在廊庙⑥。故朝多皤皤之良、华首之老⑦,每谦会,则论难衍衍⑧,共求政化,详览群言,响如振玉。朝者进而思政,罢者退而备问,小大随化,雍雍可嘉⑨。期门、羽林介胄之士⑩,悉通《孝经》。博士、议郎⑪,一人开门⑫,徒众百数。化自圣躬,流及蛮荒,匈奴遣伊秩訾王大车且渠来入就学。八方肃清，上下无事，是以议者每称盛时，咸言永平[13]。以上永平儒学之盛。

【注释】

①孝明皇帝：指东汉明帝，即刘庄，光武帝第四子。

②姿：资质，才能。

③飨（xiǎng）射：古礼仪名。《周礼正义》："飨射，飨食宾客，与诸侯射也。"

④阙里：地名。相传为孔子授徒之所，在今山东曲阜。矍（jué）相：即矍相圃，在今山东曲阜。

⑤赵孝：字长平，沛国蕲（今安徽宿州）人。王莽之世，天下乱，人相食，弟礼为贼所得，孝即诣贼曰："礼久饿羸瘦，不如孝肥饱。"贼惊异，并放还。明帝闻其行，拜谏议大夫。承宫：字少子，琅邪姑幕（今山东诸城西北）人。少为人牧豕，后因勤学而为大儒，明帝时拜博士，迁左中郎将。

⑥廊庙：廊，厅堂四周的屋。庙，宗庙或王宫的前殿。都是古代帝王和大臣用以议论政事的地方，后因称朝廷为廊庙。

⑦皤皤（pó）：头发斑白的样子。华首：即白首。指老年。

⑧衎衎（kàn）：强毅耿直的样子。

⑨雍雍：和谐的样子。

⑩期门：官名。汉武帝时置，执兵出入护卫。羽林：禁卫军的名称。

⑪博士：古代学官名。六国时有博士，掌通古今。秦汉相承，诸子、诗赋、术数、方技皆立博士，汉文帝置一经博士，汉武帝时置五经博士。议郎：官名。秦置。汉制秩比六百石，征贤良方正敦朴有道之士任之，掌顾问应对。

⑫开门：谓开一家之说。

⑬永平：汉明帝年号（58—75）。

【译文】

至汉明帝,兼具天地的资质、日月的圣明,政事万物,无不经心,而依然垂情于古章典籍,游意于经书六艺,常常在缫射礼结束后,自己端端正正地坐着作讲解,诸儒生则在旁边一起静听,天下一派欢乐,即使是孔子讲学于阙里、行射礼于矍相圃时的景象,也无法与之相提并论。又大量征召名儒充任礼官,例如沛国的赵孝、琅邪的承宫等,他们有的乘着车马,告归乡里;有的穿着宽大华美的衣服,随从皇帝在宗庙祭祀。其余凭借经术受到优厚待遇的人,满布朝廷。因此朝堂上有很多白发年老的良儒,每逢宴会则互相议论辩驳,言辞耿直,共求宣扬政治教化,详览众人言论,都声调高亢,名播远方。为官的在朝廷上谋划政事,离任的退居家中以备顾问,职位大小都任其自然,和谐美好。期门、羽林等武职官员,都通晓《孝经》。博士、议郎,若有人开创一家之说,就学的弟子便达数百人。这样的教化源自天子,又流传到边远蛮荒之地,匈奴派遣伊秩訾王大车且渠前来入京就学。天下肃然清静,国内上下太平无事,因此凡是评论盛世的人都称道汉明帝的时代。以上讲永平年间儒学的兴盛。

今学者盖少,远方尤甚。博士倚席不讲,儒者竞论浮丽,忘謇謇之忠[1],习詃詃之辞[2]。文吏则去法律而学诋欺,锐锥刀之锋[3],断刑辟之重,德陋俗薄,以致苛刻。昔孝文窦后性好黄老[4],而清静之化流景、武之间。臣愚以为宜下明诏,博求幽隐,发扬岩穴,宠进儒雅,有如孝、宫者,征诣公车[5],以俟圣上讲习之期。公卿各举明经及旧儒子孙,进其爵位,使缵其业。复召郡国书佐[6],使读律令。以上陈兴修儒学之法三端。

【注释】

①謇謇(jiǎn)：忠贞，正直。

②诶诶(jiàn)：巧言善辩的样子。

③锥刀：比喻细微。

④黄老：道家之祖黄帝、老子。

⑤公车：汉代官署名。卫尉的下属机构，设公车令，掌管宫殿中司马门的警卫工作。臣民上书和征召，都由公车接待。

⑥书佐：主办文书的佐吏。

【译文】

　　而现在潜心向学的人是多么少啊，边远地方更是这样。博士空据席位而不讲学，儒者争相议论浮华艳丽，忘了忠贞耿直，而习惯于巧言善辩。下级文官则背弃法制律令，学会了诋毁欺骗，对细微的罪行，却断以极重的刑法，品德浅薄，风俗不再淳厚，以致为政苛刻。从前汉文帝的窦皇后，性好道家黄老之言，而清静的风气一直流传到景帝、武帝年间。臣以为应该颁布圣明的诏令，广求幽人隐士，使隐居岩穴的贤士得以显现宣扬，亲近尊崇选拔像赵孝、承宫那样的儒雅之士，公车征召，以待圣上讲习学术的日子。公卿应分别举荐通晓经术者以及过去的老儒的子孙，进其爵位，使他们继承祖业。并再命令各郡国书佐，让他们习读法令。以上陈述兴修儒学之法的三个方面。

　　如此，则延颈者日有所见，倾耳者月有所闻。伏愿陛下推述先帝进业之道。

【译文】

　　只有这样，才能使延颈倾耳而企盼的人得以日有所见、月有所闻。愿陛下遵循和推行先帝进德修业之道。

刘陶

　　刘陶（？—185），一名伟，字子奇，颍川颍阴（今河南许昌）人。通《尚书》《春秋》。汉桓帝初，游太学，上书言事。后举孝廉，累官侍御史，封中陵乡侯，三迁尚书令，拜侍中。因屡切谏，为权臣所忌，徙京兆尹，到职当出修宫钱千万，陶耻以钱买职，称疾不听政。灵帝素重其才，原其罪，征拜谏议大夫。刘陶上书陈述要急八事，言乱由宦官。由是宦官交谗之，卒被诬陷"与贼通情"，下狱致死。

上桓帝书

【题解】

　　东汉后期，宦官为害，国势倾颓。这篇文章直言极谏，就宦官专权问题、人才问题等作了详尽阐述。文中引用古代圣贤之事以及秦灭亡的教训，尤其具有说服力，可见作者的人格精神。在奸佞当道的情况下，勇于指斥时政，实为难能可贵。

　　臣闻人非天地无以为生，天地非人无以为灵。是故帝非人不立，人非帝不宁。夫天之与帝，帝之与人，犹头之与足，相须而行也①。伏惟陛下年隆德茂②，中天称号③，袭常存之庆④,循不易之制,目不视鸣条之事⑤,耳不闻檀车之声⑥,天灾不有痛于肌肤,震食不即损于圣体⑦,故蔑三光之谬⑧,轻上天之怒。伏念高祖之起,始自布衣,拾暴秦之敝,追亡周之鹿,合散扶伤,克成帝业。功既显矣,勤亦至矣。流福遗祚⑨,至于陛下。陛下既不能增明烈考之轨⑩,而忽高祖之勤,妄假利器,委授国柄,使群丑刑隶⑪,芟刈小民⑫,雕敝诸夏,虐流远近,故天降众异,以戒陛下。陛下不悟,而竞令虎豹窟于麑场⑬,豺狼乳于春囿,斯岂唐咨禹、稷⑭,益典朕虞⑮,议物赋土蒸民之意哉?又令牧守长吏,上下交竞,封豕长蛇,蚕食天下。货殖者为穷冤之魂,贫馁者作饥寒之鬼。高门获东观之辜⑯,丰室罗妖叛之罪。死者悲于窀穸⑰,生者戚于朝野。是愚臣所为咨嗟长怀叹息者也。以上时政贪虐。

【注释】

①须:借用和需要。

②年隆德茂:年高德美。

③中天:盛世。

④常存:长久存在。指祖先留传的基业。

⑤鸣条之事:鸣条,古地名。在今山西运城境内,为成汤败桀之处。此处指战争。

⑥檀车:兵车。

⑦震食:亦作"震蚀"。即地震、日食和月食。

⑧三光:日、月、星。

⑨祚(zuò):君位。

⑩烈考:显赫的亡父。

⑪刑隶:因犯罪而判为奴隶的人。这里指宦官。

⑫芟刈(shān yì)：割除。

⑬虎豹：与下文的"豺狼"，皆比喻奸贪逐利之人。虎豹窟于麊场，
豺狼乳于春囿，均指其任性胡为。

⑭唐：唐尧。禹：夏禹。稷：后稷。

⑮益：伯益。舜命伯益为虞，掌管山林川泽。虞：掌山泽之官。

⑯东观：孔子诛少正卯于东观之下。

⑰窀穸(zhūn xī)：墓穴。

【译文】

臣听说没有天地，人便无从产生，没有人，天地也便没有了灵性。因此帝王没有人而不能立身，人没有帝王而不能安宁。天与帝，帝与人，就像头与脚一样，相互需要而存在。念及陛下年高德美，称号于盛世，承袭长久存在的福祥，遵循不变的规制，双眼看不到战争之事，两耳听不到兵车之声，没有天灾来伤痛肌肤，地震、日食和月食也不会损坏身体，因此蔑视日、月、星的谬差，轻视上天的怒意。想想高祖刚起事的时候，起自一介平民，治理残暴的秦朝的弊端，逐鹿中原，统一天下，救死扶伤，终于成就帝业。功业已经伟大了，勤苦也到了极点。流传下福泽和君位，直到陛下。今陛下既不能增加先祖制度的光彩，又忘记了高祖创业的勤苦，随意授人以国家大权，使一群小人和宦官滥施律法，宰割百姓，胡作非为，祸乱中原，残虐余毒，无所不及，所以上天降下多种异事怪象来警戒陛下。陛下尚不醒悟，而竟放纵奸贪之人胡作非为，这难道符合唐尧咨事于大禹和后稷，伯益掌管山泽，选择物种、授民土地以养育百姓的精神吗？又使州牧、郡守等各级官吏，上上下下追逐竞争，有如大豕长蛇蚕食天下百姓。经商的人成为穷困冤苦的鬼魂，贫苦的人成为忍饥受寒的亡鬼。高门望族受到诛杀，富家贵室罪陷叛逆。死人在墓穴伤悲，活人在朝野哭泣。这正是臣所以嗟叹和感伤的地方啊。以上讲时政贪虐。

　　且秦之将亡，正谏者诛，谀进者赏，嘉言结于忠舌，国命出于谗口，擅阎乐于咸阳，授赵高以车府①。权去己而不知，威离身而不顾。古今一揆②，成败同势③。愿陛下远览强秦之倾，近察哀、平之变④，得失昭然，祸福可见。以上进退忠佞之鉴。

【注释】

①擅阎乐于咸阳，授赵高以车府：赵高为车府令，其婿阎乐为咸阳令，二人谋杀胡亥。

②揆（kuí）：道理。

③势：情势，形势。

④哀、平：汉哀帝、汉平帝。

【译文】

　　秦朝行将灭亡的时候，直言劝谏者被杀，阿谀奉承者受赏，美好的意见作结于忠直者之舌，而国家的命令却出自谗佞者之口，阎乐擅权于咸阳，赵高做到车府令的高官。权力离开自己却不知道，威信离开自身而不理会。古今同于一个道理，成败同于一种情势。希望陛下远看强秦的颠覆，近看哀、平二帝的变乱，得失之因清楚而福祸自然可见。以上讲进退忠臣和佞臣的教训。

　　臣又闻危非仁不扶，乱非智不救。故武丁得傅说①，以消鼎雉之灾②，周宣用申、甫③，以济夷、厉之荒④。窃见故冀州刺史南阳朱穆⑤，前乌桓校尉、臣同郡李膺⑥，皆履正清平，贞高绝俗。穆前在冀州，奉宪操平，摧破奸党，扫清万里。膺历典牧守⑦，正身率下，及掌戎马，威扬朔北⑧。斯实中兴之良佐、国家之柱臣也，宜还本朝，挟辅王室，上齐七耀⑨，下镇万国。以上荐朱穆、李膺。

【注释】

①傅说（yuè）：商代人。本为平民，武丁访得，以为相，殷商得以中兴。

②鼎雉之灾：《尚书·商书·高宗肜日》记载：武丁设鼎祭成汤，有飞雉升鼎耳而鸣，问其臣祖己，祖己以为灾异，劝王修德，国以中兴。因以鼎雉为灾异的征兆。

③申、甫：申伯、仲山甫，皆周宣王时大臣。

④夷、厉：周夷王、周厉王。

⑤朱穆：字公叔，南阳宛（今河南南阳）人。幼以孝廉，授侍御史出为冀州刺史，后拜尚书，居官几十年，家无余资。

⑥乌桓校尉：乌桓地区的长官。乌桓，东胡别支，因据乌桓山而得名。李膺：字元礼，颍川襄城（今河南襄城）人。初举孝廉，转护乌桓校尉。汉桓帝时为司隶校尉，时朝纲废弛，李膺反对宦官专权，声名甚高，有"天下楷模李元礼"之誉，士有被容纳者，名为"登龙门"。汉灵帝时与窦武谋诛宦官未成，被杀。

⑦典：任职。牧守：州郡长官。州官称牧，郡官称守。

⑧朔北：泛指我国长城以北地区。

⑨七燿（yào）：北斗七星。

【译文】

臣又听说没有仁德便无法扶救危亡，没有智慧便不能止息动乱。所以武丁得到傅说为相，消除了鼎雉的灾祸；宣王用申伯和仲山甫，救治了夷、厉二王的荒虐。臣私下看到以前的冀州刺史南阳人朱穆、前乌桓校尉、臣的同乡李膺，都是履行正道，清廉公平，贞洁高尚，超绝世俗之人。朱穆以前在冀州，奉守法令，品性公正，消灭佞党，扫清万里尘埃。李膺历任州郡长官，修身立德，为下级表率，掌领兵马后，威名在北方地区远扬。这实在是中兴的优秀辅佐,国家所倚重之臣,应该召还朝廷,辅佐王室,在上比齐于七星的光辉,在下镇守万方的国土。以上举荐朱穆、李膺。

　　臣敢吐不时之义于讳言之朝,犹冰霜见日,必至消灭。臣始悲天下之可悲,今天下亦悲臣之愚惑也。

【译文】

　　臣敢在这个忌讳言论的时代发表不合时宜的意见,就像冰霜见到了太阳,一定会被消灭和融化。臣开始是悲叹天下人的可悲,现在天下人也要悲叹臣的愚昧和糊涂了。

改铸大钱议

【题解】

　　汉永寿三年(157),有人上言"民之贫困以货轻钱薄,宜改铸大钱"。刘陶上这篇《改铸大钱议》,指出"当今之忧,不在于货,在乎民饥",力言改钱无益。其事乃止。文章紧紧围绕上述论题,多方面详尽地论述了粮食问题的重要性,具有很强的说服力。

　　圣王承天制物,与人行止,建功则众悦其事,兴戎而师乐其旅。是故灵台有"子来"之人①,武旅有"凫藻"之士②,皆举合时宜、动顺人道也。臣伏读铸钱之诏,平轻重之议,访覃幽微③,不遗穷贱,是以藿食之人④,谬延逮及。

【注释】

①灵台：周文王时所筑。众民造作，很快修成，如神灵所为，故名。子来：《诗经·大雅·灵台》："经始灵台，经之营之。……经始勿亟，庶民子来。"言文王担心烦扰百姓，告诫不要太赶工程，但百姓乐意干活，就像儿子为父亲办事那样。

②武旅：周武王的军队。凫（fú）藻：像凫戏藻，喻喜悦之状。凫，野鸭。

③覃（tán）：及。

④藿（huò）食：指粗食者。谓平民百姓。

【译文】

圣明的君王承奉天道，制备众物，是和人事的动静举动相一致的，建立功业，众人都会为之高兴，兴兵动武，军队就会乐为之用。因此周文王修灵台有人像儿子似的前来，周武王兴兵有欢悦像野鸭戏藻一样的士卒，这些都是因为文王、武王举事符合时代趋势，行动顺应道德规范。臣俯首读过铸钱的诏令，诏令平复或轻或重的争议，考虑到了细微的事端，连贫贱之人也没遗忘，因此平民百姓，也要发表谬见而参与国家大计了。

　　盖以为当今之忧，不在于货，在乎民饥。夫生养之道，先食后货①。是以先王观象育物，敬授民时，使男不逾亩②，女不下机。故君臣之道行，王路之教通。由是言之，食者乃有国之所宝，生民之至贵也。窃见比年已来，良苗尽于蝗螟之口，杼柚空于公私之求③，所急朝夕之餐，所患靡盬之事④，岂谓钱货之厚薄、铢两之轻重哉？就使当今沙砾化为南金⑤，瓦石变为和玉⑥，使百姓渴无所饮，饥无所食，虽皇羲之纯德⑦，唐、虞之文明，犹不能以保萧墙之内也⑧。盖民可百年无货,不可一朝有饥,故食为至急也。以上言忧不在货,在乎民饥。

【注释】

①货:底本作"民",疑误。据上下文当为"货"。货,钱币。

②逋(bū)亩:荒废耕种。

③杼柚:织具。

④靡盬(gǔ):没有止息。盬,止息。《诗经·小雅·北山》:"王事靡盬,忧我父母。"后即以靡盬喻王事。

⑤南金:南地之金铜。《诗经·鲁颂·泮水》:"大赂南金。"南谓荆扬之地。

⑥和玉:卞和之玉。

⑦皇羲:伏羲。

⑧萧墙:古代宫室用以分隔内外的当门小墙。

【译文】

臣认为当今的忧患,不在于货币,而在于百姓的饥饿。生存养育百姓之道,是先要有食物然后才要有用于流通的货币。所以先王仰观天象化育万物,虔敬地告诉百姓耕作时机,使男人不离开田地,女人不走下织机。因此君臣的伦理施行,而王道的教化也得以贯通。由此说来,粮食,是执政者的宝物,是百姓最看重的。臣私下看到近年以来,禾苗被蝗螟吃尽,织具因公私营求而空,所着急的是早晚之餐食,忧患的是朝廷无以完结的征役,哪里是货币的厚薄、铢两的轻重呢? 即便使当今沙砾化成南方的金铜,瓦石变成卞和的玉璧,但让老百姓渴了无水喝,饿了无饭吃,就是有大德的伏羲,最文明的唐尧、虞舜,也不能保证不发生动乱。百姓可以百年没有货币,但不能一个早晨不吃东西,所以粮食是最急的需要。以上讲忧患不在货币,在于百姓的饥饿。

议者不达农殖之本,多言铸冶之便,或欲因缘行诈,以贾国利。国利将尽,取者争竞,造铸之端于是乎生。盖万人铸之,一人夺之,犹不能给,况今一人铸之,则万人夺之乎！虽以阴阳为炭、万物为铜,役不食之民,使不饥之士,犹不能足无厌之求也。夫欲民殷财阜,要在止役禁夺,则百姓不劳而足。陛下圣德,愍海内之忧戚,伤天下之艰难,欲铸钱齐货以救其敝,此犹养鱼沸鼎之中,栖鸟烈火之上。水木本鱼鸟之所生也,用之不时,必至燋烂。愿陛下宽锲薄之禁[①],后冶铸之议,听民庶之谣吟,问路叟之所忧,瞰三光之文耀,视山河之分流[②]。天下之心,国家大事,粲然皆见,无有遗惑者矣。以上言禁铸无益,宜止役禁夺。

【注释】

①锲(qiè)薄:指锉薄铜钱取其屑另铸钱。

②山河分流:指山分崩,水枯竭。

【译文】

建议铸钱的人看不到农业是国家的大计,而只说铸造钱币的便利,有的是想借机行诈,以巧取国家的利益。国家利益将要完尽,逐利的人尚在竞争,造铸大钱的弊端就从这里产生了。有一万个人铸钱,一个人夺用,还不能满足,何况现在是一个人铸钱,却有一万个人夺用呢！即使以太阳和月亮当炭,万物当铜,驱使不吃饭的百姓和不知饥饿的士兵,也不能满足贪得无厌的需求。想使民众富裕,增加财富,关键是停止徭役和严禁掠夺,那么百姓就可以不用勤苦而衣食充足。陛下圣明有德,怜悯于国家的忧患,伤感于百姓的艰难,想铸造钱币来拯救这个弊端,这就像在沸水的锅中养鱼,在烈火的上面养鸟。水和树本来是鱼鸟所生存的地方,使用不是时候,一定会使它们焦枯腐烂。希望陛下放宽对锉钱使薄的禁令，推后冶铸大钱的建议，听一听百姓的话语和歌吟，问一问路边老人的忧愁，仰观日、月、星辰的光辉，俯视山川河流的分崩和枯竭。天下人的心愿，国家大事的征兆，都可以明显地看到，不会有疑惑不明的地方。以上讲禁止铸钱没有助益，应该停止役使和夺用。

　　臣尝诵《诗》，至于鸿雁于野之劳，哀勤百堵之事①，每唱尔长怀，中篇而叹。近听征夫饥劳之声，甚于斯歌。是以追悟匹妇吟鲁之忧，始于此乎？见白驹之意②，屏营彷徨③，不能监寐④。伏念当今地广而不得耕，民众而无所食，群小竞起，进秉国之位，鹰扬天下，鸟钞求饱⑤，吞肌及骨，并释无厌。诚恐卒有役夫穷匠⑥，起于板筑之间，投斤攘臂，登高远呼，使愁怨之民，响应云合，八方分崩，中夏鱼溃，虽方尺之钱，何能有救？其危犹举函牛之鼎⑦，绖纤枯之末⑧，诗人所以眷然顾之、潸焉出涕者也。臣东野狂阇⑨，不达大义，缘广及之时，对过所问，知必以身脂鼎镬⑩，为天下笑。以上民穷则恐为乱。

【注释】

①鸿雁于野之劳，哀勤百堵之事：《诗经·小雅·鸿雁》：“鸿雁于飞，集于中泽。之子于垣，百堵皆作。”大意是，鸿雁飞高飞低，飞至泽中栖集。征发百姓筑墙，百丈高墙筑起。

②白驹之意：《诗经·小雅·白驹》：“皎皎白驹，食我场苗，絷之维之，以永今朝。”是一首思贤的诗，白驹喻贤士。

③屏营：惶恐的样子。

④监寐：虽寝而不寐，犹言假寐。

⑤钞：抢掠，强取。

⑥役夫:指陈涉之徒。穷匠:指骊山之徒。

⑦函牛之鼎:指大鼎。

⑧絓(guà):通"挂"。

⑨闇:隐晦。

⑩鼎镬(huò):古代酷刑,用鼎镬以烹人。鼎、镬都是烹饪器具,镬似大鼎而无足。

【译文】

臣曾经读《诗经》,读到鸿雁在野外飞翔,看到百姓筑墙勤苦时,常常喟然长叹于心中,读到一半就已感叹不止了。近来听到征夫们饥寒辛劳的声音,其痛苦要远远超过这首诗歌所唱。由此明白了那位平平常常的妇女吟叹鲁国的忧悲之情,大概是从这里得来的吧? 看到贤人的心意,倚柱而彷徨,不能入睡。想到现在土地广大却不能耕作,百姓众多却没有食物,群小们争着起来,爬上掌握国家重权的位置,像鹰那样飞扬天下,攫取小鸟以求饱食,吞咽骨肉而不满足。确实担心终有陈胜之徒和骊山之众,起事于板墙筑具之间,举起斧头,伸出胳膊,登高呼远,使那些愁怨的百姓,像声音一样回应,像云那样聚合,八方之境分崩离析,中原大地似鱼溃散,就是有方尺的大钱,又怎能拯救其危亡呢? 这危机就像举千斤大鼎,挂到纤细枯草的末端,这正是诗人眷念而思虑、潸然泪下的原因。臣是一个齐东村野的狂诞隐晦之人,不能通晓大义,借广泛征求意见的时候,回答陛下所问的事情,知道这样做必定会把自身投入鼎镬之中,被天下人耻笑了。以上讲庶民穷困则恐怕会作乱。

诸葛亮

诸葛亮简介参见卷十。

出师表

【题解】

本文是诸葛亮于建兴五年(227)北伐时,给蜀汉后主刘禅上的一份表章。文中,作者分析了当时蜀国所处的形势,谆谆告诫后主要牢记先帝遗愿,执法平正,采纳忠言,重用贤臣,励志自振,使他能专心一意于北伐大业。最后作者以自己的亲身经历,表白了自己为报答刘备的知遇之恩和临终嘱托,以兴复汉室为己任的决心。文章层次分明,文笔酣畅,感情真挚,感染力极强。

臣亮言:先帝创业未半①,而中道崩殂②。今天下三分③,益州罢弊④,此诚危急存亡之秋也⑤。然侍卫之臣不懈于内,忠志之士忘身于外者,盖追先帝之殊遇⑥,欲报之于陛下也。诚宜开张圣听,以光先帝遗德,恢宏志士之气⑦;不宜妄自菲薄⑧,引喻失义⑨,以塞忠谏之路也。以上志意不可卑薄。

【注释】

①先帝：前代已故的帝王。这里指蜀汉昭烈帝刘备。

②崩殂（cú）：指帝王之死。

③三分：指魏、蜀、吴三国政权鼎立。

④益州：州名。地有今四川、陕西、重庆、云南、贵州的一部分，治所在成都。这里指蜀汉。罢（pí）弊：即疲敝，疲弱困乏。

⑤秋：时候，日子。

⑥殊遇：特别的待遇，指恩宠、信任。

⑦恢宏：发扬，扩大。

⑧妄自菲薄：毫无根据地看轻自己。

⑨失义：不合大义。

【译文】

臣亮奏言：先帝创建大业还未完成一半，就中途去世了。现在天下三分鼎立，我们益州是这样的疲困，这真是危急存亡的紧要时刻啊。然而在朝廷侍从护卫陛下的大臣们毫不懈怠，在外的忠贞将士们奋不顾身，那是因为大家在追念先帝对他们的特殊恩遇，想在陛下您这里报答。陛下实在应该广泛听取大家的意见，以发扬光大先帝留下的美德，激励志士们的志气；不应该轻率地看轻自己，言谈训谕时有失大义，以致堵塞臣民们尽忠规谏之路。以上劝谏皇帝不可自卑自贱，妄自菲薄。

宫中府中①，俱为一体，陟罚臧否②，不宜异同。若有作奸犯科，及为忠善者，宜付有司，论其刑赏，以昭陛下平明之治，不宜偏私，使内外异法也。侍中侍郎郭攸之、费祎、董允等③，此皆良实，志虑忠纯，是以先帝简拔以遗陛下。愚以为宫中之事，事无大小，悉以咨之，然后施行，必能裨补阙漏，有所广益。将军向宠④，性行淑均⑤，晓畅军事，试用于昔日，先帝称之曰能,是以众议举宠为督⑥。愚以为营中之事,事无大小,悉以咨之,必能使行阵和穆、优劣得所也。亲贤臣,远小人,此先汉所以兴隆也;亲小人,远贤臣,此后汉所以倾颓也。先帝在时,每与臣论此事,未尝不叹息痛恨于桓、灵也⑦。侍中、尚书、长史、参军⑧,此悉贞亮死节之臣也,愿陛下亲之信之,则汉室之隆,可计日而待也。以上宫府贤才尚可信任。

【注释】

①宫中:指内廷侍臣。府中:指相府官吏。

②陟(zhì)罚:提升与惩罚。臧否(pǐ):褒扬与贬斥。臧,善。否,恶。

③侍中:秦汉时为丞相属官,因侍从皇帝左右,出入宫廷,应对顾问,地位渐形显贵。侍郎:东汉以后,尚书属官任满三年称侍郎。郭攸之:字演长,三国蜀南阳(今河南南阳)人。任侍中。费祎:字文伟,三国蜀江夏鄳鄢(今河南信阳东北)人。当时任侍中。董允:字休昭,三国蜀南郡枝江(今湖北枝江东北)人。当时任侍郎。

④向宠:三国蜀襄阳宜城(今湖北宜城南)人。蜀大臣向朗的兄子,后主时先后任中部督和中领军。

⑤淑均:善良公正。

⑥举宠为督:推举向宠统领禁卫军的中部督。

⑦桓、灵:东汉末年的桓帝刘志和灵帝刘宏。桓帝、灵帝时重用宦官、外戚,政治腐败,使东汉走向灭亡。

⑧尚书:执掌文书奏章,协助皇帝处理政务的官员。这里指陈震。长史:丞相府主要佐官。这里指张裔。参军:丞相府主管军事的佐官。这里指蒋琬。

【译文】

内廷侍臣和相府官吏，都是一个整体，凡有所奖惩，不应该有所不同。如果有做坏事违犯法律的，或者是尽忠为善的，应该交付有关主管部门的官员，以论定对他们的处罚和赏赐，以此来显示陛下处事的公正贤明，不应该有所偏袒，使宫中、府中法令不一。侍中郭攸之、费祎，侍郎董允等，都是善良诚实的人，他们心志忠贞纯正，所以先帝选拔出来留给陛下。臣以为宫廷中的事情，不论大小，都应先征求他们的意见后再施行，这样必能弥补缺点和疏忽之处，获得更好的效果。将军向宠，品行善良公正，通晓军事，往日试用过他，先帝称赞他能干，因此大家推举他做中部督。臣认为禁卫军中的事情，无论大小，都要先问他，这样必能使军队内部协调一致，对将士处置合宜，使他们各得其所。亲近贤臣，疏远小人，前汉因此兴旺强盛；亲近小人，疏远贤臣，后汉因此倾覆颓败。先帝在世的时候，每次与臣谈及此事，没有不对桓帝、灵帝感到惋惜痛心的。侍中郭攸之、费祎，尚书陈震，长史张裔，参军蒋琬，都是忠贞磊落、能以死报国的臣子。愿陛下亲近他们，信任他们，那么汉王室的复兴，就指日可待了。以上讲内廷和相府的贤才尚可信任。

臣本布衣，躬耕于南阳①，苟全性命于乱世，不求闻达于诸侯。先帝不以臣卑鄙②，猥自枉屈③，三顾臣于草庐之中，谘臣以当世之事。由是感激，遂许先帝以驰驱④。后值倾覆⑤，受任于败军之际，奉命于危难之间，尔来二十有一年矣。先帝知臣谨慎，故临崩寄臣以大事也。受命以来，夙夜忧叹，恐托付不效，以伤先帝之明。故五月渡泸⑥，深入不毛。今南方已定，兵甲已足，当奖帅三军，北定中原。庶竭驽钝，攘除奸凶，兴复汉室，还于旧都⑦，此臣之所以报先帝而忠陛下之职分也。以上自陈志事。

【注释】

①南阳：郡名。郡治在今河南南阳。

②卑鄙：地位低微，见识浅陋。

③猥(wěi)：谦辞。犹辱、承。枉屈：屈尊就卑的意思。

④驰驱：据《诸葛亮集》《资治通鉴》等多版本，疑应为"驱驰"。

⑤倾覆：覆灭。这里为失败。指建安十三年(208)刘备在长坂被曹操打败。

⑥泸：泸水，即金沙江河段。诸葛亮于建兴三年(225)率军渡过泸水，平定南中四郡。

⑦旧都：指长安和洛阳。

【译文】

臣本来是一个平民百姓，在南阳耕田为生，在动乱的时代只求能保全性命，不想向诸侯谋求做官扬名。先帝不因为臣地位卑下，见识浅陋，不惜降低身份，委屈自己，三次到茅草屋之中来看望，向臣征询关于天下大事的意见。臣为之感动，就答应为先帝效劳。后来遭到失败，臣受任于败军之际，奉命于危难之间，到现在已经二十一年了。先帝了解臣为人谨慎，所以临终把国家大事托付给臣。自接受遗命以来，臣日夜忧虑，生怕先帝托付给臣的大事没有成效，从而有损先帝明于鉴察的名声。所以臣在五月率军渡过泸水，深入到不毛之地。现在南方已经平定，兵员装备已经充足，应当激励并统率三军，北进克复中原。也许臣能竭尽低下的能力，铲除奸恶凶狠的敌人，兴复汉家河山，回到原来的京都，这是臣用来报答先帝并尽忠于陛下的职责啊。以上是诸葛亮自己陈述抱负。

至于斟酌损益，进尽忠言，则攸之、祎、允之任也。愿陛下托臣以讨贼兴复之效，不效则治臣之罪，以告先帝之灵。若无兴德之言，责攸之、祎、允之咎以彰其慢。陛下亦宜自谋,以咨诹善道^①,察纳雅言,深追先帝遗诏,臣不胜受恩感激。今当远离,临表涕泣,不知所云。以上总收一节。

【注释】

①咨诹(zōu):询问,谋划。善道:好的途径,好的方法。

【译文】

至于权衡政事的得失分寸,向陛下进谏忠言,那就是郭攸之、费祎、董允的责任了。希望陛下能将讨伐奸贼、兴复汉室的大事托付给臣,如果没有成就,就治臣之罪,以禀告先帝的在天之灵。如果没有劝勉陛下发扬圣德的言论,就要追究郭攸之、费祎、董允的过失,以彰显他们的怠惰。陛下自己也应该多加考虑,征求正确的途径、方法,明察并接纳忠正的言论,深深追念先帝的遗诏。那臣对陛下的恩德就感激不尽了。现在臣就要出征了,面对表文,不禁流下了眼泪,不知道自己说了些什么。以上总收一节。

高堂隆

高堂隆(? —237)，字升平，泰山平阳(今山东新泰)人。三国时魏国名臣。少为诸生，泰山太守薛悌命为督邮。建安十八年(214)，曹操召他为丞相军议掾，后为历城侯曹徽的文学(官名)，转为历城国相。黄初中，为堂阳长，后选为平原王曹叡的太傅。曹叡即位后，擢为给事中、博士、驸马都尉，迁陈留太守。七十多岁时，因卓绝的德行，举为计曹掾，明帝又特别拜官授郎中之职，征召为散骑常侍，赐爵关内侯。明帝大治宫殿，及崇华殿灾，星孛淫雨之变，高堂隆皆引经据典，上疏切谏，迁光禄勋，卒于魏景初元年(237)。精修经学，据《隋书·经籍志》载，他著有文集十卷。

谏明帝疏

【题解】

据《三国志·魏书》载，魏景初元年(237)，魏明帝大兴土木，营造宫殿，雕饰观阁，穷奢极欲，劳民伤财。高堂隆上此疏切谏，先讲上下劳役，宜加愍恤；次言天命可畏，劝谏明帝节制情欲以避祸乱；再分析吴、蜀两敌国之形势，劝诫明帝"存不忘亡"以励志图强，并提出一些具体措施。剖析事理，层层深入，文笔锋芒毕露，语言质直生动，痛心疾首之情，溢于言表。

　　盖天地之大德曰生，圣人之大宝曰位，何以守位曰仁，何以聚人曰财①。然则士民者，乃国家之镇也；谷帛者，乃士民之命也。谷帛非造化不育②，非人力不成。是以帝耕以劝农，后桑以成服，所以昭事上帝，告虔报施也。昔在伊唐③，世值阳九厄运之会④，洪水滔天，使鲧治之⑤，绩用不成，乃举文命⑥，随山刊木⑦，前后历年二十二载。灾眚之甚⑧，莫过于彼；力役之兴⑨，莫久于此。尧、舜君臣，南面而已。禹敷九州⑩，庶士庸勋⑪，各有等差；君子小人，物有服章⑫。今无若时之急，而使公卿大夫并与厮徒共供事役⑬，闻之四夷，非嘉声也；垂之竹帛⑭，非令名也⑮。是以有国有家者，近取诸身，远取诸物，妪煦养育⑯，故称"恺悌君子，民之父母"⑰。今上下劳役，疾病凶荒，耕稼者寡，饥馑荐臻⑱，无以卒岁。宜加愍恤，以救其困。以上言上下劳役，宜加愍恤。

【注释】

①"盖天地之大德曰生"几句：出自《周易·系辞》。

②造化：自然的创造化育。

③伊唐：尧帝姓伊祁，国号唐。

④阳九：指灾荒年景。

⑤鲧：禹父。

⑥文命：禹名。

⑦随：沿着。刊：砍。

⑧眚（shěng）：灾异，疾苦。

⑨力役：征用民力，劳役。

⑩敷：区分。

⑪庶士:众士。庸勋:功勋。

⑫服章:指表示官吏身份品秩的服饰。

⑬厮徒:干粗重杂活的奴隶,服杂役者。

⑭垂:流传。

⑮令名:好的名声。

⑯姁煦:生养覆育。姁,指地赋物以形体。煦,指天降气以养物。

⑰恺悌君子,民之父母:出自《诗经·大雅·泂酌》。恺悌,和乐平易。

⑱荐臻:重至,再来。

【译文】

天地最伟大的德性在于化育万物并使之生生不息,圣人最宝贵的东西是崇高的地位,用什么来保持其位是仁义,用什么来聚合众人靠财富。民众是国家的基础,粮食布帛是百姓的命脉。粮食布帛若非自然的创造化育就不能生长,如果不是人力劳作就不能形成。因此帝王亲自耕作来规劝农事,后妃种植桑麻以制成衣服,这样是用来明示对上帝的侍奉,用以告知对他的虔敬和报答他的恩泽啊。从前在尧帝治理国家的时候,世界正逢灾难之际,洪水滔天,委派鲧去治理水患,劳而无功,于是推举禹,禹沿着山林砍伐木材,前后历时二十二年。灾异和疾苦,没有比那时更深重的了;劳役的征用,没有比那时更长久的了。尧、舜君临天下,尊居帝位。禹把天下分为九州,众士以功劳来划分,各有等级差别;贵族和庶民,服饰的颜色各有其区别。现在没有那时的危难,却让公卿大夫和奴隶仆役一起从事杂役,传到四边的蛮夷戎狄之地,并非美好的名声;留传于竹简丝帛之上,也并非美好的名声。所以有国有家的人,取法于近身,仿效于万物,鞠育老幼养育万民,因此说"和乐平易的君子,做民众的父母"。现在全国上下劳役,疾病饥荒,耕田种地的人少了,灾荒连年,已经到了过不下去的程度。应当更加怜悯体恤,以解救他们的困厄。以上讲臣民上下劳役,宜加以怜悯体恤。

臣观在昔书籍所载，天人之际，未有不应也。是以古先哲王，畏上天之明命，循阴阳之逆顺，矜矜业业，惟恐有违。然后治道用兴，德与神符，灾异既发，惧而修政，未有不延期流祚者也[1]。爰及末叶，暗君荒主，不崇先王之令轨，不纳正士之直言，以遂其情志，恬忽变戒[2]，未有不寻践祸难，至于颠覆者也。以上言当畏天命。

【注释】

①流：传递。

②恬忽：犹淡泊。

【译文】

臣阅读从前书籍中所记载的，天人之间的关系没有不应验的。因此古代的先哲贤君，敬畏上天神明的意愿，依循阴阳变化的顺逆，兢兢业业，唯恐有所违逆。然后奋发图强治国安邦，德行与神意相符合，灾难变异如已发生，就惧怕而整治朝政，其君位没有不延长流传时间的。等到了后来，昏庸的君主，不尊崇先王的法令规则，不接纳正直之士的谏诤，顺从他自己的性情志趣淡然随意地改变禁戒，没有不自寻祸乱灾难，以至于颠覆败亡的。以上讲应当敬畏天命。

天道既著，请以人道论之。夫六情五性[1]，同在于人，嗜欲廉贞，各居其一。及其动也，交争于心。欲强质弱，则纵滥不禁；精诚不制，则放溢无极。夫情之所在，非好则美，而美好之集，非人力不成，非谷帛不立。情苟无极，则人不堪其劳，物不充其求[2]。劳求并至，将起祸乱。故不割情，无以相供。仲尼云："人无远虑，必有近忧[3]。"由此观之，礼义之制，非苟拘分,将以远害而兴治也。以上言情欲不节,将起祸乱。

【注释】

①六情五性:六情,指廉贞、宽大、公正、奸邪、阴贼、贪狠。五性,指五脏之性,肝性静,静行仁;心性躁,躁行礼;脾性力,力行信;肺性坚,坚行义;肾性智,智行敬。本文意指七情六欲。

②充:足,满。

③人无远虑,必有近忧:出自《论语·卫灵公》。

【译文】

天道既然已经昭著,请让臣再以人道来论述。六情五性,同在于一人身上,嗜好贪欲廉洁忠贞,各居其一。等到它们活动时,交相争执于心。欲望炽盛诚正虚弱,就纵情恣意不能自制;如果缺乏诚信,就会放纵泛滥没有极限。情志的所在,不是嗜好便是喜欢,而嗜好喜欢的事物的汇集,不用人力是不能成就的,不靠粮食布帛就不能建立。情志如果没有极限,那么百姓就无法忍受其劳苦,物资不能满足其需求。劳苦和需求并至,就会引起灾祸动乱。所以不割舍情志,就没有用以相供应的了。孔子说:"一个人如果对将来的事体毫无预备,忽然有事发生便会张皇失措。"从这句话来看,礼义制度,并非只是让众人各安其位,而是要靠它远离祸害兴盛国政。以上讲情欲不节制,则将起祸乱。

今吴、蜀二贼,非徒白地小虏、聚邑之寇①,乃据险乘流,跨有士众,僭号称帝,欲与中国争衡。今若有人来告:"权、备并修德政②,复履清俭,轻省租赋,不治玩好,动咨耆贤,事遵礼度。"陛下闻之,岂不惕然恶其如此③,以为难卒讨灭而为国忧乎?若使告者曰:"彼二贼并为无道,崇侈无度,役其士民,重其征赋,下不堪命,呼嗟日甚。"陛下闻之,岂不勃然忿其困我无辜之民,而欲速加之诛? 其次,岂不幸彼疲弊而取之不难乎? 苟如此,则可易心而度,事义之数亦不远矣。以上言吴、蜀未平,不宜困民。

【注释】

①白地:指沙漠地带。

②权、备:指孙权、刘备。

③惕然:警觉省悟的样子。

【译文】

现在吴、蜀两个贼国,并非只是沙漠地带、聚集城邑的小寇虏,而是占据险地凭借长江,拥有卒伍民众,僭越本分自号为帝,想要和中原相争抗衡。现在如果有人来报告:"孙权、刘备都修整仁德宽厚的政治,践行清廉俭朴的作风,削减田租赋税,不备办玩好,行动咨询于耆宿贤达,做事遵从于礼仪制度。"陛下听到这些,难道不警惕省悟而憎恶他们那样,认为难以完成征讨并消灭他们的大业而为国忧愁吗? 如果使者报告说:"那两个贼寇都没有道义,崇尚奢侈挥霍无度,役使他们的百姓,加重征收百姓的赋税,百姓生活困苦不堪,愁怨之声越来越厉害。"陛下听到这些,难道不勃然大怒,愤恨他们让我们无辜的百姓困苦,而想要迅速诛灭他们吗? 其次,难道不庆幸他们疲乏衰弱,而攻取他们就不困难了吗? 假使这样,就可以换种想法而谋划,从事正义之战的时日,也就不远了。以上讲吴国、蜀国还没有平定,不宜使人民疲困。

且秦始皇不筑道德之基,而筑阿房之宫;不忧萧墙之变①,而修长城之役。当其君臣为此计也,亦欲立万世之业,使子孙长有天下,岂意一朝匹夫大呼,而天下倾覆哉? 故臣以为使先代之君,知其所行必将至于败,则弗为之矣。是以亡国之主自谓不亡,然后至于亡;贤圣之君自谓将亡,然后至于不亡。昔汉文帝称为贤主,躬行约俭,惠下养民,而贾谊方之②,以为天下倒县,可为痛哭者一,可为流涕者二,可为长叹息者三。况今天下凋弊③,民无儋石之储④,国无终年之畜,外有强敌,六军暴边⑤,内兴土功,州郡骚动。若有寇警,则臣惧版筑之士不能投命虏庭矣。以上言存不忘亡。

【注释】

①萧墙之变:喻内部变乱。

②方:通"谤"。讥评。

③凋弊:衰败。

④儋(dàn):同"甔"。一种小口腹的陶器。

⑤六军:朝廷的军队。

【译文】

况且秦始皇不修行道义仁德的根本,却修建阿房宫;不担忧内部的变乱,却致力于长城的徭役。当他们君臣谋划这个时,也是想要建立流传万世的基业,使子孙长久地拥有天下,哪里会料到有一天一人大呼,群起响应,竟导致国家的倾覆呢? 所以臣认为假使前代的国君,知道他所做的必将导致失败,那么就不会去做了。所以那些亡了国的君主,自己认为不会亡国,然后以至于亡国;圣明贤德的君主,自己认为要亡国而加以警戒,然后才不至于亡国。从前汉文帝被称为贤明的君主,亲自奉行俭朴节约,恩惠下属养育百姓,而贾谊却认为国家表面安和实际上处境危急,把这比作天下倒悬,应该为之痛哭的有一点,为之流涕的有两点,为之长吁短叹的有三点。更何况现在天下衰败困苦,百姓没有较多粮食的存储,国家没有度过一年的积蓄,境外有强大的敌人,朝廷的军队防守于边境,国内大兴土木工程,州郡时时动乱不安。如果有敌人侵犯的警报，那么臣担心造屋建房之士，不能效命抵御敌虏啊。以上讲安存时不能不顾念危亡。

　　又，将吏奉禄稍见折减，方之于昔，五分居一。诸受休者①，又绝廪赐；不应输者②，今皆出半。此为官入兼多于旧，其所出与参少于昔。而度支经用③，更每不足，牛肉小赋，前后相继。反而推之，凡此诸费，必有所在。且夫禄赐谷帛，人主所以惠养吏民而为之司命者也，若今有废，是夺其命矣。既得之而又失之，此生怨之府也。《周礼》，太府掌九赋之财④，以给九式之用⑤，入有其分，出有其所，不相干乘而用各足⑥。各足之后，乃以式贡之余，供王玩好。又上用财，必考于司会⑦。今陛下所与共坐廊庙治天下者，非三司九列⑧，则台阁近臣⑨，皆腹心造膝⑩，宜在无讳。若见丰省而不敢以告，从命奔走，惟恐不胜，是则具臣⑪，非鲠辅也⑫。昔李斯教秦二世曰："为人主而不恣睢⑬，命之曰天下桎梏。"二世用之，秦国以覆，斯亦灭族。是以史迁议其不正谏，而为世诫。以上言禄赐不宜减。

【注释】

①休：辞官。

②输：交出，献纳。

③度支：官名。掌管全国财赋的统计和支调。

④九赋：古代赋税，有邦中、四郊、邦甸、家削、邦县、邦都、关市、山泽、币余九种。

⑤九式：周代关于祭祀、宾客、丧荒、羞服、工事、币帛、刍秣、匪颁、

好用九个方面的财政支出法式。

⑥乘：计算。

⑦考：查核。

⑧三司：即三公，太尉、司徒、司空。九列：九卿之位。

⑨台阁：尚书的别称。

⑩造膝：犹促膝，谓亲近。

⑪具臣：备位充数之臣。

⑫鲠（gěng）辅：谓刚直有力的辅佐者。

⑬恣睢（suī）：自在，没有拘束。

【译文】

另外，把官吏的俸禄稍微折减一些，比之于从前，五分取一。那些已经辞官的，断绝官粮赏赐的供应；不应该献纳的，现在都献纳一半。这作为朝廷的收入，合起来比以前要多，而支出的却比以前要少。而度支管理筹划收入的使用，却每每不够，牛肉等小赋税，前后相继。反过来推测，凡是这些费用，必然有其所用。况且像俸禄赏赐粮食衣帛，是君王仁慈用以养育官吏百姓，为他们谋求生计的，如果现在有所废除，是夺取他们的性命啊。既已得到却又失去，这是滋生怨恨的根源。《周礼》中载，太府掌管着九种赋税的规章，用以供给九种财政法式的使用，收入有其名分，支出有其所由，不互相干涉各自核算，而能满足各种所用。各种所用得以保证之后，赋贡及万民之供的所余，供给君王的玩好。另外，君王使用财物一定经过司会查核。现在和君王同在朝廷共治天下的，不是三公九卿，便是尚书和亲近君王的侍从之臣，都是君王信赖的人，应当没有顾忌。如果见到丰厚和简约却不敢以实相告，只知听从命令，竭力奔走，唯恐不能办成，这是备位充数而非刚直有力的大臣。从前李斯劝谏秦二世说："作为人主不能自在而没有拘束，却劳身于天下，那么天下就成桎梏了。"秦二世采纳了他的话，秦国覆亡，李斯也被诛灭九族。所以司马迁说他是不正确的劝谏，世人应当引以为戒。以上讲俸禄赏赐不应减省。

刘琨

刘琨(271—318)，字越石，中山魏昌(今河北定州东南)人。中山靖王之后。性傲，少时与祖逖为友，闻祖逖被用，曾道："常恐祖生先吾着鞭。"永嘉元年(307)，任并州刺史。愍帝初，任大将军，都督并州诸军事。忠于晋，长期坚守并州，与刘聪、石勒对抗。愍帝建兴四年(316)，与鲜卑贵族段匹磾结为姻亲，结拜兄弟。后为石勒所迫，投奔段匹磾，旋被害。有《刘越石集》辑本传世。

劝进表

【题解】

晋愍帝建兴四年(316)，西晋灭亡。第二年，丞相、琅邪王司马睿即晋王位，总摄国家事宜。刘琨与段匹磾歃血为盟，相约共同拥戴晋王即帝位，作此《劝进表》。

建兴五年三月癸未朔十八日辛丑①，使持节散骑常侍、都督河北并冀幽三州诸军事、领护军、匈奴中郎将、司空、并州刺史、广武侯臣琨，使持节、侍中、都督冀州诸军事、抚军大将军、冀州刺史、左贤王、渤海公臣碑②，顿首死罪上书：

> 臣琨、臣碑，顿首顿首！死罪死罪！臣闻天生蒸人③，树之以君，所以对越天地④，司教黎元⑤。圣帝明王，鉴其若此，知天地不可以乏飨⑥，故屈其身以奉之；知黎元不可以无主，故不得已而临之。社稷时难，则戚藩定其倾；郊庙或替，则宗哲纂其祀⑦。所以宏振遐风，式固万世⑧。三五以降⑨，靡不由之。以上言宗社当有主者。

【注释】

①建兴五年：317 年。其时西晋已亡，刘琨为表不忘旧主，沿用愍帝年号。

②碑(dī)：即段匹碑。

③蒸人：黎民百姓。

④对越：指帝王祭祀天地神灵。

⑤司教：疑底本有误，据《晋书》应为"司牧"，即管理，统治。黎元：百姓。

⑥飨：通"享"。祭祀。

⑦纂：继承。

⑧式：楷模，榜样。

⑨三五：指三皇五帝。

【译文】

建兴五年三月癸未朔十八日辛丑，使持节散骑常侍、都督河北并冀幽三州诸军事、领护军、匈奴中郎将、司空、并州刺史、广武侯臣刘琨，使持节、侍中、都督冀州诸军事、抚军大将军、冀州刺史、左贤王、渤海公臣段匹碑，向陛下叩首，冒死上书：

臣刘琨、臣段匹磾，叩首叩首！死罪死罪！臣听说上天生育了百姓，就设置君主以祭祀天地，管理百姓。圣明的帝王鉴于上天有这样的安排，知道天地不能缺乏祭祀，因此委屈自己去供奉天地；知道百姓不能够没有君主，因此不得已而当君主，来教化他们。国家社稷时有危难，则靠亲属藩王来安定；宗庙被别人取代，则靠明智的人来继承祭祀。以此来光大显扬影响深远的教化，为万世树立稳固的榜样。从三皇五帝以来，莫不如此。以上讲宗庙社稷当有人主。

臣琨、臣磾，顿首顿首！死罪死罪！伏惟高祖宣皇帝，肇基景命①，世祖武皇帝，遂造区夏②，三叶重光③，四圣继轨④，惠泽侔于有虞⑤，卜年过于周氏⑥。自元康以来⑦，艰祸繁兴，永嘉之际⑧，氛厉弥昏，宸极失御⑨，登遐丑裔⑩。国家之危，有若缀旒⑪。赖先后之德、宗庙之灵，皇帝嗣建⑫，旧物克甄⑬，诞授钦明，服膺聪哲⑭。玉质幼彰，金声夙振。冢宰摄其纲⑮，百辟辅其治⑯，四海想中兴之美⑰，群生怀来苏之望⑱。不图天不悔祸⑲，大灾荐臻⑳，国未忘难，寇害寻兴㉑。逆胡刘曜㉒，纵逸西都㉓，敢肆犬羊，凌虐天邑。臣等奉表使还，仍承西朝㉔，以去年十一月不守，主上幽劫，复沉虏庭，神器流离㉕，再辱荒逆。臣每览史籍，观之前载，厄运之极，古今未有。苟在食土之毛㉖，含气之类，莫不叩心绝气，行号巷哭。况臣等荷宠三世㉗，位厕鼎司㉘，承问震惶，精爽飞越㉙，且悲且惋，五情无主㉚，举哀朔垂㉛，上下泣血。以上闻怀、愍之难。

【注释】

①肇基：始创基业。景命：上天授予王位之命。

②造：创建。区夏：诸夏之地，指中原。

③三叶：即三世，指宣帝司马懿、文帝司马昭、景帝司马师。三人在世时均为魏大臣，其帝号是晋朝建立后追封的。

④四圣：指晋武帝司马炎、惠帝司马衷、怀帝司马炽、愍帝司马邺。

⑤侔：齐等，相当。

⑥卜年：用占卜预测统治国家的年数。

⑦元康：晋惠帝年号（291—299）。

⑧永嘉：晋怀帝年号（307—312）。

⑨宸极：北极星。古代认为北极星是最尊之星，为众星所拱，因此比喻帝位。

⑩登遐：对人死去的讳称。

⑪缀旒：指君王被臣下挟持，大权旁落。

⑫皇帝：指晋愍帝。

⑬甄：造就，化育。

⑭服膺：衷心信服。

⑮冢宰：指六卿之首，统理百官。

⑯百辟：指诸侯。

⑰四海：天下。

⑱来苏：从疾苦中获得重生。

⑲悔祸：追悔造成的祸乱。

⑳荐臻：接连地到来，一再遇到。

㉑寻：连续。

㉒刘曜：字永明，匈奴族。十六国时前赵国君。

㉓西都：指西晋都城洛阳。

㉔西朝：西京长安。

㉕神器：指帝位、政权。

㉖食土之毛：来自成语"食毛践土"，指蒙受国君的养育之恩，多用作对国君的感恩之辞。

㉗荷宠三世：刘琨祖父刘迈，官至相国参军，父刘蕃，官至光禄大夫，至琨已是三世。

㉘厕：置身于。鼎司：指重臣之位。

㉙精爽：魂魄、精神。

㉚五情：喜、怒、哀、乐、怨。

㉛朔垂：泛指西北边远地区。

【译文】

臣刘琨、臣段匹磾，叩首叩首！死罪死罪！自高祖宣帝开辟基业，上天授予王位之命，世祖武皇帝便统一了中原，宣、文、景三世功德相承，武、惠、怀、愍四帝基业相继，惠泽可与有虞氏相比，国运可与周朝相较。然而自元康以来，灾难频频发生，永嘉年间，天昏地暗，皇帝之位失去保卫，先帝丧命于乱贼之手。国家的危难，犹如君王被挟持一般。仰赖前代君主的德行和祖宗的保佑，愍帝在长安即位，朝廷的礼仪能够不失旧制，上天授予敬肃明察，使人衷心信服于他。他美好的品质自小就很明显，优良的声誉一向远播四海。大臣辅佐国政，诸侯尽心治国，四海之内，天下都想中兴晋室，百姓都想从痛苦中获得新生。不料上天不追悔已经造成的祸乱，灾难接踵而来，国家上次的灾难还未完结，敌寇造成的危害却一再出现。刘曜攻陷洛阳，大肆抢劫，凌辱不堪，挖掘陵墓，焚烧宫室。臣等使人奉表从长安回来，得知去年十一月，长安失陷，愍帝被挟制，沦落于匈奴之手，政权流离，被逆贼所侮辱。臣每次看历史书籍，察看前世历朝，像我朝这样多灾多难的，古今未有。稍有感恩心之人，稍有生命之物，没有不痛心疾首，伤心号哭的。何况像臣等蒙先帝厚爱三世、列位于朝廷大臣之列的人，更是万分震惊，魂飞魄散，既悲怆又痛惜不已，六神无主，痛苦万分，上下泣血。
以上听闻晋怀帝、愍帝之难。

　　臣琨、臣碑，顿首顿首，死罪死罪！臣闻昏明迭用，
否泰相济。天命未改，历数有归，或多难以固邦国，或
殷忧以启圣明。齐有无知之祸①，而小白为五伯之长；
晋有骊姬之难②，而重耳主诸侯之盟。社稷靡安，必将
有以扶其危；黔首几绝③，必将有以继其绪④。伏惟陛下
元德通于神明⑤，圣姿合于两仪⑥，应命代之期⑦，绍千
载之运⑧。夫符瑞之表⑨，天人有征⑩；中兴之兆，图谶
垂典。自京畿陨丧，九服崩离，天下嚣然⑪，无所归怀。
虽有夏之遘夷羿⑫，宗姬之离犬戎⑬，蔑以过之⑭。陛下
抚宁江左⑮，奄有旧吴⑯，柔服以德，伐叛以刑，抗明威以
摄不类⑰，杖大顺以肃宇内⑱。纯化既敷，则率土宅
心⑲，义风既畅，则遐方企踵⑳。百揆时叙于上㉑，四门
穆穆于下。昔少康之隆㉒，夏训以为美谈；宣王之兴㉓，
周诗以为休咏。况茂勋格于皇天㉔，清辉光于四海！苍
生颙然㉕，莫不欣戴㉖！声教所加，愿为臣妾者哉！且宣
皇之胤㉗，惟有陛下，亿兆攸归，曾无与二。天祚大晋，
必将有主，主晋祀者，非陛下而谁？是以迩无异言㉘，远
无异望。讴歌者无不吟咏徽猷㉙，狱讼者无不思于圣
德。天地之际既交，华裔之情允洽。一角之兽㉚，连理
之木，以为休征者㉛，盖有百数；冠带之伦㉜，要荒之
众㉝，不谋而同辞者，动以万计。是以臣等敢考天地之
心，因函夏之趣㉞，昧死以上尊号，愿陛下存舜、禹至公

之情，狭巢、由抗矫之节^㉟；以社稷为务，不以小行为先；以黔首为忧，不以克让为事；上以慰宗庙乃顾之怀，下以释普天倾首之望。则所谓生繁华于枯荑^㊱，育丰肌于朽骨，神人获安，无不幸甚！ 以上言元帝亲贤，宜嗣大统。

【注释】

① 无知之祸：前文有注。

② 骊姬之难：前文有注。

③ 黔首：百姓。

④ 绪：前人未竟之功业。

⑤ 元德：大德。

⑥ 两仪：指天地。

⑦ 命代：即"命世"，著名于当世，用以称治世之才。

⑧ 绍：承续。

⑨ 符瑞：吉兆。

⑩ 征：预兆，迹象。

⑪ 嚣然：扰攘不宁貌。

⑫ 遘：遭遇。夷羿：指后羿。传说中夏代部落首领，因居东夷，故称。

⑬ 宗姬：指周王室，因其姬姓，故称"宗姬"。犬戎：古戎族的一支，殷周时居于我国西部。周幽王十一年（前771），犬戎攻入西周都城镐京，杀幽王。平王立，迁都于洛邑，是为东周。

⑭ 蔑：无，没有。

⑮ 江左：长江下游以东地区。

⑯ 奄：覆盖，包括。

⑰ 不类：不善。

⑱杖：凭依。大顺：根据礼、德、法、信达到的安定境界谓顺乎伦常天道。

⑲率土：境域以内。宅心：归心。

⑳遐：远。企踵：踮起脚跟。

㉑百揆：总理国政之官。

㉒少康：夏朝中兴之主。

㉓宣王：周朝中兴之主。

㉔格：到。

㉕颙（yóng）然：仰慕的样子。

㉖欣戴：欣悦拥戴。

㉗胤：后嗣，子嗣。

㉘迩：近。

㉙徽猷（yóu）：美善之道。猷，道。指修养、本事等。

㉚一角之兽：麒麟。吉祥的动物。

㉛休征：吉祥的征兆。

㉜伦：类。

㉝要荒：离王城极远之地。

㉞函夏：是说能包括诸夏，即指全国。

㉟巢、由：尧时的高士巢父和许由。

㊱枯荑（tí）：指枯树所生的嫩芽。荑，草木始生的芽的通称。

【译文】

　　臣刘琨、臣段匹磾，叩首叩首！死罪死罪！臣听说昏昧与开明迭次出现，好运与坏运接踵而来。上天保佑晋室的命数未改，晋室的天下是天命定的，多灾多难，也许是为了国家以后的稳固，或者是像殷鉴那样来启迪圣明之主。当年齐国有公孙无知作乱，动乱平息后即位的公子小白成为五霸之首；晋国有骊姬之难，后来登位的重耳成了诸侯的盟长。社稷没有安定，必将有扶危解难之人；百姓面临绝路,必定有人来继续治理他们。希望陛下的大德通于神明,美好的姿容合于天地,正好适应治理乱世之需,能够承续千年的大业。吉祥的表征,在人在天都有预兆;中兴的兆头,从图册中都可以查到。自从京都沦丧,诸卿离散,天下扰攘不宁,无处可以依托。即使古时夏朝遭遇夷羿之难,周朝被犬戎所乱,都无法与之相比。陛下安抚镇守长江中下游,覆盖旧时吴国之地,以德行教化民众,以严刑讨伐叛逆,捍卫朝廷威信以震慑不良之徒,严明刑法来安定境内。纯厚的教化已经布施,境内百姓个个归心,高义之风四处传扬,远方人士都踮起脚跟企盼。朝廷建立起正常的秩序,天下就会肃穆恭敬。当年少康中兴夏朝,一时传为美谈;宣王中兴周室,《诗经》为之称颂。何况陛下伟大的功勋犹如皇天之高,优良的品德犹如清辉洒向四海!百姓仰慕,无不衷心拥戴!陛下的声威和教化,使他们都愿为臣民啊!况且宣帝的后嗣,只有陛下,万众归心,再无二人。上天保佑晋朝,必定会有国君,主持晋朝宗庙祭祀的国君,除了陛下还能有谁?因此近无异言,远无异望。赞颂者无不称赞陛下的高明谋略,就是在狱中的人,也都想着陛下的圣德。天地已经交合,华夏大地百姓和美。一角之兽、连理之木这些吉祥的征兆,出现了几百处;不管是做官的人,还是远在乡村僻野的人,不约而同地要请陛下登基的,随便一数就有上万人。所以臣等考察天下百姓的心愿,根据国内的形势,冒着死罪上书,希望陛下像舜、禹那样出于为公之心,不像巢父、许由那样坚持高大但有点矫情的操守;以国家社稷为重,不以小事为重;考虑黎民百姓,不考虑克己礼让;对上可以告慰祖宗,对下可以让普天下民众放心。这就是人们常说的使枯木逢春,使朽骨生肉,天下太平,百姓安宁,无不庆幸。以上讲晋元帝亲近贤能,应该继承帝业。

臣琨、臣碑,顿首顿首!死罪死罪!臣闻尊位不可久虚,万机不可久旷。虚之一日,则尊位以殆;旷之浃辰①,则万机以乱。方今钟百王之季②,当阳九之会,狡寇窥觎③,伺国瑕隙;黎元波荡,无所系心,安可以废而不恤哉? 陛下虽欲逡巡④,其若宗庙何? 其若百姓何? 昔惠公虏秦⑤,晋国震骇,吕、郄之谋⑥,欲立子圉⑦,外以绝敌人之志,内以固阖境之情。故曰,丧君有君,群臣辑穆⑧;好我者劝,恶我者惧;前事之不忘,后代之元龟也⑨。陛下明并日月,无幽不烛,深谋远虑,出自胸怀。不胜犬马忧国之情,迟睹人神开泰之路,是以陈其乃诚⑩,布之执事。臣等各忝守方任,职在遐外⑪,不得陪列阙庭⑫,共观盛礼,踊跃之怀,南望罔极⑬。以上言立君以定民志。

【注释】

①浃(jiā)辰:十二天。

②钟:当,遭逢。百王:历代帝王。季:末。

③窥觎(yú):觊觎。觎,通"觊"。企求,希望获得。

④逡巡:迟疑徘徊,欲行又止。

⑤惠公虏秦:晋惠公被秦国俘虏。

⑥吕、郄:瑕吕饴甥(瑕吕为复姓)和郄芮。

⑦圉:惠公之子,即晋怀公。

⑧辑穆:和睦。

⑨元龟:可借鉴的往事。

⑩乃诚:忠诚。

⑪遐外:边远地区,蛮荒之地。

⑫阙庭:朝廷。

⑬罔极:无穷极。

【译文】

　　臣刘琨、臣段匹磾,叩首叩首! 死罪死罪! 臣听说皇帝之尊位不能长久空虚,国家大事不能长期耽误。皇帝尊位空虚一日,就可能产生危险;国家大事耽误十二天,就会出现混乱。如今正值皇朝末世,厄运汇集,狡猾的贼寇觊觎政权,等待机会;百姓人心动荡,无所安定,怎么能扔下他们不管不顾呢? 陛下如此犹豫不决,对社稷有何好处? 对百姓有何好处? 当年晋惠公被秦国俘虏,国内惊骇不安,瑕吕饴甥、郤芮决定立太子圉为君,对外可以挫败敌人的阴谋,对内可以巩固全民的士气。所以说,失去君主,又有了君主,众大臣井然有序;对我友好者勉励我们,对我怀有敌意者则畏惧我们;前事不忘,后事之师。陛下圣明如同日月一样,明察隐微,深谋远虑,胸怀博大。臣等实在抑制不住忧国忧民之心,生怕很晚才看到强国富民之路,因此上书陈述忠诚,报告陛下。臣等尽心竭力,各尽职守,因远离京城,不能位列朝廷,参加陛下登基大典,只好怀着迫切的心情,等待之意没有穷尽。以上讲确立君王以安定民心。

　　　　谨上。臣琨谨遣兼左长史右司马臣温峤、主簿臣辟闾训,臣磾遣散骑常侍、征虏将军、清河太守、领右长史、高平亭侯臣荣劭,轻车将军、关内侯臣郭穆奉表。臣琨、臣磾等顿首顿首! 死罪死罪!

【译文】

　　恭敬谨慎地呈上。臣刘琨派遣兼左长史右司马臣温峤、主簿臣辟闾训,臣段匹磾派遣散骑常侍、征虏将军、清河太守、领右长史、高平亭侯臣荣劭,轻车将军、关内侯臣郭穆奉送此表。臣刘琨、臣段匹磾等叩首叩首! 死罪死罪!

江式

　　江式(? —523)，字法安，陈留济阳(今河南兰考东北)人。历符节令。世传篆籀训诂之学。洛阳宫殿门榜，皆其所书。宣武帝延昌中(512—515)，撰集字书四十卷，号曰《古今文字》。

文字源流表

【题解】

　　这是一篇叙述汉字源流发展的文章。上自仓颉造字，下至江式时代书体，作者都作了系统细致的梳理，既显得内容丰富厚实，又显得气势宏大，有百川归海的气魄。文笔疏密相间，徐缓急峻有致，详略十分得当，语言质朴自然，是一篇难得的关于汉字发展史的学术论文。

　　臣闻伏羲氏作而八卦形其画[①]，轩辕氏兴而灵龟彰其彩。古史仓颉览二象之爻[②]，观鸟兽之迹，别创文字，以代结绳，用书契以维事[③]。迄于三代，厥体颇异[④]，虽依类取制，未能违仓氏矣。故《周礼》八岁入小学，保氏教以六书，盖是史颉之遗法。及宣王太史史籀著《大篆》十五篇[⑤]，与古文或同或异,时人即谓之籀书⑥。孔子修六经,左丘明述《春秋》,皆以古文,厥意可得而言。<small>以上自上古至孔子。</small>

【注释】

①作:演绎,发明。

②爻:交错,变化。

③书契:刀刻文字。

④厥:其。

⑤史籀(zhòu):一说为周宣王时史官,善书。据王国维考证,"籀""读"二字古音义相同,实非人名。

⑥籀书:古代书体之一,即大篆。

【译文】

臣听说伏羲氏发明八卦图形,轩辕氏发明用灵龟显示文采。古代左史仓颉,观二物的变化,看鸟兽的行迹,分别创造文字,来代替结绳记事,用刀刻文字记事。到了三代,书体很独特,虽然按照类别制定,但没有违背仓颉的造字规范。《周礼》记载,八岁入小学,掌小学之官教授指事、象形、形声、会意、转注和假借六书,这是历史上仓颉留下的方法。到周宣王太史史籀著《大篆》十五篇,与古文字有的相同有的不同,那时人们称它为"籀书"。孔子修纂六经,左丘明传述《春秋》,都按照古文写成,他们的意思可得而知。<small>以上历述文字自上古至孔子的发展。</small>

其后,七国殊轨,文字乖舛。暨秦兼天下,丞相李斯乃奏蠲罢不合秦文者①。斯作《仓颉篇》,车府令高作《爰历篇》②,太史令胡母敬作《博学篇》③,皆取史籀式,颇有省改,所谓小篆者也。于是秦烧经书,涤除旧典。官狱繁多,以趣简易④,始用隶书,古文由此息矣。隶书者,始皇使下杜人程邈附于小篆所作也⑤。世人以邈徒隶⑥，即谓之隶书。故秦有八体：一曰大篆，二曰小篆，三曰符书，四曰虫书，五曰摹印，六曰署书，七曰殳书，八曰隶书。以上秦。

【注释】

①蠲（juān）罢：除去。蠲，除去，减免。

②高：指赵高。

③胡母敬：秦人，太史令。博识古今文字。秦统一后，奉命与李斯等省改大篆，作《博学篇》。

④趣（qū）：趋向。

⑤程邈：字元岑，下杜（今址不详）人。尝为狱吏。相传在狱整理字体，首变篆书圆转为方折，去其繁复，以便书写，世称"隶书"。始皇善之，出为御史。

⑥徒隶：服劳役的罪犯，服贱役的人。

【译文】

在那之后，七国走着不同的道路，文字多谬。到秦朝兼并天下，丞相李斯上奏废除不符合秦国文字的其他文字。李斯作《仓颉篇》，车府令赵高作《爰历篇》，太史令胡母敬作《博学篇》，他们都取法史籀，并作了很多改动，成为所谓"小篆"字体。于是秦国焚烧经书，清除旧典。由于诉讼之事很多，文字于是趋向简便，开始用隶书，古文便从此不用了。隶书是秦始皇派下杜人程邈按小篆创制而成的。世人因为程邈是役隶，所以称他创制的书体为"隶书"。因此秦朝有八种书体：一是大篆，二是小篆，三是符书，四是虫书，五是摹印，六是署书，七是殳书，八是隶书。以上是秦朝的文字发展。

汉兴有尉律①，学徒教以籀书，又习八体，试之课最，以为尚书史。书省字不正,辄举劾焉。又有草书,莫知谁始,其形书虽无厥谊,亦一时之变通也。孝宣时,召通《仓颉》读者,独张敞从受之。凉州剌史杜业、沛人爰礼、讲学大夫秦近亦能言之。孝平时,征礼等百余人,说文字于未央宫中,以礼为小学元士。黄门侍郎扬雄采以作《训纂篇》。及亡新居摄②,自以运应制作,大司马甄丰校文字之部,颇改定古文。时有六书:一曰古文,孔子壁中书也;二曰奇字,即古文而异者;三曰篆书,云小篆也;四曰佐书,秦隶书也;五曰缪篆,所以摹印也;六曰鸟虫,所以书幡信也③。壁中书者,鲁恭王坏孔子宅而得《尚书》《春秋》《论语》《孝经》也。又北平侯张仓献《春秋左氏传》,书体与孔氏相类,即前代之古文矣。以上西汉及新莽。

【注释】

①尉律:在汉代,律令为廷尉所掌管,故称"尉律"。

②亡新:指新莽,即王莽篡汉建立的政权。此处指王莽。居摄:因皇帝年幼不能亲政,由大臣代居其位处理政务。

③幡(fān)信:题表官号以为符信的旗帜。

【译文】

汉朝建立后,有官名为尉律,规定学徒学习大篆,又学习八体,考试中成绩最好的,被任命为尚书史。假使上书中字有不规范的,尉律常常举示弹劾他们。还有草书,不知由谁创始,书体虽然没有多少实用价值,但也是当时的一大变通。汉孝宣帝时,召集通晓《仓颉篇》的人,独有张敞符合要求。凉州刺史杜业、沛人爰礼、讲学大夫秦近,也能谈《仓颉篇》。孝平皇帝时,征聘爰礼等百余人,在未央宫谈论文字,让爰礼作小学元士。黄门侍郎扬雄采纳这些作《训纂篇》。到王莽执政时,实行一系列文字改革,让大司马甄丰校勘文字部分,对古文改动很大。当时有六书:一是古文,即孔子壁中书;二是奇字,即与古文有别的文字;三是篆书,即小篆;四是佐书,即秦隶书;五是缪篆,即是摹印体;六是鸟虫书,是书幡信体。壁中书是鲁国恭王拆孔子旧宅时而得到的《尚书》《春秋》《论语》《孝经》。还有北平侯张仓献上的《春秋左氏传》,书体与孔子壁中书相似,即是前代的古文。以上是西汉及新莽时期的文字发展。

后汉扶风曹喜,号曰工篆,小异斯法,而甚精巧。自是后学,皆其法也。又诏侍中贾逵修理旧文,殊艺异术,王教一端,苟有可以加于国者,靡不悉集。逵即汝南许慎古学之师也。后慎嗟时人之好奇,叹俗儒之穿凿,故撰《说文解字》十五篇,首一终亥,各有部属,可谓类聚群分,杂而不越,文质彬彬,最可得而论也。左中郎将蔡邕采李斯、曹喜之法,以为古今杂形,诏于太学立石碑,刊载五经,题书楷法,多是邕书也。后开鸿都,书画奇能,莫不云集,时诸方献篆,无出邕者。以上后汉。

【译文】

后汉扶风人曹喜,以精通篆书称名,与李斯篆法稍有不同,但很精巧。从此,后来人都以他的篆书为楷模。皇帝诏谕侍中贾逵修改旧文,或在独异技艺方法方面,或在王道教化方面,倘使有对国家有利的,无不收录其中。贾逵是研究古文字学的汝南人许慎的老师。后来许慎叹息当时人们的好奇心太重,感叹世俗儒士的牵强附会,所以撰写《说文解字》十五篇,书中以"一"部为首而以"亥"部为终,各有各的部属,可以说类聚而群分,复杂但不过分,文质彬彬,最为人们推崇。左中郎将蔡邕仿效李斯、曹喜的造字方法,把古今方法杂糅起来,皇帝诏谕在太学立石碑,刻载五经,题字用楷书,多是蔡邕写的。后来,开鸿都学,书画奇才,应者云集,当时多方献篆书,没有人超过蔡邕。以上是东汉的文字发展。

魏初,博士清河张揖著《埤仓》《广雅》《古今字诂》。方之许篇,古今体用,或得或失。陈留邯郸淳亦与揖同,博闻古艺,特善《仓》《雅》。许氏字指,八体、六书,精究厥理,有名于揖,以书教诸皇子。又建《三字石经》于汉碑西,其文蔚焕,三体复宣,校之《说文》,篆、隶大同,而古字小异。又有京兆韦诞、河东卫觊,二家并号能篆,当时台观笺题、宝器之铭,悉是诞书,咸传之子孙,世称其妙。以上曹魏。

【译文】

魏国初年,清河博士张揖,著有《埤仓》《广雅》《古今字诂》。以许慎之著为规矩方圆,古今字体兼用,有得有失。陈留人邯郸淳,也与张揖相同,对古代艺事博学多识,特别推崇《埤仓》《广雅》。许氏的文字意旨,八体、六书,深得其理,名气很大,胜过张揖,所以教授诸皇子书法文字。又在汉碑西建古文篆、隶《三字石经》,那文字真是光彩夺目,三体得以传布,与《说文解字》上的篆、隶很相似,而与古字稍有不同。又有京兆人韦诞、河东人卫觊,二人都以擅长篆书齐名,当时的台观笺题、宝器铭文,都出自韦诞之手,这些被传给他的子孙,后人都称颂其美妙。以上是曹魏时期的文字发展。

晋世吕忱表上《字林》六卷,寻其况趣,附托许慎《说文》,而按偶章句,隐别古籀奇惑之字,文得正隶,不差篆意也。忱弟静别仿故左校令李登《声类》之法，作《韵集》五卷，使宫、商、角、徵、羽各为一篇，而文字与兄便是鲁卫，音读楚、夏，时有不同。以上晋。

【译文】

晋朝义阳王、典祠令吕忱上表《字林》六卷，考察它的趣味，明显是依照许慎的《说文解字》，而根据偶章文句，避去古籀的奇异怪诞字体，文字成为正隶，又没失去篆意。吕忱弟吕静又仿效左校令李登的《声类》的规范，作了《韵集》五卷，从而使得宫、商、角、徵、羽各成一篇，而文字与兄长吕忱大致相同，读音以楚、夏为准，有时不同。以上是晋朝的文字发展。

皇魏承百王之季，绍五运之绪。世易风移，文字改变，篆形谬错，隶体失真。俗学鄙习，复加虚造，巧谈辨士，以意为疑，炫惑于时，难以厘改①。乃曰"追来"为"归"，"巧言"为"辩"，"小兔"为"𪐀"，"神虫"为"蚕"。如斯甚众，皆不合孔氏古书、史籀《大篆》、许氏《说文》《石经三字》也②。以上元魏文字错谬。

【注释】

①厘：更改。

②《石经三字》：前文为《三字石经》，疑此处颠倒。

【译文】

大魏承百王之遗业，继五朝气运之遗绪。世代变易，风俗变化，文字改变，篆字形体错误，隶书字体失真。俗学陋习，又多虚造，巧言辩士，任意怀疑，蛊惑于世，很难改变。于是说"追来"为"归"，"巧言"为

"辩","小兔"为"虪","神虫"为"蚕"。像这样的字非常之多,都不符合孔子壁中书、史籀的《大篆》、许慎的《说文解字》和《三字石经》。以上讲魏朝文字出现的错谬。

嗟夫！ 文字者六籍之宗、王教之始,前人所以垂今,今人所以识古。

【译文】

哎！ 文字是六籍的源头、王教的开始,这就是为什么前人传递到现在,而今人可以认识古代的原因。

臣六世祖琼,家世陈留,往晋之初,与从父兄俱受学于卫觊古篆之法,《仓》《雅》《方言》《说文》之谊,当时并收善誉。而祖遇雒阳之乱,避地河西,数世传习,斯业所以不坠也。世祖太延中,牧犍内附①,臣亡祖文威杖策归国,奉献五世传掌之书、古篆八体之法。时蒙褒录,叙列于儒林,官班文省,家号世业。以上自述世习斯业。

【注释】

①牧犍:指沮渠牧犍,十六国时期北凉国君。

【译文】

臣的六世祖江琼,其家世代在陈留,晋朝初年,与其父兄一起跟随卫觊学习古篆之法,《埤仓》《广雅》《方言》《说文解字》之义,都被兼收并蓄。虽然先祖遇洛阳之乱,在河西地区避难,但几代承续这一学业,所以也没有失传。太延年间,凉州王沮渠牧犍归附朝廷,臣的先祖文威拄着拐杖回国，奉献出五世传掌的书籍，以及古篆八体的法式。当时深受褒奖，先祖得以位列儒林，官职到文省，家也被称为世业之家。_{以上自述家中世代传承文字之学。}

　　臣藉六世之资，奉遵祖考之训，切慕古人之轨，企践儒门之辙。求撰集古来文字，以许慎《说文》为主，及孔氏《尚书》《五经音注》《籀篇》《尔雅》《三仓》《凡将》《方言》《通俗文》，祖文宗；《埤仓》《广雅》《古今字诂》《三字石经》《字林》《韵集》诸赋文字，有六书之谊者，以类编联，文无复重，统为一部。其古籀、奇惑、俗隶诸体，咸使班于篆下，各有区别。训诂假借之谊，随文而解；音读楚、夏之声，并逐字而注。其所不知，则阙如也。冀省百氏之观，而同文字之域。_{以上自述撰集文字，以义为主，而训诂、音声附见。}

【译文】

　　臣凭借六世祖上的积累，遵从祖宗的遗训，仰慕古人的规范，试图沿着儒家的轨迹践行。希望撰集古往今来的文字，以许慎的《说文解字》为主，还有孔子壁中书的《尚书》《五经音注》《籀篇》《尔雅》《三仓》《凡将》《方言》《通俗文》，以祖宗文字为依据；《埤仓》《广雅》《古今字诂》《三字石经》《字林》《韵集》诸赋文字，有六书之义的，根据类别编取，文字没有重复，而统一成一部。其中古籀、奇惑、俗隶等体，都使位居篆书之下，各有不同。训诂假借的意思，根据文字作了注释；音读楚、夏声韵，逐字注释。有不知道的，就只好存疑不言了。希望了解诸人的观点，而统一文字领域。_{以上自述撰集文字，以义为主，而训诂、音声见于附传。}

陆贽

陆贽简介参见卷十。

论两河及淮西利害状

【题解】

本状疏写于唐德宗避乱奉天(今陕西乾县)之前。陆贽应旨封进，陈述两河及淮西形势。全篇以"驭将之方，在乎操得其柄"为中心，主张应当改变操行，变易制度，同时详细分析了"祸患轻重，攻守缓急"及其利害，针对京西北军形势，建议皇上统一指挥，撤回河北之兵，回援汝、洛。全篇引经据典，条分缕析，步步深入，颇能切中肯綮。从本状疏看，陆贽虽为文吏，但颇具武略。不过据记载，陆贽的建议未被采纳，后来祸患日重，德宗出奔奉天。

　　内侍朱冀宁奉宣圣旨：缘两河寇贼未平殄[1]，又淮西凶党攻逼襄城[2]，卿识古知今，合有良策，宜具陈利害封进者。

【注释】

　　①两河寇贼：指田悦、朱滔、王武俊、李纳等。

②淮西凶党:指李希烈等。襄城:今河南襄城。

【译文】

内侍朱冀宁奉命宣读圣旨:因两河一带田悦、朱滔、王武俊、李纳等寇贼尚未平定消灭,又有淮西乱党李希烈等进攻威逼襄城,爱卿博古通今,应有良方妙策,应当具体陈述利弊封牍进奏。

臣质性凡钝,闻见陋狭,幸因乏使①,簪组升朝②,荐承过恩,文学入侍③。每自奋励,思酬奖遇,感激所至,亦能忘身。但以越职干议,典制所禁,未信而言,圣人不尚。是以循循默默,尸居荣近④,日日以愧,自春徂秋,心虽怀忧,言不敢发,此臣之罪也,亦臣之分也。陛下天纵圣德,神授英谋,明照八表⑤,思周万务,犹虑阙漏,下询刍荛⑥,此尧、舜舍己从人,好问而好察迩言之意也。臣每读前史,见开说纳忠之士,乃有泣血碎首、牵裾断鞅者⑦,皆以进议见拒,恳诚激忠,遂至发愤逾礼而不能自止故也。况今势有危迫,事有机宜,当圣主开怀访纳之时,无昔人逆鳞颠沛之患⑧。悦又上探微旨,虑匪悦闻,傍惧贵臣,将为沮议,首尾忧畏,前后顾瞻,是乃偷合苟容之徒,非有扶危救乱之意。此愚臣之所痛心切齿于既往,是以不忍复躬行于当世也。心蕴忠愤,固愿披陈,职居禁闼,当备顾问。承问而对,臣之职也;写诚无隐,臣之忠也。谨具件如后,惟明主循省而备虑之。岂直微臣独荷容纳之恩?实亿兆之幸、社稷之福也。以上言进言之由。

【注释】

①使:唐代特派掌管某种政务的官。此泛指职官。

②簪组：冠簪和冠带，借指官宦。

③文学：官名。如后世之教官。唐初，州县置经学博士，德宗时改
　称文学。

④尸居：谓安居而无为，又指居位而不尽职。

⑤八表：八荒之外，极远的地方。

⑥刍荛（ráo）：指樵夫。

⑦泣血：哭泣无声，如血之出，指极其悲痛而无声的哭泣。牵裾：牵
　拉衣襟。《太平寰宇记》载："魏文帝欲徙冀州十万户实河南，毗
　入谏，帝起入，毗引其裾。"断鞅：砍断马鞅。《左传》载："齐侯驾，
　将走邮棠。太子与郭荣扣马，曰：'师速而疾，略也。将退矣，君
　何惧焉？……'将犯之，太子抽剑断鞅，乃止。"鞅，夹贴在马颈两
　旁的皮条。

⑧逆鳞：倒生的鳞片。《韩非子》："人主亦有逆鳞，说者能无婴人主
　之逆鳞，则几矣！"古代以龙为人君之象，故称触人君之怒为批
　逆鳞。

【译文】

臣生性平庸迟钝，见识短浅片面，幸运的是因朝廷缺少职官，使我
得以穿上官服，登朝入殿，一再承受过分的恩宠，任为文学之官，得以入
朝侍奉皇上。常常自加勉励，以报答皇上的奖励和知遇，感怀恩惠，激
发情志，也能忘乎自我。但超越职权，妄论国事，为典章制度所禁止，没
有建立诚信而擅发议论，也是圣人所不尊崇的。因此，安守本分，沉默
寡言，以作为近臣为荣，整天无所事事，从春到秋，日日感愧，臣虽心怀
忧虑，但不敢发话，这是臣的罪过，也是臣的本分。上天给予陛下圣贤
德智，神明授予英明的决策，光辉照耀八方之外，思谋虑及各种事务，仍
然担心有什么缺失疏忽，甚至不耻下问于樵夫，这是尧帝、舜帝放弃己
见，听从他人，喜欢问询并验证左右亲近的话的意图。臣常读史书，看
到以前开言进谏效忠的人，竟有悲痛哭泣、撞碎头颅、拉扯衣襟、抽剑断

鞅的，都是因进谏被拒绝，恳切诚挚之情激扬忠义之心，以致发泄愤懑、逾越礼法规定而不能自我约束的缘故。况且当今形势危急，事情可随机决断，在圣上虚怀若谷、访贤纳谏时，没有前人触怒皇上而受挫折的担心。倘若刺探皇上隐微的意图，担心皇上内心不悦，不愿听知，周围又惧怕权臣，担心受到阻止和非议，畏头畏尾，前瞻后顾，这是投机取巧、迎合讨好一类的人，没有匡扶危难、拯救灾乱的诚意。这是臣所痛心的，因为对过去的这些行为极端痛恨，所以自己不忍心在当今再走这样的路子。内心蕴藏忠义和愤激之情，所以愿意披露陈述，任职于朝廷，自当以备顾问。承蒙询问而答对，是臣的本分；真实相告而不加隐瞒，是臣的忠诚。慎重详细地陈述如后，望明主依次省察，全面考虑。这岂止是臣一人独自承受被接纳的恩典？实际上是亿万百姓的幸运，国家社稷的福分。以上讲进言的原因。

　　臣本书生，不习戎事。窃惟霍去病，汉将之良者也，每言行军用师之道："顾方略何如耳，不在学古兵法①。"是知兵法者无他，见其情而通其变，则得失可辩，成败可知。古人所以坐筹樽俎之间②，制胜千里之外者，得此道也。臣才不逮古人，而颇窥其意，是敢承诏不默，辄陈狂愚。伏以克敌之要，在乎将得其人；驭将之方，在乎操得其柄。将非其人者，兵虽众不足恃；操失其柄者，将虽材不为用。兵不足恃，与无兵同；将不为用，与无将同。将不能使兵，国不能驭将，非止费财玩寇之弊，亦有不戢自焚之灾③。自昔祸乱之兴，何尝不由于此？今两河、淮西为叛乱之帅者，独四五凶人而已。尚恐其中或有傍遭诖误④，内蓄危疑，苍黄失图⑤，势不得止，亦未必皆是处心积虑，果为奸逆，以僭帝称王者也。况其余众，盖并胁从，苟知全生，岂愿为恶？

【注释】

①顾方略何如耳，不在学古兵法：出自《史记·卫将军骠骑列传》。
　在，原文作"至"。

②樽俎：盛酒食的器具。樽以盛酒，俎以盛肉。此借指宴席。

③戢（jí）：收敛，止息。

④诖（guà）误：被别人连累而受到处分或损害。

⑤苍黄：青色与黄色，指事情变化翻覆。

【译文】

　　臣本是一介书生，不熟悉征战之事。臣私下认为，霍去病是汉代良将，常论行军用兵之道说："要看计谋策略如何，不在于学习古代兵法。"这是说精通兵法的人没有别的，只是根据实际情况加以变通，那么得失就可以明确，成败就可以知晓。古人坐在宴席上出谋划策，能在千里之外克敌制胜的原因，就是这种道理。臣才德比不上古人，但较能领会其中的意蕴，因此接诏后不再沉默，陈述自己的狂妄愚陋之见。战胜敌人重要的在于得到合适的将领，驾驭将领的方法在于掌握其权柄。用将不当，兵虽众多不足以倚仗；不能把握其权柄，则将虽良材也不能为我所用。兵不足以倚仗，与没有兵相同；将领不能为我所用，与没有将领一样。将领不能指挥部队，国家不能驾驭将领，不仅有浪费钱财、轻视敌寇的弊端，还会招致有火不灭而自焚的灾祸。以往发生的祸乱，何尝不都是由此引发的？当今两河、淮西叛乱的头目，仅四五个恶人罢了。恐怕其中还有一部分人，他们内心畏惧被他人诖误、连累，当天下变化多端时失去主见，为形势所迫而不得不跟从，也不一定都是蓄意已久，断然做奸贼叛逆，来僭越皇位、自立为王的。何况他们的部从，大概都是在胁迫下参与的，假如他们知道能保全性命，难道都愿意去作恶？

　　若招携以法，悔祸以诚，使来者必安，安者必久，斯道积著，人谁不怀？纵有野心难驯，臣知其从化者必过半矣。舞干苗格①，岂独虚言？假使四五凶渠俱禀枭鸱之性②，其下同恶，复有十百相从，是皆卒伍庸流，阘茸下品③。其志好不过声色财货之乐，其材用不过蹴踘距踊之能④；其约从缔交，则迭相侮诈，以为智谋；其御众使人，则例质妻孥，以为术数。斯乃盗窃偷安之伍，非有奸雄特异之资。以陛下英神，志期平壹，君臣之势不类，逆顺之理不侔，形势之大小不伦，师徒之众寡不敌。然尚旷岁持久，老师费财，加算不止于舟车⑤，征卒殆穷于闽、濮。笞肉捶骨，呻吟里闾，送父别夫，号呼道路，杼轴已空，兴发已殚，而将帅者，尚曰财不足，兵不多，此微臣所以千虑百思而不悟其理也。未审陛下尝征其说、察其由乎？股肱之臣⑥，日月献纳，复为陛下察其事乎？臣愚无知，实所深惑，遂乃过为臆度，辄肆讨论。以为克敌之要，在乎将得其人；驭将之方，在乎操得其柄。

【注释】

①舞干苗格：帝舜时，有苗人谋反，帝舜布行教化，在庙堂两阶执干羽舞蹈，破除苗逆。

②枭（xiāo）鸱（chī）：喻奸邪恶人。枭，即猫头鹰一类的鸟，传说枭食其母，古人以为恶鸟。鸱，也是猫头鹰的一种。

③阘（tà）茸：卑贱，低劣。

④蹴踘（cù jū）：古代军中游戏，类似踢足球。距踊：跳跃。

⑤算：汉代赋制。此指赋税。

⑥股肱：大腿和胳膊，喻辅佐君主的大臣。

【译文】

如果设法招抚他们，让他们真心悔过，使归附的人一定平安无事，而且平安无事一定要长久,若这一办法实施后逐渐明显了,人们谁不动心感怀? 即使有野心难以驯服的人,臣知道其中服从教化的必然超过半数。那么布行教化,破除逆贼,岂止是一句空话? 假若这四五个元凶,都具有奸邪恶人的本性,其部下一样凶恶,再有数十数百人跟从,这都是军队中的庸俗之辈,卑贱低劣。他们的志向爱好不过是歌舞、女色、钱货的享乐,他们的才能不过是踢球跳跃的本事;他们相约而从,缔结交情,但又相互侮辱欺诈,以此为智慧和计谋;他们统治百姓役使人民,以一概扣押百姓的妻子、孩子作为权术策略。这是不图将来、只顾眼前利益的一类盗贼,并没有奸雄特异的禀赋。凭陛下的英明和神勇,拟定时间,平复祸乱,统一国家,君主与逆臣之间的势力不能相互比拟,叛逆与归顺之间的道理不可相提并论,军事阵势之间的强弱不可伦比,部队兵员之间的多寡不可匹敌。然而如果长期相持,就会既劳苦部队,又浪费资财,而且赋税将不仅限于舟车,兵源会首先在闽、濮一带穷尽。征兵时以鞭杖催促,乡里充满呻吟之声,妻子儿女依依送别,一路上哭喊之声震天,无人织作,兵源竭尽,而作为将帅仍然说财用不足,兵员不多,这是臣千思百虑也不能明白其中道理的地方。不知陛下曾否验证此说、察知其中的缘由? 辅佐君主的大臣,每日每月为君主献计进策,也替君主考察这样的事吗? 臣愚陋无知,确实深感疑惑,以至于过度臆测,任意评论。臣认为,克敌制胜的重点,在于得到合适的将帅;驾驭将帅的策略,在于掌握他们的权柄。

将非其人者,兵虽众不足恃;操失其柄者,将虽材不为用。今以陛下效其明圣,群帅畏威,虽万无此虞,然亦不可不试省察也。陛下若谓臣此说盖虚体耳,不足征焉,臣请复为陛下效其明征,以实前说。田悦倡乱之始[①],气盛力全,恒、赵、青、齐[②],迭为唇齿。陛下特诏马燧[③],委之专征,抱真、李芄④，声势相援。于时士吏畏法，将帅感恩，俱蕴胜残尽敌之诚，未有争功邀利之衅，故能累摧坚阵，深抵穷巢，元恶幸脱于俘囚，凶徒几尽于锋刃。臣故曰克敌之要，在乎将得其人，驭将之方，在乎操得其柄，此其明效也。田悦既败，力屈势穷，且皆离心，莫有固志。乘我师胜捷之气，蹙亡虏伤夷之余，比于前功，难易百倍。既而大军遂驻，遗孽复安，其后馈运日增，师徒日益，于兹再稔⑤，竟不交锋。量兵力则前者寡而今者多；议军资则前者薄而今者厚；论气势则前者新集而今者乘胜；度攻具则前者草创而今者缮完；计凶党则前者盛而今者残；揣敌情则前者锐而今者挫。然而势因时变，事与理乖，当易而反难，当进而中止，本末殊趣⑥，前后易方，顺理之常，必不如此。臣故曰：将非其人者，兵虽众不足恃；操失其柄者，将虽材不为用。此自昔必然之效，但未审今兹事实，得无近于此乎？在陛下熟察而亟救之耳，固不在益兵以生事，加赋以殄人⑦，无纾目前之虞，或兴意外之患。人者邦之本也，财者人之心也，兵者财之蠹也。其心伤则其本伤，其本伤则枝干颠瘁，而根柢蹶拔矣⑧。惟陛下重慎之，愍惜之。今师兴三年，可谓久矣；税及百物，可谓繁矣；陛下为之宵衣旰食⑨，可谓忧勤矣；海内为之行赍居送，可谓劳弊矣。而寇乱有益，翦灭无期，漂摇不宁，事变难测。是以兵贵拙速，不尚巧迟，速则乘机，迟则生变，此兵法深切之诫、往事明著之验也。

【注释】

①田悦：平州卢龙（今河北卢龙）人。为魏博节度使。德宗建中三

年(782)，派兵包围邢州，又自带兵数万，包围临洺，德宗诏令马
燧等讨伐，田悦兵败。会朱泚乱，帝赦其罪，封济阳郡王。

②恒、赵、青、齐：皆州名，今河北正定、赵县，山东青州、济南一带。
当时恒、赵为李维岳占据，青、齐为李纳占据。

③马燧：字洵美，汝州郏城(今河南郏县)人。曾学习兵书战略，沉
勇多谋。破李灵耀、田悦有功，封北平郡王。

④抱真：即李抱真，字太玄，河西(今甘肃凉州)人。唐朝中期名将。
李芃：字茂初，赵州(今河北赵县)人。当时为河阳节度使。

⑤再稔(rěn)：两年。稔，年。

⑥趣(qū)：趋。

⑦殄：疲敝。

⑧蹶拔：掘取，拔出。

⑨宵衣旰食：天未明就起来穿衣服，傍晚才进食。多用以称颂帝王
勤于政务。

【译文】

用将不当，兵员虽多不足以倚仗；不能握其权柄，则将帅虽有才能
而难为我用。现在陛下应该验证自己的圣明，全体将帅畏惧皇上的威
严，即使没有这种担忧，也不能不尝试着加以省察。陛下如果认为臣这
种说法不真实，不足以采用，臣请再次以明确的证据，证实前面的说法。
田悦刚开始兴兵作乱的时候，精气旺盛，兵力奋勇，恒、赵、青、齐四州，
相继成为唇亡齿寒之地。陛下特诏令马燧专门征伐，李抱真、李芃二人
以声威和气势相援助。当时官吏慑于法律，将帅感怀恩德，都怀有战胜
残敌的诚心，而没有争功逐利的嫌疑，所以能够屡屡摧毁敌人坚固的阵
营，深入抵逼穷寇的老巢，元凶侥幸从俘虏中脱逃，负隅顽抗者几乎全
部丧身刀下。所以，臣说克敌制胜的要害，在于得到合适的将帅，驾驭
将领的策略，在于把握他们的权柄，这就是它的明证。田悦失败以后，
兵力受挫，攻势竭尽，且军心完全离散，没有了以前的志向。我军趁胜

利的气势,追击逃亡的敌军伤残余部,与此前的功业相比,难易相差百倍。不久大军驻扎下来,残余的叛军恢复了安宁,此后军粮运送一天天增加,兵员一天天增多,到现在已经两年了,却不交战。比较兵力,则是以前少,现在多;评议军需物资,则是以前薄弱,现今雄厚;若论气势,则是以前兵士刚刚征集起来,现今乘胜利之机;衡量进攻器械,则是以前刚刚创办,现今修缮完备;计议叛军,则是以前盛大,现今残败;揣测敌军情势,则是以前精锐,现今受挫。然而,形势随时间发生变化,事实与道理相违背,应当容易反而变得困难,应当前进却中途停止,本末倒置,先后易位,按照常理,是必定不会这样的。所以臣说:用将不当,兵员虽多而不足以倚仗;不把握他们的权柄,则将领虽是良材而不能为我所用。这是以前必然的效验,但若不仔细审察现在的事实,岂不会重蹈覆辙吗?陛下仔细考察并急切地解决这一问题,原本不在增加兵力而生事端,增加赋税而使人民疲敝,这不但不能缓解当前的危险,反而还会引起意外的忧患。人民是国家的根本,钱财是人民的命脉,战争则是钱财的蛀虫。命脉受到伤害,根本就会受到伤害,根本受到伤害,枝干就会生病,根就会被拔出。希望陛下慎重小心,珍惜它,爱护它。至今兴兵已三年,可以说时间很长了;赋税遍及各种物品,可以说够繁重了;陛下废寝忘食,勤于政务,可以说够操心了;天下百姓为部队行军驻扎、迎来送往,可以说够劳苦的了。然而贼寇叛乱有增无减,消灭他们却遥遥无期,国家动荡不安,突发变异之事难以预测。因此,用兵贵在朴拙、神速,而不应崇尚投机、迟疑,神速就能把握时机,迟疑就会变生不测,这是兵法深切的告诫,也是被历史明确验证过的。

　　夫投胶以变浊,不如澄其源而浊变之愈也;扬汤以止沸,不如绝其薪而沸止之速也。是以劳心于服远者,莫若修近而其远自来;多方以救失者,莫若改行而其失自去。若不靖于本,而务救于末,则救之所为,乃祸之所起也。修近之道，改行之方，易于举毛，但在陛下然之与否耳。以上言操失其柄，当务改行易制。

【译文】

投胶变浊，不如正本清源效果好；扬汤止沸，不如釜底抽薪速度快。因此为使远方的人归附而操心，不如修好近邻，那么远方的人自然来归顺朝廷；想方设法补救过失，不如改变操行，去恶为善，那么过失自然会消除。如果不安定根本，而致力于救治末节，那么救治的结果，也就是祸灾的起端。修好近邻，改变操行的方法，比举起毫毛还容易，只在于陛下认为是否如此罢了。以上讲权柄不能把持，应当致力于改变操行，变易制度。

悦或重难易制，姑务持危，则当校祸患之重轻，辩攻守之缓急。臣谓幽、燕、恒、魏之寇①，势缓而祸轻；汝、洛、荥、汴之虞②，势急而祸重。缓者宜图之以计，今失于屯成太多；急者宜备之以严，今失于守御不足。何以言其然也？自胡羯称乱，首起蓟门③，中兴已来，未暇芟荡④，因其降将，即而抚之，朝廷置河朔于度外⑤，殆三十年，非一朝一夕之所急也。田悦累经覆败，气沮势羸，偷全余生，无复远略。武俊蕃种⑥，有勇无谋；朱滔卒材，多疑少决。皆受田悦诱陷，遂为猖狂出师，事起无名，众情不附，进退惶惑，内外防虞。所以才至魏郊，遽又退归巢穴，意在自保，势无他图。加以洪河、太行御其冲，并、汾、洺、潞压其腹⑦，虽欲放肆，亦何能为？

【注释】

①幽、燕、恒、魏：皆州名。今北京西南、河北灵寿、河北正定、河北大名一带。

②汝、洛、荥、汴：洛指东都洛阳，汝、汴皆为州名。荥为荥阳郡，又称郑州。当时汝、汴为李希烈攻陷，派兵攻打郑州，东都震骇。

③蓟门：即蓟丘，今北京西南。

④芟(shān)荡：削除。芟，除草。荡，涤除。

⑤河朔：泛指黄河以北。

⑥武俊：即王武俊，字元英，唐时契丹怒皆部落人。

⑦并、汾、洺、潞：皆州名。今山西太原、汾阳，河北永年，山西长治一带。压：迫近。

【译文】

　　倘若重视舍难求易的法则，权且致力于救助危难，就应当比较灾祸患难的轻重，分辨进攻据守的缓急。臣认为幽、燕、恒、魏一带的敌寇，形势相对缓和，祸患较轻；汝州、洛阳、郑州、汴州的戒备，形势危急，祸患深重。形势缓和的应该用计谋设法对付，现在的疏失是屯边戍守的过多；形势危急的应当严加警戒，现在的疏失在于防守抵御的兵员不足。凭什么这样说呢？自从胡羯叛乱，首先在蓟门起兵，到国家复兴以来，不曾抽出时间消除恶人，任用投降的将官，接着给予安抚，朝廷不把黄河以北放在心上，已近三十年，并非一天早晚之间的危急。田悦屡次全军溃败，气势沮丧、羸弱，苟且保全性命，不会再有长远的图谋。王武俊为蕃国后人，有勇力而无智谋；朱滔为兵卒之才，多疑虑而少决断。他们都受到田悦的诱惑，从而猖狂出兵，然而事情的发起没有正当的名义，众人不愿依附，进退因不明情况而害怕，内外都加以防御警戒。所以刚刚到达魏州近郊，就又退回窝巢，其意图在于保全自己，势必不会有别的图谋。加上洪河、太行控制它的要冲，并、汾、洺、潞四州迫近它的腹地，即使想放纵，又能怎样呢？

又此郡凶徒,互相劫制①,急则合力,退则背憎,是皆苟且之徒,必无越轶之患②,此臣所谓幽、燕、恒、魏之寇,势缓而祸轻。希烈忍于伤残,果于吞噬,据蔡、许富全之地③,益邓、襄卤获之资④,意殊无厌,兵且未衄⑤,东寇则转输将阻,北窥则都城或惊,此臣所谓汝、洛、荥、汴之虞,势急而祸重。代、朔、邠、灵之骑士⑥,自昔之精骑也;上党、盟津之步卒⑦,当今之练卒也。悉此强劲,委之山东⑧,势分于将多,财屈于兵广,以攻则旷岁不进,以守则数倍有余,各怀顾瞻,递欲推倚,此臣所谓缓者宜图之以计,今失于屯戍太多。李勉以文吏之材⑨,当浚郊奔突之会⑩;哥舒曜以乌合之众⑪,扞襄野豺狼之群⑫。陛下虽连发禁军,以为继援,累敕诸镇,务使协同,睿旨殷忧,人思自效,但恐本非素习,令不适从,奔鲸触罗,仓卒难制,首鼠应敌⑬,因循莫前。此臣所谓急者宜备之以严,今失于守御不足。以上辨轻重缓急。

【注释】

①劫制:用威力控制。

②越轶:超越,引申为超出常规。

③蔡、许:皆州名。今河南汝南、许昌一带。

④邓、襄:皆州名。今河南邓州、湖北襄阳一带。卤获:掳掠抢夺。卤,同"虏"。

⑤衄(nǜ):挫折,失败。

⑥代、朔、邠、灵:皆州名。今山西代县、朔州,陕西彬县,宁夏灵武一带。

⑦上党:郡名。今山西长治。盟津:渡口名。即今河南孟津西南。

⑧山东：指华山、崤山以东。

⑨李勉：字玄卿。唐高祖子李元懿曾孙。

⑩浚郊：浚仪县之郊，唐汴州治，即今河南开封。

⑪哥舒曜：字子明。哥舒翰子，唐时突骑施哥舒部人。时为东都汝
　　州节度使。

⑫扞（hàn）：抵御。襄野：即襄城之野。

⑬首鼠：迟疑不决。

【译文】

而且这个郡的叛党，相互间用威力控制，危急时就合并力量，退却时就相互怨恨而背离，他们都是得过且过之徒，必然不会有突然发动袭击的忧患，这就是臣所说的幽、燕、恒、魏一带的敌寇，形势缓和而祸患稍轻。李希烈忍心于伤害残杀，又果断于大肆吞食，占据了蔡州、许州富庶的地方，又抢夺了邓州、襄州的钱货，其叛乱的意图没有停止，其部队也没有受到挫折，若向东进犯将使运输阻断，向北图谋会使都城震惊，这就是我所说的汝州、洛阳、郑州、汴州一带的敌寇，形势危急而祸患深重。代、朔、邠、灵四州的骑士，以往都是精勇的骑兵；上党、盟津的步卒，是当今干练的士兵。将如此精锐、强劲的战士，全部派到崤山以东，将领多，势力就会分散，士卒多，财力就会穷尽，进攻就会旷日持久攻克不下，据守则数倍于敌而绰绰有余，从而各自怀有观望之心，只想相互推诿倚仗，这就是臣所说的形势缓和的应该用计谋对付，而当今错失在于屯边戍守的太多。李勉凭其文官的才能，却承担奔赴浚仪县郊会战的任务；哥舒曜凭借仓促集合的兵众，却抵御襄城野外豺狼一样的敌人。陛下虽然接连派出禁军增援，并多次敕令各镇，务必协同作战，旨意圣明，忧患深切，人们都想尽心效力，但唯恐本身承担的任务不是平素熟悉的，以致不能恰当地执行命令，就像鲸入罗网，东西奔突，仓促之间，难以胜任，对付敌人，迟疑不决，固守成规，裹足不前。这就是臣所说的形势危急的应该严加戒备，而当今错失在于防御不够。以上辨别轻重缓急。

陛下若察其缓急，审其重轻，使怀光帅师救襄城之围①，李芃还镇为东都之援，汝、洛既固，梁、宋亦安②。是乃取有余，救不足，罢关右赋车籍马之扰③，减山东飞刍挽粟之劳④。无扰则祸乱不生，息劳则物力可济，非止排难于变切，亦将防患于未然。征发既停，守备且固，足得徐观事势，更选良图，此于纾乱解纷，抑亦计之次也。议者若曰："河朔群盗，尚未歼夷，悦又减兵，必更生患。"此盖好异不思之说耳。臣请有以诘之：前岁伐叛之初，唯马燧、抱真、李芃三帅而已，以攻必克，以战必强，是则力非不足明矣。洎迟留不进⑤，乃请益师，于是选神策锐卒以继之⑥，而李晟往矣，犹曰未足，复请益师，于是征朔方全军以赴之，而怀光往矣。几遣加半之戍，竟无分寸之功，是则师不在众又明矣。然而可托以为解者，必曰："王师虽益，贼党亦增，曩独田悦、宝臣⑦，今兼朱滔、武俊。"臣请再诘以塞其辞：曩之田悦、宝臣，皆蓄锐养谋，剧贼之方强者也。寻而田悦丧败，宝臣歼夷，虽复朱滔、武俊加于前，亦有孝忠日知乘其后⑧。是则贼势不滋于曩日，王师有溢于昔时又明矣。曩以太原、泽潞、河阳三将之众⑨，当田悦、朱滔、武俊三寇之兵；今朱滔遁归，武俊退缩，唯此田悦假息危城，设使我师悉归，彼亦才能自守；况留抱真、马燧，足得观衅讨除。是则减兵东征，势必无患又明矣。留之则彼为冗食，徙之则此得长城，化危为安，息费从省，举一而兼数利，惟陛下图之。谨奏。以上请撤河北之兵，回援汝、洛。

【注释】

①怀光：即李怀光：唐渤海（今山东滨州东）靺鞨人。本姓茹，其父

以战功赐姓李。

②梁、宋：皆州名。今陕西南郑、河南商丘一带。

③关右：指函谷关以西。

④飞刍挽粟：用车船疾运粮草。

⑤洎(jì)：及，到达。

⑥神策：唐代禁军名之一。

⑦宝臣：李宝臣，字为辅，范阳(今北京西南)奚族人。李惟岳之父。善骑射。

⑧孝忠：张孝忠，唐时奚族人，原为李宝臣部将，后归顺朝廷，时为易定沧州节度使。日知：康日知，唐灵州(今宁夏灵武)人。原为李惟岳部将，自赵州归国，德宗任命为深赵团练使。

⑨太原：即河东节度使，指马燧。泽潞：即昭仪节度使，指李抱真。河阳：即河阳节度使，指李芃。

【译文】

陛下如果考察形势的缓急，分析祸患的轻重，可派遣李怀光率军解救襄城之围，李芃撤回营地作为东都后援，既保证汝州、洛阳的坚固，又保证梁州、宋州的平安。这是抽取有余，补救不足，免除函谷关以西收取税赋、征购车马的烦扰，减轻崤山以东征用车船疾运粮草的劳苦。人民没有烦扰，祸乱就不会发生，能够减轻劳苦，那么物力供给就可以接续，这不仅可以在突然变故中排除危难，还会在变故发生之前采取防范措施。人力和物资的征集已经停止，防守戒备又得以巩固，有足够的时间慢慢观察事态发展，再作良好的决策，这对于抑止变乱，解除纷扰，或许不失为良策。如果有人议论说："黄河以北的群敌还没有歼灭，倘若再削减兵力，一定会再生祸患。"这是喜欢发不同意见的人未加深思的说法。臣请求用下面的论据加以辩驳：前年开始讨伐叛逆的时候，只有马燧、李抱真、李芃三军而已，进攻时一定能够取胜，战斗时必定显得强大，很明显这时的实力并非不足。到了进军迟缓不前时，就请求增加兵力，于是挑选了禁军中的精兵强将作为后援，由李晟率兵前往，后来仍然说兵力不足，再次请求增援，于是征发北方的全部兵力奔赴，由李怀光率领。多次派遣使戍守兵员增加了一半，最终未建立尺寸功绩，这是兵不在多的明显例证。然而，能够找到依据加以辩解的人必然说："王师增加了，叛贼乱党也有增加，以前只有田悦、李宝臣，现在又加上了朱滔、王武俊。"臣请求再加以辩诘以堵塞其辩词：以前的田悦、李宝臣，都蓄养着精锐兵将和谋略之臣，势力强大的盗贼正处于强大之时。不久田悦败亡，李宝臣被歼灭，虽然又有朱滔、王武俊的兵力加入，但也有张孝忠、康日知紧随其后。由此可见，敌寇的声势比以前不曾增加，而王师的声势却比以前增加了许多，这又是明显的。以前凭马燧、李抱真、李芃三将率领的军队，抵挡田悦、朱滔、王武俊三方敌军；当今朱滔隐遁，王武俊退缩，只有这田悦佯装在危城中息战，设法使我军全部撤还，他也才能自己据守；况且留下李抱真、马燧二将，足能寻得机会讨伐灭除。这是撤兵回援、向东讨伐定无忧患的又一明证。若保留下来只能是多吃军粮，调离东征就像有了长城，可以转危为安，停止多余的耗费而依从省俭，这一项举动能同时获取多项好处，希望陛下仔细考虑。谨此上奏。以上请求撤黄河以北的兵力，回援汝州、洛阳。

奉天请数对群臣兼许令论事状

【题解】

本篇是陆贽对唐德宗的应对状疏。全篇紧扣圣旨中谏议时事"失在推诚"和论事多为"雷同"之论，提出了"诚信不可悔""雷同之论不可轻"的论点，建议皇上接下、奖善、纳谏、以诚相待，以收归民心，中兴大业，从而深入阐明了从谏改过的重要性。全文虽为应对君上，但言辞激烈，对不实之论，逐一驳辩。文笔流畅，可谓挥翰起草，思如泉涌，若"不经思虑，莫不曲尽事情，中于机会"，不失为谏书中的上乘之作。

朝隐奉宣圣旨①：频览卿表状，劝朕数对群臣，兼许令论事，辞理恳切，深表尽忠。朕本心甚好推诚，亦能纳谏，但缘上封事及奏对者，少有忠良，多是论人长短，或探朕意旨。朕虽不受谗谮，出外即谩生是非②，以为威福。朕往日将谓君臣一体，都不堤防，缘推诚信不疑，多被奸人卖弄③。今所致患害，朕思亦无他故，却是失在推诚。又谏官论事，少能慎密④，例自矜炫⑤，归过于朕，以自取名。朕从即位以来，见奏对论事者甚多，大抵皆是雷同，道听涂说⑥，试加质问，即便辞穷。若有奇才异能，在朕岂惜拔擢？朕见从前已来，事只如此，所以近来不多取次对人⑦，亦不是倦于接纳，卿宜深悉此意者。以上述旨。

【注释】

①朝隐：人名。

②谩：谩诞，浮夸虚妄。

③卖弄：犹玩弄。

④慎密：谨慎保密。

⑤矜炫：夸耀，炫耀。

⑥涂：同"途"。

⑦取次：随便，任意。

【译文】

朝隐奉命宣读圣旨：多次阅览卿奏进的表状，劝朕多与众臣答对，并准许议论时政，文辞恳切，道理中肯确当，表达了一片忠贞之情。朕内心非常喜欢以诚相待，也能够采纳谏议，但因封章奏事及进表应对的大臣，忠良之士为数甚少，而多是议论他人的长短，或试探朕的意图。朕虽然不接受谗言诽语，但他们出去谩生是非，作威作福。朕以前又曾说过君臣一体,都不加戒备,却因为以诚相待,信而不疑,而多被邪恶不正的人欺骗耍弄。现在造成的祸患,朕想来也没有其他的原因,只是错在真诚相待。加之进谏官员议论时事,很少能够谨慎保密,照样自我夸耀,把过错推在朕身上,来骗取自己的声望。朕从即位以后,见到的进奏应答、时政议论太多了,但大都是雷同之论,道听途说之事,倘若稍加质问,就无话可说了。如果有奇异的才能,在朕方面怎么会吝惜提拔他们呢? 朕从以前到现在,见到的事情仅仅这些,所以近来没有更多随便地应付,也不是疲于接纳谏议,卿是应该非常了解这一意思的。以上陈述圣旨。

圣德广大,如天包容,俯矜狂愚①,仍赐奖谕,嘉臣以恳切,目臣以尽忠,虽甚庸驽,实怀感励。夫知无不言之谓尽,事君以义之谓忠,臣之夙心,久以自誓,以此为奉上之道,以此为报主之资。幸逢休明②,获展诚愿,既免罪戾,又蒙褒称,庶奉周旋,不敢失坠。傥陛下广推此道,施及万方,咸奖直以矜愚,各录长而舍短,人之欲善,谁不如臣? 自然圣德益彰,群心尽达。愚衷恳恳③,实在于斯。

【注释】

①俯:旧时公文或书信中对上级或尊长的敬辞。

②休:美善。

③恳恳:诚恳的样子。

【译文】

皇上恩德广大,像天一样包容万物,臣狂妄愚昧,仍承蒙夸奖,并惠赐谕旨给予表扬,赞美臣诚挚恳切,将臣看作是尽力效忠的人,臣虽然非常平庸,才能低下,但确实从内心受到感动和勉励。知无不言称为尽言,事君以义称为效忠,这是臣平素的志愿,长期自己发誓愿这样做,以此作为侍奉皇上的原则,以此作为报答君主知遇的依托。有幸遇到圣明的君主,臣诚挚的誓愿得到实现,不仅免除了罪过,而且又蒙受赞扬,在侍奉皇上时,不敢稍有闪失。倘若陛下将这种恩德广泛惠赐,推延四方,对直言进谏的人全部予以奖励,对愚忠进谏的人给予赞美,各自录用他们的长处而舍弃他们的缺点,那么人们向往美善,有谁不会像臣这样呢? 如此的话,圣明恩德自然更加鲜明,众人的心愿就会全部实现。臣衷心向往、诚恳以求的,实际就是这些。

　　睿眷特深①,缕宣密旨,备该物理②,曲尽人情,其于虑远防微,固非常识所逮。然臣窃谓天子之道,与天同方,天不以地有恶木而废发生,天子不以时有小人而废听纳。帝王之盛,莫盛于尧,虽四凶在朝③,而金议靡辍④。故曰"惟天为大,惟尧则之"⑤。是知人有邪直贤愚,在处之各得其所而已。必不可以忠良者少,而阙于询谋献纳之道也⑥。昔人有因噎而废食者,又有惧溺而自沈者,其为矫枉防患之虑,岂不过哉? 愿陛下取鉴于兹,勿以小虞而妨大道也。

【注释】

①睿:明智,通达。

②备该:尽备,完全具备。

③四凶:即浑敦、穷奇、梼杌、饕餮,他们是不服从尧、舜统治的四个部族的首领。

④佥(qiān):都,皆。

⑤惟天为大,惟尧则之:出自《论语·泰伯》。

⑥询谋:咨询,商议。

【译文】

　　皇上圣明通达,详尽地宣示圣谕,谨慎地颁布诏令,既要尽备万事万物的常理,又要委曲求全,符合人之常情,而深思远虑,防微杜渐,当然不是平凡的才识所能达到的。然而臣私下认为天子的治国之道,与天的自然法则相似,天并不因为地下有恶木而使万物停止萌发滋长,天子不因为时常有小人而废弃听言纳谏。先前帝王的兴盛,没有比得上尧帝的,那时虽有浑敦、穷奇、梼杌、饕餮四凶在朝廷乱政,但众人议论时政毫不停止。所以说"只有天为最大,只有尧帝能够效法它"。由此可知,人有奸邪正直、贤明愚钝之分,在对待他们时能够各得其所罢了。万万不能认为忠信贤良的人少,而疏于与众人咨询商议、接纳谏言。从前有因为噎食而索性不再吃饭的人,还有害怕溺水而干脆自沉的人,他们矫正错误、防止忧患的顾虑,岂不是太过分了吗?希望陛下以此作为借鉴,不要因为微小的忧患而妨碍治国的大道。

　　臣闻人之所助在乎信,信之所立由乎诚。守诚于中,然后俾众无惑;存信于己,可以教人不欺。唯信与诚,有补无失。一不诚则心莫之保①,一不信则言莫之行。故圣人重焉,以为食可去而信不可失也。又曰"诚者物之终始,不诚无物"②,物者事也,言不诚则无复有事矣。匹夫不诚,无复有事,况王者赖人之诚以自固,而可不诚于人乎? 陛下所谓失于诚信以致患害者,臣窃以斯言为过矣。孔子曰:"可与言而不与之言,失人;不可与言而与之言,失言。智者不失人,亦不失言③。"由此论之,陛下可审其所言,而不可不慎;信其所兴,而不可不诚。海禽至微,犹识情伪④;含灵之类,固必难诬。前志所谓"众庶者至愚而神",盖以蚩蚩之徒⑤,或昏或鄙,此其似于愚也。

【注释】

①保：安定。

②诚者物之终始，不诚无物：出自《中庸》。

③"可与言"几句：出自《论语·卫灵公》。

④海禽至微，犹识情伪：《列子》载："海上之人有好沤鸟者，每旦之海上，从沤鸟游。沤鸟之至者百住而不止。其父曰：'我闻沤鸟皆从汝游，汝取来，吾玩之。'明日之海上，沤鸟舞而不下也。"

⑤蚩蚩(chī)：敦厚的样子。

【译文】

臣听说人要获得帮助在于信义，要建立信义在于诚实。内心诚正，然后才能使众人不存疑虑；自己树立了信义，才能教导他人不欺诈。唯有信义和诚实是有益无害的。一旦不诚实，内心就不能安定；一旦失去信义，诺言就不能践行。所以圣人非常重视诚信，认为饭可以不吃，但信义不能丢。又说"诚实，是物的开端和结束，没有诚实就没有万物"，物就是事，说话不诚实，就不能再做成什么事情了。平民不诚实就不能成事，更何况做帝王的要依靠他人的诚实而怎能不诚实地对待他人呢？陛下说因为诚信而导致祸患，臣私下认为这种说法过分了。孔子说："可以告诉他但不告诉他，称为失人；不可以告诉他而告诉他，称为失言。聪明的人不失人，也不失言。"由此而论，陛下要推究自己所说的话，不能不慎重；相信自己说话的对象，不能不慎重。海鸥极小，尚且都能识别真假；有灵性的人类，当然难以欺骗。记得以前有所谓"众庶平民，极端愚钝而又极其神明"的说法，大概是说，敦厚的人们，有的昏昧糊涂，有的见识浅薄，只是看似愚昧笨拙罢了。

然而上之得失靡不辩，上之好恶靡不知，上之所秘靡不传，上之所为靡不效，此其类于神也。故驭之以智则人诈，示之以疑则人偷,接不以礼则徇义之意轻①,抚不以恩则效忠之情薄。上行之则下从之,上施之则下报之。若响应声,若影从表。表枉则影曲②,声淫则响邪。怀鄙诈而求颜色之不形,颜色形而求观者之不辩,观者辩而求众庶之不惑,众庶惑而求叛乱之不生,自古及今,未之得也。故"唯天下至诚,为能尽其性;能尽其性,则能尽人之性"③。若不尽于己而望尽于人,众必给而不从矣④。不诚于前而曰诚于后,众必疑而不信矣。今方岳有不诚于国者⑤,陛下则兴师以伐之;臣庶有亏信于上者,陛下则出令以诛之。有司顺命诛伐而不敢纵舍者⑥,盖以陛下之所有,责彼之所无故也。向若陛下不诚于物,不信于人,人将有辞,何以致讨?是知诚信之道,不可斯须去身,愿陛下慎守而行之有加,恐非所以为悔者也。以上言诚信不可悔。

【注释】

①徇:通"殉"。为达到某种目的而献身。

②表:古代测量日影以计时的标杆。

③"唯天下至诚"几句:出自《中庸》。

④给(dài):欺诳,哄骗。

⑤方岳:四方之山岳,代指地方长官。

⑥纵舍:释放。

【译文】

然而皇上的得失没有不能分辨的,皇上的好恶没有不能知晓的,皇上的隐私没有不能传言的,皇上的所为没有不被仿效的,这一点他们又类似神明。所以用智慧控制,人们就会狡诈;不明确给予指示,人们就会得过且过；待人接物不遵循礼节，那么人们舍身从义的意愿就会轻浮；抚恤下民不施予恩德，那么人们竭尽忠诚的情怀就会浅薄。皇上行事，人民就会跟从；皇上施行恩惠，人民就会报答。如同声音与回响呼应，又像影子依从标杆。标杆不直，影子就会弯曲；声音不爽，回响就会杂乱。心怀卑鄙、欺诈而又希求不表现在脸色上，表现在脸色上而又希求旁观者不能辨识，旁观者已经辨识而又希求百姓不生疑惑，百姓已经疑惑而又希求不发生叛乱，这种情况从古到今，未曾有过。所以，"只有天下都竭尽忠诚，才能充分发挥他们的天性；能发挥他们的天性，才能充分发挥他们的禀赋"。如果自己不竭尽忠诚而期望人民竭尽忠诚，大家受到欺骗，必然不会从命。以前不诚实，而说今后要诚实，大家必然产生怀疑而不会相信。今天地方长官有对国家不诚实的，陛下就发动军队讨伐他；臣民有对皇上不讲信义的，陛下就下令诛杀他。主管官员遵从诏命诛杀讨伐，而不敢妄自释放，是陛下有诚信，而责罚他们没有诚信的缘故。倘若陛下做事情不诚实，对人不讲信用，人们会有议论，凭什么讨伐他们呢？由此可知诚信的道理，不能丢掉片刻，希望陛下谨慎保持并在实践中不断勉励，这恐怕不会成为后悔的原因。以上讲诚信不可悔。

　　臣闻《春秋传》曰："人谁无过，过而能改，善莫大焉①。"《易》曰："日新之谓盛德②。"《礼记》曰："德日新，日日新，又日新③。"《商书》仲虺述成汤之德曰④："用人惟己，改过不吝⑤。"《周诗》吉甫美宣王之功曰："衮职有阙，惟仲山甫补之⑥。"夫《礼》《易》《春秋》，百代不刊之典也⑦，皆不以无过为美，而谓大善盛德，在于改过日新。成汤，圣君也；仲虺，圣辅也；以圣辅而赞扬圣君，不称其无过，而称其改过。周宣，中兴之贤主也，吉甫，文武之贤臣也；以贤臣而歌诵贤主，不美其无阙，而美其补阙。是则圣贤之意，较然著明，唯以改过为能，不以无过为贵。盖为人之行己，必有过差，上智下愚，俱所不免。智者改过而迁善，愚者耻过而遂非；迁善则其德日新，是为君子；遂非则其恶弥积，斯谓小人。故闻义能徙者，常情之所难；从谏勿咈者⑧，圣人之所尚。至于赞扬君德，歌述主功，或以改过不吝为言，或以有阙能补为美。中古已降，淳风浸微，臣既尚谀，君亦自圣。掩盛德而行小道⑨，于是有入则造膝、出则诡辞之态兴矣。奸由此滋，善由此沮，帝王之意由此惑，谮臣之罪由此生，媚道一行，为害斯甚。

【注释】

①"人谁无过"几句：出自《左传》。

②日新之谓盛德：出自《周易·系辞》。

③"德日新"几句：出自《礼记·大学》。德，原文作"苟"。

④仲虺（huǐ）：商汤时期的著名大臣。成汤：商代开国之君。

⑤用人惟己，改过不吝：出自《尚书·商书·汤誓》。

⑥衮职有阙，惟仲山甫补之：出自《诗经·大雅·烝民》。衮职，天子或三公之职。仲山甫，周宣王之大臣。封于樊，亦称樊仲。

⑦不刊：不可改易。

⑧咈（fú）：违背。

⑨小道：礼乐政教以外的学说、技艺。

【译文】

臣看到《左传》上说："人谁能没有过错，有了过错而能改正，就是莫大的美德。"《周易》说："日新月异，不断发展，称为盛德。"《礼记·大学》说："道德更新，要每天不断更新，就会天天有新的面貌。"《尚书》中仲虺叙述成汤的道德时说:"使用他人只是为了自己,改正错误要毫不吝惜。"《诗经》中吉甫赞美宣王的功德说:"帝王之职有缺失,希望仲山甫补正。"《礼记》《周易》《春秋》,都是千百年不可改易的经典,都不把没有过失作为美德,而说盛大的德行只在于改正过失,不断更新。成汤,是圣明的君主;仲虺,是贤明的辅臣;贤明的辅臣赞扬圣明的君主,不说他没有过失,而是说他善于改正过失。周宣王是国家中兴的贤君,吉甫是文武双全的贤臣;以贤臣歌颂贤君,不是赞美他没有缺点,而是赞美他能补救缺失。这些古圣先贤的意图,是非常显明的,就是以改正错误为能,而不以没有过失为贵。作为人的操行,必定会有过失差错,最聪明的人与最愚笨的人,都是不可避免的。明智的人改正错误而从善,愚钝的人羞于改正过失而将错就错;改过从善的人,他的德行会日益更新,这是君子;将错就错的人,他的恶习日益积累,这是小人。所以,知道了节义而能向往,是人之常情所难做到的;从谏如流,而不加违背,是圣人所崇尚的。至于赞扬君主的大德,歌颂皇上的功业,有的以不吝惜改正过错为美言,有的以能补救缺失为美德。中古以来,纯朴的风尚逐渐衰微,大臣崇尚奉承讨好,君主也自称圣明。掩盖了大德而施行小道,于是出现了入朝时亲近至于膝下,退朝后就谩生不实之言、妄自诡辩的状况。奸诈由此滋生,美善由此毁灭,帝王的旨意由此惑乱,诬陷的罪名由此产生,奉承讨好的风气一旦流行,危害就会如此深重。

太宗文皇帝挺秀千古①,清明在躬,再恢圣谟,一变流弊,以虚受为理本,以直言为国华。有面折廷争者,必为霁雷霆之威②,而明言将纳;有上封献议者,必为黜心意之欲,而手敕褒扬。故得有过必知,知而必改,存致雍熙之化③,没齐尧、舜之名。向若太宗徇中主之常情,滞习俗之凡见,闻过则羞己之短,纳谏又畏人之知,虽有求理之心,必无济代之效④；虽有悔过之意，必无从谏之名。此则听纳之实不殊，隐见之情小异，其于损益之际，已有若此相悬，又况不及中才，师心自用，肆于人上，以遂非拒谏，孰有不危者乎！且以太宗有经纬天地之文，有底定祸乱之武⑤，有躬行仁义之德，有致理太平之功，其为休烈耿光⑥，可谓盛极矣。然而人到于今称咏，以为道冠前古、泽被无穷者，则从谏改过为其首焉。是知谏而能从，过而能改，帝王之美，莫大于斯。陛下所谓"谏官论事，少能慎密，例自矜衒，归过于朕"者，臣以为不密自矜，信非忠厚，其于圣德，固亦无亏。陛下若纳谏不违，则传之适足增美；陛下若违谏不纳，又安能禁之勿传？伏愿以贞观故事为楷模，使太宗风烈⑦，重光于圣代，恐不可谓此为归过，而阻绝直言之路也。以上言从谏改过为美德。

【注释】

①太宗文皇帝：指唐太宗李世民。

②霁雷霆之威：意指收敛威怒。

③雍熙：和乐的样子。

④济代：济世。

⑤底定：达到平定。

⑥休烈：盛美的事业。

⑦风烈：风范，风教德业。

【译文】

太宗文皇帝为千古杰出的明君，自身清正廉明，重新弘扬圣明的教诲，革除流行的时弊，以谦虚纳谏作为治理的根本，以直言上书为国家的精华。对在朝廷当面诤谏的人，一定要收敛像雷霆一样的威严，而光明正大地宣示给予奖励并接纳；对上书进献奏议的人，一定要摈弃自己所想，而亲自敕令给予表扬。所以能够做到有了过错就一定知道，知道了就一定改正，达到人民和乐的教化，与尧、舜相等的名望。倘若太宗遵循一般君主的常情，拘泥于流俗的平凡之见，听到别人批评自己的过错，就为自己的缺点感到羞耻，采纳谏议，又害怕别人知道，虽有希求治理天下的心愿，却必定不会产生救世济人的功效；虽有悔过从新的意愿，也必定不会获得从谏如流的名望。这就是听言纳谏的实质没有什么差别，隐秘与坦白的情怀略有差异，但在利害的边缘上已有这样的悬殊差异，又何况才能不及中人，以己意为师，不守成法，凌驾他人之上，恣意放纵，将错就错，拒绝纳谏，怎会没有危险呢！况且太宗有管理天下的文才，有平定祸乱的武略，有躬行仁义的道德，有治理时世、安定天下的功业，他的光明、盛大的事业，可以说达到极盛了吧。然而，人们至今称赞的，认为他超越前人、造福后世的，是以从谏如流、知过则改为第一。由此可知，接受并服从谏议，能够知错就改，帝王的美德没有比这更为盛大的。陛下所说的"进谏官员，议论时事，很少能够谨慎保密，照样自我夸耀，把过错推在朕身上"，臣认为不严守秘密而自我矜夸，确实不算忠诚厚道，但对于皇上圣明大德，确实也没有妨碍。陛下如果采纳谏议而不加违背，那么流传出去正好可以增加光彩；陛下如果拒绝规劝而不予采纳，又怎么能禁止它不向外流传呢？希望陛下以贞观先例为楷模，使太宗的遗风余烈重新光大于圣明的时代，恐怕不能说这是委过于人，而阻断直言进谏的道路吧。以上讲听从谏诤，改正过失是美德。

臣闻虞舜察迩言①，故能成圣化；晋文听舆诵②，故能恢霸功。《大雅》有"询于刍荛"之言③，《洪范》有"谋及庶人"之义④，是则圣贤为理，务询众心，不敢忽细微，不敢侮鳏寡。侈言无验不必用，质言当理不必违，逊于志者不必然，逆于心者不必否，异于人者不必是，同于众者不必非，辞拙而效速者不必愚，言甘而利重者不必智。是皆考之以实，虑之以终，其用无他，唯善所在，则可以尽天下之理，见天下之心。夫人之常情，罕能无惑，大抵蔽于所信，阻于所疑，忽于所轻，溺于所欲。信既偏则听言而不考其实，由是有过当之言；疑既甚则虽实而不听其言，于是有失实之听；轻其人则遗其可重之事，欲其事则存其可弃之人。斯并苟纵私怀，不稽皇极⑤，于以亏天下之理，于以失天下之心。故常情之所轻，乃圣人之所重。图远者先验于近，务大者必慎于微，将在博采而审用其中，固不在慕高而好异也。陛下所谓"比见奏对论事，皆是雷同道听涂说"者，臣窃以众多之议，足见人情，必有可行，亦有可畏，恐不宜一概轻侮，而莫之省纳也⑥。

以上言雷同之论，不可轻弃。

【注释】

①迩言：浅近的话或左右亲信的话。

②舆诵：众人的议论。

③询于刍荛：出自《诗经·大雅·板》。指向普通老百姓了解情况，征求意见。

④谋及庶人：出自《尚书·周书·洪范》。

⑤皇极：帝王统治的准则。

⑥省纳：省察采纳。

【译文】

臣听说虞舜善于分辨左右亲信的话，所以能够成就圣明教化；晋侯善于听取众人的议论，所以能够扩大王霸功业。《诗经·大雅·板》中有"向打柴人询问"的诗句,《尚书·周书·洪范》中有"与平民商量"的意思,这是指圣明贤哲,治理天下,务必询问民众的意愿如何,不敢忽视任何细微的枝节,不敢欺侮鳏寡孤独的人。夸大之言而没有验证的不一定能应用,说到实处合乎道理的就不能违拒,迎合自己心意的恭维不一定正确,违反自己心愿的批评不一定错误,不同于他人的意见不一定肯定,与众人雷同的意见不一定非难,言辞拙讷但效果灵验的不一定愚昧,甜言蜜语说得利益重大的不一定明智。这些都要用事实来加以验证,要用最后结局得出定论,它的作用没有别的,只要是美善的,就能够用来充分把握天下变化的规律,显现天下人的心愿。按照一般情理,人们很少能做到没有疑惑,而大都被轻信所掩蔽,被疑虑所阻隔,疏忽于所轻视的,执迷于所追求的。轻信既然是片面,那么听到意见后也不考究它的真伪,因此就会有不恰当的言论;已经疑虑重重,那么即使他说的是事实也不予听信,因此听信的就不符合事实;轻视人就遗漏了应该重视的事,要成事还得留住应该遗弃的人。然而,假如自己任意放纵,不顾帝王统治的准则,就会损害天下规律,失去天下民心。所以平常情理中所轻视的,就是圣人所重视的。图谋长远首先要在近期验证,务求大业必须在细微处谨慎,还要广泛收集意见,谨慎地采用其中合适的,当然不是好高骛远而喜欢奇谈怪论。陛下所说的"见到的进奏应答、时政议论太多了,但大都是雷同之论,道听途说之事",臣私下认为,众人的议论,足可以看出人们的情志,必然有的应该实施,也有的应该畏惧,恐怕不应一律轻视怠慢而不省察采纳。以上讲雷同的议论,不可轻易抛弃。

　　陛下又谓"试加质问,即便辞穷"者,臣窃以陛下虽穷其辞,而未尽其理,能服其口,而未服其心。何以知其然?臣每读史书,见乱多理少,因怀感叹,尝试思之。窃谓为下者莫不愿忠,为上者莫不求理,然而下每苦上之不理,上每苦下之不忠,若是者何? 两情不通故也。下之情莫不愿达于上,上之情莫不求知于下,然而下恒苦上之难达,上恒苦下之难知,若是者何? 九弊不去故也。所谓九弊者,上有其六,而下有其三。好胜人、耻闻过、骋辩给、眩聪明、厉威严、恣强愎①,此六者,君上之弊也;谄谀、顾望、畏懦②,此三者,臣下之弊也。上好胜,必甘于佞辞。上耻过,必忌于直谏。如是则下之谄谀者顺旨,而忠实之语不闻矣。上骋辩,必剿说而折人以言③;上眩明,必臆度而虞人以诈④。如是则下之顾望者自便,而切磨之辞不尽矣。上厉威,必不能降情以接物;上恣愎,必不能引咎以受规。如是则下之畏懦者避辜,而情理之说不申矣。夫以区域之广大,生灵之众多,宫阙之重深,高卑之限隔,自黎献而上⑤,获睹至尊之光景者,逾亿兆而无一焉。就获睹之中,得接言议者,又千万不一。幸而得接者,犹有九弊居其间,则上下之情,所通鲜矣。

【注释】

①辩给(jǐ):能言善辩。

②顾望:回首,观望。含有顾虑、犹豫、踌躇之意。畏懦(nuò):亦作"畏懦"。胆怯软弱。

③剿(chāo)说:抄袭他人的言论以为己说。剿,抄袭。

④虞人:度人,意料他人。

⑤黎献:庶民中的贤者。献,贤。

【译文】

陛下又说"倘若稍加追问,就无话可说了",臣私下认为,陛下虽然无话可说,但并未竭尽其情理,能使他口服,而没有使他心服。凭什么知道是这样呢？臣常常阅读史书，看到历史上乱世居多而治世居少，因而心怀感慨，对此加以思考。臣私下认为，作为臣下没有不愿效忠的，作为皇上没有不希求治理的，然而臣下常常苦于皇上不能治理，皇上常常苦于臣下不能效忠，为什么会这样呢？是两方面情理不能通达的缘故。臣下的情理没有不愿通达给皇上的，皇上的情理没有不希求臣下知晓的，然而臣下常苦于上情难以下达，皇上常苦于下情难以知晓，为什么会这样呢？是有九种弊端没有摒除的缘故。所谓的九种弊端，皇上占其中六种，臣下居其中三种。喜欢超过他人、以听到批评为耻辱、发挥能言善辩之才、炫耀聪明才智、显示权势威严、恣意强横固执，这六种是君主的弊端；奉承讨好、踌躇观望、胆小怯懦，这三种是臣下的弊端。皇上喜强好胜，必定甘心于巧言令色。皇上耻于闻过，必定忌讳直言上谏。这样一来，臣下奉承讨好的人顺从旨意，而忠正诚实的话就听不到了。皇上发挥辩才，必定抄袭别人的言论而挫败臣下的话；皇上炫耀聪明才智，必定会主观猜测而担心臣下欺诈。这样一来，臣下踌躇观望的自然有利，而相互讨论相互切磋就不会坚持到底了。皇上显示权势威严，必定不能平抑性情与人交际；皇上恣意强横固执，必定不能承认过失而接受规劝。这样一来，臣下胆小怯懦的可以避免获罪，但合乎情理的言论就不会再申述了。因为疆域辽阔，人民众多，宫殿层层深入，以及尊贵与卑下之间的界限和阻隔，从庶民中的贤者以上，能够亲眼看到皇上至尊风采的，亿万人以上不足一人。即使得以目睹皇上至尊风采的人，能够应答议论的，千万人中不足一人。有幸被皇上接见的，还有九种弊端居于其间，那么上下情理能够通达的就很少了。

上情不通于下则人惑，下情不通于上则君疑，疑则不纳其诚，惑则不从其令。诚而不见纳，则应之以悖；令而不见从，则加之以刑。下悖上刑，不败何待？是使乱多理少，从古以然。考其初心，不必淫暴，亦在乎两情相阻，驯致其失，以至于艰难者焉。昔龙逄诛而夏亡①，比干剖而殷灭②，宫奇去而虞败③，屈原放而楚衰。臣谓夏、殷、虞、楚之君，若知四子之尽忠，必不剿弃④，若知四子之可用，必不拒违，所以至于忍害而舍绝者，盖谓其言不足行、心不足保故也。四子既去，四君亦危，然则言之固难，听亦不易。赵武呐呐而为晋贤臣⑤，绛侯木讷而为汉元辅⑥。公孙弘上书论事⑦，帝使难弘以十策⑧，弘不得其一，及为宰相，卒有能名。周昌进谏其君⑨，病吃不能对诏，乃曰："臣口虽不能言，心知其不可。"然则口给者⑩，事或非信；辞屈者，理或未穷。人之难知，尧、舜所病，胡可以一酬一诘而谓尽其能哉？以此察天下之情，固多失实；以此轻天下之士，必有遗才。臣是以窃虑陛下虽穷其辞，而未穷其理；能服其口，而未服其心。良有以也。以上言辞穷者未必理屈。

【注释】

①龙逄：即龙逢，夏代贤臣。夏桀无道，龙逢极谏，桀囚而杀之。

②比干：殷纣叔父。纣王淫乱，比干犯颜强谏，纣怒，剖其心而死。

③宫奇：即宫之奇，春秋时虞国大夫。晋献公向虞国借路伐虢，宫之奇谏，虞君不听，宫之奇就和他的族人离开了虞国。晋灭虢后，继而灭虞。

④剿：灭绝。

⑤呐呐：形容言语迟钝。

⑥绛侯：西汉周勃的封号。元辅：宰相。因辅佐皇帝而居大臣首位，故称。

⑦公孙弘：字季，西汉菑川薛（今山东滕南）人。狱吏出身，四十岁

时才学习《春秋》杂说，汉武帝初举贤良对策第一，征为博士。元朔中，升为丞相。

⑧策：汉代时皇帝为选拔人才，以问题令应试者对答谓"策"。

⑨周昌：沛（今江苏沛县）人。跟从汉高祖打败项羽有功，封为汾阴侯。口吃。高祖想废太子，周昌怒谏，后为赵相。吕后杀赵王后，周昌称病谢官，三十年后去世。

⑩口给：言辞敏捷。给，敏捷。

【译文】

上情不能下达，民心就会惶惑；下情不能上达，君主就会疑虑；疑虑就不会采纳诚实的谏议，惶惑就不服从皇上的命令。诚实的谏议不被采纳，相应地会产生悖逆；皇上的命令不服从，就以刑罚论处。下民悖逆皇上，刑罚不被毁坏又会怎样？所以使得乱世多而治世少，从古以来都是如此。推究其最初的心态，不一定是过度暴虐，还在于两方面情理的相互阻隔，逐渐酿成过错，从而到了艰难困苦的地步。以前龙逢被诛杀而夏朝灭亡，比干被剖腹取心而商代灭亡，宫之奇出走后虞国就败亡了，屈原遭到放逐后楚国就衰落了。臣以为，如果夏、商、虞、楚四国君主明白这四位臣子的效忠之心，必定不会灭绝、抛弃他们，如果知道四位臣子可以任用，必然不会拒绝谏议而加以违背，之所以到达被残害和舍身就义的地步，大概是认为他们的言论不足以实行、内心不足以依靠的缘故吧。四位臣子离去之后，四位君主也就危险了，然而说起来固然困难，听起来也属不易。赵武言语迟钝，却是晋国的贤臣；周勃没有口才，却是汉朝的宰相。公孙弘进奏议论时事，皇帝出了十个问题，他一个问题也不能解答，成了宰相后，终于有了能干的名声。周昌进谏劝止汉高祖废弃太子，因为口吃而不能应对，就说："我虽然嘴巴不能说明，但心里知道这件事不应该。"然而口才敏捷的人，说的事或许并不诚实；言辞穷尽的人，说的道理却未必穷尽。人难于相互理解，尧、舜也为之困苦，怎能凭一问一答就说全部了解了他的才能呢？以此察知天下之情,当然有很多不符合事实;以此轻视天下之人,必然会有被遗忘的有才能的人。因此臣私下忧虑陛下虽然使他们无话可说,但没有使他们讲完道理;能够使他们口服,但没有使他们心服。确实如此啊。*以上讲辞穷者未必理屈。*

古之王者,明四目①,达四聪,盖欲幽抑之必通,且求闻己之过也。垂旒于前②,黈纩于侧③,盖恶视听之太察,唯恐彰人之非也。降及末代,则反于斯,聪明不务通物情,视听只以伺罪衅,与众违欲,与道乖方,于是相尚以言,相示以智,相冒以诈,而君臣之义薄矣。以陛下性含仁圣,意务雍熙,而使至道未孚,臣窃为陛下怀愧于前哲也。古人所以有耻君不如尧、舜者,故亦以是为心乎?夫欲理天下,而不务于得人心,则天下固不可理矣;务得人心,而不勤于接下,则人心固不可得矣;务勤接下,而不辩君子小人,则下固不可接矣;务辩君子小人,而恶其言过,悦其顺己,则君子小人固不可辩矣。趣和求媚,人之甚利存焉;犯颜取怨,人之甚害存焉。居上者易其害而以美利利之,犹惧忠告之不葴④,况有疏隔而勿接,又有猜忌而加损者乎?天生烝人⑤,合以为国。人之有口,不能无言;人之有心,不能无欲。言不宣于上,则怨讟于下⑥;欲不归于善,则凑集于邪。圣人知众之不可以力制也,故植谤木⑦,陈谏鼓⑧,列争臣之位,置采诗之官⑨,以宣其言。

【注释】

①四目:与下文的"四聪",均指广视听。

②垂旒(liú)：古代帝王冠冕上的玉串，用丝绳系玉下垂。

③黈纩(tǒu kuàng)：黄绵所制的小球。悬于冠冕之上，垂两耳旁，以示不欲妄闻乱听。

④暨(jí)：同"暨"。至，及。

⑤烝(zhēng)人：众民。烝，众多。

⑥怨讟(dú)：怨恨诽谤的话。讟，诽谤，怨言。

⑦谤木：相传尧舜时于交通要道竖立木柱，让人在上面写谏言，称"谤木"。

⑧谏鼓：置鼓于庭，凡是下民想进言者，可以击鼓。

⑨采诗：古代有采诗之官，考察民风，君主可以观风俗，知得失。

【译文】

古代的帝王，广泛视察民情，听取意见，大概是想郁结、曲折的情理必定会疏通，并希求听到对自己的批评指责。前有冕旒下垂，侧有黄绵遮耳，大概是讨厌视听过于明察，担心使人们的过失过于明显。到了后来，却与此相反，聪明不是务求通达事理，视听只是等候人们的罪过，与众人的愿望相违背，与天下的大道相乖离，于是相互崇尚辞令，相互显示智巧，相互冒充欺诈，而君臣之义却变得浅薄了。凭陛下仁义圣明的本性，务求和乐的意图，却使治世的原则不能让人信服，臣私下替陛下在先哲面前感到羞愧。古代之所以有因当世君主比不上尧、舜而感到羞耻的，大概也是这样的心理吧？想治理天下，却不致力于争取民心，那么天下当然不能治理了；致力于争取民心，却不努力接触下民，那么人心当然就不能获得了；致力于接触下民，却不分辨君子小人，那么下民当然不能接触了；致力于分辨君子小人，却讨厌他们提出批评，喜欢他们顺从自己，那么君子小人当然就不能区分了。趋求和睦，迎合讨好，就会获得很多好处；触犯龙颜，招取怨恨，就会产生很多害处。皇上改变这些害处，给予赞美和好处，依然担心得不到忠言相告，何况有疏离和阻隔而不能接触下民，还有猜疑顾忌而增加害处呢？天地降生万民，组合在一起形成国家。人们有口舌，不能没有言论；人们有情感，不能没有欲望。言论不能畅达于皇上，那么人民就会产生怨言；欲望不能归结于美善，那么就会汇集到邪恶上。圣明的君主懂得众人不能用武力制服，所以在朝廷树立谤木，陈设谏鼓，安排谏诤之臣的位置，设置采风的官员，以通晓他们的言论。

尊礼义，安诚信，厚贤能之赏，广功利之途，以归其欲。使上不至于亢，下不至于穷，则人心安得而离？乱兆何从而起？古之无为而理者，其率由此欤？苟有理之之意而不知其方，苟知其方而心守不壹，则得失相半，天下之理乱，未可知也。其又违道以师心[1]，弃人而任己，谓欲可逞，谓众可诬，谓专断无伤，谓询谋无益，谓谀说为忠顺，谓献替为妄愚[2]，谓进善为比周[3]，谓嫉恶为嫌忌，谓多疑为御下之术，谓深察为照物之明，理道全乖，国家之颠危，可立待也。理乱之戒，前哲备言之矣；安危之效，历代尝试之矣。旧典尽在，殷鉴足征[4]，其于措置施为，在陛下明识所择耳。以上分别治乱之由，宜戒疏隔猜忌。

【注释】

①师心：以己之心为师，自以为是。

②献替："献可替否"的略语，进献可行的，除去不可行的，即诤言进谏之意。

③比周：亲近。此指结党营私。

④殷鉴：谓殷人子孙应以夏的灭亡为鉴戒。后泛指可以作为借鉴的往事。

【译文】

　　尊重礼义之士,稳定诚信之民,厚赏贤能的人,扩大求取功利的途径,以此规范他们的欲望。使皇上不至于过分,下民不至于贫困,那么民心怎么会离散? 祸乱的征兆又从何而起呢? 古代无为而治的君主,岂不都是采用了这一办法吗? 如果有治理天下的意图,但不知道治理的方法;如果知道治理的方法,却用心不能专一,就会得失各居其半,天下是治理安定还是祸患混乱的结局,就不能预知了。而又违反常理,刚愎自用,摒弃他人意见,一意孤行,认为欲望可以实现,认为民众可以欺骗,认为独断专行无妨,认为与众人筹谋无益,认为奉承讨好为效忠顺从,认为诤言进谏为虚妄愚昧,认为进献善言为结伙营私,认为憎恨丑恶为怀疑妒忌,认为多有猜疑是防止人民叛逆的手段,认为深入体察民情不过是照耀外物的光明,如果这样,事理与规律完全违背,国家被颠覆的危险马上就到了。治理祸乱的告诫,先前的哲人已说得很全面了;安定与危险,历代也尝试验证了。以往的经典都依然存在,引以为鉴的前事完全适用于当今,如何采取举措施展作为,就在于陛下透彻理解作出抉择了。以上分析辨别治与乱的原因,认为应该警戒疏隔猜忌。

　　伏愿广接下之道,开奖善之门,宏纳谏之怀,励推诚之美。其接下也,待之以礼,煦之以和,虚心以尽其言,端意以详其理,不御人以给,不自眩以明,不以先觉为能,不以臆度为智,不形好恶以招谄,不大声色以示威。如权衡之悬①,不作其轻重,故轻重自辨,无从而诈也;如水镜之设,无意于妍蚩,而妍蚩自彰②,莫得而怨也。有犯颜谠直者③,奖而亲之;有利口谗佞者,疏而斥之。自然物无壅情,言不苟进④,君子之道浸长,小人之态日消,何忧乎少忠良? 何有乎作威福? 何患乎妄说是非? 如此,则接下之要备矣。其奖善也,求之若不及,用之惧不周,如梓人之任材⑤,曲直当分;如沧海之归水,洪涓必容。能小事则处之以小官,立大劳则报之以大利,不忌怨,不避亲,不抉瑕⑥,不求备,不以人废举⑦,不以己格人,闻其才必试以事,能其事乃进以班,自然无不用之才,亦无不实之举。如此则奖善之道得矣。其纳谏也,以补过为心,以求过为急,以能改其过为善,以得闻其过为明。故谏者多,表我之能好;谏者直,示我之能贤;谏者之狂诬,明我之能恕;谏者之漏泄,彰我之能从。有一于斯,皆为盛德。是则人君之与谏者交相益之道也。谏者有爵赏之利,君亦有理安之利;谏者得献替之名,君亦得采纳之名。然犹谏者有失中,而君无不美。唯恐谠言之不切,天下之不闻,如此,则纳谏之德光矣。其推诚也,在彰信,在任人。彰信不务于尽言,所贵乎出言则可复;任人不可以无择,所贵乎已择则不疑。言而必诚,然后可求人之听命;任而勿贰,然后可责人之成功。诚信一亏,则百事无不纰缪⑧;疑贰一起,则群下莫不忧虞。是故言或乖宜,可引过以改其言,而不可苟也;任或乖当,可求贤以代其任,而不可疑也。如此则推诚之义孚矣。以上接下、奖善、纳谏、推诚四大端。

【注释】

①权衡:称量物体轻重的器具。权,秤锤。衡,秤杆。

②妍(yán)蚩:美恶。

③谠(dǎng):正直。

④苟进:苟且进取,以求禄位。

⑤梓人:木工。

⑥抉瑕：挑剔过失。

⑦废举：即废居，罢官居家。

⑧纰缪：差错，谬误。

【译文】

诚望陛下能广延接触下民的途径，打开奖励善良的门路，开阔纳谏的胸怀，勉励以诚相待的美德。接触下民，以礼相待，给予温暖和乐，谦虚地听取他们的言论，以端正的态度审察其中的道理，不以辞令抵制他人，不以高明自我炫耀，不以先知为本领，不以主观猜测为聪明，不将喜好厌恶形之于色以招来奉承谄媚，不声色俱厉而显示威势。就像提起的秤杆、秤锤一样，不计自身的轻重，所以能自然分辨重量，而没有欺诈；又像水和镜子一样，对于美丑无心，但能将美丑映现得自然鲜明，而不能抱怨它。如有触犯龙颜直言进谏的，给予劝勉并亲近；对口齿伶俐恶语伤人的，予以斥责并疏远。如此，事物的情理自然不会阻隔，言论不会苟且奏进，君子的思想就会滋长生发，小人的气焰就会日益削弱，那么又何必担心缺少忠贤之臣呢？又何必担心有作威作福的呢？又何必担心别人胡乱议论是非呢？这样，接触下民的条件就具备了。奖励品行高尚的人，唯恐求之不能得到，用之不能周全，就像木工选用材料一样，曲直应当分明；又像大海收容水流一样，大小一律容纳。有能力做小事情就以小官委任，建立大的功劳就以大的利益报答，不憎恨抱怨，不避讳亲近，不挑剔过失，不求全责备，不因为有过失而罢官家居，不依照自己的看法纠正别人，听说他有才能就一定交给事情试用，有能力完成交办的事情就提拔职务，这样，自然不会有无用之才，也不会有脱离实际的举动。这样，奖励品行高尚的人的方法也就有了。接纳谏言，以补救过失为本心，以希求批评为急务，以能改正过失为美德，以能听到对自己的批评为英明。进谏的人多，表示自己善于纳谏；进谏的人直言不讳，表示自己有贤德；进谏的人胡言乱语，证明自己能够宽恕；进谏的人泄露秘密，显示自己能够依从。具备其中任何一点，都是大德。

这是人君与进谏的人相互交好的方法。进谏的人有得到赏赐官位的好处,君王也有心安理得的好处;进谏的人得到诤谏的名声,君王也获得纳谏的美名。然而进谏的人仍会有不得当的地方,而君王没有什么不好的地方。只担心正直的言论还不够深切,天下的人还没有闻知,如此,接纳谏言的圣德就光大了。真诚相待,在于表扬信义之士,任用贤能之人。表扬信义之士不求极尽美言,而贵在说出的话可以重复检验;任用贤能之人不能没有选择,而贵在选定后不加怀疑。说话一定要诚实,然后才能希求人们听从命令;任用而不存二心,然后才能要求人们建功立业。诚实和信义一旦被败坏,各种事情就都会出现错误;既存怀疑又有二心,那么臣下没有不心怀忧患的。因此言论偶或不合时宜,就应承认过失改正错误,而不能得过且过;任用偶或失当,可以求取贤能取代其职任,而不能猜疑。如此,真诚相待的内蕴才是诚实可信的。以上讲君主接纳臣下、奖善、纳谏、真诚相待四大方面。

　　微臣所以屡屡尘黩而不能自抑者,盖以陛下有拯乱之志,而多难未平;有务理之诚,而庶绩未乂[1];有尧、舜聪明之德,而未光宅于天下[2];有覆载含宏之量[3],而未翕受于众情。故臣每中夜静思,无不窃叹而深惜也。向若陛下有其位而无必行之志,有其志而无可致之资,则臣固已从俗浮沈,何苦而汲汲如是[4]?惟陛下详省所阙,亟行所宜,归天下之心,济中兴之业,此臣之愿也,亿兆之福也,宗社无疆之休也。谨奏。

【注释】

　　①庶绩:各种事业。乂(yì):治理。

　　②光宅:广有。

③覆载:覆盖与承载,指覆育包容。

④汲汲:急切的样子。

【译文】

　　臣之所以一再以这些世俗之见亵渎圣明而不能自止,是因为陛下有拯救乱世的大志,而许多国难尚未平定;有致力于治国的诚意,而治理的绩效尚未体现;有尧、舜那样睿智明察的品德,而尚未广有天下;有覆育万物、包容众生的大度,而尚未聚合万民之情。所以臣常常在深夜沉思,无不感叹而又深深惋惜。倘若陛下居于皇位而没有必定力行的大志,有雄心大志而没有可以实现的依据,那么臣必定已经在世俗中随波逐流了,又何苦如此急切地奏状进表? 希望陛下仔细省察缺失,尽快履行职责,使天下人民从内心归附,成就中兴的大业,这是臣的心愿,也是亿万人民的福祉,基业永存的喜庆。谨此上奏。

卷十三·奏议之属三

陆贽

陆贽简介参见卷十。

奉天请罢琼林大盈二库状

【题解】

建中四年(783)，朱泚趁泾原兵变而叛乱，唐德宗仓皇出走，在奉天(今陕西咸阳乾县)避难，陆贽从驾侍奉。当时国库空虚，朝廷用度没有着落。后来各地陆续进贡，朝廷便在行宫两厢设立琼林、大盈二库。陆贽写下这篇谏疏，请求德宗废除二库。全篇围绕"务散发而收其兆庶之心"这一主题，阐幽发微，昭事辩理，论述了设立琼林、大盈二库的弊端。文章提出了"智者因危而建安，明者矫失而成德"这一论点，劝谏君主明德修身，体恤民情，以凝聚人心。据记载，德宗接受了陆贽的建议，撤销了二库。全文结构谨严，层次分明，虽用骈体，但无浮华雕琢、空洞无物之弊。

右臣闻①："作法于凉②，其弊犹贪；作法于贪，弊将安救③？"示人以义，其患犹私；示人以私，患必难弭④。故圣人之立教也，贱货而尊让，远利而尚廉。天子不问有无，诸侯不言多少，百乘之室⑤，不畜聚敛之臣。夫岂皆能忘其欲贿之心哉？诚惧贿之生人心而开祸端、伤风教而乱邦家耳。是以务鸠敛而厚其帑椟之积者⑥，匹夫之富也；务散发而收其兆庶之心者，天子之富也。天子所作，与天同方：生之长之，而不恃其为；成之收之，而不私其有；付物以道⑦，混然忘情。取之不为贪，散之不为费。以言乎体则博大，以言乎术则精微。亦何必挠废公方⑧，崇聚私货⑨，降至尊而代有司之守⑩，辱万乘以效匹夫之藏⑪？亏法失人，诱奸聚怨，以斯制事，岂不过哉！以上言天子不畜私财。

【注释】

①右：右边，前行。古时奏章要先把所论列的事实写在前边，让阅状人一看就能明白状的主要意思。

②作法于凉：犹言赋税从轻。凉，薄。

③救：制止。

④弭（mǐ）：息，止。

⑤百乘之室：即大夫之家。按周制大夫封邑十里，可出兵车百乘。

⑥鸠敛：聚集。鸠，聚。帑椟（tǎng dú）：指贮藏钱财的地方。帑，贮藏钱财布帛的仓库。椟，珠宝箱。

⑦付物：对待万物。

⑧挠废：扰乱，败坏。挠，屈曲。

⑨崇聚：集聚。崇，聚积。

⑩有司：一般官吏，各有所司，故谓有司。

⑪万乘：指皇帝。

【译文】

臣听说：当政者以轻赋薄税、少压榨百姓为出发点制定法律，在执行中还会流于贪得无厌的弊端；如果从贪婪聚敛出发来制定赋税之法，那流弊又将怎么制止呢？用礼义引导民众，尚且担心人们会自私自利；如果用私利指引人民，那么忧患之心必然难以消除。所以，圣人设立教化，要求人们轻视财货，崇尚谦让，远避私利，重视清廉。天子和诸侯不应计较私人财富的有无和多少，大夫之家不养搜刮民财的家臣。难道他们都忘却了自己有希求财货的欲望吗？实在是因为害怕财货滋生人们贪婪的念头而引发祸端、伤风败俗而使国家陷于混乱啊。因此，拼命聚敛钱财，中饱私囊的，是匹夫的富裕；致力于发放财物，犒赏功臣，救济贫弱，团结万民百姓之心的，是天子的富裕。天子的所作所为，与天有相同的规律：使万物生长，而不倚仗自己的作为骄傲自是；万物成熟收获，而不独占为己有；以自然之道对待万物，完全不凭自己的感情处理。若能如此，那么取用民财不算贪得，散发财物也不算挥霍浪费。就处理财货这一事体本身来说是一件大事，就处理的具体方法来说是极其精细的。又何必败坏国家法纪，为自己聚敛财货，降低至高无上的地位，代行一般官员的职守，仿效百姓积蓄财货，而使天子蒙受耻辱呢？损坏法令，丧失民心，诱使人们做坏事，招致天下人的怨恨，用这样的方法处理国家事务，岂不就错了吗？以上谈天子不为自己积蓄财货。

　　今之琼林、大盈①，自古悉无其制。传诸耆旧之说②，皆云创自开元③。贵臣贪权，饰巧求媚，乃言："郡邑贡赋所用，盍各区分？税赋当委之有司，以给经用；贡献宜归乎天子，以奉私求。"玄宗悦之，新是二库。荡心侈欲，萌柢于兹。迨乎失邦④，终以饵寇⑤。《记》曰："货悖而入，必悖而出⑥。"岂非其明效与！以上言开元始置二库。

【注释】

①琼林、大盈：均为唐代皇家内库名，盛放皇家财货，用于皇帝赏赐

和享乐。

②耆（qí）旧：老年人。耆，六十岁以上的人。

③开元：唐玄宗年号（713—741）。

④失邦：指长安（今陕西西安）失守。安史之乱时玄宗逃离都城长安。

⑤饵寇：以饵引诱贼寇。

⑥货悖而入，必悖而出：出自《礼记·大学》，原文为"货悖而入者亦悖而出。"

【译文】

现在设立琼林、大盈二内库，自古以来都没有这种制度。据老年人相传，二内库在开元年间创设。当时，宠臣专权，花言巧语，以求得皇上欢心，竟然说："郡县赋税及贡献的财物，何不各自区别开来？税赋交给财务官员管理，以供给国家的正常开支；进贡的财物归属天子，以供给皇帝个人需用。"玄宗听后内心喜悦，便新创这两个内库。使贪心放荡，使物欲增长，都是由此萌生的。等到长安失守，最终资助了贼寇。《礼记》说："用不正当手段弄来的财货，必然会不合理地失去。"这岂不是明显的例证吗？ 以上谈开元年间开始设置琼林、大盈二内库。

陛下嗣位之初，务遵理道①，敦行约俭，斥远贪饕②。虽内库旧藏，未归太府③，而诸方曲献④，不入禁闱，清风肃然，海内丕变。议者咸谓汉文却马、晋武焚裘之事⑤，复见于当今。近以寇逆乱常⑥，銮舆外幸⑦，既属忧危之运⑧，宜增儆励之诚⑨。臣昨奉使军营，出游行殿，忽睹右廊之下，榜列二库之名，惧然若惊⑩，不识所以。何则？天衢尚梗⑪，师旅方殷，疮痛呻吟之声噢咻未息⑫，忠勤战守之效赏赉未行，而诸道贡珍，遽私别库，万目所视，孰能忍怀？ 以上言大难未平，不宜遽私二库。

【注释】

①理道：治道，即治理国家之道。为避唐高宗李治名讳而以"理"代"治"。

②贪饕（tāo）：指贪财的人。

③太府：掌管库藏财物的官员。

④曲献：私献。指法定赋税以外的贡献。

⑤汉文却马：《汉书·贾捐之传》载汉文帝时，有人献千里马，汉文帝拒而不受，将马还给原主，并下诏"朕不受献也，其令四方毋求来献"。晋武焚裘：晋武帝时，有入献雉头裘，武帝以为奇技异服，命焚之于殿前。

⑥寇逆：指泾原兵变中称帝的朱泚。

⑦銮舆：指天子的车。外幸：天子巡游外地，此委婉地指皇帝出奔。

⑧属（zhǔ）：值，正当。

⑨儆（jǐng）：让人自己觉悟而不犯错误。

⑩惧然：敬畏惶遽的样子。

⑪天衢尚梗：此句意指京师尚未收复。天衢，京师的道路。梗，阻塞。

⑫噢咻（yǔ xǔ）：病痛声。

【译文】

　　陛下继承皇位之初，致力于治理国家之道，切实地履行节俭，排斥并疏远贪财的人。虽然皇宫府库的财物没有归于国库，而各地法定赋税以外的私献，也没有纳入皇宫；清廉之风，令人起敬，天下发生了很大变化。人们都议论说，当年汉文帝拒受千里马、晋武帝焚烧雉头裘的故事，又在今世重现了。近来因朱泚逆贼，败坏纲常，天子被迫出巡，国家正处在忧患危难之际，应该增强警觉勉励的诚心。臣昨日奉命去军营，经过行宫，忽然看到右廊下，牌匾上列有二库之名，惶恐惊异，不知设立二库的缘由。为什么惊慌呢？当今京师尚未收复，军事正值繁多，百姓在灾乱中忍受病苦，呻吟不断，将士效忠尽职，攻战防御之功尚未给予赏赐，而各道进献的珍奇宝物，却私自放在另立的库房。众目睽睽之下，怎能够忍心如此作为呢？以上谈大难未平，不应该匆忙私立二库。

　　窃揣军情，或生觖望①，试询候馆之吏②，兼采道路之言，果如所虞，积憾已甚。或忿形谤讟③，或丑肆讴谣④，颇含思乱之情，亦有悔忠之意。是知甿俗昏鄙⑤，识昧高卑，不可以尊极临，而可以诚义感。顷者六师初降⑥，百物无储，外扞凶徒，内防危堞⑦，昼夜不息，迨将五旬。冻馁交侵，死伤相枕，毕命同力⑧，竟夷大艰⑨。良以陛下不厚其身，不私其欲，绝甘以同卒伍⑩，辍食以啖功劳。无猛制而人不携⑪，怀所感也；无厚赏而人不怨，悉所无也。今者攻围已解，衣食已丰，而谣讟方兴⑫，军情稍阻。岂不以勇夫恒性，嗜货矜功，其患难既与之同忧，而好乐不与之同利，苟异恬默，能无怨咨？此理之常，固不足怪。以上言军情离怨。

【注释】

①觖（jué）望：怨望。觖，不满。
②候馆：即驿馆。
③谤讟（dú）：怨谤。
④丑肆讴谣：用歌谣肆意丑化诋毁。讴，齐声而歌。谣，没有曲谱的歌。
⑤甿（méng）俗：老百姓的习俗。甿，农夫。
⑥六师初降：此句指德宗流亡到奉天（今陕西咸阳乾县）。六师，即"王六军"的六军，天子的警卫部队。
⑦堞（dié）：城上矮墙。

⑧毕命：拼命，效命。

⑨夷：平定。

⑩绝甘：不吃甘美食物。

⑪猛制：以暴力制服人。携：离散，背叛。

⑫谣蒿：谣言。

【译文】

臣私自揣度军情，有人已心生怨恨，试问驿馆职员，加上道听途说的，果然像忧虑的那样，积怨已经很严重了。有的怒形于色，恶言怨谤，有的用歌谣肆意丑化诋毁，确实包含了人心思乱的情势，也有后悔自己尽忠于皇上的意思。由此可知，老百姓粗俗鄙陋，不懂得尊卑高下，不应该用尊贵的地位居高临下地加以压制，而应该用诚意感化他们。近来，天子驾临奉天，各种财物没有积存，对外要抵御叛军进攻，对内要防止内乱发生，昼夜不停，至今已近五十天。饥寒相逼，死伤人员交相枕压，军民上下协力效命，终于平定了大患难。实在是因为陛下不厚爱自身，不只顾自己，摒绝美味甘食，与士兵吃同样的饭菜，甚至自己不吃而给有功劳的人吃。不是用暴力来制服人，人们不离散背叛，那是真诚的关怀感动的结果；没有丰厚的赏赐，但人们不加怨恨，那是知道皇上没有财帛来赏赐。现在，被围攻的急难已经解除，衣食已经丰足，而谣言正在兴起，军心稍有隔阂。凭武夫常有的性格，怎能不贪求财货、夸耀军功呢？既然在患难中同担忧患，而安乐时不共同分享利益，即使会出奇地恬淡静默，又怎能不怨恨嗟叹？这是人之常理，本来也不足为怪。

以上谈军情与人心隔阂和怨恨。

《记》曰："财散则民聚，财聚则民散①。"岂非其殷鉴欤②！众怒难任，蓄怨终泄，其患岂徒人散而已，亦将虑有构奸鼓乱③，干纪而强取者焉④。夫国家作事，以公共为心者，人必乐而从之；以私奉为心者，人必咈而叛之⑤。故燕昭筑金台⑥，天下称其贤；殷纣作玉杯⑦，百代传其恶。盖为人与为己殊也。周文之囿百里，时患其尚小；齐宣之囿四十里，时病其太大⑧。盖同利与专利异也。为人上者，当辨察兹理，洒濯其心⑨，奉三无私⑩，以壹有众⑪。人或不率，于是用刑，然则宣其利而禁其私，天子所恃以理天下之具也。舍此不务，而壅利行私⑫，欲人无贪不可得已。今兹二库，珍币所归，不领度支⑬，是行私也。不给经费，非宣利也。物情离怨⑭，不亦宜乎！ 以上言所以致离怨之理。

【注释】

①财散则民聚，财聚则民散：出自《礼记·大学》：“财聚则民散，财散则民聚。”

②殷鉴：可以引以为戒的事。出自《诗经·大雅·荡》：“殷鉴不远，在夏后之世。”

③构奸：组织坏人。

④干纪：干犯法纪。

⑤咈（fú）：乖戾，违背。

⑥燕昭筑金台：战国时，燕昭王在易水东南筑台，置千金于台上，延请天下之士，谓之黄金台，亦称招贤台。

⑦殷纣作玉杯：《史记·宋微子世家》：“纣始为象箸，箕子叹曰：‘彼为象箸，必为玉杯；为杯，则必思远方珍怪之物而御之矣。’”这里是说纣王贪图生活享受。

⑧“周文之囿百里”几句：《孟子·梁惠王下》载：周文王有个方圆七十里的园囿，他任凭人们在囿中打猎砍柴，因而人们感到这园囿太小；战国时齐宣王有个方圆四十里的园囿，但他规定在囿中打猎的，与杀人同罪，所以人们怨恨这园囿太大。

⑨洒濯：洗涤。

⑩奉三无私：奉行天、地、日月三无私之心。《礼记·孔子闲居》：“天无私覆，地无私载，日月无私照，奉斯三者，以劳天下，此之谓三无私。”

⑪壹：统一。指团结的意思。

⑫壅利行私：指利归私有。壅，堆积。

⑬度支：掌管财政收支的官。唐初尚书省户部设度支郎中，后由宰相中一人兼判度支。这句是说不受度支的统辖支配。

⑭物情：众情。

【译文】

《礼记》说：“财货分散在百姓之中，百姓就会团结；财货聚集在一人手里，百姓就会离散。”这岂不就是可引以为戒的前事吗？众人的愤怒难以担当，积聚的怨恨终于会发泄出来，其忧患难道仅仅是使百姓离散而已，还要担心会有组织奸人，鼓动叛乱，干犯法纪，强取财货的人。凡国家大事的操办，以公共利益为目的的，百姓必然乐意服从；以个人的利禄为目的的，百姓必然背叛。所以燕昭王筑黄金台，目的是招贤纳士，天下百姓称赞他的贤明；殷纣王制作玉杯，目的是贪图享乐，后世历代传说他的恶行，这大概是为百姓与为自己着想的区别。周文王拥有方圆百里的苑囿，当时人们还嫌它太小；齐宣王拥有方圆四十里的苑囿，当时人们却怨恨它太大，这大概是利益共享与利益独占的不同。作为皇上，应当区分、明察这一道理，洗心明志，奉行像天地日月一样无私的心志，来团结群众；有人若不遵从，就动用刑罚。然而，共享个人财富，禁止谋取私利，是赖以治理天下的工具。舍弃这一点不去追求，而使利归己有，图谋私利，要使人们不生贪婪，是不可能的。现在的琼林、大盈二内库，收纳珍宝财货，而不受度支的统辖支配，是图谋私利；不供给国家的日常费用，不是财富共享。人心离散怨恨，不也就理所当然了吗？以上谈导致人心离散怨恨的原因。

智者因危而建安,明者矫失而成德。以陛下天姿英圣,傥加之见善必迁,是将化蓄怨为衔恩①,反过差为至当,促殄遗孽②,永垂鸿名,易如转规③,指顾可致④。然事有未可知者,但在陛下行与否耳。能则安,否则危;能则成德,否则失道。此乃必定之理也,愿陛下慎之惜之。陛下诚能近想重围之殷忧⑤,追戒平居之专欲,器用取给,不在过丰;衣食所安,必以分下,凡在二库货贿,尽令出赐有功,坦然布怀⑥,与众同欲。是后纳贡,必归有司,每获珍华,先给军赏,瑰异纤丽⑦,一无上供。推赤心于其腹中,降殊恩于其望外。将卒慕陛下必信之赏,人思建功;兆庶悦陛下改过之诚,孰不归德⑧? 如此则乱必靖,贼必平,徐驾六龙⑨,旋复都邑,兴行坠典⑩,整缉棼纲⑪,乘舆有旧仪,郡国有恒赋⑫,天子之贵,岂当忧贫? 是乃散其小储而成其大储也,损其小宝而固其大宝也⑬。举一事而众美具,行之又何疑焉? 吝少失多,廉贾不处⑭;溺近迷远,中人所非。况乎大圣应机,固当不俟终日⑮。不胜管窥愿效之至⑯,谨陈冒以闻。谨奏。*以上请改过散财。*

【注释】

①衔恩:感恩,怀恩。

②促殄(tiǎn)遗孽:短时间内消灭了残余的敌寇。殄,灭。

③转规:旋转圆规。意指轻而易举。

④指顾:一指手、一回头的工夫。极言时间短促。

⑤殷忧:深深的忧虑。

⑥布怀:公开表达心意。

⑦瑰异纤丽：奇异珍贵、美丽细巧的东西。

⑧归德：被恩德所感动而拥护。

⑨六龙：即六马。马八尺称龙。古制，天子乘舆驾六马。

⑩坠典：已经废弛的法典。

⑪整辑棼纲：整顿紊乱了的纲纪。

⑫郡国：指地方行政区域。

⑬大宝：指君权。

⑭廉贾：不苟取的商人。

⑮况乎大圣应机，固当不俟终日：何况圣者一发现征兆，就立即行动，而不等待这一天过去。《周易·系辞下》载"君子见机而作，不俟终日"。

⑯管窥：以管窥天，形容所见之小。

【译文】

聪明的人凭借危难而建立安宁，英明的人匡正过失而成就圣贤道德。凭着陛下天赋的才能和英明圣智，如果再加上见到好事就去做，这是把郁积已久的怨恨化为感怀恩德，把过分的错误反转为极端合理，在很短时间就消灭了残余的敌寇，使大名永远载入史册，这就像旋转圆规一样轻而易举，在举手、回顾间即可达到。然而还有许多不可预知的事情，只在于陛下实行与否。能实行，就会天下太平；不实行，天下就有危险。能实行，就会成就道德；不实行，就会失去道义。这是必然的道理，愿陛下谨慎并爱惜这一机会。陛下确实能考虑到最近陷于重重围困的深切忧患，戒除以前日常生活中的专恣贪欲，物用的供给并不过分的丰盛，所用的衣服、食物一定拿来与下属分享，凡是贮存在二内库中的财货，下令全部拿出赏赐给有功人员，公开坦诚地表达自己的心意，满足大家共同的愿望。以后收纳的贡献，务必交给主管官员，每次得到珍奇、华丽的东西，首先犒赏军功，奇异珍贵、纤巧美丽的东西，没有一件供奉给皇上。推心置腹地对待下民，降予特殊的恩赐使他们喜出望外。

将士感念陛下诚信的赏赐,人人都想建立功勋;百姓为陛下有改正过失的诚心而感到高兴,有谁不会被皇上的大德感动而不拥护呢?果真如此的话,那么叛乱必然平定,贼寇必然剿除,皇上可以慢慢地乘舆驾马,返回国都,恢复执行已经废弛的法典,整顿紊乱了的纲纪。乘坐车马仍有往日的仪式,各地辖区内有固定的赋税,天子至为尊贵,怎么会再为贫困而忧虑呢?这是散发微小的财富,而成就大的积贮;减少小的宝物,而成就大的君权。如此,办成了废止二库这样一件事,而许多好处都具备了,行动上又疑虑什么呢?贪小失大的事,不苟取的商人也是不肯做的;沉湎于眼前而看不见未来,中等才能的人也认为不可取。何况大圣人一发现机会就立即行动,是不会等这一天过去的。以上意见,见识浅薄,臣愿意尽力效忠,把它贡献出来。谨冒昧陈述,以闻知于皇上。谨此上奏。以上谈请求君王匡正过失散财犒赏有功人员。

韩愈

韩愈简介参见卷二。

禘祫议

【题解】

禘祫(dì xiá)，又称殷祭，即盛大的祭礼，指每五年举行一次的祖庙大祭(禘)和合诸祖神主的大合祭(祫)。

据《旧唐书·德宗本纪》下："(贞元十九年三月)丁卯，以今年孟夏禘飨，前议太祖、懿、献之位未决，至此禘祭，方正大祖东向之位，已下列序昭穆。其献祖、懿祖祔于德明、兴圣之庙，每禘祫年就本室飨之。"三月丁卯即三月十六日，知此文写于贞元十九年(803)三月十六日稍后之时。

该文条理清晰，持之有据，说理透辟，使人信服。尤其文字谨严缜密，逻辑性强，可为学文者师法。

  右今月十六日敕旨，宜令百僚议①，限五日内闻奏者。将仕郎守国子监四门博士臣韩愈谨献议曰②：

  伏以陛下追孝祖宗③，肃敬祀事。凡在拟议，不敢自专，聿求厥中④,延访群下⑤。然而礼文繁漫,所执各殊,自建中之初⑥,迄至今岁⑦,屡经禘祫,未合适从⑧。臣生遭圣明,涵泳恩泽⑨,虽贱不及议⑩,而志切效忠⑪。今辄先举众议之非⑫,然后申明其说。

【注释】

①宜:语助词。

②将仕郎:散官名,隋置,唐代因袭沿用此职。守:署理的意思。凡官阶低而所署官高叫"守";官阶高而所署官低叫"行"。国子监:中国古代王朝的教育管理机关和最高学府。唐宋以国子监统辖国子学、太学、四门学、广文馆等四学。四门博士:学官名,掌教授生徒,二年一任。韩愈任四门博士时乃贞元十七(801)至十九(803)年间。

③追孝祖宗:对死去的祖宗尽孝敬之心。

④聿(yù)求:即求。聿,常用于句首或句中的语助词。厥中:即中。厥,语助词。

⑤延访:延请求教,请教。

⑥建中:唐德宗年号(780—783)。

⑦迄(qì):至,到。

⑧未合适从:没有符合适于依从的。意谓各执其议,莫衷一是。

⑨涵泳:沉浸。

⑩虽贱不及议:唐代集议朝事,只有常上朝奏事的五品文官及两省供奉官、监察御史、员外郎、太常博士能够参加,韩愈为七品的四门博士,无资格参加议事,故云。

⑪切:急切。

⑫众议:指太常博士陈京建中二年(781)始议,继有礼仪使颜真卿

议,左庶子李嵊等七人议,吏部郎中柳冕等十二人议,司勋员外郎裴枢、同官县尉仲子陵、京兆少尹韦武等议,左司郎中陆淳议,左仆射姚南仲献议五十七封;户部尚书王绍等五十五人议,鸿胪卿王权又申衍之。韩愈所驳五说,即上述众议。

【译文】

敬奉本月十六日所颁之旨,命令百官商议,限定五日之内上奏使天子知道。将仕郎、守国子监四门博士臣韩愈郑重献上奏议:

陛下追孝敬奉先祖,恭敬办理祭祀之事。凡是需要忖度商量的,都不自作主张,希望事情能做得符合中庸之道,所以向群臣一一征求意见。但是礼乐制度繁多无边,群臣又各持己见,以致从建中初年到今年,虽多次举行禘祫之祭,却一直没有确定下来适于依从的办法。臣生来遭遇圣明之主,沉浸圣君恩泽,虽然地位卑贱没有资格参议政事,但心意中急于报效尽忠。现在就先列举众人意见的不是之处,然后再阐述说明臣的看法。

一曰"献、懿庙主宜永藏之夹室"①。臣以为不可。夫祫者,合也。毁庙之主②,皆当合食于太祖、献、懿二祖③,即毁庙主也。今虽藏于夹室,至禘祫之时,岂得不食于太庙乎④?名曰合祭,而二祖不得祭焉,不可谓之合矣。

【注释】

①献、懿庙主宜永藏之夹室:此为贞元七年(791)、八年(792)裴郁、李嵊等议。献、懿,即献祖、懿祖,唐高祖李渊的先祖。夹室,太庙正殿旁小侧室。宝应二年(763),玄宗、肃宗于太庙迁献、懿二主于西夹室。

②毁庙:谓高于太祖者毁其庙,藏其神主于太祖之庙受祭。皆当合

　　食于太祖,都应当和太祖一起缟用祭礼。

③太祖:唐高祖李渊的祖父。

④岂得:难道能,怎么可以。

【译文】

　　第一种意见说"献、懿两祖的牌位应当永远放在正殿侧室之中"。臣认为不可以。合诸祖神主的大合祭,就是合放一起的意思。太祖以前的祖先都该和太祖同享祭品,献、懿两祖就是太祖的先祖。现在即使放在侧室里,到祖庙大祭和合诸神主的大合祭的时候,难道就不在太庙里接受祭祀了吗? 如果这样,名为合祭,两位先祖却不受祭祀,就不能算是合祭了。

　　二曰"献、懿庙主宜毁之瘗之"①。臣又以为不可。谨按《礼记》,天子立七庙,一坛一墠②。其毁庙之主,皆藏于祧庙③。虽百代不毁,祫则陈于太庙而缟焉。自魏晋以降,始有毁瘗之议,事非经据,竟不可施行。今国家德厚流光,创立九庙④。以周制推之,献、懿二祖,犹在坛、墠之位,况于毁瘗而不禘祫乎⑤?

【注释】

①瘗(yì):深埋入地。凡尸体、随葬物、祭品深埋入地均称"瘗"。

②天子立七庙,一坛一墠(shàn):天子七庙之外又立坛、墠各一。坛、墠均为祭祀场所。

③祧(tiāo)庙:祭远祖、始祖之庙。

④创立九庙:《通典·吉礼六》曰:"(开元)十年,制移中宗神主就正庙,仍创立九室,其后制献祖、懿祖、太祖、代祖(即世祖)、高祖、太宗、高宗、中宗、睿宗太庙九室也。"

⑤"以周制推之"几句：谓周制七庙，远祖犹在庙祭，何况今立九庙
　　却要毁坏先祖神主，不令合祭。

【译文】

　　第二种意见说"献、懿两祖的牌位应该毁掉或者埋掉"。臣也认为
不可以。谨按《礼记》：天子立七庙，一坛一墠。那时的太祖之祖，都收
放在祧庙里。即使经历百代也不销毁，合诸祖神主大合祭的时候就陈
列到太庙里接受祭祀。从魏晋以后，才有毁埋的提法，这事情没有依照
经典制度，终究不能够施行。当今国家道德淳厚，恩泽四施，创立了九
庙。按周代制度推算，献、懿两祖尚且在坛、墠据有位置，况且现在立有
九庙，却要毁埋牌位，不进行合祭呢？

　　三曰"献、懿庙主宜各迁于其陵所"①。臣又以为不可。
二祖之祭于京师，列于太庙也，二百年矣。今一朝迁之，岂
惟人听疑惑②，抑恐二祖之灵，眷顾依迟，不即飨于下国也③。

【注释】

①献、懿庙主宜各迁于其陵所：此为员外郎裴枢的奏议，《新唐书・
　　志第三・礼乐三》曰："建石室于寝园以藏神主，至禘、祫之岁则
　　祭之。"二祖之灵均在赵州昭庆县（今河北邢台隆尧）内。

②岂惟：难道只有。

③即：就。飨：享受祭礼。下国：古以天子邦居为上国，诸侯所住为
　　下国。此指相对京城而言的州县。

【译文】

　　第三种意见说"献、懿两祖的牌位应当各自迁回到他们的陵墓"。
臣也认为不可以。两位先祖在京师享祭，陈列在太庙，已有二百年了。
现在这一代挪移他们，岂止是活着的人听了疑惑不解，恐怕两位先祖的

神灵也要眷恋回顾,迟迟不行,不愿到州县下邦去接受祭祀呢。

　　四曰"献、懿庙主宜附于兴圣庙而不禘袷"①。臣又以为不可。《传》曰"祭如在"②。景皇帝虽太祖,其于属③,乃献、懿之子孙也。今欲正其子东向之位④,废其父之大祭⑤,固不可为典矣⑥。

【注释】

①献、懿庙主宜附于兴圣庙而不禘袷:此为考功员外郎陈京与太常卿裴郁奏议。兴圣庙,太祖李虎之庙。
②祭如在:《论语·八佾》:"祭如在,祭神如神在。"祭祀祖先时,要好像祖先仍在那样恭敬有礼,不有怠慢。
③其于属:谓景皇帝从辈分上看来。
④东向之位:即正位,或称上位。
⑤大祭:古代四时之祭、合祭及大丧等祭礼称大祭。
⑥典:典范,榜样。

【译文】

　　第四种意见说"献、懿两祖的牌位应当只在兴圣庙与太祖同祭,不参加祖庙大祭和合诸祖神主的大合祭"。臣也认为不可以。《论语》说:"祭如在。"景皇帝即使是太祖,按辈分说来,也还是献、懿两祖的子孙。现在想要把儿子放在东向尊位上,就免除父辈的大祭,这当然不能立为典范。

　　五曰"献、懿二祖宜别立庙于京师"①。臣又以为不可。夫礼有所降②,情有所杀③。是故去庙为祧,去祧为坛,去坛为墠,去墠为鬼,渐而之远,其祭益稀。昔者鲁立炀宫④,《春秋》非之，以为不当取已毁之庙、既藏之主，而复筑宫以祭。今之所议，与此正同。又虽违礼立庙⑤，至于禘袷也，合食则禘无其所⑥，废祭则于义不通。以上备举五说之不可。

【注释】

①献、懿二祖宜别立庙于京师：此议吏部郎中柳冕等提。别，另外。

②降：降格。

③杀：减等。

④鲁立炀宫：鲁国重建炀公之庙。炀公，伯禽之子。其庙已毁，季氏祷之而立其宫，《春秋》讥之。

⑤违礼立庙：违背礼法而立庙。

⑥合食：一起受祭祀。

【译文】

　　第五种意见说"献、懿两祖的牌位应该另外在京师建庙存放"。臣还是认为不可以。对先祖的祭礼随年代的推移久远会有所降格，缅怀之情也会有所减少，所以才有周制的去庙为祧，去祧为坛，去坛为墠，去墠为鬼。与先祖所隔的年代越久，对他们的祭祀就越少。过去鲁国建立炀公庙，《春秋》一书中有所非议，认为不应该取出已毁、已收的先祖牌位，重新建庙祭祀。现在这意见，正好和它一样。而且即使违背礼制建修庙殿，到了祖庙大祭和合诸祖神主大合祭的时候，一起祭祀也还是没法搁置，免除他们受祭却又不合情理。以上详细列举五种意见，认为都不可行。

　　此五说者，皆所不可。故臣博采前闻，求其折中。以为殷祖玄王①，周祖后稷②，太祖之上，皆自为帝；又其代数已远，不复祭之，故太祖得正东向之位，子孙从昭穆之列。

《礼》所称者，盖以纪一时之宜，非传于后代之法也。《传》曰："子虽齐圣，不先父食③。"盖言子为父屈也④。景皇帝虽太祖也，其于献、懿，则子孙也。当禘祫之时，献祖宜居东向之位，景皇帝宜从昭穆之列。祖以孙尊⑤，孙以祖屈，求之神道，岂远人情？又常祭甚众⑥，合祭甚寡，则是太祖所屈之祭至少，所伸之祭至多，比于伸孙之尊，废祖之祭，不亦顺乎？事异殷、周，礼从而变，非所失礼也。

【注释】

①殷祖玄王：殷朝始祖契。玄王，即契。

②周祖后稷：周朝始祖后稷。

③子虽齐圣，不先父食：语出《左传·文公二年》。意谓子虽比肩先圣，他享祭的位置不能在其先祖之上。

④子为父屈：儿子因为父亲居于正位而屈居偏位。

⑤祖以孙尊：先祖因为儿孙做了皇帝而显得尊贵。

⑥常祭：平时的祭祀。

【译文】

这五种提议，都有不合适的地方。所以臣广泛地采集前代类似的事情和办法，希望能找到合适中庸的途径。臣认为殷祖玄王、周祖后稷，都在当时太祖之先，也都各自为帝；加上所隔代数久远，所以当时不再祭祀他们，太祖因此获得东向尊位，子孙们也各以父子左右排列。《礼》称赞它，只是以立为一种因事制宜的办法加以纪录，而不是要留传下去，作为后代遵循的规定。《春秋左传》有言："子虽比肩先圣，他享祭的位置不能在其先祖之上。"这就是说儿子要为父亲委屈自己。景皇帝即使是太祖，对于献、懿二祖而言，也还是儿孙。在祖庙大祭和合诸祖神主的大合祭的时候，献祖应该置于东向尊位，景皇帝应该随从在昭穆行列之中。祖父因为孙子尊显,孙子由于祖父屈身,向神灵之道去探求这种办法也不会有错,难道还会违背人世亲情吗? 而且平常祭祀很多,合祭要少得多,这样的话太祖受屈的祭祀十分少,而伸尊为主的祭祀多,比起伸张孙子的尊贵,却废免祖父的祭祀,不也要合理得多吗? 事情和殷、周之代不一样,礼制也随之而有所变化,这并不是丧失礼仪。

臣伏以制礼作乐者,天子之职也。陛下以臣议有可采,粗合天心①,断而行之,是则为礼。如以为犹或可疑,乞召臣对,面陈得失②,庶有发明。谨议。以上自陈己说。

【注释】

①粗合:大体符合。天心:天子之意。

②面陈:当面陈述。

【译文】

臣敬以为制礼作乐,是天子的职责。陛下认为臣的建议有可采纳处,大体符合您的心意,请您决断而实行,这就是礼仪。如果觉得还有些疑惑,乞请您召见臣应对,当面陈述其中的得失,也许能有所阐明张扬。慎重恭敬地奉上奏议。以上陈述自己的意见。

论佛骨表

【题解】

元和十四年(819)正月,宪宗遣中使太监和宫女三十,捧香花将京兆凤翔(今属陕西)法门寺护国真身塔内释迦牟尼佛指骨迎入皇宫,供了三天,又送到其他佛寺。长安城里上自王公大臣,下至市井小民,奔走相告,瞻拜施舍,闹得沸沸扬扬,乌烟瘴气。当时任刑部侍郎的韩愈,出于维护"先王之道"的卫道热忱,针对皇帝、王公大臣和市井小民迷信供奉佛骨的时弊,向宪宗呈上了这篇表文。全表用大量历史和现实的例证,论述信佛的无谓和荒唐,逻辑严谨,言辞恳切,可见一片赤诚之心。但尽管韩愈小心用笔,其中列举诸代事佛者皆乱亡相继、运祚不长一段还是大大激怒了宪宗,欲杀之,幸崔群、裴度等相救,韩愈方才免死,被贬于潮州(今属广东)。

臣某言①:伏以佛者②,夷狄之一法耳③。自后汉时流入中国④,上古未尝有也。昔者,黄帝在位百年⑤,年百一十岁;少昊在位八十年,年百岁;颛顼在位七十九年,年九十八岁;帝喾在位七十年,年百五岁;帝尧在位九十八年,年百一十八岁;帝舜及禹,年皆百岁。此时天下太平,百姓安乐寿考⑥,然而中国未有佛也。其后殷汤亦年百岁⑦。汤孙太戊在位七十五年⑧,武丁在位五十九年,书史不言其年寿所极⑨,推其年数,盖亦俱不减百岁。周文王年九十七岁⑩,武王年九十三岁,穆王在位百年,此时佛法,亦未入中国。非因事佛而致然也⑪。

【注释】

①某:韩愈的自称。

②伏以:即以为。伏,敬辞,表示恭敬的意思。

③夷狄:古时对东方、北方少数民族的称呼,这里指外国,因佛教是
　　从印度(古称天竺或身毒)传来的。法:法术。

④后汉:为区别刘邦建立的汉王朝和刘秀建立的汉王朝,历史上称
　　前者为前汉或西汉,称后者为后汉或东汉。

⑤黄帝:同下文诸句中的少昊(hào)、颛顼(zhuān xū)、帝喾(kù)、帝

尧、帝舜及禹,均是上古时期的帝王名。

⑥寿考:年高,长寿。考,老。

⑦殷:即商代,商迁都于殷(今河南安阳),故称。汤:开创商代的帝王。

⑧太戊:同下句中的"武丁",均指商朝帝王。

⑨书史:即史书。年寿所极:年龄多高。

⑩周文王:同下两句中的武王、穆王,均是周朝天子。

⑪事佛:侍奉佛。致然:达到这种程度(指长寿)。

【译文】

臣韩愈说:臣认为佛教是外国的一种法术。是从后汉时期传入中国的,在这以前没有。古时候,黄帝在位一百年,享年一百一十岁;少昊在位八十年,享年一百岁;颛顼在位七十九年,享年九十八岁;帝喾在位七十年,享年一百零五岁;帝尧在位九十八年,享年一百一十八岁;帝舜及禹都享年一百岁。当时天下太平,百姓安居乐业,寿命也长,但是当时中国并没有佛教。在这以后,商汤享年也达一百岁。汤的孙子太戊在位七十五年,武丁在位五十九年,史书上没有记载他们的年龄有多高,但推算他们的年龄,大概也不会少于一百岁。周文王享年九十七岁,周武王享年九十三岁,穆王在位一百年,这时佛教也未传入中国。可见并不是因为侍奉佛教而致使延年益寿。

汉明帝时①,始有佛法,明帝在位才十八年耳。其后乱亡相继②,运祚不长③。宋、齐、梁、陈、元魏已下④,事佛渐谨⑤,年代尤促⑥。惟梁武帝在位四十八年⑦,前后三度舍身施佛⑧,宗庙之祭,不用牲牢⑨,昼日一食,止于菜果;其后竟为侯景所逼⑩,饿死台城⑪,国亦寻灭⑫。事佛求福,乃更得祸。由此观之,佛不足事,亦可知矣! 以上言事佛得祸。

【注释】

①汉明帝时:58—75 年。汉明帝,指东汉第二个帝王刘庄。

②乱亡相继:指东汉自明帝刘庄死至献帝刘协退位的一百四十五年中,宦官、外戚、强臣斗争激烈,互相残杀,后又爆发了黄巾起义,随之形成曹操、刘备、孙权之争,东汉灭亡。

③运祚(zuò):国运福祚,犹言世运。

④宋、齐、梁、陈、元魏:指南北朝时期。元魏,即北魏。魏孝文帝时改姓元氏,故称元魏。

⑤谨:慎重小心,这里是敬重的意思。

⑥尤:尤其,更加。促:匆促,时间短促。

⑦梁武帝:即萧衍,字叔达。南兰陵郡中都里(今江苏镇江丹阳)人。南朝梁的开国皇帝,502—549 年在位。是南朝帝王中最迷信佛教的人物。

⑧前后三度舍身施佛:指梁武帝于大通元年(527)、中大通元年(529)、太清元年(547)三次出家当和尚,后皆被用钱赎回。施,给予。

⑨牲牢:供祭祀用的牲畜。古时以牛、羊、猪为供祭祀的牲畜。

⑩侯景:原是魏将,后降梁,被封为河南王,因梁曾与魏讲和,怕对己不利,便率兵反梁,围困、逼迫梁武帝于台城。

⑪台城:时为建康附近小城,故址在今江苏南京玄武湖畔。

⑫国亦寻灭:国家也不久灭亡。寻,相继,接着。

【译文】

　　到汉明帝时,才开始有了佛教,可明帝在位才十八年而已。在这以后,叛乱之事相继发生,国运并不久长。宋、齐、梁、陈、元魏以后,侍奉佛教的态度日渐敬重,改朝换代的时间也更加短促。唯独梁武帝在位四十八年,前后三次出家当和尚,祭祀宗庙也不用牲口作祭品,以免杀生,每天只吃一顿,饭食仅限菜果;后来竟然被侯景所逼迫,饿死在台城,不久国家也灭亡。用侍奉佛教求福祉,却反而招致灾难。由此看来,佛教不足以成事,也就显而易见了! 以上谈侍奉佛教反而招致灾难。

　　高祖始受隋禅①,则议除之②。当时群臣材识不远③,不能深知先王之道、古今之宜,推阐圣明④,以救斯弊⑤。其事遂止,臣尝恨焉。伏惟睿圣文武皇帝陛下⑥,神圣英武,数千百年已来,未有伦比。即位之初,即不许度人为僧、尼、道士,又不许创立寺观。臣尝以为高祖之志⑦,必行于陛下之手。今纵未能即行,岂可恣之转令盛也⑧?今闻陛下令群僧迎佛骨于凤翔⑨,御楼以观⑩,舁入大内⑪。又令诸寺递迎供养⑫。臣虽至愚,必知陛下不惑于佛,作此崇奉,以祈福祥也。直以年丰人乐⑬,徇人之心⑭,为京都士庶设诡异之观、戏玩之具耳⑮。安有圣明若此,而肯信此等事哉! 然百姓愚冥,易惑难晓,苟见陛下如此,将谓真心事佛,皆云:“天子大圣,犹一心敬信,百姓何人,岂合更惜身命⑯!”焚顶烧指⑰,百十为群,解衣散钱,自朝至暮,转相仿效,惟恐后时,老少奔波⑱,弃其业次⑲。若不即加禁遏,更历诸寺,必有断臂脔身⑳,以为供养者。伤风败俗,传笑四方,非细事也。以上言宪宗不应信佛。

【注释】

①高祖:即李渊,唐代开国皇帝。受隋禅:618 年,李渊逼隋恭帝让位,自己称帝,年号武德,美称为“受隋禅”。禅,以帝位让人。

②则议除之:唐高祖武德九年(626),太史令傅奕上书请除佛法,高祖便打算下诏,命有司淘汰天下僧、尼、道士、女冠(女道士)。

则,就。议,计议。

③材识不远:缺乏材识,没有远见。

④推阐:推行阐发。圣明:指高祖打算罢僧、道的旨意。

⑤救:疗救。

⑥伏惟:古时臣对君陈述事情时所用的恭敬之辞。睿(ruì)圣文武皇帝:此为元和三年(808)朝臣上给唐宪宗的尊号。睿,明智。文武,能文善武。

⑦高祖之志:指唐高祖武德九年(626)计议除去僧道的志向。

⑧恣:放纵。之:指僧、尼、道士。

⑨凤翔:府名,治在今陕西凤翔。

⑩御:指皇帝。君主时代把皇帝的所作所为以及所用之物称作御。

⑪舁(yú):抬。大内:皇宫。

⑫递迎供养:依次迎接供奉。

⑬直:只不过。

⑭徇(xún):曲从,顺随。

⑮士庶:指士大夫和庶民。诡异之观:指怪异的供观赏的场合。

⑯岂合:应该。

⑰焚顶烧指:焚烧头顶和手指,以表示奉佛诚心。

⑱奔波:往来奔走。

⑲弃其业次:丢弃正在做的事业。

⑳脔(luán)身:割自己身上的肉。脔,把肉割成小块。

【译文】

　　高祖刚开始接受隋恭帝禅让帝位时,就计议除去佛教。当时群臣缺乏才识,没有远见,不能深刻地懂得先王的治国之道和因时制宜,不能进一步发扬高祖圣明的见解,以纠正信佛的弊端。除佛的事也就搁置了,臣常痛惜此事。睿圣文武皇帝陛下您,神圣威武,数千年以来,没有能与伦比的。刚刚即位,就不允许人们成为僧人、尼姑、道士,也不允许建造寺庙。臣常认为高祖除去佛教的意图，必然被陛下所推行。现在即使未能推行，又怎么能够纵容并使它变得盛大起来？现听说陛下您命令群僧到凤翔驿迎佛骨，并迎入皇宫亲自登上皇楼观览。又命令各寺庙依次迎接供奉。臣虽然很愚昧，也必定知道陛下您不会迷信佛教，不会如此侍奉，以求取福祥。只不过以年丰人乐为名，顺从人心，为京都的士大夫和市民们，设立怪异的供观赏的场面、戏玩的道具罢了。哪有圣明的君主会这样，而竟然相信佛教的事情啊！可是老百姓愚钝，容易受迷惑而难以明白，若见陛下这样，将认为是真心实意侍奉佛教，就都会说："圣明的皇帝尚且一心一意敬奉佛教，老百姓是何等人，难道应该更加珍惜身心性命而不敬佛！"焚烧头顶烧掉手指，百十人为一群，宽解衣服散发钱币代佛布施，以示虔诚，从早到晚，相互模仿，唯恐落后于时势，老老少少都劳累奔波，废弃所做的事业。如果不立即加以禁止，则历经各个寺庙，必定有砍断手臂割掉自己身上的肉以供佛的人。伤风败俗，贻笑四方，并非小事情。以上谈宪宗不应该信奉佛教。

夫佛本夷狄之人，与中国言语不通，衣服殊制，口不言先王之法言①，身不服先王之法服，不知君臣之义、父子之情②。假如其身至今尚在，奉其国命，来朝京师，陛下容而接之，不过宣政一见③，礼宾一设④，赐衣一袭⑤，卫而出之于境，不令惑众也。况其身死已久，枯朽之骨、凶秽之余⑥，岂宜令入宫禁⑦？孔子曰："敬鬼神而远之⑧。"古之诸侯，行吊于其国，尚令巫祝先以桃茢祓除不祥⑨，然后进吊。今无故取朽秽之物，亲临观之，巫祝不先，桃茢不用，群臣不言其非，御史不举其失⑩，臣实耻之。乞以此骨付之有司⑪，投诸水火⑫，永绝根本，断天下之疑，绝后代之惑，使天下之人知大圣人之所作为⑬，出于寻常万万也⑭，岂不盛哉！岂不快哉！佛如有灵，能作祸祟⑮，凡有殃咎⑯，宜加臣身，上天鉴临，臣不怨悔。无任感激恳悃之至⑰，谨奉表以闻⑱。以上请屏斥。

【注释】

①先王：指尧、舜、禹、汤、文、武等帝王。法言：和下句中的"法服"，指合乎儒家礼法的言论和服装。

②不知君臣之义、父子之情：指僧人出家，不行儒家所主张的君臣有义、父子有情等礼节。

③宣政：即宣政殿。

④礼宾：即接待外宾的礼宾院。一设：设宴一次。

⑤衣一袭：衣服一套。

⑥凶秽之余：称死人尸骨为凶秽，因佛骨仅存指骨一节，故称。

⑦宫禁：汉以后称皇帝居住的地方。宫中禁卫森严，臣下不得任意出入，故称"宫禁"。

⑧敬鬼神而远之：语出《论语·雍也》："子曰：务民之义，敬鬼神而远之，可谓知矣。"孔子认为鬼神不可知，应该恭敬，但不可亲昵。

⑨巫祝：古代从事通鬼神的迷信职业者。桃茢（liè）：桃枝编的扫帚。茢，扫帚。古时迷信，认为鬼怕桃木，因用为扫除不祥。祓（fú）除：古代除凶去垢的仪式。这里指用桃茢驱除不祥。

⑩御史：唐代有侍御史、殿中侍御史和监察御史等。此处指监察御史，是负责弹劾纠察的官员。

⑪有司：这里指主管司法的官吏。

⑫投诸水火：将佛骨投入水里火里。投，抛掷。诸，之于。

⑬大圣人：指唐宪宗。

⑭出于：高出于。万万：为数极巨。

⑮祸祟：灾祸。

⑯殃咎：祸害，灾殃。

⑰无任：不胜，非常。恳悃（kǔn）：恳切忠诚。

⑱谨奉表以闻：据韩愈别集此句下尚有"臣某诚惶诚恐"一句。表，下级呈送上级的公文。诚惶诚恐，这是臣子向皇帝上书常用的套话，说自己实在惶恐不安，以示皇帝的高贵和臣子的卑微。

【译文】

　　佛本来是位外国人，跟中国的言语不通，穿戴的衣服的规制也不一样，口中也不说先王的言论，身上不穿先王的法服，不知道君臣有义、父子有情。假如这个人至今尚活在人世，奉他的国家的命令，来京都朝见，陛下宽容地接待他，不过是在宣政殿见一面罢了，在礼宾部门设宴一次，赐给衣服一套，保护他使他安全出境，也不会让他迷惑众人。况且他已经死去很久，枯朽的骨头、仅存的尸骨，难道能够让它进入皇宫禁地？孔子说："对鬼神应敬而远之。"古代诸侯在各自国家举行吊唁时，尚且让巫祝先用桃茢驱除不祥，然后再进行吊唁。现今无缘无故就取来腐朽的指骨，亲自前往观看，不先用巫祝，也不先用桃茢，群臣对此事都无异议，御史也不纠察弹劾这样做的过失，臣实在以此事为耻。乞求把指骨交给有司，投掷于水里火里，永远断绝信佛的根本，取消天下老百姓的疑虑，杜绝后代人对佛教的迷信，让天下人都知道大圣人的所作所为，高出平常人很多，岂不是一件盛事！亦岂不是一件快意的事！佛若有灵验，能制造灾祸，都应该加在臣的身上，苍天可为鉴证，臣毫不怨悔。不胜感激之至，谨奉此表以达听闻。以上申明摒斥佛教的理由。

欧阳修

欧阳修简介参见卷二。

论台谏言事未蒙听允书

【题解】

这篇文章是欧阳修上呈给宋仁宗的一封奏议,写于至和二年(1055)。"庆历新政"失败之后,顽固派重新把持朝政,又出现了堵塞视听的昏暗局面。作为"庆历新政"的拥戴者欧阳修对此颇有感触,于是以"台谏官"论陈执中事而不被皇上应允为事由,上书仁宗皇帝,弹劾宰相陈执中。

文章从君王主观愿望很好而却终"至于昏"的原因论起,先抽象,后具体,层层深入,最终入题,可谓水到渠成,自然流畅。这样的论说,自然是有力的。

臣闻自古有天下者①,莫不欲为治君而常至于乱②,莫不欲为明主而常至于昏者,其故何哉? 患于好疑而自用也。夫疑心动于中,则视听惑于外。视听惑,则忠邪不分而是非错乱。忠邪不分而是非错乱,则举国之臣皆可疑。既尽疑其臣,则必自用其所见。夫以疑惑错乱之意而自用,则多失;失则其国之忠臣必以理而争之。争之不切,则人主之意难回;争之切,则激其君之怒心而坚其自用之意,然后君臣争胜。于是邪佞之臣得以因隙而入,希旨顺意③,以是为非,以非为是,惟人主之所欲者从而助之。夫为人主者,方与其臣争胜,而得顺意之人,乐其助己而忘其邪佞也,乃与之并力以拒忠臣。为人主者拒忠臣而信邪佞,天下无不乱,人主无不昏也。自古人主之用心,非恶忠臣而喜邪佞也,非恶治而好乱也,非恶明而欲昏也,以其好疑自用而与下争胜也。使为人主者豁然去其疑心,而回其自用之意,则邪佞远而忠言入。忠言入,则聪明不惑,而万事得其宜,使天下尊为明主,万世仰为治君,岂不臣主俱荣而乐哉!其与区区自执而与臣下争胜、用心益劳而事益惑者④,相去远矣。臣闻《书》载仲虺称汤之德曰"改过不吝"⑤,又戒汤曰"自用则小"。成汤,古之圣人也,不能无过,而能改过,此其所以为圣也。以汤之聪明,其所为不至于缪戾矣⑥,然仲虺犹戒其自用,则自古人主惟能改过而不敢自用,然后得为治君明主也。

【注释】

①有天下者:指国君。

②为治君:有所作为的君王。

③希旨:迎合在上者的意旨。

④区区:少,小。

⑤仲虺(huǐ):商汤的左相。

⑥缪戾:错乱,违背。缪,通"谬"。错误。

【译文】

臣听说,从古以来,但凡拥有天下的人,没有不想成为一个有作为的君王的,可又常常发展到混乱的局面;做君王的没有不想成为一个开明君王的,但又往往发展成了一个昏庸的君王,这是什么原因呢? 症结在于君王多疑并刚愎自用。人的疑心产生于内心,那么视听就会被外物迷惑不明。视听被迷惑不明,忠贞与奸邪就分辨不清了,对与错就完全混淆了。假使忠贞奸邪认不清,而且是非混淆,那么全国的臣民都可以被怀疑。既然君王对大臣们全都产生了怀疑,那么结果一定是个人的刚愎自用。用猜疑和糊涂交织的思想再加上刚愎自用去处理问题,那么一定多有失误;出现的失误一多,那么朝廷里的忠贞之臣一定要出来据理与君王争辩。争论如果不急切,那么君王的思想就很难回转过来;争论如果太急切,那么就会激起君王的愤怒之情,也就会更加坚定他刚愎自用的思想,这以后,君王同忠贞的大臣在处理问题上就会出现一比高低的现象。由于这样,那些奸邪巧嘴的人,就有时机乘虚而入了,他们曲意迎合君王的思想意识,将是说成非,把非看成是,只要是君王想要得到的,他们就都顺从帮办。试想,作为一国之君的人,刚刚还在和他的大臣们一争高低呢,现在遇见一个完全同自己思想观念相同的人,自然会很高兴地愿意让这样的人辅助自己,而把他原来奸邪巧嘴的面目忘得一干二净,于是和这些人合力来对付那些忠贞的大臣们。作为一国之君,拒绝忠贞的大臣,而偏信那些奸邪巧嘴的人,国家没有不混乱,君王没有不昏庸的。自古以来的国君,在思想上,并不是天生地厌恶忠贞的大臣,而去喜爱那些奸邪巧嘴的人;也不是厌恶天下大治,而去喜欢那混乱的局面;也并不是不喜欢明达仁智,而想成为一个不明事理的人。因为他喜好猜疑,而且刚愎自用,就同大臣们产生了争辩高低的现象。假使作为国君的,抛开他那猜疑之心,去掉那些过分自信的思想意识,那么那些奸邪巧嘴的人就会被疏远,忠直之言就会被采纳。忠直的言论被采纳了,就会聪慧明达而不糊涂,而且各种事物都会相得益彰。让普天下的人尊为英明的君王,千秋万代被敬仰为有作为的君主,这样难道不是君王与臣子们共同的荣耀吗! 这是多大的快事啊! 这与固执己见,同臣子们相争高下,用心力用得越劳苦,事态的解决就越显得糊涂,真是相距太遥远了。 臣听说《尚书》上记载:商汤的左相仲虺称颂商汤的美德说:"大王对改正过错从不吝惜。"同时又告诫商汤说:"过于自信就会使自己的范围狭小起来。"成汤是古代的圣人啊,不可能没有过错,但能改正错误,这就是他能成为圣人的原因。凭着成汤的聪慧明达气质,他的所作所为不会出现大的过错,可是仲虺仍然告诫他不要过于自信,所以自古以来的国君,只能不断地改掉过错,而不敢过于自信,而后才能成为有作为的国君、开明圣主。

　　臣伏见宰臣陈执中^①,自执政以来,不叶人望,累有过恶,招致人言。而执中迁延,尚玷宰府^①。陛下忧勤恭俭,仁爱宽慈,尧、舜之用心也。推陛下之用心,天下宜至于治者久矣。而纲纪日坏^②,政令日乖^③,国日益贫,民日益困,流民满野,滥官满朝。其亦何为而致此? 由陛下用相不得其人也。近年宰相多以过失因言者罢去,陛下不悟宰相非其人,反疑言事者好逐宰相。疑心一生,视听既惑,遂成自用之意,以谓宰相当由人主自去,不可因言者而罢之。故宰相虽有大恶显过,而屈意以容之;彼虽惶恐自欲求去,而屈意以留之;虽天灾水旱,饥民流离,死亡道路,皆不暇顾,而屈意以用之。其故非他,直欲沮言事者尔^④。言事者何负于陛下哉? 使陛下上不顾天灾,下不恤人言,以天下事委一不学无识、谗邪很愎之执中而甘心焉^⑤? 言事者本欲益于陛下,而反损圣德者多矣。然而言事者之用心,本不图至于此也,由陛下好疑自用而自损也。今陛下用执中之意益坚,言事者攻之愈切，陛下方思有以取胜于言事者，而邪佞之臣得以因隙而入，必有希合陛下之意者，将曰："执中宰相，不可以小事逐，不可使小臣动摇。"甚者则诬言事者欲逐执中而引用他人。陛下方患言事者上忤圣聪，乐闻斯言之顺意，不复察其邪佞而信之，所以拒言事者益峻，用执中益坚。夫以万乘之尊，与三数言事小臣角必胜之力，万一圣意必不可回，则言事者亦当知难而止矣。然天下之人与后世之议者，谓陛下拒忠言，庇愚相，以陛下为何如主也？前日御史论梁适罪恶⑥，陛下赫怒，空台而逐之。而今日御史又复敢论宰相，不避雷霆之威，不畏权臣之祸，此乃至忠之臣也，能忘其身而爱陛下者也，陛下嫉之恶之，拒之绝之。执中为相，使天下水旱流亡，公私困竭，而又不学无识，憎爱挟情，除改差缪，取笑中外，家私秽恶，流闻道路。阿意顺旨，专事逢君，此乃诐上傲下愎戾之臣也。陛下爱之重之，不忍去之。陛下睿智聪明，群臣善恶无不照见，不应倒置如此，直由言事者太切，而激成陛下之疑惑尔。执中不知廉耻，复出视事⑦，此不足论。陛下岂忍因执中上累圣德，而使忠臣直士卷舌于明时也⑧？臣愿陛下廓然回心，释去疑虑，察言事者之忠，知执中之过恶，悟用人之非，法成汤改过之圣，遵仲虺自用之戒⑨，尽以御史前后章疏出付外廷，议正执中之过恶，罢其政事，别用贤材，以康时务，以拯斯民，以全圣德，则天下幸甚。臣以身叨恩遇，职在论思，意切言狂，罪当万死。

【注释】

①陈执中：宋仁宗至和年间（1054—1056）的宰相。字昭誉。洪州

南昌(今属江西)人。名相陈恕之子。《宋史·陈执中传》记载，宋真宗晚年"大臣莫敢言建储者"，陈执中向皇帝建言立太子，即后来的宗仁宗。

②纪纲：法度。

③乖：违背，不协调。

④沮：阻止。

⑤愎(bì)：倔强，固执。

⑥梁适：字仲贤。东平(今属山东)人。皇祐五年(1053)参知政事加礼部侍郎、同平章事、集贤殿大学士。至和元年(1054)被中丞孙抃等弹劾"上不能持平权衡，下不能笃训子弟"(《宋史·孙抃传》)。不久被罢官。

⑦复出视事：指"庆历新政"时陈执中曾被贬职，"新政"之后而复出任职。视事，任职。

⑧卷舌：舌卷曲，指闭口不言。

⑨仲虺自用之戒：出自《尚书·仲虺之诰》："好问则裕，自用则小。"意指问则有得，所以足；不问专固，凭主观意图行事，所以小。

【译文】

　　臣见到宰相陈执中，自从执政以来，不合人们的期望，多次出现严重过失，招致人们纷纷议论。可陈执中却没有退却，还在玷辱宰相的职位。陛下为国事辛勤不倦，谦恭节俭仁义博爱，宽厚慈祥，和唐尧、虞舜的心胸一样。从陛下的心胸来推断国家的形势，应该是早就把国家治理好了。可是现在国家的法度一天天坏起来了，国家的行政命令也一天天与现实不协调了，国家经济也日益困乏了，百姓的生活也越来越贫穷了，逃荒的人到处都是，不称职的人充斥朝廷。造成这种现象的原因在哪里呢？缘由是陛下选用的宰相人选不当。近几年来，宰相很多都是因为过失被谏官弹劾而被罢免的，陛下没有察觉到做宰相的人不称职，却反而怀疑谏官喜欢驱逐宰相。这种疑心一旦产生，那么视听就会混乱,于是就形成了刚愎自用的意念,以为宰相应完全由君王一人自行决定去留,不能由于谏官的言论而决定罢免。因此宰相即使有非常大的罪恶或是明显的过失,也要屈意地留用他;宰相他本人虽然内心惊惶要求辞职,可是陛下还曲意容留他;即使有天灾,水灾旱灾,饥苦的百姓到处逃荒,以致死在路边,都不去看这些,可还是曲意地任用他。没有别的原因,只想阻止谏官的言论罢了!谏官又有什么地方辜负了陛下,以致使您上不顾及天灾,下不顾及社会舆论,将国家的事情,交付给一个不学无术、谄媚奸邪、刚愎自用的陈执中而甘心情愿呢?谏官本想有益于陛下,结果却反而有损于陛下的圣德,这种事太多了。然而谏官的初衷与用心,原来不是想达到这种结局,由于陛下喜爱猜疑、刚愎自用才落得自损自伤。现在陛下任用陈执中的思想越坚决,那么谏官攻击他就越急切。陛下正思量如何不让谏官们取胜,一些奸邪巧嘴的小人们就找到空隙,乘虚而入,就会附和着陛下的想法说:“执中宰相,不能因一点小事就除去,不要让那些职位低的撼动宰相。”甚至严重的还会诬告谏官有意驱逐陈执中而要推举出其他人来。陛下正生气谏官违逆圣上的意愿呢,当然乐意听到这顺合自己心意的话,因此,就不再觉察那些人的奸邪巧嘴而信任他们,拒绝谏官越加厉害,任用陈执中的思想越加坚定。凭着一国之尊的威严,同微不足道的谏官小臣进行必胜的角斗,如果陛下果真没有回心转意的可能,那么谏官也只能是知难而止。可是普天下的人以及后代人的评议,说陛下拒纳忠言,庇护愚蠢的宰相,将把陛下看成是什么样的君王呢?前几天御史论及梁适的罪恶,陛下特别生气,将他们全都驱逐出去了。现在御史又再冒死论及宰相,不惧怕您的愤怒,也不害怕有权有势的大臣加害自己,这才是最忠直的臣子啊!他们能忘却自身而热爱陛下,可陛下恨他们,厌恶他们,拒绝他们。陈执中做宰相,使得全国各地水旱成灾,百姓流亡失所,公家私家都穷困不堪,而他本人又是不学无术,无论爱和恨都夹带个人感情,为政多有偏失和错误,让国内外的人见笑,其家中丑闻坏事,流传在市井之中。他阿谀奉承，顺从旨意，只知迎合君王的欢心，这就是那种谄上傲下、刚愎自用的人。可陛下喜爱他，器重他，不忍心辞掉他。陛下目光远大，聪慧仁智，明达事理，群臣中谁好谁坏，没有您见不到的，您不能将事情反着去做到这种地步，只是由于谏官的心情太迫切，才使陛下产生怀疑和迷惑罢了。陈执中不知道羞耻，又重新出来做事，这不值得评论。陛下怎么能够由于陈执中而连累皇上的威严大德，使得那些忠贞之士直谏之人，在这开明的盛世，却要噤声不敢言语呢？臣希望陛下幡然回转，放下那些猜疑的想法，体察谏官的忠直之心，了解陈执中的罪恶，省悟在用人上的过失，效法学习成汤改过的圣明举措，遵从仲虺不要过分自信的告诫；将御史们前前后后上的奏章，公布于朝廷，评议、判定陈执中的过失及罪恶，罢免他的行政职务，另行选用贤良人才，以此平安时务，拯救百姓，保全陛下的威望，这将是普天下庆幸的事。臣亲身享受到了陛下的知遇之恩，职责就在于咨询献策，情感深切，言语轻狂，罪该万死。

苏轼

苏轼简介参见卷二。

上皇帝书

【题解】

本文是苏轼于宋神宗熙宁四年(1071,有人考证是熙宁三年,即1070)二月上书皇帝全面反对王安石变法的奏章。全文分为三个部分,第一部分讲了上书原因;第二部分系统叙述自己的政治观点,指责制置三司条例司及其所颁布的新法,同时叙述结人心、厚风俗、存纪纲的重要;第三部分是结尾,再次表达上书陈说的前后考虑,并希望神宗广开言路,鼓励评论时局。文章引古论今,旁征博引,议论生风,虽长达万言,但条理井然,结构严谨,充分显示出苏轼论说文的雄辩特色。顾炎武在《日知录》卷中评价此文说:"当时言新法者多矣,未有若此之深切者。"

臣近者不度愚贱①,辄上封章言买灯事②。自知渎犯天威③,罪在不赦,席藁私室④,以待斧钺之诛。而侧听逾旬,威命不至,问之府司⑤,则买灯之事,寻已停罢⑥。乃知陛下不惟赦之，又能听之，惊喜过望，以至感泣。何者？ 改过不吝，从善如流，此尧、舜、禹、汤之所勉强而力行，秦、汉以来之所绝无而仅有。顾此买灯毫发之失，岂能上累日月之明⑦？ 而陛下翻然改命，曾不移刻⑧，则所谓智出天下，而听于至愚；威加四海，而屈于匹夫。臣今知陛下可与为尧、舜⑨，可与为汤、武，可与富民而措刑⑩，可与强兵而伏戎虏矣。有君如此，其忍负之？ 惟当披露腹心，捐弃肝脑，尽力所至，不知其它。乃者，臣亦知天下之事，有大于买灯者矣，而独区区以此为先者，盖未信而谏⑪，圣人不与；交浅言深，君子所戒。是以试论其小者，而其大者固将有待而后言。今陛下果赦而不诛，则是既已许之矣。许而不言，臣则有罪，是以愿终言之。

【注释】

①度（duó）：估量，思考。

②封章：向皇帝上奏章，防有泄漏，用袋封缄。章，这里指《谏买浙灯状》。

③天威：天子的尊严。

④席藁：以藁为席。藁，稻草织成的席子。古代罪人席藁而卧。此处是待罪的意思。

⑤府司：指开封府司事人员。

⑥寻：不久。

⑦累：牵连，损害。日月之明：比喻皇帝品德清明。

⑧曾：乃，几乎。不移刻：喻时间快。古代以滴漏计时，一昼夜为一百刻。

⑨与：共同。

⑩富民：使人民富裕。措刑：指政治清明，人不犯罪，刑法被搁置不用。措，搁置。

⑪未信而谏：不信任就上谏。《论语·子张》中子夏说君子："信而后谏；未信，则人以为谤己也。"

【译文】

臣近来不估量自己的愚贱，曾上奏章，谏议买浙灯的事。自知冒犯皇上尊严，犯了不赦之罪，因此在家席藁而卧，以待处罚，然而侧耳静听已过旬日，处罚命令没有下达，便向府司人员询问，他们说买灯的事已随即停止了。于是知道陛下不仅赦免臣，而且听从臣的建议，使臣惊喜过望，以至于感动得哭了。为什么呢？不吝改过，从善如流，这是尧、舜、禹、汤勉力实行的，是秦、汉以来绝无仅有的。所以买灯这一小的过失，怎能损害陛下的日月之明呢？然而陛下迅速改变成命，不曾稍有迟延，真是所谓的智慧超过天下人，而听从最愚蠢人的建议；威名传播四海，却屈从于一般人。臣现在知道陛下能够成为尧、舜，成为汤、武，能够使人民富裕、政治清平，能够使军队强大，使戎虏降伏。有这样的君主，怎忍心辜负他？只有披肝沥胆，尽力尽心，不考虑其他。先前臣也知道天下之事有比买灯之事更大更重要的，而单单把这件小事放在首位，是因为不被信任就上谏言，是圣人不赞成的；交情浅说话深，是君子所引以为戒的。因此就用小事来做一个尝试，而那些大事本来就是有所等待随后就要说的。现今陛下果然赦免而不惩罚，这就是已允许臣谏议了。允许了，却不说，那么臣就有罪，因此臣愿意全部说出来。

臣之所欲言者三，愿陛下结人心、厚风俗、存纪纲而已①。以上总起。

【注释】

①结：系紧。使之不脱离。厚：使之纯厚。纪纲：指君臣、内外、上

下之间的关系准则。

【译文】

　　臣想说的有三方面：希望陛下凝聚民心、纯厚风俗、保存纪纲。以上总起全文。

　　人莫不有所恃，人臣恃陛下之命，故能役使小民；恃陛下之法，故能胜伏强暴。至于人主所恃者谁与？《书》曰："予临兆民，凛乎若朽索之驭六马①。"言天下莫危于人主也。聚则为君民，散则为仇雠，聚散之间，不容毫厘②。故天下归往谓之王，人各有心谓之独夫③。由此观之，人主之所恃者，人心而已。人心之于人主也，如木之有根，如灯之有膏，如鱼之有水，如农夫之有田，如商贾之有财。木无根则槁，灯无膏则灭，鱼无水则死，农夫无田则饥，商贾无财则贫，人主失人心则亡。此必然之理也，不可逭之灾也④。其为可畏，从古以然。苟非乐祸好亡、狂易丧志⑤，孰敢肆其胸臆、轻犯人心乎⑥？昔子产焚载书以弭众言⑦，略伯石以安巨室⑧，以为众怒难犯，专欲难成。而孔子亦曰："信而后劳其民，未信则以为厉己也⑨。"惟商鞅变法⑩，不顾人言，虽能骤致富强，亦以召怨天下，使其民知利而不知义，见刑而不见德，虽得天下，旋踵而亡⑪。至于其身，亦卒不免，负罪出走，而诸侯不纳；车裂以徇⑫，而秦人莫哀。君臣之间，岂愿如此？宋襄公虽行仁义⑬，失众而亡；田常虽不义⑭，得众而强。是以君子未论行事之是非，先观众心之向背。谢安之用诸桓未必是⑮，而众之所乐，则国以乂安⑯；庾亮之召苏峻未必非⑰，而势有不可，则反为危辱。自古迄今，未有和易同众而不安、

刚果自用而不危者也。以上总言结人心。

【注释】

①予临兆民，凛乎若朽索之驭六马：出自《尚书·夏书·五子之歌》。临，统治。凛，危惧的样子。

②不容毫厘：容不下一点差错。毫厘，极言其小。

③人各有心：人心不齐，各有自己的主张。独夫：暴虐的君王。

④逭（huàn）：躲避。

⑤乐祸：以祸为乐。好亡：喜欢亡国。狂易丧志：疯狂，丧失神志。

⑥肆：放纵。犯：冒犯，违背。

⑦子产：春秋后期郑国大夫公孙侨。载书：书面的盟誓之辞。据《左传·襄公十年》记载：郑国大夫子孔当权，作了不合理的规定，并强迫执行，激起公愤。子产劝子孔改变规定，说："众怒难犯，专欲难成。"弭（mǐ）：消除，平息。

⑧伯石：郑国大夫公孙段。子产当权时，给他领邑以安其心。

⑨信而后劳其民，未信则以为厉己也：出自《论语·子张》。这是记孔子门徒子夏的话，苏轼误为孔子。

⑩商鞅：战国时卫国人。秦孝公六年（前356）任他为左庶长，实行变法，受到甘龙、杜挚等人以及太子在内的秦国贵族的反对。后来孝公去世，反对变法的旧势力掌权，商鞅被处以车裂之刑。

⑪旋踵：转脚。比喻很快。

⑫车裂：古代一种酷刑，俗称"五马分尸"。将受刑者的头和四肢分别拴在五辆车后，驾车同时奔驰，撕裂肢体。徇（xùn）：对众宣示。

⑬宋襄公：春秋宋国国君。襄公行仁义丧师事，据《左传》记载：在宋楚泓之战中，宋军已列阵就绪，而楚军渡河及半，宋襄公不许宋军攻击。楚军渡河毕，队伍还没有整顿好，宋襄公又不准攻

击。等楚军一切就绪发动攻击,宋军大败。

⑭田常:齐国大夫。不义:做坏事。指田常于前 481 年弑杀齐
　简公。

⑮谢安:字安石,东晋孝武帝时任宰相。安置桓家三人作荆州、豫
　州、江州刺史,其事见《晋书·谢安列传》。

⑯乂(yì)安:太平。

⑰庾亮:协助晋元帝建立东晋王朝的重臣。苏峻:西晋末年在山东
　组织武装反对匈奴族的前赵政权,后来率部南渡,任将军,庾亮想
　解除他的兵权,召他入京做官。苏峻不接受,并乘机攻入建康(今
　江苏南京),酿成大乱,几乎使东晋灭亡。苏峻后来兵败被杀。

【译文】

　　人没有不有所凭借的。臣子凭借陛下的命令,所以能役使百姓;凭
借陛下的法令,所以能制伏强暴。至于君主所凭借的东西,是谁给的
呢?《书经》说:"我统治万民,心惊胆战地好像用腐朽的绳索驾驭六匹
马一样。"说的是天下没有比居君位更危险的了。聚合在一起是君臣,
离散开去就是仇敌,聚合与离散之间,容不下一点失误。因此天下人心
所归向的称之为王,天下人心所背离的称之为独夫。由此看来,君主所
凭借的,是天下民心。民心对于君主来说,就如树有根,如灯有油,如鱼
有水,如农夫有田地,如商人有财物。树无根就枯槁,灯无油就熄灭,鱼
无水就死,农夫无田地就饥饿,商人无财物就贫穷,君主失去民心就亡
国。这是必然的道理,是不可逃避的灾难。其可畏惧,自古就是这样。
假如不是以祸为乐,喜爱亡国,丧失神志,谁敢放纵自己的主张,轻易违
犯民心呢?过去子产烧毁载书来平息众人的责难,收买伯石来安抚势
力强大的贵族,都是因为众怒难犯,一人的主张难以实现。而孔子也
说:"取信于民,然后才能使其民劳作,没有取信于民,民众则认为是虐
害自己。"商鞅变法,不考虑民众的议论,虽然能使秦国迅速富强,也招
来了天下人的怨恨,使秦国百姓知利而不知义,看见刑法而看不见道

德。秦虽然统一了天下，但很快就灭亡了。至于商鞅自身，也终于不免
厄运，获罪从秦国出走，而其他诸侯国不接纳他，最后被处以车裂之刑，
而秦国百姓没有哀怜他的。君臣之间，难道愿意这样吗？宋襄公虽讲
仁义，但却失众身亡；田常虽不讲仁义，但却得众强大。因此君子不论
做事的对与错，先看人心的支持和反对。谢安用诸桓不一定对，但众人
欢乐，因此国家太平无事；庾亮召苏峻入京不一定错，然而情势不允许，
因此反而自取危辱。从古到今，没有谦和平易与众人一心而不平安，刚
愎自用而不危殆的。以上总说如何收揽民心。

今陛下亦知人心之不悦矣。中外之人，无贤不肖，皆言
祖宗以来，治财用者不过三司使、副、判官①，经今百年，未尝
阙事②。今者无故又创一司，号曰制置三司条例司③。六七
少年日夜讲求于内，使者四十余辈，分行营干于外。造端宏
大，民实惊疑；创法新奇，吏皆惶惑。贤者则求其说而不可
得，未免于忧；小人则以其意度于朝廷，遂以为谤。谓陛下
以万乘之主而言利，谓执政以天子之宰而治财，商贾不行，
物价腾踊。近自淮甸④，远及川蜀，喧传万口，论说百端。或
言京师正店，议置监官⑤，爨路深山⑥，当行酒禁⑦，拘收僧尼
常住⑧，减剋兵吏廪禄⑨，如此等类，不可胜言⑩。而甚者至
以为欲复肉刑⑪。斯言一出，民且狼顾⑫。陛下与二三大臣，
亦闻其语矣，然而莫之顾者，徒曰我无其事，又无其意，何恤
于人言⑬？夫人言虽未必皆然，而疑似则有以致谤。人必贪
财也，而后人疑其盗；人必好色也，而后人疑其淫。何者？
未置此司，则无此谤，岂去岁之人皆忠厚⑭，而今岁之士皆虚
浮？孔子曰："工欲善其事，必先利其器。"又曰："必也正名

乎⑮。"今陛下操其器而讳其事，有其名而辞其意，虽家置一喙以自解⑯，市列千金以购人⑰，人必不信，谤亦不止。夫制置三司条例司，求利之名也；六七少年与使者四十余辈，求利之器也。驱鹰犬而赴林薮，语人曰："我非猎也。"不如放鹰犬而兽自驯。操网罟而入江湖，语人曰："我非渔也。"不如捐网罟而人自信。故臣以为消谗慝以召和气⑱，复人心而安国本，则莫若罢制置三司条例司。

【注释】

①三司使：宋代三司指盐铁、户部、度支，其长官为三司使。

②阙事：废事，没人办理。

③制置三司条例司：熙宁二年（1069），神宗任用王安石变法，设置该司，以筹划财经及兴利除弊事宜，建官设属。

④淮甸：古代离王都五百里以内之地叫甸服。北宋都城在汴梁（今河南开封），淮水流域在国都附近之地谓之"淮甸"。

⑤监官：检查和收税的官。

⑥夔（kuí）路：即峡西路，辖境在今重庆以东和贵州北部、陕西南部等地。路，宋代的行政区名，相当于现在的"省"。

⑦酒禁：禁止私自酿酒卖酒。

⑧常住：僧尼寺庙的田产、房产。

⑨廪禄：粮饷。

⑩胜：尽。

⑪肉刑：指切断肢体或割裂肌肤的刑罚。

⑫狼顾：狼行走时常回头，以防袭击。这里指人惊恐不安。

⑬何恤于人言：何必顾虑别人的议论。恤，担忧，忧虑。

⑭去岁：去年。

⑮必也正名乎：语出《论语·子路》。苏轼在这里引此句是为了说
　　明名和意图是相符的。有了征利机构，就不能说没有贪利意图。

⑯家置一喙(huì)以自解：派人挨家挨户去辩解。喙，嘴。解，辩解。

⑰购人：收买人。

⑱谗慝(tè)：毁谤。

【译文】

　　现今陛下也知道民心不高兴。朝廷内外的人，无论贤者还是不肖
者，都说太祖太宗以来，管理财政的，只有三司使、副使及判官，至今已
历经百年，不曾废事。现在无缘无故又创设一司，号称"制置三司条例
司"。六七个新进年轻人整天在司内计议，派出四十多人，分行到各地
工作。规模宏大，民众惊惧疑惑；创设立法新奇，官吏都惊惶困惑。贤
能的人探求他们的意图而得不到，不免忧虑；小人则以他们的意图揣测
朝廷，于是加以毁谤。说陛下以万乘之主的身份而讲求利，说执政作为
天子的宰相而管理财政，于是商人不做买卖，物价迅速上升。近从淮
甸，远到川蜀，到处传言，众说不一。有的说在京师正店要设置监管，夔
州路要行酒禁，要没收僧尼寺庙房屋田产，要减扣兵吏的粮饷，如此等
等，不能尽述。而更有甚者，认为要恢复肉刑。这话一传出，民众忧疑
不定。陛下和几位大臣，也听说这些话了，然而没有人考虑它，只说：我
没有那样的事，又没有那样的意图，何必忧虑别人的议论呢？人们的议
论虽然不一定都是这样，而是非难辨就能招来毁谤。人一定贪财，然后
别人才怀疑他盗窃；人一定贪色，然后别人才怀疑他奸淫。为什么呢？
不设置"制置三司条例司"就没有这样的毁谤，难道能说去年的人都忠
厚而今年的人都虚浮吗？孔子说："工匠想做好他的活，一定要先把他
的工具磨锋利。"又说："一定要正名！"现在陛下拿着工具而避讳讲要做
什么活，有名称而不承认意图，即使派人挨家挨户去辩解，出千金而收
买人，人们一定不相信，毁谤也就不会终止。制置三司条例司是求利的
名称；六七个新进的年轻人和派出的四十余人，是求利的工具。驱使鹰

犬到森林中,告诉别人说:"我不是打猎。"还不如放掉鹰犬而让野兽自己驯化。拿着渔网进入江湖,告诉别人说:"我不是打鱼。"还不如捐弃渔网而使人自然相信。因此臣认为消除毁谤以召来和气,平复人心以安定国家的根本,就不如罢除制置三司条例司。

　　夫陛下之所以创此司者,不过以兴利除害也。使罢之而利不兴、害不除,则勿罢;罢之而天下悦、人心安,兴利除害,无所不可,则何苦而不罢? 陛下欲去积弊而立法,必使宰相熟议而后行。事若不由中书^①,则是乱世之法,圣君贤相,夫岂其然? 必若立法不免由中书,熟议不免使宰相,此司之设,无乃冗长而无名^②? 以上论制置三司条例司。

【注释】

　　①中书:中书省,宋代最高行政机构,总揽中央行政事务,执行皇帝命令,处理公文,决定机构的增减省并等。

　　②无乃:岂不。冗长:多余,不必要。无名:不合理。

【译文】

　　陛下之所以创设此司,不过是想兴利除害。假使罢除了该司而不能兴利,不能除害,那么就不要罢除;假使罢除了该司而天下人大为高兴,人心安定,兴利除害没有什么不可以办到的,那么又何苦不罢除呢?陛下想除去积弊而立新法,一定要使宰相仔细计议然后施行。事情如果不经中书省,那么就是乱世的方法,圣明的君主、贤能的宰相,怎能是这样? 立法一定要经中书省,仔细计议由宰相,这个制置三司条例司的设置,难道不是多余而不合理的吗? 以上论设立制置三司条例司的不当。

　　智者所图,贵于无迹^①。汉之文、景^②,《纪》无可书之事;

唐之房、杜③,《传》无可载之功,而天下之言治者与文、景,言贤者与房、杜。盖事已立而迹不见,功已成而人不知。故曰:善用兵者,无赫赫之功。岂惟用兵,事莫不然。今所图者④,万分未获其一也,而迹之布于天下,已若泥中之斗兽⑤,亦可谓拙谋矣⑥。陛下诚欲富国,择三司官属与漕运使副⑦,而陛下与二三大臣,孜孜讲求,磨以岁月,则积弊自去而人不知。但恐立志不坚,中道而废。孟子有言:"其进锐者其退速⑧。"若有始有卒,自可徐徐,十年之后,何事不立? 孔子曰:"欲速则不达,见小利则大事不成。"使孔子而非圣人,则此言亦不可用。《书》曰:"谋及卿士,至于庶人。翕然大同,乃底元吉⑨。"若逆多而从少⑩,则静吉而作凶⑪。今自宰相大臣既已辞免不为,则外之议论,断亦可知。宰相,人臣也,且不欲以此自污,而陛下独安受其名而不辞? 非臣愚之所识也。君臣宵旰⑫,几一年矣,而富国之效,茫如捕风,徒闻内帑出数百万缗⑬,祠部度五千余人耳⑭。以此为术,其谁不能? 以上言谋事贵于无迹。

【注释】

①无迹:不张扬,使人不知不觉。

②汉之文、景:指汉文帝刘恒和汉景帝刘启。

③唐之房、杜:指唐代著名宰相房玄龄、杜如晦。二人在《唐书》列传中有记载,只说房善谋,杜善断,并未记载他们有多大的功勋。

④所图者:指牟利。

⑤泥中之斗兽:兽在泥中打斗,脚印狼藉。这里喻行新法迹象显著。

⑥拙谋：不聪明的计划。拙，笨。

⑦漕运：古代政府将所征粮米解送到京都或其他指定地点的运输。本专指水路运输，后来也兼指陆运。

⑧锐：迅猛，急速。

⑨"谋及卿士"几句：出自《尚书·洪范》："汝则有大疑，谋及乃心，谋及卿士，谋及庶人，谋及卜筮。汝则从、龟从、筮从、庶民从，是之谓大同。"苏轼所引非《尚书》原文。翕然，原作"合时"，据《苏轼文集编年笺注》校改。元吉，大吉，洪福。

⑩逆：反对。从：赞成。

⑪静：静止，不动。作：变动。

⑫宵旰（gàn）：为"宵衣旰食"的略词，意同"废寝忘食"。宵，夜。旰，迟，过时。

⑬内帑（tǎng）：皇宫库藏的钱财。缗：本是穿钱的绳子，每一千文钱用缗穿为一串，因此一千文为一缗。

⑭祠部：礼部中掌天下祀典、道释祠庙、医药政令的司。当时百姓要做道士僧尼，须向祠部购买度牒，故朝廷常以度牒代充经费发放。

【译文】

　　聪明人所图谋的事以不张扬为贵。汉朝的文帝、景帝，其本纪中没有可书的事情；唐代的房玄龄、杜如晦，其列传中没有可载的功勋，而天下人谈论到统治好的君主，就赞扬文帝、景帝，谈论贤能的人，就赞扬房玄龄、杜如晦。原因是事情已办好而不张扬，功勋已成就而人们不知道。因此说：善于用兵的人，没有赫赫的战功。难道只是用兵吗？事情没有不是这样的。现在所图谋的，没得到万分之一，而其形迹已传布天下，好像泥中打斗的野兽留下的痕迹一样明显，也可以说是笨拙的计谋了。陛下确实想使国家富裕，选择三司官员和漕运使、副使，而陛下与几位大臣，认真讲求，给以时日，那么积弊自然除去而人们并不知道。

但是只怕立志不坚定,中途而废。孟子说:"急躁进取快的人,其衰退也快。"假如有始有终,自然可以循序渐进,十年以后,什么事情办不到呢?孔子说:"急于求成反而达不到目的,重视小利就不能成就大事。"假使孔子不是圣人,那么这句话也不可用。《尚书》上说:"要和卿士商议,甚至和一般百姓商议。如果意见相合相同,行事便顺利。"假如多数反对,少数赞成,那么循静即吉利,变动旧规就不吉利。现今宰相大臣,既然已经辞免不做,那么朝廷外的议论也断然可以知道了。宰相是臣下,尚且不想因此来玷污自己的名声,而陛下怎能独自承受那样的名声而不推辞呢?这不是愚钝如臣所能认识的。君臣废寝忘食,差不多一年了,而富国的效果,茫如捕风捉影,毫无着落,只听说皇宫库藏拿出几百万缗,祠部剃度五千多人为僧尼罢了。把这些当作治术,谁不能做呢?以上论谋划事情贵于不张扬。

　　且遣使纵横,本非令典①。汉武遣绣衣直指②,桓帝遣八使③,皆以守宰狼籍④,盗贼公行,出于无术,行此下策。宋文帝元嘉之政⑤,比于文、景,当时责成郡县,未尝遣使。及至孝武⑥,以郡县迟缓,始命台使督之⑦,以至萧齐⑧,此弊不革⑨。故景陵王子良上疏⑩,极言其事,以为此等朝辞禁门,情态即异,暮宿州县,威福便行,驱迫邮传⑪,折辱守宰,公私烦扰,民不聊生。唐开元中⑫,宇文融奏置劝农判官使裴宽等二十九人⑬,并摄御史,分行天下,招携户口,检责漏田⑭。时张说、杨玚、皇甫璟、杨相如皆以为不便⑮,而相继罢黜⑯。虽得户八十余万,皆州县希旨⑰,以主为客⑱,以少为多。及使百官集议都省⑲,而公卿以下,惧融威势,不敢异辞⑳。陛下试取其《传》读之,观其所行,为是为否?近者均税宽恤㉑,冠盖相望,朝廷亦旋觉其非,而天下至今以为谤。曾未数岁，是非较然。臣恐后之视今，亦犹今之视昔。且其所遣，尤不适宜。事少而员多，人轻而权重。夫人轻而权重，则人多不服，或致侮慢以兴争；事少而员多，则无以为功，必须生事以塞责。陛下虽严赐约束，不许邀功，然人臣事君之常情，不从其令而从其意。今朝廷之意，好动而恶静，好同而恶异，指意所在，谁敢不从？臣恐陛下赤子②，自此无宁岁矣。以上论遣使。

【注释】

①令典：良法美政。令，善。

②绣衣直指：据《汉书·百官公卿表》载，绣衣直指由御史充任，故亦称"绣衣御史"。武帝末年，各地民变竞起，朝廷遣绣衣直指持节发兵镇压，并有权诛杀镇压起义不力的地方官。

③桓帝遣八使：汉顺帝汉安元年（142）八月，遣杜乔、周举、郭遵、冯羡、栾巴、张纲、周栩、刘班分别巡查各州郡。见《后汉书·顺帝纪》。此处桓帝当为顺帝。

④守：郡守。宰：县令。

⑤元嘉：南朝宋文帝年号（424—453）。文帝重视农业，奖励垦荒，政治比东晋有所改善，史家称"元嘉之治"。

⑥孝武：宋孝武帝刘骏。

⑦台使：由御史台派出督察的官员。

⑧萧齐：指南朝的齐政权。479年，萧道成代宋自立，国号齐，因此称之为萧齐。

⑨革：除。

⑩景陵王子良：即竟陵王萧子良，南齐武帝萧赜之子，南齐文学家，封竟陵王。

⑪邮传：即驿馆。这里指驿馆官吏。

⑫开元：唐玄宗年号(713—741)。

⑬宇文融：开元初官至监察御史。他建议清理逃亡农户和富豪籍
　外占田；奏请设置劝农判官，并摄御史，分赴各地，清出大量客户
　和土地。后任宰相，在任仅百日，因罪流放，死于途中。裴宽：开
　元中为礼部尚书。

⑭漏田：未入册籍而漏税的田地。

⑮张说：唐玄宗时宰相。杨场：时任户部侍郎。皇甫璟：时任阳翟
　尉。杨相如：时任怀州别驾。

⑯罢黜：罢免。

⑰希旨：迎合皇帝的意思。

⑱以主为客：把本地户口登记为客户，借此取得"招携户口"的
　功劳。

⑲都省：尚书省，朝廷总管各部行政机构的官署。

⑳异辞：反对意见，不同主张。

㉑均税：指方田均税法，即清丈土地、规定赋额、平均税收的措施。
　仁宗景祐至嘉祐年间试行此法，但三试三罢。王安石执政后，于
　神宗熙宁五年(1072)坚决推行，但困难很大，元丰八年(1085)废
　止。徽宗时继续试行，也时行时罢。宣和二年(1120)全部废止。
　事见《宋史·食货上二·方田》。

㉒赤子：此指人民、百姓。

【译文】

　　况且到处派遣使者，原也不是良法美政。汉武帝派遣绣衣直指，桓
帝派遣八使，都是因为地方官贪污腐败，盗贼横行，出于没有办法，才实
行这种下策。宋文帝元嘉之治，可与文景之治相比。当时责成郡县办
事，不曾派遣使臣。等到孝武帝时，认为郡县做事迟缓，开始命御史台
派官督促，一直到萧齐政权，都没有革除这一弊病。因此竟陵王萧子良

上疏言及此事,认为这样的官吏早上离开京师,情态就不一样,夜住州县,作威作福,驱使驿馆官吏,折辱太守、县令等地方官,官府和百姓都受到烦扰,民不聊生。唐开元年间,宇文融奏请设置劝农判官,派裴宽等二十九人任职,并兼御史职责,分赴各地,招携流亡的人户,检查未入册籍的田地。当时张说、杨玚、皇甫璟、杨相如都认为不合适。然而他们相继被罢黜。虽然得到户口八十多万,然而都是州县迎合皇帝旨意,将本地主户登记为客户,把户口少的登记为户口多的。等到百官在尚书省会集议论时,公卿以下臣属都惧怕宇文融的威势,不敢提出异议。陛下不妨取来宇文融的传读一读,看他的作为,是对还是错。近来实行均税,宽恤人民,做官的人相继奔波于道路,因此朝廷也很快觉察到此法不合适,然而天下的人直到现在还认为这是毁谤。不过几年,是非就明显了。臣担心后代人看现在,如同我们看前代一样。况且所派官吏,尤其不合适,事少人多,人轻权重。人轻权重,那么人们大多不服从,以致于侮慢而引起纠纷;事少人多,那么没有什么可以作为功劳,一定会生事来搪塞职责。陛下虽严加约束,不许邀功,然而臣下服事君主的常情,不服从法令而顺从其意图。现在朝廷的意图是喜好改新而反对循旧,喜好意见一致而厌恶意见不同,朝廷意见所在,谁敢不听从?臣担忧陛下的子民,从此没有安宁的日子了。以上论派遣使者。

　　至于所行之事,行路皆知其难①。何者?汴水浊流,自生民以来,不以种稻。秦人之歌曰:"泾水一石,其泥数斗。且溉且粪,长我禾黍②。"何尝曰长我粳稻耶?今欲陂而清之③,万顷之稻,必用千顷之陂,一岁一淤,三岁而满矣。陛下遽信其说,即使相视地形,万一官吏苟且顺从,真谓陛下有意兴作,上糜帑廪,下夺农时,堤防一开,水失故道,虽食议者之肉,何补于民?天下久平,民物滋息④,四方遗利⑤,盖略尽矣。今欲凿空寻访水利⑥，所谓即鹿无虞⑦，岂惟徒劳，必大烦扰。凡所擘画利害，不问何人，小则随事酬劳，大则量才录用。若官私格沮，并行黜降，不以赦原。若材力不办兴修，便许申奏替换，赏可谓重，罚可谓轻。然并终不言诸色人妄有申陈或官私误兴功役当得何罪。如此，则妄庸轻剽⑧，浮浪奸人，自此争言水利矣。成功则有赏，败事则无诛。官司虽知其疏，岂可便行抑退？所在追集老少，相视可否⑨，吏卒所过，鸡犬一空。若非灼然难行，必须且为兴役。何则？格沮之罪重，而误兴之过轻。人多爱身，势必如此。且古陂废堰⑩，多为侧近冒耕⑪，岁月既深，已同永业⑫。苟欲兴复，必尽追收，人心或摇，甚非善政。又有好讼之党、多怨之人，妄言某处可作陂渠，规坏所怨田产⑬，或指人旧业，以为官陂。冒田之讼，必倍今日⑭。臣不知朝廷本无一事，何苦而行此哉？以上论兴水利。

【注释】

①行路：过路人。这里指任何人。

②"秦人之歌曰"几句：见《汉书·沟洫志》。泾水，在今陕西中部，是渭河的支流。

③陂（bēi）：池塘。这里用作动词，筑陂。

④滋息：生息，增加。

⑤遗利：未被利用的自然条件。

⑥凿空：无中生有。

⑦即鹿无虞：《周易·屯卦》六三爻辞说："即鹿无虞，惟入于林中。"即，追射。虞，掌管山林的官员。

⑧轻剽(piào)：躁进，急于贪求名利。

⑨相视：考察。

⑩古陂废堰：指已废弃的塘坝故址。

⑪侧近：邻近农民。冒耕：冒名耕种。

⑫永业：永远的产业。

⑬规：图谋。所怨：所怨的人。

⑭倍：一倍，加倍。

【译文】

　　至于所实行的事情，任何人都知道很难做到。为什么呢？汴水水流浑浊，自从有人类以来，都不用此水来种水稻。秦时人歌唱道："泾河水一石，含泥达数斗，灌溉兼施肥，使我禾黍长。"什么时候说过"使我粳稻长"啊？现在想通过筑池塘来澄清泾水种水稻，那么万顷的稻田，一定要用千顷的池塘，一年泥土一淤，三年就能淤满。陛下遽然相信这种说法，就派人考察地形，假如官吏苟且顺从，真的认为陛下有意做这件事，对上浪费钱财，对下耽误农耕，河堤一开，水流失去故道，即使吃提议这样做的人的肉，对民众有什么补偿呢？天下太平很久，户口财物增加，天下还没有被利用的有利条件，差不多没有了。现今想凭空寻找水利，真是所谓的君主射鹿，而无虞官协助，就会一无所得啊，不只是白白地劳累，还一定会增加很多烦扰。现在凡所筹划兴利除害之事，不问是什么人提的，小的就随事酬劳，大的就量才用人。如果有官员私下里阻挡，一律黜革，不予赦免原谅。如果把财力不用在兴修的事情上，就允许上奏另派人替换他，这样奖赏可以说很重，处罚可以说很轻。然而始终不说那些随便上奏陈言，或者误办公事的人，该当何罪！如果这样，那么贪求功利的平庸小人，从此都会争相谈论水利。成功就能受到奖赏，坏事也不会受处罚。官府虽然知道他们的疏浅，哪里能就抑退他们呢？到处强集老少人等，审视兴水利可以不可以，官吏所过地方，鸡犬一空。假如不是明显不可行的工程，一定就大力兴办。为什么呢？阻拦修水利的罪名很重，而误兴工程的罪名很轻。人们大多爱惜自身利益，一定会这样做。况且已废弃的塘坝故址，大多被邻近农民擅自耕种，时间已经很长久，已经同他们的正式私产一样。假如想兴修恢复古陂废堰，必须全部追收回来，人心或许会不安定，这不是好的政策措施。又有喜欢诉讼的人，有很多仇怨的人，胡说某地可做陂渠，以图破坏他所怨恨的人的田产，或者把别人的旧产业，定为公家的池塘。冒争田产的诉讼，一定会超过现在一倍。臣不知道朝廷本来太平无事，何苦要做这些事呢？以上论新法中的兴修水利。

　　自古役人①，必用乡户，犹食之必用五谷，衣之必用丝麻，济川之必用舟楫②，行地之必用牛马③，虽其间或有以他物充代，然终非天下所可常行。今者徒闻江、浙之间，数郡雇役④，而欲措之天下，是犹见燕、晋之枣、栗，岷、蜀之蹲鸱⑤，而欲以废五谷⑥，岂不难哉！又欲官卖所在坊场，以充衙前雇直⑦，虽有长役⑧，更无酬劳。长役所得既微，自此必渐衰散，则州郡事体，憔悴可知。士大夫捐亲戚、弃坟墓，以从宦于四方者，宣力之余，亦欲取乐，此人之至情也。若凋弊太甚，厨传萧然⑨，则似危邦之陋风⑩，恐非太平之盛观⑪。陛下诚虑及此，必不肯为。且今法令莫严于御军，军法莫严于逃窜，禁军三犯⑫，厢军五犯⑬，大率处死。然逃军常半天下，不知雇人为役，与厢军何异？若有逃者，何以罪之？其势必轻于逃军，则其逃必甚于今日，为其官长，不亦难乎？近者虽使乡户颇得雇人，然至于所雇逃亡，乡户犹任其责。今遂欲于两税之外⑭，别立一科，谓之庸钱⑮，以备官雇。则雇人之责，官所自任矣。自唐杨炎废租庸调以为两税⑯，取大历十四年应干赋敛之数，以定两税之额，则是租调与庸，两税既兼之矣。今两税如故，奈何复欲取庸？圣人立法，必虑后世，岂可于两税之外，别立科名！万一不幸，后世有多欲之君，辅之以聚敛之臣，庸钱不除，差役仍旧，使天下怨讟⑰，推所从来⑱，则必有任其咎者矣⑲。又欲使坊郭等第之民与乡户均役，品官形势之家与齐民并事⑳。其说曰："《周礼》田不耕者出屋粟，宅不毛者有里布。而汉世宰相之子，不免戍边㉑。"此其所以藉口也。古者官养民，今者民养官。给之以田而不耕，劝之以农而不力，于是乎有里布屋粟夫家之征。今民无以为生，去为商贾，事势当尔，何名役之？且一岁之戍，不过三日，三日之雇，其直三百㉒。今世三大户之役㉓，自公卿以降，无得免者，其费岂特三百而已。大抵事若可行，不必皆有故事。若民所不悦，俗所不安，纵有经典明文，无补于怨。若行此二者，必怨无疑。女户单丁㉔，盖天民之穷者也㉕，古之王者，首务恤此㉖。而今陛下首欲役之，此等苟非户将绝而未亡，则是家有丁而尚幼。若假之数岁㉗，则必成丁而就役，老死而没官。富有四海㉘，忍不加恤？以上论雇役。

【注释】

①役人：派人当差。

②川：水道，河流。

③行地：走陆路。

④数郡雇役：指宋仁宗末年，两浙路转运使李复圭见人因充役而废业破产，于是罢遣归农，令他们出钱雇人代役。

⑤岷、蜀：岷山和蜀郡。蹲鸱(chī)：状似蹲伏的鸱的大芋头。

⑥五谷：古书中对五谷有不同说法，最普遍的说法是指稻、黍、稷、麦、豆。这里泛指粮食作物。

⑦衙前：在衙门充役使的差役。雇直：雇用之费。直，同"值"。工钱，报酬。

⑧长役：长年供官员役使之人。

⑨厨：膳食。传：居处。

⑩危邦：衰落的国家。

⑪观：景象。

⑫禁军：北宋由中央直接掌管的正规军。

⑬厢军：留驻地方的部队。

⑭两税：指正常征收的夏、秋税收。

⑮庸钱：供官府支付差役工资的捐税。

⑯杨炎：字公南，唐代财政家。建中元年(780)，他定议改革赋税制度，废除"以丁夫为本"的租庸调制，改行以资产多寡为标准的两税法。次年，为卢杞所陷害，贬谪崖州，赐死。

⑰嬻(dú)：诽谤，怨言。

⑱推：追溯。所从来：指"庸钱不除，差役仍旧"这种双重剥削的由来。

⑲任其咎者：婉言说出神宗皇帝将成为被指责的人。

⑳品官：有品级的官。齐民：一般的百姓。并事：同样摊派。

㉑"《周礼》田不耕者出屋粟"几句：见《周礼·地官·载师》："凡宅不毛者，有里布；凡田不耕者，出屋粟；凡民无职事者，出夫家之征。"不耕，让田地荒芜。屋粟，三家应缴纳的粮食。宅，指宅院周围。不毛，不种桑麻。里布，罚出一里(二十五家)的布。夫家之征，即夫税和家税。夫税，即百亩之税。家税，即出车和徭役。

㉒直：通"值"。

㉓三大户：即上户、中户、下户。

㉔女户：只有妇女的民户。单丁：只有一个男子的民户。

㉕天民：指人。

㉖恤：保护，体恤。

㉗假：借。

㉘富有四海：指皇帝拥有天下。

【译文】

自古差役都用乡户，就好比吃饭必用五谷，穿衣必用丝麻布，渡河必用船只，走陆路必用牛马。即使其中有以其他东西充代的，但那毕竟不是天下通常实行的。现今徒然听说江浙许多地方，出钱雇人代役并想把这种措施推行于天下，这如同看见燕、晋地区的枣栗，岷蜀地区状似蹲鸱的芋头，而想因此废掉五谷一样，这难道不是很难办到吗！又想责成坊场官卖，供给衙役雇佣之费，虽然有长年供官员役使的人，但无更多的酬劳。长年供官员役使的人所得酬劳既然微薄，从此他们必然会逐渐减少，那么州郡的萧条情况也就可想而知了。士大夫离开亲人，告别故乡，到别的地方去做官，尽力之余，也想取乐，这是人之常情。假如州郡过于凋敝，官员日常饮食清苦，这就好像衰颓王朝的破落景象，恐怕不是太平盛世的景象。陛下确能考虑到这些，一定不肯这样做。况且现今没有比治军法令更严的法令，没有比惩治逃兵更严的军法，禁军三次逃跑，地方军五次逃跑，大多被处死。然而逃兵常常很多，不知雇人代服差役，与地方军有什么不同？假如有逃跑的人，用什么治罪呢？他们一定把出逃看得很轻，那么逃跑的人数必定超过现在，做他们的长官不也是很难吗？近来虽然允许农户雇人代役，然而所雇佣的人逃跑了，农户还要承担责任。如今想在夏、秋两税之外，另立一科目，称之为庸钱，让官府用来雇佣差役。那么雇人的责任，就由官府自身承担了。自从唐代杨炎废除租庸调制用两税法代替，按唐代宗大历十四年数额确定两税数目开征以来，就是租调和庸钱都包含在两税之中了。

如今两税和过去一样，为什么又想收取庸钱？圣人设立新法，必然虑及后世，怎能在两税之外另设科目！假如不幸后代有多欲的君主，又有聚敛的臣下辅佐他，庸钱不被废除，差役仍旧照常，招致天下怨恨，追溯这种制度的由来，就一定有人要承担罪过。又想让城里各等第的人和乡村农户同样服役，使有官品有势力的人家和一般百姓同样摊派，他们说："《周礼》记载：凡是让田地荒芜不耕种的人，罚他缴纳三户应缴纳的粮食，凡是在宅院周围不种桑麻的人，罚他缴纳二十五家应缴纳的布匹。而且汉代宰相之子也不免除戍守边疆之差役。"这是他们所以实行这一措施的借口。古代是官养民，现今是民养官。给他田地他却不耕种，劝他务农他却不尽力，于是才有让他缴二十五家应纳的布匹、三户应缴纳的粮食、夫税和家税的惩罚。然而农民无法生活，才去经商，事势逼迫他这样做，该用什么名目来役使他们呢？而且汉代官员子弟一年戍边时间不超过三天，雇人代役三天交钱三百文。现今上、中、下三户的差役，从公卿往下，没有能够逃避的，他们雇人代役的费用，哪里是三百文就算完呢。一般来说，事情假如可行，不一定都要有过去的事例。假如人民所不喜欢、世俗所不容许的事情，即使有经典明文规定，如做了，也不能弥补人们的怨恨。如果实行这两项措施，人们无疑会有怨言。只有妇女的民户和只有一个男丁的民户，大都是穷人，古代的贤君首先是体恤这些人。而现今陛下首先就想役使他们，这些民户如果不是户口将断绝而尚未死亡，就是家有男丁还幼小。如果给他们几年的时间，那么就能长成壮丁而服差役，并且直到老死为官府服役。陛下富有天下，怎忍心不体恤他们？ 以上论新法中的雇役制。

孟子曰："始作俑者，其无后乎①？"《春秋》书"作邱甲""用田赋"②，皆重其始为民患也。青苗放钱③，自昔有禁。今陛下始立成法，每岁常行，虽云不许抑配④，而数世之后，暴君污吏，陛下能保之与？异日天下恨之，国史记之曰：青苗钱自陛下始，岂不惜哉！且东南买绢，本用见钱；陕西粮草，不许折兑。朝廷既有著令，职司又每举行，然而买绢未尝不折盐⑤，粮草未尝不折钞⑥，乃知青苗不许抑配之说，亦是空文。只如治平之初，拣刺义勇⑦，当时诏旨慰谕，明言永不戍边，著在简书，有如盟约。于今几日，论议已摇。或以代还东军⑧，或欲抵换弓手⑨，约束难恃，岂不明哉？纵使此令决行，果不抑配，计其间愿请之户，必皆孤贫不济之人。家若自有赢余，何至与官交易⑩？此等鞭挞已急，则继之逃亡，逃亡之余，则均之邻保。势有必至，理有固然。且夫常平之为法也⑪，可谓至矣。所守者约，而所及者广⑫。借使万家之邑，止有千斛⑬，而谷贵之际，千斛在市，物价自平。一市之价既平，一邦之食自足，无操瓢乞丐之弊，无里正催驱之劳⑭。今若变为青苗，家贷一斛，则千户之外，孰救其饥？且常平官钱，常患其少，若尽数收籴，则无借贷，若留充借贷，则所籴几何？乃知常平青苗，其势不能两立。坏彼成此，所丧愈多，亏官坏民，虽悔何逮⑮？臣窃计陛下欲考其实，则必亦问人，人知陛下方欲力行，必谓此法有利无害。以臣愚见，恐未可凭。何以明之？臣顷在陕西⑯，见刺义勇，提举诸县，臣尝亲行，愁怨之民，哭声振野。当时奉使还者，皆言民尽乐为。希合取容⑰，自古如此。不然，则山东之盗⑱，二世何缘不觉⑲？南诏之败⑳，明皇何缘不知㉑？今虽未至于斯，亦望陛下审听而已。以上论青苗钱。

【注释】

①始作俑者，其无后乎：系孟子引孔子语，见《孟子·梁惠王上》。

俑,用以殉葬的偶人。

②作邱甲:春秋中期鲁国的一种田赋。用田赋:春秋末期鲁国一种新税法,按田收赋税。这里苏轼引此的目的在于抨击王安石所推行的青苗法。

③青苗放钱:唐代中期即有称为"青苗钱"的田赋附加税。但王安石此时推行的青苗法与"青苗钱"不同。王安石的青苗法是在青黄不接时分放农贷,到禾稼收获后偿还,并规定利息为二分。

④抑配:硬性摊派。

⑤折盐:官府买绢不付现钱,而以高价官盐折成绢价偿付。

⑥折钞:粮食与马料本应征收实物,但官府常逼迫纳税人折成现金缴纳。

⑦拣刺义勇:宋代军士沿五代之制,均黔面刺军号,以防逃亡,乡兵则刺号于手背。

⑧东军:禁军复员后东归。

⑨弓手:古代兵役名目的一种。

⑩交易:指贷款和偿还。

⑪常平:即常平仓法。

⑫所及:此指受益者。

⑬斛(hú):古量器,也是容量单位,十斗为一斛。南宋末年改五斗为一斛。

⑭里正:差役的一种。宋制规定里正由一等户(最富的平民)充当,主要职责是催收赋税。

⑮逮(dài):及。

⑯臣顷在陕西:苏轼于仁宗嘉祐六年(1061)至英宗治平三年(1066)任凤翔府判官。顷,不久前。

⑰希合取容:迎合上级以取得上级好感。

⑱山东:崤山以东。

⑲二世：即胡亥，秦朝第二代皇帝，被宦官赵高逼迫自杀。

⑳南诏：唐代西南少数民族政权，全盛时辖有云南全部、四川南部、贵州西部等地。

㉑明皇：即唐玄宗。

【译文】

　　孟子说："最先制作木偶的人，他没有后代吗！"《春秋》记载作邱甲，按田亩而收赋税，都是强调它是为患百姓的。青苗放钱，过去就曾禁止。现今陛下开始设立成法律，每年都实行，虽说不许硬增加摊派，而几代之后，若有暴君和贪官污吏，陛下能保证他们不会硬加摊派吗？以后天下人痛恨青苗钱，国史记载说：青苗钱从陛下开始实行，难道不令人痛惜吗！而且东南买绢，要付现钱；陕西征收粮草，不许折兑现金缴纳。这在朝廷既有明文规定，官府又常常办理，然而官府买绢未尝折成官盐付给，征收粮草未尝不折兑现金缴纳，这就知道不许硬加摊派青苗钱，也是空文。正如英宗治平初年，下诏点刺义勇，当时诏旨大加抚慰而且明言永不遣戍守边，写在简书之上，如同盟约。到现在没多久，盟约已经改变。有的想用他们代替复员的禁军，有的想用他们替换弓手，约束难以依仗，这难道不是很清楚吗？即使这个命令坚决执行，果然不硬加摊派，统计愿意贷青苗钱的人家，必定都是孤贫人家。家里如果自有盈余，何至于向官府借贷？这些事情催之过急，那么随之而来的就是百姓逃亡，逃走的人应贷的钱，就平摊给他的邻里。这样的情势必然会到来，道理本来就是这样。况且常平法，可以说很好。它立法简单，受益的人却很多。假使万户的城邑，存有千斛的谷物，然而在谷贵之时，有这千斛的谷物投放于市场，就可平抑物价。一个市场价格平稳，一国之食自足，就没有拿瓢乞讨的人出现，就没有里正催逼赋税的烦劳。现今如果变用青苗法，每家贷一斛，那么千户以外，谁能解救他们的饥饿？况且常平官钱，常常忧虑它太少，如果全部用来买进粮食，那就没有借贷的钱；如果留做借贷，那么所买粮食又能有多少？这就知道常平、青苗不能并存。破坏常平法而实行青苗法，丧失更多，既亏公家又不利于百姓，到那时即使后悔也来不及了。臣私下考虑陛下想考察它们的实行情况，就必须询问人，有人知道陛下正想努力推行，一定说青苗法有利无害。以臣的愚见，这恐怕不能作为凭证。用什么来证明呢？臣先前在陕西任职，看到诸县拣刺义勇，臣曾亲自巡视，愁怨的百姓哭声传遍四野。可当时奉使回京的人，都说百姓全都高兴这样做。迎合上级旨意而取得上级好感，自古以来就是这样。如果不是这样，那么崤山以东的农民起义，秦二世为什么没有觉察？在南诏战败，唐明皇为什么不知道？现今虽然没有到那个地步，也希望陛下审慎听察。以上论新法中的青苗钱。

昔汉武之世，财力匮竭，用贾人桑弘羊之说①，买贱卖贵，谓之均输。于时商贾不行，盗贼滋炽，几至于乱。孝昭既立②，学者争排其说，霍光顺民所欲③，从而予之，天下归心，遂以无事④。不意今者此论复兴。立法之初，其说尚浅，徒言徙贵就贱，用近易远。然而广置官属，多出缗钱，豪商大贾，皆疑而不敢动，以为虽不明言贩卖，然既已许之变易⑤，变易既行，而不与商贾争利者，未之闻也。夫商贾之事，曲折难行，其买也先期而予钱，其卖也后期而取直，多方相济，委曲相通，倍称之息⑥，由此而得。今官买是物，必先设官置吏，簿书廪禄⑦，为费已厚。非良不售，非贿不行，是以官买之价，比民必贵。及其卖也，弊复如前⑧。商贾之利，何缘而得？朝廷不知虑此，乃捐五百万缗以与之。此钱一出，恐不可复。纵使其间薄有所获，而征商之额，所损必多⑨。今有人为其主牧牛羊者，不告其主，以一牛而易五羊。一牛之失，则隐而不言；五羊之获，则指为劳绩。陛下以为坏常平而言青苗之功，亏商税而取均输之利，何以异此？以上论均输。

【注释】

①桑弘羊：西汉政治家、财政家。洛阳（今属河南）人，出身商人家庭。武帝时任治粟都尉，领大司农。制定、推行盐铁酒类的官营专卖，设立均输、平准机构，控制全国商品。

②孝昭：即西汉昭帝刘弗陵，谥号孝昭皇帝。昭帝为汉武帝之子，八岁即位，由霍光、桑弘羊、金日磾辅政，为政沿袭武帝政策。

③霍光：西汉河东平阳（今山西临汾西南）人，霍去病异母弟。武帝去世，受遗诏以大司马大将军辅政，受封博陆侯。

④遂：于是。

⑤变易：收购买卖。

⑥倍称（chèn）之息：加倍的收益。

⑦簿书：文书簿册。这里指办公费用。廪禄：俸禄。

⑧复：收回。

⑨必：一定。

【译文】

　　过去汉武帝时，财力匮乏，就采用商人桑弘羊的主张，贱买贵卖，称之为均输。以至于当时商人不做买卖，盗贼滋生炽盛，几乎到了大乱的程度。汉昭帝登位，贤良文学竞相排斥桑弘羊的主张，霍光顺应百姓的要求，听从并赞同贤良文学们的建议，天下归心，于是太平无事。没想到在当今这种议论又一次兴起。刚开始设立此法，其内容很少，只说移贵就贱，用近易远。然而广设官属，多用缗钱，富商大贾都疑惑而不敢有所作为，认为虽没有明说是贩卖，但已允许均输机构改变做法，改变做法，而不和商人争利的事情，从来没听说过。经商的事，是很不容易的。买必先给钱，卖以后才能取利，多方面互相协作，各种琐细曲折的手续联结在一起，加倍的收益，就是从这里得来的。如今官家买物品，必先设置官吏经办，办公费用、官吏俸禄，所费已多。而且不是好的东西不买，不行贿不买，因此官买物品的价格，一定比民间买物品的价格贵。等到他卖的时候，其弊病和买的时候一样。商人的赢利，为什么能取得？朝廷不知考虑这些，就拿出五百万缗钱给了均输机构。这笔钱一旦拿出来，恐怕就收不回去了。即使从中稍微有所收益，可在征收商税方面，所受的损失一定很多。现在有一个人为他的主人放牧牛羊，不告诉主人就用一头牛换了别人五只羊。失去一头牛，就隐瞒不说；得到五只羊，就说成是自己的成绩。陛下认为破坏常平法而说青苗法的功绩，亏损征收商人的税收而取得均输的利益，与用牛换羊有什么不同呢？以上论新法中均输赋税。

陛下天机洞照①，圣略如神②，此事至明，岂有不晓？必谓已行之事，不欲中变，恐天下以为执德不一，用人不终，是以迟留岁月，庶几万一，臣窃以为过矣③。古之英主，无出汉高。郦生谋挠楚权，欲复六国，高祖曰："善，趣刻印！"及闻留侯之言④，吐哺而骂曰："趣销印⑤！"夫称善未几，继之以骂，刻印、销印，有同儿戏，何尝累高祖之知人？适足以明圣人之无我⑥。陛下以为可而行之，知其不可而罢之，至圣至明，无以加此。议者必谓民可与乐成，难与虑始⑦，故劝陛下坚执不顾，期于必行。此乃战国贪功之人，行险侥幸之说。陛下若信而用之，则是徇高论而逆至情⑧，持空名而邀实祸，未及乐成，而怨已起矣。臣之所愿结人心者，此之谓也。结人心止此。

【注释】

①天机：天赋。

②略：计谋。

③过：错。

④留侯：指张良，曾封留地（今江苏沛县），是刘邦的重要谋士。

⑤趣（cù）：同"促"。赶快。

⑥无我：不偏私自己，不固执己见。

⑦议者必谓民可与乐成，难与虑始：语出《史记·商君列传》："民不可与虑始而可与乐成。"即说不能与百姓商议开创事业，而只能与他们共享既成之乐。

⑧徇：顺从。高论：空论。

【译文】

　　陛下天赋智慧颖达，谋略如神，这些事情很明白，怎能不知道？必定说已实行的事，不想中途改变，担心天下人认为治事不一贯，用人不善终，因此拖延时日，盼望万一有好的转机，臣私下认为这错了。古代的英主，没有高出汉高祖的。谋士郦食其计划削弱楚王项羽的权力，想恢复六国，高祖说："好！赶快刻六国国王的印玺！"等到听了留侯张良的话，刘邦吐哺而骂道："赶快销毁印玺！"刘邦说好没有几时，接着就骂，刻印销印，如同儿戏，这何曾连累高祖的知人善任？恰好说明圣人不固执己见。陛下认为可以就实行，知道它不可行就停止，最圣明莫过于如此。倡议实行此法的人一定说百姓只能享受既成之乐，难于考虑开创事业，因此劝陛下坚持不考虑其他，期望一定实行。这是战国时期贪图功利的人冒险碰运气的说法。陛下如果相信并实行，那么就是听从那些空泛的议论而违背最切实的情理，仅持有空名而招来实际祸患，没有等到成就事业，而怨谤已兴起了。臣所希望凝聚民心的，就是这些。凝聚民心的就是这些。

　　　士之进言者，为不少矣，亦尝有以国家之所以存亡、历数之所以长短告陛下者乎①？夫国家之所以存亡者，在道德之浅深，不在乎强与弱；历数之所以长短者，在风俗之厚薄，而不在乎富与贫。道德诚深，风俗诚厚，虽贫且弱，不害于长而存。道德诚浅，风俗诚薄，虽强且富，不救于短而亡。人主知此，则知所轻重矣。是以古之贤君，不以弱而忘道德，不以贫而伤风俗。而智者观人之国，亦必以此察之。齐至强也，周公知其后必有篡弑之臣②。卫至弱也，季子知其后亡③。吴破楚入郢，而陈大夫逢滑知楚之必复④。晋武既平吴，何曾知其将乱⑤。隋文既平陈，房乔知其不久⑥。元帝斩郅支⑦，朝呼韩⑧，功多于武、宣矣，偷安而王氏之衅生⑨。宣宗收燕、赵⑩，复河、湟⑪，力强于宪、武矣⑫，销兵而庞勋之乱起⑬。臣愿陛下务崇道德而厚风俗，不愿陛下急于有功而贪富强。使陛下富如隋，强如秦，西取灵武⑭，北取燕、蓟⑮，谓之有功可也，而国之长短，则不在此。夫国之长短，如人之寿夭，人之寿夭在元气，国之长短在风俗。世有尫羸而寿考⑯，亦有盛壮而暴亡。若元气犹存，则尫羸而无害。及其已耗，则盛壮而愈危。是以善养生者，慎起居，节饮食，导引关节，吐故纳新。不得已而用药，则择其品之上、性之良，可以久服而无害者，则五藏和平而寿命长。不善养生者，薄节慎之功⑰，迟吐纳之效⑱，厌上药而用下品，伐真气而助强阳⑲，根本已空，僵仆无日。天下之势，与此无殊⑳。故臣愿陛下爱惜风俗，如护元气。以上言培养国脉，不在富强。

【注释】

①历数：这里指王朝时间的长短。

②齐至强也,周公知其后必有篡弑之臣:齐是太公望的封地,很强盛,可周公预言齐后必有篡夺弑君之臣。太公传二十九代,果然为田氏所代。

③季子:吴国公子季札,曾代表吴国出使中原各国。

④陈:陈国,春秋末期小国。辖地大致为今河南东部和安徽西北部一部分。

⑤何曾:字颖考。西晋初任丞相、太傅等官职。生活奢侈,日食万钱,还说无下箸处。

⑥房乔:即房玄龄。隋文帝平定陈国,统一南北。房玄龄却私下告诉其父说皇上本无德,以诈取天下,其子都骄奢不仁,必会争位残杀,隋不会长久。事见《旧唐书·房玄龄传》。

⑦郅(zhì)支:汉时匈奴的单(chán)于。

⑧朝呼韩:使呼韩来朝见。呼韩,匈奴郅支单于之弟。

⑨王氏之衅生:指王莽篡汉。

⑩燕:唐时成德、魏博、卢龙三镇是古燕地。赵:唐时泽潞镇是古赵地。

⑪河:黄河。湟:湟水,源出青海,入甘肃,注入黄河。

⑫宪、武:指唐宪宗李纯和武宗李炎。

⑬庞勋之乱:唐咸通九年(868),徐、泗戍卒叛乱,推判官庞勋为主,后来聚众十万余人,声势浩大。但终被康承训、朱邪赤心讨平。

⑭灵武:今宁夏灵武。

⑮燕、蓟:在今北京西北。

⑯尪羸(wāng léi):衰病瘦弱。

⑰薄:轻视。

⑱迟:轻慢,延缓。

⑲伐:削弱。强阳:虚火。

⑳殊:不同。

【译文】

进言之士可说不少，也曾有把国家存亡、存在时间长短的原因告诉陛下的吗？国家所以存亡在道德深浅，而不在于强弱；国家所以存在时间的长短，在于风俗的厚薄，而不在于贫富。道德确实深，风俗确实纯厚，即使贫弱，也会长久存续。道德确实浅，风俗确实浅薄，即使富强，也免不了它的灭亡。君王知道这些，就知道轻重所在了。因此古代贤明的君王，不因为国家弱小而不讲道德，不因为国家贫困而败坏风俗。聪明的人观察别人的国家，也一定用这种尺度考察。齐国是最强大的，周公预知它后来必有弑君篡权的大臣；卫国是最弱小的，季子预知它灭亡在最后；吴国攻破楚国都城郢，而陈国大夫逢滑预知楚国必可以收复；晋武帝既已平定了吴国，而何曾预知它即将变乱；隋文帝既已灭陈，而房乔预知它的统治不会长久。汉元帝斩杀郅支，使呼韩邪单于来朝见，功勋多于汉武帝、宣帝了，然而由于偷安而使王氏掌权，成为灾祸的开端；唐宣宗收复燕地、赵地，收复黄河、湟水流域，力量比唐宪宗、武宗强大，但罢兵后就有庞勋的叛乱。臣希望陛下尊崇道德而使风俗纯厚，不希望陛下急功近利而贪图富强。假使陛下富裕如隋朝，强大如秦朝，向西攻取灵武，向北攻取燕蓟，说这有功是可以的，而国家存在时间的长短却不在这方面。国运的长短，好比人的寿夭，人的寿夭在于元气的多少，国运的长短在于风俗的厚薄。世人有衰病瘦弱而长寿的，也有强壮而突然死亡的。假如元气还存在，那么衰病瘦弱也无害于长寿。等到元气耗尽，那么强壮就更危险。因此善于养生的人，慎重起居，饮食有节，疏导关节，吐故纳新。不得已要用药，就选择品优性良、久服无害的药，这就使五脏和畅而寿命延长。不善于养生的人，轻视起居、饮食有节的功效，轻视吐故纳新的功效，厌弃上品药物服用下品药物，削弱真气而助长虚火，身体根本已空虚，就不会有太长寿命了。天下的情势，同这没有区别。所以臣希望陛下爱惜风俗，如同保护自己的元气。

以上论培养国脉，使国家长治久安的关键不在是否富强。

古之圣人，非不知深刻之法可以齐众①，勇悍之夫可以集事，忠厚近于迂阔，老成初若迟钝。然终不肯以彼而易此者，知其所得小而所丧大也。曹参②，贤相也，曰慎无扰狱市。黄霸③，循吏也④，曰治道去泰甚⑤。或讥谢安以清谈废事⑥，安笑曰：秦用法吏，二世而亡。刘晏为度支⑦，专用果锐少年，务在急速集事，好利之党，相师成风⑧。德宗初即位，擢崔祐甫为相⑨。祐甫以道德宽大，推广上意，故建中之政⑩，其声翕然⑪，天下想望，庶几正观⑫。及卢杞为相⑬，讽上以刑名整齐天下，驯致浇薄⑭，以及播迁⑮。我仁祖之御天下也⑯，持法至宽，用人有叙⑰，专务掩覆过失⑱，未尝轻改旧章⑲。然考其成功，则曰未至，以言乎用兵，则十出而九败⑳，以言其府库，则仅足而无余。徒以德泽在人，风俗知义。是以升遐之日㉑，天下如丧考妣㉒，社稷长远，终必赖之。则仁祖可谓知本矣。今议者不察，徒见其末年吏多因循，事不振举，乃欲矫之以苛察，齐之以智能，招来新进勇锐之人，以图一切速成之效，未享其利，浇风已成。且天时不齐，人谁无过？国君贪垢㉓，至察无徒㉔。若陛下多方包容，则人材取次可用。必欲广置耳目，务求瑕疵，则人不自安，各图苟免，恐非朝廷之福，亦岂陛下所愿哉？汉文欲用虎圈啬夫，释之以为利口伤俗㉕。今若以口舌捷给而取士，以应对迟钝而退人，以虚诞无实为能文，以矫激不仕为有德，则先王之泽，遂将散微。以上言用老成忠厚，不取新锐刻深。

【注释】

①齐众：使众人整齐一致。

②曹参：汉初名臣，秦末随刘邦起义，汉建立后因功被封平阳侯。继萧何为汉惠帝时丞相。

③黄霸：西汉时人，曾任郡守直至丞相。

④循吏：遵理守法的好官。

⑤治道：治理国家的方法。

⑥谢安：字安石，东晋政治家。

⑦刘晏：字士安，唐代财政家。曾任吏部尚书、平章事、领度支盐铁转运租庸使等职。

⑧相师：互相效法。

⑨崔祐甫：779年，唐代宗死，唐德宗继位后，任祐甫为相。

⑩建中：唐德宗年号（780—783）。

⑪翕（xī）然：和合貌。

⑫庶几正观：几乎接近贞观之治。正观，即贞观，唐太宗年号（627—649）。写作"正观"可能是为了避宋仁宗赵祯之讳。

⑬卢杞：字子良，唐建中初年由御史中丞升为宰相，陷害杨炎、颜真卿，排斥宰相张镒等。后因罪屡次被弹劾，终于被贬职。

⑭驯：渐进之意。

⑮播迁：指建中四年（783）十月泾原兵变，唐德宗逃往奉天（今陕西乾县）一事。

⑯仁祖：指宋仁宗赵祯。

⑰有叙：循序，不是越级提拔。

⑱掩覆：遮盖，不张扬。

⑲未尝：不曾。

⑳十出而九败：指宋对辽、夏的战争多次失败。

㉑升遐（xiá）：古代对帝王去世的委婉说法。

㉒如丧考妣（bǐ）：像死了父母一样悲痛。考妣，指已去世的父母。

㉓国君含垢：语出《左传·宣公十五年》晋大夫伯宗对晋景公语所

引当时谚语,意思是君主器量要宏大。

㉔至察无徒:语出《汉书·东方朔传》:"水至清则无鱼,人至察则无
　　徒。"比喻人太精明,其手下办事人将望而生畏,只好背弃而去。
　　徒,追随者。

㉕汉文欲用虎圈啬夫,释之以为利口伤俗:汉文帝游上林苑,至虎
　　圈,问上林尉关于上林苑的事,尉不能回答,而管虎圈的啬夫代
　　替尉作了回答,言语流利,文帝便想提升虎圈啬夫为上林令。随
　　从的张释之反对,说假如因能言而升官,那么天下人都去学花言
　　巧语,不务实际了。其事见《史记·张释之列传》。

【译文】

　　古代的圣人不是不知道严峻苛刻的法令能使众人一致,勇悍的人
能成就事业,忠厚的人近于迂阔,老成的人初看好像迟钝。然而始终不
肯用那严峻苛刻的法令和勇悍的人来代替忠厚、老成的人,是因为知道
得益小而损失大。曹参是贤明的丞相,他说,小心不要扰乱诉讼和交易
买卖。黄霸是循理守法爱护民众的好官,他说:治理的方法是去掉太过
分的。有人讥讽谢安因清谈废事,谢安笑着说:秦用商鞅,二世而亡。
刘晏为度支官,专门任用果敢有才的年轻人,目的在于迅速办成事情,
喜好言利之徒互相效法成为风气。唐德宗刚即位,提拔崔祐甫为宰相。
祐甫用道德宽仁来推行皇上的旨意,所以建中年间的政治,清平美好,
是天下人所想望的,差不多接近贞观盛世。等到卢杞做了宰相,劝君王
用法家之学治理天下,逐渐使人心浇薄,以致有建中四年泾原兵变,德
宗出逃。我仁宗皇帝治理天下,实行法律最宽,用人循序,不计较小的
过失,未曾轻易改革旧的典章制度。但考察他的成功所在,可以说未能
达到,说起用兵,是十次有九次失败;说起府库,只是刚够用而没有多
余。只有德泽给民众,风俗知礼义。因此在他去世之时,天下人如丧父
母一样悲痛,国家长远,终必依赖他。可以说仁宗是知道根本所在。如
今论者看不到这些,只看到仁宗末年官吏因循,事情不得办理,就想用

苛法纠正它，用智能整齐它，招揽提拔新进的勇锐年轻人，以达到一切速成的效果，在未能享受其利时，恐怕浇薄风气就已形成。况且天时有变，谁能无过？君主器量要宏大，过于苛察则没有追随者。假如陛下有多方包容之心，那么人才随便可用。一定想多置耳目，吹毛求疵，那么人心不宁，各人都想苟且免被处分，这恐怕不是朝廷之福，难道是陛下所希望的吗？汉文帝想提升虎圈的啬夫做官，张释之反对，认为能说会道就做官会有伤风俗。当今如果凭能说会道取士，因为应答迟钝退人，把虚诞没有根据的论说当做有文采，把矫情偏激不去做官当做有德行，那么先王的德泽，就将散失殆尽了。*以上论用老成忠厚之人，而不用新进勇锐、严峻苛刻之人。*

自古用人，必须历试。虽有卓异之器，必有已成之功。一则使其更变而知难①，事不轻作②，一则待其功高而望重，人自无辞③。昔先主以黄忠为后将军④，而诸葛亮忧其不可，以为忠之名望，素非关、张之伦⑤，若班爵遽同，则必不悦，其后关羽果以为言。以黄忠豪勇之姿，以先主君臣之契，尚复虑此，况其他乎？世尝谓汉文不用贾生⑥，以为深恨。臣尝推究其旨，窃谓不然。贾生固天下之奇才，所言亦一时之良策，然请为属国欲系单于⑦，则是处士之大言、少年之锐气⑧。昔高祖以三十万众困于平城⑨，当时将相群臣，岂无贾生之比？三表五饵⑩，人知其疏，而欲以困中行说⑪，尤不可信。兵，凶器也，而易言之，正如赵括之轻秦、李信之易楚⑫。若文帝呕用其说，则天下殆将不安。使贾生尝历艰难，亦必自悔其说，用之晚岁，其术必精，不幸丧亡，非意所及。不然，文帝岂弃材之主？绛、灌岂蔽贤之士⑬？至于晁错，尤号刻薄，文帝之世，止于太子家令，而景帝既立，以为御史大夫，申屠贤相⑭，发愤而死，更法改令，天下骚然。及至七国发难，而错之术亦穷矣⑮。文、景优劣，于此可见。大抵名器爵禄⑯，人所奔趋，必使积劳而后迁，以明持久而难得，则人各安其分，不敢躁求。今若多开骤进之门⑰，使有意外之得，公卿侍从，跬步可图，其得者既不以侥幸自名，则不得者必皆以沉沦为恨。使天下常调，举生妄心，耻不若人，何所不至？欲望风俗之厚，岂可得哉？选人之改京官⑱，常须十年以上，荐更险阻⑲，计析毫厘⑳。其间一事聱牙㉑，常至终身沦弃㉒。今乃以一言之荐，举而予之，犹恐未称㉓，章服随至㉔。使积劳久次而得者㉕，何以厌服哉㉖？夫常调之人，非守则令㉗，员多阙少，久已患之，不可复开多门以待巧进。若巧者侵夺已甚，则拙者迫怵无聊，利害相形㉘，不得不察。故近来朴拙之人愈少，而巧佞之士益多。惟陛下重之惜之，哀之救之。如近日三司献言，使天下郡选一人，催驱三司文字，许之先次指射以酬其劳㉙，则数年之后，审官吏部㉚，又有三百余人得先占阙，常调待次㉛，不其愈难？此外勾当发运均输㉜，按行农田水利㉝，已据监司之体㉞，各怀进用之心，转对者望以称旨而骤迁㉟，奏课者求为优等而速化㊱，相胜以力，相高以言，而名实乱矣。以上言不取骤进速化。

惟陛下以简易为法，以清净为心，使奸无所缘㊲，而民德归厚。臣之所愿厚风俗者，此之谓也。厚风俗止此。

【注释】

①更（gēng）：经历。

②事不轻作：即不轻作事。是宾语前置。轻，轻易，随便。

③人自无辞：旁人自然没有异议。

④先主：蜀汉皇帝刘备。黄忠：字汉升，三国时南阳（今属河南）人。初属刘表，守长沙。后归刘备，因功受封讨虏将军。其事见《三国志·蜀书·关张马黄赵传》。

⑤关、张：指蜀汉大将关羽、张飞。

⑥贾生：即贾谊。西汉文帝时政论家和文学家。但受周勃、灌婴排挤，遭贬谪为长沙王太傅。三十多岁即抑郁而死。

⑦属国：即典属国，西汉官名，掌管对外事务。系单于：捆缚匈奴的单于。

⑧处士：这里指未出仕的人，无政治和军事经历而不知深浅。

⑨平城：今山西大同。

⑩三表五饵：三表，即仁、义、诚。五饵，五种物质上的诱惑，即"赐之盛服车乘以坏其目，赐之盛食珍味以坏其口，赐之音乐妇人以坏其耳，赐之高堂邃宇府库奴婢以坏其腹；于来降者，上以召幸之，相娱乐，亲酌而手食之，以坏其心"（《汉书·贾谊传》颜师古注）。《汉书·贾谊传》引刘向的话有："及欲试属国，施'五饵三表'，以系单于，其术固以疏矣。"

⑪中行说：人名。姓中行。本是汉宦官，后来叛降单于，替单于出谋扰汉。

⑫赵括：战国时赵国大将赵奢之子，熟读兵书，喜谈兵事。有时其父尚辩不过他。但赵奢预言其子不能为将，为将必败，因"兵，死地也，而括易言之"。前260年，赵括代廉颇为将战于长平，赵军大败，被坑杀四十余万。李信：战国末期秦将。主张攻取楚国只需二十万人，结果他于前225年引兵二十万攻楚，被打败。

⑬绛、灌：即绛侯周勃和颍阴侯灌婴，均为汉高祖功臣。

⑭申屠：即申屠嘉，汉文帝丞相，封故安侯。景帝时，反对晁错变更

法令,拟杀晁错未成,吐血而死。

⑮错:即晁错,西汉政论家。景帝时,为御史大夫,主张"削藩",得到景帝采纳。不久七国以诛晁错为名发动叛乱。为袁盎等所谮,被杀。

⑯名:指帝王所颁赐的高贵身份。器:指和身份相称的器物。

⑰骤进:迅速升官。

⑱选人:初入仕候选官职的人。京官:中央各官署的官。

⑲险阻:磨难,如历年考绩、政治上的挫折等。

⑳计析毫厘:指吏部对官员年资、功过的精确计算。

㉑聱(áo)牙:指不顺利。

㉒至:致使,造成。

㉓称:满足,如意。

㉔章服:官服。章,色彩花纹。

㉕久次:按次第长期等候。

㉖厌:同"餍"。满足。

㉗守:郡守,指宋代的知府或知州。令:知县。

㉘利害相形:比较利害。

㉙催驱三司文字,许之先次指射以酬其劳:催促强令落实三司所颁文件,允许提前补官。

㉚审官吏部:在吏部等待审批安排的官吏。

㉛常调待次:按常规等待补缺。

㉜勾当:办理,经营。

㉝按行:巡回视察。

㉞监司:监察地方官吏的官。

㉟转对:蒙天子轮流召对。称:符合,满足。

㊱奏课:官吏被考绩,评定优劣。化:改变。也指升官。

㊲缘,沿着,顺着。

【译文】

自古用人，都必须经历多种考验。即使有出众的才能本领，也必须有已成就的功劳。一是使他经历变革知道艰难，不轻率做事；一是等待他功高望重，再予提拔，人们自然没有异议。过去先主刘备让黄忠做后将军，诸葛亮担忧他不行，认为黄忠的名望，一向比不上关羽、张飞之辈，如果颁爵一时之间和关、张相同，那么他们必然不高兴，其后关羽果然表示不满。凭黄忠豪勇的资质，刘备君臣的默契，尚且考虑这些，何况其他情况呢？也有人曾说汉文帝不重用贾生，是很遗憾的。臣曾探究其意旨，私下认为不是这样。贾生固然是天下奇才，所论也是一时的良策，然而他请作典属国，想捆匈奴的单于，则是未做官的人的大话，年轻人的锐气。过去汉高祖率三十万军队被匈奴围困在平城，当时的将相群臣，难道没有比得上贾生的吗？用仁、义、诚、信感化匈奴，用五件物质享受诱惑匈奴，从中人们就知道贾生之术疏浅，而想用此来迷惑中行说，就更加不可信。战争是凶器，贾谊轻率地谈论它，正像赵括轻视秦国，李信认为楚国容易打败一样。假如文帝采用了贾谊的论说，那么天下恐怕将要不安宁了。假如贾谊曾经历艰难的磨炼，也必然为自己的言论而懊悔，在贾谊上了年纪后再委以重任，他的策略一定很精，不幸他英年去世，出于意料之外。要不是这样，汉文帝岂不是不用贤才的君主？周勃、灌婴岂不是埋没贤才的人？至于说到晁错，尤其刻薄，汉文帝在位时，他只是太子家令，而景帝登位，他才被任命为御史大夫。丞相申屠嘉可说是贤相，因反对晁错所为但无法阻止竟气愤而死，晁错主张更改法令，天下骚动。等到造成七国之乱，而此时晁错的策略也穷尽了。文帝、景帝的优劣，由此可见。大凡名利爵禄，是人们所追求的。一定要积累功劳然后才升迁，以表明升迁持久而难得，那么人们就会各安其职，不敢急躁求进。当今如果大开迅速提升之门，使人们能意外地得到提拔，三公九卿和亲近皇帝的侍从，轻易可图，得到的人既不认为自己是侥幸所得，那么得不到的人必都会以没能得到晋升为恨事。使天下按常规方法以资历深浅而升迁的官员，全部产生越级升迁之心，以不如别人为耻，那么他们什么手段使不出来呢？想让风俗纯厚，哪里能达到目的呢？候选官职的人改任京官，常需十多年时间，多次经历磨难，吏部对功过精细计算。其间有一点不顺利，常造成终生无望。如今凭一人的推荐而授予官职，还担心他不满意，官服随之而到。这让那些积累功劳按次第长期等候的官吏，凭什么心服呢？常调的人，不是郡守就是县令，官员多而缺位少，以此为患很久了，不能再开进职之途，以让人钻营进取。如果善于钻营的人进取很快，那么不善于投机的人进职就无所凭借，无所指望，利害相比较，不能不考虑。所以近来朴拙的人少了，而钻营之士多了。希望陛下重视珍惜它，哀怜拯救它。如近来三司建议，使天下每郡选取一人，强令落实三司所发指令，允许他提前指明所要补的官缺来酬报其功劳，那么数年之后，吏部考察晋升官员，又多出三百余人，而且他们先占缺位，一般按常规调动的只好等待，不是更加难办吗？此外办理发运均输的官员，巡回视察农田水利的官员，已据有监司的实权，都怀有晋升的愿望，蒙天子召对的希望由于符合皇上的心意而迅速提升，被考核政绩的人希求评为优等而很快改任升迁，以权势争胜负，以言语争高低，这样名和实就混乱了。以上论不晋升急躁求进者和迅速提升官员。

只希望陛下以简易为法，以清静为心，使奸邪无所缘求，而百姓品德归于纯厚。臣所希望的纯厚风俗，就是这些了。所谓纯厚风俗就是这些。

古者建国，使内外相制①，轻重相权②。如周如唐③，则外重而内轻；如秦如魏④，则外轻而内重。内重之弊，必有奸臣指鹿之患⑤；外重之弊，必有大国问鼎之忧⑥。圣人方盛而虑衰，常先立法以救弊。国家租赋总于计省，重兵聚于京师，以古揆今，则似内重。恭惟祖宗所以预图而深计，固非小臣所能臆度而周知⑦。然观其委任台谏之一端⑧,则是圣人过防之至计⑨。历观秦、汉以及五代,谏争而死,盖数百人。而自建隆以来⑩,未尝罪一言者⑪,纵有薄责,旋即超升。许以风闻,而无官长。风采所系,不问尊卑。言及乘舆⑫,则天子改容;事关廊庙⑬,则宰相待罪。故仁宗之世,议者讥宰相但奉行台谏风旨而已⑭。圣人深意,流俗岂知?擢用台谏固未必皆贤,所言亦未必皆是,然须养其锐气而借之重权者,岂徒然哉?将以折奸臣之萌,而救内重之弊也。夫奸臣之始,以台谏折之而有余,及其既成,以干戈取之而不足。今法令严密,朝廷清明,所谓奸臣,万无此理。然而养猫所以去鼠,不可以无鼠而养不捕之猫;畜狗以防奸,不可以无奸而畜不吠之狗。陛下得不上念祖宗设此官之意,下为子孙立万世之防,朝廷纪纲,孰大于此?

【注释】

①内:中央。外:地方。

②轻:权力小弱。重:权力大强。

③如周如唐:周朝诸侯纷争而天子衰微,唐代藩镇割据而不服朝廷,故曰外重内轻。

④如秦如魏:秦废诸侯而置郡县,三国时魏国诸侯受朝廷派去的监国牵制,故曰外轻内重。

⑤指鹿之患:指秦二世时宦官赵高指鹿为马的故事。

⑥大国问鼎:指春秋时楚庄王问周室王鼎之轻重。喻为觊觎王权。

⑦臆度(duó):主观猜测。周知:完全了解。

⑧台谏:唐宋以御史为台官,以给事中、谏议大夫为谏官。

⑨圣人：此处指宋朝先代皇帝。至计：最好的计谋。

⑩建隆：宋太祖年号(960—963)。

⑪罪：责罚。言者：指进谏的人。

⑫乘舆：帝王的车舆。指代皇帝。

⑬廊庙：庙堂。指朝廷。

⑭风旨：透露出来的意图。

【译文】

古代建国，使中央和地方相制约，权势大小相平衡。像周朝像唐朝，就是地方权重而中央权轻；像秦朝像魏朝，就是地方权轻而中央权重。中央权重的弊病是必有奸臣指鹿为马的祸患，地方权重的弊病是必有大国问鼎的忧虑。圣人在强盛时就想到衰败，常常先立法来拯救弊病。国家财权归于中央财政部门，精锐部队驻扎在京师，从古看今，就好似中央权重。只是太祖太宗预图深谋的，固然不是小臣所能主观猜测而完全知道。然而看他们委任台谏一事，则是圣人防止过错出现的最好策略。遍观秦、汉、五代，为谏议而死的大约有数百人。而从太祖建隆年间以来，未曾治罪一个进言的人，即使有轻微的责罚，很快就予以免除。允许他们采用传闻的材料，不必考虑上级官员的强制报复。谏议所指，不论尊卑。讽谏到皇上，皇上认真听取；事关朝廷，则宰相等待抨击。所以仁宗时代，议论的人讥讽宰相只是奉行台谏的旨意罢了。圣人的深虑，哪里是流俗所能知道的？他用的台谏，固然并非都是贤人，他们所议谏的，也不一定都对。然而必须养成台谏的锐气，给他们重权，哪里是没有用处的呢？将用他们挫折奸臣的萌生并纠正中央权重的弊病。奸臣刚出现，用台谏挫败他有余；等他已成气候，用武力也不能够消灭他。如今法令严密，朝廷清明，所说的奸臣，根本没有。然而养猫用于消灭老鼠，不能因为没有老鼠就养不捕老鼠的猫；养狗用于提防奸盗，不能因为没有奸盗就养不叫的狗。陛下能不上念太祖太宗设此官的深意，下为子孙立万代的防范吗？有什么比朝廷纪纲更大的呢？

　　臣自幼小所记，及闻长老之谈，皆谓台谏所言，常随天下公议。公议所与，台谏亦与之①；公议所击，台谏亦击之。及至英庙之初②，始建称亲之议，本非人主大过，亦无典礼明文，徒以众心未安，公议不允，当时台谏，以死争之。今者物论沸腾③，怨讟交至④，公议所在，亦可知矣，而相顾不发，中外失望。夫弹劾积威之后，虽庸人亦可以奋扬；风采消委之余，虽豪杰有不能振起。臣恐自兹以往，习惯成风，尽为执政私人，以致人主孤立。纪纲一废，何事不生？孔子曰："鄙夫可与事君也与哉？其未得之也，患得之；既得之，患失之。苟患失之，无所不至矣⑤。"臣始读此书，疑其太过，以为鄙夫之患失，不过备位而苟容⑥。及观李斯忧蒙恬之夺其权，则立二世以亡秦⑦；卢杞忧怀光之数其恶，则误德宗以再乱⑧。其心本生于患失，而其祸乃至于丧邦。孔子之言，良不为过。是以知为国者，平居必常有忘躯犯颜之士⑨，则临难庶几有徇义守死之臣。苟平居尚不能一言，则临难何以责其死节？人臣苟皆如此，天下亦曰殆哉！君子和而不同，小人同而不和⑩。和如和羹，同如济水⑪。故孙宝有言⑫："周公上圣，召公大贤，犹不相悦⑬，著于经典，两不相损。"晋之王导，可谓元臣，每与客言，举坐称善，而王述不悦，以为人非尧、舜，安得每事尽善？导亦敛衽谢之。若使言无不同，意无不合，更唱迭和，何者非贤？万一有小人居其间，则人主何缘得以知觉？臣之所愿存纪纲者，此之谓也。*以上存纪纲。*

【注释】

①与：赞许。

②英庙：指英宗赵曙。

③物论：舆论。

④怨讟（dú）：痛恨责怨之言。

⑤"孔子曰"几句：语出《论语·阳货》。

⑥备位：充数，填补空缺。苟容：不以直道行事，只求不被罢黜。

⑦及观李斯忧蒙恬之夺其权，则立二世以亡秦：秦始皇死后，宦官赵高谋立始皇小儿子胡亥，怕李斯不肯，就以如始皇长子扶苏为帝，那么蒙恬可能夺丞相之权的话来诱迫李斯。李斯因怕失权而中计，参预立胡亥为帝的阴谋。

⑧卢杞忧怀光之数其恶，则误德宗以再乱：唐德宗建中四年（783）十月，朱泚叛乱，占据京都长安，德宗出逃，李怀光领兵来救。怀光曾斥责过卢杞的奸恶，卢杞怕他在德宗面前再揭发，就阻挠他与德宗相见。怀光坚持面帝，并列举卢杞罪行，使卢杞被贬。然怀光怀有疑惧，于德宗兴元元年（784）举兵反叛，德宗再次出逃。是为"再乱"。

⑨平居：平常无事时。犯颜：敢于冒犯君王的威严。

⑩君子和而不同，小人同而不和：语出《论语·子路》。

⑪和如和羹，同如济水：语出《左传·昭公二十年》所记晏婴之说。

⑫孙宝：西汉末年大臣。以明经为郡吏。

⑬相：互相，彼此。

【译文】

臣自幼所记，以及后来听长者所谈，都说台谏所说，常跟随天下公议。公议所赞扬的，台谏也赞扬；公议所抨击的，台谏也抨击。等到英宗初年，他想称濮王为皇考。这本来也不是帝王的大过，也没有典礼明文规定不可以，只是民心未安，公议不允许，当时的台谏冒死反对。如今舆论沸腾，怨恨责骂，交互而来，公议所在，也就可知了。而台谏互相观望不去进谏，使天下失望。弹劾积威之后，即使一般人也能奋扬风采;弹劾消蒌之余,即使是豪杰也不能振起。臣担心从此以后,这种习惯成为风气,都成了执政的心腹,以致使皇上孤立。纪纲制度废弃,什么事情不会发生?孔子说:"可以跟鄙野之人一起侍奉君主吗?在他未得侍奉君主时,总是忧虑得不到;既得到之后,又忧虑再失掉。如果忧虑再失掉,那么没有什么非分的事情不能做的了。"臣最初读这段话,怀疑他说的太过分,认为鄙夫的患得患失不过是充数而求不被罢黜。等到读到李斯忧虑蒙恬夺他的权,就拥立秦二世,导致秦国灭亡;卢杞忧虑李怀光在德宗面前揭露他的罪恶,就误导德宗,导致再次出现政局混乱而出逃。他们本来出自忧虑怕失去权势,而带来的祸害竟至于危及国家。这时才明白孔子的话,的确不过分。因此知道治理国家的,平常必有不顾生命敢于冒君主威怒谏诤的人,那么到危难时才有为君主殉义守死的臣下。假如平常尚且不敢进一言,那么到危难时用什么能要求他守节而死?人臣假如都这样,天下也可以说太危险啦!君子调和而不混同,小人混同而不调和。和就像用五味调羹,同就像水中加水。所以孙宝说:"周公是大圣人,召公是大贤人,还互不相悦,载于经典,对谁也没有损害。"东晋的王导,可以说是元老大臣,每同客人谈话,大家都说好,然而王述不高兴,他认为人不可能都如尧舜那样圣明,怎能每件事都好?王导听后,恭敬地向他表示感谢。如果议论没有不同的,意见没有不合的,再加上许多人附和,还有什么人不是贤者呢?万一有小人在其中,那么君主靠什么得以知觉呢?臣所希望的存纪纲,就是说的这些。以上论存纪纲。

　　臣非敢历诋新政,苟为异论。如近日裁减皇族恩例、刊定任子条式、修完器械、阅习鼓旗①,皆陛下神算之至明,乾纲之必断②,物议既允,臣安敢有词?然至于所献三言③,则非臣之私见,中外所病,其谁不知?昔禹戒舜曰:"无若丹朱傲④，惟慢游是好。"舜岂有是哉！周公戒成王曰："无若殷王⑤，受之迷乱，酗于酒德哉。"成王岂有是哉！周昌以汉高为桀、纣⑥，刘毅以晋武为桓、灵⑦，当时人君，曾莫之罪，书之史册，以为美谈。使臣所献三言，皆朝廷未尝有此，则天下之幸，臣与有焉⑧。若有万一似之，则陛下安可不察？然而臣之为计，可谓愚矣。以蝼蚁之命，试雷霆之威，积其狂愚，岂可屡赦？大则身首异处，破坏家门，小则削籍投荒⑨，流离道路。虽然，陛下必不为此。何也？臣天赋至愚，笃于自信。向者与议学校贡举⑩，首违大臣本意，已期窜逐，敢意自全！而陛下独然其言，曲赐召对，从容久之⑪，至谓臣曰："方今政令得失安在？虽朕过失，指陈可也。"臣即对曰："陛下生知之性⑫，天纵文武⑬，不患不明，不患不勤，不患不断，但患求治太速，进人太锐⑭，听言太广⑮。"又备述其所以然之状。陛下颔之曰："卿所献三言，朕当熟思之。"臣之狂愚，非独今日，陛下容之久矣。岂有容之于始而不赦之于终？恃此而言，所以不惧。臣之所惧者，讥刺既重，怨仇实多，必将诋臣以深文⑯，中臣以危法⑰，使陛下虽欲赦臣而不可得，岂不殆哉！死亡不辞，但恐天下以臣为戒，无复言者，是以思之经月，夜以继日，书成复毁，至于再三。感陛下听其一言，怀不能已，卒吐其说。惟陛下怜其愚忠而卒赦之，不胜俯伏待罪忧恐之至。

【注释】

①任子：授予大官员的子弟和皇亲国戚的子弟以官职。

②乾纲:指君主的英明果决。《周易》以"乾"为天,故用它比作
　君主。

③三言:指上文"结人心,厚风俗,存纪纲"三事。

④丹朱:帝尧的儿子。

⑤殷王:指商纣。

⑥周昌:秦时为泗水卒史,秦末农民战争中归刘邦,从之入关破秦,
　任中尉。后为御史大夫,封汾阴侯。

⑦刘毅:西晋时人,官至尚书左仆射。曾指责晋武帝的卖官鬻爵
　行为。

⑧与:参与。

⑨削籍:把名字从官员的册籍中除去。

⑩贡举:古时地方向中央荐举人才,泛称贡举。

⑪从容:宽舒闲适。

⑫生知:生而知之。

⑬文武:指皇帝的才智。《吕氏春秋·喻大》:"天子之德广运,乃
　神、乃武、乃文。"

⑭锐:快。

⑮太广:范围太大。

⑯诋(dǐ):说坏话,毁谤。深文:严苛的法律条文。

⑰中:打击。

【译文】

　　臣不敢诋毁新政,随便发表不同议论。如近来修改宗室授官法,取
消皇家亲族一定授予官职的旧例,制定子弟因父兄之荫而得官的条文,
修整武器装备,检阅部队,都是陛下的英明果决之举,舆论既已认可,臣
岂敢有异议?然而说到臣上面提到的三方面的谏议,并非是臣个人的
见解,天下所苦,有谁不知?过去禹告诫舜说:"不要像丹朱那样傲慢,
只爱好闲游。"舜难道有这种缺点吗!周公告诫成王说:"不要像商纣王

那样迷乱,沉湎酒色啊!"成王难道有这种缺点吗!周昌把汉高祖当成桀、纣一样的君主,刘毅把晋武帝当作桓、灵一样的君主,当时的帝王都没有怪罪他们,记载在史书上,成为美谈。假使臣所提的三个方面的谏议,都是朝廷未尝有的,那么是天下的幸运,也有臣的一份。如果万一有相似之处,那么陛下怎能不省察?然而臣替陛下考虑,可说是很愚蠢了。用与蝼蚁一样的生命,去冒犯雷霆的威严,积其狂妄愚蠢,怎能屡受赦免?大到被处死,败坏家门;小到被削职,受贬荒远之地,流离在道路之中。虽然这样说,但陛下一定不会这样做。为什么呢?臣天赋最愚,真诚自信。前次参与讨论学校贡举,首先违背大臣的本意,已预料被放逐,哪敢有自全之意!而陛下独自赞同那些言论,下诏召见,气氛融洽,以至于告诉臣:"当今政令得失在哪里?即使是朕的过失,直接陈述也可以。"臣当即回答说:"陛下是生而知之的,天赋才智,不必担忧不明,不必担忧不勤,不必担忧不决断,但忧虑求治心切,提升人太快,接受别人的话太广泛。"又详细叙述了之所以这样的情况。陛下领首说:"卿所提三个建议,朕当仔细思考。"臣的狂愚,并非今日是这样,陛下容忍很久了。哪里有开始容忍,而最后又不赦免的呢?依仗着这才进言,所以不忧惧。臣所忧惧的,是臣讥讽既然厉害,怨恨臣的人必定很多,他们一定用峻刻的语言诋毁臣,用厉害的法律来打击臣,使陛下虽想赦免臣而做不到,难道不危险吗?臣不怕死,但怕天下人引臣为戒,没有再进言的,所以考虑累月,夜以继日,写成了毁掉,至于多次。感念陛下听臣一言,怀藏于心不止,最终说出了臣的建议。希望陛下怀念臣的愚忠而最后赦免臣。禁不住伏地待罪,忧虑恐惧到了极点。

代张方平谏用兵书

【题解】

本文是苏轼于熙宁十年(1077)代张方平写的一篇谏用兵的上书。

文中首先论述好兵如好色，最终导致亡国灭身。指出胜不一定是好事，败不一定是坏事。然后列举秦始皇、汉武帝、隋文帝、唐太宗四位皇帝的事功来证明自己的观点，继而以本朝的事例来进一步论证，说明和亲的好处，指出战争的惨祸，同时说明人君做事应顺应天理顺应民意，否则必定大败。最后以机智巧妙的语言希望神宗皇帝纳谏。

本文引证广博，论述严密，虽然其中部分事例不尽合理，但仍具有较强的说服力。

张方平（1007—1091），神宗时曾任参知政事，与苏轼父子交谊甚深。姚鼐认为张文平并无上奏此文之事，是苏轼在黄州（今湖北黄冈黄州区）时自作的。

　　臣闻好兵犹好色也。伤生之事非一①，而好色者必死。贼民之事非一②，而好兵者必亡。此理之必然者也。夫惟圣人之兵③，皆出于不得已，故其胜也，享安全之福。其不胜也，必无意外之患④。后世用兵，皆得已而不已⑤，故其胜也，则变迟而祸大，其不胜也，则变速而祸小⑥。是以圣人不计胜负之功⑦，而深戒用兵之祸⑧。何者？兴师十万，日费千金，内外骚动，殆于道路者七十万家⑨。内则府库空虚，外则百姓穷匮。饥寒逼迫，其后必有盗贼之忧，死伤愁怨，其终必致水旱之报⑩。上则将帅拥众，有跋扈之心；下则士众久役，有溃叛之志。变故百出，皆由用兵。至于兴事首议之人，冥谪尤重⑪。盖以平民无故缘兵而死⑫，怨气充积，必有任其咎者⑬。是以圣人畏之重之，非不得已，不敢用也。

【注释】

①伤生之事：伤害、损害生命的事情。非一：不止一件。

②贼民之事：残害、损害民众的事情。

③夫：发语词。惟：只有。

④患：祸患。

⑤得已而不已：应当、能够停止而不停止。

⑥变速而祸小：变化快反而祸害少。

⑦不计胜负之功：不计较得胜或者失败的功过。

⑧深戒：非常戒备、警戒。

⑨殆于道路者：指遭受战乱，流离失所的人。

⑩其：代词，指前面提到的"兴师十万"。

⑪冥谪：死后的惩罚。冥，阴间，迷信传说中人死后去的地方。谪，在这里指惩罚。

⑫盖：大概，可能。

⑬任其咎者：承担责任的人。

【译文】

　　微臣听说好战如同好色一样。损伤生命的事情不止一种，而好色一定会导致早死。残害百姓的事情不只一件，而好战一定会导致灭亡，这是理所当然的。因此，圣人的军队，只有在不得已时才会出动，如能取得胜利，就能享受安全的福荫。即使不能取得胜利，也一定没有意外的祸患。后世的人们用兵，却都当停不停，当止不止，因此取得了胜利，虽然变化缓慢但积祸也巨大；如不能取得胜利，则变化快因而积祸也小。因此圣人不计较胜负成败，而深深警戒于用兵的祸患。这是为什么？比如发动十万人的军队，就会每日耗费千金，导致内外骚动不安，疲劳奔波危殆于道路的百姓也会达到七十万家。朝廷内会因此导致财用空虚，外则导致百姓穷困贫乏。被饥寒所逼迫，就一定会有发生盗贼的忧虑，有死伤悲怨，一定会导致水旱灾害的报应。在上的将帅们拥兵自重，产生飞扬跋扈的欲念；在下则由于长久服役而产生溃逃反叛的念头。事故到处发生，都是由于用兵引起。对于那些首先倡议兴兵的人，到了阴曹地府受到的惩罚会尤其严重。因为无缘无故使平民由于战争灾祸而死，怨气四处充溢堆积，那么一定要有人来承担责任。因此圣人对用兵的事情常有畏惧和谨慎对待的态度，不到不得已的时候不会出兵。

　　自古人主好动干戈，由败而亡者，不可胜数。臣今不敢复言，请为陛下言其胜者。秦始皇既平六国，复事胡、越，戍役之患，被于四海。虽拓地千里，远过三代，而坟土未干，天下怨叛，二世被害①，子婴就擒②，灭亡之酷，自古所未尝有也。汉武帝承文、景富溢之余③，首挑匈奴，兵连不解，遂使侵寻及于诸国，岁岁调发，所至成功。建元之间，兵祸始作，是时蚩尤旗出，长与天等④，其春戾太子生⑤。自是师行三十余年，死者无数。及巫蛊事起⑥，京师流血，僵尸数万，太子父子皆败⑦。班固以为太子生长于兵，与之终始。帝虽悔悟自克，而没身之恨，已无及矣。隋文帝既下江南⑧，继事夷狄，炀帝嗣位⑨，此志不衰。皆能诛灭强国，威震万里。然而民怨盗起，亡不旋踵。唐太宗神武无敌⑩，尤喜用兵，既已破灭突厥、高昌、吐谷浑等，犹且未厌，亲驾辽东。皆志在立功，非不得已而用。其后武氏之难⑪，唐室陵迟，不绝如线。盖用兵之祸，物理难逃。不然，太宗仁圣宽厚，克己裕人，几至刑措⑫，而一传之后⑬，子孙涂炭，此岂为善之报也哉？由此观之，汉、唐用兵于宽仁之后，故胜而仅存。秦、隋用兵于残暴之余，故胜而遂灭。臣每读书至此，未尝不掩卷流涕，伤其计之过也。若使此四君者，方其用兵之初，随即败衄⑭，惕然戒惧，知用兵之难，则祸败之兴，当不至此。不幸每举辄胜，故使狃于功利⑮，虑患不深。臣故曰：胜则变迟而祸大，不胜则变速而祸小。不可不察也。

【注释】

①二世：即秦二世，名胡亥。秦朝第二代皇帝。

②子婴：秦始皇孙子，二世儿子。秦二世三年（前207），赵高杀二世，立子婴为秦王。他设计杀死赵高，并灭其三族，为秦王四十六日，即降于刘邦，后为项羽所杀。

③文、景：指汉文帝和汉景帝。富溢之余：指充足的财富。

④长与天等：指战旗遮天蔽日，极言其多。

⑤戾太子：一作卫太子，汉武帝太子，名刘据。出生于元朔元年（前128）。

⑥巫蛊事起：即汉朝的巫蛊之祸。武帝晚年多病，疑其左右人巫蛊所致。征和二年（前93），江充诬告太子宫中埋有木人，太子刘据大惧，杀江充及胡巫，武帝发兵追捕，太子兵败自杀，死者数万人。

⑦太子父子皆败：作者认为武帝父子间的流血冲突，是两败俱伤。

⑧隋文帝：名杨坚。隋朝的开国皇帝。

⑨炀帝：即隋炀帝杨广。

⑩唐太宗：即李世民。

⑪武氏之难：指武则天称帝之事。

⑫几至刑措：几乎把刑罚的工具全部收起来，弃置不用。

⑬一传之后：指高宗之后，武则天临朝称制，改唐为周。

⑭败衄（nù）：战败，挫败。

⑮狃（niǔ）于功利：即拘泥、追求于功利。狃，拘泥，因袭。

【译文】

自古以来因国君喜欢兵戈战争，导致灭亡的，数也数不过来。微臣今天不敢再说那些失败的国君,请为您说一下那些取得胜利的国君的情况。秦始皇灭掉六国之后,继而北征匈奴,南攻越族,使天下都遭受兵役的祸患。虽然开拓疆土千万里,超过了夏、商、周三代,可是他死后的坟土还未干,天下的百姓就反叛,结果秦二世被杀害,子婴率兵投降项羽,秦国被灭亡的惨烈,从古至今未曾有过。汉武帝继承了文、景之治而积累下的大量富余财产,首次对匈奴发动大规模的战争,持续十多年不间断,使战争延及了许多国家,每年都要进行征发调遣,所向披靡,取得成功。而到建元年间,由于战争导致的灾祸开始出现,那时出现了蚩尤的战旗,遮云蔽日,与天相接,元朔六年春,戾太子出生。从那时起不断用兵达三十多年,死伤无数。等到巫蛊事件发生后,京都流血遍地,死者达数万人,父子自相残杀,一败涂地。所以班固认为太子在兵战中长大,与战事征战相始终。汉武帝虽然多次后悔不该让太子习于攻战杀伐,但使太子遭受杀身之祸的悔恨已来不及了。隋朝隋文帝攻取江南,灭掉陈朝之后,继续向突厥、吐谷浑等族用兵,隋炀帝继位后,用兵征战的迹象毫不衰竭。隋文帝、炀帝都能够诛灭强的敌国,威武震慑于万里之外。然而民怨沸腾,盗贼蜂起,很快便导致了国家的灭亡。唐太宗神圣英武,无人能够匹敌,尤其喜欢用兵,在攻破突厥、高昌、吐谷浑等后,还不满足,又亲自率兵征伐辽东。这些人都是志在建立功业,而不是出于不得已而用兵。在以后武则天临朝称制,唐朝微弱,如同游线一样没有断绝。大概用兵的祸患,天理难逃,不可避免。否则,像唐太宗这样仁圣宽厚,自我克制而使百姓富足,几乎把所有的刑具都弃置不用,但却在传位于高宗之后,使儿孙们遭受到涂炭摧折,难道这是做好事行善的报应吗? 由此看来,汉朝、唐朝用兵较为宽大仁慈,所以取得胜利但仅能维持统治的存在。而秦朝、隋朝用兵残忍凶暴,所以胜利了却接着导致了亡国。微臣每当读到这些地方,总会合上书本而涕泪交流,哀伤他们计策的失误。如果使这四位国君,在刚开始用兵时,便立即遭受失败挫折,于是警戒恐惧,知道用兵的灾难,那么败祸的结果应当不会达到如此地步。所不幸的是他们的每一个军事行动都取得胜利,因此使他们沉溺于功名战利,而不能认真地考虑祸患的存在。所以微臣才说取得胜利变化缓慢而积祸巨大,不取得胜利,反而变化快,因而积祸也小。这是不可不明察的。

昔仁宗皇帝覆育天下,无意于兵。将士惰偷,兵革朽钝,元昊乘间①,窃发西鄙,延安、泾原、麟府之间②,败者三四,所丧动以万计,而海内晏然。兵休事已,而民无怨言,国无遗患。何者?天下臣庶知其无好兵之心,天地鬼神谅其有不得已之实故也③。今陛下天锡勇智,意在富强。即位以来,缮甲治兵④,伺候邻国⑤。群臣百僚,窥见此指,多言用兵。其始也,弼臣执国命者⑥,无忧深思远之心;枢臣当国论者⑦,无虑害持难之识;在台谏之职者⑧,无献替纳忠之议。从微至著,遂成厉阶。既而薛向为横山之谋⑨,韩绛效深入之计⑩,陈升之、吕公弼等⑪,阴与之协力,师徒丧败,财用耗屈。较之宝元、庆历之败⑫,不及十一,然而天怒人怨,边兵背叛,京师骚然,陛下为之旰食者累月⑬。何者?用兵之端,陛下作之,是以吏士无怒敌之意而不直陛下也⑭。尚赖祖宗积累之厚、皇天保佑之深⑮,故使兵出无功,感悟圣意。然浅见之士,方且以败为耻,力欲求胜,以称上心。于是王韶构祸于熙、河⑯,章惇造衅于梅山⑰,熊本发难于渝、泸⑱。然此等皆戎贼已降,俘累老弱困弊腹心⑲,而取空虚无用之地,以为武功。使陛下受此虚名而忽于实祸,勉强砥砺,奋于功名。故沈起、刘彝复发于安南⑳,使十余万人暴露瘴毒㉑,死者十而五六,道路之人,弊于输送,赍粮器械,不见敌而尽。

以为用兵之意，必且少衰㉒。而李宪之师㉓，复出于洮州矣㉔。今师徒克捷㉕，锐气方盛，陛下喜于一胜，必有轻视四夷陵侮敌国之意⑭。天意难测，臣实畏之。

【注释】

①元昊：西夏王，本姓拓跋，宋赐姓赵。

②延安：今陕西肤施东。泾原：今宁夏泾原。麟府：今陕西神木北。

③谅：体谅，理解。

④缮甲治兵：修理铠甲，训练军队。

⑤伺候：这里指备战、应付。

⑥弼臣：辅助、辅佐的大臣。

⑦当国论者：议论、决定国事的大臣。

⑧在台谏之职者：在朝廷担任谏官的大臣。

⑨薛向：字师正，工于计算，历主边事。横山：在今陕西榆林境内。

⑩韩绛：字子华。宋仁宗庆历二年（1042）中探花。官至司空、检校太尉，封康国公。追赠太傅。

⑪陈升之：字旸叔，建阳（今属福建）人。吕公弼：字宝臣，吕夷简之子。

⑫宝元、庆历：都是宋仁宗年号。宝元，1038—1040年。庆历，1041—1048年。

⑬旰（gàn）食：到晚上才吃饭。形容忙碌得连吃饭的工夫都没有。

⑭不直陛下：不以陛下为是。

⑮尚赖：还依靠。

⑯王韶：字子纯，德安（今属江西）人。熙、河：即熙州、河州。在今甘肃。

⑰章惇：字子厚，建州蒲城（今属福建）人。梅山：在今湖南新化、安化两地。

⑱熊本：字伯通，番阳(今属江西)人。

⑲俘累老弱：指战俘、疲累流离失所的百姓等。

⑳沈起：字兴宗，明州鄞(今浙江宁波鄞州区)人。当时守桂州，言交阯可取，一意攻讨，结果交阯入侵，沈起被罢官。刘彝取代沈起，交人阻绝其交通，接连攻陷廉、白、钦、邕等四州。刘彝：字执中，福州(今属福建)人。

㉑瘴毒：指热带或亚热带山林中的湿热空气，被认为是瘴疬等的病源。

㉒必且少衰：一定会稍微有所减弱。

㉓李宪：宦官。任熙河经略安抚使，贪功生事，屯兵据兰州(今属甘肃)。

㉔洮州：今甘肃临潭。

㉕师徒克捷：指军队攻城略地取得胜利。

【译文】

以前仁宗皇帝治理养育天下，无意于兵事，致使将士懒惰，因循苟且，军备废弛，武器变得朽钝。西夏王元昊乘机在西部边境作乱，在延安、泾原、麟府等处的战争中，有三四次遭受失败，损失动辄以数万计，而四海平安无事。采取和议休兵的政策，百姓毫无怨言，国家也没有后患。为什么这样？天下的臣民百姓，知皇上没有好兵征战的心思，天地鬼神也理解他有不得已的实际原因。现在皇上智勇双全，得于天赋，致力于富国强兵。即位以来，修理铠甲，训练军队，以对付邻国的侵犯。群臣百官看到您的这些举动，大多数都说皇上要用兵。开始的时候，辅佐执行国家命令的大臣，没有深谋远虑之心；执掌负责国家言论的大臣，没有考虑祸难、维持统治的胆识；担任谏诤的大臣，没有进献忠诚的议论。于是祸患由小积大，终久成为一条危险的道路。接着薛向谋划在陕西向异族进攻，韩绛献计深入，陈升之、吕公弼等人暗中相助，结果军队丧败，财用耗尽。但同宝元、庆历年间的战败相比还不到十分之

一,然而却因此导致边疆兵士背叛,京城骚动不安,皇上为此数月废寝
忘食。这是为什么? 用兵的根源起于陛下,因此军队官兵就没有众心
一致对敌的士气,不以陛下为是。幸好还靠祖宗积累的深厚功德,和皇
天深深的保佑,使军队的行动没有成功,来使陛下感应觉悟。然而识见
短浅的人,正因为以败为耻,而极力求胜以取悦皇上,迎合皇上的心意。
于是王韶在熙、河用兵,章惇在梅山挑衅,熊本在渝州、泸州发难。但这
些只是在敌人已被降服以后,俘获老弱病残却成拖累,使陛下心身劳
困,而把取得的荒无人烟的土地作为武功。使陛下徒受一个空名,却忽
视了存在的实际祸患,勉强应付,求取战功名誉。因而沈起、刘彝又接
连在安南与人交战,使十余万人暴露于瘴疠毒气之中,死亡的人数十有
五六,为军队运送粮食器械的人大量死亡于途中,结果还没有接近敌
人,军队就粮食吃尽、器械不继了。臣原以为陛下用兵的心意,一定会
稍微收敛一些。然而李宪的军队正屯兵兰州,又将出征洮州了。现在
军队攻城略地、捷报频传,锐气正旺盛,陛下喜欢得胜,一定会有轻视四
夷、凌侮敌国的心意。上天的心意是难以测知的,微臣实在感到恐惧。

　　且夫战胜之后,陛下可得而知者,凯旋捷奏,拜表称贺,
赫然耳目之观耳①。至于远方之民,肝脑屠于白刃,筋骨绝
于馈饷②,流离破产,鬻卖男女,薰眼、折臂、自经之状③,陛下
必不得而见也;慈父、孝子、孤臣、寡妇之哭声,陛下必不得
而闻也。譬犹屠杀牛羊、刳脔鱼鳖以为膳羞④,食者甚美,死
者甚苦。使陛下见其号呼于梃刃之下⑤,宛转于刀几之间,
虽八珍之美,必将投箸而不忍食,而况用人之命,以为耳目
之观乎? 且使陛下将卒精强,府库充实,如秦、汉、隋、唐之
君。则既胜之后,祸乱方兴,尚不可救,而况所任将吏罢软
凡庸⑥,较之古人,万万不逮⑦。而数年以来,公私窘乏,内府

累世之积,扫地无余⑧,州郡征税之储,上供殆尽,百官廪俸,仅而能继,南郊赏给⑨,久而未办。以此举动,虽有智者,无以善其后矣。且饥疫之后,所在盗贼蜂起,京东、河北,尤不可言。若军事一兴,横敛随作,民穷而无告,其势不为大盗,无以自全⑩。边事方深,内患复起,则胜、广之形⑪,将在于此。此老臣所以终夜不寐、临食而叹、至于痛哭而不能自止也。

【注释】

①赫然:形容声势浩大的样子。耳目之观:指满足眼睛和耳朵的享受。

②筋骨绝于馈饷:这里指士兵由于补给不继而死亡。

③薰眼:指眼睛受伤害。折臂:四肢被摧折。

④刽胔(luán)鱼鳖:刮去鱼鳞,杀死元鳖而食。羞,同"馐"。美味的食物。

⑤梃刃:棍棒和尖刀。

⑥罢软凡庸:软弱平庸。罢,同"疲"。

⑦不逮:不及,比不上。

⑧扫地无余:指用得干干净净,没有剩余。

⑨南郊赏给:指皇帝祭祀天地时的赏赐。

⑩无以自全:没有凭借来保全自己。

⑪胜、广之形:指秦末陈胜、吴广农民大起义,最终导致了秦朝的灭亡。

【译文】

　　况且作战胜利后,陛下能够知道的,只是凯旋的捷报,拜表的称颂祝贺,缤纷于耳目的热烈场面而已。至于远方的百姓,则是在刀剑之下肝脑涂地，由于粮饷断绝而身死沟壑，他们流离破产，卖儿卖女，臂断眼瞎，那种惨痛的形状，陛下一定是见不到的；慈父孝子、孤臣寡妇的哭叫声，陛下也一定是听不到的。正如杀牛宰羊，刳鱼烹鳖，做成美好的菜肴，吃的人感到很满足，而被吃者却非常痛苦。如果使陛下看到他们在棍棒刀枪之下的嗥叫，看到他们在尖刀和案几之间被分割解剖，那么即使是八珍般的山珍海味，陛下也一定会扔下筷子，不忍下口，而况用人的性命来供耳目的悦赏呢？假使陛下如同秦汉隋唐的国君那样，将卒精强，国库充足。在得胜之后，祸乱也会兴起，不可补救；何况陛下现在所选任的将吏，都是疲软平庸之辈，同古人相比，绝对不及万一。况且多年以来，公家和个人都穷困贫乏，内府多年的积蓄，用得一干二净；各州县征得赋税的积蓄，也已全部上交朝廷，再也没有；百官的日常俸禄，仅仅能够维持而已；皇帝祭祀时的赏赐，很长时间都没有办理了。在这种情况下举兵征战，即使有非常智慧的人，也没有什么能力来处理善后的事情。而且饥馑瘟疫过后，这些地方的盗贼群起，京城以东、黄河以北，尤其严重，不可言说。倘若再加上兴兵作战，横征暴敛随着而来，百姓穷苦无告，这种形势使他们不去做大盗，便没有什么来自我保全。边疆军事正在吃紧，国内祸患又随着发生，那陈胜、吴广的情事，就会在这里出现了。这正是老臣经夜不能入睡，面对饭食而长叹，以至于痛哭流涕而不能自已的原因啊！

且臣闻之：凡举大事，必顺天心。天之所向[①]，以之举事必成；天之所背[②]，以之举事必败。盖天心向背之迹[③]，见于灾祥丰歉之间。今自近岁日蚀星变，地震山崩，水旱疠疫，连年不解[④]，民死将半，天心之向背，可以见矣。而陛下方且断然不顾，兴事不已，譬如人子得过于父母，惟有恭顺静默引咎自责，庶几可解[⑤]。今乃纷然诘责奴婢，恣行箠楚[⑥]，以此事亲，未有见赦于父母者。故臣愿陛下远览前世兴亡之迹⑦，深察天心向背之理，绝意兵革之事，保疆睦邻，安静无为，为社稷长久之计。上以安二宫朝夕之养，下以济四方亿兆之命，则臣虽老死沟壑，瞑目于地下矣。

【注释】

①天之所向：上天所倾向。指符合天意。

②天之所背：违背天意的事情。

③向背之迹：顺天或逆天的迹象。

④连年不解：连续几年不断。

⑤庶几可解：才有希望解脱。

⑥箠楚：鞭打惩罚。箠，同"捶"。鞭打。

⑦远览：长远看，即用长远的眼光审视。

【译文】

　　况且微臣听说，凡是举办大事，一定要顺和天心天意。天所倾向的，举事一定会成功；与天违背的，举事一定会失败。大概天心天意向背的征兆迹象，表现在灾祥丰歉这些事情上。从近年以来，日蚀星变，地震山崩，水旱瘟疫，连年不断，百姓死亡的几乎过半，从这里可以看到天心的向背了。但陛下却断然不顾，征战不停。比如说，人子对父母犯了错误，唯有用恭敬孝顺静默的态度，引咎自责，才有可能得到谅解。而现在却纷纷诘问责备奴婢，恣意对他们打罚，用这种办法来对待双亲，那么没有能得到父母原谅的。所以微臣希望陛下长远地审察前代兴亡的事迹，深深地体察天心向背的道理，断绝征战讨伐的想法，保护好疆土，与邻国和睦相处，安静无为，为国家社稷作长久的计谋。上安二宫的朝夕奉养，下以济四方亿万百姓的生命，那么即使臣老死于沟壑之中，也在那里安心瞑目了。

　　昔汉祖破灭群雄,遂有天下;光武百战百胜,祀汉配天。然至白登被围①,则讲和亲之议;西域请吏②,则出谢绝之言。此二帝者,非不知兵也,盖经变既多③,则虑患深远。今陛下深居九重④,而轻议讨伐,老臣庸懦,私窃以为过矣。然而人臣纳说于君,因其既厌而止之⑤,则易为力,迎其方锐而折之⑥,则难为功。凡有血气之伦,皆有好胜之意,方其气之盛也,虽布衣贱士,有不可夺⑦,自非智识特达⑧,度量过人,未有能于勇锐奋发之中舍己从人、惟义是听者也⑨。今陛下盛气于用武,势不可回,臣非不知,而献言不已者,诚见陛下圣德宽大,听纳不疑⑩,故不敢以众人好胜之常心望于陛下。且意陛下他日亲用兵之害,必将哀痛悔恨,而追咎左右大臣未尝一言⑪,臣亦将老且死见先帝于地下,亦有以藉口矣。惟陛下哀而察之⑫。

【注释】

①白登被围:汉初,匈奴冒顿单于不断攻击汉朝北方郡县。汉高祖七年(前200),匈奴大军围攻晋阳(今山西太原),高祖亲率大军三十余万迎战,被围困于平城白登山(今山西大同东北),达七日之久。后用陈平计,重赂冒顿的阏氏(王后),始得突围。

②西域请吏:光武帝刘秀初年,国家贫弱,无力顾及边远地区。西域请求中央政府派遣官吏去治理。为节省费用,光武谢绝,而听其暂时自理。

③经变既多:经历的变故既然很多。

④九重:指天子所居住的地方。

⑤厌:厌倦。

⑥锐：锐气。

⑦有不可夺：有不可剥夺，不可阻止。这里有匹夫不可夺志的意思。

⑧智识特达：知识通达，渊博。

⑨舍己从人：抛弃自己的见解而听从他人的意见。

⑩听纳不疑：倾听接纳别人的意见而不怀疑。

⑪追咎：追查责怪，追究责任。

⑫惟：希望。

【译文】

以前汉高祖灭掉群雄，一统天下；光武帝百战百胜，重建汉朝，然而到了白登之围的时候，汉高祖便与匈奴订和亲之议；光武帝时西域请求中央派遣官吏，他却婉言谢绝。这两位帝王并非不知用兵，只是由于他们经历的变乱已经很多，那么考虑祸患就深一些，远一些。现在陛下深居皇宫之中，而轻率地议论讨伐，老臣平庸懦弱，私下认为这是不对的。然人臣向君王提供建议、议论，正当君王厌倦而想停止的时候，就容易成功；而正当他锐气旺盛的时候去阻止他，就很难取得效果。所有有血气的人，都有争强好胜的心理，当他们在气势旺盛的时候，即使是平民贱士，也不可剥夺阻止他们，除知识独特通达、度量超众的人之外，没有人能够在勇气锐志奋发的时候，抛弃自己的意见而听从别人，去服从于道义的规范。现在陛下盛气正炽，奋发用兵，势必不可阻挡，这一点微臣不是不知道，但仍然不断进献言论的原因，是确实看到您德量宽大，听从忠言纳谏而不迟疑，因此不敢用一般人好胜的心理来猜度陛下。况且臣想以后如果陛下亲眼看到用兵的祸害，一定会哀痛悔恨，而去追究责备左右大臣不曾进谏一句话，微臣年老将死了，在地下见了先帝，一定能有所借口了。希望陛下哀怜而明察臣的心意。

徐州上皇帝书

【题解】

此文是苏轼于元丰元年(1078)给宋神宗上的一道奏折。文章从分析徐州地理形势出发,参较古往今来的历史事件和人物,向神宗提出了几个有关惩治盗贼的策略。另外还就选人取士提出了新看法,指出目前单纯以文词取士具有许多弊端,以古时得士之多的史实,奉劝神宗另开仕进之门。因为是写给皇帝的,所以行文措辞,极尽委婉曲折之能事,以流畅的笔触表达忠诚,逐渐道出自己的见解。文章很长,但紧扣主题,题旨不乱。

　　臣以庸材①,备员册府②,出守两郡③,皆东方要地,私窃以为守法令,治文书,赴期会,不足以报塞万一④。辄伏思念东方之要务,陛下之所宜知者,得其一二,草具以闻,而陛下择焉。

【注释】

①庸材:谦辞,作者自指。

②备员册府:做一名官员。欧阳修曾推荐苏轼在秘阁供职。

③两郡:指杭州(今属浙江)和密州(今山东诸城)。宋代行政区划中本无"郡"名,文士常以州比郡,以应汉晋时的古称。

④报塞万一:报答皇恩的万分之一。

【译文】

　　臣本是一个庸才,在政府里任职,在外任两州知州,都是东部地区的战略要地。臣私下以为即使遵守各项法令,修治文书,按期参加会议,也不足以报答皇恩的万分之一。于是俯身仔细考虑治理东部地区的重要事项和陛下应该知道的一些情况,有一二项浅见,草书奉上,请陛下选择。

　　臣前任密州,建言自古河北与中原离合①,常系社稷存亡,而京东之地,所以灌输河北。瓶竭则罍耻②,唇亡则齿寒,而其民喜为盗贼,为患最甚,因为陛下画所以待盗贼之策。及移守徐州,览观山川之形势,察其风俗之所上,而考之于载籍,然后又知徐州为南北之襟要③,而京东诸郡安危所寄也。昔项羽入关,既烧咸阳,而东归则都彭城。夫以羽之雄略,舍咸阳而取彭城,则彭城之险固形便,足以得志于诸侯者可知矣。臣观其地,三面被山,独其西平川数百里,西走梁、宋,使楚人开关而延敌,材官驺发④,突骑云纵,真若屋上建瓴水也⑤。地宜粟麦,一熟而饱数岁。其城三面阻水,楼堞之下,以汴、泗为池⑥,独其南可通车马,而戏马台在焉⑦。其高十仞⑧,广袤百步⑨,若用武之世,屯千人其上,聚檑木炮石,凡战守之具,以与城相表里,而积三年粮于城中,虽用十万人,不易取也。其民皆长大,胆力绝人,喜为剽掠,小不适意,则有飞扬跋扈之心,非止为盗而已。汉高祖,沛人也;项羽,宿迁人也;刘裕⑩,彭城人也;朱全忠⑪,砀山人也:皆在今徐州数百里间耳。其人以此自负,凶桀之气,积以成俗。魏太祖以三十万众攻彭城,不能下。而王智兴以卒伍庸材,恣睢于徐⑫,朝廷亦不能讨。岂非以其地形便利、人卒勇悍故耶?

【注释】

①河北:黄河以北,包括今河北等省。

②罍(léi):酒器。

③襟要:要冲,地理位置重要。

④材官:勇武之卒。驺(zōu)发:发射良箭。驺,通"菆"。好箭。

⑤屋上建瓴(líng)水：在房顶用瓶子往下倒水。形容居高临下的形势。建，倾倒。瓴，水瓶。

⑥汴：汴水，在今河南。泗：泗水，出山东，自山东泗水县入江苏徐州，经江苏沛县转向北。

⑦戏马台：有三处，此处在江苏徐州铜山区。宋刘裕曾于此处大会宾僚。

⑧仞：一仞等于七尺或八尺。

⑨步：一步等于五尺。

⑩刘裕：即宋武帝，南朝宋的建立者。

⑪朱全忠：即朱温，后梁太祖，五代梁朝的建立者。

⑫恣睢(suī)：放纵、骄横的样子。

【译文】

臣以前担任密州知州时曾建议：自古以来，黄河以北地区与中原的分裂与统一，往往关系国家社稷的存亡，而京城以东这块地方，是黄河以北的关键所在。瓶里没酒，酒杯里当然没有酒，唇亡则齿寒，此地的民众可偏就喜欢做盗贼，危害特别严重，所以在此臣给陛下谋划一下对付盗贼的策略。自转任徐州知州以来，臣观览了山川地理形势，考察了风俗所趋，还从历史记载中考察它们的变化传延，知道徐州乃南北交通的要冲，京城以东诸州的安危全系于此。古时项羽入关，火烧咸阳之后，回到东方定都彭城。以项羽的雄才大略，舍咸阳而要彭城，那么彭城的险固和进退灵便，足以统御诸侯的优势是显而易见的了。臣观察了彭城地理形势，三面环山，惟独西面是数百里平川，西经梁、宋之地，倘若楚人开关延敌，军队兵矢齐发，骑兵突现如同从天而降，那么奸敌就好像从高屋向下倒水那样轻捷便利。这里土地适合种谷子麦子，收获一次可供数年食用。城池三面绕水，楼堞下边，有汴水、泗水为护城河，只留南面可通车马，戏马台正在那里。台高十仞，广有百步，如果逢遇战事，在上方屯聚千余士兵，多备檑木炮石，以及一切攻杀防守的器具,可以和城内内外配合,再积三年的口粮于城中,这样即使有十万人来攻打,也难攻破。这里的人都身材高大,胆量和力气超出常人,好做抢劫偷盗之事,稍有不满,便生飞扬跋扈之心,并不仅仅做盗贼。汉高祖,沛县人;项羽,宿迁人;刘裕,彭城人;朱全忠,砀山人,都出生在今天徐州数百里的境内。此地的人也因此自命不凡,凶傲不服管教的风气,日积月累,成为风俗。魏太祖率三十万大军攻打彭城,不能克复。而王智兴不过是行伍中一个无能小辈,竟能横行于徐州,朝廷也不能加以讨伐,难道不是因为地形的便利,其人勇猛无畏的缘故吗?

　　州之东北七十余里,即利国监,自古为铁官①,商贾所聚,其民富乐。凡三十六冶,冶户皆大家,藏镪巨万,常为盗贼所窥,而兵卫寡弱,有同儿戏。臣中夜以思,即为寒心:使剧贼致死者十余人,白昼入市,则守者皆弃而走耳。地既产精铁,而民皆善锻,散冶户之财,以啸召无赖②,则乌合之众、数千人之仗,可以一夕具也。顺流南下,辰发巳至③,而徐有不守之忧矣。不幸而贼有过人之才,如吕布、刘备之徒,得徐而逞其志,则东京之安危未可知也。近者河北转运司奏乞禁止利国监铁不许入河北,朝廷从之。昔楚人亡弓,不能忘楚,孔子犹小之,况天下一家,东北二冶,皆为国兴利,而夺彼与此,不已隘乎? 自铁不北行,冶户皆有失业之忧,诣臣而诉者数矣,臣欲因此以征冶户,为利国监之捍屏④。今三十六冶,冶各百余人,采矿伐炭,多饥寒亡命强力鸷忍之民也。臣欲使冶户每冶各择有材力而忠谨者,保任十人,籍其名于官,授以却刃刀槊,教之击刺,每月两衙,集于知监之庭而阅试之,藏其刃于官,以待大盗,不得役使,犯者以违制论。冶户为盗所觊久矣，民皆知之，使冶出十人以自卫，民所乐也，而官又为除近日之禁，使铁得北行，则冶户皆悦而听命，奸猾破胆而不敢谋矣。徐城虽险固，而楼橹敝恶⑤，又城大而兵少，缓急不可守。今战兵千人耳，臣欲乞移南京新招骑射两指挥于徐。此故徐人也，尝屯于徐。营垒材石既具矣，而迁于南京，异时转运使分东西路，畏馈饷之劳，而移之西耳。今两路为一，其去来无所损益，而足以为徐之重。城下数里，颇产精石无穷，而奉化厢军见阙数百人，臣愿召石工以足之，听不差出，使此数百人者常采石以甃城⑥，数年之后，举为金汤之固。要使利国监不可窥，则徐无事。徐无事，则京东无虞矣。

【注释】

①铁官：官名，秦代始置，主铸造铁器。西汉隶大司农，东汉隶郡县。

②啸召：号召，召集。

③辰发巳至：辰时出发，巳时就到了，说明速度之快或距离之近。辰，指辰时，上午七时到九时。巳，指巳时，上午九时至十一时。

④捍屏：屏障，保护。

⑤楼橹：古时军中用以瞭望敌军的无盖高台。

⑥甃（zhòu）：用砖砌的池等。

【译文】

距徐州城东北七十多里的地方，即利国监，自古以来是铁官、商贾聚集的地方，那里的人也富有，生活安乐。一共有三十六家冶户，每一冶户都为一大家，藏钱数万，他们经常受到盗贼的窥探，但是守卫的兵士人数又少，力量又弱，如同儿戏。臣半夜思考这件事，即感不寒而栗：

假使亡命之徒十几个人白昼闯进市区，守卫者也会弃城而逃。此地既然生产精铁，而人们又善于铸造器械，如果散发冶户的资财来召集无赖之徒，那么乌合之众，数千人的兵器，一个晚上即可办成。再顺流南下，辰时出发，巳时就可到达，那么徐州便有守不住的危险。如果不幸在盗贼里面有杰出的能人，如吕布、刘备之流，到徐州以后再做图谋，那么东京的安危不可预料了。近来，黄河以北的转运司乞奏陛下，禁止利国监铸铁，不许进入黄河以北，朝廷听从了他。古时候楚国人丢失弓箭，不能忘记楚国，孔子还看不起他们，何况如今天下一家，东北二冶都为国家兴利，却夺取那里的给予这里，这眼光不也太短浅了吗？自从铁器被禁止进入北方后，各冶户便都有失业的忧虑，前来拜见并向臣陈诉此事的人很多，臣打算借此机会向冶户们募集钱财，建立利国监的安全保障。现在的三十六家冶户，每一冶户都有一百多号人，他们采矿伐炭，多是饥寒交迫能够拼命的人，身强力壮勇猛残忍。臣想让每个冶户选择身强力壮又忠诚谨慎的人，保举十人，登记入册，交给他们刀槊利刃，教授攻击刺杀之法，每月两衙集于知监庭检阅，把他们的兵器藏在官府之内，以防大盗的来临，平时不得随便玩弄刀枪，违犯者以犯罪论处。冶户们被盗贼袭扰时间长了，民众都知道，使每个冶户出十人来自卫，这是人们所乐意的事，而官府也可除去近日的禁令，让铁再次北运，这样冶户们就会没了忧虑，乐于听从命令，奸猾及胆大妄为的人也不敢再有所图谋了。徐州城虽然险要坚固，但是楼橹等都破旧不堪，加之城大而兵士少，无论事情缓急，城池都很难守住。现在用于作战的将士仅有一千人，臣乞请把南京新招的两个指挥移守徐州。他们以前是徐州人，曾屯兵徐州。营垒材石等攻守器具已经齐备，却被迁往南京，那时转运使分为东西两路，害怕馈饷烦劳所以把他们调到西边。现在两路合一，他们是否留在那里，无关利害，但对于徐州来说却可成为重要力量。城下数里之内，盛产无数精石，而奉化厢军，缺额数百人，臣愿召集石工来补足他们，不当差出使，这数百人，让他们常采集精石来修补城墙，数年之后，整个城市将固若金汤。假使利国监使盗贼无隙可乘，徐州自然也不会有事。徐州无事，京东也就高枕无忧了。

沂州山谷重阻，为逋逃渊薮，盗贼每入徐州界中。陛下若采臣言，不以臣为不肖，愿复三年守徐，且得兼领沂州兵甲巡检公事，必有以自效。京东恶盗，多出逃军。逃军为盗，民则望风畏之，何也？技精而法重也。技精则难敌，法重则致死，其势然也。自陛下置将官，修军政，士皆精锐而不免于逃者，臣尝考其所由，盖自近岁以来，部送罪人配军者，皆不使役人，而使禁军。军士当部送者，受牒即行①，往返常不下十日，道路之费，非取息钱不能办。百姓畏法不敢贷，贷亦不可复得。惟所部将校，乃敢出息钱与之，归而刻其粮赐，以故上下相持，军政不修，博弈饮酒，无所不至，穷苦无聊，则逃去为盗。臣自至徐，即取不系省钱百余千别储之。当部送者，量远近裁取，以三月刻纳，不取其息。将吏有敢贷息钱者，痛以法治之。然后严军政，禁酒、博。比期年，士皆饱暖，练熟技艺，等第为诸郡之冠。陛下遣敕使按阅②，所具见也。臣愿下其法诸郡，推此行之，则军政修而逃者寡，亦去盗之一端也。

【注释】

①牒：文书，证件。

②敕使：指传达圣旨的使者。敕，旧称帝王之命。

【译文】

沂州山谷险阻，是盗贼的集聚地，盗贼每每由此进入徐州界内。陛下若采纳臣的建议，不以臣为无能，臣愿再任徐州知州三年，而且能得兼统沂州兵马，巡视检查公事，必能生效。京城东边的恶盗，多数出于逃军。逃军做盗贼，人们望风而畏惧，为什么？因为他们技术精而法律重。技术精则难以抵敌，法令重则致人死命，这是客观形势所致。自从陛下设置将官，修治军政，士兵精锐而仍不免有逃逸的，臣经常考察原由，大概是因为近年来，部送罪人充军发配的，皆不用役人而派禁军。军士应当部送的，拿了文书就出发，往返时间常常不下十天，道路上的花费，不取息钱就不能弥补。百姓们害怕法律不敢贷，贷了也不可能收回。只有本部将校，才敢拿息钱给他们，回来后再克扣其粮饷，因此上下相持，军政不修，赌博吃喝，无所不为，穷苦无聊，便逃跑做盗贼。臣自从到达徐州，就取不系省钱近千单独存放，当部送者，估量远近付给其钱，以三月为期，不取息钱。将吏有敢于贷息钱的，依法从严惩办。然后严明军政，禁止赌博。一年之后，将士都能吃饱穿暖，练熟技艺，排名在诸郡之上。陛下派遣使臣来视察时，都已看见了。臣愿把这种做法在其他诸郡推而广之，那么军政修备，而逃跑为盗的人就会更少，亦算去除盗贼的办法之一。

臣闻之汉相王嘉曰[①]："孝文帝时，二千石长吏，安官乐职，上下相望，莫有苟且之意。其后稍稍变易，公卿以下，转相促急，司隶、部刺史，发扬阴私，吏或居官数月而退。二千石益轻贱，吏民慢易之，知其易危，小失意则起离畔之心。前山阳亡徒苏令纵横，吏士临难，莫肯仗节死义者，以守相威权素夺故也。国家有急，取办于二千石。二千石尊重难危，乃能使下。"以王嘉之言而考之于今，郡守之威权，可谓素夺矣。上有监司伺其过失，下有吏民持其长短，未及按问，而差替之命已下矣。欲督捕盗贼，法外求一钱以使人，且不可得。盗贼凶人，情重而法轻者，守臣辄配流之，则使所在法司复按其状，劾以失入。惴惴如此，何以得吏士死力，而破奸人之党乎？由此观之，盗贼所以滋炽者②，以陛下守臣权太轻故也。臣愿陛下稍重其权，责以大纲，阔略其小故。凡京东多盗之郡，自青、郓以降③，如徐、沂、齐、曹之类④，皆慎择守臣，听法外处置强盗，颇赐缗钱⑤，使得以布设耳目，蓄养爪牙。然缗钱多赐则难常，少又不足于用，臣以为每郡可岁别给一二百千，使以酿酒，凡使人葺捕盗贼，得以酒与之。敢以为他用者，坐赃论。赏格之外，岁得酒数百斛，亦足以使人矣。此又治盗之一术也。

【注释】

①王嘉：字公仲，汉代人，官至丞相。后被诬，含冤而死。

②滋炽：猖狂。

③青：青州，今山东青州。郓：郓州，今山东东平。

④沂：沂州，今山东临沂。齐：齐州，今山东济南历城区。曹：曹州，今山东菏泽。

⑤缗钱：汉武帝时，命商人们自度其财物多寡，写成账交上去，每二千缗钱，收税二十，此处指税钱。缗，丝绳，用以串钱。

【译文】

臣听汉代丞相王嘉说过："孝文帝时，二千石的长吏，安于官职，上下相望，不敢有苟且的念头。此后稍稍变易，公卿以下官吏彼此督促指责，司隶、部刺史相互揭露阴私，有的人只做官数月就被罢退。这样，二千石级的官员受到轻视，吏民轻慢他，知道他居官易危，所以稍有不满便生叛逆之心。以前山阳亡命徒苏令胡作非为，吏士临难没有肯仗义以死殉节，是因为二千石官员的威权平常就被剥夺了的缘故。国家危急,主要由二千石官员主持。二千石官员的权威受到尊重,才能调遣使用下民。"用王嘉的话考察今天的情势,郡守的威权,可谓平常就被剥夺了。上头有监司窥伺他们的过失,下头有吏民把握他们的短处,不等审察询问,更换降职的命令已下达了。想要追捕盗贼,于法之外求得一钱来使用人,尚且办不成。盗贼凶蛮,人情重而法令轻的,守臣就将其发配流放,而所在地的法司再审查其状,就会弹劾其失当。整日惴惴于此等事情,怎么能让吏士们拼死力破除盗贼呢?由此看来,盗贼之所以猖狂,是陛下给守臣的权力太轻的缘故。臣愿陛下稍微加重他们的权柄,责之以大纲,宽恕其细枝末节的失误。所以,凡京城以东多盗贼的郡县,从青州、郓州,直到徐州、沂州、齐州、曹州等,都谨慎选择镇守大臣,听任他们法外处置强盗,并多赐税钱,使他们能布设耳目,蓄养爪牙。然而税钱给的太多则难以保持下去,给少了又不够用,臣以为每郡每年另外多给一二百至一千,使他们用来酿酒,每当派人缉捕盗贼时,能够赏给下属一些酒。敢挪作他用的,按贪赃论处。赏罚之外,每人得数百斛酒,也是可以使用人了。这又是治盗贼的一个方法。

　　然此皆其小者,其大者非臣之所当言。欲默而不发,则又私自念遭值陛下英圣特达如此,若有所不尽,非忠臣之义,故昧死复言之:昔者以诗赋取士,今陛下以经术用人,名虽不同,然皆以文词进耳。考其所得,多吴、楚、闽、蜀之人。至于京东、西、河北、河东、陕西五路,盖自古豪杰之场,其人沉鸷勇悍,可任以事,然欲使治声律,读经义,以与吴、楚、闽、蜀之士争得失于毫厘之间,则彼有不仕而已,故其得人常少。夫惟忠孝礼义之士,虽不得志,不失为君子。若德不足而才有余者,困于无门,则无所不至矣。故臣愿陛下特为五路之士,别开仕进之门。

【译文】

然而此等皆是小节，那些大事不是臣所应该说的。想沉默不说，但又私自感念陛下的英明圣达，如果言而不尽，就不是忠义之臣，所以冒死陈述：过去以诗赋取士，今天陛下以经术用人，名称不同，但都是以文词为标准取用人才。考察所录取之人，多是吴、楚、闽、蜀的考生。至于京东、京西、河北、河东、陕西五路，自古多豪杰之士，那里的人沉着勇敢，可办大事，然而要使他们治声律，读经史，来与吴、楚、闽、蜀的人争高低于毫厘之间，那么这些人就做不成官了，所以那里的人考上的很少。忠孝礼义之人，即使不得志，仍不失为一名君子。至于道德修养不够而才识有余的人，困于无门可以仕进，那就什么事都可能做出来了。所以，臣希望陛下为这五路之人另开仕进之门。

汉法：郡县秀民，推择为吏，考行察廉，以次迁补，或至二千石，入为公卿。古者不专以文词取人，故得士为多。黄霸起于卒史①，薛宣奋于书佐②，朱邑选于啬夫③，丙吉出于狱吏④，其余名臣循吏，由此而进者，不可胜数。唐自中叶以后，方镇皆选列校以掌牙兵。是时四方豪杰不能以科目自达者，皆争为之，往往积功以取旄钺⑤。虽老奸巨盗，或出其中，而名卿贤将如高仙芝、封常清、李光弼、来瑱、李抱玉、段秀实之流⑥，所得亦已多矣。王者之用人如江河，江河所趋，百川赴焉，蛟龙生之，及其去而之他，则鱼鳖无所还其体，而鲵鳅为之制⑦。今世胥史牙校皆奴仆庸人者，无他，以陛下不用也。今将用胥史牙校，而胥史行文书，治刑狱钱谷，其势不可废鞭挞，鞭挞一行，则豪杰不出于其间。故凡士之刑者不可用，用者不可刑。故臣愿陛下采唐之旧，使五路监司郡守,共选士人以补牙职,皆取人材。心力有足过人,而不能从事于科举者,禄之以今之庸钱⑧,而课之镇税场务督捕盗贼之类。自公罪杖以下听赎,依将校法,使长吏得荐其才者,第其功伐⑨,书其岁月,使得出仕比任子⑩,而不以流外限其所至⑪。朝廷察其尤异者,擢用数人。则豪杰英伟之士,渐出于此途,而奸猾之党,可得而笼取也。其条目委曲,臣未敢尽言,惟陛下留神省察。

【注释】

①黄霸:字次公。淮阳阳夏(今河南太康)人。汉武帝末年出仕,汉宣帝五凤三年(前55)任丞相,封建成侯。谥号定侯。详见《汉书·循吏传》。

②薛宣:字赣君。东海郯(今山东郯城)人。少为廷尉书佐。汉成帝时曾任丞相,封高阳侯。详见《汉书·薛宣朱博传》。

③朱邑:庐江舒县(今安徽庐江)人。少时为桐乡(今安徽桐城)啬夫。

④丙吉:字少卿。鲁国人。治律令,为鲁狱吏,后为宣帝丞相。

⑤旄钺(yuè):旄子和状如大斧的兵器。代指军权。

⑥高仙芝:高丽人。官至右羽林大将军。封常清:蒲州猗氏(今属山西)人。安西副大都护。李光弼:营州柳城(辽宁朝阳)人。东都留守。来瑱:邠州永寿(今属陕西)人。兵部尚书。李抱玉:河西人。兵部尚书。段秀实:陇州汧阳(陕西千阳)人。后任军事,晋升礼部尚书。以上均为唐朝人。

⑦鲵:小鱼。鳅:似鳟而小。

⑧庸钱:古代征用苦力,每年不过二十日,不服役的,日出三尺绢。这里所说的钱,指免役所付的钱。

⑨功伐：功有五等，明确其等级叫伐。

⑩任子：西汉时，二千石以上官吏，任满一定年限可以保举子弟一
　　人为郎，称任子。东汉沿袭不改。后世以此为由父任而得官
　　之称。

⑪流外：指九品以下官员的通称。

【译文】

汉代的办法是，郡县要选择推荐杰出之人为官，考察言行廉能，按
次序迁补，有的做到二千石，列为公卿。古时不专以文词取人，所以得
到的人才很多：黄霸起于卒史，薛宣起于书佐，朱邑从啬夫中选拔上来，
丙吉原来是个狱吏，其他名臣官吏，通过这个途径而仕进的，不可胜数。
唐朝中叶以后，方镇都选列校来掌握牙兵。那时四方的豪杰不能以科
举求仕的，都争着走这条路，往往靠积累战功来取得官职。虽然其中也
出现老奸巨盗，但名臣贤将，如高仙芝、封常清、李光弼、来瑱、李抱玉和
段秀实等人，也不少了。君王之用人当如长江大河，江河所向，百川归
赴，蛟龙生长其中，等到它离开而到别的地方去，则鱼鳖无法生存，鲵鳅
就占了统治地位。现在的胥史牙校都是些缺才少德的无能之辈，没有
别的原因，是因为陛下不用能人。现在将要用胥史牙校，而胥史出具文
书，制定刑狱钱谷之制，其势不可废除鞭挞，一旦鞭挞，那么豪杰便不会
出于其中。所以，凡是上过刑的不可再用；既已使用就不要用刑。因
此，臣希望陛下采用前朝旧制，让五路监司郡守，都选有才德的人来补
充牙校一职。都选取身材心力足可超过常人，但不会参加科举的人，以
今天的庸钱作为俸禄，交给他们镇税场务、督捕盗贼之类的任务。自公
罪杖以下的刑罚可以自赎，依照将校之法，使地方行政长官能推荐其中
的杰出者，登记功绩，写上年月，让他们能够出仕如同任子之法一样，而
不因为他们原属流外而限制其发展。朝廷可考察其中的优异者，擢升
任用数人。这样，豪杰英伟之士，渐出于仕途，而奸猾之徒，也可被收买
笼络了。其中细节微妙，臣不敢尽言，愿陛下留神明察。

　　昔晋武平吴之后①，诏天下罢军役，州郡悉去武备，惟山涛论其不可②，帝见之，曰："天下名言也。"而不能用。及永宁之后③，盗贼蜂起，郡国皆以无备不能制，其言乃验。今臣于无事之时，屡以盗贼为言，其私忧过计，亦已甚矣。陛下纵能容之，必为议者所笑，使天下无事而臣获笑可也，不然，事至而图之，则已晚矣。干犯天威，罪在不赦。

【注释】

①晋武：指晋武帝司马炎。265—290 年在位。字安世，河内温县（今河南）人。咸宁六年（280）灭吴，统一全国。

②山涛：河内怀（今河南武陟）人。晋侍中。竹林七贤之一。

③永宁：晋惠帝年号（301—302）。晋惠帝，即司马衷，290—306 年在位。

【译文】

　　过去晋武帝平定吴国之后，诏告天下，罢免军役，各州郡都撤去武器装备，只有山涛认为这样做不应该，皇帝召见他时说："这是天下的名言。"但不采纳他的意见。到惠帝永宁年之后，盗贼蜂起，而郡国皆因无军备而不能制止，山涛的话得到验证。今天，臣在无事的年代，屡屡陈述盗贼之事，忧虑也太过头了。陛下纵然能够容忍臣，也必定会被议论者取笑，让天下无事而使臣成为笑柄没关系，否则，事情到跟前再去图谋，就为时已晚了。臣冒犯了天威，罪不容赦！

王安石

王安石简介参见卷九。

上仁宗皇帝言事书

【题解】

本文详细阐述了作者关于变法革新的思想,被认为是他的"政见宣言书"(梁启超《王安石传》)。文章指出北宋内外交困的根本原因在于"不知法度",认为只有选拔和任用有用的人才,才能扭转北宋的政治危机。为此,提出了关于人才的教育、培养、选拔和使用的一系列方针、政策。主张根据学以致用的原则来改革根据儒家经书教育人才的"无补之学",要求学生不仅学文,而且学武。王安石较早地认识到从教育和经济的角度来解决中国政治和社会的问题,并提出了一些行之有效的措施,具有十分重要的进步意义。这篇言事书,曾被认为是"秦汉以后第一大文"(梁启超《王安石传》)。

臣愚不肖,蒙恩备使一路①,今又蒙恩诏还阙廷,有所任属②。而当以使事归报陛下,不自知其无以称职,而敢缘使事之所及,冒言天下之事,伏惟陛下详思而择处其中③,幸甚。

【注释】

①备：备位充数，是谦词。路：行政区域的名称，宋时全国分为若干路，为全国一级政区。王安石当时所任提点江东刑狱之职，即是负责督察江南东路司法行政的官。

②任属（zhǔ）：信任托付。

③伏惟：对上级表示谦卑的词，有"请求"的意思。

【译文】

臣王安石愚昧不肖，却蒙恩做了提点一路刑狱的官，现在又蒙恩奉诏回到京师，有所信任托付。而在应当向陛下汇报任职情况的时候，不自知并不称职，斗胆就任职情况所涉及的问题，谈谈臣对天下大事的看法，希望陛下能仔细考虑，慎重抉择，这是臣的福分呵！

臣窃观陛下有恭俭之德，有聪明睿智之才，夙兴夜寐①，无一日之暇。声色狗马观游玩好之事，无纤芥之蔽，而仁民爱物之意孚于天下②。而又公选天下之所愿以为辅相者③，属之以事，而不贰于谗邪倾巧之臣。此虽二帝、三王之用心④，不过如此而已。宜其家给人足，天下大治，而效不至于此，顾内则不能无以社稷为忧，外则不能无惧于夷狄，天下之财力日以困穷，而风俗日以衰坏，四方有志之士，偲偲然常恐天下之久不安⑤。此其故何也？患在不知法度故也。

【注释】

①夙（sù）兴夜寐：早起晚睡。

②孚（fú）：使相信，使信服。

③辅相：辅助，佐助。相，助。

④二帝：指唐尧、虞舜。三王：指夏禹、商汤、周文王。

⑤谡谡(xì)然：不安的样子。

【译文】

臣私下里观察陛下有恭俭的品德，有聪明睿智的才能，日夜操劳，没有一天空闲。丝毫没有受声色犬马、观游玩好之事的诱惑，仁民爱物之意天下皆知。又公开选拔天下愿意佐助的人，委任以政事，而且不再任用奸邪取巧之臣。即使是二帝三王的用心，也不过如此而已，应当使百姓丰衣足食，天下大治，但没有取得这个成效，对内不能不担心社稷的存亡，对外不能不担心夷狄的侵扰，天下的财力日益穷困，世风民俗也日益败坏，四方有志之士，经常担忧天下长久不安的状况。这是什么原因呢？臣以为问题出在不知法度上。

今朝廷法严令具，无所不有，而臣以谓无法度者何哉？方今之法度，多不合乎先王之政故也。孟子曰："有仁心仁闻而泽不加于百姓者，为政不法于先王之道故也①。"以孟子之说观方今之失，正在于此而已。夫以今之世去先王之世远，所遭之变、所遇之势不一，而欲一一修先王之政，虽甚愚者，犹知其难也。然臣以谓今之失患在不法先王之政者，以谓当法其意而已。夫二帝、三王，相去盖千有余载，一治一乱，其盛衰之时具矣。其所遭之变、所遇之势亦各不同，其施设之方亦皆殊，而其为天下国家之意，本末先后，未尝不同也。臣故曰：当法其意而已。法其意，则吾所改易更革，不至乎倾骇天下之耳目，嚣天下之口，而固已合乎先王之政矣。虽然，以方今之势揆之②，陛下虽欲改易更革天下之事，合于先王之意，其势必不能也。陛下有恭俭之德，有聪明睿智之才，有仁民爱物之意，诚加之意，则何为而不成、何欲而不得? 然而臣顾以谓陛下虽欲改易更革天下之事,合于先王之意,其势必不能者,何也? 以方今天下之人才不足故也。

【注释】

①有仁心仁闻而泽不加于百姓者,为政不法于先王之道故也:语出《孟子·离娄上》。原文为:"今有仁心仁闻,而民不被其泽,不可法于后世者,不行先王之道也。"

②揆(kuí):测度,度量。

【译文】

目前,朝廷法令具在,无所不包,然而臣却说没有法度,这是什么意思呢? 这是因为当前的法度,大多不合先王之政的要求的缘故。孟子说:"有仁爱之心并且能以仁爱之心采纳建议的君王却不能施恩泽于百姓,那是因为他们为政不能效法先王之道的缘故。"用孟子的说法来考察当前的失误,正是这样。现在这个社会已经远离先王之世很久了,经受的变化,遇到的形势都很不一样,然而却想完全按照先王之政的要求去做,即使是非常愚蠢的人,也知道这是很困难的。然而臣所说的现在的问题出在不效法先王之政的意思,确切地是指效法先王之政的精神而已。二帝三王距离现在已经有一千多年了,尽管大家都曾面临同样的治乱问题,然而形势和事态变化都非常不同,处理这些问题的对策也都很不一样,但是他们治理天下国家的基本精神,对策上的轻重缓急,却不曾有什么不同。臣因此说应该学习他们的精神就是这个意思。只有掌握了他们的精神,我们所主张的改革措施,才不至于使天下接受不了,因为这种做法本来就合乎先王之政的要求了。尽管如此,根据目前这个形势测度,陛下虽然想要改革天下的事,试图符合先王的精神,现在也是不可能的。陛下有恭俭的品德,有聪明睿智的才能,有仁民爱物的心意,确实留心,那么有什么事是做不成的? 什么愿望是不能满足的呢? 臣却说陛下即使想要改革天下的事,合于先王的精神也是不可能的,是为什么呢? 是因为目前天下人才不足的缘故。

　　臣尝试窃观天下在位之人,未有乏于此时者也。夫人才乏于上,则有沉废伏匿在下,而不为当时所知者矣。臣又求之于闾巷草野之间,而亦未见其多焉。岂非陶冶而成之者非其道而然乎? 臣以谓方今在位之人才不足者,以臣使事之所及则可知矣。今以一路数千里之间,能推行朝廷之法令,知其所缓急,而一切能使民以修其职事者甚少,而不才苟简贪鄙之人,至不可胜数。其能讲先王之意以合当时之变者,盖阖郡之间往往而绝也①。朝廷每一令下,其意虽善,在位者犹不能推行,使膏泽加于民②,而吏辄缘之为奸,以扰百姓。臣故曰:在位之人才不足,而草野闾巷之间,亦未见其多也。夫人才不足,则陛下虽欲改易更革天下之事,以合先王之意,大臣虽有能当陛下之意而欲领此者,九州之大③,四海之远,孰能称陛下之旨,以一二推行此,而人人蒙其施者乎? 臣故曰:其势必未能也。孟子曰:"徒法不能以自行④。"非此之谓乎? 然则方今之急,在于人才而已。诚能使天下之才众多,然后在位之才,可以择其人而取足焉。在位者得其才矣。然后稍视时势之可否,而因人情之患苦,变更天下之弊法,以趋先王之意,甚易也。今之天下,亦先王之天下。先王之时,人才尝众矣,何至于今而独不足乎? 故曰:陶冶而成之者,非其道故也。

【注释】

①郡：古代行政区的名称。宋代已改郡为府，这里是沿用古称。

②膏泽：犹言恩惠。

③九州：古代划分天下为九州，其中一说是冀、兖、青、徐、扬、荆、豫、梁、雍。后以九州为天下的代称。

④徒法不能以自行：语出《孟子·离娄上》。徒，仅仅。

【译文】

臣曾经私下考察天下在位的人才，没有比现在更缺乏的了。如果朝廷缺乏人才，就一定会有隐于民间而不为当世所知的，臣又在民间用心寻求，也没有见到很多。这难道不是教育制度不合适而造成的吗？臣所谓目前在位的人才缺乏，是根据臣任职期间的经验知道的。现在在一路数千里的地区，能够推行朝廷的法令，知道其中的轻重缓急，并且施行的政策也都能使百姓专心于自己的工作，这样的官员非常少，而那些没有什么才能、品德败坏的人，却反而多得数不过来。其中能讲明先王的精神，并能结合当时的情况加以变通的人，一个郡里往往都找不出一个。朝廷每下一道法令，本意虽然很好，当权的官员不仅不能推行，使百姓得到恩惠，反而利用这些法令来谋取私利，搅扰百姓。臣因此说在位的人才不足，草野间巷之间也见不到很多。如果人才不足，那么陛下即使想改革天下的事务来符合先王的精神，大臣当中即使有能领会陛下的意思执行这种政策，然而九州之大，四海之远，谁又能按照陛下的意思把它推行下去，使人人蒙受恩泽呢？臣因此才说目前形势下一定不能实现。孟子说："光有法令是不能自己推行的。"难道不正是这个意思吗？因此，目前最重要的事情，在于人才而已。如果能使天下人才众多，那么在位的官员就可以通过选拔来满足。在位的官员能够由人才来充当，然后再根据形势变化的要求，以及百姓的疾苦，来改革天下的弊法，逐渐符合先王的精神，就很容易了。现在的天下，也是先王当年的天下。先王那个时候，人才曾经有很多，为什么到今天却又这么少呢？臣以为是教育制度不得法的缘故。

　　商之时，天下尝大乱矣。在位贪毒祸败，皆非其人。及文王之起，而天下之才尝少矣。当是时，文王能陶冶天下之士，而使之皆有士君子之才，然后随其才之所有而官使之。诗曰："岂弟君子，遐不作人①。"此之谓也。及其成也，微贱兔罝之人②，犹莫不好德，《兔罝》之诗是也。又况于在位之人乎？夫文王惟能如此，故以征则服，以守则治。《诗》曰："奉璋峨峨，髦士攸宜。"又曰："周王于迈，六师及之③。"言文王所用，文武各得其材，而无废事也。及至夷、厉之乱④，天下之才又尝少矣。至宣王之起⑤，所与图天下之事者，仲山甫而已⑥。故诗人叹之曰："德辀如毛⑦，维仲山甫举之，爰莫助之。"盖闵人士之少⑧，而山甫之无助也。宣王能用仲山甫，推其类以新美天下之士，而后人才复众。于是内修政事，外讨不庭⑨，而复有文、武之境土。故诗人美之曰："薄言采芑，于彼新田，于此菑亩⑩。"言宣王能新美天下之士，使之有可用之才，如农夫新美其田，而使之有可采之芑也。由此观之，人之才未尝不自人主陶冶而成之者也。

【注释】

①岂弟(kǎi tì)君子，遐不作人：语出《诗经·大雅·旱麓》。岂弟，又作"恺悌"。和易近人。遐，长远。不，语助词。作人，培养、造就人才。

②微贱兔罝(jū)之人：地位低微的猎兔人。罝，捕兔的网。

③"奉璋峨峨"几句：语出《诗经·大雅·棫朴》。意思是说文王的

文武臣僚各司其职。璋，宝玉，这里指用宝玉做柄的酒勺子。祭
神时用勺子盛些酒洒在地上，叫作灌祭。峨峨，形容人物盛多。
髦(máo)士，英俊之士。攸宜，所宜，各得其所。迈，行。六师，古
代帝王拥有的六军，是全军的意思。

④夷、厉之乱：指的是：周夷王曾经被迫亲自去迎接来朝见他的诸
　侯，这被认为违反周礼；前 842 年，平民暴动，周厉王逃到彘(zhì，
　今山西霍州)，后死于该地。

⑤宣王：名静，周厉王的儿子，前 827 即位，曾不断对四境的淮夷、
　西戎、猃狁用兵，被称为"中兴之君"。

⑥仲山甫：鲁献公的儿子，姓姬，是周宣王的卿士，被认为辅助宣王
　有功。

⑦德辀(yóu)如毛：语出《诗经·大雅·蒸民》，据说这是周宣王另
　一卿士尹吉甫歌颂仲山甫的诗。辀，轻。

⑧闵(mǐn)：同"悯"。担忧。

⑨不庭：指不来朝贡的诸侯国。

⑩"薄言采芑(qǐ)"几句：语出《诗经·小雅·采芑》。薄言，语气词。
　芑，一种人和马都可以吃的菜。新田，耕过二年的田。菑(zī)亩，
　耕过一年的田。这首诗的意思是南方的蛮荆部族反抗周王室，
　宣王派大将方叔南征，途中老百姓采芑菜来欢迎他，有的到耕了
　二年的田里去采，有的到耕了一年的田里去采。

【译文】

　　商朝的时候，天下曾经大乱，在位的官员各个贪毒败坏，都不是什
么人才。等到文王起事，天下的人才也不是很多。处在这种情况下，文
王能教化天下的英才，使他们都有做士大夫的才能，然后再根据他们的
才能来委派以官职。《诗经》中说："和易近人的君子，长远地培养造就
人才。"说的就是这个意思。这种做法成功了，就连卑贱之人也都会喜
欢高尚的品德，《兔罝》这首诗就是这个意思。更何况那些在位当政的

人呢？正因为文王能够做到这一点，所以才能征服天下，使天下得以大治。《诗经》中说："捧着玉制的酒勺子，盛服庄严，这是英俊之士适合做的。"又说："周王出征，六师跟随。"这是文王所用的官吏，文武各得其材，政事运转才十分有效。等到夷王、厉王之乱的时候，天下的人才又少了。到宣王兴起的时候，能够辅助他治理天下的只有仲山甫一人而已。因此诗人发感叹说："德行就像羽毛一样轻，只有仲山甫能把它举起来，其他人爱莫能助。"这是在慨叹人才的凋零，仲山甫缺少得力的助手。宣王能任用仲山甫，以此类推来使天下士人得以效仿，然后人才才又多起来。于是对内处理好政事，对外征讨不来朝贡的诸侯，又拥有文王、武王的疆域。因此诗人赞美道："我们去采芑菜，到那耕了两年的田里，也到这耕了一年的田里采。"这是说宣王能造就天下士人，使其成为可用的人才，就像农夫能耕作好他的田地，使其有可采的芑菜。由此看来，人才未尝不是由人君陶冶造就出来的。

所谓人主陶冶而成之者何也？亦教之、养之、取之、任之有其道而已。

【译文】

所谓人君的陶冶教化是指什么呢？也就是教化、养育、选拔、任用他们有基本原则而已。

所谓教之之道何也？古者天子诸侯，自国至于乡党皆有学，博置教导之官而严其选。朝廷礼乐刑政之事，皆在于学。士所观而习者，皆先王之法言德行治天下之意，其材亦可以为天下国家之用。苟不可以为天下国家之用，则不教也。苟可以为天下国家之用者，则无不在于学。此教之之道也。

【译文】

什么是教化之道呢？古代的天子诸侯，从国家到乡村，都有学校，各地都设置教育督导的官员，并且要经过严格的选拔。朝廷礼乐刑政等事，都在学校培养。士人阅读学习的，都是先王的法言、德行以及治理天下的精神，通过学习造就的人才都是可以为国家所用的。如果不能为国家所用，就不对他们加以教化。如果可以为国家所用，那么没有不在学校的。这就是教化的基本原则。

所谓养之之道何也？饶之以财，约之以礼，裁之以法也。何谓饶之以财？人之情，不足于财，则贪鄙苟得，无所不至。先王知其如此，故其制禄，自庶人之在官者①，其禄已足以代其耕矣。由此等而上之，每有加焉，使其足以养廉耻而离于贪鄙之行。犹以为未也，又推其禄以及其子孙，谓之世禄。使其生也，既于父母、兄弟、妻子之养，婚姻、朋友之接，皆无憾矣；其死也，又于子孙无不足之忧焉。何谓约之以礼？人情足于财，而无礼以节之，则又放僻邪侈，无所不至。先王知其如此，故为之制度，婚丧、祭养、燕享之事，服食、器用之物，皆以命数为之节②，而齐之以律度量衡之法。其命可以为之，而财不足以具，则弗具也；其财可以具，而命不得为之者，不使有铢两分寸之加焉③。何谓裁之以法？先王于天下之士，教之以道艺矣，不帅教④，则待之以屏弃远方、终身不齿之法⑤；约之以礼矣，不循礼，则待之以流、杀之法。《王制》曰："变衣服者其君流⑥。"《酒诰》曰："厥或诰曰，群饮，汝勿佚，尽执拘以归于周，予其杀⑦。"夫群饮、变衣服，小罪也；流、杀，大刑也。加小罪以大刑，先王所以忍而不疑者,以为不如是,不足以一天下之俗而成吾治。夫约之以礼,裁之以法,天下所以服从无抵冒者,又非独其禁严而治察之所能致也,盖亦以吾至诚恳恻之心,力行而为之倡。凡在左右通贵之人,皆顺上之欲而服行之,有一不帅者,法之加必自此始。夫上以至诚行之,而贵者知避上之所恶矣,则天下之不罚而止者众矣。故曰:此养之之道也。

【注释】

①自庶人之在官者:自,即使。庶人之在官者,指《周礼·春官》中还够不上叫作"王臣"的"府史胥徒"。

②命数:爵位或官职的品级。

③铢两:古代重量单位,二十四铢等于一两。

④不帅教:不听教导。帅,遵循。

⑤不齿:不收录,不与同列。

⑥变衣服者其君流:《礼记·王制》篇"变礼易乐者为不从,不从者君流;革制衣服者为畔,畔者君讨。"

⑦"《酒诰(gào)》曰"几句:见《尚书·酒诰》篇。周王朝初年曾下过禁酒令。诰,皇帝下的命令。厥,其,指周天子。佚,放纵。周,地名,在今陕西岐山南,为周的发祥地。

【译文】

什么是养育之道呢? 用财富来改善他们的生活,用礼义来约束他们的行为,用刑法来制裁他们的过失。那么,什么是用财富来改善他们的生活呢? 人的常情,财富不足的话,就会贪婪苟且,无所不为。先王知道会出现这种情况,于是制定了俸禄制度,从担任府吏胥徒开始,他们的俸禄都足够取代他们的耕作所得。从此往上,每一级别都增加不同数量的俸禄,这样才会养成他们的廉耻感,远离贪鄙的行径。认为这样还不能完备,又推广这种俸禄到他们的子孙,把这叫作世禄。使他们在活着的时候,在养育父母兄弟妻子儿女,接待亲戚朋友方面,都没有什么遗憾;在他们去世以后,又没有对子孙生活的担忧。什么是用礼义来约束他们的行为呢?人情是如果财富充足的话,没有礼义来节制他们的行为,就又会放肆邪僻以至于无所不为。先王知道会出现这种情况,于是为他们制定了礼制,在婚丧、祭礼、养育、宴享这些事情上,在衣服、食物以及日用器皿这些东西上,都以官职的品级来加以节制,然后再用法律以及度量衡加以规范。如果按其官职的品级可以这样做,但由于财物不充足,就可能不这样去做;即使财富已经充足,但如果官职的品级不允许这样去做,那就丝毫不敢去做。什么是用刑法来制裁他们的过失呢?先王对于天下的士子们,都用道艺来教化他们,如果不接受教育,就用流放远方、终身不录用的刑罚来处置他们;用礼义来约束他们的行为,如果不依礼义而行,就用流放和杀头的刑罚来处置他们。《王制》中说:"改变华夏服饰的国家,它的君主要流放。"《酒诰》中说:"他的诰命中说:如果聚众群饮的话,你不能放过他们,一定要全部拘拿押解到周地,我要杀掉他们。"像群饮、变化服饰,都只是小罪,而流放处死却是大刑。在小罪上施加大刑,先王之所以忍心这样做而不生疑忌,那是因为如果不这样就不能来统一天下的风俗而成就他们的统治。用礼义来约束他们的行为,用刑法来制裁他们的过失,是天下服从无所违逆的原因,但也不只是通过外在强制才取得这种效果的,那也是因为圣人有至诚恻的心思,又能勉力实行大力提倡。在先王左右的人,都顺从君主的意愿勉力服从,如果其中有谁不服从的话,刑法制裁一定要从他身上开刀。君主以至诚来实行,地位显贵的人知道回避君主不喜欢的事情,这样天下用不着刑罚就会制止很多人的不合礼法的行为。因此把这叫作养育之道。

所谓取之之道者何也?先王之取人也,必于乡党,必于庠序,使众人推其所谓贤能,书之以告于上而察之。诚贤能也,然后随其德之大小、才之高下而官使之。所谓察之者,非专用耳目之聪明,而听私于一人之口也。欲审知其德,问以行;欲审知其才,问以言。得其言行,则试之以事。所谓察之者,试之以事是也。虽尧之用舜,不过如此而已,又况其下乎? 若夫九州之大,四海之远,万官亿丑之贱,所须士大夫之才则众矣,有天下者,又不可以一一自察之也,又不可偏属于一人,而使之于一日二日之间,试其能行而进退之也。盖吾已能察其才行之大者以为大官矣,因使之取其类以持久试之,而考其能者以告于上,而后以爵命、禄秩予之而已。此取之之道也。

【译文】

什么是选拔之道呢? 先王选取人才的方法,是在乡村当中,在学校里,让大家推举他们当中有道德有才能的人,禀报给君主。审察之后如果真是贤能之士,就根据他们德行的大小,才能的高下,委任以官职。所谓审察,并非仅仅靠耳目的聪明,偏听一人的意见。想要了解他的品德,就要了解他的行为,想要了解他的才能,就要听听他的谈论。知道了他的言行之后,再用实际事务来考验他们。所谓审察,也就是指用实际事务考验他们。即使是尧选用舜,也不过如此而已,又何况其他人呢? 像九州之大,四海之远,那么多官吏,那么多百姓,所需要的人才极多,君主不可能一一亲自考察,也不可能委派给某个人,让他在一两天之内,考验这个人的才能品行来决定对他的任用与否。如果我们已经能了解他们的才能和品行中大的方面,就委任他们做大官,然后再让他们选取与他们情况较为类似的人长时间进行考验,把他们的才能禀告人主知道,然后再以爵命俸禄赐予他们。这就是选拔人才的方法。

所谓任之之道者何也？人之才德，高下厚薄不同，其所任有宜有不宜。先王知其如此，故知农者以为后稷^①，知工者以为共工^②，其德厚而才高者以为之长，德薄而才下者以为之佐属。又以久于其职，则上狃习而知其事^③，下服驯而安其教，贤者则其功可以至于成，不肖者则其罪可以至于著，故久其任而待之以考绩之法。夫如此，故智能才力之士，则得尽其智以赴功，而不患其事之不终、其功之不就也。偷惰苟且之人，虽欲取容于一时，而顾僇辱在其后，安敢不勉乎？若夫无能之人，固知辞避而去矣。居职任事之日久，不胜任之罪不可以幸而免故也。彼且不敢冒而知辞避矣，尚何有比周、谗谄、争进之人乎^④？取之既已详，使之既已当，处之既已久，至其任之也又专焉，而不一一以法束缚之，而使之得行其意，尧、舜之所以理百官而熙众工者，以此而已。《书》曰：三载考绩，三考，黜陟幽明^⑤。此之谓也。然尧、舜之时，其所黜者则闻之矣，盖四凶是也^⑥；其所陟者，则皋陶、稷、契^⑦，皆终身一官而不徙。盖其所谓陟者，特加之爵命禄赐而已耳。此任之之道也。

【注释】

①后稷(jì)：传说中的农耕始祖，五谷之神。这里借称管农政的官。

②共工：这里借称管百工的官。

③狃(niǔ)习：习以为常。

④比周：结党营利。谗谄：说人家坏话，巴结奉承。

⑤"《书》曰"几句：语出《尚书·虞书·舜典》。黜(chù)，罢官。陟(zhì)，升官。幽，昏暗。这里指能力低劣的人。明，明智。指才

德优秀的人。

⑥四凶：据《左传·文公十八年》，四凶指尧帝所流放的浑敦、穷奇、梼杌（táo wù）、饕餮（tāo tiè）四人。

⑦皋陶（gāo yáo）：舜的司法官，传说曾被禹选作继承人，因早死，未实现。契（xiè）：舜的司徒官，主管文化教育，传说他因帮助禹治水有功，才当上司徒。

【译文】

什么是任用之道呢？人的才能和德行，有高低厚薄的不同，因此对他们的任用也就有适当不适当的区别。先王知道会出现这种情况，于是就让通晓农业的人去做后稷，通晓工艺的人去做共工，其中德高望重而才能很高的人就做长官，德行浅薄而才能低下的人就只能作属官去辅佐他们。对于那些在位很久的官员，上级已经对他很了解，下级也都服从他而安于教化，这样，对于贤者来说，他的功绩就可以成就，对于不肖的人来说，他们的罪行也会逐渐显著暴露出来，因此要对那些久居其职的人使用考绩之法。只有这样，那些有才智有能力的人，才能够穷尽自己的智力，用不着担心他们的事业最终不成功。那些偷懒苟且的人，虽然想获得一时的荣耀，但也会考虑身后的声名，又怎么能不勉力去做呢？而那些无能的人，也就早知道退避了。那些担任职务时间很长的人，如果犯了不胜任的罪过，也就不能够幸免。他们如果都不敢贸然受官，而知道辞避，又怎么能有结党营私、伤害善良、奉承巴结以争夺权位的事呢？选举他们既然已经非常周密，任命既然已经非常恰当，在位处理政事既然已经很久，对他们的权力也不一一以法束缚，就能使他们充分发挥自己的才干。尧舜治理百官就是这样。《尚书》中说："三年为官，要进行政绩考察，考绩三次以后，提拔才德优秀的，罢黜能力低劣的。"说的就是这个意思。在尧舜的时代，被罢黜的人是大家都知道的，那就是四凶；被提拔的人，则是皋陶、稷、契，都终身做一官而没有变化。这里所说的提拔，只是指加封爵命俸禄而已。这是任命官员的方法。

　　夫教之、养之、取之、任之之道如此，而当时人主，又能与其大臣悉其耳目心力，至诚恻怛思念而行之，此其人臣之所以无疑，而于天下国家之事无所欲为而不得也。

【译文】

　　教化、养育、选取、任用的方法就是这样，而当时的君主，又能和他们的大臣共同竭尽心力，以至诚同情之心去做事情，这样才能使臣僚们没有疑虑，对于国家大事，也就没有什么办不成的了。

　　方今州县虽有学，取墙壁具而已，非有教导之官，长育人才之事也，唯太学有教导之官①，而亦未尝严其选。朝廷礼乐刑政之事，未尝在于学，学者亦漠然自以礼乐刑政为有司之事，而非己所当知也。学者之所教，讲说章句而已。讲说章句，固非古者教人之道也，近岁乃始教之以课试之文章。夫课试之文章，非博诵强学穷日之力则不能。及其能工也，大则不足以用天下国家，小则不足以为天下国家之用，故虽白首于庠序，穷日之力以帅上之教，及使之从政，则茫然不知其方者，皆是也。盖今之教者，非特不能成人之材而已，又从而困苦毁坏之，使不得成材者，何也？夫人之才，成于专而毁于杂。故先王之处民才，处工于官府②，处农于畎亩，处商贾于肆③，而处士于庠序，使各专其业而不见异物，惧异物之足以害其业也。所谓士者，又非特使之不得见异物而已，一示之以先王之道，而百家诸子之异说，皆屏之而莫敢习者焉。今士之所宜学者，天下国家之用也。今悉使置之不教，而教之课试之文章，使其耗精疲神，穷日之力以从事于此，及其任之以官也，则又悉使置之，而责之以天下国家之事。夫古之人，以朝夕专其业于天下国家之事，而犹才有能有不能，今乃移其精神，夺其日力，以朝夕从事于无补之学，及其任之以事，然后卒然责之以为天下国家之用，宜其才之足以有为者少矣。臣故曰：非特不能成人之才，又从而困苦毁坏之使不得成才也。

【注释】

①太学：我国古代设在京都的最高学府。

②处工于官府：周代有司空官，把各种工匠集中在官府里制造各种用具、武器。

③处商贾于肆：把商贾集中在市场里。这是根据《周礼·地官·司市》说的。

【译文】

现在州县中虽然也有学校，但不过是指那个用墙壁围起来的地方而已，不是指的有教导官员、培养人才的地方，只有太学有教导官员，但也不曾经过严格选拔。朝廷上礼乐刑政方面的事情，不曾由学校参与，学者们也都漠然地认为礼乐刑政都是有司的事务，而不是自己应该知道的。学者们教给学生的，只是解说经文章句而已。讲说章句本来并不是古代教育人的方法，近代以来才开始以应付科举考试的文章来训练他们。那些应付科举考试的文章，如果不是博闻强记的人，用尽力气也不能完全掌握。等到他们能够掌握了，大的方面却不足以为天下国家所用，小的方面也不足以为天下国家所用，因此即使在学校里熬白了头发，花尽力气来学习，等到他们去从政的时候，却茫然不知该怎么办，可以说比比皆是。现在的教育，不只是不能培养人才，反而可能毁掉人才。为什么会使人不得成才呢？人才都是成于专而毁于杂的。因此先王对待人才,都是让专于工艺的人留在官府,专于农业的人处于农田,专于商业的人留在市场上,读书的人待在学校中,让他们各自用心于专业,不去接触别的东西,这是因为别的东西能够妨害他们的事业。对于读书人来说,又不只是让他们不接触别的东西而已,还要让他们了解先王之道,对于百家诸子之说,都排斥在外而不敢让他们学习。现在士子们应该学习的,是对天下国家有用的东西。可实际上却将这些东西弃置一旁不去教育他们,反而用应付科举考试的文章来教育他们,让他们耗费精力,穷尽气力来做这件事情,等他们当了官以后,却又全部放弃他们的所学,责成他们治理天下国家的事务。古人以全部精力来学习治理天下国家的事务,仍然有才能上的差别,现在却分散他们的精力,让他们整日从事于对天下国家无补的学问,待他们上任处理政务,却突然委派以这样重大的职责,作为天下国家所倚重的人,能够胜任的实在是很少。臣因此说,目前的制度不只不能造就人才,反而又用各种方式毁掉人,使之不能成才。

又有甚害者。先王之时,士之所学者文武之道也。士之才有可以为公卿大夫,有可以为士,其才之大小宜不宜则有矣。至于武事,则随其才之大小,未有不学者。故其大者,居则为六官之卿①,出则为六军之将也②;其次则比、闾、族、党之师③,亦皆卒、伍、师、旅之帅也④。故边疆、宿卫,皆得士大夫为之,而小人不得奸其位。今之学者,以为文武异事,吾知治文事而已,至于边疆、宿卫之任,则推而属之于卒伍,往往天下奸悍无赖之人,苟其才行足以自托于乡里者,亦未有肯去亲戚而从召募者也。边疆、宿卫,此乃天下之重任,而人主之所当慎重者也。故古者教士,以射、御为急,其他技能,则视其人才之所宜而后教之,其才之所不能,则不强也。至于射则为男子之事,人之生有疾则已,苟无疾,未有去射而不学者也。在庠序之间,固当从事于射也。有宾客之事则以射。有祭祀之事则以射,别士之行同能偶则以射,于礼乐之事未尝不寓以射,而射亦未尝不在于礼乐祭祀之间也。《易》曰:"弧矢之利,以威天下⑤。"先王岂以射为可以习揖让之仪而已乎? 固以为射者武事之尤大,而威天下、守国家之具也。居则以是习礼乐,出则以是从战伐。士既朝夕从事于此,而能者众,则边疆、宿卫之任,皆可以择而取也。夫士尝学先王之道,其行义尝见推于乡党矣,然后因其才而托之以边疆、宿卫之事,此古之人君所以推干戈以属之人,而无内外之虞也。今乃以夫天下之重任、人主所当至慎之选,推而属之奸悍无赖、才行不足自托于乡里之人,此方今所以谒谒然常抱边疆之忧,而虞宿卫之不足恃以为安也。今孰不知边疆、宿卫之士不足恃以为安哉? 顾以为天下学士以执兵为耻,而亦未有能骑射行阵之事者,则非召募之卒伍,孰能任其事者乎? 夫不严其教,高其选,则士之以执兵为耻而未尝有能骑射行阵之事,固其理也。凡此,皆教之非其道故也。

【注释】

①六官之卿:《周礼》记载周代有六官,即天官冢(zhǒng)宰、地官司徒、春官宗伯、夏官司马、秋官司寇、冬官司空。六官中的首长叫卿。

②六军:据《周礼·夏官·司马》载:一万二千五百人为军,周王有六军,最大的侯国有三军,较小的侯国有二军,最小的侯国有

　　一军。

③比、闾、族、党：据《周礼·地官·里宰》，五家为比，五比为闾，四闾为族，五族为党。

④卒、伍、师、旅：据《周礼·地官·大司徒》，五人为伍，五伍为两，五两为卒，五卒为旅，五旅为师，五师为军。

⑤弧矢之利，以威天下：语出《周易·系辞下》。

【译文】

　　还有更严重的结果。先王的时代，士子们学习的都是文武两方面的学问。士子当中有的适合于做公卿大夫，有的适合于做士，才能的大小决定了他们适合做什么。至于行军打仗的事情，也要根据他们才能的大小，没有不经过学习就能成就的。其中才能卓著的，在朝廷上做官，就会成为六官之卿，出外领兵也会成为六军之将；其中才能较次的人，也能做乡间族人们的师长，又能成为卒伍师旅的长官。这样镇守边疆和守卫朝廷，都能够让士大夫们去充当，小人不能占据这些职位。现在的学者，却认为文与武是两回事，以为我只知从事于文官的事务就可以了，至于镇守边疆和守卫朝廷的职责，都该委派给那些行伍出身的人，这样一来，天下那些品行不端的人，只要能够以其才行自托于乡里，也都不愿意扔下亲人应招募去当兵。镇守边疆和守卫朝廷是天下的重任，做君主的应该十分谨慎才行。因此古代教育士子，以射箭与驾战车为最重要的学习科目，其他技能则要根据每个人的不同情况来分别教育，如果他们的才能不行也不勉强。但是像射箭这样的技能却是男人必备的技能，天生残疾才能免除，如果没有什么疾病，就没有理由不去学习射箭的。在学校的时候，本来就该从事于这方面的学习。接待宾客的时候，要射箭；祭祀的时候，要射箭；区别士子的高低，也要射箭。礼乐的节目当中，未曾有不包括射箭在内的，射箭也未尝不在礼乐祭礼当中表现的。《周易》说："弓箭的好处，在于能威震天下。"先王难道认为射箭只是平时学习礼节的一个仪式吗？他们实际是把射箭作为武事当中非常重要的,是用来威服天下、守护国家的技能。在家的时候把这作为礼乐的节目来练习,出外的时候则用来冲锋陷阵。士子整天练习这种技能,有这种技能的人也就会越来越多,那么镇守边疆和守卫朝廷的任命,都可以从中选拔任命。士子们曾学习过先王之道,他们的品行也被乡里所推举,然后就根据他们的才能委托以镇守边疆、宿卫朝廷的责任,这是古代的君主,在推举出领军将领以后,并无内外忧虑的原因。现在却把天下的重任,人主应当特别谨慎选择的,委派给那些品行无端、才行不足以自托于乡里的人,这正是现在经常对边疆守卫担忧、对宿卫朝廷的将士不放心的原因。现在谁不知道守边和宿卫的人是不足以依靠的呢?看看现在的天下学士,都以带兵打仗为耻辱,也没有骑射打仗的本事,这样不去招募士卒,又有谁能胜任这样的大事呢?不严格对士子们的教育和选拔,士子就会不仅以带兵打仗为耻,而且也没有谁能胜任得了骑射打仗的事情,这是必然的道理。所有这些,都是教育不合乎先王之道的缘故。

　　方今制禄,大抵皆薄,自非朝廷侍从之列,食口稍众,未有不兼农商之利而能充其养者也。其下州县之吏,一月所得,多者钱八九千,少者四五千,以守选、待除、守阙通之①,盖六七年而后得三年之禄,计一月所得,乃实不能四五千,少者乃实不能及三四千而已,虽厮养之给②,亦窘于此矣。而其养生、丧死、婚姻、葬送之事,皆当于此出。夫中人之上者,虽穷而不失为君子;出中人之下者,虽泰而不失为小人。唯中人不然:穷则为小人,泰则为君子。计天下之士,出中人之上下者,千百而无十一;穷而为小人,泰而为君子者,则天下皆是也。先王以为众不可以力胜也,故制行不以己,而以中人为制,所以因其欲而利道之,以为中人之所能守,则其志可以行乎天下，而推之后世。以今之制禄，而欲士之无毁廉耻，盖中人之所不能也。故今官大者，往往交赂遗③，营赀产，以负贪污之毁；官小者，贩鬻、乞丐④，无所不为。夫士已尝毁廉耻以负累于世矣，则其偷惰取容之意起，而矜奋自强之心息，则职业安得而不弛，治道何从而兴乎？又况委法受赂，侵牟百姓者，往往而是也。此所谓不能饶之以财也。

【注释】

①守选：等候由朝廷的人事部门量才授官。待除：等候调任新职。守阙：等候补官。

②厮养：奴仆。

③赂遗（wèi）：指用财物买通别人。

④贩鬻（yù）：做买卖。

【译文】

现在制定的俸禄，都很微薄，如果不是位列朝廷侍从，家里一旦人丁很多，就没有不再去兼得农商之利来补充生活的。下面州县里的官员，一月所得，多的有钱八九千，少的也就四五千，那些待选官的人，要在六七年之后才能得三年的俸禄，计其一月的进项，实际上也不能达到四五千，少的也就三四千而已，即使是平时的奉养，都困窘如此了。更别说养育子女、丧葬礼节、婚姻等事，都要从这俸禄中开支。品性在中人以上的人，即使穷困也都是君子；品性在中人以下的人，即使富裕也都是小人。只有中人不是这样，穷困就可能做小人、富贵就可能做君子。天下的读书人，在中人之上之下的，千百人当中不过占十分之一；穷困为小人、富贵为君子的中人却满天下都是。先王以为这样的人太多，不能靠强制手段来让他们服从，因此才不根据自己的情况，而是根据中人的情况来制定制度，这正是根据他们的利益来引导的意思，认为中人如果能够遵守这样的制度，那么他的意志也就能推行于天下并且传之后世了。现在制定的俸禄，要让士子们不要丢掉廉耻感，这是中人办不到的。因此，现在官大的人，往往收受贿赂，经营产业，不怕有贪污的坏名声；官小的人，贩卖、乞讨，无所不为。士大夫们已经丢掉了廉耻有负于世人，他们的投机取巧的心思一旦生起，努力勤奋做事的想法自然会越来越少，这样一来，他们所任的职掌，哪能不松懈呢？天下如何能够得以治理呢？更何况那些违法犯罪、欺压百姓的官员到处都是。这些都是因为不能用财富来改善他们的生活。

婚丧、奉养、服食、器用之物，皆无制度以为之节，而天下以奢为荣，以俭为耻。苟其财之可以具，则无所为而不得，有司既不禁，而人又以此为荣；苟其财不足，而不能自称于流俗，则其婚丧之际，往往得罪于族人亲姻，而人以为耻矣。故富者贪而不知止，贫者则勉强其不足以追之，此士之所以重困而廉耻之心毁也。凡此所谓不能约之以礼也。

【译文】

婚丧、奉养、服食、器用之物，都没有制度来节制，天下人却以奢侈为荣，以节俭为耻。如果他们财富充足，就会无所不为，官府既然对此并不加以禁止，人们又都以此为荣；如果他们财富不充足又不能随俗，那么就会在婚丧嫁娶的时候，得罪亲戚朋友，人们都把这作为耻辱。于是富贵的人贪婪无度而不知节制，贫困的人却勉强去仿效别人，这正是士子们忍受双重穷困，而廉耻之心丧失的原因。所有这些，都是因为不能用礼义来约束他们。

方今陛下躬行俭约，以率天下，此左右通贵之臣所亲见。然而其闺门之内，奢靡无节，犯上之所恶，以伤天下之教者，有已甚者矣，未闻朝廷有所放绌以示天下。昔周之人拘群饮而被之以杀刑者，以为酒之末流生害，有至于死者众矣，故重禁其祸之所自生。重禁其祸之所自生，故其施刑极省，而人之抵于祸败者少矣。今朝廷之法，所尤重者独贪吏耳。重禁贪吏而轻奢靡之法，此所谓禁其末而弛其本。然而世之识者，以为方今官冗，而县官财用已不足以供之，其亦蔽于理矣。今之入官诚冗矣，然而前世置员盖甚少，而赋禄又如此之薄，则财用之所不足，盖亦有说矣，吏禄岂足计哉？

【译文】

现在陛下亲自提倡俭约，来引导天下百姓，这是左右大臣亲眼所见的。然而这些官居显要的人在家里，却仍然奢靡无度，违背主上的意愿，毁坏天下的教化，这样的人很多，却从未听说朝廷对他们有所裁制来告示天下。古代周人拘拿聚众饮酒的人，并处以死刑，认为酒会产生危害，导致很多人死亡，因此才会严厉禁止这种祸害发生的根源。为了严禁这种祸害的发生，于是施刑也就极其简单，人们敢于犯法的自然越来越少。目前朝廷的法律，特别防范的只是那些贪官污吏。着重于防范贪官污吏，却忽视惩治奢靡的法律，这是追究末节却放纵根本，是本末倒置的做法。现在有见识的人，都认为目前的问题是无用的官员太多，国库中的财富已不足以供养他们，这种说法是没有道理的。现在的官员尽管很多，但是前代官员的设置很少，赋禄又非常之薄，国家财用还是不足，可见是有原因的，官员的俸禄又能用去多少呢？

臣于财利固未尝学，然窃观前世治财之大略矣。盖因天下之力以生天下之财,取天下之财以供天下之费。自古治世,未尝以不足为天下之公患也,患在治财无其道耳。今天下不见兵革之具,而元元安土乐业①,各致己力以生天下之财,然而公私常以困穷为患者,殆以理财未得其道,而有司不能度世之宜而通其变耳。诚能理财以其道而通其变,臣虽愚,固知增吏禄不足以伤经费也。方今法严令具,所以罗天下之士,可谓密矣,然而亦尝教之以道艺,而有不帅教之刑以待之乎?亦尝约之以制度,而有不循理之刑以待之乎?亦尝任之以职事,而有不任事之刑以待之乎?夫不先教之以道艺,诚不可以诛其不帅教;不先约之以制度,诚不可以诛其不循礼;不先任之以职事,诚不可以诛其不任事。此三者,先王之法所尤急也,今皆不可得诛。而薄物细故②,非害治之急者,为之法禁,月异而岁不同,为吏者至于不可胜记,又况能一一避之而无犯者乎?此法令所以玩而不行,小人有幸而免者,君子有不幸而及者焉。此所谓不能裁之以刑也。凡此皆治之非其道也。

【注释】

①元元:指老百姓。

②薄物细故:无关紧要、微不足道的事。

【译文】

臣对于财利之事本来没有学习过,但是也大致了解前代理财的情况。他们大都是根据天下人的能力来生天下的财货,然后取天下的财货来供应天下的花费。古代的治世,从未把财用不足作为天下的困难来看待,而只担心理财无道。现在天下没有战争,老百姓都安居乐业,各尽其力，创造天下的财富，然而无论国家还是个人，都为穷困而忧虑，这大概是不懂得理财之道，官府又不能根据时代的变化来做出相应的变通。如果真能理财有道又能变通，臣虽然很愚昧，也知道增加官员的俸禄不足以使经费紧张。目前，法度很严，政策也很完备，所以对天下读书人的网罗可以说很多，然而曾经用先王之道来教育他们，然后再去设置那些惩罚违背教化的人们的刑罚吗？曾经用制度来约束他们，然后再设置刑罚来惩治不循礼的人吗？用具体事务委任于他们，然后再用那些刑罚来对待不任事的官员吗？如果不先把道艺教给他们，那么实在不可以不依教化行事的罪名去制裁他们；如果不先用制度来约束他们，那么实在不可以不循礼的罪名去制裁他们；如果不用职事来委派他们，那么实在不可以不任事的罪名去制裁他们。这三个方面，是先王之法中最关键的，然而现在都不能依先王之法来制裁他们。对那些并非危害国家的小过错，却用法律加以禁止，而法律又每月每年都有变化，做官的人记也记不住，又怎么能完全避免不犯错误呢？这是法令之所以不被执行，小人之所以能够幸免，君子却反而获罪的原因。这正是所谓不能用刑罚来制裁官吏的意思。所有这些，都是不合道理的治国之方。

　　方今取士，强记博诵而略通于文辞，谓之茂才异等、贤良方正。茂才异等、贤良方正者①，公卿之选也②。记不必强，诵不必博，略通于文辞，而又尝学诗赋，则谓之进士③。进士之高者，亦公卿之选也。夫此二科所得之技能，不足以为公卿，不待论而后可知。而世之议者，乃以为吾常以此取天下之士，而才之可以为公卿者，常出于此，不必法古之取人而后得士也。其亦蔽于理矣。先王之时，尽所以取人之道，犹惧贤者之难进，而不肖者之杂于其间也。今悉废先王所以取士之道,而驱天下之才士,悉使为贤良、进士,则士之才,可以为公卿者,固宜为贤良、进士,而贤良、进士,亦固宜有时而得才之可以为公卿者也。然而不肖者,苟能雕虫篆刻之学,以此进至乎公卿;才之可以为公卿者,困于无补之学,而以此绌死于岩野,盖十八九矣。

【注释】

①茂才:即秀才。古代推荐和选拔官吏的科目之一。后来因避汉光武帝刘秀的名讳,改"秀才"为"茂才"。异等:即特等。指才能特异。贤良方正:汉文帝二年(前178)开始下命令给地方,选取"贤良方正"之士,凡具有文学才能的人都可以应选,故又称"贤良文学"。后来唐宋均设"贤良方正",为推荐和选拔官吏的科目之一。

②公卿:指三公九卿。泛指朝廷大臣。

③进士:唐宋时最重要的一个科举项目。凡各地举人在京都应礼部考试,以诗赋录取的称为进士,以经义录取的称为明经。王安石变法后废除明经科,并废除了以诗赋取士的办法,改为以经义策论来考取进士。

【译文】

　　现在选拔士人,把那些博闻强记、略通文辞的人,叫作茂才异等、贤良方正。茂才异等、贤良方正都是公卿的候选人。那些记忆力不一定很强,读书不一定很多,略通于文辞,而又曾学写过诗赋的人,叫作进士。进士当中才高的人,也是公卿候选人。然而这两个科目所得到的技能,却是不足以做公卿,这是不必讨论就能知道的。现在大家的议论,都认为我们常用这样的办法选取天下人才,而担任公卿的人才,也常从中选拔,不必效法古代选拔士人的办法,就能选拔天下士子,铨选官吏。这实在是不明道理呵！先王的时代，尽量完善选拔制度，仍然担心贤者不能被选拔出来，反而让不肖小人混杂于其间。现在完全废除先王取士之道，使天下才士都去做贤良、进士，那些可以做公卿的有才之士，本来就应该是贤良、进士，而那些贤良、进士也本来应该在适当的时候去做公卿大夫。然而那些不肖小人仅仅会些雕虫篆刻的学问，就能以此位至公卿；那些有做公卿之才的士子，却被这些无用的学问所烦恼，以致于屈死于民间的，十有八九。

夫古之人有天下者，其所以慎择者公卿而已。公卿既得其人，因使推其类以聚于朝廷，则百司庶物无不得其人也。今使不肖之人，幸而至乎公卿，因得推其类聚之朝廷，此朝廷所以多不肖之人，而虽有贤智，往往困于无助，不得行其意也。且公卿之不肖，既推其类以聚于朝廷；朝廷之不肖，又推其类以备四方之任使；四方之任使者，又各推其不肖以布于州郡：则虽有同罪举官之科①，岂足恃哉？适足以为不肖者之资而已。

【注释】

①同罪举官之科：即官员犯了罪，他的举荐人也要一并治罪。

【译文】

古代有天下的人，所慎重选择的只是公卿而已。公卿选择得人，就让他推举与自己类似的人在朝廷之上，这样国家的各个部门无不得到胜任的官员。现在却让不肖的小人侥幸做到公卿，使他能够推举同党聚于朝廷之上，这正是朝廷多小人的缘故，即使有贤智之人也往往处境困难，孤立无助，不能推行自己的主张。不肖的小人做了公卿，推举同党聚于朝廷；朝廷上的不肖官员，又会推举同党去充任各地使臣；各地不肖的使臣又都推举同党布满州郡。这样虽有检举官吏的法律,又怎么能够运用呢? 却恰好成为不肖小人的凭借。

其次九经、五经、学究、明法之科,朝廷固已尝患其无用于世,而稍责之以大义矣①。然大义之所得,未有以贤于故也。今朝廷又开明经之选,以进经术之士。然明经之所取,亦记诵而略通于文辞者,则得之矣。彼通先王之意,而可以施于天下国家之用者,顾未必得与于此选也。

【注释】

①九经、五经、学究、明法之科:这都是宋代的科举项目。九经科,宋代要考《(周)易》《(尚)书》《诗(经)》《礼记》《佐传》《周礼》《孝经》《论语》《孟子》。五经科,考上述九经中前面的五部。学究科,只考一经,即明经科。明法科,考法令。

【译文】

其次是九经、五经、学究、明法的科目,朝廷本来就已经担心它们会无用于世,而多少要求他们明识大义。然而能够得大义的人,也不如从前。现在朝廷又要开设明经选士的科目,来选拔通经术的士子。然而明经科所取的士子,也只是那些通过记诵而略通于文辞的人而已。那些真能了解先王的本意,而且能有用于天下国家的人,却未必能够入选。

其次则恩泽子弟,庠序不教之以道艺,官司不考问其才能,父兄不保任其行义,而朝廷辄以官予之,而任之以事。武王数纣之罪,则曰:官人以世①。夫官人以世,而不计其才行,此乃纣之所以乱亡之道,而治世之所无也。

【注释】

①"武王数纣之罪"几句：据《尚书·泰誓上》记载，周武王讨伐商纣王时，列举纣王的罪状，说他"官人以世"，即凭家世任用官吏。

【译文】

其次是受恩荫的子弟，学校中不教他们道艺，官府也不考察他们的才能，父兄也不促使他们行义，朝廷却要授之以官，任之以事。武王曾历数纣王的罪行，就曾指出凭家世任用官吏这样一条罪状。委派官员不根据他们的才行，这是纣所以乱亡的原因，治世却从无这种现象。

又其次曰流外①。朝廷固已挤之于廉耻之外，而限其进取之路矣，顾属之以州县之事，使之临士民之上，岂所谓以贤治不肖者乎？以臣使事之所及，一路数千里之间，州县之吏出于流外者，往往而有，可属任以事者，殆无二三，而当防闲其奸者皆是也。盖古者有贤不肖之分，而无流品之别，故孔子之圣，而尝为季氏吏②。盖虽为吏，而亦不害其为公卿。及后世有流品之别，则凡在流外者，其所成立，固尝自置于廉耻之外，而无高人之意矣。夫以近世风俗之流靡，自虽士大夫之才，势足以进取，而朝廷尝奖之以礼义者，晚节末路③，往往怵而为奸④，况又其素所成立，无高人之意，而朝廷固已挤之于廉耻之外、限其进取者乎？其临人亲职，放僻邪侈，固其理也。至于边疆、宿卫之选，则臣固已言其失矣。凡此皆取之非其道也。

【注释】

①流外：魏晋时起，官职划分为九品，即九级，以一品为最高级，而

把在九品以下的佐属人员,称为流外。北宋时期把不是由进士、
明经出身的低级官吏看作流外。他们一般不能担任朝廷高官。

②季氏:指春秋时鲁国大夫季孙氏。孔子曾当过他的家臣。

③晚节末路:晚年失意。

④怵而为奸:被引诱做坏事。怵,诱惑。

【译文】

又其次叫作流外。朝廷本来就把他们排挤在廉耻之外,限制了他
们的进身之路,又委任他们负责州县的事务,让他们管理百姓,难道这
就是所谓以贤治不肖的意思吗? 根据臣任职期间看到的情况,在一路
数千里的地方,担任州县官吏的人中出于流外的,是很常见的情况,可
以托付任事的,没有几个,而应当防备他们不法的,却比比皆是。古代
有贤和不肖的区分,却没有流品的区别,因此像孔子这样的圣人,也曾
做过季氏吏。虽然做过吏,也不妨害他再去做公卿。等到后世有了流
品的区别,则凡在流品之外的人,都已把自己置于廉耻之外,而无高人
一等的意思了。近代以来世风流靡,即使是士大夫中实力足以进升高
位,朝廷也经常褒奖他们的礼义,然而在晚年也往往为利所诱而行不法
之事,更何况那些平常就已经没有高人一等的想法,已经被朝廷排挤出
廉耻之外,限制了他们的进身之路的人呢? 这些人担任职务的时候,行
为放纵,是自然的道理。至于守边与宿卫的人才选拔,臣已经讨论过其
中的失误。以上都是取之非道的方面。

方今取之既不以其道,至于任之,又不问其德之所宜,
而问其出身之后先;不论其才之称否,而论其历任之多少。
以文学进者,且使之治财。已使之治财矣,又转而使之典
狱①。已使之典狱矣,又转而使之治礼。是则一人之身,而
责之以百官之所能备,宜其人才之难为也。夫责人以其所

难为，则人之能为者少矣。人之能为者少，则相率而不为。故使之典礼，未尝以不知礼为忧，以今之典礼者未尝学礼故也；使之典狱，未尝以不知狱为耻，以今之典狱者未尝学狱故也。天下之人，亦已渐渍于失教，被服于成俗，见朝廷有所任使非其资序，则相议而讪之。至于任使之不当其才，未尝有非之者也。

【注释】

①典狱：管理刑狱的官。典，管理。

【译文】

现在选拔官员不以其道，到了委派的时候，又不问他适合做什么，而只问他进士出身的先后；不管他的才能是否能够称职，而只问他曾经担任过多少任官职。通过考试文辞而入选进士的人，却派去管理财务；在管理财务以后，又转而派去负责刑狱；在负责刑狱之后，又转而派去负责礼制。以一人的才能却要去负责百官所承担的职责，这实在是很难的啊。要求人去做他们很难做的事情，能够胜任的人实在很少。能够胜任的人很少，人们于是就都不去做。因此那些派去负责礼仪的，不曾以不懂礼仪为忧，因为现在负责礼仪的人都不曾学过礼，派他们去管理刑狱的，也不曾以不懂判案为耻，因为现在负责刑狱的人都不曾学过判案。天下之人已经逐渐习惯了不受教育的状况，慢慢都已形成风气，看到朝廷任命官吏没有论资排辈，就背后议论并加以讥刺。至于任用不胜任职务的官员，却不曾有谁反对。

　　且在位者数徙，则不得久于其官，故上不能狃习而知其事①，下不肯服驯而安其教，贤者则其功不可以及于成，不肖者则其罪不可以至于著。若夫迎新将故之劳，缘绝簿书之弊^②,固其害之小者,不足悉数也。设官大抵皆当久于其任,而至于所部者远,所任者重,则尤宜久于其官,而后可以责其有为。而方今尤不得久于其官,往往数日辄迁之矣。取之既已不详,使之既已不当,处之既已不久,至于任之则又不专,而又一一以法束缚之,不得行其意。臣故知当今在位多非其人,稍假借之权,而不一一以法束缚之,则放恣而无不为。虽然,在位非其人,而恃法以为治,自古及今,未有能治者也。即使在位皆得其人矣,而一一以法束缚之,不使之得行其意,亦自古及今,未有能治者也。

【注释】

①狃(niǔ)习:习惯,熟习。

②缘绝簿书:指官吏在新旧交接时故意抛弃或藏匿公文档案以便盗取官物。缘,因也。簿书,指户籍簿及各种公文档案。

【译文】

官员经常改任,使他们不能久居其位,因此使君主不能了解他们的政绩,下级也不肯安心服从他们的管理,这样一来,对于有才能的人来说,他们的功绩还来不及表现出来,对于不肖小人,他们的罪行也还不至于暴露。至于送别卸任的官员和迎接新任长官的烦劳,以及在官吏新旧交接时故意抛弃或藏匿公文档案以侵吞官物的弊端,及其他危害还算小的事情,更是不可胜数。委派官员一般来讲都应当让他们长时间在位,对于那些管理土地僻远、职责重要的官员,尤其应该让他们在职时间长些,这样才可以衡量他们的政绩。但是现在却往往是在很短的时间里就加以升迁,官员都不能久其官。选拔的时候本就不周密,使用的时候本已不妥当,上任以后又不能长久,至于官员们的职责又不能专门化,还要用法律来束缚他们,使他们不能根据自己的意志来做事。臣因此才说现在的官员大多都不适合自己的工作,一旦取消对他们权力的控制,他们就会放纵自己,无所不为。即使这样,如果在位的不是适当的人选,却依仗法律治理,那么从古到今就没有人能治理得好。即使在位的官员都能胜任自己的工作,却仍然用法律来束缚他们,不让他们实现自己的主张,那么也是从古到今,没有谁能治理得好的。

夫取之既已不详,使之既已不当,处之既已不久,任之又不专,而又一一以法束缚之,故虽贤者在位,能者在职,与不肖而无能者,殆无以异。夫如此,故朝廷明知其贤能足以任事,苟非其资序,则不以任事而辄进之。虽进之,士犹不服也。明知其无能而不肖,苟非有罪,为在事者所劾,不敢以其不胜任而辄退之。虽退之,士犹不服也。彼诚不肖无能,然而士不服者何也? 以所谓贤能者任其事,与不肖而无能者,亦无以异故也。臣前以谓不能任人以职事,而无不任事之刑以待之者,盖谓此也。

【译文】

既然选拔已不审察,使用已不恰当,任期已不长久,任用已不专一,而且还要用法令来束缚他们,那么,即使是贤良、有才能的人在位,与无德无能的人相比,也没有什么区别。在这种情况下,朝廷明明知道贤能足以任事,却还是要论资排辈,不根据他们的能力提拔他们。即使提拔了,很多人也会不服。明知无能无德,但如果没有犯什么错误,被当事人弹劾过,也不敢以不胜任的名义撤换他们。即使撤换了,很多人也会不服。那些官员确实无德无能,可是士人心中不服,是为什么呢? 因为,所谓有德有能的人负责事务,与无德无能的人去处理并没有什么不同。臣以前所说的不能根据人的才能来委派官员,同时也没有处理不任事官员的法律,就是指的这种情况。

夫教之、养之、取之、任之,有一非其道,则足以败天下之人才,又况兼此四者而有之!则在位不才、苟简、贪鄙之人①,至于不可胜数,而草野闾巷之间,亦少可任之才,固不足怪。《诗》曰:"国虽靡止,或圣或否。民虽靡膴,或哲或谋,或肃或艾。如彼泉流,无沦胥以败②。"此之谓也。

【注释】

①苟简:只图目前,得过且过。

②"国虽靡止"几句:见《诗经·小雅·小旻》。意思是国家即使不大,也有圣明的人,也有不圣明的。百姓虽然不多,也有的聪明,有的会出主意,有的很严肃,有的会办事。就像那泉水一样,要好好利用,不要让它白流到积水潭里腐臭了。靡,无。止,大。膴(wǔ),大,多。沦胥,互相陷溺。

【译文】

教化、养育、选拔、任用,其中有一项不符合道理,就足以毁掉天下的人才,何况这四项都兼而有之呢!于是在位的官员无能、苟且、贪婪,多得数不过来,而民间也很少可以委以重任的人才,这一点也不足为怪。《诗经》中说,"国家即使不大,也有圣明的人,有不是圣明的人。百姓虽然不多,也有的聪明,有的会出主意,有的很严肃,有的会办事。就像那泉水一样,要好好利用,不要让它白白流到积水潭里。"说的就是这种情况。

夫在位之人才不足矣,而闾巷草野之间,亦少可用之才,则岂特行先王之政而不得也?社稷之托,封疆之守,陛下其能久以天幸为常,而无一旦之忧乎? 盖汉之张角①,三十六万,同日而起,所在郡国,莫能发其谋;唐之黄巢②,横行天下,而所至将吏,无敢与之抗者。汉、唐之所以亡,祸自此始。唐既亡矣,陵夷以至五代③,而武夫用事,贤者伏匿消沮而不见④,在位无复有知君臣之义、上下之礼者也。当是之时,变置社稷,盖甚于弈棋之易,而元元肝脑涂地,幸而不转死于沟壑者无几耳! 夫人才不足,其患盖如此。而方今公卿大夫,莫肯为陛下长虑后顾,为宗庙万世计,臣窃惑之。昔晋武帝趋过目前⑤,而不为子孙长远之谋,当时在位,亦皆偷合苟容,而风俗荡然,弃礼义,捐法制,上下同失,莫以为非。有识固知其将必乱矣,而其后果海内大扰,中国列于夷狄者二百余年。伏惟三庙祖宗神灵所以付属陛下⑥,固将为万世血食⑦,而大庇元元于无穷也。臣愿陛下鉴汉、唐、五代之所以乱亡,惩晋武苟且因循之祸,明诏大臣,思所以陶成天下之才,虑之以谋,计之以数,为之以渐,期为合于当世之变,而无负于先王之意,则天下之人才不胜用矣。人才不胜用,则陛下何求而不得、何欲而不成哉?

【注释】

①张角:东汉末年钜鹿(今属河北)人。黄巾起义军的领袖。他把参加起义的群众编为三十六个军事单位,每个单位由一个首领指挥,称为"方(将军)"。

②黄巢:曹州冤句县(今山东菏泽)人,唐末农民起义领袖。

③陵夷:衰落。

④伏匿:隐遁。消沮:泄气,沮丧。

⑤趋过目前：得过且过。

⑥三庙：指宋代最早的三个皇帝（太祖、太宗、真宗）的庙宇。庙，指宗庙。

⑦万世血食：指子孙昌盛，祭祀不衰。因祭祀有牛羊等祭品，故称祭祀为"血食"。

【译文】

在位的人才不足，民间也缺少可用的人才，这难道仅仅是实行先王之政而不得吗？社稷的托付，国土的守护，陛下哪能把侥幸作为正常情况，而没有一点担心呢？汉代的张角，率三十六方人在同一天里起事，各郡国都无对策；唐代的黄巢，横行天下，所到之处，将军和地方官吏都不敢和他们抗衡。汉、唐之所以灭亡，祸患就是从这里开始的。唐灭亡以后，天下混乱直到五代，军人出身的掌管政事，有德有能的人都消失不见，做官的人没有能够了解君臣之义、上下之礼的。在那个时代，社稷的变化，比弈棋的胜负还要容易，老百姓肝脑涂地，能够免于灾难的人实在没有多少！人才不足的灾难竟然有这样严重。现在的公卿大夫，没有谁愿意为陛下作长远打算，为国家社稷的长久命运谋划，臣对此非常困惑。过去晋武帝只顾眼前，不为子孙作长远的打算，当时在位的官员也都苟且偷安，先王之世的风俗都荡然无存，舍弃礼义，抛弃法制，上下都失去了原则，却没有谁觉得有错。有识之士都知道这一定会导致混乱，其后果然是天下大乱，使中原被夷狄统治二百多年。三庙祖宗神灵所以把天下交给陛下，本是为万世太平，护佑百姓，使国家能够长久存在下去。臣希望陛下能借鉴汉、唐、五代乱亡的教训，避免晋武帝因循苟且的灾难，明白地诏谕大臣，考虑如何造就天下人才的办法，深思熟虑，逐渐采取措施，使政策能够符合时代变化的要求，不辜负先王的本意，这样天下的人才就会多得不胜用。人才如果多得不胜用，陛下又有什么要求不能实现，什么愿望不能满足呢？

　　夫虑之以谋，计之以数，为之以渐，则成天下之才甚易也。臣始读《孟子》，见孟子言王政之易行，心则以为诚然①。及见与慎子论齐、鲁之地，以为先王之制国，大抵不过百里者，以为今有王者起，则凡诸侯之地，或千里，或五百里，皆将损之，至于数十百里而后止，于是疑孟子虽贤，其仁智足以一天下，亦安能毋劫之以兵革，而使数百千里之强国，一旦肯损其地之十八九，比于先王之诸侯②？至其后，观汉武帝用主父偃之策③，令诸侯王地悉得推恩封其子弟，而汉亲临定其号名，辄别属汉④。于是诸侯王之子弟，各有分土，而势强地大者，卒以分析弱小，然后知虑之以谋，计之以数，为之以渐，则大者固可使小，强者固可使弱，而不至乎倾骇变乱败伤之衅。孟子之言不为过，又况今欲改易更革，其势非若孟子所为之难也。臣故曰：虑之以谋，计之以数，为之以渐，则其为甚易也。

【注释】

①孟子言王政之易行，心则以为诚然：语本《孟子·梁惠王上》"故王之不王，不为也，非不能也"。孟子认为梁惠王不实行"王政"，只是不肯干，不是不能干（"不为也，非不能也"）。

②"及见与慎子论齐、鲁之地"几句：据《孟子·告子下》记载：慎到做了鲁国的将军，准备夺取齐国的领土，孟子跟他说，不要这样干，应该行仁政，因为按照规定天子的土地纵横一千里（"天子之地方千里"），诸侯的土地纵横一百里（"诸侯之地方百里"），而现在鲁国的土地已经超过五倍，如果有明王出来，恐怕鲁国的地方还要削减，何必用兵去夺别国的土地。慎子，即慎到，战国时期

的法家。

③主父偃：主父是复姓，西汉临淄（今山东淄博临淄区）人，汉武帝时任中大夫。汉武帝采用他的建议，命令诸侯王"推恩"，把自己的封地分封给子弟，削弱诸侯国的势力。

④辄别属汉：即分别直属汉朝中央。

【译文】

深入研究，小心计划，逐渐实施，这样天下人才的造就也就很容易了。臣刚开始读《孟子》，看到孟子讨论王政容易实行的言论，心里觉得很有道理。等看到他与慎子论齐、鲁之地，认为先王所封之国，一般都不超过方圆百里，以为如有王者统治天下，就要把诸侯国的土地，不管是千里还是五百里，都要削减到数十乃至方圆百里为止，就很怀疑，孟子虽然是贤能的人，他的品德和智慧也足以统一天下，但又怎么能不用武力就使数百乃至数千里的强国，很快就答应削减他们土地的十分之八九，来和先王的诸侯相比呢？到后来，看到汉武帝用主父偃的计策，让诸侯王都把治下的土地再分封给自己的子弟，朝廷亲自定其名号，这样又成为汉朝中央的属国。这样一来，诸侯王的土地都分封给了自己的子弟，势力强大、土地面积大的，终于被分得势弱地小，这就说明只要深入研究，小心计划，逐步实施，那么大的可以变小，强的可以变弱，而又不至于出现叛乱相争的局面。孟子的话不能算错，但今天若想要改革，困难远比孟子所说的大得多。臣因此说要深入研究，小心计划，然后再逐步实施，这样做就容易多了。

　　然先王之为天下，不患人之不为，而患人之不能；不患人之不能，而患己之不勉。何谓不患人之不为，而患人之不能？人之情，所愿得者，善行、美名、尊爵、厚利也，而先王能操之以临天下之士。天下之士有能遵之以治者，则悉以其所愿得者以与之。士不能则已矣，苟能，则孰肯舍其所愿得，而不自勉以为才？故曰：不患人之不为，患人之不能。何谓不患人之不能，而患己之不勉？先王之法，所以待人者尽矣，自非下愚不可移之才，未有不能赴者也。然而不谋之以至诚恻怛之心，力行而先之，未有能以至诚恻怛之心，力行而应之者也。故曰：不患人之不能，而患己之不勉。陛下诚有意乎成天下之才，则臣愿陛下勉之而已。

【译文】

先王统治天下，不担心人们不努力工作，却担心人们没有能力去工作；不担心别人无能，却担心自己不努力。什么是不担心人们不努力，却担心人们没有能力呢？人情中希望获得的，不过是德行和美名，高官和厚利，先王能够把这些东西掌握在手里用来控制天下的人才。天下人才能够秉承他的命令治理国家，就把他们希望获得的东西都给他们。士子们没有能力就罢了，如果真的有能力，谁又肯不要他们喜欢的东西，不去努力提高自己的才能呢？因此说，不担心人们不去做，而担心人们无能力去做。什么是不担心别人无能，却担心自己不努力呢？先王的制度，在用人方面是非常完善的，如果不是特别无能不可改变的人，没有不能尽其才而用的。然而如果没有至诚恳切的态度，自己首先努力实行，人们也就不会用至诚恳切的态度，努力实行去响应他的。因此说，不担心别人无能，而担心自己不努力。陛下若真有心造就天下的人才，臣希望陛下勉力而行。

臣又观朝廷异时欲有所施为变革，其始计利害未尝不熟也，顾有一流俗侥幸之人，不悦而非之，则遂止而不敢①。夫法度立，则人无独蒙其幸者。故先王之政，虽足以利天下,而当其承敝坏之后、侥幸之时,其创法立制,未尝不艰难也。使其创法立制,而天下侥幸之人,亦顺悦以趋之,无有龃龉②,则先王之法,至今存而不废矣。惟其创法立制之艰难,而侥幸之人不肯顺悦而趋之,故古之人欲有所为,未尝不先之以征诛而后得其意。《诗》曰:"是伐是肆,是绝是忽,四方以无拂③。"此言文王先征诛而后得意于天下也。夫先王欲立法度以变衰坏之俗,而成人之才,虽有征诛之难,犹忍而为之,以为不若是,不可以有为也。及至孔子,以匹夫游诸侯,所至则使其君臣捐所习,逆所顺,强所劣,憧憧如也④,卒困于排逐。然孔子亦终不为之变,以为不如是不可以有为。此其所守,盖与文王同意。夫在上之圣人,莫如文王;在下之圣人,莫如孔子。而欲有所施为变革,则其事盖如此矣。今有天下之势,居先王之位,创立法制,非有征诛之难也,虽有侥幸之人不悦而非之,固不胜天下顺悦之人众也。然而一有流俗侥幸不悦之言,则遂止而不敢为者,惑也。陛下诚有意乎成天下之才,则臣又愿断之而已。

【注释】

①"臣又观朝廷异时欲有所施为变革"几句:这是指仁宗庆历年间(1041—1048),以范仲淹为代表的革新派提出一系列措施改革政治,并一度为仁宗所采纳,后来因保守派的反对,归于失败。异时,往时。

②龃龉(jǔ yǔ):原意是指上下牙齿对不上。比喻意见不合。

③"是伐是肆"几句:见《诗经·大雅·皇矣》,内容是歌颂周文王讨伐崇侯的战功。肆,纵兵。忽,消灭。无拂,不敢叛逆。

④憧憧（chōng）：来往奔波。

【译文】

　　臣又看到朝廷以前想要施行改革措施的时候，开始对利害的考虑不能说不全面，但只要有一个流俗侥幸的人，不喜欢这样做而加以反对，于是就只好停下来不敢再继续推行。法度一旦确立，就没有人会独自享受它的好处。因此先王之政，虽然足以对天下有利，然而在他们承接弊端之后，心存侥幸、不思变革之时，创法立制也未尝不艰难。假使他们创法立制的时候，天下心存侥幸不想变革的人们都顺应欢迎，不去抵触，那么先王的制度，到今天也就不会被抛弃而一直保存下来。只是因为他们创法立制很艰难，侥幸之人不肯顺应支持，所以古人想有所作为，未尝不靠征讨、诛杀作为先导，然后才能实现自己的意图。《诗经》中说："纵兵讨伐，消灭干净，四方不敢违命抗拒。"这是说文王先征杀然后才能实现自己的意图于天下。先王想要创立法度，改变已经腐朽的风俗，造就人才，即使有征杀的困难，仍然下决心去做，认为如果不这样的话，就不会有什么作为。到孔子的时代，以平民的身份游说诸侯，每到一个地方都想让那里的君臣放弃习惯了的东西，改变已经熟习了的制度，来加强已经处于劣势的势力，来往奔波，但是最后也还是被到处排挤。然而孔子最终也没有改变自己的想法，认为不这样就不可能有什么作为。这是因为他相信自己坚持的和文王的精神是一致的。政治地位高的圣人没有比文王更伟大的，政治地位低的圣人也没有比孔子更伟大的，但是想要有所改革，也是这样的困难。现在陛下有天下一统的局面，处在先王所处的位置上，创立法制，又没有征伐诛杀的困难，即使有侥幸保守的人反对，也没有拥护支持陛下的人多。但是一有流俗侥幸保守的说法，就停下不敢再做什么，这就是疑惑啊！陛下如果真有造就天下人才的想法，臣希望陛下能果断地下决心。

夫虑之以谋，计之以数，为之以渐，而又勉之以成，断之以果,然而犹不能成天下之才,则以臣所闻,盖未有也。

【译文】

　　只要深入研究,小心计划,逐步实施,再努力去做,果断地下决心,这样还不能造就天下的人才,臣从来没有听说过。

　　然臣之所称,流俗之所不讲,而今之议者,以谓迂阔而熟烂者也。窃观近世士大夫,所欲悉心力耳目,以补助朝廷者有矣①,彼其意非一切利害,则以为当世所能行者。士大夫既以此希世,而朝廷所取于天下之士,亦不过如此。至于大伦大法,礼义之际,先王之所力学而守者,盖不及也。一有于此,则群聚而笑之,以为迂阔。今朝廷悉心于一切之利害,有司法令于刀笔之间,非一日也,然其效可观矣。则夫所谓迂阔而熟烂者,惟陛下亦可以少留神而察之矣。昔唐太宗贞观之初,人人异论,如封德彝之徒②,皆以为非杂用秦、汉之政,不足以为天下。能思先王之事开太宗者,魏文正公一人耳③。其所施设,虽未能尽当先王之意,抑其大略,可谓合矣。故能以数年之间,而天下几致刑措,中国安宁,蛮夷顺服。自三王以来,未有如此盛时也。唐太宗之初,天下之俗,犹今之世也;魏文正公之言,固当时所谓迂阔而熟烂者也,然其效如此。贾谊曰:"今或言德教之不如法令,胡不引商、周、秦、汉以观之④?"然则唐太宗之事,亦足以观矣。

【注释】

　　①所欲悉心力耳目,以补助朝廷者有矣:底本原脱"心力耳目,以

补"几个字。今据《临川文集》补。

②封德彝：唐太宗时任右仆射，即宰相。

③魏文正公：即魏徵，文正是他的谥号，唐太宗时任谏议大夫、侍中等职。

④"贾谊曰"几句：贾谊，西汉文帝时人。这里引贾谊的话，见《汉书·贾谊传》。意思是：现在有人认为用道德教育民众，还不如推行法令制度好，他为什么不拿商朝、周朝、秦朝、汉朝的事实来看看呢？

【译文】

然而臣这里所讲的，是一般人们都不讲的，而且在今天的人们看来，是迂阔不切实际的见解。臣私下里看到，近代以来的士大夫都想尽心力来帮助朝廷治理国家，但他们都以为只有与国家利害相关的具体事务才是现在应该处理的问题。士大夫们都把这当作解决当前问题的关键，朝廷也就把这当作选拔士人的标准。至于人伦刑法礼义的根本，那些为先王所保持维护的东西，都不曾涉及。一旦有谁提到这些问题，大家就聚到一起笑话他，认为不切实际。现在朝廷把全部精力都放在具体事务的处理上，政府部门完全被具体事务的处理所束缚，也不是一天两天的事了，其效果是我们大家都有目共睹的。至于大家所说的不切实际的陈辞滥调，希望陛下能留神稍稍注意一下。过去唐太宗贞观初年，大家意见各不相同，像封德彝这些人，都认为非杂用秦、汉治国的方法，不足以使天下大治。能够想到先王之道，并用来开导太宗的，只有魏徵魏文正公一个人。他的措施，虽然未能完全符合先王的精神，然而大致是符合的。因此能在几年之间，使天下几乎不用刑罚，而中原安宁，蛮夷顺服。从三王以来，从来没有过这样兴盛的局面。唐太宗在位的初年，天下的状况，同今天很相似；魏徵的意见，也正是当时被认为不切实际的陈辞滥调。然而它的效果却是另一番样子。贾谊说："现在有人说德教不如法令有效，他们为什么不引用商、周、秦、汉的史实来看看呢。"因此,唐太宗的事迹,也是可以作为我们参考的材料的。

　　臣幸以职事归报陛下,不自知其驽下①,无以称职,而敢及国家之大体者,以臣蒙陛下任使,而当归报。窃谓在位之人才不足,而无以称朝廷任使之意。而朝廷所以任使天下之士者,或非其理,而士不得尽其才。此亦臣使事之所及,而陛下之所宜先闻者也。释此不言,而毛举利害之一二,以污陛下之聪明,而终无补于世,则非臣所以事陛下惓惓之意也②。伏惟陛下详思而择其中,天下幸甚。

【注释】

　　①驽(nú):劣马,比喻庸才。

　　②惓惓(quán):恳切。

【译文】

　　臣有幸向陛下汇报在职期间的情况,不知道自己才能低下,未能称职,却反而去讨论国家的根本问题,这是因为臣蒙陛下的委派,就该述职汇报工作中的问题。臣认为下面存在的人才不足的问题,无法满足朝廷对官员们的要求。朝廷委派官员,有的不十分合理,而且不能使士人尽其才。这也是臣工作范围内的事,也是陛下应该早点知道的问题。如果把这些问题放在一边不谈,仅仅列举一两件具体问题来玷污陛下的耳目,最终于世无补,这不是臣为陛下效劳的一片赤诚之心。臣衷心希望陛下仔细考虑,选择其中中肯的建议,这样的话,那是天下百姓的幸事啊!